有爱的青春陪伴者

坠入月色（上）

Moonlight

我有钱多多 著

江苏凤凰文艺出版社

图书在版编目（CIP）数据

坠入月色：全2册 / 我有钱多多著. -- 南京：江苏凤凰文艺出版社, 2024. 12. -- ISBN 978-7-5594-9059-9

Ⅰ. I247.5

中国国家版本馆CIP数据核字第2024E97R66号

坠入月色（全2册）

我有钱多多 著

责任编辑	王昕宁
特约编辑	伍 利
责任校对	言 一
出版发行	江苏凤凰文艺出版社
	南京市中央路165号，邮编：210009
网 址	http://www.jswenyi.com
印 刷	长沙鸿发印务实业有限公司
开 本	880mm×1230mm 1/32
印 张	18
字 数	589千字
版 次	2024年12月第1版
印 次	2024年12月第1次印刷
书 号	ISBN 978-7-5594-9059-9
定 价	65.80元（全2册）

江苏凤凰文艺版图书凡印刷、装订错误，可向出版社调换，联系电话025-83280257

☾ 第一章
　　桃花眼　　*001.*

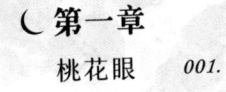

☾ 第二章
　　金秋宴　　*074.*

☾ 第三章
　　谈场恋爱吧　　*119.*

☾ 第四章
　　埋藏在心里的人　　*174.*

目录 contents

☾ 第五章
　　想看你醉　　*230.*

☾ 第六章
　　从梦里回到现实　　*283.*

☾ **第七章**
　　爱恨淬骨　　*334.*

☾ **第八章**
　　互相折磨　　*353.*

☾ **第九章**
　　原来你喜欢我这么久　　*371.*

☾ **第十章**
　　心动的声音　　*393.*

☾ **第十一章**
　　坠入月色　　*453.*

☾ **第十二章**
　　嫁给我，好不好　　*503.*

☾ **独家番外**
　　我是你的永动机　　*560.*

第一章
桃花眼

moonlight

从出租车里下来，夏薇站在汉白玉的围墙外，对着里面气势恢宏的别墅犹豫了几秒，然后沿着围墙绕去了后门，才摸出手机打电话。

接通的那刻，她压低声音喊了声"妈"："我到了。"

马玉莲的声音略带惊喜："薇薇来啦？妈妈给你开门。"

听筒里一阵脚步窸窣声，夏薇连忙补充："妈，我在后门。"

"这孩子……"马玉莲嘀咕了一声，握着手机，转身穿过庭院，一路小跑过去。

门打开，马玉莲张开怀抱抱了抱年轻的女孩，双手在她后背搂住，用力贴了一下，笑着说："好长时间不见了，怎么感觉又长大了，又升罩杯了？"

"妈！"夏薇脸上倏然一红，双手提着饼干盒，往马玉莲怀里塞，"快拿去，多吃点，你也升。"

"妈妈都这么大年纪了，还升什么升？"

"可以的，抗衰老，焕发第二春。"

"不得了了，连妈妈的玩笑也会开了。"

马玉莲作势埋怨，却笑着接过饼干盒，打开最上面的一盒，拿起一片塞进夏薇的嘴里，又拿了一片自己吃。

"嗯，不错哎，是什么做的？甜里面带着一点酸。"

"好吃吧？是蔓越莓果酱，我买的新鲜果子，自己做的酱。"

"薇薇的手艺真的是越来越厉害了，妈妈给你投资开个店好不好？"

"才不要，我怕做不好把你的钱赔光。"

而且赔钱事小，万一招致某个人失心疯，那就是大事了。

夏薇咬碎齿间的饼干，唇角一抹嘲意转瞬即逝。

她舔了舔唇，看向大门敞着的车库，里面并排停着几辆车，全是孟家夫妇的，一辆不少，不过孟荷的法拉利超跑倒是没在。

"薇薇……"空吃饼干有点干，马玉莲干吞了一口下去，皱了皱眉，这一声叫得有些无力。

夏薇体贴地笑了下，挽过对方的手臂，帮她抚了抚胸口，岔开话题问："爸爸在家？"

"是的。"马玉莲收起饼干盒子，拉过夏薇的手说，"走，进屋去。爸爸在书房和人谈事，应该快结束了。"

夏薇却定住脚步，笑容对着阳光："我就不进去了吧。"她放开对方的手，拍了下饼干盒子，"妈妈你喜欢吃这种，我下次再给你做来送过来。"

口口声声"爸爸妈妈"叫得亲切，可空气中就是有那么一道无形的墙，将她和这个家分割开来。

因为这里是孟家，而她姓"夏"。

"你这孩子，一定要分得这么清楚吗？"马玉莲伸手去打夏薇，埋怨又心疼，"爸爸知道你今天要来，才没出门的。"

夏薇笑着躲开，朝书房的方向看去，可是那里背光，只见一排深黑的玻璃窗户嵌在墙体里，窥不得里面半分情形。

想起昔日种种，夏薇不由得多看了几眼，笑着说道："那我们就在外面待着吧，等爸爸的客人走了，我们再见一面。"

"也行吧。"马玉莲只得妥协。

年轻女孩的礼貌修养是她一手教导出来的，她没法反驳。

八月的榆城，有着最炙热的阳光，相反，背阴处的一片阴凉便显得弥足珍贵，而在马玉莲看来，比这更珍贵的是夏薇的到来。

马玉莲在一丛绣球花前选了片空地，让帮佣搬来简易的木桌木椅，拿出她早就准备好了的冰激凌、鲜果汁，还有很多昂贵的甜点，摆了满满一桌。

全都是夏薇喜欢的。

两人就在这里,有说有笑,偷得半日好时光。

书房里。

孟岳松坐在书桌前,在金笔木的茶盘里摆弄茶具,其中一盏沏了倒,倒了沏,反反复复好几次,可来客却一碰不碰。

不仅如此,他对面的座椅,邀请了几次,来客也没有入座。

"时晏啊,少安毋躁。"

孟岳松举起桌上的茶叶罐,对着站在窗户边的年轻男人晃了晃:"这大红袍还是上次你家老爷子送我的,我一直舍不得喝,藏着呢。今天你来,我才第一次开了盒。来来,坐,我们爷俩一块儿尝尝。"

祁时晏眼皮都没抬,侧脸隐在阴影里,轮廓深隽,斜着一只肩靠着墙,看不清表情。

"你不用抬出我家老爷子来。"他指尖一只金属打火机,开开合合,"我的婚姻我自己说了算,不管你们定了什么条约,到我这儿都是废纸。"

窗外有笑声传来,斑驳的阳光像碎金似的,在树叶间点点晃动。

比碎金更亮的是一双眼。

她在亮处,明明不可能看得进来,可那双琉璃眸子却频频回顾,每一眼都顾盼生辉,带着明媚清丽的光,像一把钩子。

认出人,祁时晏眯了眯桃花眼。

孟岳松还在笑呵呵地点头:"我理解,我家小荷还有很多缺点,和你之间还有很大的差距,但她是个上进的孩子……"

"呵。"祁时晏收回视线,唇角逸出一声笑。

许是平时散漫惯了,又有优渥的家教底子,他给人的印象从来不带狠,难得认真几句,也叫人觉得当不了真。

可这一声"呵",轻飘飘的,却莫名扼住了人的咽喉,扼得孟岳松后面的话生生断在了喉咙里。

"我的话你要是听不明白,我再说一遍。"

祁时晏的声音还是先前那样怠懒,可叫听着的人已经不敢懈怠了。

"这门婚约我不会承认,我也绝不会和你女儿结婚。我今天来就是正式通知你一声,稍后会有律师跟进,解除这件荒唐事。"

荒唐,太荒唐了。

祁时晏大拇指轻弹,金属打火机发出一声清脆的声响,机匣被打开,再"咔

003

嗒"一声,一簇蓝色火焰窜升而起。

他是一个不喜束缚、生性自由的人,竟然被老爷子悄悄地当作了商业联姻的棋子,时隔半年,他到现在才知道。

而老爷子向来强势专制,现今又是大病初愈,不宜操劳,祁时晏便决定自己来解决这件事。

"哎呀,不要把话说得这么绝对嘛。"孟岳松离开座位,走到祁时晏旁边,递上一盒烟,笑得像只笑面虎。

孟岳松在榆城的富豪圈里也算有头有脸,平时受人吹捧逢迎,可是和祁家比起来,那便是坐在月亮上钓鱼一个天一个地,差距巨大。

这门婚事,他动用了很多关系,不惜用他孟家的人脉资源做嫁妆,只为达成爱女的梦寐以求的夙愿——嫁进祁家,嫁给祁时晏。

如今婚约已经定下,该他付出的也已经付出,说什么他也不愿意解除。

孟岳松赔着笑,又将烟盒往前递了递,说:"你不知道小荷呀,她现在报了四门外语,还有健身、网球、高尔夫、烹饪,还有那什么来着,我都叫不上名,她每天把自己忙得像陀螺似的转个不停,就为了配上你,将来做你的好妻子。"

可祁时晏没听,也没接,"咔嗒"一声,合上了打火机的机盖,目光又投向窗外。

那里,两个女人坐在木桌前,欢声笑语从一桌子的甜食里溢出来。

特别是那年轻女孩,笑得眉眼弯起,比他前几次遇见时更明艳直率,好像这才是真实的她。

只是,她们的笑声戛然而止,因为有人打破了这个画面。

有第三个女人冲了进去,一靠近,就把她们的桌子掀翻了,食物和果汁洒了一地。

马玉莲惊叫一声:"小荷!"

夏薇反应快,抬手去扶桌子,却不料孟荷朝她打过来,夏薇急忙避开,碰倒了椅子,躲过一劫。

可孟荷不依不饶,搬起椅子就朝夏薇砸去,夏薇连跑带躲,跳过一片花丛,椅子砸在了绣球花上,砸得花枝尽断,七零八落。

祁时晏看着新鲜,挑起眉梢,不厚道地笑了。孟岳松低骂一声,跑了出去。

庭院里，马玉莲拦在孟荷面前，去抓她的手："小荷，你要干什么？"

"我要干什么？"孟荷怒气冲冲，两颊因为暴怒而通红，"我倒是想问问你们想干什么？一早哄我出门，是你们打好了主意背着我在家演母女情深呢。"说完，她从地上捡起一块石头，朝夏薇扔过去，边扔边恶语相向。

夏薇穿着半身裙，躲闪不及，膝盖被打中，痛得她"哎呀"了一声，弯下了腰。

"薇薇！"

马玉莲心急，连忙跑过去护住夏薇。

这下孟荷情绪更激动了，又捡了一块石头扔过去，可是没打中夏薇，打在了马玉莲身上。

"小荷，你给我住手！"孟岳松冲到孟荷跟前，双手按住女儿的手，"平时教你的修养都哪里去了？"

"修养？"

孟荷穿着无袖衫，她使劲挣扎了几下，双臂顿时显出几道红印子，孟岳松于心不忍，只好又放开了人。

孟荷摸了摸自己的手臂，感到委屈，眼泪夺眶而出，放声哭起来："爸，你也在家？你们都串通好了吧？你们都巴不得我不在，是不是？你们就这么想在一起，当初还要接我回来干什么？"

"小荷，你冷静点。"孟岳松走近一步，心知祁时晏还在书房，他老脸觍尽，只为给孟荷立个好人设，可眼下却叫她自己全毁了。

"爸爸有客人在，你不要闹好不好？"他试图安抚住女儿。

谁知孟荷哭号得更大声了："怎么，怕我丢脸吗？"她伸手指向夏薇，"她不丢脸是不是？她最好是不是？"

夏薇心里哀叹一声，看见马玉莲眼眶里含了泪，搂了搂对方的肩膀，在沉默中递上安慰。

可这样一个动作又刺激了孟荷，孟荷踩过地上的甜点，就要朝夏薇扑过去。

就在此时，她身后不远处传来一声："夏薇！"

声音清越、磁性。

是她每每魂牵梦萦的，独属于祁时晏的声音。

孟荷以为自己产生了幻听，转过头的一刹那，瞳孔紧缩。

男人深衣浅裤，单手插兜，就那么闲散地站在阳光底下，一双桃花眼，深情又暧昧。

不管过去多长时间,每次想起这件事,夏薇仍然会心潮澎湃。

即使知道祁时晏当时不过是看热闹不嫌事大,故意挑拨,加深仇恨,而并非对她有什么旖旎心思。

但他那一声呼唤,惊起一阵风,吹散庭院里所有的落叶。

几人都怔住了。

而祁时晏没有给大家任何反应的时间,谁也没理,只朝夏薇递去一眼,转身就走。

太随便了。

随便挑起一场矛盾,又随便抽身而退。

似乎,一切于他轻而易举。

夏薇触碰到他的眼神,也顾不上膝盖的疼痛,捏住裙摆小跑过去,跟上他的脚步。

走出几米远之后,感觉自己稳稳地在祁时晏的安全圈之内了,夏薇转头,看向还在原地目瞪口呆的孟荷,朝她扮了个鬼脸。

气得孟荷面红耳赤,拔腿就要冲过来,被孟岳松拉住了。

黄昏未至,太阳还未偏西,阳光热烈地照在男人的头顶和肩膀上,泛着一层白色的光。

有风吹来,吹起他几缕碎发高高翘起,散漫又飘逸。

夏薇在他身后亦步亦趋,胸口像揣了只蝴蝶,扑棱着翅膀想飞出来。

抛开年少时的情结,就现在而言,她和他已经见过几次面,饭也吃过几回,就连电影也一起看过,可是这么走在一起,她还是没办法让自己淡定。

男人身高腿长,步子大,她用走的,跟不上;用跑的,又好像跟得太紧。刚才躲避孟荷追打时的敏捷身手,现在全成了僵硬木头,左不是,右不是,怎么都别扭。

好在这条路不是很长,两人很快出了孟家大门。

祁时晏似乎才想起来身后跟着个人,停下脚步,回头瞥了一眼,就看见夏薇喘着气,一双纤细笔直的玉腿在裙底急急收住,窘迫地并拢。

他淡哂,问了声:"去哪儿?"

声调有点懒,好像多说一个字都是废话,又好像默认了两人之间的熟稔,省略了一切客套。

夏薇大脑急速运转,默默在心里将自己提高一个阶层,缩短两人之间的距离，回他同样简洁短促的话："回家。"

祁时晏又看她一眼，带点儿玩味，没再说话，迈开长腿往汽车方向走去。

夏薇连忙跟上，内心涟漪不断，怎么都静不下来。

后来很久之后，她才知道，男人这玩味的眼神是什么意思。

——祁时晏说，你把"回家"说得太热切了，好像说的是回我们的家似的。

银色的兰博基尼驶出小区，开上大街时，夏薇坐在副驾驶位上，还有些恍惚。

车里冷气开得很足，可她还是觉得热，不停地冒汗。

她悄悄看向祁时晏，男人一只手扶着方向盘，另一只手支在车窗沿上。

斜射进来的阳光恰到好处地勾勒了他英俊的侧脸轮廓和深邃的眉眼，但没有以往那般散漫，下颌线锋利，薄唇冷淡平直。

——有那么点儿沉郁逼人。

祁时晏感应到她的目光，转过头随意一瞥，夏薇手指不自觉地捏紧裙摆，反而让男人的视线有了着落。

夏薇的裙子短，截在膝盖上，冷风吹上来，裙摆微微飘动，更衬得膝盖白皙精致，可惜上面有一块青肿，那是被孟荷用石头砸的。

祁时晏出声问："要紧吗？"

夏薇抬手轻轻摸了下，故作轻松："没事，回去冰敷一下就好了。"

祁时晏移开目光，不出两秒，又转头看她："你和孟家什么关系？"

夏薇手指顿了下，她该怎么说？

她在马玉莲、孟岳松面前发过誓的。

"你……觉得呢？"夏薇把话头抛回去。

心想如果祁时晏猜到了，那就不是她说的了。

可是祁时晏没接话，目光扫过车外，一副与他无关、懒得深究的模样。

夏薇垂了垂眸，悄悄观察男人的神色，小心翼翼地问："那你呢？你和孟家什么关系？"

就今天祁时晏出现在孟家，她也觉得很惊奇。

她所知道的祁时晏一不经商，二不从政，终日游手好闲、无所事事，她猜不出他怎么会出现在孟家，听说先前还在书房谈事情？

他和孟岳松能有什么事情好谈的？

007

祁时晏心拧了一瞬,前方红绿灯,他停稳车,偏侧头看过来。

这一眼锐利,夏薇胸口一窒,雪纺衫的衣领有点低,先前出汗洇湿了一小片,紧贴在雪白肌肤上,有种冰冰凉的感觉。

祁时晏修长手指随意敲了敲方向盘,目光从她身上移到红绿灯上,用她的话回她:"你觉得呢?"

语气和她如出一辙。

夏薇无话可说了。

她猜到他心情不好,和孟岳松谈的事情有关,可男人学她说话,她的心情莫名其妙地好起来了,在孟荷那儿受的委屈也忽然之间烟消云散了。

夏薇往椅背上靠了靠,压了几次,才压住唇角的笑。

那笑便在心里荡漾开,像水草一样,见水疯长。

到出租屋楼下时,夏薇说:"请你吃饭吧。"

前几次见面或多或少都是为了祁渊和沈逸矜,今天孟家这件事,不管祁时晏的用心是什么,总归他站了她的队、救了她的场,她应该谢他的。

而且现在这一分别,她好怕两人之间又没了交集。

所以,吃顿饭吧。

能见一回是一回。

可是祁时晏说:"下次吧。"

尾音淡淡,有点敷衍。

夏薇却听了个欢喜,抓住机会:"还有下次?"

祁时晏笑了,桃花眼懒懒掀起:"嗯,下次。"

就因为这几个简单的字,夏薇下车,看着祁时晏调转车头离开,那双排气管带出的烟,都像是希冀的翅膀,带飞了她的心。

她驻足了好一会儿,直到那辆银色的超跑彻底没影了,才走进单元门去。

出租屋是多层,夏薇住六楼,平时穿高跟鞋上下楼梯,她都不带喘气的,可今天膝盖受了伤,这会儿爬楼梯抬不起腿,痛得很。

夏薇脱了高跟鞋,赤脚扶着墙,一步一步地往上爬,咬着牙把孟荷骂了十万八千遍。

回到家,出了一身汗,她一鼓作气先洗了个澡,再从冰箱里拿出几块冰块,用小毛巾包裹了,坐到床上做冰敷。

这会儿也没心情做饭了,夏薇给闺蜜沈逸矜发消息,商量晚饭的事。

沈逸矜一听说她腿受伤，马上一连串的消息发过来。

沈逸矜：好好待着，别动了。

沈逸矜：我在工地，马上回来，给你带晚饭。

沈逸矜：想吃什么，说。

有闺蜜的感觉就是好。

夏薇抱着膝盖，心情舒缓了不少。

正此时，手机有电话进来，是马玉莲。

夏薇接起，亲昵地喊了声"妈"。

然而，马玉莲那边声音不太对。

也是，今天发生那样的事，谁高兴得起来？

"那个，你怎么认识祁时晏的？"马玉莲温噔了好一会儿，才问道。

夏薇也没想瞒她，老实回道："这事其实挺巧的，我闺蜜和他堂兄是男女朋友，我们就间接认识了。"

马玉莲"哦"了一声，沉默了几秒，又问："你们谈恋爱了？"

夏薇太阳穴突突跳了两下，快速回想了一下这些时日和祁时晏的相处，才小心措辞地回答："还没有。"

一个"还"字说得微妙。

现在还没有谈，努力一下，或许以后可以谈。

谁知马玉莲不是来鼓励她的，而是说："薇薇，妈妈有件事一直没有告诉你。"

"什么？"夏薇听着那语气，敷冰的手停住了。

"祁时晏是小荷的未婚夫，他们俩半年前就已经订婚了。"

冰块在毛巾里融化了，滴出冰凉的水，从膝盖青肿的地方顺着小腿往下流淌，蜿蜒出几条曲折的水沟，凉透肌肤。

"这是家族联姻，他们祁家老爷子定的，举足轻重。等婚期确定下来，他们就会结婚。"

夏薇整个人都僵硬了，弓着腰坐在床上，一动不动。

毛巾里的冰水流淌得很快，有些直接从小腿肚滴落到床单上，像流不完的泪，浸湿了一大片床单。

"薇薇，薇薇……"

"我知道了。"

夏薇挂断电话，将毛巾丢开，屈膝抱住自己，半边脸贴了贴那青肿的膝盖，眼底一片茫然。

这就是祁时晏出现在孟家的原因吗？

他们在讨论婚事？

没多久，门口传来动静。沈逸矜回来了，买了晚饭，还有很多卤鸡爪、卤鸭爪和烤猪蹄。

沈逸矜以为夏薇伤的是脚，所以买这些回来给她以形补形。

夏薇看着憨憨又可爱的闺蜜，收拾好心情，说："矜矜，你真是太好了，就我们俩过吧，让男人都滚蛋去吧。"

沈逸矜拿盘子装菜，一一摆上餐桌，笑着回她："我没问题，你行吗？你能放下祁时晏吗？"

夏薇捋了捋自己额前一缕碎发，尖尖的下巴傲娇一扬："不就是个风流浪子嘛，有什么放不下的？"

"哟哟，十五岁喜欢上的，八年了。夏薇同学，人生有几个八年啊？你八年都没放下，现在耍什么酷？"

沈逸矜一针见血，笑着拿手指往夏薇心口上戳了戳。

夏薇气短，耳根上一热，便是薄红一片。

是的，八年了。

她喜欢祁时晏八年了。

只是这份喜欢，像裹了一层蜡，埋在她心底，不见天日。

直到最近几次遇到祁时晏。

那蜡封的种子像是蠢蠢欲动，想破土而出。

但是就刚才，马玉莲的电话将她打回了原形。

喜欢了八年又怎样，注定不可能有结果。

她知道祁家的孩子都是要商业联姻的，祁时晏也不可能幸免。

只是他的联姻对象是孟荷，这是她最难以接受的地方。

但是有些事，就是这样让人无助。

就像八年前让她知道自己的身世一样……

好在今天沈逸矜话多，一直和她扯些有的没的，让她暂时忘记这些。

吃过饭，沈逸矜看着桌上的各种美味卤爪，提议找一部电影，一起实现"啃爪自由"。

夏薇笑着赞成。

两人分工收拾餐桌，沈逸矜去洗碗，夏薇搬电脑找电影。

还没准备就绪，夏薇的手机响了下，进来一条微信，点开，居然是祁时晏的语音信息。

他声调懒懒地说："会打麻将吗？赢钱的那种。"

微信，还是酒吧那次遇到时互加的。

那天是夏薇生日。

许愿时，她说，愿遇到祁时晏，愿和他有一点联系，和他说上一句话。

可没想到，他就那么意外地出现了，一次实现了她所有的愿望。

那天夜晚，月色如水，男人靠在柱子上，叼着一支烟，懒散散的，连身上的衬衫都薄软，全靠优越的身架撑出一副人形。

祁时晏说："加个微信？"

那月色溶溶倾洒，与灯影交织，男人的脸如瑕玉一般，白色烟雾腾起，桃花眼暧昧又危险。

夏薇伸手进裙兜里摸手机，指尖都是颤抖的。

手机屏幕亮起那一刻，无数往事也亮在了那片光里，悄无声息地，与人、与周遭的一切全都一起溶于那片茫茫月色之中。

回过神，夏薇给祁时晏回复：我只会输钱的那种。

不出一分钟，男人甩了一个地址过来。

夏薇扯了扯唇角，换了身过膝长裙，在沈逸矜"重色轻友"的笑骂声中被轰出了门。

四十分钟后到地方，夏薇从出租车里下来，一抬头，看见夜幕里一弯新月，清凌凌的，泛着皎洁的光。

她双手拎了拎裙摆，兜了一池月色，往里面走去。

面前是一家五星级温泉酒店，名字雅俗共赏，叫水中仙，内部装修得富丽堂皇。

靠墙有一座花瓣形状的喷泉池，水声清脆，雾气缭绕，里面几尊神女雕像，形态各不相同，丰腴高贵，眼神睥睨。

和记忆里一样。

夏薇想起年少时跟着马玉莲来过几回，泡温泉，打牌，消遣，和一群富贵圈里的太太。

到达祁时晏说的楼层，有人笑着迎上来，问她有预订，还是找人。

夏薇说："祁三少叫我来的。"

但凡这种地方，人的阶层都被分得异常分明。

被叫来的，和主动找上来的，会完全被区别对待。

而祁时晏在他家孙子辈里排行老三，圈子里都敬他一声"祁三少"，无人不知。

对方的眼睛滴溜溜转了转，笑着带她穿过大堂，转过几个弯，最后推开顶端一扇黑金色的铜门，微微躬身，做了个"请进"的手势。

踏进去，场地极大，灯光晦暗流离，晃动的酒杯，男人笑女人俏，一簇簇人影放浪形骸，百态丛生。

像是有天生的磁力，夏薇一眼捕捉到了那个叫她来的人，越过几丛人影。

准确地说，不止他一个，还有一个挨在他身边的女人。

祁时晏坐在麻将桌前，身上换了衣服，松松软软，他后背斜靠在沙发椅上，右手虚虚搁在扶手上。

而他身边的女人身背放得很低，姿态几近暧昧，若不是有椅背挡着，怕是她整个身体要挂到祁时晏身上去。

至于她的双手，完全搭在了祁时晏的右胳膊上。

也许不是搭，是抱。

夏薇适应了一下光线，站在原地看着他们，眼睛莫名一阵刺痛。

即使早知道祁时晏无处不风月，但这么直观的亲眼所见还是第一回。

那一瞬间，她想她不该来，她就应该将现实中的祁时晏和她心里的祁时晏区分成两个人，不能让现实击碎了她的梦。

她盯着祁时晏，犹豫着自己是大大方方地走过去，还是趁他没发现之前偷偷溜掉。

而此时的祁时晏也的确没有看见她，他侧着脸，目光落在身边女人的那双手上。

女人原本还在巧笑，忽然意识到不对，连忙松了手。她听说祁时晏从来不会拒绝人，现在才知道比起不拒绝，他更会伤人。

因为男人落下的眼神像看垃圾一样，鄙夷、嫌恶，还有阴寒，虽然他一个字也没说。

也因此，在大家看不到的地方，她领到了最后一份体面。

女人佯装笑意，站起身撩了撩头发，识趣地走开。祁时晏这才抬起头，恰好，对上了夏薇的视线。

他淡淡笑了下，抬手示意，说："这儿。"

麻将桌上的人都转头看了过去，有人欢乐地"哎"了一声："谁啊？没见过。"

"叫姐。"祁时晏丢下手里的一张牌，站起身，将沙发椅往外拉开几分。

夏薇管理好表情，一步步向他走去，长裙下的腿却不由自主地如同机械化。

走近了，祁时晏低头，看向她摇摆的裙子，蹙了下眉："腿痛？"

夏薇顺着台阶下，"嗯"了声："有点。"

"那就好好坐着赢钱，赢了钱就不痛了。"

祁时晏满口玩笑，挪开脚步，让到沙发椅背后，等夏薇落座，扶正了椅子。

这样一个动作，绅士又体贴，夏薇不自觉脸烫了下。

也许这是男人的一贯风度，可她还是有种被照顾的感觉。

桌上的麻将被人推倒，机器重启。

夏薇心虚地对祁时晏道："我牌技很烂，会输死你。"

祁时晏笑了，靠着麻将桌，随手叩击桌面，发出一阵清脆的声响："那你就试试看，能不能输死我。"

说完，他单手插进裤兜，转过身对另外三个牌友说："照顾好人。"

那声音欢乐的人坐在上家，忙着理牌，头都没抬："放心吧，我们要钱不要命。"

另外两位，还有围着看牌的几人全跟着笑了。

祁时晏拍了下夏薇的椅背，再没有一句其他交代的话，便走开了。

这场"临危受命"的牌局，持续到第二天凌晨四点才结束。

夏薇也才知道，叫她来打麻将，就真的是打麻将。

起初她还带着揣测，恭恭敬敬地拘着自己，几把下来，看到祁时晏在其他几人群里晃了一圈，离开了场子，她才认清了事实。

但不管怎样，这是自己第一次进入祁时晏的生活，绝不能白来，她要为自己挣点什么。

于是，夏薇拿起十二分精神，将自己所有的牌技都用上了。

结果战斗力飙升，超常发挥，她大杀四方，一个人独赢三家。

声音欢乐的人叫李燃，他一直喊着"小骗子"，问夏薇："你怎么这么会打？你不是说牌技很烂的吗？"

夏薇笑着应对他的嘲讽："我的牌技是挺烂啊，可没想到你们比我还烂。"

013

这话刺激了李燃，他一局接一局，不肯放人走。最后几人都有些困了，夏薇放了些水，输了一点出去才算完。

结束时，李燃找她要微信号："这个仇我记下了，下次我一定要找你报回来。"

夏薇掩着口打了个哈欠，拿手机看了下时间，却没给微信号，只说："你找祁三少要吧，或者叫祁三少找我。"

她是祁时晏带来的，她和这个圈子的唯一联系只有祁时晏。这么一句话，有那么一点表忠心的意思，同时也是她的姿态——只有祁时晏请得动她。

李燃"嘿"了一声，再朝夏薇看过来，眼神带了些许深意。

夏薇去了趟卫生间，回来后准备离开。途经吧台，蓦然发现祁时晏坐在那儿。

身边没有莺莺燕燕，就他一个人。

男人坐在高脚椅上，后背在头顶射灯的光影里弯成一个弧度，连着他的后颈，曲线自然又散漫，还有一种……孤独。

这种感觉从他身上冒出来很奇怪，就算没有莺莺燕燕，他也是个订婚半年的人了。

可是为什么自己会有一种想上去"贴贴"的念头？

想到这儿，夏薇连连拍了拍自己的脸，真是太困了，这就见色起意了？

她走过去，靠住吧台，想说的话被困意拖住后腿还没出口，眼睛先看到男人举起一只塑料瓶子，仰头喝了一口，那冷白的脖颈上，喉结滑落，倏而又顶起。

夏薇笑了下，抬起一只手撑在吧台上，将脑袋歪在上面，看着他问："喝的什么？"

祁时晏放下瓶子，拎着瓶口转了一圈，回她一个字："水。"

随即他屈了指节在桌面上敲了敲，问酒保又要了一瓶，拧开盖，递到夏薇面前。

在一个充斥酒气的地方喝水？

夏薇谢了声，小口喝了口，清甜、沁凉："什么水？"

这水有一种从来没喝过的好喝，可是瓶身透明，一片空白，没有包装，也没有任何文字。

祁时晏也没回答，像是懒得理会这种小问题。

后来夏薇才知道，那是祁家在某个山上采集的山泉水，因为泉眼非常小，采集困难，仅供部分人用，不为外人知。

祁时晏说："你不是说要输死我的吗，怎么赢那么多？"

他脸上笑意很淡，几分疲惫，却不是像她那样困倦疲乏的疲，而是一种厌倦了的提不起兴趣的疲。

夏薇想起白天遇见的他，不免猜测他和孟荷的婚事谈得不顺利。

她强压自己的困意，挤出精神，哄他说："有没有一种可能，他们只是给你面子，你叫我赢，他们就都故意输给我了。"

祁时晏被逗笑了，顺着她的意，仿佛被揭露真相似的点了点头。

夏薇看着他的笑，不知哪儿来的勇气，朝他昂了昂下巴："送我回家吧。"

"现在？"

夏薇"嗯"了一声，趴在吧台上咕哝："我九点还要上班的，现在回去能睡一会儿是一会儿。"

祁时晏挑了下眉，好像这时才想起来她和他们是不一样的。他转头对酒保说："叫前台送张房卡过来。"

酒保应了声，去打电话。

夏薇迟钝两秒，才对"房卡"两字反应过来。她猛地抬头，朝祁时晏看去，却见祁时晏低头看向他自己的手机。

那手机"嗡"的一声，进来一条消息。

他手指轻划，点开，一个女人的声音响起："有时间给我回个消息。"

那声音没什么特别，没有撒娇也没有哀求，连祁时晏都没有什么特别情绪，甚至没有想背着人。

因为夏薇全听见了，一字不差。

但是这个时间点，本身就很特别。

然后，夏薇就看见祁时晏拿起手机，按在语音键上，当即回了一句："没时间——"

语气熟得不能再熟，尾音也拖得不能再长。

听到"房卡"两字，夏薇第一时间生出的是促狭的想法，差点以为祁时晏想对自己做什么。

可她警醒地看向他时，又暗笑自己自作多情。

祁时晏对着手机回复之后，便起身走开了，连看都没再看她一眼，而他手里的手机也再没离开过他的视线。

他换坐到一角的沙发上，幽蓝的手机冷光映照在脸上，照见薄唇上一抹似有若无的笑。

夏薇收回视线，仰头将瓶中的水一口气喝完，捏扁了瓶子扔进垃圾桶。

水中仙不愧是五星级酒店，办事效率很高，不出两分钟，一张房卡就被送到吧台上。

夏薇拿上，转身离开。

不知道为什么，进了房间，躺在宽大舒适的大床上，人反而没了睡意。夏薇起来，进卫生间冲了个澡。

洗完出来，打开衣柜，里面挂着干净的睡袍。

穿之前，她擦去镜子上的雾气，对着里面的人端详了一阵。

从小，她便是爸爸妈妈的掌上明珠，受尽千娇万宠，尤其是马玉莲，一直悉心教导她如何做个名媛，从外在到内涵。

她从小就长得好，被人叫作骨相美人，五官立体、肌肤赛雪。

三岁开始学传统舞，身材管理得也非常好，加上她聪明知趣、得体大方，在一群同龄人中，她总是最出挑的那个。

那时候她受马玉莲的影响极大，总会想将来要嫁一个门当户对的人家，做一个像马玉莲一样懂生活、会经营家庭的太太。

不过这个门当户对的人家，在小时候并没有具体化。

直到进入高中，在一群女同学的尖叫声中，她见到了那个耀眼的少年——祁时晏。

然而，就在那个青春萌动的年龄，她同时得知了自己真正的身世。

——她并非孟岳松和马玉莲的亲生女儿，她和他们之间没有任何血缘关系，她的亲生父母是一对底层工薪阶层的打工人，她还有两个同血缘的亲弟弟。

世界在那一刻完全颠覆了……

而现在，孟家安排了一场联姻，是榆城豪门中最豪的门第，联姻的对象竟然是祁时晏！

那个将她视为世敌、只要一见面就对她羞辱打骂的孟荷，竟然成了祁时晏的未婚妻！

有时候，从自信到自卑，与一身好皮囊完全无关。

夏薇穿上睡袍，钻进被窝，将自己蜷缩。

窗户没关,薄薄一层轻纱被风吹开,月亮不知何时已沉没。

暗夜,无光。

一地吹不散的心事。

清晨,夏薇迷迷糊糊睡到八点才起床,匆忙把自己收拾好,走的时候才发现阳台上有个温泉池,可惜没时间泡了。

她惋惜了一声,下楼,退房,准备去上班。

到前台交卡时,看了眼墙上金色铜字的"当日房价",夏薇暗暗心疼了一下自己的工资,但前台笑着和她说:"小姐,您这张房卡,祁三少关照过了,记他名下就好。"

夏薇翘了翘唇,想起自己在麻将桌上赢的那些进账,也没坚持,心情不经意间好了些。

她推开玻璃大门,走出酒店,背影纤长、袅娜,裙摆在晨光里带起一阵风。

前台几个女工作人员八卦的目光紧紧追随着她。

"这女的是谁啊?祁三少居然为她开房。"

"哎哎,不要乱说,只是为她开房卡,是房卡,和开房天差地别好吗?"

"就算是开房卡也很稀奇啊,你见过祁三少为谁开过房卡?还亲自打电话来说,房费记在他名下,不要收人家的钱。"

"啊啊啊,什么意思,祁三少喜欢这款?他在追人家?"

"不能吧,祁三少什么时候追过人?那么多女的扑在他身上。"

"别乱说,你见他带哪个女的进过房间了?"

"不在我们酒店,可能在别的地方呢。"

"你就造谣吧,祁三少的名声就是被你这种人败坏的。"

"哎,你什么意思,想吵架?"

"好了好了,大家少说几句,做事了。"

几人叽叽喳喳,很平常的一天,一个小八卦,亢奋一阵,终究和自己的生活无关,用不了几天,大家有了新的谈资,这件事很快被淡忘。

就连当事人夏薇,也在渐渐淡忘。

夏薇在一家装修公司上班,叫嘉和装饰。公司规模很小,老板是三个人合伙的,沈逸矜是其中之一。夏薇的职位是前台,兼顾内勤,是沈逸矜的得力助手。

夏薇以前在办公室走动时，总是习惯将手机丢在工位，但最近机不离身，到哪儿都带着，时不时看一眼，期待又惆怅。

沈逸矜猜到她在等什么，鼓励她："你主动一点。那是你喜欢了八年的人，如今命运又让你们遇见，说什么也不能再白白错过。"

夏薇若有所思："我再想想吧。"

她喜欢祁时晏，没错，但她觉得那是她一个人的事。而现实中的祁时晏和她像是两个世界的人，就让他好的一面留在她心里，其实也足够了。

这么想的时候，夏薇将手机放到工位上，不再上心，不料手机又响了。

不过不是祁时晏，而是一条好友申请，是李燃。

李燃挺有意思的，才二十出头，长得微胖，皮肤却比一般男人还白，活泼欢乐，说话夸张，像个邻家大男孩。

夏薇开始以为他是哪个大学里暑假放出来的困兽，后来才知道，他和祁时晏一样也是家里有矿，是镀了金回来的海归派。

也是，他们那圈子里哪会有纯情的物种？

就上次打麻将，台面上虽然只有她一个女的，可四周围着看牌的全是女人。她们互相之间争风吃醋，那花的心力不比夏薇花在麻将桌上的少。

那时候夏薇想，她幸好是在替祁时晏打麻将，而不是看他打。如果祁时晏打麻将也是这样被一群女人缠着，她眼睛一定会滴血。

夏薇看着那条申请，手指顿了顿，点了通过。

她和李燃之间共同的朋友只有祁时晏，李燃加她，那一定是祁时晏给的号。

很快李燃发来消息：今天给我一个报仇的机会。

夏薇笑着回复：时间地点。

几乎不用等待，李燃便回了过来。

夏薇想了想，没有立刻答应，而是编辑一条消息，发给了祁时晏：李燃约我打麻将。

她要他的态度。

她想告诉他，她进入他们的圈子只为了他。如果他只是当个中间人，将她丢给李燃做牌友，她宁可不要。

可是消息发出去，很长时间都没有回复。

从下班到坐上公交车，夏薇紧握手机，一路心不在焉，心想自己是不是说得太委婉，短短几个字看起来像一句通知。

那天是周五,她要回她亲生父母家去吃饭。

他们住的地方偏离市中心,夏薇过去要坐一个多小时的公交车。

下车时,人群拥挤,握在手里的手机被人撞飞,等她跳下车,从地上捡回来,屏幕已经碎成了一张蜘蛛网。

夏薇哀叹一声,四周环顾,已经找不到肇事者。

她拍去灰尘,意外发现蜘蛛网里兜了一条绿色消息。

热辣的风吹开她额上的刘海,她仰头,笑得和头顶的烈日一样。

消息正是祁时晏发来的。

他发了一条很长的语音,说:"你只管去玩,输了算我的。我人不在,你有事找韩烟,我已经交代给她了。"

这句话信息量巨大,夏薇反反复复听了好几遍。

祁时晏不在水中仙,还是不在榆城?韩烟是谁?他们是什么关系?

她输了算他的,那他们这又算什么关系?

而且,祁时晏的声音有点低,像是不方便说话,刻意压低的,间接还有"嘀嘀"的仪器声,像是医院病房里某种监测仪的声音,他在医院?跟谁在一起?

但是无论怎样都好,她能感觉到祁时晏向她敞开了世界,任她自由出入。只不过,她等得久了点,这扇门都支离破碎了。

夏薇站在原地,有些委屈地、小心翼翼地在碎屏上敲字:祁时晏,你摔坏了我的手机,你要负责。

这一次几乎没让夏薇等,手机即时进来一条语音:"我怎么摔坏你的手机了?"

紧接着又一条:"怎么负责?"

前一句还好一点,后一句省略主语,语气轻佻,似乎在反问她:你这么诬赖我,怎么对我负责?

夏薇心脏狂跳了两下,她只是图个嘴上的痛快,压根没想过祁时晏会真的抠她字眼,追问过来。

她埋头,对着碎屏敲敲打打,可反驳的话组织得很困难,而且键盘也不太好用了,怎么都编不成句。

许是等得不耐烦,顶上的"对方正在输入"让祁时晏失去了耐心,他发送了视频请求。

夏薇手一抖,白花花的屏幕要不是还有一张贴膜在,估计直接分崩离析了。

忽然之间，脑子混乱，他们已经熟到可以聊视频的程度了吗？

然而，手指比她的大脑更有行动力，在她情绪还没控制好之前，视频已经接通了。

内心似有千万头羊驼奔腾而过……

然而，又一个然而。

屏幕上白茫茫的一片，没有人，没有声音。

夏薇举起手机，拍了拍，对着话筒低声"喂"了一声，屏幕还是没反应。

她又往前走两步，避开阳光，低头，举高，哪怕是将手机举过头顶，换了各种角度，屏幕上依然只有一片白。

"看来真的坏了。"

她嘀咕了一声。

正想关闭，却发现右上角自己的小视窗非常清晰，连额头上凌乱的头发丝都几乎数得清楚。

所以，不是坏了！

发现这个真相时，夏薇睁大眼睛，重新朝那片白色看去。

只是突然屏幕一黑，伴着对面一声"祁三少"的呼喊，视频被中断了。

祁——时——晏！

所以刚才不是手机坏了，没接通视频，而是祁时晏将他的摄像头对准了一片白墙，而她傻乎乎地以为手机坏了，对着镜头做出各种蠢表情，全被祁时晏看光了！

这个认知达成后，夏薇脸上红一阵白一阵，说不清是生气还是羞恼更多一点。

往父母家的这段路要步行二十分钟，夏薇便一路骂祁时晏骂了二十分钟。

当年高中时，夏薇高一读的是私立学校。

刚入学时，就听女同学议论高三有个男生叫祁时晏，桀骜不驯，张狂顽劣，特别会玩，会恶作剧，却架不住人长得帅，学习成绩还拔尖，学校上下几届的学姐学妹都被他迷得五迷三道。

夏薇那时觉得太夸张了。

每个年级每个班总会有那么一两个调皮捣蛋的男生，有什么稀奇？

她从小学舞，漂亮帅气的男生见得多了去了，就是少年出道的明星也见过不少，一个祁时晏还能盖过他们？

直到有一天，她亲眼见到了他。

那天，她去练舞，回班级交作业晚了，她匆匆做好，自己送到老师办公室去。

可是偌大的办公室里却只有一个人。那人坐在书本堆积如山的办公桌前，后背懒散地靠在椅背上，一条长腿横伸出桌外，吊儿郎当地搁在过道上。

夏薇走过去，对方没有收腿的意思，她便站在一步之外，礼貌地叫了声"老师"，问道："请问宋老师的办公桌是哪一张？"

闻言，对方侧头看了她一眼。

那一眼，让夏薇怔了几秒，那眼神散漫不羁，又深邃锐利，像道电流直接击中人心底的最深处，感觉整个人都被电麻了。

但是帅归帅，对方一张英气逼人的脸还是很有少年感，夏薇有一刻怀疑他不是老师，可他没穿校服，而且就他那随性肆意的坐姿也不太像学生。

迷惑的一瞬间，对方朝她伸出了手："高一新生？英语？拿来我看看。"

夏薇也不敢质疑，双手交上了作业本。

对方接过去，翻了两页，拿起一支红笔在上面批改："这个单词拼错了，这里语法也不对，这个地方错得离谱。"

夏薇低着头，看着那红笔在自己作业本上圈圈叉叉，触目惊心。

她从小读双语学校，英语不差啊，怎么这个人点出她这么多错误？

批到末尾，对方将作业本"啪"地拍在她手里，威压感十足："错的地方抄写十遍，单词句子都要抄。"

夏薇嗫嚅地应了声，转身想走，对方又叫住她："就在这里写，写完了再走。"

学校已经放学了，她不住校，每天有司机接送，这个点司机应该已经等在大门口了。可是对方气场极大，虽不知身份，她一个初入学校的新生也丝毫不敢顶撞。

于是，夏薇放下书包，拿出课本，在他后面的一张桌子上抄写作业。

而对方坐在那儿，也没再和她说一句话，好像在忙他自己的事。在安静的空气里总能听见他转笔和落笔的声音。

天色渐渐昏暗，对方的座椅"嘎吱"一声，他站起身，往门口走去。

夏薇抬头，光线不明，她只感觉他很高，双肩削薄，步履中没有为人师表的稳重，再次怀疑他的身份。不料对方转过头来，对她说："好好写，写完了才可以走。"

还是之前那教训的口吻。

夏薇只得听话地保证:"知道了,老师。"

对方满意地勾勾唇,手上抓着两本书垂在身侧,老气横秋地拍了拍,走出办公室。

夏薇一向循规蹈矩,在家从来没有忤逆过父母,在学校里和同学也和睦相处,在老师面前更是听话乖巧。

从小到大被留堂做作业的事几乎没有,没想到现在刚升入高一就发生了,还被留在老师办公室里写,想想就丢人。

夏薇埋头抄写,越写越快。

时间在笔尖"哐当"声中游走,抄写快结束时,有个老师走进来,看到她,好奇地问了一下情况,又敲了敲她前面那张桌子,问:"祁时晏什么时候走的?他作业做完了?"

即使时隔八年,夏薇还能清楚记得自己当时听到"祁时晏"三个字的感觉,简直是五雷轰顶。

那被捉弄的气愤和羞辱感噌噌噌往上蹿,蹿上头顶,就和现在一样。

不知不觉,脚下已经走到家门口,夏薇按了门铃,母亲王巧英给她开了门,家里父亲夏启炎、小弟夏晨都在。

几人吃了一顿沉闷的晚饭,夏薇帮忙洗了碗筷,从手提包里拿出准备好的钱放到桌上,交上这个月的家用。例行公事完成后,她便和父母道一声"爸爸妈妈再见",准备离开。

"急什么?再坐一会儿。"夏启炎发了话。

他喉咙粗,一说话,就感觉要发火,而且他很少笑,皮肤黝黑,浓眉大眼,夏薇特别怕他。

夏薇小声说:"我约了朋友。"

这个生父,她怎么都亲近不起来。

其实不只是生父,还有生母王巧英,和两个弟弟,整个家她都很难融进去。

倒不是嫌贫爱富,而是这个家和孟家的氛围、家教理念完全不一样。

她在孟家是心尖宠,爸妈疼爱,什么都是最好的。

可夏家重男轻女,孟荷以前在夏家过得简直像个大丫鬟,家里五个人的一日三餐和卫生都要她做,可她连个像样的房间都没有,只得到客厅角落一张钢丝床。

夏薇认回来后,第一次在家里吃饭,就被以立规矩的名义毒打了一顿,那张床她睡了两天就跑了。

从此,这个家她便再没住过。

"什么朋友?谈男朋友了?"王巧英把桌上的钱数了数,笑着问。

夏薇连忙否认:"不是不是,是女的。"

夏启炎看着王巧英手里的钱,对夏薇说:"你那个装修公司太小了,每个月这么点钱够干什么用?我看还是换个工作。"

"还好啦。"夏薇僵硬地扯了扯唇角,努力保持微笑,"现在工作不好找,以后再说吧。"

她看了眼墙上的钟,往玄关走去:"我得走了,我要迟到了。"

夏启炎的话还没说完,王巧英也想再说几句,可夏薇知道他们要说什么,内心抗拒,换鞋的速度飞快。

眼看王巧英朝她走过来,夏薇抬头笑了笑,凉鞋的鞋带也顾不上扣了,直接推开门,说:"妈妈,我走啦,拜拜。"

说完就关上门,把王巧英的声音阻在了门里。

这对父母能和她说什么?

一个无非要她重新找一份收入高的工作,另一个无非要她找个有钱的男朋友。

有时候夏薇会对孟荷心存感激,要不是孟荷,从小在这样一对父母身边生活,吃苦头的人便是她。

但这也是孟荷将她视为仇敌的原因。

外面天黑了,光影斑驳,不过一顿饭的工夫,白天变成了黑夜。

高大的树木遮挡了路灯,人隐在里面,像游荡的风。

夏薇重重地吸了一口气,往公交站台走去。

去水中仙之前,路过手机城,夏薇进去转了转,想换个手机屏,可是问了几个柜台都说她的机型太老,没法换。

"买个新手机吧,美女这么漂亮,怎么还用这么土的手机?"

手机店的老板一个个都很会揽生意。

夏薇笑着道了声谢,攥着自己老土的手机离开。

谁不知道新的好,但不要钱吗?

她现在一个月的工资分成三份，一份交给父母，一份交房租水电费，一份自己零花。

换手机是一笔大开支，她哪能随心所欲。

到了水中仙，夏薇轻车熟路地进了上次的场子。

这个场子看起来是个场中之场，是会所的一部分。先要经过会所的大堂才能进来，可这里又有独立的酒吧和设施，装修也比大堂奢华得多。

走进去，扫了一眼，人影晃动里没有祁时晏。

台球桌那儿，男男女女，李燃提着杆，在一阵笑骂声中从桌上撑起上半身，朝夏薇看过来，招了招手，示意她过去玩。

一桌人的视线都跟着投过来。

夏薇笑着摆了摆手，表示自己不会，让他们玩。

李燃没勉强，转回头去。

有人调侃，促狭着笑："品位高了啊。"

李燃瞪去一眼："祁三少的。"

"啧。"对方闭了嘴，收回黏腻的目光。

离着五六米的距离，夏薇听不清他们在说什么，但把他们的神色看得分明，本来她还有些警惕，忽然间就放松了很多。

她在吧台前勾了张高脚椅坐下，看见柜台底下一排没包装的水，朝酒保勾了勾手指，想要一瓶。

这次的酒保不是她第一次来时遇到的那个，他见夏薇面生，盯了她好一会儿，才不情不愿地拿出一瓶给她。

夏薇拧开瓶盖，自顾自地喝了一口，目光又将场子里形形色色的人扫过一遍，悄声问酒保："哪个是韩烟？"

酒保挠了下头，正想说话，这时门口进来一位穿着水绿色旗袍的女人，手里摇着一柄小巧的金丝楠木扇，走进吧台里面，往酒保身边斜身一站，身姿娉婷。

明明对方美艳惊人，酒保却一眼不敢相看，低下头，退到一边做事去了。

"韩……老板。"

夏薇脑筋转得够快，短短几秒钟内，将酒保的反应和对方的气质结合起来，肯定了对方的身份。

韩烟眼尾上翘，笑得风情万种："夏薇？"顿了一顿，又说，"不介意我直呼其名吧？"

夏薇笑："不介意。"

其实上回来，两人打过照面的，只是当时夏薇在麻将桌上，没把韩烟往心里记，更没想到这里这么大的场子是一个女人的，至少明面上是。

可见她一定有过人的手段。

韩烟笑："你很聪明。"

夏薇听着话里有话，得体地朝对方回了个笑。

韩烟保养如玉的手指一道一道地划着手中的盒子，说："多少人想来捞走里面的东西，你倒好，还往里面送。"

她说得委婉，意思是很多女人想从祁时晏身上捞钱，却只有夏薇敢放长线钓大鱼，给祁时晏投了那么大一个饵。

叫人刮目相看。

夏薇笑了笑，没有反驳。

麻将桌那边，桌对角支了两副酒水架，李燃在选酒，身边几个女人，光鲜亮丽。

夏薇拿起没喝完的水走过去。

韩烟在她身后，笑意冷下来："祁三少不喜欢聪明的女人。"

——"祁三少不喜欢聪明的女人。"

这一句与其说是忠告，不如说是警告。

夏薇假装没听见，径直走开了。

可是却不能不放在心上。

她甚至想，这是韩烟的话，还是祁时晏的话。

打麻将的四个人，除了夏薇和李燃，另外两个都是女的，分别坐在夏薇的上家和下家。

李燃跟她们很熟，手上打着牌，嘴里说着笑，时不时问个牌都是调情的腔调，另外两人便娇笑不断。

夏薇有些不自在，融不进去，又摆脱不开。

明明空调冷风吹得丝丝凉，她却闷得像在蒸笼里，透不过气。

午夜十二点还没到，两局下来，夏薇不想再打了，有些不在状态，但李燃不肯放人。

李燃说："祁三少说你上班忙，平时不能约，我这不憋到周五，才要到你的号码，你可不能走，走了多没劲啊。"

他让大家休息一会儿，亲自上吧台调了几杯鸡尾酒，第一杯递给了夏薇："别说祁三少不在，我没把你照顾好。"

夏薇被逗笑了，好像自己和祁时晏已经是男女朋友，得到公认，可是韩烟警告的话还在耳边一阵一阵地回荡。

"祁三少，人呢？"夏薇问。

李燃喝了口鸡尾酒，眉头紧皱，吸了好一会儿的气，才回问了一句："你不知道？"

夏薇后背靠着吧台，仰头笑了下，很抱歉辜负了李燃将她和祁时晏锁在一起的美意。

这下，轮到李燃尴尬了，闷头喝鸡尾酒，大男孩的率真表露了出来。

夏薇仗着自己比他大一岁，后背抵住吧台，朝他身边逼近一步，抬起一只手，将他的鸡尾酒抽走。

"姐姐。"李燃讨饶，叫了声。

夏薇眼神凶狠："叫姐也没用，快说。"

眼看着自己两个女伴从卫生间回来了，李燃急着甩开夏薇，三言两语坦白道："祁三少和许颖去临川了。许颖你知道吧？她有个弟弟在临川上大学，最近失恋，要死要活的。"

话说完，趁夏薇分神，李燃抢过自己的鸡尾酒就跑，和他的女伴一块儿去了。

又是一句信息量巨大的消息。

许颖？

夏薇当然知道她是谁。

几年前，许颖出道演了部电影，凭着敢爱敢恨的大女主人设，拿了个最佳新人奖，名噪一时。

第二部签了个女一号，却因不满被资方潜规则，被迫违约，要赔偿几千万，热搜上闹得沸沸扬扬。

后来热搜被压下去，与经纪公司解了约，听说是全靠某个豪门阔少摆平的。

那豪门阔少被拍到照片，和许颖共进晚餐，一同进出酒店，因为颜值高，被许颖粉丝疯狂嗑CP。

那时候，夏薇认出了人，是祁时晏，心里难过了很久。

再后来，许颖签约进了一家传媒公司，做自由旅行主播，短短几年时间圈粉上千万，成了传媒公司的一姐。

而那传媒公司，夏薇查过，是祁家望和集团旗下的，成立时间正是热搜风波之后。

不用说，肯定是祁时晏主导的。

这几年，祁时晏身边的绯闻一茬又一茬，和许颖的 CP 却从来没倒过。

夏薇有时候会猜他俩究竟是什么关系，可是猜到末尾，总是自己黯然神伤。

忽然想起上次，她在这里的时候，祁时晏凌晨接的那条语音微信，怕不是许颖吧？

许颖弟弟的事，祁时晏都要管，那他们的关系只会比自己想象的还要好。

夏薇低头喝了口酒，不知道是不是太难喝，胃里一阵抽痛。

她走去麻将桌前，兴致所剩无几了，就像自己对祁时晏的想法。

这八年是她最苦闷的年岁，但因为心里有个祁时晏，这八年也成了她最富有的年华。

可是如果现在因为接近他，而让自己心里那个祁时晏幻灭掉，她怎么受得了？

不玩了吧，输光了，她会变得一无所有。

夏薇看向李燃，想跟他说不打了。

李燃却朝她走过来，笑着和她并肩靠上，将手机举在两人面前，对视频里的人说："我刚说了，我们要打通宵，我就要趁你不在，赢光你的钱，你可千万别小气。"

视频里的人正是祁时晏。

他那里灯火不明，像是在阳台。只见他弯腰压着一只手肘，懒散地趴在栏杆上，那修长的手指间夹着一点猩红，在夜风里明明灭灭。

他侧着脸，朝视频投过来一抹笑，淡淡倦意。

夏薇看见他眼底青黑，漂亮的卧蚕微微暗沉，怕是没好好休息过吧。

祁时晏说："你也就这点本事了，趁我不在，可劲儿欺负人，你的良心不会痛吗？"

"不痛啊。"李燃嘻嘻笑，一只手搂过夏薇的肩膀，将两人的脑袋用力靠了靠，一个很亲近的举动，说，"夏薇现在已经在我温柔的臂弯里沦陷了。"

"滚蛋。"夏薇抬起一拳，砸在李燃身上。

李燃"哎呀哎呀"捂着心口，喊"好痛好痛"，夏薇趁机又捶他一拳："赢我那么多钱，这点痛算什么？"

祁时晏隔岸观火，握着手机笑，中间闭了闭眼，换了个姿势。

夏薇从李燃手里抢过手机，对视频里的人说："我今天可背了，输得有点惨。"语气颓丧。

后面还有一句"以后不想玩了"卡在喉咙口，犹豫间又吞了回去。

"输就输了，等我回去挣回来。"男人慢着步子，靠到墙上，偏头垂在一侧。

他说"挣回来"哎。

是"挣"，不是赢，也不是赚。

有种拼命努力，为她一搏的感觉。

忽然之间，所有的阴霾都像是被这个字劈散，转而晴朗。

夏薇笑了，说："祁时晏，你好会哄人。"

她不知道，她的笑像泥沼里突然绽放的花。

纯然，清绝。

惊艳了人的眼。

祁时晏喉间一阵痒意，挪开手机，咳了几声。

镜头晃动，扫过窗户。

夏薇朝里探了眼，酒店房间豪华大气，没有第二个人，她稍安了心。

可安心不过一秒，手机里不知从哪儿传来推拉门的声音，同时有个女人的声音响起："哎？你怎么还没睡？"

没看到人，只看见祁时晏抬了下头，眼神不躲，也没搭腔。

他看向手机，说："好好玩，玩得开心，输赢不重要。"

夏薇抿了下唇，当作接受他的嘱咐，预感他要挂断视频，脱口问了句："你什么时候回来？"

许是没料到这一问，又好像他们的关系还不至于此，夏薇察觉到男人的眉梢微微蹙了下，而后听见他倦懒的声音："过几天吧。"

夏薇"哦"了声，主动关闭了视频。

有人将舞台上的灯光打开，红红绿绿一片斑斓的繁华。

鼓噪的音乐响起，众人迷醉在这片没有白天黑夜的世界。

夏薇准备离开，走之前去了趟卫生间，不巧，遇见了晚晚，多聊了几句。

今晚麻将桌上另外两个女人，一个叫姗姗，一个叫晚晚，一听就知道不是真名。

晚晚正对着镜子补妆，两人打了声招呼。

等夏薇出了卫生间隔间，晚晚还在，抹着口红，从镜子里冲着她笑，有点儿想套近乎。

夏薇走到旁边,开了水龙头洗手。

晚晚收了口红,侧身,低头,小声问:"你和祁三少……"

水龙头水流大,湍急,冰凉,冲在手指上冲出很多水花,有种刺激感。

夏薇洗好手,否认说:"不是你想的那样。"

"你不用不好意思。"

晚晚笑了笑,这时口红颜色更深,整个人的妆容艳了几分:"我来的时候也喜欢祁三少,但是姗姗说他很难接近,我就放弃了。"

"可你才来两次吧,怎么就……"

"李燃说,祁三少很喜欢打麻将,从来没叫人替过,你是第一个。"

夏薇沉默,双手伸到烘手器下,机器开动,发出轰鸣的噪音。

烘干手后,发现晚晚还在抱臂看着她,等答案。

夏薇只好说:"我就是替他打麻将的。"

原本得知自己是第一个替祁时晏打麻将的人,夏薇心里还有窃喜,可是输成那样,便怎么都高兴不起来。

虽然对于他们那些人,打牌只是胜负欲的一种较量,和金钱的实际意义关系不大。可是她自己不敢那么想,毕竟她将祁时晏的第一名给输出去了,往下掉了十几名。

周六在家补了一天的觉,夏薇睡得昏昏沉沉,困意消散时,天已经黑了。

手机屏碎得很难看,夏薇从通讯录里翻找出江悦的微信号,给他发一条消息:最近有活动吗?

江悦是一家策划公司的总监,手上案子多的是公关活动,人手不够时需要找兼职工。

夏薇大学时找兼职,偶然的机会下认识江悦,跟着做过几次,日薪还不错,后来便保持了联系,手头紧的时候就去他那里赚外快。

很快江悦回复:巧了,明天有一场画展,礼仪还缺人,你来吧。

夏薇欣喜:OK,时间地点给我,一准儿到。

画展是某个权威协会举办的,规模有点大,分好几个展厅,想必参观的宾客也会有很多。

翌日一早,夏薇提前半小时到场,找到对接的人,领了服装,将宣传资料和展厅先熟悉了一下。

江悦很忙，两人碰面招呼了声，没能多聊。

夏薇换上红色礼服，身材被包裹得窈窕有致，再将一头秀发高高盘起，露出天鹅般白皙的细颈，在清一色的同服装的迎宾礼仪中，她便成了鹤立鸡群，气质最为出众的那位了。

负责人毫无迟疑，将她安排在了正门口。

那是客流量最多的地方。

人来人往，上午还好一点，下午参观者越来越多。

夏薇脸带微笑，说了上千遍的"欢迎光临"，喉咙都要冒烟了。

而大门口两侧，迎宾礼仪各有一位，但她这一侧的来宾明显多一点，谁不乐意和美女更近一点呢？

不过也有例外。

孟荷和马秀秀走进来的时候，不怀好意地故意走她那一侧。

孟荷走到夏薇身边，慢下脚步，轻蔑地低骂一声："丢人现眼。"

马秀秀挽着孟荷的胳膊，阴阳怪气地帮腔："穿成这样站在这儿，我差点以为你是站街的。"

孟荷不用说了，自从十五岁那年身份换回后，她对夏薇便充满了敌意，好像自己大冤种的人生终于找到了发泄口。

而马秀秀是马玉莲兄长的女儿，和夏薇年纪相仿，从小被夏薇比着长大，嫉妒心重。

敌人的敌人便是朋友。

孟荷和马秀秀两人完美演绎了这句话，因为有着共同的忌恨对象，臭味相投。

夏薇不想起争执，只当作没听见，手里的资料也没发给她们，直接对她们身后的人报以笑容，将资料送了出去。

孟荷和马秀秀讨了个没趣，后面人多，也不便再吵，便往里走了。

可此事没完，孟荷想起上次的事，怒气在心口集聚。

上次要不是她在外面无聊，提前回家，都没想到她的亲生父母会和夏薇偷偷相聚，还有半路杀出来的祁时晏，就那么堂而皇之地将夏薇带走了。

她哭过闹过，可父母却要她大方一点，别让祁时晏退了婚。

她只好忍耐了下来。

马秀秀盯着夏薇，在孟荷耳边出主意："你看见她身上的礼服了吗？只有一根肩带。"

夏薇身上的礼服是抹胸露肩款，胸前层层叠叠的绢纱缀在她柔婉精致的锁骨上，而白皙纤瘦的香肩只勾着一根红色的肩带，这绝配的颜色恰到好处地提升了她整个人的气质，性感又大方。

可孟荷和马秀秀看在眼里，却看出另一副模样。

如果那根肩带忽然断掉，再往下一扯……

想想就刺激。

孟荷嘴角扯出笑意。

两人在自助取餐区拿到一把水果刀，孟荷用手提包做掩护，挡着刀从背后一步步向夏薇走去。

五米、三米、一米……

马秀秀走在旁边，激动地搓手，只等孟荷一刀下去，她就上去扯衣服。

"喂，那个女的，偷了把刀！"

忽然，身后有人冲出来大叫。

孟荷听见，心一慌，什么也顾不上了，举着刀就朝夏薇扑过去。

夏薇转头，也是一惊，瞧见一张狰狞的面目。

电光石火间。

两人仅半臂的距离，一条大长腿飞起一脚，踢中孟荷的手，踢得她"啊"一声惊叫，水果刀脱落，掉到地上，白森森的刀刃亮在四周惊恐的视线里。

人群一时炸锅。

保安们迅速围上，制住孟荷，马秀秀吓得趁乱跑了。

"夏薇，你没事吧？"江悦挽了挽衣袖，走向夏薇。

刚才那一脚就是他踢的。

那么巧，他过来找夏薇，准备换人，让她去休息，没想到遇上这种事。

夏薇将一摞资料捂在胸口，脸上煞白，惊魂未定。

事情很快被压下去，孟荷鬼哭狼嚎，挣扎着被保安带去警卫室，夏薇和江悦也一起去了。

保安问江悦，要不要报警，江悦看向夏薇。

夏薇站在孟荷对面，比孟荷高半个头，捏紧的拳头微微发抖。

思前想后，最终还是给马玉莲打了个电话。

不出一小时，马玉莲赶了过来。

刀被放在了桌上，刀锋锋利，在灯下发着刺眼的光。

孟荷哭着对母亲狡辩："我只是想吓吓她，没想干什么。"

马玉莲抖着手,朝孟荷打了一巴掌,打得孟荷憋住了眼泪,委屈地蹲在地上,大气不敢出。

孟荷不懂事,马玉莲怎能不懂?

眼下画展场面隆重,进出的都是上流社会人士,孟荷闹出这样的事,不仅丢了孟家的脸,还对主办方和承办方都不利,传出去,影响恶劣。

马玉莲对江悦说了一些抱歉的话。江悦客气地摆了摆手,表情严肃:"幸好夏薇没事,我们这边可以不追究。但是孟小姐对人动刀子这事,威胁人身安全,夏薇今天是运气好,如果孟小姐还有下次怎么办?"

"我会好好管教女儿的。"马玉莲放低自己的身份,姿态谦卑地对着江悦说,"也谢谢你救了夏薇,避免了一场不幸。"

"不客气。"江悦点点头,看向夏薇,又提了个要求,"今天这事,孟小姐最好给夏薇道个歉。"

"我才不道歉,看看现在,是我比较惨好吗?"孟荷从地上站起来,摸着被马玉莲打的半边脸。

"小荷!"马玉莲呵斥她一声。

孟荷瘪了瘪嘴,不说话了。

夏薇只觉得可笑,脸别向马玉莲的反方向,只留后脑勺对着她们,说:"走吧,我不想再看见她。"

马玉莲看着年轻女孩,眼眶一红,泛上泪意。她从来不知道夏薇在外面兼职打工,那是她曾经的心头宝贝啊。

可是当着人面,什么都说不得,她吸了下鼻子,拉过孟荷,出了警卫室。

江悦抽了张纸巾递给夏薇,夏薇谢了声,轻轻擦了擦眼角,不知道是泪还是汗,湿透了一张纸。

"孟家怎么养出这么一个女儿?"江悦看着窗外那对母女的背影,有意开导夏薇。

夏薇沉默了下,暂时不想说话,避开江悦的目光,往外走去:"我去吃点东西。"

她去餐饮区,取了一碟水果,选了个角落,慢慢吃着,整理心情。

可心情还没整理好,又遇上了晚晚。

晚晚走进来,见到她时,双方皆有诧异。

晚晚是跟着一个男人来的,那男人四十多岁,一身昂贵西服,油头粉面。

夏薇怕晚晚尴尬,眼神一触即离,低头继续吃东西。

倒是晚晚走到她身边，熟络又意外地问："夏薇？你怎么在这儿？"

夏薇只好挂起营业的笑容："我在这儿兼职。"

"是因为那天打麻将输了钱吗？"

"是啊，老底都输没了，要赚钱还债啊。"

本来是话赶话的一句戏言，只是夏薇心情不好，言语间让人听起来很悲伤。

晚晚当了真，兴师动众地把这事发消息告诉了李燃，李燃又大惊小怪地告诉了祁时晏，祁时晏收到后，眉头皱了又皱。

临川，酒店一楼的咖啡厅里。

祁时晏打开和夏薇的聊天框，想说点什么，却又不知道说什么。

小圆桌旁边的许颖手指捏着小调羹，慢慢搅动咖啡，看过来，问："有事？"

祁时晏没吭声，摁灭了手机屏，将手机丢到桌上，双手交叉抱到脑后，仰头懒散地靠在藤椅上。

"等许铭出院，我就放你走。"许颖笑着说，语气不强势，也没有歉意，全然是老朋友之间的熟稔。

许铭是许颖的亲弟弟，失恋了，喝酒喝到胃出血，又加上阑尾炎，住院住了一星期。

这事瞒了家里人，只有许颖知道，可她一个人弄不来，便找了祁时晏这个人闲人来帮忙。

祁时晏合着眼，没动。

许颖又说："下一期路线我们已经定好了往西北走，去大草原，本来计划一个月，现在我打算拉长到两个月，带许铭一起去，带他散散心。"

这是谈工作了。

祁时晏依然没给反应。

他是传媒公司的幕后大老板，也就是真的幕后，具体事务从来不参与，而这身份也就许颖这种资深主播知道。

"哎，你有空多说说许铭。"一个人说话实在太寂寞了，许颖拍了下祁时晏的扶手，要他给一点回应。

祁时晏这才缓慢地坐起身，懒声道："说什么？我说不动他。"

许颖喝了口咖啡，笑道："你怎么说不动他？你俩这几天不是聊得很好?"

男人手肘支在桌沿,声调玩味:"他问我,有没有爱过人。"

时间静止了一瞬。

许颖大笑,手里的咖啡碟差点没端稳,洒了出来。

好一会儿,她才有所收敛,发出嘲弄:"那么,你有没有爱过人?"

爱是什么?

虚无缥缈,似是而非,哭哭啼啼,缠绵悱恻的产物。

这是祁时晏的理解。

最是无用的东西。

这是他的总结。

三岁看终生。

什么都不需要打拼,想要就能有,别人眼里的富贵,于他,是种无聊。

什么都不在意,万事不过心。

从来没有得不到的,也从来没有能让他惦记入心的,年纪轻轻,一身的懒劲和暮气,看透人生似的。

许颖说:"你就是命太好了。"

好到不需要爱。

但许铭说:"爱是悸动,是珍惜,是相思,是那个人站在你面前,你还会想着她。是想要拼尽全力,为她做尽所有浪漫的事,是她仰望一颗星,就想为她摘下来。"

"你有过这种感觉吗?"

祁时晏笑他:"所以,你进了医院,我没有。"

夜里,手机连续进来几条消息,全是李燃发的,叫祁时晏去看榆城头条,又怕他懒得翻,直接转发了一段视频过来。

视频里是某个大型画展,大门口一身红装的迎宾礼仪美得像新娘,镜头对准她,离着七八米之远,在长龙的队伍里缓慢移动。

应该是某个参观者拍的。

忽然,门口一阵骚动,人群惊叫,几个人影穿过,挡住了镜头。等拍摄者举高手机,重新切入画面,那身红装瑟缩地背过了身,身边围着保安,还有一个男人,白衣黑裤,背阔挺拔。

紧接着，那男人伸长胳膊，拢过那个红装女孩离开了现场，大有呵护疼惜之感。

最关键的混乱场面没有拍到，有评论说这是猥亵男事件，幸好及时出现了一位正义的高富帅，英雄救了美，简直是天降奇缘。

△直接锁死！

△原地结婚！

△接好运，接喜气！

有弹幕乱飞。

祁时晏整段视频看下来，无波无澜，只在最后两秒的时候，眼皮跳了两下。

那男人的胳膊搭在女人纤薄的后背上，太刺眼了。

什么天降奇缘，这才是猥琐男。

祁时晏给李燃发去一条语音："榆城现在这么'荒'吗？什么玩意都上头条？"

李燃大笑，继续拱火："你就说你吃醋了吧，吃醋了吧，哈哈哈！"

祁时晏没再理他，将手机插进兜里，一个人走出酒店房间。

天色已黑，夜色弥漫，喷泉、水声、树木、荧光灯，一切人造的景观矫揉造作，唯独天幕中一弯月，银光清绝，才是人间真实。

祁时晏闲闲地站在台阶上看了一会儿，觉得那个姑娘有点儿傻。

见过几面，都是被他牵着鼻子走，就像上次那个视频，也被他捉弄得傻极了。

可那双琉璃般的眸子，每次看着他的时候，总是既怯又认真。

打麻将这事，是他起的头。

那天因为订婚的事，心情不好，几人打麻将，他兴致缺缺，又没人顶替，不知怎么就想到了她，把她叫了去。

姑娘傻傻的，赢了也不知道邀功；第二次大输一场，又伤了心，还得他哄。

祁时晏打开手机，点进那个傻姑娘的聊天框，按下语音键，语气几分不耐："我不是说过输就输了吗，就是玩。"

夏薇收到消息时，正在江悦的车里，江悦送她回家。

她转成文字，反复看了几遍，想起和晚晚的对话才反应过来，回了一条解释：不是为了你，是我手机不行了，我想买新的，攒点钱而已。

没一会儿，回复来了，夏薇还是转成了文字。

祁时晏说:"就是那个被我摔坏的手机?"

夏薇看着这几个字,心头一跳,莫名看出了一朵花。

不,是鲜花满地。

夏薇唇角不自觉地扬起笑,双手抱着手机,心情忽然变好了。

而耳边听见江悦说:"这怎么变成猥琐男了?这事的风向很怪。"

有同事打电话告诉他,他们上了榆城头条。

他去看了一眼,有图有视频,却没有真相,评论也奇奇怪怪,居然都在嗑"英雄救美"的CP。

"那是孟家啊。"夏薇叹了声。

孟家有多要面子,她太清楚了。

当年要不是有人说了一句她长得不像孟家夫妻俩,抱错孩子这事也就不会被揭开,她和孟荷换回身份后,也就不会瞒天过海,几乎无人知晓。

但无论怎样,那是养育她十五年的家,她要感恩图报,不可能去拉踩他们。

"也是。"江悦赞同地点点头,转头看向副驾驶位上的人,笑着说,"我俩这CP也不错,没想到我第一次上头条,能和你有这么好的缘分。"

夏薇一半心神在手机上,敷衍地笑了下,没留意对方的话。

江悦边开车边说:"那个孟家小姐够歹毒的,居然敢动刀子。你要是不介意,可以把事情告诉我,我来帮你摆平,不然你以后怎么办。"

想起先前的事,他还心有余悸。

但夏薇摇了摇头:"我和她之间的事没人摆得平。"

以自己对孟荷的了解,她能肯定孟荷并不敢真的对她动刀子,不过想划破她衣服,让她出出糗倒是有可能。

她低头看眼手机,祁时晏的话还在碎屏最显眼的地方亮着。

前头未婚妻阴险算计她,后头未婚夫给她发消息颁安慰奖。

这是种什么体验?

这消息怎么回?

夏薇哑然,暂时摁灭了屏幕,回到和江悦的对话里,说:"今天这事我一定要谢谢你,改天等我攒够了钱请你吃饭。"

江悦笑,说了声好。

回到家,夏薇冷静了一下,将祁时晏的语音点开,重复听了好几遍。

前一句是责怪的语气,后一句是玩笑,似乎和孟荷的事一点关系也没有。

估计他还不知道今天发生的事。

也是,头条里的真相都被掩盖了,孟家又怎么可能让未来姑爷知道自己女儿的劣迹。

那祁时晏对他的未婚妻到底是个什么态度?

他们什么时候结婚?

摔坏手机的玩笑是她起的头,可现在开到这份上,她却不敢接了。

祁时晏是慷慨的,那么多钱被她输了,一句计较都没有,还反过来安慰她,再顶了她的诬赖又如何?

但是这种慷慨,也仅仅就是慷慨了。

不会有她想的那些旖旎心思。

这也是他为什么又渣又浪,还深得人心的原因。

想来想去,夏薇也不知道怎么回这条短信,时间一长,干脆不回了。

沈逸矜还没回来,进入下半年,公司业务多了很多,夏薇给她发消息,问她晚饭吃了没。

沈逸矜回复语音:"在路上,马上到家,就快饿死了。"

夏薇这就进厨房,从冰箱里找了找食材,发现还有土豆、木耳、香菇,简单做了个卤,算好时间煮面条,等沈逸矜到家,香喷喷的土豆卤面刚刚好。

两人一起吃饭,交流了一下这两天各自身上的事。

夏薇问沈逸矜:"你和祁渊怎么样了?"

沈逸矜喝口汤,摇了摇头:"很烦,不想理他。"

夏薇:"你知不知道,现在渣男那么多,像祁渊这种深情种就快绝迹了。"

"那你知不知道,深情和偏执之间的区别?我现在只感受到他的偏执,而不是深情。"

"你驯化一下他嘛。"

"不会。"沈逸矜笑着道,转过话题,问,"你呢?浪了一个通宵,渣了祁时晏没有?还是被他渣了?"

夏薇被她的话逗笑,拿纸巾擦了擦鼻尖上的汗,说:"你信不信,祁时晏根本不在,我就是跟他的朋友打了一通宵的麻将。"

沈逸矜笑得拍桌子:"可以啊,先把他的朋友处成朋友,他还不由着你搓圆捏扁?"

037

两人一阵笑。

吃过饭,想到明天要上班,周末只剩最后一点尾巴了,沈逸矜提议:"上次你选的电影还没看,今天看吧。"

夏薇欣然同意。

两位好闺蜜前后洗了澡,抱上一碗葡萄,头凑头躺到床上,面前架起小电脑桌,一起看电影。

也许太累了,电影开场十分钟,沈逸矜便睡着了,脑袋歪在夏薇肩头上,双手还抱着葡萄。

夏薇失笑,想起上次和祁时晏一起看电影,祁时晏也是一开场就睡着了,难不成自己还有陪看电影催眠的能力?

她悄悄拿开葡萄,怕沈逸矜没睡熟,一动就醒,索性就让沈逸矜靠着自己睡,她则将音量调小,一个人往下看。

电影画面一帧帧变幻,光影投在人脸上,有种岁月静好的安逸。

那次看电影,是祁时晏提的。

那天祁渊有心来家里陪沈逸矜,为了支开夏薇,便让祁时晏约了夏薇出去。

夏薇赴了约,两人一起吃了晚餐。

席间交流不多,以至于一顿精致的西餐一个小时就吃完了。

祁时晏说,找个地方坐坐吧,这一坐就坐进了电影院。

当时夏薇心里是欢喜的,她从来没敢奢望过那样的一天,和祁时晏共进晚餐,和祁时晏一起看电影,就像男女朋友约会那样,而且,只有他们两个。

那天,祁时晏选了个豪华厅,还很体贴地给她买了可乐和爆米花,这两种食物在舌尖交缠,是爆浆的甜,像心底"嗞嗞"往上涌的蜜,溢满口腔。

只不过电影开场没多久,祁时晏就睡着了。

夏薇有一点哭笑不得,敢情男人是为了睡觉才来的电影院吧?

沙发软椅宽大,只见他睡得极其放松,折颈垂目,双手交叉在胸前,双腿交叠,伸在前排的座椅底下。

夏薇将两人中间扶手上的可乐挪到自己另一侧,吃爆米花的动作也轻缓了些,生怕吵到他。

可是她那点动静怎么可能有电影的声音大?

想到这儿,夏薇扯了扯唇角,抓起一大把爆米花一同塞进嘴里,嚼得噼里啪啦响,反正吵不醒你,我也吃个痛快,谁都不要形象了。

可谁知,男人脑袋突然一歪,毫无预料地砸到她肩上。

夏薇的心脏停跳了两秒，他紧闭着嘴唇，上半身稍微动了一下，随即他的头部也往下垂了垂，沉甸甸的，落在了她的颈窝里，使得她的呼吸更加不畅。

然而，即便如此，祁时晏也没有醒来，似乎得到了一个更舒适柔软的枕头，睡得更沉了。

夏薇的视线下移，男人的头发有些长了，曾经染黄的发不知何时变回了本色，蓬松又细密，一缕缕地扎在她的肌肤上，有些痒。屏幕上的光打过来，薄薄的一层光在他发梢上，光泽变幻，像她的心情，变来变去，无法安定。

男人身上的体温很高，紧贴的皮肤被他灼热，渐渐像细胞感染一样，渗透血液，侵袭全身。

她从未和一个人如此亲近过，那种感觉，刺激、酥麻，又激越澎湃，心跳乱到难以复加。等到强制平复时，胸口上又感受到了一种缱绻缠绵。

舍不得挪开那颗脑袋了。

后来电影散场，祁时晏醒来，抻了抻脖颈，懒洋洋地掀开眼皮，适应了一下头顶大亮的灯光，声音松散又眷恋般："这就结束了？"

就是有那么一种人，总是能惹到你生气，却又让你无法真的生气。

第二天早上醒来，手机里躺着几条微信，全是马玉莲发来的，其中还有一笔转账。

马玉莲：抱抱薇薇，宝贝乖。

马玉莲：妈妈和爸爸已经说过小荷了，她知道错了，她拿刀子只是想割破你的衣服，没想真正伤害你，以后也不会再这么做了，你原谅她吧。

马玉莲：宝贝你怎么会去做兼职，是钱不够用吗？还是他们又找你要钱？

马玉莲：以后有事就和妈妈说，别自己一个人扛，爸爸妈妈永远爱你！

夏薇捧着手机，视线渐渐模糊。马玉莲和孟岳松对她的好，她都记得的，但是再好也比不过血脉之亲。

转来的钱是一笔大数额，他们在钱上从来不吝啬。

但是，她没有点击接收。

不是自己的，终究不是自己的。

拿着心里愧疚。

就像当年孟荷一定要她离开孟家，连她所有的物品、衣服都不许带走。

孟荷说："这些全都是我的，被你偷去了十五年，你怎么还有脸带走？"

以至于夏薇一夜之间从一个骄傲的公主失去了所有，变成了两手空空的灰姑娘。

后来去普高读书,接着又是四年大学,夏家不愿花钱让她读书,全是孟家暗中资助,瞒着孟荷,夏薇才有幸读完。

那种感觉真的像是偷。

每花一分钱都是心虚,每天过得都是酸楚,像在经历别人的人生,游走在虚与假的边缘。

工作后,她才渐渐自立,渐渐找回自己。

孟家的钱不能再要了。

夏薇回复:谢谢妈妈,兼职只是给自己找点事做,我不缺钱。

嘉和公司里忙忙碌碌,时间过得很快。

夏薇有空便看一眼手机,周二,她发现祁时晏更新了一条朋友圈。

一张照片里,一个帅气干净的大男孩抱着一只大狗,脸上是大病初愈的苍白,而那只狗在主人的怀抱里兴奋地吐着大舌头。

上面配着一行字:相依为命,一对父子。

这恐怕是在调侃人家失恋,狗子没了妈。

夏薇猜,这个大男孩就是许颖的弟弟,但许颖没有出镜,一如既往,从来没有她的任何一丁点相关信息出现在祁时晏的朋友圈。

其实别说是许颖,任何一个女人都不曾出现在祁时晏的朋友圈。

这人就是这样,看似处处留情,却从不走心,连个朋友圈都不让进,最是无情。

不过话说回来,许颖的弟弟没事了,祁时晏是不是该回来了?

夏薇打开两人的聊天框,最后一条消息还停留在男人的语音转文字上。

她那次没回,祁时晏也没再发。

不知道他还会不会再找自己?毕竟自己输了他那么大一笔钱。

人像是忽然掉进一个大坑,叫患得患失的坑,心里有期盼,又怕期盼不到,感觉有所联系,可手一伸,却又什么也抓不住。

这种状态持续到周五,手机"嗡"的一声响。

正是祁时晏发来的:"过来打麻将。"

还是那懒散的声调。

夏薇将破手机贴在胸口好一会儿,感觉到心房有力的振动,才觉得自己的一颗心有了着落。

她回问：几点？

祁时晏这回很罕见地回了文字给她：早点。

这回答……

有调侃，也似乎有想快点见她的心。

手机屏上的裂痕，不再像蜘蛛网，而像一朵烟花，绚烂、夺目。

下了班，夏薇便和沈逸矜分别。

祁时晏叫她打麻将，没叫她吃晚饭，夏薇想，那她还是自己解决晚饭再过去比较好。

于是，她在街上随便找了家餐馆，点了个盖浇饭吃了。

到水中仙，时间有点早，但这里是不分白天黑夜的，任何时候总有人在。

灯光如火焰般，在昏暗与明亮中深浅不一，围聚着一群又一群寻欢作乐的人。

祁时晏还没来，李燃也不在，场子里没一个她认识的人。

夏薇坐到吧台前，向酒保要了瓶祁家的山泉水。

这场子来第三回了，她的活动区域还是局限于麻将桌、卫生间和吧台。

她不排斥这里，因为这里有祁时晏。但要她深入这个圈子，她希望有个人来带，而那个人也只能是祁时晏。

旁边灯光一暗，有人走近她身边。

夏薇警惕地将上身往吧台上一压，侧眸，投过去一瞥，是个陌生男人。

对方一张斯文败类的脸，朝她轻佻一笑，跟酒保要了两杯酒，推了一杯到她面前："小姐，赏个脸。"

暧昧搭讪，这种场合比比皆是。

夏薇扭过头去，不理。

对方也没纠缠，端起自己的杯子，信步走向桌游区，一个人玩起沙滩弹球。

夏薇转头，偷瞄了一眼。那人的头发有些凌乱，身上穿着一件浅灰色衬衣，袖口既不挽也不系，松垮垮地敞着，脚上居然穿着酒店的一次性拖鞋。

太随性了吧。

好像这里是他家的后厨房。

游戏结束后，那人端着空杯回到吧台，又要了一杯，半侧着身斜靠在吧台上，面向夏薇。

不等他开口，夏薇一甩脑袋，抬手支肘，将后脑勺对着他，态度依然冷漠。

半晌，听见对方对酒保说："签单。"

而后，"沙沙"落笔声响起，身边暗影消失，那人走了。

夏薇这才转回头，松了口气，再看桌上，那人请的那杯酒还在。

琥珀色的液体在透明酒杯里泛着光泽，既昂贵，也吸引人。

灯光晃动，四周人影绰绰，酒香令人迷醉。

她忽然生出一种跃跃欲试的心情。

夏薇朝门口看去，确定对方不会再回来了，端起杯子，浅浅地抿了一口。

口感热辣、醇厚，还带有些许丝滑。

她又喝了一口。

她低头打开手机，想知道祁时晏什么时候到，又不太好意思催促，翻看他的朋友圈，什么也没有。再翻看李燃的，这么巧，发现他半小时前刚更新了一条朋友圈。

那是一段十五秒的视频，豪华包厢里，一群人热热闹闹地坐在大圆桌前，镜头扫过每张脸，笑骂声一片。

祁时晏也在其中。

左边的女人在往他酒杯里倒酒，右边的女人在给他拆筷套，他自己则低头看手机，既融入其中，又似乎游离在外。

生气吗？生气啊！

为了他两个字，她随便吃了个盖浇饭就匆匆忙忙地赶来，他倒好，左侍右候，豪华盛宴才开始。

喜欢一个人就是这样卑微吗？

夏薇仰头，一口将杯中酒喝尽，刺激的呛感冲进喉咙，像是往一堆柴里浇了汽油。

她敲了敲吧台，问酒保："这里哪种酒最贵？"

酒保看了她一眼，是上次那位。

他指了指柜台顶部的一瓶，问："你要喝？"

"不行吗？"夏薇将酒杯用力地放到桌上，示意对方倒酒。

酒保犹豫着，没动。

夏薇轻嗤："怕我拿不出钱？"

那一秒，她突然发现酒是个好东西。

不只是壮胆，还让她更清醒。

她总认为自己和祁时晏身边那些女人不一样,她珍惜和他每次相处的时光,珍惜他的每句话每个字,可他有吗?

一个女人,进入这样的场子,还能奔着爱情而来?

她心底看不起捞女,可事实上,最可悲的不正是她自己吗?

再贵的酒都有价钱,不过一句暧昧、一句搭讪的事,她难道找不到为她买单的人?

"给我倒。"夏薇声音强势。

酒保记得她——一点不懂这里的规矩,连韩烟都说,这姑娘有点特别,要小心伺候。

酒保拿酒,开了瓶盖,给她的酒杯铺了个底。

"这么点,你在小气什么?"夏薇很不满地屈指敲桌。

酒保只好又倒了一点,劝说:"这酒度数高,容易醉,不适合女孩子。"

"那敢情好,我就怕醉不了。"

话里带着几分赌气,夏薇仰头一口,一饮而尽。

夏薇脸上泛起红晕,耳颈处烫得像着火,顺着脸颊、头发丝往脑顶上烧。

"再来。"

祁时晏走进来的时候,只见吧台彩色吊灯下,一团毛茸茸的金色光晕,是夏薇,她散了人形趴在桌上,像只娇憨的狗。

他走过去,扫到桌上的酒瓶、酒杯,眉心蹙了下。

他什么话都没说,酒保已经吓得手抖,指了指趴着的人:"是她自己要喝的。"

跟进来的一群人笑笑骂骂,听见声音,都看了过来。

李燃"呀"了声,跳出人群,挨到吧台上看人:"是夏薇啊。"

他拍了拍夏薇,叫了声人名,想抱她起来,看了眼祁时晏,忙松手退开:"你来吧。"

那一眼,朋友多年,李燃第一次瞧见祁时晏眸底晦暗凌厉,好像自己动了他多值钱的宝贝。

可祁时晏并没有动,就站着,静静地看。

夏薇抬起头,两边脸颊绯红,连鼻尖上都染了薄薄一层粉红,目光在凌乱的碎发里近似涣散。

脑子里一团糨糊,人像陷入沼泽,趁着最后一点清明,她看了眼面前的男人，抬手揪住他衣领，不确定地叫了声："祁时晏？"

妩媚的嗓音浸了酒，平添几分风情撩人。

祁时晏定定地看着她，双手插在裤兜里，没有回应，也没有拒绝，只是把脊背往下弯了一点，任由她乱揪乱抓，弄乱了前襟一片。

周围突然安静下来，所有目光都聚焦在他们身上。

高脚椅有些高，醉酒的人脚底虚浮，着地时滑了一下，人一跌一冲，椅子"哐当"一声倒地，祁时晏长臂伸出，捞住了人，同时抬腿一脚将椅子踢开。

声响巨大，整个场子里的人都一怔，齐刷刷地看过来。都以为祁时晏要发火，下一秒姑娘要遭殃，却又集体瞳孔地震，看着那姑娘叫着祁时晏的名字，栽进他怀里。

谁都知道祁时晏的本名，可是圈子里谁不敬他的身份，称他一声"祁三少"？谁敢在他面前直呼其名？

而且装疯卖傻、借酒行凶想赖上他的女人又不是没有，哪个得手过？

可是，就在众目睽睽之下，大家看见祁时晏站在原地，没有推人，也没有任何厌烦的表情，顶多是……头疼。

"这是喝了多少酒？"

他皱着眉，低头看向怀里的姑娘，软软的，温热的，还有酒香。

"夏薇。"

他低声唤她，刚才捞她的手还在她后背轻轻拍了下，示意她起来。

可他拍的地方，明显感觉到姑娘颤了下，那份敏感像过电一样，传到他胸腔里，猛烈地震动。

他感觉身上忽然热起来，喉咙干渴，胸口像被鸟儿的爪子勾住，皮肉带着疼，推一下，疼一下。

夏薇动了动，委屈，难过，含糊出声："我就任性这一次。"

好像清醒，却又甘愿放弃清醒，好像醉得很厉害，又好像还能再醉一点。

祁时晏微哂，说不上来什么情绪，从裤兜里伸出另外一只手，将人扶住，揽在了自己怀里。

四周观望的人面面相觑，说精彩，又不是想象中的那种精彩，说失望，一个个显得更兴奋。

圈子里混久的人都知道，祁时晏身边的女人来来去去像露水，滚来滚去，没一个沾得上力，叫祁时晏弹弹手指头就能弹飞。

可今天这一个，奇了。

祁时晏朝人群丢了个眼色,各处的人不好再围观,陆续收回目光,昏昏沉沉,继续自己的快活。

有女人上前,朝祁时晏自告奋勇:"喝醉的人很难受的,让我来照顾她吧。"

另一个不甘示弱,也挤上来:"我也可以,我们女人照顾她更方便一点。"

祁时晏没理,看眼怀里的姑娘,垂着脑袋,像只小狗,紧紧贴着他。

"去沙发上坐一下。"

他低头轻语。

夏薇脑袋昏沉,双手穿过男人的腰腹,搂紧在他后背。

由他是抱是扶,还是推是拉,动作轻重,粗暴或不体贴,她全然管不上,只将自己挂在他身上就好。

祁时晏坐上沙发,喘了口气,摊开双手,任由她团成一团重新钻进他怀里。

还是那团温软,只是好像更软了,体温更热了。

李燃站在三米之外,朝他比了个心,拿手机对准他"咔嚓咔嚓",祁时晏哼了声,给了个秋后算账的眼神。

李燃耸耸肩,拍拍手机,大有把柄在手,不怕他。

祁时晏杀过去一个眼刀,然后低下头,看夏薇。

怀里的人闭着眼,满脸通红,难掩娇俏之色,尤其一张红唇,形状漂亮,灯下泛着潋滟水光,唇珠上一滴玛瑙酒色,微微翕动间,逸出诱人的酒香。

"夏薇,醒醒。"

祁时晏的手在夏薇后背,轻轻掐了一下。

"呜……"

夏薇喉间发出破碎的呢喃,动了动,往男人怀里钻得更紧了。

祁时晏喉结滚了几滚,一股燥意。他的目光扫过周遭,对视上韩烟,朝她抬了抬下颌。

"去给我开个房。"

那天,场子里爆出惊天大新闻,所有在场的人亲眼见证祁时晏抱了个女人走了,还是公主抱,说是开房去了。

从电梯出来,房间在顶头,韩烟提着裙摆,碎步急走,才赶上男人的脚步,刷卡开门,插好电卡,眼见男人抱着人走向大床,她笑着关上门离开。

祁时晏将人摔到床上,可被抱得紧,连带着他自己也摔在了床上,索性

045

躺着喘息。

从没抱过人,竟不知一个姑娘看着纤瘦伶仃,抱起来这么重。

他抓过脖颈上的一只皓腕,试图将之掰开,可这树懒似的人儿怎么都不肯撒手。

人明明已经陷入昏睡,却动她一下,她就条件反射地抱得更紧。

"就这么喜欢我?"

祁时晏手上松了力,由着姑娘抱,无奈,又想笑。

他捞过一个枕头,塞到自己脑袋下。

头顶天花板上的筒灯刺眼,他抬手关了部分,只留远处两盏。

空气静谧,窗帘未拉,有月光洒进来,柔柔地铺了一方天地,银光如雪。

怀中的人儿清浅柔和的呼吸,夹杂着烈酒的醇香,丝丝萦绕于鼻尖。祁时晏嗅了嗅,合上眼。

突然,腰上一重,一条细致光滑的玉腿横跨其上。

这姿势……

"信不信我办了你?"

房里冷气刚开,温度还没降下来,燥热难耐,哪儿都像有火星迸裂。

祁时晏抓住那两只细腕,膝盖一屈一抵,翻过身,将人粗暴地压下。

可惜娇怜的人深陷醉酒大坑的状态,什么也不知道,只是眉心不自然地拧了拧,疼痛地嘤咛了声。

"夏薇。"

男人低下额头。

"再动一下试试?"

他深眸里淬了火。

眼下冰肌玉骨,纤细白皙的脖颈,蜿蜒精致的锁骨,尤其深壑起伏的那一片雪白……

"疯了。"

祁时晏暗骂,下床,进卫生间洗脸。

鼻腔里一阵热流,冲出一股血腥味,他抬头,看见镜子里两道鲜红的液体往下淌。

祁时晏连骂了几声,用冷水拍了拍额头,站起身,仰头,捏住鼻子。

好半天才止住。

回到房间,不知其罪的人睡得正酣,而且,睡相……妖娆。

祁时晏沉着眸走过去，将那团卷在大腿上的裙子拉平，掀了半床被子扔到姑娘身上。

准备离开，又看见纤婉细腿下还穿着高跟凉鞋。他沉默了下，懒得骂了，用最后一点耐心将之脱下，扔到地上。

床上的人睡得昏昏沉沉，大脑一半疲乏，一半亢奋。

人像是站在穿堂口，迎面的风大肆吹来，吹得她神志不清，无数树叶裹挟其中，撞到人身上，渐渐将她变成了一棵树。

一群少年趁着放学不回家，三三两两地走进弄堂，聚在树下吹牛。

祁时晏总在其中，甩开校服，一副吊儿郎当的恣意模样。

他总喜欢靠着树，英俊挺拔的身形在一群男生中非常突出，有着一种比其他人更成熟的气质。

女生们在背后议论他，都说最羡慕那棵树了，因为能被他靠着，是最亲近的姿态。

夏薇偷着乐，她在风里说，她知道，因为她就是那棵树。

祁时晏个子高，看着瘦，但身板却不单薄，很有肌肉，靠上来的时候，能感受到他肩背的柔韧与结实。

相贴的地方被他的体温感染，变成滚烫一片。

树干体内的汁液都像要沸腾。

这个时候，夏薇是最高兴的，乘着风，她在他头顶摇摆枝叶，抖落一片星星点点的阳光在少年的脸上，迷离他的眼。

而他则会眯起眼睛，抬头朝枝叶看去，摘下一片，含在唇角，舌尖抵住叶片，吹奏出美妙的音符。

夏薇兴奋，感受那片灵巧与湿润，坚信是世上最动情的吻。

是她和他的。

旁边有人说，高一有个跳舞的女生，很漂亮。

她有点骄傲，说的是她。

可祁时晏不以为然："漂亮有什么用？脑子不太灵光。"

脑子不太灵光？

想起那次在老师办公室被捉弄的事，夏薇气极，离开树化成人形，冲到祁时晏面前，拿手机对着他拍，边拍边说："我不太灵光，你灵光？你处处违反校纪校规，告到老师那儿，看你灵不灵光？"

谁知，祁时晏一点也不怕，反而走向她，笑得又痞又坏："告啊，去告啊。我哪比得过你，偷偷摸摸喜欢人，还不要脸地亲。"

夏薇气得脸红，手机还在拍，被他这样乱说一句，全完了。

"你胡说。"

"我怎么胡说？"

少年逼近，桃花眼里挑逗又轻狂。

"你亲我了，别赖，又啃又咬，别以为我不知道。"

夏薇脸上通红，心想刚才变成叶子和他亲亲，他怎么会知道？

不可能的，不可能的。

她乱抓乱舞，躲着他那双看透她的眼。

可他扼住她的双手，让她一动不能动。

一张脸放大在她面前，那张薄唇尤其妖冶。

"你看看你，口水流成这样，还说没亲我？"

夏薇羞耻，一抹嘴，真的，一条长长的口水拉丝都拉到下巴尖了。

她一急，一紧张，恍惚间，腿一蹬，眼睛一睁，场景变了。

祁时晏不见了，只剩下一颗心还在剧烈跳动。

夏薇看了看四周，渐渐回到现实，反应过来，刚才那只是个梦。

——幸好只是个梦。

可是抬手抹了下嘴角，口水却真的在。

她拉过被子盖上头，羞耻至极。

好一会儿，她才平复心情，适应了一下环境，认出这是水中仙的酒店。

可自己是怎么进到这房间的，夏薇拍破脑袋也想不起来。

只记得自己在吧台喝酒等祁时晏，后来好像等到了，再往后，便什么也不记得了。

看自己身上衣服都还在，她松了口气，总归有祁时晏在，肯定是安全的。

再想想，今天有场大型交流会，她答应了江悦去做兼职。

夏薇连忙起床，可手机找不着了，床上、衣服口袋哪里都没有。

她敲敲脑袋，拎起座机拨自己的手机号。

通了，却没人接。

那八成还在场子里，夏薇暂时放了心。

好在记得手机号，她又给沈逸矜打了个电话，让沈逸矜帮忙订辆网约车，从酒店到交流会的，把钱先付了，回去再还。谁叫现在的人出门都不带钱包，

048

全靠一部手机。

沈逸矜一口答应:"小事,我马上订,订好了再给你电话,你自己小心点。"

夏薇说:"好。"

没几分钟,沈逸矜就订好了车,回电话过来,把车牌号告诉了她,还说多付了司机一百块钱,说好了让他给夏薇现金,以备她不时之需。

夏薇一阵感动:"矜矜,你太好了。"

沈逸矜笑:"闺蜜不就是这么用的吗?"

夏薇很开心,两人多聊了几句,才挂了电话。

离开房间前,夏薇又试着打了一遍自己的手机。

响了好一会儿,还是没人接,正准备挂断时,耳边传来一道低哑的声音:"喂?"

一副没醒透的样子,性感到让她耳朵发麻,想要尖叫。

最重要的是,她听出了是谁的声音。

夏薇心跳漏了两拍,才开口:"祁时晏,我手机在你那儿啊——"

话说完,她才发现自己结巴了,舌头打结,捋不顺,那个"啊"字还拖得特别长。

疯了,紧张激动什么?至于吗?

祁时晏哼了声:"自己过来拿。"慵懒得不像话。

夏薇脑筋急速运转:"我现在有事要出去,你快递到我公司,或者我住的地方行吗?"

既然手机在祁时晏那儿,那醉酒后缺失的记忆,恐怕也和他有关。

夏薇心头突突的,有种直觉告诉自己,最好先不要去惹他,不见面才是上策。

"夏薇。"祁时晏声音清越了些。

夏薇却被叫得身体一僵,隔着电话线,都能感觉到男人对她有所不满。

祁时晏说:"我是你的用人吗?"

夏薇急辩:"不是不是,是我现在赶着出门,来不及去你那儿。要不你把手机放酒店前台,或者会所的吧台也可以,我有空再去拿。"

祁时晏闷笑了声:"你觉得你现在离我比前台远?"

"那……你在哪儿?"

"你不知道我在哪儿?"

"我怎么知道啊?"

"那手机就别要了。"

"不是,祁时晏。"夏薇感觉男人找碴儿,在故意为难她,"昨晚我喝醉了,什么都不记得了,有什么得罪的地方,你多多包涵。我现在真的要走了,手机就先放你那儿吧,有电话你就帮我接一下,没关系的。"

"夏薇。"

"拜拜,回头聊。"

夏薇按下挂断键,呼出一口气,才将听筒放回原位。

怕死了,怎么办?

这像道歉吗?是个人都不会觉得有诚意吧。

还叫他帮忙接电话,这话是怎么冒出来的?

心慌意乱,太心慌意乱了。

可是现在真的不敢见他啊。

何况,时间上也真的来不及了。

夏薇给自己找了各种理由,匆匆出门,到前台交了房卡,和上次一样,被告知记在了祁时晏名下。

她庆幸地离开。

门口,网约车刚好到。

交流会在国展中心,是有关未来科技的。

夏薇不记得江悦的手机号,费了一点时间才找到展位,见到人,连声抱歉自己迟到了。

江悦却看着她,神色诧异,又带了一丝促狭。

他说:"我刚给你打电话,一个男的接的,说你在睡觉,凶得要命。"

因为这句话,夏薇这一天总在神游。

如果是别人这么说,夏薇非揍那人一拳不可,她不要节操了吗?

可现在说这话的是祁时晏哎。

就算是被"口嗨",不清不楚,心里也似乎有种甘愿。

而且,他为什么要故意这么扯啊?

他是扯习惯了,身边女人都这么被他扯,还是只扯她啊?

昨晚到底发生了什么事?

怎么觉得她和他之间的关系大变样啊?

这是好，还是不好？

交流会上很热闹，人群熙熙攘攘，到处充斥着机械模拟和各种音响的轰鸣声。

夏薇他们展位的主办方来自美国的一家科技公司，项目内容是 3D 全息影像技术，裸眼即可观看。

比起其他展位的 5D 生态空间、未来航空交通、移民外太空计划，夏薇觉得他们这个靠谱多了。

毕竟 3D 已经渗透到生活中，其他的还很遥远。

夏薇被安排在酒水区做接待，没有什么技术含量，只要将酒水饮料、水果糕点及时补充好就行了。

闲时，还能自己吃一点。

算是个轻松的肥差。

要不是江悦的交情，她怕是拿不到。

不过交流会是国际性的，国际友人特别多，许久不用的英语说起来，还有点不习惯。

有位金发女士在水果桌前，表情遗憾，说她来中国吃到了一种非常好吃的水果，但不知道名字，后来也一直找不到。

夏薇听她形容了一下，得出结论是石榴。

的确不常见。

告知了英文名，对方手机上一搜，果然是，很感激地抱了抱夏薇。

江悦在旁边全程目睹，等人走了，朝夏薇比了个大拇指："你英语这么好，我把你放在这儿太屈才了，要不去前面吧。"

"不不不，我在这儿挺好。"夏薇偷懒婉拒了。

趁着来往酒水区的人不多，江悦顺嘴多提了一句："我一直没想通，我记得你大学专业学的是投资吧，怎么毕业后只找了份前台的工作，还是那么小的一个公司？"

夏薇笑："公司小有小的好处啊，自由。"

江悦点头，发出邀请："过来跟我干吧。西点、插花、礼仪，你什么都在行，英语还这么好，我可太缺你这样的人才了。"

夏薇摆摆手，故作一副预见未来的恐惧："然后我生活不规律，随叫随到，每天都跟打仗似的。"

"薪水高。"

"卖命钱嘛。"

"这话说的,年轻的时候你不想拼一把?"

"不想啊。"

夏薇笑了下,一副得过且过摆烂的姿态。

找一份比现在更好的工作,她不是没那个能力。

除了江悦说的,她还会跳舞、会烘焙,哪怕找个舞蹈培训班带带学生,去面包房做糕点师,她都不在话下。

只不过,如果你身上趴着一只吸血鬼,无论你怎么努力,都要先供养它,让它抽走大头,你还愿意努力吗?

夏家就是那只吸血鬼。

当初夏家接回夏薇,知道她多才多艺后,头一件事就是给她找工作,要她出去挣钱。

那段时光每每想起来,就像一场噩梦。

有这样的亲生父母,挣钱的能力太强,会成为一种不幸。

夏薇说:"长期为你卖命是不行的了,不过近期由着你剥削还是可以的,有活动就叫我。"

江悦笑,回了句行。

前方展示台那儿,人群摩肩接踵,夏薇看过去,"哎"了一声,昨晚请她喝酒的那个人也在。对方和昨晚的模样大不相同,白衬衣黑西裤,收拾得干净利索,一副商务精英范,旁边还有几个外国人,他在跟人打着手势解说什么。

江悦顺着夏薇的目光,也看过去,说:"那是Iven,你认识?"

夏薇摇摇头:"不认识,好好的中国人起个洋名,海归派?"

江悦抛出身份:"是美籍华裔,我们的金主爸爸。"

夏薇"喊"了一声,没再继续话题。

只不过同在一个展位,抬头不见低头见。

Iven走进酒水区,一眼看到夏薇,瞳孔里闪过一丝惊奇。

不过他没有立即上来搭讪,而是先端了一杯香槟,靠着吧台小酌了一会儿,才踱步到夏薇面前,说:"我们是不是见过?"

夏薇正在料理台上切水果,几种搭配,摆成一艘船形。

手里的刀没停,她表情淡漠:"你记性还不错。"

男人进来时,她就见到了,隔着这么一段时间,什么心理建设都做好了。

Iven自顾自喝了口酒,笑着说:"我能把这句当作是你夸我吗?"

基于昨晚不良的印象,夏薇心里暗骂了声,手上一片西瓜下刀狠了点,发出"铿"的一声,抬头,回敬道:"你还是当成讽刺比较好。"

Iven笑了笑,一点不介意她的态度,伸手抓走那片刚切下来的西瓜,塞进自己嘴里,吃完了才离开。

"斯文败类!"夏薇对着对方的背影骂了一声,发誓明天的兼职不来了。

熬到交流会结束,夏薇和江悦说明天不来。

江悦疑惑:"怎么了?"

夏薇找了个借口:"要去拿手机。"

不过那当真是另外一个麻烦,一想到这事,她好看的秀眉都皱到一块儿了。

"不是要买新的了吗?"

"话是这么说,但在攒到钱之前,还得用啊。"

"那人很难缠?手机怎么落到人家手上的?要不我帮你去拿?"

"不用,我自己能搞定。"

夏薇说得潇洒,其实心里一点底也没有。

不敢去见,想再拖几天,可那是手机啊,不是别的东西,拖久了在祁时晏面前还有个人隐私吗?

她也没敢借江悦的手机给祁时晏打电话,怕祁时晏误会,借了另外一个同来兼职的女孩的手机。

电话接通的那一刻,夏薇乖巧地说:"祁时晏,今晚有没有空?我请你吃晚饭吧。"

祁时晏冷笑了声:"没胃口。"

"有!怎么会没胃口?"夏薇用力应了声,提高积极性,"请你吃火锅怎么样?上次你和祁大佬来我家吃火锅,不是说很好吃的吗?"

后面还有一句"没有什么是一顿火锅解决不了的"正犹豫着要不要说,就听见男人叫了声她的名字,叫得她心头一震。

祁时晏说:"我会稀罕一顿火锅?"

"我知道,你什么都不稀罕,是我稀罕。"夏薇只好软下口气,声情并茂,"我稀罕我的手机,还稀罕你的同情、你的宽宏大量。你什么都不稀罕,就不能施舍一点给我吗?"

祁时晏像是听了个笑话,哑着声音低咳了两声,笑着回:"夏薇,我才知道你口才这么好,但是我偏偏没同情,没宽宏大量。"他好似为难地继续说,"你说怎么办?"

"祁时晏。"夏薇气急,就恨这种油盐不进的人。

放弃悲情路线,她声调又提了上去:"你现在在哪儿,敢不敢把地址给我,我带五十米大刀马上来。"语气极其嚣张。

祁时晏大笑:"水中仙顶层101,你要不敢来,手机就别想要了。"

"你等着。"

夏薇抢在男人之前,先摁断了通话,以壮声势。

可是话虽那么说,她哪里真有扛着五十米大刀去的勇气。

水果桌上有一堆切开的没吃完的水果,她选了一些出来,做了个花篮形状的拼盘,用保鲜膜裹了几层保护好,和江悦招呼了一声,出了展位。

以前就听说祁时晏常年不着家,终日住酒店,浪荡得没边,现在拿到地址,好像这个浪荡具体化了,有了确凿证据。

而这个证据,估计也是圈里众所周知的了,却只有她还天真地不知道。

想起早上那通电话,夏薇觉得好笑。

她当时什么都不知道,现在才反应过来,她原来就住在祁时晏楼下,那当然是比前台近了。

有沈逸矜给的一百块,夏薇打车到水中仙也不慌了。

按响门铃前,她抱着水果花篮,摆好了认错的姿态,准备好了被男人奚落。

可是一进门,两人一句话还没说,祁时晏就打了个喷嚏,一手掩着口鼻,一手朝她随意指了下,让她自便,而他自己则进卫生间去了。

夏薇没来由地觉得男人有点弱,没有电话里那么有气势。

她往里走,套间的格局很大,单单一个客厅就比她先前住的房间大,装修也奢侈豪华得多。

不过出于女人的天性,她的目光像雷达一样扫视房中的每件物品,判断有没有女人的痕迹。

结论是,还行吧,没有特别明显的,连拖鞋都没有第二双。

客厅落地窗外,有一个超大的泳池,就这地理位置,空中露天,简直惊人。

豪啊,太会享受了。

夏薇感叹了一声,走到桌前,将水果花篮放下,意料之中见到了自己的破手机,却又意外地看到下面压着一个新的手机盒。

那手机盒塑封都没拆,全新的,看手机牌子和型号,居然是网上热议的某个高端品牌的预售款,也是目前市面上最贵的手机。

身后有脚步声,夏薇举起手机盒转头:"不会是给我的吧?"

夏薇心里有惊喜,又怕自己自作多情,声音压住笑,眸子里却掩不住光芒闪耀。

祁时晏侧头看她一眼,没什么情绪,脚下往冰箱的方向走去,拿了瓶山泉水出来,坐到沙发上,才淡淡出声:"别人送的,我用不上,你要就拿去。"

"要!"夏薇这会儿再不掩饰了,双手抱着手机盒摩挲,不禁感叹从有钱人手指缝里漏一点,就够她这个穷酸的人幸福死了。

只不过,她的假想敌太多:"不会是哪个女人送你的吧?"

祁时晏指尖夹着白色瓶盖,冲她手里的手机指了指:"放下,别要了。"

"要要要。"夏薇连忙将塑封纸撕了,开始拆包装,以示主权。

自从回了夏家,除了马玉莲和孟岳松偷偷塞钱给她,她再没收到过像样的礼物了。

老早马玉莲还会给她买昂贵的裙子,可是被孟荷知道,就是一通闹,闹到她再不敢穿。而生母王巧英也不会帮她,只会向她把裙子要了去,转卖二手,换成钱给儿子。

在他们眼里,什么都是儿子最大,钱最大。

那之后,她清楚地知道自己再不配拥有好东西,也不会有人再将她当个宝。

可是一句戏言,现在就有人对她这么慷慨,虽然这人自己都不知道这对她意味着什么。

"祁时晏。"夏薇说,"以后你再有这种没地方去的东西,都先想想我,我帮你解决。"

祁时晏笑了声,没说话,仰头喝了口水,抬腿坐上沙发,后背塞了个抱枕,半躺下,合了眼。

偌大的房间里安静下来,只有夏薇捣鼓手机的声音,窸窣而欢喜。

停顿间,偏头看向男人,她才觉察出一丝不对劲。

夏薇轻着脚步走近。

一张游戏人间的脸,在灯影里五官立体隽秀,却不知道什么时候染了几分病态的苍白,垂眉闭目里,眉宇间的玩世不恭都显得没那么轻狂了。

"祁时晏。"夏薇弯下腰,低低叫了声。

男人皱了下眉，微抬眼皮觑来一眼，声音低哑带着鼻音："手机拿了就走，别烦我。"

这一眼，夏薇看见他漆黑的瞳仁有丝疲态，没有平日的光彩，眼尾还有些许薄红。

她抬手往男人头上摸去，祁时晏挡了下，眼里露出不耐烦，那是不喜欢别人触碰他的眼神。

"就摸一下。"夏薇温柔地说，语气里带着安抚。

手从他手臂里穿过，摸到了他的额头，只轻轻一个触碰，烫得她猛地缩回手。

"祁时晏，你在发烧啊。"夏薇失声叫道。

"别烦。"祁时晏斜眼看她，拿过水，就着仰头的姿势灌了几口。

末了，祁时晏又咳了几声，咳得肺腑不顺，弯过腰，头朝沙发底下又猛咳了一阵，咳得脸上涨红。

"祁时晏，你得上医院。"夏薇秀眉紧蹙，拿过他手里的水，轻轻拍了拍他的后背。

祁时晏挥开她的手，瞪她："你就这么喜欢叫我的名字？"

这是她自己都没有发现的。

可是，现在是讨论这个的时候吗？

她又摸了一下男人的额头，这次把手放在上面的时间长了一点。在对方极其嫌弃的眼神下收回手，夏薇又比较了一下自己额头的温度，急得拉起祁时晏，要他去医院。

"不去，你少管。"

"祁时晏，你会烧死的。"

"你才烧死。"

"祁时晏。"

"别叫我名字。"

看着男人扯了块毯子蒙上脸，夏薇想骂他幼稚鬼，多大的人了，还怕上医院，发烧是好玩的吗？

可眼下怎么都劝不动。

她问："你这儿有药箱吗？有退烧药吗？"

祁时晏冷笑了声："你看我这儿像有这种东西吗？"

夏薇只好去卫生间找了块干净毛巾浸上冷水，拧到半干，回到客厅，敷到男人的额头上。

祁时晏抓起毛巾就要扔,被夏薇按住:"你乖一点,好不好?"

那语气像哄孩子。

祁时晏被气笑,又咳了一阵,想说几句,喉咙口却泛上一阵苦水,最后蜷缩着斜趴在抱枕上,懒得开腔了。

额头上被夏薇趁机重新敷上了冷毛巾,额上的头发也被她冰凉的指尖拨来拨去。那触感像打字按键一样,一下轻一下重,惹人痒。

祁时晏将视线上移,盯着那只又细又白的手腕。

"别瞪我了。"夏薇说,"省点力气,对抗发烧。"

冷毛巾的温度很快被同化,她翻了个面,继续给他敷。

"我对抗得挺好。"祁时晏抬手又去抓毛巾,却被夏薇护住,抓到的是她的手。

滚烫如火的掌心,抚过冰凉带着湿意的手背。

那一刹那,心口莫名其妙地降下一阵燥意,像火堆里被浇了水,人没那么烦躁了。

倒是夏薇,那火好像转移到她身上似的,不只是一只手,耳颈下也肉眼可见地蔓延起一片红云,火烧火燎。

祁时晏看着,唇角勾起一丝痞笑。

夏薇拿起毛巾,砸在他手上:"自己擦。"

这回男人一改抗拒的态度,将两只手在毛巾里交叉着擦了擦以降温,还边擦边看着她,眼神聚起几分神采,轻佻不掩。

夏薇低头,视线放在毛巾上,在男人坐起身,有了更使坏的主意时,一把抽走毛巾,转身进了卫生间。

浪荡的人都是一等一的调情高手。

夏薇暗暗咒了句。

很明显,祁时晏是故意的。

只能恨自己经不起撩拨,心跳控制不住,脸上表情也控制不住。

夏薇先自己洗了洗脸,好一会儿才调整好情绪,重新拧了毛巾出去。

而男人侧躺在沙发上,像是睡着了。

一双长腿贴着沙发靠背,她先前坐过的地方还空着,夏薇走过去,坐下,悄悄将冷毛巾继续敷在他额头上。

可祁时晏这发烧来得凶猛,这样冷敷效果不大。

几次之后，夏薇摸了摸他额头，决定去买退烧药。

出门时，她想带走房间的房卡，才发现这房间不一样，没房卡，门是用的指纹密码锁。

夏薇拍了拍沙发上的人，说："我很快回来，你一会儿给我开门。"

祁时晏半闭着眼，翻了个身，面朝里睡去："不开，别来了。"

夏薇放言威胁："那好，你不开我就打120，直接抓你去医院。"

祁时晏没再回应，闷声睡去。

昨晚出了夏薇的房间，祁时晏也没心情再去场子了，回来洗了个冷水澡。可身上中了邪似的，一股无明火到处乱窜。

他又下了泳池，游了一小时的泳，后来躺在池边的躺椅上睡着了，早上才醒。

许是被这一夜的邪风吹坏了，醒了，人就不舒服，头昏脑涨，他又洗了个冷水澡。

一天哪儿也没去，浑浑噩噩，耗到现在，就这么病了。

夏薇再回来的时候，提了很多东西，还有体温计和退烧贴。

祁时晏看了一眼，耷拉着眼皮，说："你这是准备拿我做小白鼠，还是打着关爱的名义想弄死我？"

夏薇笑了，让他躺回沙发去："居然还能开玩笑。"

她买了电子体温计，开了开关，要男人张嘴。祁时晏抗拒，紧闭双唇，说什么也不肯。

夏薇只好又哄他张开胳膊。

"乖了，就一下，很快就好。"

终是抵不住她这样哄小孩的口气，祁时晏颇为无奈地张开了胳膊。

男人身上是一件黑色套头短衫，质地轻薄柔软，服帖地贴在身上，将他肌肉线条勾勒得非常优越。

撩起下摆时，那健康的浅麦色皮肤肌理撞进眼球，还有窄腰上家居裤的白色系带，更叫人心头一颤。

像是看到了什么了不起的春色，夏薇臊得心慌。

祁时晏一见她面红耳赤，使坏的心便随之膨胀。

"你自己来。"他懒散地躺倒，撒开手，衣服半撩在腰上。

夏薇气短，一咬牙，一手抓起男人的衣服，一手将体温计塞进他胳肢窝里。

触碰间，像电花四溅，男人身上的温度比他额头还要烫。

夏薇心悸不断，移开目光，强制自己冷静。

房间里有个烧水壶，常年闲置，内胆干巴巴的，跟新的一样。

夏薇趁着体温计还没好，去把烧水壶洗了，又从冰箱里拿出两瓶山泉水倒进去，通上电源烧水。

夏薇再走回来的时候，体温计被男人抓在了手上，祁时晏脸色更不好了。

那上面显示 38.3℃。

两个月前，他目睹祁渊为情所困，淋了场雨，回家后发了一场高烧，差点人被烧煳。

这会儿看到自己的温度，人老实多了，任由夏薇没收了他的冰水，换成温开水。

夏薇又抠出一粒粒的药，放在他手上，祁时晏配合地往嘴里塞。

最后，他连川贝枇杷露也皱着眉喝了两口。

夏薇在一堆药盒子里研究、挑拣，眉心紧蹙。

祁时晏看着她，没来由地想笑，这姑娘很怕他挂掉似的。

他仰靠在沙发上，表现出一点积极性，说："还有什么要我吃的吗？"

夏薇把药收好："乖乖躺着。"

她撕开退烧贴，将一张贴在他额头上，另外又撕了几张，手心、耳根，还有胳肢窝都给他贴上，连他的脚心，她也在犹豫了两秒后撕了两张贴了上去。

祁时晏摊开掌心，跷着脚，摆出一副任人宰割的姿态："下一步，你是不是要把我洗洗煮了？"

"是啊，我在想，红烧好还是清蒸好。"

"我这么大个活人，来个一百零八种做法都行。"

"满汉全席吗？"

"你会做吗？别糟蹋了我这一身好肉。"

就没见过这么自嘲的。

夏薇词穷，辩不过他，进卫生间拧了冷毛巾，给他擦胳膊降温。

男人胳膊上肌肉结实，青筋蜿蜒其上，哪怕生着病也非常有力量感。

夏薇以前想，他一身懒劲的人，身材怎么会这么好？看到那个泳池，便明白了。

她擦得很慢，抓住男人手腕的手也只是虚虚握着，怕自己表现得像女色狼揩油。

059

其实擦身上最好，腿上也要擦，可她害羞，给他擦胳膊已经是极限，擦的时候都不敢拿眼看。

两人不说话，浮尘都变得不好意思，在空中不知往哪儿飘合适。

祁时晏闭上眼，保持躺着的姿势，任由这姑娘折腾，只是每次在夏薇以为他睡着的时候，他就掀一下眼皮，目光散漫，却又精准无误地恰好捕捉到她的视线。

"你睡吧。"夏薇被看得脸热，本来手上的事情就很羞臊，再被男人桃花眼一看，感觉自己正经都变成了不正经。

外面天色渐沉，夏薇趁换洗毛巾的间隙，把没开的灯都开了，好像灯光亮一点，就能够多摒除掉一点自己的羞窘，减少房间里的暧昧气息，却不知道这样反而将自己任何一点细微的表情都表露无遗。

"等你体温降下来，我就走。"她说。

第一次来就待这么长时间，感觉不太好，怎么说，又不是男女朋友。

祁时晏垂着眼皮没反对，只是在她又抓住他手腕准备擦的时候，恶作剧地将她往自己面前带了一下。

夏薇猝不及防失去平衡，上身往前倾，一只手慌乱撑住自己，却后知后觉撑在了男人胸膛上。

而这突如其来的受力，使得祁时晏肺部一阵痛痒，又大咳了一通。

"我看清你了，你就是想来要我命的。"

"是你突然拽我的好吗！"

"哦，那还是我的错了？"

"本来就是。"

夏薇难得一次，感觉自己占了上风，给男人拍后背的手都重了些。

结果下一秒，就听见男人说："那你也太不经拽了。"

看男人咳得脸上一阵红一阵白，身上到处贴着白色退烧贴，虚弱得只剩一张嘴能逞强了，算了，她大度一点，递过一杯温水给他润喉，不计较了。

可她不计较，祁时晏却不是善茬。

咳得喘息了一阵，他就着趴在沙发上的姿势，脑袋倚在抱枕上，侧着脸问："昨晚你有什么高兴的事吗？"

夏薇刚给他重新倒了一杯水，还没递给他，手指不自觉地缩了下。

还以为这事就这么过去了呢。

夏薇牵了牵唇角，吞吞吐吐："也、没有、啦。"

祁时晏眼一眯，顶着一张病态的脸笑了声："那就是有什么不高兴的事了。"

　　夏薇：敢情前一句是个坑，等着她跳进去，再扒拉她。

　　怎么就有这么会下套的人？

　　夏薇双手捧着水杯，低头想该怎么说，可时间一拖，沉默久了就像是默认了男人说的"不高兴"，她只好敷衍道："那、也没有。"

　　"那为什么把自己喝成那样？"这一句犀利。

　　"因为坐那儿有点无聊，就想喝喝看。"夏薇慌慌张张地接招。

　　祁时晏笑了，翻身仰躺，精力不济地又闭上了眼，嘴上却还要调侃："我还以为有什么故事听呢。"

　　末了，"唉"一声，大叹一口气，好像这比他发烧还叫人失望。

　　夏薇：这什么人哪，生着病呢，还有心情这么开玩笑。

　　又或者，她喝断片了，做了什么出格的事，有把柄在他手上？

　　夏薇将水杯递到男人手上，低着头，一副很老实的样子，说："我其实没喝多少，就三四杯吧，是那酒太烈了，不知道里面是不是加了容易醉和失忆的成分，我一喝就醉了，然后什么都不记得了。"

　　祁时晏刚撑起上半身，准备喝水，这一听，直接笑出了声，手里抖得水都差点洒了。

　　笑过一阵，他屈起膝盖，上身朝她倾去，确认似的问："所以你做了什么，全都是酒的错，是吗？"

　　夏薇使劲点头，看男人神色玩味，也勾起她的好奇心："那，我到底做了什么呀？"

　　祁时晏微微仰起脖颈，薄唇咬着水杯边沿，缓缓倾斜，将水注入唇齿之间。

　　那动作散漫又不羁，喉结随之滑出性感的弧度，简直可以拍成广告大片。

　　好一会儿，水喝完，男人薄唇动了几动，才好似难以启齿地开口："你亲了我。"

　　——"你亲了我。"

　　这一句男人说得声音很轻，可钻进夏薇耳朵，像一场狂风海啸，席卷了她整个人。

　　那不就是个梦吗？

　　竟然是真的？

"我、我……"

夏薇一只手按在自己胸口上,感觉心脏要往外跳,在惊涛骇浪中无处逃生。

"都是酒惹的祸。"

她低头,咬唇,脸上一阵一阵热烫,看见退烧贴,恨不得给自己贴几片。

"不是月亮惹的祸?"祁时晏眼里笑得波光乱颤,借着咳嗽,调整了几次表情,用悠然的口吻说,"一个姑娘家,在场子里那么多人看着,就往我身上扑上来了……"

"别说。"夏薇急得用双手抓住男人的胳膊,四目相触,心一慌,手又连忙松开。

"那都不是我。"

她目光无处安放,躲躲闪闪。

那酒真那么坏事?

夏薇一点都想不起来。

以前大学时,她也有和同学一起喝多的时候,但睡上一觉就好了,不像其他人又哭又闹,撒酒疯。

有人还送了她一个好听的词,叫"清醒沉沦"。

怎么现在不灵了?

不过,她想起自己昨晚喝酒时有过放纵的念头,莫非那个念头让自己失控?

那她的初吻就这么没了?

在她自己不知道的情况下?

什么感觉都没记住就没了?

自己吃了一个天大的亏,而男人还在委屈。

"你想怎么样啊?"夏薇声音软糯,试图求和,"给你亲回去?"

祁时晏本来是诈她的,哪知道姑娘一股傻劲儿傻得天真可爱,他想大笑,演着受害者的角色不亦乐乎。

"亲回去?你想得还挺美。"祁时晏不忘故意咬一下唇,咬得唇红且湿,"你怎么不说以身相许?"

夏薇没眼看,低头,手指绞着自己的裙子,咬了咬牙,说:"什么年代了,一个吻就要以身相许,那你身上这点肉满汉全席够分吗?"

许是没料到傻姑娘还有这么伶俐的一面,一句话调转矛头,指到他头上了。

祁时晏放声大笑,将抱枕拿起,往夏薇怀里砸:"别人我不管,我就要你,行吗?"

说的是疑问句,可语气是祈使句,夏薇听了,愣在了当场,脑神经都要起火烧断了。

夏薇琉璃眸子里片刻失神,脸上红得如云霞,祁时晏第一次觉得自己玩大了,姑娘太认真,再下去,怕不是要假戏真做。

"好了好了,不逗你了。"他敛了敛笑,抬手投降,往上举了举,丢开两人之间的抱枕,又将双手伸到夏薇面前,"给我撕了,我要去上厕所。"

话锋转得很快,夏薇听了前一句如释重负,后一句又叫她臊了。

什么样的关系,男女之间才会把"上厕所"说得稀松平常?

而祁时晏还在大大咧咧地卖乖,退烧贴明明可以自己撕的,却非要夏薇撕,手上撕完了,抬起脚,两只脚底心跷到她面前。

夏薇脑海里挤出一句话"干脆我去帮你脱裤子",但终究脸皮薄,没好意思说出口。

男人起身离开,抽走一片热浪,夏薇拎了拎衣领,心头松了一片。

时间有点晚了,等男人出了卫生间,夏薇准备离开。

祁时晏看她一眼,往卧室走,说:"你回去吧,我现在只想睡觉。"

夏薇点头,说行,拿过体温计,跟上他:"再给你量一下,我就走。"

祁时晏没再拒绝,躺上床,对夏薇的态度比刚来时好了很多,主动配合地将体温计夹在腋下。

额上、耳颈上和腋下的退烧贴都被他在卫生间撕掉了,他觉得自己只需要睡上一觉就能好,不需要这些东西了。

夏薇也理所当然地认为他降温了,毕竟吃了那么多药。

她去倒了杯温开水,放在他床头柜上,叮嘱他渴了就喝,又去把桌子收拾了一下,水果收进冰箱,吃剩的药和退烧贴一一整齐摆放好,再将自己的新手机和旧手机归置一下,准备带走。

一切妥当后,夏薇轻手轻脚地进卧室,想再看一眼病人。

祁时晏似乎已经睡着,体温计掉在了衣领里。

男人脖颈上有一块羊脂玉,夏薇很早的时候就注意到了。

通体白璧无瑕,润泽,透着光,似凝脂。

早在高中时,她就见他戴着,这么多年过去,他还戴着。很难想象这么一个浪荡的人对一个小物件还会有如此长情的一面,怕不是有什么渊源吧?

夏薇悄悄拎起挂绳,玉不大,却很有分量,没看出是佛还是兽,更像是一块纯天然，没经过雕琢的璞玉。

男人感觉到了，抬手捉了一下，夏薇连忙错开他的手，放下羊脂玉，拿出体温计。

那上面温度显示 38.6℃。

比之前还高了 0.3℃。

夏薇心一惊，覆手贴上男人额头，滚烫得不行，额间还有薄薄的一层汗。

"祁时晏。"她弯下腰，摇了摇床上的人，"这不行，我们还是要去医院。"

"别吵。"祁时晏鼻塞了，声音闷闷的，将被子拉上头顶，"你在这儿，我没办法好好睡觉，你快走吧，我睡一觉就好了。"

他说的也是实话，夏薇在这儿，两人又说又笑，他休息不了。而他对医院的抗拒也是真的，不管夏薇怎么劝，就是不肯去。

夏薇无奈，只好又给他贴了几片退烧贴，扶着他喝了半杯水，才离开了卧房。

不过她没有走，而是给沈逸矜打了个电话，把祁时晏的情况说了下，让沈逸矜找祁渊来。

这两位兄弟感情好，这个时候，恐怕也只有祁渊能治得住祁时晏了。

而祁渊接了电话，不出半小时人就到了，进了门，径直去床边，摸了下祁时晏的额头，二话不说就掀了他的被子。

祁时晏眼皮轻抬，弓身蜷缩，看一眼："哥，你怎么来了？"声音堵在喉咙口，都发不出清晰的音节了。

"都病成这样了还死扛？"祁渊一手抄过他后背，一手拉他坐起身。

"我睡一觉出出汗就好了。"祁时晏负隅顽抗。

"你看你烧成什么样了，是出出汗就能好的吗？"祁渊强势，拉过弟弟的两只手，往自己后背一搭，就将人背了起来。

夏薇赶紧上前帮忙，扶了一把。祁时晏还想抵抗，祁渊已经大步流星地背着人出房间了。

夏薇捡起祁时晏的拖鞋，再带上她买的药，小跑着跟出去了。

祁时晏三岁时生了一场大病，在医院住了大半年。

那病很奇怪，说不上哪里不好，却又没一处好的，吃什么吐什么，滴水不进。

每天各种检查，尤其是要抽血，抽得小小人儿胳膊越来越细，而各项指标却像不稳定的股市一样，高低起伏，反反复复。

那段时间可把他折磨死了,后来病好了,祁时晏也记住了那痛苦,即使时隔二十多年,医疗条件早就很大程度地提高了,但他对医院的抗拒从来不减。

但现在由不得他。

汽车驶入私立医院,医生护士提前接到通知都等着了,几人迅速接走祁时晏,做了一系列检查后,将他送进了病房。

很快,祁时晏的手背上被扎了一针,输液瓶挂在他的床头。

诊断结果是:病毒感染,急性支气管炎。

夏薇有些懊恼,她原以为只是感冒,先前给祁时晏吃的药都是治感冒的,现在拿给医生看,询问是否有影响。

医生询问了具体服用的时间和剂量后,回答说不要紧,多少有些作用。

"当然有用。"祁时晏半躺靠在床头上,来的路上睡了一路,现在输上液,又恢复了一些精神,"趁我病要我命。"

夏薇回撑:"你如果早点乖乖来医院,不就没事了。"

她发现,祁时晏一进医院整个人就变了,像个害怕白大褂的孩子,无论要他做什么,眼神里全是挣扎,心理上抵抗很久才让人动他。

原来,那么轻狂不羁的人也有今天。

护士给他扎针的时候,夏薇甚至想,如果能换她来就好了,那什么仇都报了。

而祁时晏一听她"乖乖"两个字,又被雷得一阵猛咳。

咳得刚停下来,祁渊又补了一刀:"他要有那么听话就好了。"

祁时晏脑袋一低,后背滑下床头,生无可恋地躺平,闭上了眼。

医生笑了笑,关照了几句,先行离开了。

病房是 VIP 病房,单人套间,一应设施齐全,除了单独卫生间,还有一个小房间,里面有张保姆床。

夏薇正想问,要不要她留下来照应一下,有人敲了门进来。

是祁家老宅来的保姆,五十岁左右的年纪,一头中长发束在脑后,面目慈善,走路的脚步很轻,也很稳。她走到跟前,先见过祁渊,微微垂目,称呼了声:"祁先生。"

她声音也很轻,却又清晰,让人听得很舒服。

祁渊点点头,正要说祁时晏的病情,床上的人仰起脖颈,喊了声:"黄妈。"

黄妈走到床边,扶起祁时晏坐起身,察看他的脸色,又握起他扎了针的手看了看，满脸心疼："你这孩子怎么把自己搞成这样了？"

那感觉仿佛祁时晏不是她的主顾，而是她的孩子。

后来夏薇才知道，祁家高门深户，他们家的子弟从出生时就会为其选择一位性情温良的贴身保姆，从小开始打点他饮食起居所有的事，陪伴他成长，以及整个漫长的人生，直至生命结束。

这一类的主仆关系感情非常人能比，正所谓你若不离不弃，我便生死相依。

黄妈就是祁时晏的贴身保姆，比祁时晏的父母对他还要好。

这会儿黄妈来了，围着祁时晏便忙碌开了。

外面天也很晚了，夏薇见没自己什么事，便准备走。

黄妈回头，请她留一步，找医生开了两盒板蓝根，送给她。

黄妈说："今儿谢谢夏小姐照顾我家晏儿，只是晏儿这是病毒感染，怕是会传染。夏小姐这药带回家冲水喝，预防一下，如果有咳嗽鼻塞的症状，就来找我，我带你看医生。"

话说得客气，又负责。

一个保姆如此，大户人家的家教果然不一般。

夏薇接过，道了声谢，对祁时晏说："明天我来看你。"

祁时晏笑："行啊，早点来，我这一身的病毒等着你。"

夏薇：这人还能有个正经的时候吗？

她笑着说："明天我来给你打针，保证你肿起来的那种。"说完，不等祁时晏反驳，挥挥手，出了病房。

祁时晏有些无语。

祁渊左右看看，笑出了声："你俩这冤家有点意思。"

祁时晏摸了摸额头，想起昨晚种种，和自己今天这病，失笑道："的确是冤家。"

祁时晏刚到医院的时候就被打了一针退烧针，这会儿护士又来查体温，已经降了些，并关照他多休息。

祁渊见此，也放下了心，交代了一些事情给黄妈，也准备离开。

"等等。"祁时晏却不放人，他有话要说，心头大事。

和孟家的联姻是半年前定下的。

孟家是做国际海运物流起家的，有自己专业的航海运输队和成熟的国际海上航线，沿途连接几大洲，数个国家，人脉和业务在行业内首屈一指。

祁家近些年国际外贸做得风生水起，有意自己开辟海运航线，但贸然进入一个行业，无论他们自身多强，不拜山头很容易被同行群起而攻之。

有需就有求。

几经谈判，两家就这么商业联姻了。

当时是祁家老爷子祁崇博谈的，他心知祁时晏的脾性，签订婚约后守住了消息，先将两家合作的新航线推动了起来。

直到最近一次饭局上，祁时晏的父亲祁景天说漏了嘴，才叫祁时晏得知自己已经被订婚、有了未婚妻的事，大为震惊。

祁家向来有商业联姻的传统，但祁时晏从来没想过自己要服从这套法则，更难以接受老爷子瞒着他，偷偷给他订了婚。这种订婚不具有任何法律效力，祁时晏起初以为退婚很容易，可现实操作才发现很难。

因为这是两家商业合作的基础，牵涉的利益太大了，牵一发而动全身，除了祁时晏，没人愿意退婚。

老爷子五月份在老宅从楼梯上摔下来，脑出血，历经九死一生才捡回了一条命，但语言系统出现了障碍，话讲不清楚，人也越来越糊涂，过去的事都不太记得了，这件联姻也忘了个大概。

可是祁时晏找老爷子谈退婚，老爷子却坚决不同意。

不管祁时晏说什么，老爷子单纯地听到"退婚"两字就觉得不好，说什么也不许退。

而代表祁时晏的律师几次和孟家交涉，孟岳松表示，两家合作的新公司已经成立，新航线也已经成功开辟，该他付出的都已付出，退婚，不可能。

祁时晏一头雾水。

"这事你别急，急也没用。"祁渊劝道。

"我能不急吗？拖越久，涉及面越广，知道的人也越多，我不要脸的吗？把我跟那么一个村姑联姻在一块儿。"一想起这事，祁时晏就心烦意乱。

祁渊笑，落井下石："你别侮辱了村姑，村姑朴素又善良。那位孟家小姐娇纵蛮横，村姑可不敢和她比。"

气得祁时晏又大咳了一通。

黄妈在旁边连连给他拍背，让他先休息，好好睡觉，别的事等出了院再说。

可祁时晏听不进，这件事压在他心头，比生病还叫人难受。

他想要的是快刀斩乱麻，趁早解决。

祁时晏想把新公司叫停，大不了拿他个人的股份去赔偿。只要新公司一停，合作失败,那他的联姻自然胎死腹中,顺利解除。

但问题是,新公司的一把手是祁景天,是祁时晏的亲生父亲。

祁景天在集团很多年都没什么建树,这次弄这个新公司,有孟家支持好歹有些起色,正是他捞资本的时候,说什么也不愿意叫停。

至于联姻,祁景天的看法是,祁家子孙都是这个命,没必要现在闹崩,不如结了婚再离,还相对简单一点。

就像他和祁时晏的母亲一样。当时两人也是商业联姻,不到三年就离婚了,但两家的项目持续经营了很多年,钱挣得钵满盆满。

但祁时晏压根不想和孟荷结婚,甚至连结婚的念头都不曾有。

阻碍重重,他这婚很难退。

"你现在唯一的办法,只有一个字。"兄弟两人将形势分析了一下,祁渊得出结论说,"等。"

"等到尽人皆知,大家都看我的笑话吗?"祁时晏揉了揉太阳穴,那里痛得厉害。

"你知道我说的等是等什么。"

两人一个对视,心领神会。

老爷子现在已经将集团的权力全部交给了祁渊,但为了尊重老爷子,他订立的很多东西,祁渊目前都没有整改。

目前不整改,不表示将来也不改。

老爷子已经风烛残年,祁渊不想表现得急功近利,很多事他知道问题所在,但为了老爷子安度晚年,他睁一只眼闭一只眼,维持着表面的平和。

祁时晏的婚约,是老爷子一手订立的,现在要推翻它,时机很不好。所以祁渊要祁时晏等,等到有一天他成为祁家真正的掌权人,那时候再来解决这门婚约,易如反掌。

"那要等到什么时候?"祁时晏眉头松不下来。

"无论多久,我们总要祈望爷爷长命百岁。"祁渊笑,"或许那时候,你已经喜欢上那个村姑,自己想要她。"

"滚啊你。"

"行,我滚了,你好好养着,多想无益,明天我再滚过来。"

黄妈看着兄弟俩,笑了笑,两人说话一向没边,她都习以为常了。

幸亏祁时晏送医及时,加上他年轻,身体素质好,医院住了三天,人就好了大半，咳嗽没那么重了，各项指标也逐渐恢复正常。

夏薇也连着来看望了他三天，每天都给他带一盅冰糖炖雪梨。

虽说都是冰糖炖雪梨，但做法和里面加的辅助食材不一样，每天口味迥然不同。

黄妈感激地说："夏小姐有心了。我家晏儿嘴刁，这几天在医院吃什么都没胃口，只有夏小姐这一盅，他能吃得干净。"

"我这是给她面子。"祁时晏从沙发移步到餐桌前，脸色好了很多，眉骨间恢复了几分傲气。

他在床上躺不住，一早起来活动了下，配合医生查过房，便无聊地开了电视，打游戏，等会儿要准备输液。

夏薇笑，将小炖盅摆到男人面前，揭了盖。

里面小块的雪梨炖得酥黄，甜香四溢，浓汤上浮着几粒红红的枸杞，勾人食欲。

她对男人说："那我跟你说谢谢。"

这几天，祁时晏生病，她莫名地觉得和他之间的距离又近了很多。

祁时晏在她心中，不只有浪荡轻佻高高在上的一面，还有了脆弱孩子气的一面，会让她觉得这样一个人，不是只让她仰望，也有触手可及的时候了。

就像世人都称他"祁三少"，黄妈却叫他"晏儿"。那一声乳名，她第一次听见，亲切和蔼，满是宠溺。

尤其听了他三岁时生病的故事，会让人联想到一个哭唧唧捏着鼻子，骗喝一口药要拿三颗糖来哄的小屁孩。

"你天天来，不要上班？"祁时晏拿起调羹，搅动炖盅，香味全飘了出来。

"要啊，我请了两个小时的假。"夏薇坐到餐桌另一侧，看他另一只手还在打游戏，吃雪梨吃得三心二意。

"等你吃完我就走。"她补充一句，意在让他认真点。

祁时晏却干脆放下了调羹："急什么？"

说不上来为什么，他总想惹火这个姑娘，她越急，他就越不急。

逗逗她，较较劲，看她脸红，看她羞恼，看她气得咬牙的样子，他会没来由地开心。

出了学校这些年，好像这个姑娘又将他顽劣的少年气全部勾了出来。

"你没发烧吗？也没咳嗽？"他问。

"没有啊。"夏薇笑。

男人状似关心的问候，伴着他的不怀好意，是想要她也感染病毒，和他来场同病相怜。

夏薇抿抿唇："我们又没有亲密接触。"

本来一句很正经的话，在看到男人偏头看过来的时候，她发现味道变了。

再听到他一声轻笑，她更是百口莫辩，空气都变得轻佻了。

卫生间的门开着，黄妈在洗水果，随时可能出来，夏薇错开男人的视线，迅速忘掉自己刚才说过的话。

房间里有很多花篮、花束和水果篮，夏薇昨天已经带走了两束花，可今天又明显多了。

看来探望祁时晏的人还挺多，只是没人比她来得早，她一个也没遇上。

夏薇不禁好奇，一个游手好闲的人哪儿来这么多社交？不会全是女人送的吧，那得多少人啊？

余光里，见男人又开始吃雪梨了，夏薇不动声色地开始数花，还没数完，黄妈端着水果盘出来了，放到夏薇面前，请她吃。

一打岔，没再数了。

桌上有个一次性碗盒，是祁时晏的早饭，只吃了几口就放下了。

黄妈拿去扔了，她说："是医院食堂定做的鱼汤面，可能是死鱼，腥得很，炖的时间也不够，晏儿一吃就吃出来了。"

"嘴这么刁啊。"夏薇看向祁时晏。男人挑了下眉梢，飞扬冷峭。

"想吃鱼汤面？"她问，得到男人探询的目光，她又说，"明天早上我做了送来。"

"你会做？"祁时晏有点意外，"能不能吃啊？"

黄妈插嘴，对夏薇说："太麻烦了，不用的。"

夏薇笑："没事，我也很久没做了，正好练练手。"转头看向祁时晏，接受挑战般扬了扬下巴，"明天早上把肚子留空，等着，我早点来。"

祁时晏眯了眯眼，笑："行，别叫我等太久。"

说起来简单，不过一碗鱼汤面，想要好吃，可是真的费功夫。

第二天凌晨四点，夏薇定了闹钟就起床了。

出租屋离菜场步行要二十分钟，她机灵，昨天在公司跟同事借了电瓶车骑了回来，这会儿骑着去买鱼，快多了。

鱼也不能随便买,夏薇在充斥腥味、杂乱肮脏的水产区走了几个来回,最后挑中几条活蹦乱跳的野生鲫鱼。

另外又买了一些新鲜的基围虾和菠菜,准备做配菜,还特意去了生面加工店,买了一斤鸡蛋面。

所有食材都是最好的,夏薇信心十足,想象祁时晏一张嘴还能怎么刁难。

回到家,一阵忙碌,煎鱼、煮鱼汤,同时蒸锅里蒸面条。

夏薇算过时间,从出租屋到私立医院,如果不堵车的话,需要四十分钟,所以她选择蒸面条,并多刷几层油,这样能最大程度地保证面条不会糊掉。

而且,为了保证口感,面条需要蒸两次。

第一次蒸好后,在等待冷却的时候,夏薇抓紧时间将菠菜焯水、基围虾用水煮好,因为家里燃气灶的炉头只有两个,需要充分利用。

第二次蒸面条的时候,正好可以给基围虾剥壳、去泥肠。

等全部忙完,时间也差不多了。

夏薇将浓浓的鱼汤过滤掉肉渣,装进新买的保温壶,面条和配菜另外再单独装好,准备出发。

沈逸矜起床,闻到香味,飘进厨房。

"哇,鱼汤面。"沈逸矜眼露惊喜,"薇薇,今天是什么好日子,早饭这么丰盛?"

"今天是我要堵某人嘴的日子。"夏薇笑着回答,额上、脖颈和后背都出了很多汗。

她忙着收尾,指了指锅里碗里留下的鱼汤和食材:"你的早饭都给你留下了,你再弄一下,我赶时间先走了。"

"你不吃?"

"来不及了。"夏薇从冰箱拿了一个自己两天前做的面包,"我路上吃面包就好了。"

"祁时晏这是几辈子修来的福气啊。"沈逸矜看着她匆忙的背影,"别太惯着他。"

夏薇笑笑:"不惯。"

那顿早饭吃完,沈逸矜发誓,那是她吃过的最好吃的鱼汤面,没有之一。

夏薇出了门,顺利打到车。

可是千算万算没算到路上有车祸,本来早高峰路上就堵,出租车走到一半,前方有交通事故，速度从乌龟爬变成了蜗牛爬。

夏薇眼皮子直跳。

九月的榆城，气温居高不下，她担心鱼汤面变质，也担心祁时晏等急了。

晚了一小时到医院，她从电梯出来，提着保温壶和食品盒一路小跑，快到病房门口时，她才放缓脚步，将呼吸调匀。

祁时晏的病房门开着，有笑声从房门传出来。

是女人的笑，却不是一般女人的笑，是带着娇气、轻浮、调情的笑。

夏薇屏住呼吸，轻着脚步走近，往里探一眼。

这一眼，叫她心如寒冰。

只见房里一群女的围着祁时晏，个个唇红齿白，花枝招展，衣裙鲜艳如蝶。其中有两位是她认识的，一个是韩烟，水中仙会所的老板。

祁时晏坐在沙发上，她挨着他坐在沙发扶手上，上身斜倚沙发后背，显得和祁时晏很亲近。

另一个坐在祁时晏身边，脸侧向男人笑着，手上在削苹果，是许颖。

夏薇如果没记错，许颖在微博上说要去大草原，怎么还没走？

其他女人或坐或站，在他身边欢闹说笑。不知道祁时晏说了什么，引得她们一阵花枝乱颤，有个穿着吊带红裙的女人还上前娇滴滴地打了下祁时晏，说"讨厌"。

祁时晏仰头笑，指尖把玩着手机，有一搭没一搭地敲在大腿上。

病房不像病房，倒像欢乐场。

夏薇拎了拎衣领，感觉有点闷。

明明门开着，只是一步之遥，她却迈不进去。

面前像有道无形的屏障，阻隔着她。

没人知道她有多渴望进入祁时晏的生活，却同样也没人知道她有多排斥他这样的一面。

许颖看见门外的身影，将苹果递到祁时晏面前，手肘轻拱了拱他，示意他看门外："来看你的？"

祁时晏抬头看了一眼，笑意尽敛，气压极低，也没接苹果，只说："给别人，我不吃。"

他莫名地低头，状似无意地看向手机，手机却没动静。

空气忽然间静默又诡异，一房间的人止了笑，面面相觑。

"是她。"韩烟认出人，站起身，走向门口，却眼见那道倩丽的背影转过拐角,"咦"了声,"怎么走了?"

　　许颖有些好奇:"谁啊?"

　　祁时晏抬头,又看一眼门外,倏地冷笑了声。韩烟本想回答许颖,这下好了,那个名字忽然变得不可言说。

　　其他人像看了一场哑剧,什么都没看懂,什么也不敢问。

　　韩烟也不敢再坐回原来的地方,径直走向餐桌前拉开椅子,招呼大家过去吃水果,大家岔开话题,将气氛重新活跃在餐桌上。

　　沙发上只留下了两个人,祁时晏面上云淡风轻,什么都没显露,可许颖却明显感觉到他情绪不好了,周遭有股气流逼着她站起身,离他远点。

第二章
金秋宴

忽来一场雨,滴滴答答下了好些天,却没带走一丝躁郁。

那天之后,夏薇再也没有出现在私立医院。

黄妈很诧异,问祁时晏:"夏小姐怎么不来了?那天不是还说要给你做鱼汤面吗?"

祁时晏打着游戏,神情淡淡:"随便说说的,你也信。"

"夏小姐看起来做事很认真,对你也上心,肯定不是随便说说的。"

"你认识她几天?怎么就看出来她上不上心了?"

"她看向你的时候,眼睛里有光。"

祁时晏笑了,笑得漫不经心:"那对我上心的人可就太多了。"

"是,是,不过夏小姐和你身边那些花花草草总归不太一样的。"

"能不说了吗?"

祁时晏将手机放到桌上,发出一声重响。

忍了多少天的暗火,他都想顺着就过去了。

那个姑娘一双琉璃眸子,妩媚又勾人,像只美狐狸,他能不懂吗?

要是知些好歹,一块儿玩,也不是不可以,可她太认真,认真到叫他怕。

可是怕什么,他也不太清楚。

那天,他们隔着病房门,隔着嬉笑声,对视仅一秒,彼此却似乎看清了对方。

她眼里有光,却也有暗影,她有喜好,却也不掩饰厌恶。那已经不能叫认真了,是赤诚真挚。

那一眼,看得人的心沉甸甸的。

他没敢叫住她。

人的本性都是趋利避害的,那一刻,他不太敢招惹她。

有些东西,他怕拿起来容易,放下去难。

重新拿起手机,朋友圈随便刷刷,又看到了那张照片。

他的微信有很多很多人,都不记得哪里来的,大概就没拒绝过,谁要加就加,只不过他的朋友圈不是对谁都开放,也不是谁的朋友圈他都看。

最近却莫名感觉可看的朋友圈有点少,总是没刷两下就停在了某个地方。

那是夏薇的朋友圈。

她最后一次更新一直停留在那天,照片上,一只灰不溜秋的流浪狗在一个垃圾桶旁边对着一碗面狼吞虎咽。

放大细节看那碗面,汤汁白花花的,面条淡黄色,根根柔韧筋道,上面铺着红色的虾球和绿色的菠菜,看着就美味。

那是他的鱼汤面,竟喂了狗!

还是那么一只又老又丑的狗!

祁时晏手指在手机上狠狠敲了敲,意郁难平。

周五,医生给他做了最后一次检查,给他开了一些药让他带回家吃,说是可以出院了。

黄妈高兴地收拾行李,祁时晏却说,再等两天吧。

医生乐得给医院创收,当即不问理由,改了出院时间。

黄妈也没问,大概猜到了他在等什么。

黄妈说:"男人嘛,要主动一点,就算天上掉馅饼,你也要出门到外面去捡不是?"

偏偏祁时晏就不是个主动的人。

天生富贵命,要风得风,要雨得雨,欲求容易满足,从来就没有那主动的劲。

黄妈悄悄给祁渊打电话,祁渊便跟沈逸矜说,沈逸矜再问夏薇。

夏薇仰头看天,心里也有几分难过:"我知道是我自己的问题,是我玩不起。"

她说："祁时晏那个人其实挺好相处的，绅士又大方，和他做朋友很舒服。是我自己自私，每次和他在一起就想把他占为己有，见不得他对别人笑一点点、好一点点。但事实上，又怎么可能？我们之间差距太大了。"

如果命运已经注定好了，长痛不如短痛，趁现在陷入不深，将两人的关系定在这儿，她知足了。

沈逸矜拍了拍她，联想到自己和祁渊，点头赞同："所以，明知道不会有好结局，就别让自己泥足深陷，对吗？"

夏薇苦笑了下，说："对。"

周末两天，外面又下雨了，一对好闺蜜趁着哪儿也去不了，便在家一起捣鼓做蛋糕、做饼干，将出租屋弄得香味四溢，邻居都来讨着吃，香味和笑声传了一栋楼。

而医院里的人则站在屋檐下，听了两天的雨，凄凄迷迷，潮湿又窒闷。

黄妈说："别站在那儿，沾一身湿气，还想不想好、想不想出院了？"

祁时晏不听。

周一，正式出院。

祁时晏回归了原来的生活。

一群狐朋狗友给他接风洗晦气，红尘器乐，酒香深深，日夜无度。

醒和梦之间，只在酒够不够烈。

光影明明灭灭，流光溢彩，又白驹过隙，繁华终落。

纸醉金迷里，不过一段锦绣黄粱罢了。

那个曾经在场子里喊着他名字栽进他怀里的姑娘消失了，大家云云，不过如此。

终是没有人走得进祁三少的心。

只有韩烟发现了一丝苗头。

那回，夏薇输惨了，将祁时晏的排名掉出了前十。

祁时晏现在回来了，他要赢回去，大家看着，是个非常正常的举动。

可韩烟却品出一些不一样。

男人不只是为了把筹码赢回去，好像也在争取一些别的。

是什么，她不得而知，不过看他打麻将时多了几分认真，没以前那么浮夸就是了。

当祁时晏爬上top榜第二时，还在第一位置上做春秋大梦的李燃恍然惊醒，大叫:"这么快!"

想当初他可是战了多少个日日夜夜才爬上第二的。

祁时晏坐在沙发上:"已经让你嘚瑟得够久了。"

李燃嘿嘿笑:"你就不能让我嘚瑟得更久一点?"他挨到祁时晏身边,献媚地抱起祁时晏的一只胳膊,仰起脸,笑得很中二。

祁时晏张开五指摁在他的脸上,挪开他:"这么献殷勤没用,哥不吃这套。"

"那你吃哪套嘛?"

"你不如去一趟泰国,回来我再瞅瞅。"

"那不行啊,不能为了你的快乐,牺牲我的快乐。"李燃双手捂住自己的裤裆,"你要不要别的?"

祁时晏笑,眼里有淡淡倦意,看向不远处一盏旋转的小彩灯,某个角度折射出十字的微光,像星星,也像某个姑娘的一双眼。

他说:"我们终有一战,你逃不掉。"

李燃认尿,摊开四肢躺倒在沙发上,脑筋转了几圈,想到一个主意,坐起身,打起商量:"这样吧,我们各自找个女的替打,输赢在此一决。"

他想他和祁时晏打,那是稳输的,不如找人替,还有搏一搏的机会。

祁时晏笑出声,应了声"好",也想到一个主意,说:"我再干脆给你摆个金秋宴,把玩得来的都叫上,痛痛快快玩上一玩,聚聚人气助助兴,晚上热热闹闹地打打。"

"行啊。"李燃乐了,就喜欢这么慷慨的哥,搓搓手就要开干,"你说怎么摆?"

"你尽管拟个名单给我,怎么摆不用问,既然是金秋宴,当然是眼下中秋最时兴的了。"

"大闸蟹、小龙虾,哈哈!"

祁时晏笑,没否认,端起酒杯,浅浅喝了一口。

李燃说干就干,上吧台要了纸和笔,选了盏最亮的灯,坐底下,打开手机通讯录,一个一个挑名字。

吃喝玩乐是他们的家常便饭,等级、规格、豪到什么程度,他们心里都有标杆。

说是金秋宴,又是祁时晏摆,那必定不一般。

上次祁时晏大摆豪门宴还是今年元宵的时候,从西班牙空运了一只火腿过来,那是世界级最贵的火腿,请了名厨操刀,是一席极其让人回味无穷的饕餮盛宴。

可就有一女的不知所谓,在祁时晏身边不停地献殷勤。因为那女的是另外一个朋友带去的,祁时晏给面子,没当场翻脸,只是后来,那朋友连同那女的再没出现在他们圈子里了。

李燃深知此事,所以这次摆宴,要他拟名单,他得警醒点,别混进来什么狂蜂浪蝶,把金秋宴搞成绝交宴,那就不好了。

但是一场宴席不可能全请男的,没有女人会索然无味,所以,拟名单成了一项技术活。

韩烟摇着金丝楠木扇走过来,好奇李燃在写什么,李燃也不瞒她,本来名单里就写了她,三言两语将金秋宴的事说了。

韩烟收起扇子,敲了敲他的脑袋,笑骂了声:"笨蛋。"

"这还不懂吗?什么金秋宴?什么让你拟名单?这事摆明了是要借你的口,请他想请的人。"

李燃摸着被敲的地方,一脸笨蛋相:"他想请谁啊?"

韩烟嫌弃地看他一眼,摇开扇子,只得泄漏一点天机:"你把夏薇写上。"

那天医院里的事,虽然后来没人再议论,看起来不过就是一个很不起眼的小插曲,但结合祁时晏最近的表现,和这金秋宴的事,她要再琢磨不出其中的味道,这会所老板的位置就别坐了。

这一点拨,李燃醍醐灌顶,抬手拍了下自己的脑袋:"懂了懂了。

"只是,他们俩到底怎么了?"

他早就觉得夏薇不一般了,他都把她默认成祁时晏的人了。

毕竟在夏薇之前,祁时晏从来没找人替打过麻将,还由着她一输输三百多万,都没一句抱怨的话。

不过嘛,自从那次夏薇喝醉,被祁时晏抱走之后,她再没出现,他还以为他们也就如此。

说到底,祁时晏那人在男女关系上浅得很,哪怕是逢场作戏都是点到为止,真没哪个女人入过他的眼。

以他老朋友的眼光来看,就那次祁时晏对夏薇又哄又抱的,恐怕都够得上是祁时晏和女人之间的极致暧昧了。

李燃巴巴地看着韩烟,相信韩烟肯定比他知道得多一点。可韩烟悠悠地摇着小木扇,祁时晏是她幕后的大老板,她要嘴碎一点,还有得混吗?

"你尽管把夏薇写在第一个,看祁三少的反应吧。"

李燃只好点头,不再追问,大笔一挥,将夏薇添在了名单第一的位置,还故意将字写大一点。

两天后,名单拟好了,李燃拿去给祁时晏看,祁时晏只扫了一眼,就说:"你定了就行。"

李燃觉得祁时晏那一眼锐利又敷衍,八成只看到了"夏薇"两字。他使坏地将名单往祁时晏怀里塞:"你再看看嘛,看看嘛,二十个人呢,如果有你不对付的人,那就不好了。"

祁时晏这才接过,一目十行,多看了两秒,说:"都可以。就这样吧,都是熟得不能再熟的,没什么问题。"

李燃嘻嘻笑:"行嘞,那我去通知人。"

回头,他就和韩烟悄悄咬耳朵:"神了,你说的是真的。"

韩烟握着小木扇也有些激动了,感觉他俩在干特务似的:"那你想好了怎么请动夏薇吧,照目前的情形,你可能得多下点功夫。"

李燃频频点头,摩拳擦掌:"这事有点意思了,我得先去给月老烧炷高香。"

夏薇接到李燃的微信时,正走在炎热的大街上。

手里拎着一个破旧的电工工具箱,这是同事在施工现场等着要用的,她帮忙从公司送过来。

而她站的位置是一家手工婚纱定制店,门口停着一辆红色的法拉利超跑。

是孟荷的。

难道他们的婚期已经定了?

夏薇低头重新看了一遍李燃发来的数条微信,想从里面找到确切答案。

李燃:夏薇,过几天什么日子,知道吧?哈哈,没错,是中秋。先祝你中秋快乐!

李燃:祁三少准备摆金秋宴,他列了一份名单,第一个竟然是你,不是我。你什么时候在他心里地位这么高了,都超过我了。

李燃:不过,我是事务长,名单在我手里,由我来联络,所以我的地位还是很高的。

李燃:我现在就隆重地通知你,周六中午金秋宴,在祁家老宅枕荷公馆,不见不散。

夏薇看完，视线反反复复地落在"金秋宴"三个字上，确定不是婚宴。但是为什么在祁家老宅办？为什么她上了名单？

祁时晏自己拟定的？

她都以为他们之间就那样了。

她把他的魁首输掉了，拿走了他一部昂贵的手机，最后连个鱼汤面都喂了狗，她想她在他那里的印象应该是差到了极点。

怎么还会得到他的邀请？

正迟疑，手机又响了，李燃拨了语音通话过来。

夏薇走到屋檐下，摁了接听。

欢乐的男中音响起，李燃将金秋宴的事又讲了一遍。

李燃说："你一定要来，你是名单上的第一个，你不来，金秋宴就不成席。"

夏薇心想：自己有这么重要吗？

愣了好一会儿，她才问："人多吗？都有谁？"

李燃："人不算多，就二十个，都是平时玩得比较好的，一对一对的，你不来，祁三少可就要做孤雁了。"

李燃不给她犹豫的时间，拿出自己编好的话继续说："你最近怎么了，都不来场子玩？你知不知道祁三少整天臭着张脸。他这才出院没几天，再这样下去，怕是又要进去了。"

韩烟在旁边憋住笑，给他竖大拇指。

李燃更来劲了："这次金秋宴，祁三少私下透露给我，其实就是为了请你才摆的。可是你知道他那个人，少爷命，拉不下脸直接和你说，所以让我做这个事务长，务必一定要请到你。"

夏薇心里本来对祁时晏就有愧疚，李燃这一说，她头一低，鼻子里酸酸的。

视线模糊了一瞬，婚纱店的玻璃大门被人推开，一股冷气涌出，夏薇站在五米之外都感觉到了。

"怎么这么热？"孟荷提着一个纸袋走出来，嘀咕了一声，转头，瞧见屋檐下的夏薇，她双眼立刻发红。

不过再看自己一身名牌，纸袋精致，刚订了一套上百万的婚纱，老板送了一枚钻石胸针。

可夏薇呢，职业白衬衣，黑色一步裙，手里提着个破旧工具箱，一身廉价味。

"晦气。"孟荷趾高气扬，咒了一声。

店里店员赶忙追出，笑脸相送："孟小姐慢走。"

孟荷本想多骂几句，但这声恭维哄得她开心，她嗤了一声，算了。她抬抬下巴，拿出太阳镜架到鼻梁上，往自己的跑车走去。

夏薇站在原地，冷冷地看着这道高傲的背影渐渐走远，握着手机说："好，我一定到。"

未婚妻都已经订婚纱了，未婚夫却还惦记着别的女人，要摆金秋宴？

她之前总觉得自己玩不起，是因为自己贫穷，又清高。

可是有时候有些事，狠一狠心，也没那么了不起。

她的青春，她的爱情，如果注定要成为灰烬，那她将火烧得大一点，又何妨？

"只不过，枕荷公馆很远，我要怎么去？"夏薇提出了一个实际问题。

李燃已经在兴奋地挥拳，和韩烟无声击了个掌："我去接你，你把你家地址给我，我周六一早到。"

夏薇应了声好。

李燃这个月老做得真是没话说。

他们圈子里向来没有时间观念，一般约吃饭，或者干点什么，就给个地点，时间全靠自己把握。

上次祁时晏约夏薇打麻将，夏薇问几点，祁时晏说早点，实在是他也给不出确切的答案。

又比方说，他们约吃饭，除非人本来就在一起，是集体行动。不然叫这个找那个，等人凑齐了坐到饭桌上，不比预计时间晚个一两小时根本开不了席，人越多越晚。

大宴席好一点，尤其是祁时晏摆的宴，大家相对重视，但准时赴约的也没几个。

只是夏薇是圈外人，是安分守己的打工人，时间观念比较强。

她问李燃几点开席，李燃随口说中午十二点，那夏薇便算好了时间，九点出发，路上两个小时，到祁家老宅十一点，再休息一下，十二点吃饭。

李燃也不偷懒了，生怕自己办不好这趟差，破天荒八点钟就起了，一起来就往夏薇家赶，见到人时，两眼圈都是青黑的。

李燃拍拍方向盘，对夏薇说："你来开车，我再补个觉。"
　　他一向都是"阴间作息"，这么一早开了近一个小时的车到夏薇家，已经是极限。
　　可夏薇摊摊手，笑着说："我不会开车。"
　　李燃有些无语。
　　偏偏今天他开的还是跑车，只有两个座，连代驾都没法叫。
　　还好，他找同赴宴的人约了个地点，去那儿会合，半小时后，晚晚换下了李燃，两辆车一起开往枕荷公馆。
　　枕荷公馆在榆城郊外，前有宽阔河流，背靠寿安古寺，地理位置得天独厚。
　　一个多小时后，汽车转了弯，前方道路变得曲折，两边高大的银杏树飒飒作响，树与树之间，碧叶连天，那是上百亩的荷塘，遥遥不见尽头。
　　过桥，到岔路口，有指示路牌，左箭头指向荷塘，右箭头指向枕荷公馆，底下还配有英文、韩文和日文几种文字，是正规的路标。
　　晚晚正奇怪前面李燃他们怎么往左，而不是右，她又看见了旁边临时竖立的一块路牌，上面"金秋宴"三个字非常醒目，箭头往左。
　　方向盘一打，晚晚脖颈拔高，双目远眺，雀跃着说："为什么我还没到，就有了一种无上荣耀的感觉。"
　　夏薇赞同，仅仅一个路牌就能感受到祁家的地位。
　　她听沈逸矜说过，枕荷公馆是老宅，那是真的老，进去跟大观园似的，里面全是明清时期的古建筑群，是活的历史文物。
　　但是，他们不去老宅吃饭？去荷塘？怎么吃？
　　眼前渐渐开阔，无穷无尽的荷花碧叶，在天与地之间如波浪般滚滚而来。
　　晚晚兴奋地尖叫："好美啊！"
　　而和她一样兴奋的是路边的游客，这里很多人和车，还有旅游大巴，越往前越多。
　　夏薇看着眼前美景，情绪不被感染是不可能的，但一想到马上就要见到祁时晏，就没来由地紧张，这种紧张盖过了兴奋，使得她坐在副驾驶位上一动不动，只剩胸口小幅度起伏。
　　她到现在都不太相信金秋宴是为她办的，毕竟祁时晏没有和她提一个字，她换了手机，两人的聊天记录归零，至今没有任何联系。
　　一会儿见面，她该怎么表现？从医院那样走掉，她又该怎么解释？

他会怎么看她？

或者，大家互相笑一笑，当个蹭饭的，彼此敷衍，装不熟？

荷塘外围拉满了绿色高大的护栏网，游客们只能在护栏网外拍拍照，踮着脚嗅嗅花香，但依然人山人海。

大门口有保安肃立，将赴宴的车辆放行，电动门便立即关闭，引来一片羡慕的目光。

晚晚激动地说："我以前也来过，和他们一样，就在护栏网外面。可我现在进来了，这感觉太爽了，我嗅到的不是荷花的香，而是豪门世家的香，是祁家有钱人的香。"

夏薇听见晚晚的话，却没有反应，因为她的视线被路边树下的人紧紧吸引住了。

她看见了祁时晏。

男人单手插兜，身边围着几个人，在说话。

他身上穿着一件白色衬衣，衣领内侧和前襟绣着一小片青花瓷图案，清隽大气。这不仅很好地修饰了他的身材，也减去了几分轻狂之气，带出那么点儿翩翩贵公子的古韵味。

和这荷塘还挺搭。

夏薇莫名想笑，笑自己小肚鸡肠、以己度人。

到底，祁时晏总是那个大方的人。

紧张和各种猜想渐渐散去，夏薇感到有所放松。

可是这种放松不过持续了两分钟，晚晚没能把车停好。

荷塘里的水泥路是单车道，车道两边是落差一米多高的荷塘。

晚晚如果只是开车还行，但靠边停车就不敢了，怕车会翻下去。

可是如果不靠边停车，会影响行人，因为荷塘里还有务工人员，他们需要骑电瓶车、三轮车出行。

有人敲了敲驾驶位的车窗，晚晚便把车随便一停，下了车，随即那人钻了进来。

夏薇正想解开安全带下车，一见来人，便停住了。

正是祁时晏。

设想的见面方式有千万种，但都没有眼前这种场面令人感到窒息。

狭窄的空间里，全是男人从外面带进来的热浪气息，温度瞬间攀升，夏薇有些不知所措。

而祁时晏也没说话，甚至连看都没看她一眼，直接换挡，一脚油门，"轰"一声，划破了寂静，车子猛烈震动，冲了出去。

速度快得夏薇都没分辨出是前进还是后退，只感觉视线里景物冲撞，心房在地震，往地底下坠。

突然车子又猛地停住，她因惯性往前磕了下，随后后背回弹，靠上座椅。

这时候，祁时晏才出了声："怕了？"

他偏头瞥向她，一只手在方向盘上，一只手在挡位上，语气不善。

摆明了是故意的。

夏薇怔了一瞬，扯了扯唇角，亏她刚才还在以为他大方，这会儿赤裸裸的报复就来了。

她目光落在前方，不咸不淡地回击："我有什么好怕的，大不了翻下去，那不还有你一起吗？"

祁时晏轻笑了声，意味深长地点了点头，似乎很认同。

然后，他又挂上挡，前后迅猛挪移。引擎巨大的轰鸣声和轮胎摩擦地面的刺耳声，引起车外所有人的注意。

夏薇眼神失焦又聚焦，咬着唇控制呼吸，不想让自己死得太难看。

忽然，车子不动了。

眼前投过来一片阴影，男人倾身看着她，薄唇一抹妖冶的笑："想和我殉情，以后不是没机会，今天……"他顿了顿，一笑，"放过你了。"

这姑娘一双眸子湿漉漉的，纤长的睫毛在光与影的折射下颤得楚楚动人，明明害怕得要死，却吭都不吭一声。

祁时晏捉住她摁在安全带搭扣上的手，她指尖冰凉，微微发抖。

他轻轻捏了下，一个安抚性的动作，又挪开，"咔嗒"一声，解开了她的安全带。

夏薇胸口的窒息感瞬间得到释放，剧烈起伏。

祁时晏喉结一滚，移开眼，先下车了。

这段插曲大家看在眼里，个个惊心动魄。

李燃差点以为自己办错了差事，以为祁时晏看到夏薇很生气，拿他的车泄愤，可是车子停下时，他却看见车里两人身影交叠，吻上了。

他朝大家挤挤眼睛，大家也同样看到了最后一幕，像是窥得一缕绮丽春光，都笑了，赚到了。

很快后面又到了一辆车，但总人数还不到一半，祁时晏没耐心等了，留了帮佣守着,自己带大家走上田埂,往荷塘深处走去,寻找野趣。

田埂狭长,仅够一个人通过,两边是水沟、荷塘,还有树木、草花,风景美得和画一样,他们八九个人稀稀拉拉,队伍拉得老长又欢快。

有人起头唱了句《荷塘月色》,其他人纷纷应和,跟着唱。

本来就都是爱玩爱闹的年纪,平时又是厮混惯了的,这一开了嗓,气氛马上活跃起来,歌声高了几个度,伴着笑闹声,快乐荡漾在荷塘里,浮香亭亭,莲叶鼓舞,连天上的云都露出了笑脸,笑得和荷花一样。

夏薇有意和祁时晏拉开距离,走着走着,走到了末尾。

男人恶劣又温柔,说他什么好呢?

那句"放过你了",两人谁都知道说的是什么。

所以,他并不是什么都不在意,他生她的气,但刚才,他又原谅她了。

还有那句"殉情",什么样的关系才能用到这个词?

夏薇迎着风,深深呼吸一口,荷花朵朵婀娜摇曳,真香。

祁家祖上曾有万顷良田,富甲一方。

尤其是他们自己居住的核心地带,外有护城河,内有高城墙,经历过几次改朝换代,都在动荡中保存实力,生存了下来。

直到建国之后,屹立了几百年的城墙被要求拆除,护城河也被要求填平。

当时护城河很深,为了填河,祁家铲薄了城内所有的土地,又正值老爷子迎娶老太太人婚之际,老太太喜欢荷花,老爷子便下令将这几百亩地全部种上了荷花,这事在当时成了榆城最为轰动的热门事件。

那之后,一年一年荷花盛开,到如今,榆城的夏天便有了这最美的盛世景观。

而城墙上的砖一块块拆下后,重新砌成了现在的工具房。

祁时晏带大家去看,李燃饶有兴趣地在方方正正的砖石上找到很多名姓,大喊大叫:"我在南京的明城墙上见过,跟这个一模一样,谁做的砖谁就把自己的名字刻上,责任到人,没想到你祁家……哈哈。"

后面一串笑声,不言而喻。大家惊叹,个个伸手去摸一摸,探究一番。

屋檐下,有泥筑的燕子窝,时不时传出雏鸟的叫声。角落里还有马蜂窝,有人想去捅一下,被他的女伴拉住了。

临近正午,太阳毒辣得很。

大家嬉嬉闹闹,祁时晏领头往树林里走。

头顶有白鹭飞过，成群结队，阵势比他们还大，飞到荷叶上，汲口水，悠闲地伸长脖子眺望，那姿态轻盈又优雅。

人群兴奋了，特别是女人们，喊着"好漂亮啊"，纷纷拿手机出来对着它们拍。

"你们是只要长得好看就行，是吗？"

祁时晏挑挑眉，一脸看不上的样子，转头问过来，也没特意问谁，只将视线最后在夏薇身上多停了两秒。

离他最近的一个女人反问道："都这么好看了还不行啊？"

祁时晏没回，捡起一块石头，朝白鹭们扔过去，惊起一阵鸟叫，白色的大翅膀扑棱棱一下子全飞走了。

而那叫声像破了的锣似的，粗犷得很，吓得几人一跳。

祁时晏笑得恶劣，指着飞远的点点白色："听听，多难听。"

大家这才有所赞同，为白鹭感到遗憾。

夏薇为了拍照，挤到了祁时晏旁边，可现在一只鸟都没了，她挤了个寂寞。

她带了几分怨气，收了手机，嘀咕一声："你声音好听，你怎么不去做播音员。"

她自己跟自己说的，没想让人听见，偏偏被祁时晏听见了。

祁时晏没接话，只朝她笑了下，带着一丝隐晦的痞气。

可就这丝痞气，让夏薇"唰"一下红的脸，默默低下头去。

为这个，夏薇为自己挤到他身边懊恼，又开始刻意拉开两人距离，渐渐走到末尾去了。

田埂是泥土路，阡陌交错，也高低不平，夏薇庆幸自己鞋跟不高，没像其他女人那样抱怨连连。

但也因此，没机会向祁时晏撒娇了。

队伍走着走着，就有人停下来，不是女的说脚怎么了，就是男的指着某个小坑小洼让大家小心点。

连走在最前面的祁时晏也有了停下来的时候，他身后的女人脚扭了，扶在了他的胳膊上。

夏薇远远看着，狠狠地射过去两记眼刀。

不是金秋宴一对一的吗？祁时晏的女伴不是她吗？那女人的男伴是哪个？

还好,那女人没有扶太久,祁时晏就放开了她。

队伍继续前行,快到树林了,大家的脚步不约而同地加快了些。

有一处纵横交错的地方,高低落差有点大,祁时晏自己先跨了过去,站在旁边,伸直手臂,给后面的女人借力。

借了第一个,就有第二个,第三个……

连男人也要借。

李燃第一步滑了一下,第二步也不敢再尝试了,抓着祁时晏笑嘻嘻地爬了上去。

到夏薇时,她是最后一个了。

夏薇说:"我自己可以上去。"

她不太想要这男人这种无差别对待的绅士行为,如果得不到偏爱,她宁可不要。

可祁时晏没动,保持着伸长胳膊的姿势,说:"快点。"

夏薇只好走近,往上一步,拽了下他的袖子,却同时借着脚下的力,暗暗拉了他一把,企图将他拉下去。

谁知,祁时晏比她更狡猾,早已看穿了她的把戏,整个人稳如泰山,只把胳膊往前一送,还冲她"吓"了一声,唬她。

这下好了,算计不成,夏薇自己反而被吓到了,连慌带怕,人往后仰去,眼看真要摔下田埂了,腰上一道炙热的力量,又将她捞了回去。

转而撞进一个坚实的胸膛,又被弹开。

夏薇不自觉地哼吟了声,眉心蹙起。

太硬了,硌得好痛。

"好玩吗?"祁时晏低头看她,笑得坏坏的。

不好玩。

一点都不好玩。

夏薇钻进树林,躲着祁时晏,找了棵大树靠着。

这男人太浑了,对别的女人怜香惜玉的心就不能分她一点点吗?

总是要捉弄她。

她该想个什么招对付他好呢?

树林很大,树木很老,茂盛、粗壮,多的是两三个人才能抱得过来的老树,枝叶连成海,遮天蔽日,树干上挂着小牌子,写着树名、树龄和国家几级保护植物。

正午的阳光在树顶疯狂炙烤，千万层树叶筛漏，到地面只剩下了点点斑驳，和一片阴柔的风。

夏薇看出来了，这里是老宅的后院。

隔着白墙黑瓦的围墙，一座座青砖木雕楼掩映在树荫里，不见尽头。

两扇深漆大门敞开，有帮佣进进出出。

树林里，较宽敞的地方由几张长方桌拼成了一张大长方桌，上面铺了清新的碎花桌布，几只白瓷瓶里插着荷花、莲蓬，还有不知名的野花，有种高级感，又很接地气，自然、怡人。

未到开席时间，桌前还没有人。

田埂上，祁时晏拉住她时，问她"好玩吗"，那炽热的掌心贴在她肌肤上，像火一样蔓延全身。

她呼吸急促，闻到他身上淡淡的香气，那是带着诱惑的、膨胀的男性荷尔蒙的体香，夹杂着荷塘的风，和荷花的香。

鼻息间，鬼使神差，她以为他们会接吻。

他们是那么近，那么近，近得听见彼此的心跳，近得闻见彼此的呼吸。

可男人只是轻轻笑了下，放开了她。

夏薇舔唇，后背摩擦了几下树，仰头，往头顶看去。

树叶太密，以至于绿叶看起来都像是黑的。

真后悔，那时候没敢看他的眼睛，完全不知道他是什么心情。

那么好的机会都没有亲一下，怎么感觉比姗姗她们还假，金秋宴还能是为她办的？

不会她是今天多余的人吧，一会儿没位置坐就搞笑了。

夏薇悄悄去看祁时晏，那男人正在和人比飞镖，你一支我一支，几个人互相嘲讽，互相不服。

轮到祁时晏，只见他懒懒散散地站起，喝了口酒，酒杯随意往旁边凌空一递，也不知道给谁，就见有个女人上去双手接了杯。

他将飞镖在指尖打了个漂亮的旋，一边接受对手的嘲笑，一边笑得肆意张扬，捏了捏飞镖头，斜眼朝镖盘瞄了瞄，"嗖"一声，在大家以为还要瞄一会儿的时候，飞镖已经离了他的手，又"咚"一声牢牢钉进了镖盘。

"红心！"旁边有个女人尖着嗓音叫喊。

几个对手顿时挠头，服气又不服气，佩服与起哄，笑闹成一团。

祁时晏扬了扬头,只手一张,端着酒杯的女人将他的酒杯放回他手中,脸上堆着崇拜的笑,可祁时晏一眼没瞧,端起酒杯又喝了一口,朝旁几个对手比了个"来啊来啊"的挑衅手势。

极其自我,又嚣张。

夏薇趁着自己位置隐蔽,朝他翻了个大大的白眼,却不巧,祁时晏眉一凛,头一偏就捕捉到了她。

那目光锐利得简直像飞镖一样,吓得她脖颈一缩,像中了镖似的,躲到树后。

祁时晏笑得更张狂了。

树林里凉爽,清风习习,人渐渐到齐,有人喊"开席了",三三两两的人群往餐桌走去。

夏薇跨进深漆大门,去了一趟卫生间。

卫生间在老宅里面,和老宅是统一的木楼设计,里面有几个隔间,素雅又整洁,洗手台上摆着一只景泰蓝的花瓶,里面插着几枝新鲜的荷花和莲叶,角落有檀香袅袅。

耳边听见人说:"祁家太有钱了吧,一个卫生间装修得比水中仙还好,不知道谁有福气能嫁给祁三少。"

另一个声音说:"别想了。龙配龙,凤配凤,你有本事睡到他就不错了,还想嫁给他,痴人说梦。"

"要是能睡到他也不错啊。"

"你去啊。"

"你去,你去。"

打趣声渐行渐远。

夏薇走出卫生间隔间,打开金色天鹅颈的水龙头,挤了一泵印着法文的洗手液,慢慢洗手,那洗手液浓郁的芳香很快就充斥了整个空间。

睡他啊。

到底有多少女人有这样的想法,又有多少女人得逞过?

手机响了一声,是一条微信。

是祁时晏发来的语音:"还躲呢?吃不吃饭了?"语气讥诮带笑。

夏薇听了两遍,从白色印花的擦手巾上取下一块,擦擦手,扔进回收箱,走出卫生间。

就这么一会儿工夫,没想到餐桌前的座位已经坐满了。

男人女人各一排,两两相对,帮佣环伺,黄妈也在。

祁时晏站在最中间,端着酒杯在说开场白,其他人也都端着杯,听他说。

夏薇跑过去,有一刻尴尬,本想做最不起眼的那个,此时却变成了最显眼的,夺了祁时晏的注意力,引来众人齐刷刷的目光。

她歉意地点了下头,脊背笔直,款款玉步,从前所有的礼仪和修养瞬间凝练,送她落落大方地坐到全席唯一的空位上。

是祁时晏的正对面。

夏薇抿唇笑了下,端起酒杯,仰望男人。

祁时晏也看了她一眼,接着他自己刚才的话说:"那我们第一杯,就敬蓝天白云,生活美好。"

他将酒杯朝空中遥遥祝了下,一口喝尽。

夏薇不知道他之前说了什么,总归是好话吧。她笑着和众人一起附和,一起举杯,喝空了杯中酒。

第二杯,祁时晏说:"我们敬自由吧。"

大家又齐声赞成,跟着他一起喝空。

第三杯,祁时晏坐下,举杯问向对面的人:"你说,我们敬什么?"

夏薇"啊"了一声,当这男人戏弄她,将酒杯和他的对了下,随口说:"敬你。"

祁时晏笑,说好,将酒杯举起朝大家高声说:"第三杯,敬你。"说完,又看向夏薇,碰了碰她的酒杯。

顿时,"敬你"和清脆的碰撞声在餐桌上此起彼伏地响起。

夏薇咬唇,端着酒杯的手抖了抖,不知道是被这男人碰的,还是被他的玩世不恭雷的。

这一席如祁时晏所说,美好、自由,大家吃得个个赞不绝口、笑声不断。

菜品丰富,多是一人一份,美味、精致,间或也有大菜,菜式复杂,色香诱人。

一道蟹黄龙虾球,配上全球顶级的里海鱼子酱,将宴席推上了最高潮。

"我觉得我吃的不是鱼子酱,而是钻石,这一口下去,我的牙齿都变成钻石了。"

"那我这一口下去,肚子里有了只包包了,香奈儿那只,想了很久的。"

"那你快去生啊,生下来就有了。"

"我也想啊,哈哈哈。"

夏薇听着旁边两个女人的对话,也跟着笑了笑。

她这一份还没吃。她在等大家都吃完了再吃,那样全席就剩她的独一份了,那么便会显得最珍贵。

"不吃吗?"祁时晏手里捏着银调羹,往她盘子里伸来,不客气地挖走鱼子酱。

夏薇"哎"了一声,急得瞪眼:"强盗啊。"

她正在尝一道金目鲷,手上拿着筷子来不及换调羹,眼睁睁看着男人抢走。

祁时晏则将强盗行径发挥到了极致,将那勺鱼子酱举在手里欣赏了一番,又凑到鼻尖嗅了嗅,张开大口。

"吃吧。"到这一步,夏薇只好表现得大方一点了,说,"这么多鱼籽吃下去,看你能生出一条鱼来不?"

祁时晏笑:"那你一会儿得跟着我去上厕所,才能知道。"

夏薇被他的恶趣味一噎,睨他一眼,下一秒,视线里那乌亮饱满的鱼子酱却送到了她嘴边。

"张嘴。"

还是那张玩世不恭的脸,笑得痞里痞气。

夏薇没听,压根不信他,总觉得他这是黄鼠狼给鸡拜年,不安好心。

祁时晏便将调羹又往前递了递,鱼子酱都快沾到她唇瓣了。

他说:"我数三下,你不吃,就真的是我的了。"

这下,不等他数数,夏薇一口咬住调羹,满满一口鲜美,在口腔里爆浆、炸裂。

极品美味。

美的不只是鱼子酱,还是祁时晏喂的啊。

而祁时晏收回调羹,夹在指间转了转,看着她吃完,笑着说:"这么多鱼籽吃下去,你能生出一条鱼来吗?"

"咳咳咳!"夏薇被呛得别过脸去,大咳了一通。

所以说,这男人从头到尾就没好过。

酒过三巡,有人提议玩游戏。

热烈讨论之后,祁时晏交代给了黄妈,很快黄妈端来了一个小盒子,里面有二十颗彩色玻璃弹珠,每个弹珠上有一个数字,从 1 到 20。

游戏很简单,一个人挑走一颗弹珠,让其他人猜数字,猜对的人罚酒。

二十个人,二十颗弹珠,总有一个人是对的。

可那幸运儿得罚酒,就有点意思了。

大家期待又紧张,个个争着往错里猜。

夏薇从来没玩过,也觉得有趣,跃跃欲试。

第一局,祁时晏起头,他将挑好的弹珠握在掌心,支着额头,从他旁边的人开始猜。

结果一半的人猜下来,没一个对的。

祁时晏挑眉:"我这数字这么难猜吗?"

往后只剩十个人十个数字,猜过的人开始兴奋,还没猜的人开始紧张,像捕鱼的网在收口,不知道捕到谁。

祁时晏将拳头举到夏薇面前,看她犹豫,怂恿道:"给个痛快。"

夏薇便吐出一个数字:"10。"

这是她唯一想到的数字,因为下个月是十月,是祁时晏的生日。

祁时晏看她一眼,拳头微微收了一下,缓缓打开,想笑又不笑,勾了勾唇:"说你什么好?"

摊开的掌心里,一颗漂亮的彩色弹珠,珠肚里的"10"赫然醒目。

"哇哦,心有灵犀啊。"旁边有人叫喊。

大家乐了,起哄催夏薇罚酒。

餐桌上,酒有好几种:威士忌、干红、冰啤、鸡尾酒。

夏薇原先喝的是鸡尾酒,带果味,度数很低,大家一致要求罚的酒必须在干红以上,还要满杯。

旁边人帮夏薇倒了干红,夏薇看着那满满一杯,像盛开的浓烈郁金香一样,摸了摸自己的脑门。

和祁时晏心有灵犀的酒,她不喝,谁喝?

正要举杯,一只大手从对面横伸过来,将她的酒杯端走了。

祁时晏笑着和众人说:"她酒量不好,我替她喝。"

夏薇惊喜,没想到幸福来得这么突然。

但是反对声也同时响了起来,李燃第一个带头反对:"那不行,替喝还有什么意思?"

祁时晏解释:"这么大一杯,她喝不了,喝醉了撒酒疯,倒霉的还是我。"

夏薇:"多大仇多大怨,在这么多人面前说她撒酒疯,可是,为什么又有种被宠到的感觉?"

"祁三少好体贴啊。"有女人帮祁时晏说话,"如果我被罚,我也想有人替我啊。"

"李燃也说得对啊。"也有其他女人开撑,"都这么找人替,那游戏还有什么意思?"

一时,议论纷纷,大家在替与不替之间争论。

夏薇看向祁时晏,没说话,她被滑出了话题中心,好像此事与她无关。

祁时晏笑了下,最后还是他拿了决定,说:"这样吧,凡是替喝的都要喝两杯,行了吧。"

说完,他端起酒杯就喝,一口气喝空一杯。第二杯满上后,他瞥一眼夏薇,那眼神分明在说"你看你给我惹的事",不等夏薇反应,端起酒杯又一饮而尽。

夏薇有些无语。

其他人惊叹不已,纷纷鼓掌叫好,祁时晏这一开头,餐桌上的气氛又高了几度。

而夏薇的运气真该去买彩票,一桌二十个人,几局轮下来,她居然猜对了三次。

要知道很多人一次都没猜对过,猜对两次的都很少。

第二次的时候,祁时晏问她:"你故意的?"

夏薇笑着回:"我想喝酒。"

偏偏祁时晏不让她喝,又将她的酒杯端走,替她罚了两杯。

第三次的时候,祁时晏耳根已经微微泛红,酒气聚集在他的桃花眼里,迷人又熠熠生辉。

他在大家惊奇的目光中又干掉了两杯,而后宣布:"游戏结束。"

夏薇止不住地笑。

她不太相信这男人的好心。

单纯怕她喝醉?喝醉了不是会亲他的吗?

直到后来酒足饭饱散了宴席,大家互相组局玩乐时,她才知道了真相。

有人提议斗地主,夏薇有点兴趣,想跟着一起玩。

祁时晏却拦住她,不让她去。

祁时晏说:"你是我今晚的王牌,头号保护对象,你现在要做的是养精蓄锐,好好休息,不能消耗脑力。"

夏薇眼尾挑起,感觉自己揪到了他的尾巴:"你再说一遍。"

祁时晏笑，这才将晚上要和李燃打麻将对决的事说了。

"哦——"夏薇叹了一口长长的气，今天的种种全有了合理的解释，亏她暗自得意那么久，可又是自己白日做梦，自作多情了。

"哦什么哦？"祁时晏被她的语气逗笑，"我派人送你去水中仙，给你开个房，你去好好睡一觉，养足精神。"

"不想去，我想待在这儿。"

"那也行，看我打牌。"

"不让我打，你打？"夏薇表示不满。

祁时晏低头，与她凑近了些，放低声音："这叫战术。我去消耗他们的精力，让他们晚上打麻将没精神，你不就可以赢他们了吗？"

"哦，那你还挺任重道远的。"

"可不是？"

两人你一言我一语，站在树下，面对面地说着话。虽然两人举止间没有任何亲昵动作，却让看见的人都会觉得他们之间有着异乎寻常的亲密。

祁时晏忽然想起自己有一张极品吊床，是从国外带回来的，一次都没用过。他让黄妈去拿了来，离开人群活动的范围，在树林里找了个相对不太吵，又能一抬头互相照应到的地方，亲自去将吊床支起来，头尾各绑在一棵树上。

这吊床超绝，隧道式的，头顶有网罩防蚊蝇，大气又稳固，颜色也绝配，墨蓝色打底，两边是鲜艳的橙黄。

好几个女人跑过来，"啊啊啊"地围着吊床尖叫，都想上去躺一躺试试。

夏薇挡在前面，一律拒绝："我的，我的，谢谢，麻烦让让。"

祁时晏拽了拽拉绳，试了下牢固程度，看夏薇占有欲爆棚的样子，唇角勾起一抹弧度，笑了。

打牌的桌子摆好了，李燃在桌前朝他高声吆喝。

祁时晏最后一次检查了吊床，转身准备走。

夏薇喊住他："我怎么上去啊？"

可不，吊床结实又好看，但被祁时晏绑得太高了，夏薇脱了鞋，往上跳了几跳，上不去。

"你去搬张板凳过来。"夏薇指挥祁时晏。

旁边还有几个女人站着围观，没走。夏薇当着几人的面，语气有点故作的恃宠生娇。

而祁时晏这人，谁指挥得动？

只见祁时晏看了夏薇两秒，走到她面前，什么话都没说，稍稍一蹲，弯下腰抱住她两只纤细的小腿，再一个起身，便将她抛进了吊床。

夏薇"啊"一声，眼前一晃，天旋地转，只感觉腿上一阵滚烫的禁锢，像火焰似的，腿就软了。

她跌坐在吊床里，真没敢想这男人会直接把她抱上来，有点陪她秀恩爱的意思，虽然动作并不温柔，还有点粗暴，但见旁几个女人的反应，这恩爱的甜度也足够了。

而她腿上是五分A字裤，白皙的肌肤上一片勒红的痕迹，她看了一眼，脸上也跟着泛上了红。

"还有事吗？"祁时晏假装好脾气地问。本来那一抱是带了惩罚的意味，可看到这姑娘脸上红了，他又没来由地身心愉悦起来。

"那个……"夏薇抬头看了看头顶，"有眼罩吗？阳光有点刺眼。"

祁时晏勾唇，盯住她一双琉璃眸子，手指解开自己衬衣纽扣，从上往下，慢条斯理一个一个地解，下摆也从亚麻的休闲长裤里扯出。

"我只是要眼罩。"夏薇不解，刚解释了一句，下一秒，就见男人将衬衣脱下，团成团朝她扔了过来。

哦，衣服给她当眼罩。

夏薇嫌弃地接过，可满满的体香又叫她爱不释手抱在了怀里。

"还要什么吗？"祁时晏身上只剩一件贴身的白色短T了，像他的第二层皮肤一样，将他完美的身材全勾勒了出来。

其他几个女人都"哇哇"地捂着嘴兴奋地喊叫。

夏薇顿时觉得自己亏了，好像自己的宝贝被人偷窥了。

她把衣服还给祁时晏，祁时晏没要，往前走去，其他女人也跟着他走。

夏薇有点不甘，又叫了声："祁时晏。"

待男人回头，她举了举手机说："我还要一个耳机，我要听着歌才能睡。"

祁时晏刚才那句只是假意客气一下，可没希望她真的还能提出要求来。

他站在原地，侧身看她，伸长一只手臂，朝她招了招手，用耐心告罄的语气说："你下来，别睡了。"

"不，我要睡的。"夏薇一秒躺倒，这么好的吊床，她不睡，难道便宜别的女人吗？

只不过，说睡不是马上能睡得着的，腿上刚才被抱的红痕还没完全消退，特别是男人指腹按过的地方，手印还很明显。

那力道很重,虽然只是几秒钟的事情,和上午他的手掌在她腰上一样,却足以让她回味很久。

夏薇拿起祁时晏的衬衣看了看,青花瓷的刺绣竟然是手工绣的,花型疏密有致,针脚根据每一瓣花瓣的自然生长方向走,这是普通机绣绣不出来的。衣领内侧有个高定标识,一个白底青花瓷形状的"祁"字,也是手工绣的。

这么一件衬衣不知道能换多少个眼罩,夏薇无声地笑了下,将它盖到自己腰腹上。

吊床床垫里有一层硬海绵,躺在上面像躺在沙发上一样舒服,头顶的防蚊罩拉上拉链后,阳光和风就有了距离感,变得更温和了。

有人走近,轻轻拍了拍吊床,是一道女低音,小声而礼貌:"夏小姐,睡着了吗?"

"没有。"夏薇听出声音,是黄妈。

她坐起身,拉开防蚊罩,露出头来。

黄妈笑着,递给她一副耳机:"晏儿说你要的,让我送来。"

夏薇笑了,双手接过,道了声谢。

那男人刚才那个样子,她还以为他不理她了呢。

她朝打牌的地方看去,一张四方桌,四个人在打,四周看牌的人比打牌的人还多。

祁时晏的位置正对她的吊床,他身上多了件短袖的衬衫,白底带雾霾色花纹,敞着怀,右手从左手一把牌里抽出几张,猛力甩到桌上。

桌上鸦雀无声,全在用眼神交流,气氛紧张。

他屈指在桌上敲了敲,散漫又不羁。

没人接得上,他又甩出一把牌,再一把回手,手里就空了,人群这时像泄了闸似的,爆发出一片笑声,或赞叹或起哄,争长论短,七嘴八舌个没完。

祁时晏笑出声,轻狂至极。

这么一个人,当真没人降得住他吗?

夏薇试着用眼神瞪了瞪他,祁时晏抬头,隔着二十多米的距离接触到她的视线,远远一瞥,回她一个探究的眼神。

旁边黄妈还在,夏薇不敢瞪太久,草草收回视线,余光里又见那男人笑开了。

黄妈瞧着两人眉来眼去,也笑了,问:"今天的宴席,夏小姐还满意吗?"

"满意,非常满意。"夏薇笑着回,"你们太用心了,每道菜都精致可口,花了不少时间吧?"

"这是我们应该做的。"黄妈有意和她唠家常,话多说了几句,"夏小姐可能不知道,今天的宴席是晏儿亲自定的菜单,他很少这么认真。"

夏薇略显惊讶:"那还真是。"

很难想象那么浪荡的一个人会重视一场宴席。

黄妈又说:"今天晏儿开心,一直笑,他很久没这么开心了。"

夏薇"哦"了声:"是吗?"

她以为祁时晏平时就是这样,他们那圈子不都是每天跟过节似的吗?

黄妈看着她笑,有些事看破了却没办法说破,谁叫当局者迷旁观者清呢?

黄妈想起一事,问夏薇:"夏小姐,晏儿住院那时候,你后来怎么没去看他了?"

"这个……"夏薇一时语塞,说不出话来。

黄妈微微笑了下,她也不是真的要答案。她一个保姆干涉不了主人的感情,只不过,祁时晏的举止反常,她希望这个人自己能知道。

"晏儿从小最不喜欢的就是住院,但这次医生让他周五出院,他却不肯,多住了两天,周一才出院。那两天,他什么话也不说,不开心。

"夏小姐,你们年轻人总是容易沟通一些,你有空就劝劝他。这次他能住院,及时治疗也是多亏了你,可见他还是听得进你的话的。"

夏薇低下头,鼻子一酸,喉咙哽咽得一个字也说不出了。

那个不喜欢医院的人,终究为她多住了两天院。

不管今天他对她的好出于什么目的,住院这件事都无言辞可狡辩。

黄妈走了,夏薇一个人躺在吊床上,四周声音渐渐淡去,视觉里点点白色的光影也渐渐模糊。

只剩下脑海里挥之不去的身影,重重叠叠。

她喜欢他,从来没有瞒过人,她想他一定知道。

可他是什么态度,她也从来不敢有奢望。

毕竟,喜欢他的女人太多太多,比她讨喜的会撒娇的也很多,她那点喜欢能有什么用?

不过,有了住院这件事,她想她在他心里多多少少有点分量吧。

喉咙里有点干,她舔了舔唇。

"张嘴。"

男人低声说,有冰凉的东西碰到她的唇瓣。

她听话地轻启唇齿，顿时有什么滑了进来。

像小鱼。

滋润，湿滑，还有爆浆的甜。

她仰起脖颈，伸了伸舌头，与之交缠。

纯粹的黑，幽深如渊，一双深情又轻佻的桃花眼望着她，却又渐渐散成点点白色，突然四周一阵大笑，一切全遁了形。

夏薇惊醒，摸了摸额头，一手的热汗，口干舌燥。

这才睡了多久，就做了个春梦。

太羞耻了。

打牌那里笑声不断，有人挡住了视线，她看不见祁时晏。

夏薇拿出手机，给他发微信：我醒了。

再想想，自己醒了关他什么事，为什么要跟他说？

她追加一条：我下不去。

原以为要等好久，没想到不出一分钟，那男人就走了过来。

夏薇放下理头发的手，朝他笑了笑，一头瀑布似的波浪大卷披散在肩上，几缕俏皮地滑落至胸前，那里肌肤雪白，曲线玲珑。

祁时晏眸底暗了又明，明了又暗，缓步走近，站在一米开外："怎么下不来？"

夏薇拍了拍吊床："太高了嘛。"

"跳下来。"

夏薇咬唇，看着祁时晏薄唇上的弧度，很漂亮的"M"形，淡粉，有光泽，想起自己刚才那个梦，不自觉地耳根发烫。

她撩了下头发，掩饰心虚，却让祁时晏眸底变得更晦暗了。

祁时晏走近两步，朝她张开双臂："跳下来，我接你。"

夏薇坐着没动："你要不接呢？"

祁时晏脾气好得很："你是我的王牌，我今天就为你服务了，我敢不接吗？"

这一句爱听。夏薇笑了，爬起身，高高站在吊床上。

她身上原本有两件上衣，一件宽松的丝质防晒衣，睡觉时脱了，现在上身只穿着一件黑色的无袖T恤，下摆很短，与焦糖色的A字裤中间露出一截纤细白皙的腰。

阳光从她身侧打下来，那一截白，晃了人的眼。

祁时晏眯起桃花眼，仰头看向头顶的姑娘，喉结滑动，催了声："快点。"

下一刻，一团重物似从天而降，压到他身上。

到底低估了她。

祁时晏抱着人往后趔趄一步，脚底一滑，什么反应都来不及，后背重重地"咚"一声，结结实实地做了人肉垫子，倒在了地上。

"祁时晏。"

比他更惊吓的是夏薇，紧紧抱着他的头，护住他后脑勺，那是她摔下来时，唯一想到的一件事。

世界像是静止了，只有风从耳边擦过。

"祁时晏。"

她声音颤抖。

"你手松松……想闷死我？"

胸口有沉闷的声音传出，伴着湿热的呼气，像一堆柴塞满了炉灶。

太尴尬了。

夏薇满脸涨红，一只手护住自己的胸，一骨碌爬起来，赤着脚跳去穿鞋。

鞋子穿好后，又将衣服整理了一下，好一会儿不敢转身去看人，又过一会儿，听不见任何动静，才慢慢转过头去。

却见男人屈着膝盖，还躺在地上。

"怎么了？哪里摔坏了吗？"

她三步并作两步走过去，蹲下身看他。

祁时晏不答，慢悠悠地转动眼睛，看着头顶晃动的树影。

那柔软、饱满，又沉重、温热的窒息感似乎还堵在鼻间，呼吸不畅，大脑缺氧，思考全停止了。

"祁时晏。"

"别叫。"

这一刻，他只想这么躺着，什么也不想干。

"要我拉你起来吗？"可他这样子，在夏薇看来很不正常，她担心得超过了她本身的感受。

祁时晏缓缓挪眼看向她，坐起上半身，朝她递去一只手。

夏薇连忙弯腰，一手撑着膝盖，一手去拉他。

可惜没能拉得动。

这男人似乎在地上生了根,她伸出两只手,一起使劲,他却一动不动。

夏薇有点茫然,下一秒,就被这男人反向一拉,上身失重,跌倒在他身上。

她下意识地挣扎了下。

顿时一条强有力的手臂箍住了她的脑后,后颈贴满了她的头发,痒痒的,有手指绕在她耳际,她动一分,那手指便挠她一分,臂枕也随之收紧一分。

四目相对,近在咫尺。

夏薇不再说话,也不动,这一刻再不懂这男人的心思就真的傻了。

一缕头发散在她额前,遮住了她明亮的眼睛,发梢还垂在了她唇角,生动、勾人。

祁时晏抬手,修长的手指轻轻勾起,将之撩到她脑后,洁白的额头露出,细眉、琉璃眼、巧鼻、樱唇,他的指尖沿着她的五官轮廓一笔一笔地描摹,像在品鉴一件艺术品。

空气仿佛忘了流动,连风也忘了吹,全世界仿佛只剩他们两个。

没有言语,也没有过多的动作,男人的桃花眼里轻佻又暧昧。

夏薇眨了眨眼,卷翘的眼睫毛颤动着一片潋滟的风情,对上男人的眼。

她抬手去摸他的脸,被祁时晏捉住了手。

他捏住她的手指,嘴上是警告的语气:"别惹我。"

夏薇抽了下手,没抽开,嘟了下嘴,表示委屈:"谁惹你了?"

她垂了垂眼皮,示意祁时晏认清事实,看看两人的主次关系,到底谁惹谁。

祁时晏一点都不讲理,食指指腹摁上她的唇瓣:"说你就是你。"

那指腹并不光滑,相反还有一点粗粝,粉红的唇瓣被反复揉捻,有种摧残的美,渐渐充血,色泽加深,变得像玫瑰一样,娇艳欲滴。

树叶在风中轻响,男人眸光里有流动的沙金。

夏薇乘其不备,张口咬住那只作乱的手指。

一阵蚂蚁噬咬的痛痒从指尖钻入,祁时晏失笑,收回手,有意无意勾到她的衣领,攥住她的心跳。

怀里像揣了只火炉,有火星子从他眸底坠落,可是还不够近,男人折下后颈。

耳边却有脚步声由远及近,夏薇羞涩,分了心,推了一下,撑住祁时晏的腰腹爬起来,祁时晏吃痛,嗷叫了一声。

夏薇当作没听见，背过身去，拍拍泥灰，偷偷地笑，非常非常地想扭个腰肢跳个舞。

来人是个女的，身上一件黑色泡泡袖短T，配奶白色蓬蓬纱裙。

远远地，还以为是个小姑娘，走近了，一张脸浓妆艳抹，至少二十八了。

夏薇认出人，是祁时晏病房里那天穿吊带红裙，拍着他说着"讨厌"的那位。

"你们没事吧？""蓬蓬裙"状似关切地走近。

夏薇看一眼祁时晏，祁时晏爬起身，在伸懒腰，好像刚起床似的，他没理会来人，甚至看都没看。

夏薇扯了扯唇角，心想说有事没事你看不出来吗？

差一点，她和祁时晏的初吻就达成了，却全赖这位不识时务地给破坏了。

可是她又做不到祁时晏那样目中无人，只得应酬一句："没事。"

"蓬蓬裙"有一点感觉到自己不受欢迎了，往吊床走去，她想上去睡。

夏薇皱了下眉，不太想给这人睡，可是又没有合理的借口，何况吊床是祁时晏的，她做不了主，心里不舒服，也只能不舒服了。

谁知祁时晏"哎"了一声，抬手朝"蓬蓬裙"指了指："你别动，我一会儿要睡的。"

"这样啊。""蓬蓬裙"有点遗憾地摸了摸吊床，站了一会儿，终于还是走开了。

夏薇笑着看祁时晏，祁时晏还在抻脖颈，似乎根本没在意她们女人之间那点阴暗的小争斗。

他双手撑了撑后腰，扭动了一下，将后背对向夏薇，说："给我拍拍。"

夏薇便给他拍，没舍得用力，就轻轻地拍拍灰。

"没吃饭吗？能拍干净吗？"

得，嫌她手轻呢。

夏薇这就使上劲，越拍越大力，拍到后面都用打的了，祁时晏仰头笑，懒洋洋的，拍一下便动一下，挺受用的。

她再往下拍，男人"嘶"了一声："屁股轻点，摔烂了，疼。"

"那我给你揉揉。"

夏薇笑着掐了他一把，掐得男人连声嗷叫，反手要抓她。夏薇跳开，往卫生间跑了。

小时候的名媛礼仪教导她，有些身体名词不是随便谁都可以交流的，她不知道祁时晏学过没有,但"上厕所""屁股"这些,不是亲近的人不太好说吧。

可是他在她面前说这些一点顾忌都没有,就很让人觉得亲近。

她从卫生间里出来,对面门口站着个男人,看到她,吹了声口哨。

夏薇抬头,对方斜倚着门框,邪邪地挑起眼梢,冲她放了个电。

夏薇骂了声:"流氓。"

不等男人反应,转头就跑。

身后走出来的李燃学着夏薇的腔调,也骂了一声:"流氓。"

下一秒,他就被祁时晏勾住脖子,往地上按,差点被爆了头。

李燃大喊"饶命",才得以被放过。

回到树林,夏薇往人群走去。

牌桌上,祁时晏的位置被人顶替了,看牌的人少了大半,相隔不远处,新组了一桌扎金花,很多人围到了那里。

夏薇在摆放水果饮料的桌上,取了一碟雪茄造型的水果,是牛油果包着珍珠芒果做成的,别致又好看,吃一口,绵软、香甜。

桌子旁边架着一只橡木桶,里面装的是啤酒,据说是祁时晏一个美国朋友自己酿的,特意航空邮寄,不远万里送了一桶给祁时晏,祁时晏今天便拿出来给大家分享了。

桶上面贴着航空标签,全英文的。夏薇扫了一眼,寄件人一栏里白底黑字写着"Iven Bai",眼皮不禁跳了跳。

这个 Iven 不会是那个斯文败类的 Iven 吧?

夏薇蹙了下眉,端着水果坐到餐桌尾部,边吃边随意看向四周,略过有关 Iven 的思绪。

远处,祁时晏和李燃从院门里走出来,祁时晏往吊床走去,看来他是真的要去睡觉,而李燃则朝打牌的桌子跑去,很快加入了扎金花,人群中一阵阵嬉笑怒骂个没完。

有人走到夏薇身边,叫了声她的名字。

夏薇转头,是刚才那位坏她好事的蓬蓬裙女孩。

蓬蓬裙女孩手里端着两杯鸡尾酒,蓝色的,递了一杯给夏薇,说:"这鸡尾酒名字叫'梦之巅',你要尝尝吗?"

夏薇看了对方一眼,对方一双描着深眼线的眼睛里全是讨好。她心一软,站起身，接过酒来。

蓬蓬裙女孩笑了笑，举杯和夏薇碰了下，端起来就喝。

夏薇想说点什么，又好像没什么可说，举起杯，放到唇边。

正准备喝，有人高喊了声："别喝。"

晚晚踩着高跟鞋冲过来，一把抢走夏薇的酒，往地上一倒，回头朝蓬蓬裙女孩瞪去："她在里面吐了口水，恶心死了。"

"胡说，我没有。"蓬蓬裙女孩脸色一变。

"我看见的。"晚晚理直气壮，指了指饮料桌，对夏薇说，"我刚站在那儿接电话，看得一清二楚，她拿杯子先吐了口口水，再倒的酒。我就看她想恶心谁，没想到是给你的。"

"你胡说。"蓬蓬裙女孩眼神里有东西往下垮，抖着嘴唇为自己狡辩，"我只是检查杯子干不干净。我想和夏薇做朋友，怎么可能做这种事。"

"谁信啊？"晚晚举起酒杯，可是酒已经被她泼了，酒杯空了，没了证据。

这下，"蓬蓬裙"变成了理直气壮的那个，一口咬定晚晚冤枉她。

两人吵了起来。

夏薇摸着心口，一股恶气堵上了。

人的嘴会撒谎，但人的细微表情却很难掩饰。

联想先前的事，她选择相信"蓬蓬裙"的恶意。

那杯酒，她要喝下了，怕是会恶心一辈子。

可是抓贼要拿赃，正如"蓬蓬裙"所说，酒杯里什么都没有了，只有晚晚的一面之词。

韩烟走了过来，将吵架的两人拉开，问清楚了事由，将酒杯拿去看了看，问夏薇："你想怎么样？"

夏薇朝吊床那儿看了一眼，防蚊罩拉得严实，估计祁时晏已经睡下了。

想自己和祁时晏还没怎么呢，就受人这样的算计，这个气不能不出。但这里是祁家，今天这么多人在，把这点小事闹大，也不好看。

她问韩烟："你有什么建议？"

韩烟看了眼"蓬蓬裙"，说："请她离开。"

这是息事宁人的意思，多少有点偏袒了，毕竟她们认识得久。

夏薇捏了捏手心，忍耐地说："行吧，让她走。"

说到底自己也不是祁时晏的什么人，已经有好几个女的围过来看热闹，再闹下去,大家都会成为笑话。

她必须大度一点。

倒是晚晚气不过,觉得夏薇太好说话:"太便宜她了,你也吐口口水给她尝尝。"

夏薇摇摇头,算了。

"蓬蓬裙"还有些不甘,韩烟拉着她,往大路上推,另外有两个女的跟了去,一路几人嘀嘀咕咕,间隙回头看一眼夏薇,愤愤不平地将"蓬蓬裙"劝走了。

夏薇嗤笑了声,转头对晚晚说了声谢谢。

晚晚还在生气,看不惯地咒骂了几句,对夏薇说:"我现在算是明白了,为什么大家都说祁三少不好惹,是这些幺蛾子太多了。"她劝告的语气,"你小心点吧。"

夏薇点了点头,若有所思。

黄昏时,荷塘之上,晚霞绚烂多变,美得随便拍张照都可以做壁纸。

前几个发现的人大声惊呼,奔走相告。一时大家都放下手中的玩乐,纷纷拿手机去拍照,还要互相比一比,比谁拍得好看。

夏薇的手机在吊床里,她跑到跟前,悄悄拉开防蚊罩,男人浓密的眼睫毛轻颤了下,眼没睁,手一抬,凭感觉捉到一只细致的手腕。

夏薇挣脱开,轻声说:"我就拿下手机。"

"几点了?"

"你继续睡。"

祁时晏眯了眯眼,睁开,四周看了看:"天这么黑了。"

树林里遮天蔽日,日光不见,看起来像黑夜一样。

夏薇拿到手机,转身就走,边走边解锁,可是怎么指纹不对,数字密码也不对,看看手机,是自己的,没错啊。

她转回吊床边,将手机举到祁时晏面前:"你把我手机怎么了?"

祁时晏还躺着,懒懒的,瞥她一眼,笑,却不说话。眼看夏薇急了,他才坐起身,拿出另外一部手机丢给她:"这个才是你的。"

他最近也换了手机,和夏薇的同品牌同型号,连颜色都一样,只不过夏薇另外买了手机壳装上了,他的没有。他刚才便使了坏,将她的手机壳扒了,装到自己手机上。

夏薇睨了他一眼,可真能玩。

她开了手机,有个已接电话,是江悦。

夏薇边往外走边回拨了过去。

电话一通,江悦叹了口气,说:"我以后不敢给你打电话了。"

夏薇解释:"是我手机又落在人家那儿了。"

"是吗?"江悦笑,"接电话的人说,你们在睡觉。"

夏薇一脸震惊。

回头看了眼祁时晏,男人跳下吊床,手里拿着她的衣服正走过来。

听筒里,江悦还在说:"上次接我电话的那个说,你在睡觉,这次的这个说你们在睡觉,这两位是同一个人吧。"他笑,"我琢磨着你们俩这进度可以啊。"

夏薇被说得脸红,咬着唇看向朝她走来的男人,居然不太想否认。

而祁时晏真不是省油的灯,他看夏薇的脸色,大概猜到她和谁在通话。他走到她身边,将她的外衣扔到她身上,凑到她手机边,低声说:"把衣服穿好。"

那语气暧昧得要死,好像她现在身上没衣服似的。

手机里,江悦咳了两声:"我听见什么了?"

夏薇百口莫辩。

她瞪了祁时晏一眼,祁时晏哑声笑着走远了。

江悦找夏薇,是想问问她"十一"有没有空,他的公司在锦市接了两个展位,缺人手。

夏薇答应了。挂了电话,她将自己的身份证号发了微信过去,由他安排机票和酒店。

树林外,夕阳正一点点坠落,漫天云霞,整个荷塘都被打上了一层金光,美得无法用言辞形容。

人们争相拍照,叫绝。

夏薇抬头,发现天空之上,偏东方位,橙色云层里有一枚月亮,还不到十五,将圆不圆,残缺了一小片,白得几乎透明。霞光染了万物,却唯独它,清凌凌的,不沾一分,孤傲,绝美。

她看向人群,想找个人分享,可大家都在忙着拍落日、拍荷花,就是没人注意这枚月亮。

祁时晏站在她不远处,走到她身边,问:"怎么了?"

夏薇抬手指了指月亮:"你看,今天月亮这么早出来了,多好看啊,却没人发现。"

祁时晏抬头,举起手机,"咔嚓咔嚓"拍了几张,压低声音说:"那多好,就我们俩看见,那就是我们俩的了,别跟人说。"

还有这逻辑?

夏薇笑,跟着拍了几张,收手机时都变得贼兮兮的了,好像两人在大家眼皮子底下一起干了件多么了不起的事。

——那可不,祁时晏说,我们偷了月亮。

欣赏完落日,盛大的金秋宴也结束了。

大家各自开车离开,大多数人去水中仙继续玩乐,也有有事要走的。

夏薇正踌躇跟谁的车,祁时晏拍了下她的脑袋:"你不跟我跟谁?"

这句话莫名让人有想法。

祁时晏又说:"你是我的王牌。"

"噗——"夏薇摸着脑袋上被拍的地方,"哪有这么对待王牌的。"

"那我给你揉揉。"

他笑着抬手,活动了下手腕,骨骼"咔啦"一声响,不怀好意。

夏薇跳出去两米远。

这一天,让人万般留恋。

祁时晏的车停在老宅的停车场,夏薇跟着他进了老宅。

一路庭院倚树,水榭亭台,各种花卉芬芳萦绕其中。夏薇感受到沈逸矜说的了,没有人带路,是绝对会在里面迷路的。

而祁时晏说,他只是选了一条最近穿过老宅到达停车场的路,都没进老宅的核心地带。

走出老宅的高大门户,上车前,夏薇又回头看了一眼,想起婚纱店门口遇见的孟荷,心里泛上一阵酸楚。

汽车一路往东,最后一点余晖坠进车尾时,祁时晏发现月亮映在他的前挡风玻璃上。

他笑着叫夏薇看:"我们的月亮。"

夏薇看了一眼,玩笑着说:"夸父追日,你追月,可以啊。"

祁时晏偏头,深深望她一眼,用好似认真的语气说:"我还需要追月吗?世上最美的月亮不是刚被我偷了,就在我身边吗?"

夏薇靠在副驾驶的椅背上，仰头笑出了声。

女人喜欢浪子，大概都是因为他太会讲情话吧。

"祁时晏。"夏薇抬手悄悄揩去眼角笑出的泪，"答应我，这句话被我听过了，以后就别再和别的女人说了，好吗？"

祁时晏皱了下眉，前方红绿灯还剩几秒，他本可以通过，却放慢了车速停在了横线上。

他挂挡，踩脚刹，转头看向夏薇："你以为我谁都哄的吗？"

"知道，我是你的王牌嘛。"夏薇替他解答，一副很识趣的样子。

她今天参加金秋宴多少带了点幻想和期待，是祁时晏一次次提醒她，他对她的目的，她还敢有什么想法。

可她识趣的样子，却叫祁时晏莫名来火。

天黑了，郊外的路灯不如城市里明亮，林立的树木夹杂其中，像一头头张牙舞爪的怪兽。

绿灯刚亮，祁时晏一脚油门，汽车飞一样冲了出去。

兰博基尼低吼的轰鸣声炸裂了一条街，卷起狂风，树木发了疯地摇摆。

夏薇吓得气都不敢喘了，抓紧了侧门的扶手。

所幸，很快又一个红灯，前方一溜的车，祁时晏拍着方向盘咒骂了句，不得不停了车。

前行的路线变了，月亮掉出了前挡风玻璃，不知所终。

全程一个多小时，两人相对无言，再没说过一句话。

到水中仙酒店门口，祁时晏熄了火，看着旁边的姑娘，说："有些话只能我说，懂吗？"是警告的口吻。

他的话被姑娘重复了，明明一字不差，却差了很多意思，这让他很恼火。

"我不喜欢强人所难。"

她的识趣有种委曲求全，他不希望她所做的一切全是他勉强得来的。

夏薇转头，眼睛望着他："我也不是谁逼我就逼得了的。"

她的声音轻得像是没有分量，堪堪四两，却拨动了他的千斤。

祁时晏后背往座椅上一靠，眉宇间的戾气随着动作突然消散。

他侧眸，看着她。

她眸子认真，眼尾沾了些许湿意，望着他，像一潭池水要淹没他。

已经说不清楚是什么情绪。

他随性惯了,一向都是想怎么样就怎么样,从来没有人可以左右他。

可现在是怎么了?被一个姑娘一句话气,一句话笑。

他倾身,抓过她的手腕,用力捏住:"我说过,别惹我。"

夏薇痛得蹙了下眉,扑闪了两下眼睫毛:"那你放手。"

祁时晏却没听,大拇指按在她的脉搏上,感受到那儿一片慌乱的跳动后,才由着她抽走了。

他看着她下车,"咚"一声关车门,脚步凌乱,差点撞到人,又莫名其妙地笑了。

有泊车小弟上前,祁时晏下了车,却没有让开走,而是靠在车上,点了支烟,慢慢缓解情绪。

夜幕下的大街灯火辉煌,尤其是酒店门口,车水马龙,人来人往。

抬头看天,云淡星稀,月亮躲在云层里,若隐若现。

祁时晏轻笑,吸了口烟,看着烟雾散进夜色里。

后面又到了几辆车,一字排开,场面壮观,全是从荷塘来的。

李燃在第一辆,一下车就跑过来捶了一下祁时晏的肩:"开那么快,我都追不上。"

"想追上我,你可能需要回炉重造。"祁时晏讥笑了一声,很快忘掉刚才的事。

"那还不是因为你的车好。"李燃有几分不服气,"今晚把你的钱赢光,我就换车。"

"那你只能失望了。"祁时晏无情地嘲讽,张扬桀骜地笑。

夏薇进了酒店,径直去了自助餐厅,报了祁时晏的名字,取了餐盘吃饭。

这是祁时晏给的待遇。

他说他不是谁都哄的。

本来她只是想,得不到他的人,得一句独属于她的情话也就知足了。

可没想过,男人就那么生气了。

她该开心吗?她是不是还可以要更多?

夏薇心里像灌了蜜似的,吃什么都是甜的。

吃到一半,有人送了张房卡来,夏薇接过,谢了一声。

那也是祁时晏吩咐的。

不多时,入口处一大群人进来,祁时晏被前簇后拥在中间,脸上荡着笑夏薇远远投去一瞥，正巧祁时晏也朝她看来。

夏薇一触即离，像陌生人一样，表情冷淡，低头将最后一点食物吃完，抽张纸巾擦擦唇角，走出餐厅。

祁时晏侧头看她的背影，李燃也跟着侧头看，其他人也纷纷跟着看。

却见姑娘身姿倩丽，脚步轻盈，丝毫没有多余的反应，转身就进了电梯。

李燃嘴快，问："怎么了？那不是夏薇吗？"他手在祁时晏面前指了指，"她不会没看见你吧？完了你，哈哈哈，还有女的看不见你。"

祁时晏也觉得奇怪，他都气消了，难不成她还在生气？

坐到餐桌前，祁时晏给夏薇发语音："怎么了？"

夏薇回他：？

祁时晏耐住性子，重新问："看见我，干吗装不认识？"

夏薇忍笑：不是你叫我别惹你的吗？

祁时晏：得，他认栽了。

这么听话的姑娘，他该说什么好呢？

祁时晏想了想，提醒道："十点钟，别忘了。"

祁时晏："要是睡不着，就去场子找我。"

祁时晏："要是睡着了，也别睡过头。"

祁时晏："定个闹钟吧，要不然到时候我给你打电话。"

一连发数条。

他自己听了一遍，觉得自己怕不是疯了，这在啰里啰唆什么东西？

他手指狂点，一条条全部撤回，丢下手机，去拿吃的。

夏薇一条条听完，又看着一条条被撤回，抱着手机倒在床上，笑得连打几个滚。

夜里九点半，闹钟准时响起。

夏薇起床，简单洗了个澡，穿好衣服，走出房间。

场子里，今夜比往常热闹，人多了很多。

夏薇有点意外，她一到，身上的目光便如雪花般无数，看得人不太自在。

打个麻将至于吗？

她想得很简单，上回输了三百多万，成了压在她心口的一块巨石，现在有机会赢回来，说什么也要拼一把。

只不过，看大家的眼神有点怪怪的，感觉超过了对麻将本身的兴趣。

也是，有关排行榜第一名、第二名的争夺赛，谁都想来见证一下吧。

如果只是男人之间打打也就算了，可这次全由女的替打，凭空给人更多期待，而且她是替祁时晏的人，所以引来这么多关注不奇怪。

夏薇自我解释了一番。

她走到吧台边，目光投进人群，找寻祁时晏。

祁时晏正在打台球，一只手扶着杆，一只手端着杯酒。看到夏薇，他将球杆丢给旁人，走到跟前，定定地看了她一眼："睡过了？"

就他端着酒杯，姿态散漫的样子，还有问话的语气，夏薇忍不住笑出声。

祁时晏放下酒杯，带她到麻将桌前。那里的位置重新摆过，周围留出的空位比以往多，看起来是为了方便人围观的。

夏薇莫名紧张了一下，拉了拉他的袖子："今天到底玩多大呀？怎么感觉要赌人性命。"

祁时晏笑，伸手扶过她："没有多大，也没有人要你的命。"

他按着她纤细的双肩，将她按到座椅上坐下，转身又拉过一张椅子，椅背靠在麻将桌沿，面朝夏薇坐下了。

祁时晏笑着说："今天人多，是因为中秋增加了一些娱乐节目。你就随便打吧，今晚我就想借你的手散个财。这么大的场子，我也不能总是赚着大家的钱，不是吗？"

夏薇到这时才知道，这场子的幕后老板是祁时晏，不由得让她的小心脏刺激了一下，而且就打个麻将，他们还能这样玩出花来，难怪她一来，大家都盯着她看。

她由衷地感叹："老板真大方。"转而又有所不满，"你就这么不看好我？"

祁时晏靠她近一些，手指在她胳膊上轻轻划了几下。

夏薇身上还是白天的衣服，外衣是烟白色丝质长袖，触感柔软，还有点凉，摸着很舒服。

他捏起一片，在指尖摩挲，说："我当然希望你赢了，只不过我不希望你有压力。钱嘛，就是这样来来去去的，不要看得太重。赢了，想要什么我都给你买；输了，也不要哭鼻子。"

"我什么时候哭鼻子了？"

"哦，那就别叫我哄。"

夏薇咬了咬唇，男人的话直白坦率，说得好像他哄过她多少次似的。

不过，这样说话的确哄得人很开心。

一抬头，长沙发那里坐着几个女人，"蓬蓬裙"也在其中，夏薇心里顿时不爽。

她低头对祁时晏说："你可能不知道，我是个很情绪化的人。要我赢也不是不可能，只是我的心情要绝对好才行。"

想她上次要不是有韩烟那句话作祟，她也不至于输得那么惨，所以至今她对韩烟都没什么好感。

只是除了那句话，韩烟对她并没有过分的言辞和举动，何况韩烟还是会所明面上的老板，和祁时晏的关系非比寻常。

她识大体，倒也不用锱铢必较。

不过那个"蓬蓬裙"吐口水的事太恶心了，韩烟包庇对方，她倒想看看祁时晏的态度。

祁时晏还在玩弄她的衣料，对她的话表示出一点兴趣，笑着问："那你的心情要怎样才能绝对好呢？"

夏薇低声问："那个'蓬蓬裙'是谁？"

"什么'蓬蓬裙'？"

她只好用眼神指给男人看，祁时晏投过去两眼，摇摇头："不认识。"

"不认识？"夏薇不信，"不认识今天金秋宴你请她？"

祁时晏笑，坦白道："金秋宴的名单是李燃和韩烟弄的，这个人我是见过几次，但叫什么，我真不知道，不算熟。"

夏薇鼻子里冷哼，小情绪隐隐发作。

祁时晏另一只手搭上扶手，凑近了看她，莫名觉得可爱："她怎么你了？"

"她使得我心情很不好。"

夏薇想，吐口水这种事，也就女孩子看得比较重，讲给男人听，有点小题大做，也有点搬弄是非。而且自己和祁时晏还算不上男女朋友，和他说这些感觉也不太好，就有些犹豫。

她不知道她这样挣扎的小表情在男人看来多有趣，祁时晏抬手捋了下她额前散落的一缕碎发，想起两人那个被打扰的吻，的确值得生气。

他以为她气的是那个，于是说："我去叫她走。"

夏薇不解气："当时韩烟也是这么说的，可我现在不是又看见她了？"

祁时晏笑："那行，我保证她以后再进不来水中仙，行不？"

"真的吗？"

"你看我像说话不算话的人吗？"

夏薇这才笑了，抬眼看着祁时晏，祁时晏也看着她。

他抬起手，用食指的指背贴到她脸颊上，轻轻摩挲了一下，细腻，冰凉，头顶暖色的灯光打在姑娘脸上，泛着温柔的光。

浮华场里见多了男女之事，倒将他养得浮于表，冷于内。

美的事物或者女色，他都能报以欣赏，可是要再进一步，他却总是很难提起兴趣。

何况接近他的女人哪一个不抱着金钱物欲的目的？

倒是面前这个傻傻的，怪有趣的。

叫她打麻将就真的只知道打麻将，连他是老板都不知道，还得他亲口说。

这一天心情起起落落，受她影响巨大，但怎么都不会让他后悔选了她做他的王牌。

"除了这一个，还有谁让你心情不好吗？"祁时晏笑着问。

夏薇双手撑了撑桌沿，还真在脑海里搜刮了一番，才说："暂时没有了，等我想到了再说。"

祁时晏屈了食指，在她脑门上弹了下，弹得夏薇"哎呀"一声，摸了下头，他便笑，莫名被取悦。

两人就这么隔着两张椅子的扶手，凑在麻将桌前有一搭没一搭地说着话，周遭一切都似乎与他们没有关系，完全旁若无人。

忽然，头顶有声音传来。

"请问——"李燃搂着晚晚走近，在一米开外，"两位打麻将吗？"戏谑的语气。

祁时晏抬头，像是这才想起正事，回了个字："打。"

立刻，麻将桌前热闹起来，大家这才好意思上前。

另外两位牌友也带着女伴来了，都是今天金秋宴上一起吃过饭的。

大家彼此招呼了一下，围上麻将桌，看牌的人也陆陆续续围了上来。

李燃从麻将牌里摸出"东南西北"四个风，合在桌上胡乱搅了一下，四个男人一人摸一张，定位置。

祁时晏摸了个"东"，正是夏薇现在坐的位置，夏薇便继续坐着了。

其他人调整了下，各自坐上。

筹码盒也有人一一送了过来，气氛一下子就上来了。

祁时晏扫了扫台面，问夏薇："要我在这里给你看牌吗？"

他喜欢打麻将，却从来没有给人看牌的习惯，不过今天特殊，他倒愿意为夏薇开这个先例。

可夏薇一点也不领情，朝他挥挥手："你在我会有压力，你离我越远越好。"

祁时晏嗤了声，拍了拍她的椅背，走开。

麻将局开始了。

夏薇背后有祁时晏兜底，莫名地安心。

夏薇昂了昂下巴，脊梁骨挺拔了些，手里麻利地理牌，理完了，还没打，摸来一张牌，将牌一倒。

"天和。"

惊叹声四起，伴着笑骂，引来更多的人围观。

夏薇却只将脑袋往后撇，从人群缝隙中找到祁时晏，与他遥遥相看一眼，看见他桃花眼里的笑，她回他一个笑。

他许她散尽千金，她却想为他造琼楼玉宇。

"你是我的王牌。"

——她要这句话不是玩笑，要做他真正的王牌。

打到第三把的时候，她看见"蓬蓬裙"被送出了门，站在门口朝她看，脸上似乎有怨恨，韩烟挡在了面前。

再看一眼祁时晏，在台球桌上打台球，一个人打一桌，一群女的在旁边围着叫好，打得那叫一个快活。

夏薇摸牌的手又铆上了劲。

麻将定了局数，凌晨两点的时候，上半局结束。

二输二赢。

赢的人是夏薇和晚晚，另外两位输大了。

夏薇赢得最多，但因为李燃开局就是第一，晚晚虽然赢得比她少一些，总体上两人难分胜负。

这下，打牌的人还没怎么样，看牌的就炸了锅，预测结局讨论得热火朝天。

夏薇成了万众瞩目的焦点，大家都对她刮目相看，也有人上前和她说话，她报之以微笑，有些疲累地看向祁时晏。

祁时晏手里握着一瓶矿泉水，拧开瓶盖递到她面前："要不要回房去休

113

息?"

夏薇接过,喝了一口,摇摇头:"回房间我怕我会顶不住睡过去,就在这儿找个地方让我躺一会儿吧。"

她到底不是这个圈子里的人,这样的熬夜她吃不消。

祁时晏点头,走到僻静的角落选了张沙发,给夏薇当人肉靠背,让她靠着自己放松一下。

"真佩服你们,整夜整夜精神饱满。"夏薇脱了鞋子,把腿一起放上沙发,挨着男人闭上了眼。

舞台那儿,霓虹灯转了起来,高亢的音乐震天响,很多人跳进去疯狂扭动,李燃和晚晚也加入了。

祁时晏低头问:"嫌不嫌吵?我叫他们小声点。"

夏薇摇头,脑袋往他臂弯里靠了靠:"没事。"

两秒钟之后,她便陷入了睡眠。

祁时晏轻笑,稍稍调整了坐姿,将人抱进怀里,让她睡得更舒服些。

他料到她会认真,才在打麻将之前和她说那么多话,可没想到她更认真了。

真是傻得可以。

祁时晏不自觉地将人搂紧了些。

怀里的姑娘外衣敞着,没有纽扣,他将左右两边交叠搭在她身前,一只手覆上她的手,拢在自己掌心里。

二十分钟后,韩烟轻手轻脚地走近,低声说:"到点了。"

祁时晏看了眼怀里的人,回说:"再等十分钟。"

韩烟点点头,走开。

没一会儿,夏薇醒了过来,双眼迷蒙,她翻身跪坐在祁时晏面前,醒了醒神,不经意间,黑色短T恤里露出一道深邃的沟壑,白皙,锋利,正对祁时晏,上面还垂着几缕蓬松柔软的散发,平添了几分妩媚。

祁时晏喉结微痒,桃花眼往上挪,抬起双手抚上姑娘的脸,将她脸上凌乱的头发往两边分了分,挂到耳后。

夏薇眨了眨眼,转动了一下琉璃色的眸子,人彻底醒透了,爬着坐起身,双脚蹬进鞋子里,边用手指梳梳头发,边回了句:"等我打完了,我要狠狠宰你一顿。"

"有点志气行吗?"祁时晏笑着,跟上她,往麻将桌走去。

下半局开始,几位从舞池里回来的人越夜越兴奋,李燃亲自调了鸡尾酒,送给大家品尝。

祁时晏端着酒杯,陪在了夏薇身边,可夏薇仍然不要他陪:"你去玩你的,别看我。"

"得。"众目睽睽之下,祁时晏被打发走。

不过刚转身,夏薇又叫住了他,拉住他胳膊,将他拉低了腰,凑到耳边说:"你跟那些女的离远点,我看着烦。"

下半局太关键了,再不仗势欺人,就没机会了。

祁时晏直起身,笑出声,吩咐旁边的侍应生:"倒杯柠檬水过来,多加几片柠檬。"

侍应生应声去办,很快浮着几片柠檬的柠檬水送到夏薇手边。

夏薇疑惑。

祁时晏拉了拉她的长鬈发,低头用恶劣的语气说:"酸不死你。"

夏薇有些无语。

撂下话,祁时晏便走了,不仅离开了麻将桌,还离开了场子。

他回酒店顶层自己房间去了。

祁时晏冲了个凉水澡,随意挑了件睡衣穿上,拿上烟盒去露台泳池边,抽烟。

漫无边际的夜,城市在脚下,被不知疲倦的灯火分割成丛林的形状。

那夜,他自己也搞不清楚自己为什么要独处,只觉得就那么静静地一个人待着,看头顶月亮和他捉迷藏,一会儿出来,一会儿又消失,期待与探究不停重演,还挺有趣的。

凌晨五点,东方出现第一道曙光,韩烟打来电话,用喜悦的声音说夏薇赢了,全场轰动。

祁时晏扬声笑,这通电话莫名喜感,好像他在产房外,等候夫人临盆三天三夜,终于接到母子平安的消息。

他换衣服下楼,想着无论夏薇要什么他都给,甚至他自己也有些期待,毕竟她眼里有那么多对他的渴望。

到了场子里,一眼看见夏薇,她正忙着和人喝香槟,祁时晏走过去,夏薇拉过他,笑着说:"老板来晚了,罚酒三杯。"

随后,祁时晏被人群淹没,李燃抱着晚晚假哭了几声,嚷嚷着下次找机会一定要报仇雪恨，他们拉住夏薇，要灌她酒，却被祁时晏夺去了酒杯，替她喝。

闹了一个多小时，祁时晏答应改天摆宴，大家才散。

他搂着夏薇离开，电梯里，低声问她想要什么。

夏薇的脑袋靠在他身上，困倦地闭着眼说："睡觉，我只想要睡觉。"

祁时晏牵过她的手，头顶的光线柔和，铜镜般的电梯壁里两人挨在一起的身影像依偎的恋人。

他张开手臂，将姑娘又往自己怀里带了带，低声应了一声："好。"

可是到了房门口，夏薇刷了房卡，进门时放开了他的手，对他摇摇手，说："拜拜。"

祁时晏勾了勾唇，眸底晦暗。

两秒后，他才往后退一步，说："有事给我打电话。"

夏薇"嗯"了一声，门在她身后沉闷地合上，磁锁发出一道紧闭的声音。

男人哑然，转身离开。

这一觉，夏薇一直睡到了将近黄昏。

昨天夜里打麻将的时候，江悦给她发了航班信息，她惦记着今晚要和他一起上飞机。

夏薇起床，冲了个澡，把自己收拾了一下，准备离开。

看到阳台上的温泉池，她想到自己住了三次酒店，却一次都没泡，实在是太浪费了。可是眼下时间不够，只能再寄希望于下次了。

下楼到前台，夏薇退了房卡，出了酒店。

大街上，已经华灯初上，车流浩浩荡荡，绵延不绝，组成这座城市最鲜活的风景。她上了出租车，加入了进去。

夏薇先回了出租屋，简单收拾了几件衣服，装进行李箱，再去机场和江悦的团队会合，一共八个人，四男四女，一起飞往锦市。

收到祁时晏的语音微信时，夏薇刚好在锦市落地，正和同伴们在行李处等行李。祁时晏问她睡得好不好，起床后给他回消息。夏薇不禁笑出声，拍了几张照片发给他。

谁能想到她跑这么快？

果然，祁时晏回了一个大大的黑人问号。

太意外了,简直难以置信。

祁时晏发来了视频通话。

夏薇接通那一刻,祁时晏还不太能接受,说:"你拿手机转一圈给我看看。"

夏薇笑了,感觉自己在捉弄这件事上终于赢了一回。

她依言举着手机,将自己和机场四周的景物全部框进摄像头,连江悦和同伴们也都框了进去,明明白白地展示给他看。

只是没想到,祁时晏看完后,显然不悦:"这事怎么没和我说?"

他说:"我今晚订了餐厅,准备请你吃饭的,你就这样放我鸽子?"

夏薇愣了一下,看祁时晏的表情不像是演的,她再笑不出来了。

只是,他俩之间的关系已经熟到需要互相报备去向了吗?

夏薇压低了眉,几分委屈:"那,你也没和我说。"

"我给你打电话,你关机了,我以为你还在睡觉。"

祁时晏的手机握在他的下颌之下,夏薇在视频里只看到他锋利的侧脸线条,和眸底灯光照射出的一片阴影,显得有些沉重。

"那怎么办?我现在也不可能回去。"夏薇心里也有些难过了。如果有得选,她当然首选和祁时晏共进晚餐。

她寻找补救的办法:"你先欠着,等我回去找你。"

祁时晏却抛出四个字:"过期作废。"

"不管,我没吃到,你就一直欠了我的。"行李出来了,有同伴喊夏薇,夏薇语气匆忙,"而且你只请我吃一顿是不够的,我要吃十顿,吃穷你。"

祁时晏这才笑了:"十顿就想吃穷我?"

"哦,我说错了,不是十顿,是十吨,你好好记着。"夏薇改口。

"十吨?你是猪吗?猪也吃不到十吨。"祁时晏语气冷峭,又说,"发个定位给我。"

说说笑笑,刚掉落的心情终于有所好转了。

夏薇边提行李,边问:"干吗?"

祁时晏说:"我给你送十吨烂白菜去,喂猪。"

夏薇笑了:"好,你一定要送来,十吨哦,少一斤我都不收的。"

两人小学鸡似的斗了会嘴,挂了视频,夏薇给祁时晏发了自己的定位。

两天后,夏薇在展会上正忙着,祁时晏给她发消息,又请求了一次定位,夏薇笑着给了。

一个多小时后，通道上熙熙攘攘的人群中出现了一行人，个个风流倜傥、派头十足，为首的年轻男人戴着墨镜，握着手机，显得尤其散漫不羁。

夏薇站在路边发传单，身上穿着一套动漫 Cosplay 的狐狸装。

认出人，她心里又惊又慌：惊的是，祁时晏真的来了；慌的是，自己这副样子怎么见人。

眼下只能祈求男人没有认出她，而她自己脚步悄悄往后挪，挪进展位，往货架边上躲。

可祁时晏早就锁定了她，直线距离一步一步逼近。

到跟前，夏薇后背抵在货架角落，无处可逃，男人闲闲地站在她面前，手机插进裤兜，偏了头，唇角带着一丝妖冶的弧度。

"躲什么？穿得这么好看，不想给我看？"

第三章
谈场恋爱吧
moonlight

锦市正在举办动漫电玩节,江悦他们这次承接的是一个日本动漫项目,在圈内小有名气,其中有一部比较火的剧,女主角是一只美狐狸,也是他们这次的主推。

Cosplay 的服饰很漂亮,但也要求身材特别纤瘦,一行四个女生中,只有夏薇穿得上。

轻薄的绢纱剪裁,颜色银白带粉,将夏薇窈窕有致的身材完全展露,头上一顶白色狐狸帽收拢了她的长鬈发,衬出她白皙纤长的脖颈,胸前肤色的绢面紧致包裹,勾勒出曼妙的曲线,往下一双笔直纤细的长腿,骨肉匀婷,尾椎上还有一条高高翘起的白茸茸的尾巴。

梦幻式的童话浪漫,又不失现代风格的俏皮灵动,活脱脱一只美狐狸,美艳、妖媚。

"你怎么来了?"

夏薇看不到男人的眼睛,只在他深色墨镜里看到自己的倒影,和他唇角的笑。她羞窘地将传单在胸前挡了挡,姿态变得忸怩。

这模样落进顽劣分子的眼里,惹得他又起了使坏的心。

祁时晏更进一步,夺了夏薇的传单,逼得她手脚无措,笑出声说:"我想来看看猪的，结果逮到一只狐狸精。"

夏薇又气又急，还要嘴硬："那你小心点，不要被勾走了魂。"

她脚下还想退，白色狐狸尾在身后不小心扫到货架上的物品，一阵"哗啦啦"倒塌的声响。

夏薇"啊"了一声，本来就神经紧张，这下又吓了一跳，人举着双手就跳了起来。

祁时晏笑个不停，捉住她的尾巴，两只手越揪越紧，急得夏薇抬手去打他，可人被迫背对着他，几下都打空。

可怜的小狐狸被男人拿捏得死死的。

直到有人走过来，祁时晏才放了手，又笑着搂了下夏薇纤薄冰凉的肩，算是对刚才恶作剧的安抚。

来人是江悦，他差点以为夏薇被人骚扰，但见两人举止亲密，临时换了问题，他问夏薇："这是你男朋友？"

"不是不是。"夏薇连声否认，脸上早已红了一片，推开了祁时晏。

祁时晏唇角的笑渐渐消失，隔着墨镜将江悦打量了一番，想起"英雄救美"那条头条，认出了对方。

"那，你去后台休息一下。"江悦想着帮夏薇脱身。

夏薇摇了摇头，说："我没事。"

她心里却喊事大了，祁时晏脸上的墨镜遮住了半张脸，唇线绷直，和那天从荷塘回来的路上一样。

"贵姓？"祁时晏问江悦，却是对着夏薇说的。

"就……"夏薇顿了一秒，一脸老实，"江总监，带我的负责人。"

否认他是自己男朋友是情急之下不经大脑的反应，推开祁时晏亦是如此。

夏薇眉心紧紧蹙了一下，满心懊恼。

天赐良机，白白丢了。

"夏薇。"欢乐的男中音响起，李燃走了进来，身边跟着晚晚，另外还有几位公子哥和他们的女伴，都是和祁时晏一起来锦市的人。

他们刚才不好意思进来，去对面转了一圈，现在才过来。

晚晚也叫着夏薇的名字，走到她身边，笑嘻嘻地摸她身上的狐狸装。

夏薇投给他们感激的眼神，太感谢他们的及时出现，暂时削弱了祁时晏身上凛冽的压迫感。

几人说说笑笑，在展示厅里转了转，欣赏货架上的模型玩具。夏薇去倒水，招呼大家。

江悦站了会儿，确定夏薇没事，便去忙自己的事了。

夏薇问晚晚："你们怎么来的？"

晚晚抬起下巴，朝祁时晏点了下，笑着说："坐的祁三少的私人飞机，他说这里有动漫节，我们都来凑凑热闹，到了才知道，是你在这儿。"

这话说得好像祁时晏是专程为夏薇来的。

夏薇理智上不太敢信，心里却稀里哗啦，转头问祁时晏："你什么时候走？"

祁时晏正和别人说话，闻言，墨镜动了下，脸色一黑："我才来你就叫我走？"

"不是，我想坐你的飞机。"夏薇主动抓了下他的袖子，侧过身，歪了脑袋，朝他眨眨眼，卷翘的长睫毛眨出一片妩媚的风情。

好一会儿，才看到祁时晏薄削的唇角翘起一点，夏薇又大了胆子，两只手去抓他的胳膊，撒娇地摇了摇。

身后白茸茸的尾巴也随之摇摆。

祁时晏居高临下，半边身子被她扯得晃动，金口终于开了："我的飞机不是谁都可以坐的。"

"那你说要什么条件——"夏薇乖巧地端起一杯水，双手送到他面前，尾音拖得长长。

可是祁时晏没接，墨镜扫过，长腿往外迈出两步，抱怨说："这里热死了。"

夏薇跟在他身后，附和："可不是，我都快热疯了。"

展会上冷气不足，狐狸装贴身包裹，汗湿了都粘在她身上，只不过衣服层层叠叠好几层，表面看不出来。

祁时晏看她几秒，姑娘纤细的耳颈下一片汗渍，有碎发粘在上面，他下意识地抬手去勾，半路又收回了手，转头朝其他人说："走了。"

说完，他便往外走，再不看夏薇一眼。

其他人鱼贯跟上，李燃搂着晚晚一起走，晚晚从夏薇身边过，笑着问："你怎么样？"

"还能怎么样？"夏薇站在展位边上，目送他们。

前头那深色的背影，张扬跋扈，拽得很，头都不回。

121

展会最后半小时，夏薇拿了自己的衣服去卫生间换下狐狸装。身上已经汗湿，她用毛巾沾了水擦了一遍才舒服些。

出来正巧遇上李燃和晚晚，他们和其他人走散了，李燃手里提了很多大大小小的盒子、公仔、纪念品、卡通玩具，都是给晚晚买的。

晚晚笑得开心，挽着李燃的胳膊不放手。夏薇随便挑起一两件看看，多是小孩子玩的。

晚晚一件件分配着说，哪件送给她的侄子，哪件送给她的侄女，所有亲戚家的孩子一个不落都有礼物。

夏薇笑着赞叹："你亲戚可太幸福了。"

晚晚说："你不知道，祁三少买了一把扇子，花了一万多。"她朝出售扇子的展位指了指，"是那展位里最贵的一把。疯了。"

她还想再详细点说给夏薇听，李燃在旁边咳了一声，止住了晚晚的话。

祁时晏没说那扇子送给谁，万一不是给夏薇的，让夏薇知道这些，那多尴尬。

夏薇笑了笑，岔开了话题。

三人同行，往前走了一段。夏薇回自己的展位，要和他俩分开时，晚晚问："晚上和我们一起吃饭吗？"

夏薇无法肯定："再说吧。"

那不还得看祁时晏赏不赏脸啊。

李燃笑着说："夏薇你别尿，要不你喝两杯，拿出你喝醉酒的劲头来，祁三少不被你搞定才怪。"

夏薇摆摆手："我尿我尿，别提我的糗事。"

李燃和晚晚笑了，三人分开。

回到展位，通道上已有保安在对参观者做疏导工作，夏薇和同伴们一起整理货架，准备收摊。

她将手机抓在手上，时不时看一眼，可是直到所有东西都整理好了，手机也没响。

眼看人群走得差不多了，夏薇站在路边，握着手机，急了半天又憋了半天，最后还是决定自己主动点，发条消息吧。

夏薇：晚上请你吃饭，好不好？

刚发送，就听见"嗡"一声响，同时后脑勺被人敲了一记。

夏薇转头，祁时晏站在她身后，墨镜摘掉了，一双桃花眼笑得轻佻，手里还握着敲她脑袋的凶器,是把扇子。

"发了什么?"祁时晏没看手机,直接问。

他身后还跟着几人,不过比来时少了一半。

"就……"夏薇笑,"想问问你晚饭想吃什么。我知道有一家饭店还不错,我请你啊。"

感觉男人没在和自己计较了,她尽管把话说得慷慨,反正也就嘴上说说,相信男人不会真的要她请。

可是祁时晏眯起眼,打开扇子摇了摇,十足的风流,说:"行啊。"又指了指身后,"不过我带的人多,还有几个在外面,你要请我的话,就得一起请。"

夏薇看了那扇子一眼,笑着点头:"好,我请就我请。"

她转身去找江悦,跟他说了先走一步。江悦皱了皱眉,叮嘱说:"有事给我打电话。"

夏薇应了声,转头又回到祁时晏身边,和他一起往外走,其他人跟在身后。

祁时晏收拢扇子,丢给她,说:"我在路上捡的,花里胡哨的东西,你要吗?"

"好啊。"夏薇接过,打开看了一眼,是那把价格不菲的扇子了。

展会第一天,她和同伴就把参展的好东西全看完了,整个展览馆就一家有扇子,据说来自日本某地,其中镇店之宝被红木架摆在最显眼的地方,下面列了一长串的介绍。

扇面原料是有着上千年历史的小叶紫檀木,39片叶片,片片手工镂空雕刻,每片图案都不一样,组成一幅仕女倚榻假寐图,是日本顶级大师亲自手工雕刻。

售价用几种货币标明,其中 RMB 是 12999 元。

当时同伴说:"一把扇子而已,日本人真会炒作,谁买啊。"

夏薇看完那几种文字的介绍,却觉得物有所值。

她说:"你看的是扇子,其实它是一件工艺品,更是一件收藏品。用料先不说了,就这雕刻师,八十多岁了,他雕刻的扇子总共只有十把,这个图案只有一把,就冲他的名气,谁买这把扇子,谁赚翻了。"

旁边日本老板听见,用半生不熟的中文赞她识货、有眼光,售货员问她买不买。

夏薇笑着摇摇头,说:"买不起。"

可现在这把扇子就在她手里,这男人还说是捡来的。

夏薇问祁时晏:"哪儿捡的啊?这么好的扇子,我也去捡。"

123

祁时晏睨她一眼:"你以为谁都有我的好运气?"

夏薇"嗯嗯"点头,笑着摇扇,一阵阵淡雅的檀香拂过人脸,心情好极了。

夏薇"请客"吃饭的饭店是一家百年老字号,菜肴多以锦市的特色佳肴为主,一桌十几人个个吃得赞不绝口。

杯盘狼藉时,夏薇出包厢,去了趟卫生间,回来时溜到吧台去问了下价钱。

吧台报给她数字,夏薇倒吸一口凉气。

别说一桌的单买不起,如果 AA 制,她自己那份都困难。

不过,吧台说已经有人买单了,POS 机上显示签名,龙飞凤舞,第一个字大概是"祁"。

夏薇看一眼,除了祁时晏,还能是谁?

她笑了,转身回包厢,却在走廊上看见祁时晏的身影。

男人懒散地斜倚在窗台边上,目光投向窗外。

那走廊尽头,宽大的窗户玻璃上映着锦绣的灯火,走近了,才发现对面高楼大厦的顶端上,高高悬挂着一轮橙红的圆月。

是八月十五金秋团圆的月啊。

"太漂亮了。"夏薇走过去,双手搭在窗台上,看那月亮。

她从来没想过能有这样一天,和祁时晏一起赏月,在这人间最美好的时刻。

心里和那玉盘的月一样,圆满了。

祁时晏睨她一眼,却是神情淡淡。

夏薇触到他的眼神,露出一个笑:"你把单买了?"

祁时晏直了下腰,换个姿势靠在墙上:"不然呢?等你犯傻?"

先前他见夏薇出包厢,担心她去买单,毕竟这姑娘有根筋,倾家荡产履行诺言不是不可能,所以他便跟了出来,趁她去卫生间的时候,先把单买了。

可他不知道夏薇根本没那么多钱。

她就是"口嗨",他却当了真,到底谁傻呢?

夏薇心里甜滋滋的,却不得不压住唇角,不敢笑出来,不然就像是笑话祁时晏了。

她伸手去勾他的手指,小心触碰一下,看他不抗拒,逐渐加大接触面积。

祁时晏垂眸看着她玩花样,手指像没知觉似的,由着她一个个玩弄。

可是怎可能真的没知觉?

那柔软与硬朗,冰凉与温热,指腹摩擦中像两股电流交融,酥酥痒痒的感觉蔓延至神经末梢。

祁时晏忍了一会儿，冷声道："干什么？"抽回手，"不是男朋友，别拉拉扯扯的。"

祁时晏说完，往包厢去了。

夏薇看着他的背影，唇角不自觉地上扬，攥紧手指，那上面分明还有男人的余温。

她想起高中那时，祁时晏对她也说过类似的话。

那时候，因为英语作业被他捉弄的事，夏薇总想着找机会扳回一局，哪怕见到人骂上几句也好。可事实是，像其他女同学说的那样，越靠近越会喜欢他。

那种喜欢不是自己心理上的喜欢，而是他好似天生自带吸引力，只要进入他的磁场，就会不由自主地被吸引，为他心动。

完全不受控的心慌意乱。

在一个情窦初开的年龄。

可同时，夏薇正遭遇着另外一件事，那就是血缘关系被确认。

整整一学期的时间，她都处在黑暗与茫然交错的状态。

她拼命读书，学习成绩次次月考年级前十，舞蹈也没有落下，借此乞求自己的生活不被改变，但命运并没有因此垂怜她。

元旦时，学校组织元旦晚会，她有预感这将是自己最后一次上舞台，于是精心准备了一支独舞。

几位老师看过后，有目共睹，同时他们想到了另一个表演者——祁时晏，他报了古筝独奏。

夏薇跳的是传统舞，如果两人合作，无疑会成为最亮眼的节目。

夏薇记得那天，她穿着色彩华丽、冗长繁复的舞衣，手里握着水红的舞扇，明明前一分钟还冷得哆嗦，下一秒看见祁时晏进来，她便面泛潮红，身上越来越热。

而祁时晏听完老师的提议后，只朝她投来一瞥，便将下颌从左往右"一"字形摆了下，拒绝了。

他说："我们又不是男女朋友，我为什么要跟她一起合作？"

别说是夏薇，所有在场的老师都愣了一瞬。

这是什么神逻辑？

有老师问:"只是合作一起演个节目,为什么一定要是男女朋友呢?"

祁时晏的回答更绝:"既然不是男女朋友,我的舞台为什么要分一半给她?"

听听,就是这么一个极度自我的人。

所有老师都说服不了他。

最后,晚会那天,夏薇跳自己的舞,祁时晏弹自己的古筝,两个人各自精彩。

夏薇的表演自然不用说,赢得了满堂喝彩。

而祁时晏这样一个张扬桀骜的人居然会弹古筝,这让夏薇感到非常惊讶。她原本以为他就是假模假样地上台摆个样子,谁知祁时晏身着一袭白色汉服,身姿卓越,坐到古筝前,长袖一甩,修长的手指轻拨琴弦。

那声音空灵清透,是古筝真正发出的声音,立刻赢得了满场掌声。

一曲《林冲夜奔》情绪饱满,技艺超群,一个人弹出了一群人的气势,震撼了所有人的心。

夏薇靠在后台的立柱上,听完整支曲子,彻底被震撼了。

后来,夏薇常常想,可能就是从那时候开始,她不再抗拒自己喜欢祁时晏的心,而是渐渐认同了这份感情,顺应了这份心意。

到今天,她从未想过,她和祁时晏还有机会再次讨论男女朋友的问题。

只是,他们真的可以做男女朋友吗?

从饭店里出来,租车公司租的几辆商务车停在了门口,载大家去往锦市一个夜游比较好的景点。

到了地方,人群喧嚣,灯火璀璨,建筑物掩映在一丛丛各色灯光里,与天上的皓月遥相辉映,绮丽多彩,迷人多情。

大家挤进人群,像挤进欢乐海洋的鱼。

夏薇和另外几人一起跟在祁时晏身边,只是人潮汹涌中,东看看、西拍拍,脚步一慢,她便落在了后面。

手机响了下,是小弟夏晨发来的微信,是一条恭贺中秋快乐的网络短信,后面跟着一个讨要红包的表情。

这个弟弟也只有要钱的时候会找她。

夏薇当作没看见,退出界面,抬头去找祁时晏,却已经不见了他的身影。

夏薇往前走,边走边找人,只是手机又响了,这回是母亲王巧英打来的电话,她不能不接。

王巧英不太会用微信,她有事一般都是打电话。

夏薇退到路边，拐进两栋建筑物之间的小弄堂，才接了电话。

"夏薇。"电话一通，王巧英的语气不太好，"我今天碰到小谷，她说你们公司这次中秋每个人都发了很大一笔过节费，你的呢？"

小谷是谷惜蕾，夏薇公司的同事，谷惜蕾的娘家和王巧英他们住一栋楼。

夏薇皱了下眉，后悔没和谷惜蕾先通个气，此时只好说："我只是一个前台，我的过节费并不多。"

"不管多少，钱呢？"王巧英提高音量。

"我现在和朋友在外面玩，已经花掉了。"夏薇破罐子破摔。

"你个死丫头，玩玩玩，多大了还想着玩，都不知道要帮衬家里？超超在澳大利亚要伙食费，晨晨说跟你要个红包，你都不给，你还是个姐姐吗？我看你还不如小荷，十月怀胎养你有什么用？"

王巧英的嘴像机关枪一样好一阵噼里啪啦，夏薇将手机拿远了点。

"妈，我手机没电了，马上要自动关机了，有什么事回去再说。"

再不管对方还想怎么骂，夏薇摁断了通话，同时打开了飞行模式。

女儿生下来就是个挣钱工具吗？

这样的父母，需要多少钱才能从他们手上买断自由？

还要拿她和孟荷比。

心情忽然沮丧，而祁时晏也不知道走到哪里去了。茫茫人海，她该何去何从？

只是她一转身，咦？那人就在她身后。

"祁时晏！"

夏薇几近惊喜，唤了声名字。

过山车的感觉不过如此吧，刚跌到谷底的心情一下子又飞上了天。

旁边几人听见，都朝她看过来，倒是那个被叫的人只微微抬了下眼皮，手指在手机上上下下划拉，漫不经心。

好像并非有意等她，只是找个空闲刷手机。

夏薇笑着问："走吗？"

祁时晏这才收起手机，连手一起插进裤兜，往外走去。

其他人早已走散，在人挤人的人群中，没有一张熟悉的面孔。

前面有人停下拍照，夏薇的脚步被阻了一下，和祁时晏又被迫分开了。

正想叫他一声，祁时晏伸出手来，抓住她的手腕，从人群缝隙中一把拉走："机灵点。"

夏薇笑了，跟紧他的脚步。

那被抓的手腕像套了个套索，又紧又烫，遇到拥挤的时候，还要更紧一些。

是的，她比不上孟荷。

夏薇想起刚才王巧英的话。

孟荷虽然表面粗鄙野蛮，但她从小在王巧英和夏启炎身边长大，十五年的时间早已将她驯得逆来顺受，更不用说阳奉阴违。

而孟家，马玉莲和孟岳松对夏薇再好，也抵不过孟荷是他们的亲生女儿。

但这一刻，身边的男人，和手上拽紧的这股力道，却让夏薇感到一丝骄傲。

无论怎样，这件事上，她总比得过孟荷了吧。

比得过吧？

夏薇偷偷觑了一眼。

男人目光散漫，身高的优势明明可以让他见缝插针，走得比旁人快，可他却似乎甘愿随波逐流，走走停停，东张西望。

就像谪仙第一次被贬到凡间，看什么都新鲜，却又与周遭格格不入。

那为什么是谪仙被贬，又为什么甘愿随波逐流，夏薇低头瞧一眼自己被抓着的手腕，自行脑补出一大段剧情。

一个浪漫又大胆的想法如灵光一般闪过脑海。

"是不是看什么都比不上我好看？"祁时晏突然偏头，捉住她的眼神。

夏薇一窘，随即羞涩一笑："是啊，你最好看。"

男人眸底漾出一丝笑意，不自觉地将人往身边带了带。

前方道路上空拉满了星星一样的小彩灯，像银河一样辉煌璀璨。

"好好看。"夏薇情不自禁地发出赞叹。

祁时晏瞥了她一眼，表示不满。

夏薇连忙改口："当然跟你比起来，还是差那么一点的。"

祁时晏这才哑笑了声。

走到跟前，夏薇往上蹦了蹦，想摸一下"星星"，可惜太高了，够不着。

"我抱你上去？"

祁时晏看着她，这姑娘脸上被"星星"映照出温柔的颜色，尤其是琉璃般的眸子亮晶晶的，亮得人想帮她得偿所愿。

"好啊。"夏薇也不客气，正面对上男人，张开了双臂。

祁时晏预估了一下高度，要从膝盖抱起，可他弯下腰，刚碰到夏薇膝盖内侧的腘窝，夏薇就跺了跺脚，挣开了。

"怎么了?"

"痒。"

夏薇的裙子没过膝,一双光洁的腿上也没穿丝袜,男人的手一碰,可不就敏感得发痒了。

"那就不摸了吧?"

"摸。"

祁时晏一声轻笑,拖长声调:"真要啊?"

夏薇急得脸红了,扫一眼周围的人:"你快点,正经点。"

祁时晏越发不急,就喜欢看这姑娘一副羞臊脸红的模样。逗到夏薇想放弃时,他才"好了好了"重新弯腰,抱起人。

可是那些"星星"挂得是真的高,祁时晏抱着人试了几次,亏得他个子高,夏薇的手臂也伸得老长,最后一次才摸到。

"好烫。"

夏薇的手心攥紧了"星星"的热度,撑在男人宽阔的肩头上。

她几乎上半身都在男人头顶之上,这个高度看下来,男人眼里落满了"星星"和自己的影子,有种不真实的迷离感。

再一仰头,便是失重的感觉,可双腿被牢牢稳固在男人怀里,又让她感到非常安全,甚至想让他多抱一会儿。

可是有人不准了,人群头顶传来一声尖锐的哨声,同时有人大叫一声"喂",两个挂着工作牌的景区工作人员拨开人群,朝他们冲过来。

祁时晏迅速放下夏薇,拉起她的手就挤过人群,往外面跑。

喧嚣的人群里拂过热浪,鼓动人的耳膜,亢奋、紧张,伴着逃跑的刺激。

头顶一片星海快速移动,风吹起姑娘的发,男人拉紧她的手,跑出人群,一直跑到人少的地方,拐过一个弯,隐进一栋建筑物背后,确定再无追兵,才放开了手。

两人交扣的手又湿又热,那"星星"的热度早已散去,此时全被手心里的湿热覆盖。

她攥紧了,企图将那手温多留一会儿。

可是因为跑得太急,肚子有一点疼,她便将藏着温度的手按在那里。

祁时晏则躬身弯腰,双手扶在膝盖上,大口喘息。

喘了一会儿,他兀自笑了,夏薇跟着他笑。

多大的人了,居然还在干小学鸡的事,被人追着满街跑。

129

笑停了,祁时晏又笑话起夏薇:"真没用,跑这几步肚子就疼了?"

夏薇揉了揉腰,站直了,回嘴说:"那你还不是喘个不停?"

"我这是因为拉着你,要没有你,我能喘吗?"

"哦,那还是我拖累你了。"

"知道就好。"

夏薇发现,祁时晏在很多事情上可以做得很绅士、很体贴,但在斗嘴这件事上,从来不让人,他总要做收尾的那个,好像这才是他的本性,绅士不过是被优渥家教熏陶出的结果。

所以,这男人骨子里就是个痞子。

得出这个结论,夏薇不由得偷偷笑了笑,感觉自己又进一步了解了他。

"走吗?"夏薇问,她看见前面有一家生椰店,"我请你喝椰汁。"

祁时晏笑了笑,欣然同往。

多少女人接近他,打着他的主意,可身边这个,却总想着为他付出。

好像他是个穷光蛋,需要她救济。

两人到了店里,各点了一杯生椰拿铁咖啡,选了位置坐下。夏薇付的钱,祁时晏由着她,没争。

生椰店坐落在一个豁口上,透过玻璃窗看出去,有两条路,一条星光灿烂,人山人海;一条幽静狭窄,游客三三两两。

两人并排坐在窗前,竟有种一眼望穿人间的感觉。

殊不知,在他人的眼里,他俩也是一道美丽的风景——帅哥靓女,正值谈恋爱最美好的年纪。

那晚,两人将景区逛遍了才出大门,和其他人会合。

祁时晏将夏薇送回酒店,索性在她住的酒店又下了单,让大家全住下了。

夏薇这才知道他是赢了金秋宴,才带大家出来玩。

祁时晏问她想要什么奖励,她摇了摇头。

于她,在今天这样的日子里,他千里迢迢到她身边,陪她一起过中秋,她又何须还要其他?

第二天,夏薇在兼职同伴的催促声中起了床,匆匆忙忙洗漱,昨天的狐狸装忘了洗,今天只能不穿了。

一行人住的是商务标间,两人一间房,和她同房间的女孩叫温婷,是个大学生。

两人离开房间，去餐厅用早餐，遇到江悦他们几人，大家一起坐了一桌。

夏薇没看到祁时晏他们，想必他们不会这么早起床。

江悦见到夏薇，暗暗松了一口气，他心里一直担心夏薇昨天那一走，彻夜不归。

夏薇也有些尴尬，主要是和祁时晏的关系，她现在说不清楚，要怪只能怪自己当时反应太慢，没把"男朋友"的身份认下。

也因此，使得温婷看到她那把扇子，内涵她钓了个金主。

当着众人的面，温婷阴阳怪气地说："看起来是个很有钱的富二代，夏薇你好厉害哦。"

夏薇撑回去："我厉不厉害不用你操心，总之你不会有这个机会，而且他不是富二代，是富了几十代。"

江悦听见，接了话茬说："祁三少吗？榆城顶尖的风流人物。"

昨天第一眼见到祁时晏时，江悦直觉他在哪里见过，后来细想之后，才把人想了起来。

夏薇脊背笔直："有什么问题？"

"有什么问题，你自己不知道？"江悦将了她一军，目光凌厉，语气不自觉加重。

夏薇和他对视一眼，没再说话，头顶聚集一片低气压，大家都默默吃饭。

江悦对夏薇有私心，认识几年一直都有。

夏薇符合了他对另一半的所有审美，唯一让他止步不前的原因是夏薇的家庭条件。

江悦出身苦寒，社会上这些年的打拼让他很清楚自己要什么。

他对夏薇有心动，有暗恋，还有想要照顾她、保护她的心，但就是没有行动。

因为他是个现实派。

他有意无意地想拉夏薇一起创业，可夏薇安于现状，这是他无法妥协的。

酒店离展览馆很近，吃过饭后，大家步行去展览馆。

路上，江悦叫住夏薇，两人走在最后。

江悦说："祁三少那种人不适合你。"

那两次打电话给夏薇，都被男人接听，他猜到夏薇有恋情了，心里有点意难平，但现在知道是祁时晏，心里更难平。

夏薇低头走路，没接话。

江悦跟着她的脚步，又说："你知道他有多浪？仗着家里有钱，随便玩玩你还不是小意思?"

夏薇停住脚,看着路上人来人往,一张张陌生的脸,或微笑,或冷漠,不过都是一张面皮,谁知道那张面皮之下的真情实感。

祁时晏花心啊,有钱啊,随便玩,小意思。

那可不是?

一场金秋宴,她以为就是吃顿饭,谁知道重头戏在晚上。

而她是他的王牌,处处照顾有加的王牌。

现在人又说来就来,听她说热,就"捡"来一把扇子给她,还为了抱她摸一把"星星",被人追了一条街。

他这么玩,她为什么好喜欢?

谁能懂他们之间的这种玩乐?

夏薇笑了下,没说话,也不想解释。

江悦敛目,神情有几分严肃:"上次画展上对你动刀子的孟小姐是祁三少的未婚妻吧?你当时不肯告诉我,我到现在才反应过来,她就是为了你和祁三少的事才对你有敌意的吧?"

夏薇心想:要否认吗?

孟荷现在应该还不知道她和祁时晏的事,但她和孟荷的关系,她也没办法告诉面前的人。

夏薇想了下,反问道:"你怎么知道那女的和祁三少订婚了?"

江悦耸了下肩。两人并排继续走,沉默几步后,他才说:"榆城的富豪圈应该都传遍了吧,只是我们普通人接触不到而已。"

夏薇若有所思,心里那个大胆的想法又涌了出来。

下午动漫电玩节闭幕,快结束时祁时晏发来语音说:"晚上一起吃饭。"

夏薇回了个字:好。

祁时晏又问:"几点下班?"

夏薇回复:我没事了,想走应该就可以走了。

其实,她今天在同伴之间受到排挤了,她不想待下去了。就因为她一个本该贫穷的人,得到了一把自己不可能买得起的扇子。好像因此她的道德就沦丧了,而他们还一个个高贵着。

而那个罪魁祸首还在引诱她:"我给你发个定位,你打车过来,我就在这里等你。"

夏薇说好。收到定位后，她打开地图，放大细节，那里是一个高奢品的购物商城。

祁时晏在那里做什么？

夏薇没多想，和江悦打了个招呼，便走了。

出租车开得很快，手机里两人之间的距离一点一点拉近，终点上的绿点一闪一闪，像心跳一样激越。

原来奔向一个人是这样的感觉。

不知道祁时晏昨天来的时候握着手机，是不是也有这种感觉？

见到面，祁时晏正在咖啡店喝咖啡，身边还有几个人。

他斜靠在沙发椅背上，双腿交叠，慵懒散漫，好像在这儿刚睡了个懒觉。

夏薇走进去，他眯着眼，投来一瞥，将手边的一杯咖啡往旁边座位轻轻一推，话没说，却引起周围一片骚动。

先是旁边座位的人站起，给夏薇让了座，又叫了侍应生添了张沙发椅，几人集体挪动，重新入座。

夏薇歉意地弯了弯腰，坐下。

人都是昨天见过的，大家对她客气中有几分尊重，大概是因为祁时晏。

对比兼职的同伴们，夏薇忽然意识到自己的生活圈正在悄然发生改变。

她看向祁时晏。祁时晏挑眉，将视线在她的咖啡上落了一秒，意思是凉了，让她快点喝。

夏薇笑，端起咖啡喝了口，醇香、丝滑，入口温度刚刚好，比昨晚她请的咖啡好太多了。

她朝他投去感激的眼神，目光直直地看他。

祁时晏垂眸，又抬眸，唇角弧度愉悦。

两人从夏薇进门一句话都没说过，却又似说了很多话。

直到夏薇咖啡喝完，祁时晏才站起身，开了口说："走吧。"

夏薇跟着他站起身，问："去哪儿？"

祁时晏玩笑说："把你卖了去。"

夏薇接招："卖得掉吗？"

旁边人腾出路来，祁时晏回头看她，用估价的眼神打量一番，得出结论："先去换个包装，晚上卖个好价钱。"

夏薇笑，由着他胡说，跟上他的脚步。

其他人被祁时晏发了话："自由活动。"

133

大家点头,不再跟从。

出了咖啡店,祁时晏看一眼指示牌,带夏薇上扶梯,往女装部走。

"真买衣服啊?"夏薇脚步在他身后停下。

这里是高奢品区,满眼都是国际名牌。

祁时晏转身,这才向她交代:"晚上有个应酬,就是电玩节的闭幕酒会,都是行业内的大佬,比较正式。"

"哦,难怪。"夏薇笑了下。难怪今天看他和平时不太一样,因为他身上的衣服正式了很多。

深青色衬衫肩宽挺括,没有一点点皱褶,下摆收拢在紧绷的皮带里,多了几分矜贵禁欲之感。往下,黑色西裤笔直修长,恰到好处地修饰了他的腿型,很有人中龙凤,商界新贵的风度。

夏薇眼尾上翘,狡黠一笑:"那也就是说,我今天能趁机宰你一顿是吗?"

祁时晏笑着点头,还不忘提醒:"我们是以祁家的名义出席,你大可拿出你的气势来。"

夏薇下巴用力一点,表示懂了。

她走向电子导购图,手指点点,找到一家不需要排队等待的商家,迈腿就走。

太多年没进过高奢商城,她对品牌已经不挑剔,只想快点嗅到它们的味道。

祁时晏跟在她身后,唇角扬起一丝弧度。

不过——

"祁时晏。"夏薇转头,"你不是因为我在锦市才来的啊?"紧接着重重地"唉"了一声,失望啊失望,毫不掩饰。

祁时晏笑,抬手按在她后肩上,拉了一下她的头发,说:"我当然是因为你在这儿才来的,不过是顺便给个面子去参加酒会。"

好大的口气。

夏薇这才笑了,也管不得他的真假,走进店里去。

那天,夏薇在试衣间进进出出,仿若出镜的模特,一件一件穿给祁时晏看,还要他点评、挑毛病,这一件怎么样,上一件怎么样。

祁时晏坐在沙发上,耐心欣赏,这一件领子好看,上一件颜色不错。

一个多小时后,门口排了好几位顾客,而夏薇一件都还没定,销售员的脸色不太妙了,担心遇上试穿狂魔,穿来穿去,一件不买。

夏薇感觉到了,身上正穿着一件咖色渐变的礼裙,大V领,长裙摆,婀娜多姿。

她走到祁时晏面前,单手撑在纤腰上,下巴微抬,挺胸抬头,一个标准的模特站姿:"哪件好看?"

祁时晏笑意懒散:"都好看。"

"哪件最好看?"

祁时晏不厌其烦地重复:"都好看。"

"可是只能买一件。"

"为什么只能买一件?"

夏薇偏头,看向自己穿过的那些,心头一喜:"那是可以买两件?"

祁时晏后背靠上沙发椅背,轻狂一笑,对销售员说:"穿过的全部打包。"

销售员怕自己听错了,睁大眼睛朝男人看去。同时夏薇也吃了一惊,对祁时晏嗔道:"疯了,全部打包?"

祁时晏抬眸,桃花眼里一片轻佻浪荡:"有钱难买心头好。你买衣服,我想买你开心,你给不给我买呢?"

夏薇:这逻辑绝了。

想起江悦那句"顶尖的风流人物",谁说不是呢?

不过夏薇不是没分寸的人,最后她只选了最喜欢的三件和一双高跟的镶钻水晶鞋。

祁时晏皱眉:"怎么,替我省钱?"

夏薇坦白:"主要是这种裙子档次太高,我一个打工人穿的机会不多,买三件足够了。"

"以后多跟着我,就有机会了。"

"那,以后你再给我买。"

"你想得挺美。"

"那可不?"

夏薇笑得俏皮,将几个纸袋全交给他。

祁时晏垂眸,愿意为女人花钱是一回事,给女人提纸袋是另外一回事。他双手插在裤兜里,递给她一个别得寸进尺的眼神。

可夏薇只当没看见,偏往他手里塞:"慷慨先生,都到最后了,你别'晚节不保'。"

135

祁时晏直接被气笑，裤兜里的手被夏薇强行拉出一只，勾上纸袋的提绳。

而被他慷慨对待的姑娘则温温婉婉地提了提身上新裙子的裙摆，踩着水晶鞋往门外走去。

走到玻璃门前，夏薇让出一人的位置，等男人给她开门。

祁时晏没了脾气，一手提纸袋，一手拉开门，侧眸瞥她："谁惯的你？"

夏薇走出门，优雅转身，挽过他的胳膊，甜甜地笑："不是你吗？"

夜幕降临，汽车抵达酒店，两人步入宴会厅。

如祁时晏所说，全是动漫电玩节上的老板和资本家，夏薇连他们展位的主办方老总都见到了。

祁时晏带夏薇应酬了几个人，不是叫"叔叔"，就是叫"伯伯"，而对方不是拍他的肩，就是拉他的手，称呼他也是"时晏"或"小晏"，更像是亲人久别重逢。

祁时晏到底不是正儿八经的商人，和那种精明圆滑的大佬区别很大。

而夏薇也因此觉得自己不像是应酬大佬，更像是见家长。

只不过，祁时晏向人引见时，都是称她为"朋友"。

这个词在应酬上可以涵盖很多种关系，所有隐秘的、亲密的、不可言说的关系都可以包含在内。

唯独不能替代男女朋友。

夏薇有一点点小失落，可是自己理亏在先。

当然这种事也就女人比较在意，男人们根本不在意。

祁时晏手机响了下，几米开外，有个叔叔举着手机朝他招了招手，祁时晏会意，带夏薇一起过去。

这样的酒会，锦绣繁华，人人谈笑风生，可谁不是在攀比炫耀，谁又不是在暗讽嘲笑？

男人们比身份、比财富、比行头，女人们亦是如此。

夏薇想起马玉莲，多少年和孟岳松同进同出，每每出席这样的场合，他们都是让人无可指摘的一对，马玉莲更是让女人们无话可说。

因为她用的是妻子的身份，高贵又光明正大，胜过一切女朋友、秘书、情人，尤其是朋友。

夏薇从小就想做马玉莲那样的妻子，可现在她却只是个"朋友"，别说高贵与否，只怕廉价得不如男人身上一件衣服。

——想换随时就换。

这位叔叔很热情,带着祁时晏认识了很多人,夏薇感觉自己像一份名叫"朋友"的伴手礼,跟在祁时晏身边,被人看来看去。

看多了,笑容僵硬了,琉璃眸子里只剩下了冷寂。

祁时晏感觉到她的情绪,轻拍她的肩,低声说:"去找个地方坐会儿,吃点东西。"

夏薇木讷地点了点头,反问:"你呢?"

祁时晏瞧了眼自己目前的情形,分身乏术,只得说:"一会儿去找你。"

他的手从她肩上往下移,落在她腰肢上,掌心贴上,使了一点力道往自己身边揽了一下。

夏薇一个激灵,像被火石烫到,浑身颤了一下,差点没站稳摔到他身上。

大庭广众之下,也太……放浪了。

说是让人走,可这么一番,无疑挠了人的心。

夏薇低着头,带着细腰上残留着男人的余温走开。

在餐饮区,夏薇挑了些食物,找了张桌子坐下慢慢吃。

放眼四顾,挽手臂、搭肩搂腰的男男女女随处可见,祁时晏那点小动作根本不算什么,只是她经历少,反应过激了。

夏薇自嘲地笑了笑。

视线找到祁时晏,他正和一位长辈并排走向一片沙发区域,那片沙发靠墙,呈半包围圆弧式,上面坐满了人,年纪都偏大。

两人到跟前,沙发上的人都站起身,笑脸相迎,有几人抢着握祁时晏的手,将他迎到沙发前落座。

祁时晏却将位置让给了一位老者,自己很随意地侧身坐在了扶手上,谈笑自如。

其实今天酒会上年轻大佬居多,毕竟主题是动漫电玩。

但祁时晏好像特别受长辈喜欢,不停地被人引见,见的也都是长辈。而这些人不一定比年轻大佬懂电玩,但他们却才是当下真正把控一个行业命脉的巨擘。

夏薇有一刻想,祁时晏不经商真是可惜,一手大好的资源,多少人梦寐以求。

可转念又想,谁知道他有没有这方面的投资呢?

她对他的了解还浅薄得很，而祁时晏看着玩世不恭，实则很有城府，就像他这次来锦市，目的像套娃似的一个接一个。

思绪正乱飞，视线里闯进两个人，是李燃和晚晚，原来他们也来了。

晚晚也看见了夏薇，放开李燃，走了过来，捶着腿坐到旁边，抱怨连连。

"累死我了。"晚晚抬起脚后跟，看一眼，都磨破皮了，红红的一片，"完了完了，早知道不买新鞋子了，怎么办啊，痛死了，别想走路了。"

"你别急。"夏薇安慰她，弯下腰看了看伤情，"还好不严重，贴个创可贴应该就管用了。"

"要出去买吗？"晚晚揉着腿，皱眉。

"酒店应该有。"夏薇抬头，朝侍应生示意了下，等侍应生到跟前，跟他要了两个创可贴。

侍应生应了声，转身走开，不出五分钟，东西送到。

夏薇撕开创可贴，按住裙摆蹲下身，很贴心地帮晚晚贴好。

"夏薇你真会照顾人。"晚晚感激地说，"谢谢，谢谢。"

"客气什么。"夏薇直起身，让晚晚试了试走路。

晚晚说好多了，夏薇才放了心，准备去洗手。

离开前，她又问晚晚："想吃什么，我给你拿。"

"随便拿点就行，我不挑食。"

很快，一盘丰盛的餐食送到晚晚面前。

晚晚"哇"了声，笑着说："都是我喜欢吃的，夏薇你真好。"

"你对我也不错啊。"夏薇回晚晚一个笑。

她说的是金秋宴上"蓬蓬裙"吐口水的事。

那次要不是晚晚仗义执言，"蓬蓬裙"的奸计就得逞了。

两人边吃边聊，不经意间关系近了很多。

晚晚悄声问夏薇："你和祁三少是什么情况呀？"

夏薇听出她话里有话，反问道："你以为呢？"

"我当然以为你们很好了。"晚晚就差掰手指头替夏薇数了，"你看看你们多轰轰烈烈啊。"

夏薇被这个词逗笑了，想想的确是。

从晚晚的角度来看，她第一次见夏薇，是祁时晏不在，夏薇输给他三百多万。

第二次是夏薇喝醉酒倒在祁时晏身上，祁时晏抱着夏薇去开房了。

第三次是金秋宴，李燃说祁时晏办金秋宴其实是为了夏薇，而夏薇也为他打麻将赢了钱。

再到这次，祁时晏动用私人飞机到锦市来，不管他是不是有别的目的，总归有夏薇的原因在，特别是还送她一把逆天售价的扇子。

哪一次不符合"轰轰烈烈"的词？

可是，晚晚又问："你们怎么没有睡在一起？"

夏薇怔了下，这话把她问住了。

晚晚坦言，她和李燃住在祁时晏对面，昨晚祁时晏一个人回房，李燃和她开玩笑说，祁时晏居然还没把人搞定。

晚晚觉得不可能，于是他俩躲在猫眼后打赌，赌夏薇会不会来，结果晚晚盯得眼睛快瞎了，夏薇也没有出现。

李燃说，祁时晏那人看着浪荡，虽然常年住在酒店，却从来没听说留宿过谁，和女人开房的事，夏薇是头一个。他们圈子里的人都猜祁时晏搞不好根本就没睡过女人。

夏薇听完，震惊得更说不出话来。

她抬眼去找祁时晏，发现他已经离开了沙发那片区域，在一个圆形吧台前，这次谈话的对象全都是年轻人，围着的几个人年纪相仿，有男有女。

夏薇和他的距离有一点远，中间隔着重重人影，只看得见他侧身站着，一只手里端着酒杯，姿态闲适。

印象中，祁时晏从来没有一丝不苟的时候，他的脊背也很少笔直，总有一点曲度，不是驼背那种，而是一种懒意，像是懒得花力气将自己站得笔直，后背如果有支撑物让他倚靠，那便是最好。

可即便是这样，也不影响他身材优越，在一群人中间挺拔出众。

但是就这样一个妖孽般浪荡不羁的男人，还没睡过女人？

真的假的？

夏薇暗笑，好想检验一下。

晚晚见夏薇不吭声，有些暗悔，毕竟这些都是她和李燃两人的私房话，现在说给人听，而且还是当事人，感觉不太好。

"不好意思哈，是我多嘴了，我没有恶意啊。"晚晚抱歉道。

"没关系的。"夏薇善意地笑了下，解释说，"我不回答是因为我现在回答不了，我自己也没有答案，等有答案的时候我再告诉你。"

"好啊。"晚晚笑。

两人又随便聊了些别的。夏薇先吃完,放下餐盘,目光又去找祁时晏,发现他那里多了两个人,都是女的。

其中一个穿着吊带裙,身材火辣,且波澜壮阔,她正举着酒杯给祁时晏敬酒。

不知道他们在说什么,一阵一阵地哄笑,引得其他人都朝他们看去。

祁时晏旁边的人让开了位置,吊带裙的女子挤过去,酒杯举高,朝向祁时晏。

夏薇这才看懂了,他们要喝交杯酒。

夏薇的心"噌"一下就提到了嗓子眼,指尖不自觉地掐进掌心。

而吊带裙女子胸前一团白花花的肤色,在祁时晏深色衬衣的映衬下显得更刺眼了。

可是祁时晏侧着身,夏薇看不见他的表情,不确定他的目光放在了哪里。

夏薇恨不能丢两把飞刀过去,可浑身却像是被水泥浇筑了,整个人僵硬,坐着一动不动。

直到祁时晏朝她看过来。

那一眼,如光风霁月。

像一道光击碎了她身上厚重的水泥,整个人瞬间摆脱了束缚,变得轻盈。

祁时晏笑着朝她招了招手。

夏薇和晚晚说了声,起身理了下裙摆,走过去。

离着还有两米的距离,祁时晏伸出一只手,夏薇快走两步,一到跟前,就被揽住了后腰,揽进男人身边。

这是很亲密的动作。

夏薇一阵酥麻,不自觉地脊背挺直了。

像是怕她逃脱,祁时晏将她揽得更紧了,笑着和面前几位说:"这是我女朋友,大家认识一下,姓夏,夏天的夏,叫夏薇,蔷薇的薇。"

"吊带裙"手里还举着酒杯,笑容顿时凝固。其他几人比她反应快,风向立即转变,纷纷朝夏薇祝酒,夸夏薇漂亮。

夏薇有点蒙,女朋友?升级了?还是拿她挡桃花?

头顶正好有一盏水晶灯,七彩的灯光照射下来,打在人们的笑脸上,闪闪发光。

夏薇一阵眩晕,一时辨不清真伪。

祁时晏笑,问侍应生要了杯香槟,递给夏薇。

大家碰了碰杯，将刚才起哄喝交杯酒的事心照不宣地抛在脑后，谁也不再提。

喝完酒，祁时晏说了声"失陪"，揽着人离开，一眼都没再看那位穿吊带裙的女子。

往后再应酬，夏薇头上仿佛顶了一圈光环，一扫之前的阴霾，变得神采奕奕。

祁时晏久不应酬，一次应酬这么多人，多少有些疲惫，但一见夏薇光彩照人，他倒愿意带她在人群里多待一会儿。

这种心情不太说得清楚，像是一种炫耀。

——炫耀自己漂亮的女朋友。

直到后来很久之后，他才想明白，自己真正炫耀的是什么

——炫耀自己有了一个漂亮的女朋友。

酒会持续到很晚才结束，他们和李燃同乘一辆商务车回酒店。

路上，夏薇靠在祁时晏身边，手背搭在额头上，感觉又烫又晕，仿佛喝多了酒似的，一切既真实，又不真实。

车窗按下，有风吹进来，清凉凉的，人才稍微清醒了些。

李燃和晚晚坐在后排，他们任何时候都显得精力旺盛，一直在聊酒会上的事，偶尔拍一下前面的椅背，拉夏薇和祁时晏一起聊。

祁时晏懒散地靠在椅背上，不置一词，懒得理会。

夏薇也渐渐眯了眼，打起瞌睡，脑袋随着汽车的晃动一磕一磕，磕在男人身上。

祁时晏轻哂，搂过她的肩，用下颌靠了靠她的脸颊，高挺的鼻梁贴到发丝，一阵微痒，有淡淡的发香，细闻，是一种很醉人的花香，一时却想不起。

祁时晏不自觉地贴得更近，正巧夏薇动了下，猝不及防，额头碰上了他的唇，柔软湿热。

这算吻……吗？

夏薇惊醒，眼睫毛轻颤，不敢看人，想继续装睡，又经不起额头那片倏然升高的温度。

她一只手悄悄抬起，想摸一下，可是还没摸到，手在半路被男人捉住，握在了他的掌心。

那手温热，合着肩头上的手一并用力，将她摁在了怀里。

夏薇不敢动了，车窗外光影变幻，一道道划过昏暗局促的车厢里，像流星划过她心上一样。

后排两位没再说话，司机也在专心开车，任何一点声响，都会打破这片相对的寂静。

夏薇低着头，心房剧烈颤动，很担心男人这个时候吻她，因为她能感觉到男人的呼吸就在她的头顶，似有若无。

两人之间的空气似乎都在发生变化，似暧昧，又似温柔。

然而男人的定力很足，超出了她的想象。

直到汽车到达酒店时，男人还是和她保持着这么亲密的拥抱姿势，却没有进一步的动作，夏薇心里又说不出的失落。

下车后，李燃和晚晚先行回房，祁时晏送夏薇回她住的楼。

夏薇住的是商务楼，祁时晏他们住的是臻享楼，听听名字就能听出其中的差距。

路上，途经一个小型喷泉环岛，夜幕下，绚丽的灯光组成彩虹的颜色，鲜艳耀眼，有一对情侣在喷泉边拥抱热吻，比那彩虹更夺人眼球。

夏薇想起刚才自己那段心路历程，不由得多看了一眼，脚下不小心崴了一下，祁时晏一把扶住她，鼻腔逸出一声笑。

夏薇羞窘难当，恼嗔："不许笑。"

祁时晏配合地绷了绷唇线，却又咧开，笑声更大："你再继续看会儿。"

夏薇气急，脱开男人的手，不顾脚疼，走得更快了。

祁时晏提着商场买回来的几个纸袋，不慌不忙跟在后面，看着那窈窕身影，舌尖用力抵了下齿龈，如猎人锁定了猎物。

忽然一声"啊"，夏薇停在路中间，提着裙摆，并拢两脚，不敢动了。

祁时晏快走几步，到跟前："怎么了？"

夏薇上半身转向他，脚趾在人看不见的地方蜷缩，手按在心口上，声音打战："你看地上。"

"哦，癞蛤蟆。"祁时晏投去一眼，语气轻飘飘。

夏薇发誓，再没见过比祁时晏更痞更坏的人，她都害怕得发抖了，他还要故意说。

往她住的楼有两条路，一条供汽车行驶的马路，一条是他们现在走的景观石板小径，宽度只够两个人并肩走。

那蛤蟆很大一只,从绿植里蹿出来,跳到路中间,仿佛故意拦截人的去路,趴着不动了。

"你叫它走啊。"夏薇后退几步,将祁时晏往前推。

谁知男人定在地上,不动一步:"我跟它又不熟,怎么叫?"

夏薇两秒钟后反应过来:"祁时晏。"

她踮起脚,凑到男人脖颈边,对着他耳朵吹冷气:"你也怕癞——蛤——蟆啊。"

那三个字故意用惊悚鬼片的语气。

祁时晏的肩膀很明显地抖了一下,夏薇笑出声。

"我不是怕。"祁时晏争辩,将夏薇拉到自己前面,"是这东西太丑了。"

许是这一句,伤到了蛤蟆的心,蛤蟆"呱"一声,跳回绿植丛里去了。

祁时晏暗舒了口气,迈开长腿往前走,路过蛤蟆跳回去的地方,抬手指朝那指了指,用训斥的口吻说:"以后别出来吓人了。"

话刚说完,却听夏薇尖叫一声:"祁时晏,后面。"

祁时晏拔腿就跑,那速度快得惊人,身后留下夏薇遏制不住的嘲笑声。

祁时晏大概从来没想过自己会在一个姑娘面前丢脸丢成这样,以至于后来他放言威胁:"明天的飞机你别想坐了。"

"明天?明天你们要回去?"夏薇听出了话音。

"你不走?"

"明天我们没结束啊。"

夏薇他们接了两个展会,动漫节结束了,明天另一个展览馆才开始,是个布艺展,还要两天。

祁时晏抬眸,站稳脚,目光投在这姑娘的脸上。夏薇皮肤白,眼皮薄,乍一看人畜无害,可往细里瞧,眼尾内双,微微上翘,笑起来的时候十足的攻击性。

活脱脱一只狐狸。

难怪昨天见她一身狐狸装,差点被迷住。

"那你就没得坐了。"祁时晏丢出一句,表情冷漠。

"你多玩两天嘛。"夏薇抓过他的袖子,开始撒娇攻势。

"航线出来时就定下了,不能改。"

"哦,对了,今晚台风要来,十几级,明天锦市要下大暴雨。"

"……你咒我?"祁时晏瞪眼。

143

可是他一双桃花眼瞪起来的时候特别有神,夏薇感觉自己被电到了,莫名有爱。

夏薇脸上带笑,语气娇软:"不是不是,我说真的,你不觉得今天比昨天凉快很多吗?气温已经降了,风也大了。"抬头看天,手指了指说,"你看,今天月亮也没出来。"

祁时晏不理,脚下再走两步,到大楼门前,将纸袋一股脑往夏薇手上一塞:"你再说多少废话都没用,我明天肯定走。"转身之前,不忘多送一句,"就不带你。"

可夏薇越是被激,越是笑得开:"没关系啊,这次坐不上,以后吧。"

"想得美。"

祁时晏狠狠再瞪她一眼,转身走了。

可是夏薇目送他背影,却笑得停不下来。

翌日,如夏薇所说,台风过境,狂风大作,暴雨倾盆,所有航班都被迫取消,祁时晏的私人飞机也不例外。

祁时晏给夏薇发语音说:"乌鸦嘴。"

夏薇回他一张自己淋湿的照片,那照片是早上刚到展览馆时拍的。

职业西裤湿透了,贴在腿上,雨水顺着裤管往下滴,湿了地上一大片。脚上细带的凉鞋,没穿袜子,十个光洁的脚趾被水浸泡过似的,全部发了白,脚背上沾了好多水珠,还没来得及抖落。

她发这个是卖惨,博同情,可男人收到后,回了个闪亮的表情给她,一个翘起的大拇指,旁边两个鲜亮的字"好看"。

夏薇:这人又不正经了。

夏薇摁灭了屏幕,继续工作。

下午展会快结束时,有人到展位上找夏薇,是昨天商务车的司机,他说祁时晏让他来接她。

夏薇看了下手机,祁时晏并没有发消息,可见他还在别扭中,却又不忍心她淋雨,所以只默默派了人来接。

夏薇唇角轻扬,和江悦打了招呼,便跟司机走了。

汽车在地下停车场,开出后进入风雨里,人被保护在一个安全空间里,沾不上半分湿冷的雨气,心里油然升起一股温暖。

夏薇忽然想起,这样的温暖,她高一的时候也有过。

那时候，元旦已过，离寒假没剩多少日子了。

寒冬腊月里，不知道哪儿来那么多雨，和她的眼泪一样。

孟家和夏家已经接受了事实，商定好了交换孩子。

孟荷回了孟家，先占了夏薇的房间，而后是房里的一切。

夏薇回夏家，却没熬过两天，连着两天被打，第三天跑出来，她给马玉莲打电话，被重新接回孟家，暂时安置在客房。

马玉莲和孟岳松心疼，想继续收养她。

孟荷不干了，天天在家哭闹，吵嚷着说："凭什么我替她过了十五年猪狗不如的生活，她现在还能在我们家享受好日子？"

孟荷撒泼、吵闹，看到夏薇就揪住她打骂，使得孟家上下不得安宁，所有人都怕了她。

马玉莲和孟岳松不得不妥协，向孟荷保证一定送走夏薇，司机和帮佣更是不敢对夏薇再示一丁点的好。

那天放学时，风雨交加，天暗得像黑夜一样，而路灯却不到开启的时间，茫茫寒雨中，昏暗的道路看不见尽头。

校门口一排商铺的屋檐下，站了很多学生，都在等家人来接。

夏薇靠在角落，看着同学们一个个被家人宽阔的臂膀呵护进温暖的汽车里，她不知道自己还能不能等到这样一个家人。

甚至不知道自己还有没有家人，还有没有家可回。

等了很久，学生一拨一拨被接走，没剩几个人了，夏薇将身上黑色羽绒服的衣领拉高一点，书包的双肩带从一边肩头换到另一边肩头，稍稍变动一下冻得僵硬的身躯，双手插进衣兜，继续半靠着墙。

书包其实有点沉，书本硬角的地方，硌在墙壁和身体之间，她能清晰感受到它们的形状，可她却不愿意放下。

因为这样的微痛和负重感会让她觉得自己还有所拥有，还没有完全失去。

有男生走到她面前，叫她："要送你回家吗？"

那时候她还姓孟。

她长得漂亮，气质出众，很多男生明里暗里向她表白，尤其是元旦那支传统舞之后，追求她的男生更多了，但她沉浸在自己的痛苦世界中，这些人全部成了模糊的影子。

夏薇摇摇头，一脸漠然。男生也没有强求，看了她一会儿，便走开了。

夏薇将羽绒服的毛领帽兜上头，一圈粗糙的人造兔毛挡在脸颊外廓，扎在肌肤上有一点刺痛。

这件羽绒服是孟荷没收了她所有衣服，霸占或剪烂之后，唯一丢给她允许她穿的大衣。

夏薇有点想哭，从衣兜里摸出一个口罩戴上，以掩饰自己的表情。

校门口响起嘻嘻哈哈声，几柄伞连成一片，互相推挤着出来一群男生，夏薇听见其中一个笑声，不自觉地转头过去看了一眼。

恰恰看到了祁时晏，少年一个跨步走进屋檐下，他个高，有同学的伞挡住了他的视线，他不客气地抬手打开，正巧和她对视上。

夏薇心一怔，目光移开，低头看自己。包裹得这么严实，谁还能认出她？再一想转学在即，指不定现在就是最后一眼。

这个念头给了她无穷的悲伤和眷恋，她鼓起勇气，重新投去视线，定定地落在少年身上。

不料，祁时晏转头看来，两人的目光再次在湿寒的空气里交汇。

这次夏薇没有避开，仍然看着他。

没想到，这勾起了祁时晏的好奇心，他朝她走了过来。

夏薇有点慌了，下意识地挪动脚步，别过脸去，眼睫低垂。

可她忘了，祁时晏根本不是一般人，她越防备，他越是好奇。

祁时晏走到她面前，弯下腰，侧了脸，盯着她看。

他在帽兜的狭小空间里捉到她的脸，又在她黑色的刘海和白色的口罩之间捉到她的眼睛，探究地问了句："怎么了？"

夏薇心慌意乱，觉得自己难堪窘迫，想哭的心从一种原因跨到另一种原因。

忽然，视线里有部手机被递过来，祁时晏说："借你打电话？"

他猜测她需要帮助。

夏薇摆动脑袋，摇了两下。

她当时不确定祁时晏有没有认出她，但她深深记得第一次被他捉弄的事，对他的靠近既心动又警惕。

谁能想到，祁时晏见她不要手机，便开始翻衣兜。

他身上也穿了件黑色羽绒服，却敞着怀，露出里面的西装校服，书包斜挎在肩上，瘪瘪的，一抖动，窸窣作响，完全不是书本的声音。

夏薇悄悄看他，只见少年将身上每个口袋都摸了一遍，手上握满一把散乱的纸币，几块、几十，到一百整的都有。

祁时晏稍稍理了一下，十来张票子被他理出一百张的气势，中间拉直，"啪"

一下甩得清脆响，递到夏薇面前，"喏"了一声："够你回家吗？"

那绝不是捉弄，而是他倾尽身上所有，想要帮助她。

他怎么有这么好的一面？

那一刻，夏薇心底震荡，眼睫毛簌簌几次，眼泪强忍在眼眶里，左右打转，却不敢眨一下，怕一眨就会掉下来。

她咽了咽口水，忍回泪意，低声说："你能送我到公交站吗？"

公交站离校门口也就一百米的距离，但她没有雨伞。

祁时晏看着她，像是被气到："就这么点事？"

当然不是"就这么点事"，夏薇想告诉他，他这么一个小小动作有多治愈人，让她感觉到即使从天堂掉入地狱也没那么可怕了。

因为他，她想通了，实在用不着将自己困在原地，坐以待毙，除了孟家和夏家，她还有其他出路。

她想到了孟家的爷爷奶奶，他们虽然知道了她的身世，却仍然疼爱她，她可以去他们那里。

那天，那一百米的雨路，是夏薇从未有过的眷恋，却又是那么短暂。

祁时晏的伞是长柄的，很大，但两个人之间分得太开，以至于两人都有一半淋到雨。

祁时晏说："你往我这边来一点。"

夏薇乖巧地移动脚步，靠他近一点。

肩膀不小心碰到他的胳膊，他便往后挪，伞举在她身后，伞檐往她那边压，而他自己另外一只胳膊淋到了雨，却丝毫不在意。

夏薇都知道的，只是情怯，不好意思说，偶尔抬头看他一眼，少年眼睫上沾了细小的雨珠，几分莹亮。

雨，漫天飞落，交织昏暗的光线加剧了寒冷，却只能在两人周围。

少年高大的身躯，和他身上温热的体温，连同头顶的伞形成一道防护，将她温暖地庇护在这方寸之地。

夏薇觉得一切都够了，什么都暖升了。

到公交站台上，顶上有雨棚，两人踏进去，祁时晏收了伞，将伞柄往夏薇手里一塞："拿着。"

说完，也不等夏薇再说什么，他将羽绒服帽兜戴上，转身跑进了雨雾中。

夏薇怔怔地看着那黑色奔跑的身影，手里握着少年留下的温度，暖暖的，渐渐融进她手心里，永远成为她的一部分。

此刻，夏薇攥了攥手心，这份温暖依然还在。

只是，她忽然疑惑了一下，祁时晏当时认出她了没？现在的他还记得这事吗？

两人重逢以来，祁时晏从来没提过学校的事，他到底记不记得她？

到酒店包厢，一进去，热火朝天。

墙上宽大的显示屏上正播放着时下最潮的歌曲，拿着麦克风的人唱得鬼哭狼嚎，其他人嘲笑的嘲笑，抢麦的抢麦，闹成一团。

夏薇笑笑，张望一眼，避让着从他们中间穿过，往里走。

里面一张麻将桌，四个人打，四周围满了看牌的人。

夏薇走过去，人群自动拨开一条路。

祁时晏坐在麻将桌前，偏头，停下手里的动作，与她视线对上。

两人之间似乎隔着万重迷雾，可那眸光带笑，如电波一样穿透而来，夏薇感觉麻了一下。

走到跟前，祁时晏右肩稍稍一侧，让开一只手的距离，让她靠近些，说："给我摸张牌。"

"哪里？"

"开杠。"

台面都没看清，夏薇就去抓了牌，往他牌面末梢一靠。

祁时晏抬手，将那只牌捏在指尖转了转，笑意深深，却迟迟不打。

李燃等不及了，在对面催促："快点。"

四周也发出细碎声响，都有些期待是什么牌，而祁时晏吊足大家胃口后，才散漫一笑，将牌面推倒，和了。

"杠上开花。"

"这手气。"

"没谁了。"

人群爆发一阵热议，笑骂声顿时冲散了刚才的紧张气氛。

夏薇站在旁边，也才看清祁时晏做的什么牌，清一色的字牌，对对和，独钓红中。

偏她运气好，抓的那张就是红中。

台面上，另外三人也将牌推倒，谁都知道祁时晏在做什么牌，都掐住字牌不打，李燃和上家手里还各有一张红中，掐得死死的，却谁都没挡住还有最后一张在杠上。

绝了。

祁时晏笑，后背懒散地靠上椅背，看着大家争长论短，抬头对夏薇说："你怎么这么旺我？"

"那你喜不喜欢？"夏薇回他一个笑。

有只手顺着她的腰际线，揽过她后腰："你来替我打。"

夏薇敏感，一阵难耐，低叫一声："不要。"

祁时晏耳根一动，非但没放手，还使坏地加了力道，将人揽腰勾进怀里，跌坐到他的大腿上。

一阵慌乱，夏薇下意识挣扎了下，瞋了男人一眼，这么多人看着呢。

可祁时晏不甚在意，依然抱她入怀。

夏薇偷偷瞄向四周，大家好像见怪不怪，没人特别留意。

也是，这个圈子里这点暧昧算什么，何况他们已经是男女朋友。

夏薇试着放松，可祁时晏不安好心，腰腹上的力道一点点收紧，脖颈边热气拂耳。

她后背绷紧，身子不由自主往前倾，却一点不管用。

祁时晏像她的连体婴似的，也贴着她往前。

台面上，机器重启，新的一局开始。

他对着她红得滴血的耳尖，轻声说："抓牌了。"

夏薇只好伸手去抓牌，像个神经被麻痹的木偶，思想完全集中不起来。

也不知道那一局是怎么结束的，结果她还赢了。

当时她手里全是条子，满眼花乱，摸回来一张也是条子，她理牌，理得头晕，问祁时晏："打哪个？"

祁时晏鼻尖蹭了一下她的耳郭，羽毛轻挠似的痒。

他笑着说："不是已经和了？"

牌运好的时候，挡都挡不住。

和牌，推倒，众人又是一片议论声，烟味也四处钻。

夏薇转过身，对着地面打了个喷嚏。

祁时晏探头，摸了摸她的额头，说："感冒了？"

"不是。"夏薇抽了张纸巾擤鼻子，抱怨说，"这么多人抽烟，你不觉得呛吗？"

祁时晏嗅觉这才有所反应，让人去开了窗。

外面风雨还在大作，冷风裹挟着雨气吹进来，包厢里的烟雾四处逃窜，很快消散。

麻将桌上机器又重启了，夏薇抓住还在玩弄她衣服边角的两只手，将之掰开，起身离开祁时晏，说："你自己打吧。"

她还是脸皮薄，怎么都做不到众目睽睽之下，和男人旁若无人地亲密。

祁时晏轻佻一笑，递给她一个"暂时饶了你"的眼神，自己抓牌。

夏薇去了趟酒店楼层的卫生间，她没用包厢里的，怕隔音不好。

没想到在那里遇见了晚晚，只见她一个人靠着墙，表情落寞，手里点了支烟，抽烟的姿势还很生疏，大概新学不久。

夏薇走过去，从晚晚手里将烟拿走，往水龙头下冲水淋灭，扔进了垃圾桶。

她说："女孩子学点好的。"

晚晚仰头笑，双肩往下垮，笑得有些自暴自弃："劝谁呢？我都这样了，还学什么好？"

"你和李燃闹别扭了？"夏薇回想李燃在麻将桌上的表现，又烦躁又没耐心，猜了个七七八八。

"怕是不得好了。"晚晚心情沮丧。

晚晚说，昨晚回到酒店后，李燃接了个电话，是个女的打来的，李燃支支吾吾，两人吵了一架。

"今天整整一天，他都不理我，看都不看我。"晚晚说着说着要哭，"如果是在榆城，他可能会直接甩了我，现在在这里，多留我一天吧。"

"那你，真的喜欢他吗？"夏薇抽了张纸巾递给晚晚。

二十岁的姑娘，初涉人世，还保留着天真直率，敢爱敢恨丝毫不隐藏。

夏薇没来由地生出一种悲悯，不太希望对方在大染缸里泥足深陷。

晚晚抬头看她，倒是觉得夏薇天真："我们这种关系谈什么喜欢？"

夏薇站在晚晚面前，帮她理了理头发，劝着说："谁都有喜欢人的权利，别这么轻看自己。"

"难道你和祁三少谈的是感情？"晚晚有点不可思议。

夏薇沉默了片刻，才认真地点了点头，心里那个大胆而浪漫的想法正一点点成形。

她很清楚自己和祁时晏之间的差距，也很清楚周围的人怎么看待她，和他俩之间的关系。

但是她想，她要为自己的爱情冲一把。

祁时晏有婚约，她再喜欢他，也不可能做他的妻子，但要她就这么埋葬自己的爱情，她也不甘心。

所以，她和他谈场恋爱吧，不管世人的眼光，也不管什么天长地久，只要活在当下就好。

哪怕头破血流，哪怕飞蛾扑火，不计得失，不计后果，豁出去，真心实意，孤注一掷地爱他一回。

——在他结婚之前。

"那你能得到什么？"晚晚问。

夏薇牵了牵唇角，自嘲笑道："可能是一段支撑自己下半辈子过下去的回忆吧。"

她知道晚晚说的是什么，但对她来说，钱财早已不重要。

曾经那么高傲的一个公主都能一夜之间沦为灰姑娘，再多少钱又能怎样？

这八年，踽踽独行，她贫穷、孤独、碌碌无为，心里要不是有那一点爱恋在，她都怕自己会自暴自弃，堕落下去。

如今有机会接近祁时晏，她为什么还要拘束自己，不自私勇敢地活一回？

晚晚自叹不如地叹了声："你好浪漫，好会为人付出，可惜我没有你那样的细胞。我觉得感情最不可靠，只有钱才实在，也只有钱才能给我安全感。"

"那你为什么还要和李燃闹别扭？那不就是和钱闹别扭吗？"夏薇反问。

一句话一针见血，晚晚像被点醒了似的，突然笑了下："是啊，我在发什么神经？"

笑了一会儿，晚晚似乎终于想通了："要什么感情，感情太伤人了。"

她这一天的悲伤痛苦哪里来的？不都是感情折磨出来的？

人为五斗米折腰，却很难为爱妥协，她选择了前者。

晚晚从手提包里拿出化妆盒，开始倒腾自己，先前那点悲悲戚戚像一阵风似的没了踪影。

回到包厢，夏薇就看见晚晚双手圈在李燃脖子上，挨着他，给他看牌，偶尔凑在耳边轻语几句，李燃也笑着回她，看起来两人之间仿佛没闹过别扭似的。

夏薇在心里给晚晚点了个赞。

牌局结束，晚饭就在包厢里吃，吃完了大家继续玩乐，也有离开自寻节目的。

祁时晏没再打麻将，也没去唱K，懒洋洋地找了张沙发，一个人半躺半坐，眯着眼，目光散漫，静看一切。

他似乎有这样一种能力，明明深陷其中，却又能置身事外。

一切于他，太过游刃有余。

说到底，还是因为他在这样的环境里厮混太久了吧。

夏薇朝他走过去，手里端着一碗草莓，等他漫不经心收了腿，她才坐到他身边，将草莓往他视线里一递："吃吗？"

祁时晏没应，似乎没听见也没看见，没有任何动作，也没有言语。

夏薇确认地看他一眼，才瞧见他薄唇微微张了下。

等她喂呢。

夏薇轻笑，拿叉子插了一颗，喂给他。

那草莓有一颗鸡蛋那么大，夏薇恶作剧地整颗塞进他嘴里，抽回叉子，看他怎么吃。

那薄唇沾了草莓的汁水，淡粉色的唇瓣透出鲜艳的光泽，男人仰头含了下，喉结随之滚动。

说不上来是欲念，还是禁欲。

夏薇没发现自己也跟着吞咽了下口水。

下一秒，男人转头看向她，一只手搂过她肩膀，另一只手掐在了她的下巴上。

夏薇还没反应过来，就见一双鸦羽般的眼睛逼近，头顶的灯光在男人眸子底下面积骤减，眼前一片阴影，口中一个呼吸还没来得及平息，就被堵上了。

是草莓。

夏薇下意识地咬了下牙关，却被男人温热的指腹抵了下下巴，同时鼻翼也被男人的鼻尖抵住。

像抵叩心门，索求迫切。

心，莫名一阵电流划过，随之酥软。

红唇不自觉地张开，草莓重新送了进来。

还覆有柔软冰凉的两瓣唇，间有香甜的汁水滴落，从一个嘴角蹭到另一个嘴角。

夏薇大脑直接宕机，手里的碗翻倒，草莓滚落一地，浑然不觉。

耳边突然清脆一声响,是草莓被咬开的声音,像浆果爆裂,又像心脏炸开,无限放大。

祁时晏松开她下巴上的那只手,看着面前傻愣愣的姑娘,仰头失笑。

吃完自己口中的草莓,他低头凑近,问:"不吃吗?"

随之,温热的气息再次聚到面前,与之前不同,这次有很强的掠夺感。

夏薇慌张,扭头就把草莓三两下咀嚼完,吞下了肚。

祁时晏笑得停不下来。

这件事发生之后的后果是,夏薇恍恍惚惚,搓弄衣服上的草莓汁,却怎么都搓不掉,就像被触碰过的唇角烙上了印记,再无法去除痕迹。

祁时晏将地上的草莓一颗颗捡起,装回碗里,最后一颗送到夏薇嘴边,喂她吃。

夏薇瞪他:"脏不脏?"

"哦,还知道脏的。"祁时晏笑。

意思是夏薇还没有被他刚才那一吻亲得丧失理智。

夏薇气得咬唇,夺过碗,将草莓拿去卫生间重新洗了,不再给他吃。

麻将桌那儿没人打麻将,几个女的坐那儿玩连连看,夏薇被晚晚拉去一起玩。

一直玩到夜里十点,夏薇同房间的温婷发消息来问夏薇回不回去睡,她要反锁门了。

夏薇回复:马上就回。

她和晚晚她们打了招呼,新开局时,便自动退出了。

回头去找祁时晏,他和几个男的组队在打手机游戏。

夏薇走过去,轻轻拍了他一下,说她先走了。

祁时晏在手机里忙不停,头都没空抬,只说:"等等。"

夏薇便听话地站在旁边等了会儿。只见他们几个人叽叽咕咕一直在说游戏里的操作,夏薇又想,可能自己理解错了,祁时晏只是和队友说的。

她不再作声,直接往门口走了。

祁时晏分了心,抬头一看,手里胡乱操作了一下,将自己领队的人物弄死了。

旁边队友一个个震惊,骂着脏话看祁时晏,却见他收了手机,谁也不理,追向门口那道纤细背影。

电梯前,夏薇正在等电梯,祁时晏走到她身边,问:"跑什么?"

夏薇笑了笑:"怕耽误你打游戏,我自己回去就可以了。"

祁时晏盯了她一秒,转身就走,夏薇又连忙双手抓住他的一只胳膊,用力抱了抱。

正巧电梯到了,祁时晏面无表情,纹丝不动,任凭夏薇又拉又扯,就是不动。

直到电梯里的人进出完毕,门要自动合上,他才松了力,由着夏薇抱着他的胳膊,一起走进电梯。

到一楼,外面雨小了很多,却还在下,祁时晏向大堂借了把伞,两人走了出去。

气温骤降,夏薇冷得打了个寒战,不自觉地往男人怀里钻。

祁时晏一只手搂过她,另一只手将伞檐往她那侧压了压,嘴里却还要就刚才的事不饶人:"不要我送?"

"要!"夏薇声音清脆,语气万分肯定,还不忘用脑袋在他臂弯里蹭了蹭。

祁时晏这才笑了,低头亲了下她的发顶。

夜色浓重,斜风细雨湿冷,细密,路边灯火都染了寒气,两人脚步一致,互相依偎着一起往前。

夏薇想起高一雨中那次,情景有些相似,正想组织语言提出来说说,男人的声音从头顶传来,问她:"明天你们几点结束?"

夏薇抬头,如实回答:"明天早上我们就退房了,行李带去展览馆,下午五点结束,直接去机场,晚上十点的飞机。"

她说完,等祁时晏的回应,可是耳边忽然变得寂静,只有雨滴落在伞面的声音。

路走出去好长一段,才听见祁时晏说:"我不问,你就不说了?"

"当然不是。"夏薇否认,她这才知道这段沉默里是祁时晏在生闷气,她解释说,"我们总监今天中午才通知的,下午一来我就想和你说了,一直没机会嘛。"

祁时晏脚步不停,没接话,只将搂在她胳膊上的手往下移,摸到她的腰,惩罚式地揉捏了一下。

捏得夏薇受不住,后腰挺了一下,鼻腔里发出一声"嗯",是滑而细柔的拐音。

这声音很轻,却极具诱惑力。

传进男人的耳朵，加深了他手里的力道。

他摁紧她，借着另一只手撑伞的动作，低头，薄唇轻启在她额前的碎发上："现在是机会了吗？"

夏薇连声"嗯嗯"，又渐变成"呜呜"，也许是"哼哼"，含混不清，在挣扎中，却往男人怀里贴得更紧了。

祁时晏被取悦，一路挟持般将人送到大楼下，才说："把机票退掉，明天跟我走。"

"好啊。"夏薇一口答应，"飞机几点？"

"管他几点，跟着我就行了。"

"好。"

夏薇走上台阶，转过身，主动抱了下祁时晏，才发现他另一只肩膀都淋湿了，抬手擦了一下，那雨水沁心凉。

心疼和感动一起涌上来，她说："回去洗个热水澡，早点睡，别感冒了。"

"你管我？"

祁时晏抓过她的手，将之别到她身后，没想到这姑娘后腰特别软，使一点力，她上身便往后仰去。

他顺势搂住，勾起她的腰，如优雅又暧昧的探戈舞步。

一切来得有点突然，头顶雨伞遮了一半的灯光，晦暗又迷离。

夏薇目眩神迷，心"扑通"跳了一下，另一只手本能地去抓东西，抓到男人的衣领，用力揪住。

随之，一股侵袭感压下，伴着男人身上清冽的雨气。

可是眼睛闭上的那一刻，很不识时务的一滴雨从伞檐滴落，落在了夏薇的眉心上。

夏薇皱眉，抬了下头，不料就此错开了男人的吻。

湿濡柔软的触感擦在了她的脸颊上。

祁时晏轻哂，扶她站起身，抬手将那滴雨抹去，顺着蜿蜒的水痕，一直抹到她小巧的鼻梁上，食指屈起，轻轻刮了下，才罢休。

正巧，楼里传来电梯声，一群人走出来。

所有暧昧的、旖旎的、隐秘的心思顿时销声匿迹，接吻的气氛完全破坏了。

两人往旁边避让了一下，夏薇有点儿惆怅，朝祁时晏摆摆手，说："你走吧。"

祁时晏勾勾唇，也没再说话，举着伞转身。

155

冷风吹上脸，刚才冰凉柔嫩的触感似乎还在唇角。

脚步已下几层台阶，忽转头，看见那姑娘还站在原地看着他。

祁时晏三步并作两步跨上台阶到夏薇面前，一只手捧住她的脸，覆上唇，长驱直入，深深一个吻吻。

在夏薇睁圆了杏眼，未来得及反应时，他又迅速撤离，带着唇角一抹潋滟水光，笑着转身走出去。

好像偷了这惊鸿一吻的人不是他。

夏薇目瞪口呆，望着那背影融于雨夜中，一点点缩小变淡，恍然如梦。

殷红的唇微微翕动了一下，舌尖缓慢地向前，舔到牙关，心脏激越地颤了几颤。

她表面看似风平浪静，什么都没改变，心底却惊涛骇浪，什么都变了。

那一刻，被侵略的感觉太强烈了，整颗心都似乎被噬咬了一口。

不远处的路灯下，雨丝纷纷扬扬，又一丝丝晶莹剔透，像流星雨一样。

手机突然响了，夏薇从凌乱的思绪中找回自己，划开接听。

"还站着呢。"祁时晏低低懒懒的声音，带着笑。

夏薇抬头，看见昏暗马路对面的拐角处，一道颀长的身影，头顶一柄伞，侧在灯影下，像画一样。

她脱口而出："流氓。"

听筒里一阵压在喉咙里的笑，带了几分浪荡。

"不上去吗？"祁时晏又问。

"浑蛋。"夏薇想不到别的，不过理智回来一点，推开大楼的玻璃门，走了进去。

祁时晏远远地看过来，看着她娉婷的身姿走进灯影里，语气依然轻佻："还有别的要说吗？"

"祁时晏。"夏薇回头，张望最后一眼，无奈室内灯光变亮，她看不清他的身影了。

她将手机贴近耳朵，没听到他的脚步声，于是说："你也上楼去吧。"

祁时晏"嗯"了一声，这才往里走。

夏薇摁开电梯，说："我进电梯了。"

祁时晏又"嗯"了一声，说："我还伞。"

如此互相交代，仿佛每一句都是挂电话前的最后一句，可是谁都没挂。

明明不在一起，却好像同进同出，依偎在身旁。

电梯门上的楼层数字红艳艳地跳动着，像压制不住的心跳。

夏薇有个疯狂的念头闪过，想冲出电梯，朝他飞奔而去，以至于呼吸都变得急促。

祁时晏耳朵紧了下，问："怎么了？"

"啊？"夏薇一时慌乱，同时电梯"叮"一声，到达房间楼层了。

她说："我到了，挂了啊。"

手机里像是有一个冲动的魔鬼，夏薇狠下心摁断通话，摁灭屏幕，不然，怕自己把持不住，被勾去魂魄。

出了电梯，她往房间走的路上，一只手按在心口。

好一会儿才将自己静下来。

这一夜，风雨飘摇，缠绵悱恻。

那个吻在舌尖、在脸颊、在眉梢反反复复，阻止不了，又停止不了。

早上醒来时，浑身乏力。

夏薇低骂自己："疯了。"

细想，那吻不过是一瞬间的事，却如台风过境，席卷了她整个人。

夏薇舔了舔唇，口干舌燥。

窗帘拉开，一眼望出去，雨还未休止，绵绵多情，又细密滋润。

不过新的一天开始了，没时间让她沉迷。夏薇拍了拍脑袋，起床洗漱，用最快的时间整理心情和行李。

她出房间和江悦他们会合，一起吃早餐，办退房。

夏薇将行李寄存在了酒店，没带去展览馆。

她和江悦说，自己坐祁时晏的私人飞机离开，不和大家同行了。

江悦脸上的表情不太好看。

夏薇也管不得他，又说："那我的机票，你帮我退了吧。"

江悦这才回了句："你自己退。"

夏薇点点头，当他同意了。

到展览馆，一上午忙忙碌碌，接到祁时晏的电话，说私航线已经定了，晚上八点。

祁时晏问："你不会再有什么变动了吧？"他才起床，带着沉哑的鼻音，慵懒得像雨后初霁的晨光。

157

夏薇笑："再有变动，我也不管了，我就跟你走。"

祁时晏也笑得放松："下午我派司机去接你，到酒店一起吃饭，吃过饭去机场。"

夏薇说好："全部听你的。"

虽然男人细节一句没提，但她已经很清楚了。

昨晚之所以没和她说时间，是因为那时候私航线还没定，还在等她的行程，这会儿按照她的时间来，定下了才和她说。

她怎么能再辜负他？

两人又磨叽了几句，才挂了电话。

不巧，温婷站在夏薇背后，听了个大概。

她脸上带着讨好的笑，问夏薇："那个，祁三少的私人飞机能坐几个人？"

夏薇警惕地反问："怎么了？"

温婷仍堆着笑，说："能带我一个吗？"

她也想坐。

他们的机票是江悦公司订的，如果不坐，自己退掉，那意味着机票的钱可以进自己口袋。

虽然都是打折票，好歹也有几百块。温婷想要这笔钱。

夏薇冷笑了声："你们不是都瞧不上富二代的吗？"

温婷脸上笑意有增无减，大喊冤枉："我没有，我没瞧不上啊，是她们啦。"将之前排挤夏薇的事推得一干二净。

夏薇觉得有点可笑，没理会，继续干活。

这两天是布艺展，他们在展会上，夏薇负责一个窗帘展示厅。

里面有个样板间，一个沙发、茶几和墙上层峦叠嶂的窗帘组成一个温馨华贵的布局。

谁走进去都喜欢摸一摸那些窗帘，面料高档，工艺精湛，都是主办方主推的精品。

可是窗帘背后是堵假墙，有个六七岁的小男孩，调皮地抓着窗帘玩，又拽又拉，夏薇担心安全问题，拿起一根棒棒糖去哄他松手。

谁知小男孩看不上棒棒糖，只对窗帘感兴趣。

夏薇放眼四顾，在参观者中寻找他的家长。

不料，那假墙说塌就塌，"哗啦啦"一阵巨响，几层厚重的窗帘连着窗帘杆一起掉了下来。

夏薇心一紧，第一时间去救小男孩，脚下被窗帘绊了一下，没来得及跑，幸好同时身后有人帮她顶了一下，那窗帘头和杆子没有直接砸到她身上，只是擦过她的肩，滑下去了。

一切发生得太快，短短几秒钟，现场一片混乱，有人惊叫着跑开，人群开始骚动。

小男孩被夏薇护在身前，受了惊吓，还好人没事，他妈妈尖叫着冲过来，把孩子抱走了。

夏薇转头去看帮她的人，没想到是温婷。

温婷当时也来不及反应，直接用双手去挡了，这会儿手臂痛得像脱了臼似的。

江悦赶过来，急问她们有没有事，立刻安排人清理现场，让她俩去后台休息。

事情很快平息，假墙得到加固，窗帘全部重新挂上去，秩序恢复，刚才的小事故像没有发生过一样。

夏薇陪温婷一起去展览馆的医护室看了看。

夏薇受伤不重，只是肩头被砸的那一下有点疼，不是很难忍受，但温婷的两只手臂有部分淤青了，是软组织挫伤，得痛上好几天。

医生给温婷检查之后，开了两支云南白药。夏薇过意不去，抢着付了钱，毕竟温婷是替她挡的那一下。

医生叮嘱了用法之后，对温婷说："还好没什么大事，这几天不要搬重物，休息几天就好了。"

但温婷不太信，抱着双臂，问："真的没事吗？喷喷药就好了？要不要去医院拍个片子？"

医生耐心地说："你要不放心，就自己去医院再看看。"

温婷似有不甘："我这算不算工伤？"

医生只好建议："这个得你和你公司协商，我这里给不了鉴定书。"

夏薇站在旁边，听了个明白，温婷想弄个工伤，好向江悦公司要钱。

回到展位上，江悦问了情况，安慰了一下温婷，但是工伤的事不答应。

江悦说："公司有公司的规章制度，这点小伤，连最轻微的工伤都算不上，公司不会认的。最多我请你吃顿饭，算是补偿。"

"我的手痛死了，几天不能干活，影响我日常生活，还不算工伤？"温婷愤愤不平。

她看向夏薇，眼神里几分迁怒，觉得自己太冤了，全是替夏薇受的，痛也是替夏薇痛的。

而她先前去找夏薇，其实是想和夏薇再说说坐飞机的事，可没想到那么巧，发生了事故，她想借机施恩，但没想到夏薇只是一直和她说着感谢的话，一句不提坐飞机的事。

夏薇也挺纠结的，她不太擅长应付这种市侩，有一种道德被绑架的感觉，而且飞机又不是她的，哪里她说可以就可以了？

中午吃饭的时候，夏薇抽空给祁时晏发消息，说了这件事，祁时晏发了视频请求过来，可是夏薇这边一起吃饭的人有好几个，她不太好意思，没接收。

直到吃完饭，找了个相对僻静的地方，夏薇才回了视频过去。

祁时晏可不会像夏薇那样瞻前顾后，接通了，手机晃到谁，就把谁照进去。

他当时在餐厅，正准备吃饭，不过吃的是早饭，同桌还有几人，一个个都是刚睡醒的样子。

李燃和晚晚也在，李燃从屏幕里冒出头，朝夏薇扮个鬼脸，被祁时晏嫌弃，朝他的椅子腿踹了一脚，叫他滚开。

晚晚拉开李燃，不敢得罪祁时晏，只冲夏薇叫道"惹不起，惹不起"。

夏薇笑，隔着屏幕看他们打闹。

祁时晏的手机摄像头扫到餐桌，菜刚点，只上来几个冷盘。

夏薇看了一眼，问："吃什么？我们工作餐可难吃了。"

祁时晏打开菜单，随便报了几个自己刚点的菜。

夏薇听着菜名，跟着他重复咕哝：

"我要吃剁椒鱼头。"

"我要吃板栗烧鸡。"

"我要吃蒜蓉开边虾。"

祁时晏笑："我叫人打包送一份过去给你。"

"算了，我都吃过了。"夏薇撇撇嘴。

她樱红的唇角往下压，下唇瓣微微噘起，和上唇瓣抿成一条波浪线，再加上琉璃般的眸子上一对蹙起的细眉，简直可以做成一个可爱娇憨的表情包。

祁时晏笑着站起身，离开座位，握着手机走到窗台边，又问了一遍窗帘砸下来的事。

夏薇原本只想和祁时晏抱怨几句，发泄一下情绪，可没想把他当作什么都能说的倾诉对象。

但是祁时晏似乎特别有兴趣,问得很细,问夏薇伤到了哪里、公司有没有赔偿、那个小孩有没有人管教。

夏薇只得一一回答,最后将温婷的事也说了出来。

她将问题抛给祁时晏:"那你的飞机,你给不给她坐?"

"我又不认识她,为什么要给她坐?"

"好,那我直接回绝她。"

再不用纠结了,夏薇感觉解决了一大难题。

可是祁时晏又说:"不给她坐,你是不是就要一直欠着她的人情?"

夏薇叹气:"是啊。不管她的出发点是什么,总归她替我挡了一下,不然我现在恐怕都不能好好地跟你说话了。"

祁时晏看着她,手指不经意间在屏幕上摸了摸她的脸,说:"那就给她坐吧。我们这么多人,多她一个不多,这个人情我替你还。不过这种人,你以后离她远点。"

一句话,心里所有的不平不快似乎全部被熨烫服帖,夏薇对着镜头露齿而笑:"祁时晏,你真好。"

"别光说,要行动。"男人手指点在她唇瓣上,想起昨晚雨夜里,自己那个偷心吻,眸底浮上笑。

夏薇"嗯嗯"点头,故意曲解"行动"两字,说:"那好,我现在就行动,去干活了。"

祁时晏笑,看着她走回展位去,两人愉快地结束了视频。

夏薇回到展位,便和温婷说了。

温婷高兴地用双手抱住夏薇,嗲着声音喊她:"亲爱的,谢谢。"

夏薇浑身起鸡皮疙瘩,同时感觉到她双手的力度,并不像是她说的那么使不上力,但也不便再去揭穿,让事情再次发酵。

夏薇忍了忍,淡声说:"你多休息,车子来接的时候我叫你。"

反正回去榆城后,谁也不认识谁了。

但温婷似乎不是这么想,一下午都跟在夏薇身边,抢着帮她接待参观者,没话找话和她说。

下午五点,司机过来接人,江悦叫住夏薇,将她拉到一边,问:"你真的想清楚了?"

两人都知道说的是什么，江悦的语气里全是挽留，好像夏薇这一走便是千古恨。

　　夏薇笑了下，表情坦然："祁时晏现在是我男朋友了。"

　　江悦嘴角一垮，警告说："那你现在这么走，就是擅自离队，出了什么事，我都不再负责。"

　　这是公事公办，解除工作关系了。

　　夏薇点点头，说："明白。"又礼貌地感谢道，"谢谢江总监对我的照顾，再见了。"

　　江悦冷哼一声，正巧温婷走过来，他便对她也说了同样离队不负责任的话。

　　温婷笑着挽起夏薇的胳膊，回说："我跟着夏薇就好了，江总监不用担心。"

　　夏薇佯笑了一下，拿开温婷的手："你的手好好休养，别使劲了。"

　　夏薇到酒店，见到祁时晏，和大家一起去餐厅吃饭，吃过饭后又一起去往机场。

　　第一次上私人飞机，夏薇心情有些激动，却比不上温婷。

　　温婷张着口，从登上飞机就没合拢过，一直保持着惊讶的状态，看什么都新鲜，看什么都像是在做梦。

　　私人飞机里，陈设豪华，应有尽有。

　　每张座椅都是宽大舒适的豪华座椅，还有会客厅可以收看卫星电视，有独立卧室可淋浴可睡觉。

　　温婷拉着夏薇，不停地说："祁三少太有钱了。"

　　夏薇虚心解释："严格来说，飞机是祁家的，不是祁三少个人的。"

　　温婷却比她坚定："那也很有钱。"

　　用餐区，空姐在准备水果点心，有人选了座位坐下，有人开了电视机选电影看，还有人拿手机四处摆姿势拍照。

　　李燃摆好桌子，拿出两副牌，熟练洗牌，闻到牌味的人都自动凑了上去，七嘴八舌地讨论玩什么。

　　夏薇看着发笑，笑他们是移动中的玩家，到哪儿不是打麻将就是打纸牌，玩来玩去都是那些，也不见他们腻。

　　而他们议论到最后，谁也做不了主，目光一致地投到祁时晏身上。

　　祁时晏站在旁边，后背靠着弧形吧台，随意一笑，没回答，只转头看向夏薇。

很自然地将所有人的目光,像攥在手中的线头全部交给了她。

夏薇倍感压力,低声说:"你们玩吧,我坐飞机会晕机,我要去座位上坐着。"

她手指钩住男人的手指,轻轻钩了钩,又善解人意地放开,一个人往前走,选了张前排靠舷窗的座位坐下了。

祁时晏低头看了眼自己的手,轻笑了声,朝李燃他们丢了一句:"想玩什么就玩什么,我不玩。"转身,也朝前走去。

李燃看着他的背影,无情嘲讽:"人都上了飞机了,还追着不放哪。"

祁时晏转头,抓起吧台上水果盘里的一只葡萄,朝他扔了过去。

李燃笑,抬手接住,塞进嘴里吃了。

晚晚傍在身边,用羡慕的口吻告诉他:"他俩在谈恋爱。"

李燃斜看一眼,大笑:"所以他俩只顾着谈恋爱,觉都不睡?"

舷窗外夜色如墨,在有限的视线里,只有点点星火,映照着远处几架飞机的轮廓。

广播里传来机长的声音,晚上八点整,飞机开始滑行,准备起飞。

空姐给大家检查安全带,说着注意事项。

夏薇仰靠在椅背上,双手交叉,手背压在脑袋顶上,闭上眼,呼吸有些微紊乱。

她晕机,从小的毛病,不是很严重,就是在飞机起飞、降落和颠簸的时候容易头晕、心悸,飞机平稳后就能好。

旁边座位忽然有人落座,夏薇睁眼一看,是祁时晏。

他和空姐低声说了几句,夏薇自顾不暇,没有在意,只管闭上眼,继续调整自己的呼吸。

不多时,男人用低沉的嗓音叫她的名字,一只手绕过她的后背,轻轻搂住她的肩膀,紧接着,太阳穴上被抹上冰凉的液体,一股清凉的味道,是风油精。

夏薇用力吸了吸,感觉没那么晕了。

飞机昂起头,冲破夜空,人不自觉往后仰,祁时晏一手搂住怀里的人,另一只手握住了她的手。

夏薇大口喘息,侧脸贴在男人臂弯里。

像是找到了一方安全的天地,紧张和不安渐渐被逼退,呼吸随着飞机的平稳也渐渐平息。

"没事了。"过了好一会儿,祁时晏拍了拍她,鼻尖抵在她的额头上,"你就是飞机坐得太少了，以后跟着我多坐几次就好。"

夏薇低低"嗯"了一声，鼻头发酸。

她知道祁时晏绅士体贴、慷慨大方。

以往几次对她的好，她都不敢品尝太深，总觉得他未必走心，换个人估计他也一样可以对对方这么好。

但此刻，她宁可相信他对自己是独一无二的，想要霸占他所有的好和温柔。

没错，是温柔。

她的手被握在他的掌心里，她能感觉得到。

这份温柔，区别于他平日里的好，更区别于他的轻佻浪荡。

祁时晏吩咐空姐拿来饮料水果，夏薇摇摇头，没胃口，她想睡一会儿。

"去卧室睡吧。"祁时晏说。

"你呢？"夏薇不太想和他分开。

祁时晏看着她的琉璃眸子："我陪你……一起睡？"

说完，他先笑了。

夏薇脸一红，亏自己刚才对他生出那么多柔情。

飞机上这么多人，他们如果一起进卧室，即使什么也不做，也会被人误会。夏薇脸皮薄，不想要那样的误会。

最后她还是决定放倒椅背，就在座位上睡。

不过她需要一个眼罩，她自己的手提包里有，而手提包刚才放进行李舱了。

祁时晏"啧"了声："你还挺难伺候。"

但说归说，他还是起身去拿了包。

拿回来之后，他动手拉开拉链，取出眼罩递给夏薇，却同时发现包里还有两个手机壳。

一个幽蓝背景，远山近水，四周几片枝丫，衬托着左中位一枚弯月。一个是淡绿色背景，一片朦胧月夜的荷塘，右中位悬挂一枚弯月。

两个都有月亮，左中位是上弦月，右中位是下弦月，合起来便是一轮圆月。

是情侣款。

祁时晏拿在手上看了看，说："这么丑，也不会挑个好看点的。"

他口吻极其嫌弃，动作却麻利，三两下撕掉包装纸，摸出自己的手机，将原来从夏薇那扒去的手机壳揭下，换上了幽蓝背景那只。

夏薇忍住笑。这是她之前在动漫节上买的，一心想和他组个情侣款，却又怕他不喜欢,放在包里几天了都没敢送。

可没想到祁时晏自己找到了,还直接用上了,也不问问她是不是送给他的。

夏薇将自己手机也拿出来,交给祁时晏,让他也换上了。

很快,两部手机都换好了,摆在一起,看了一眼,两枚半圆的月亮,拼在一起,圆满了。

"好不好看?"夏薇问。

祁时晏笑了声:"你喜欢就好。"好似很勉强。

"那我说很好看。"

"那就好看吧。"

夏薇笑着将两部手机欣赏了一会儿,祁时晏拿过去,叠放在一起,塞进扶手的手机架。

他放倒椅背,和夏薇一个高度,两人双双躺下,互相对看一眼,相视一笑。

祁时晏伸手想搂人,奈何座椅太宽大了,长臂伸过去,搂得吃力,最后在她脸上揉了一下才罢休。

那手指温热,触在冰凉肌肤上,像温水抚脸。

夏薇戴上眼罩,凭感觉捉到他的手,微微侧身,将自己半边脸颊枕在那掌心里。

耳边极轻的一声笑,男人指尖轻轻戳了戳她,她大概猜到如果此刻看得见他的表情,他定会说:"谁惯的你?"

夏薇唇角上扬,这一刻,她享受和他在一起的暧昧。

飞机一个多小时后抵达榆城,临降落时,夏薇被轻轻拍醒,摘了眼罩,才发现身上多了一床毯子。

祁时晏在食指指腹滴了风油精,给夏薇太阳穴上又抹了些。

想了想,他又给她人中穴上也抹了点,她不适应,一连打了几个喷嚏。

祁时晏起了顽劣的心思,说有效,抬手给她抹更多,连耳根、脖颈下都给她抹上。

降落时,夏薇比起飞时更难受,强烈的失重感使得她呼吸困难。

祁时晏也不和她开玩笑了,双手搂过她,将她靠在自己身上。

隔着薄薄一层衣料,男人的胸膛坚实、温热,还有强有力的心跳,蓄满了力量感。

夏薇软绵绵地趴在上面,一颗往下坠的心像是被人托住,还没掉进谷底就起来了,前所未有的安心。

飞机落地后,她也没像以前那样需要花很多时间来平复心律。

"祁时晏,你好有用。"

广播里,再次传来机长的声音,播报此次飞行顺利,欢迎大家回家。

夏薇直起腰,将呼吸调整均匀了。

"什么叫好有用?"

祁时晏勾起夏薇颈窝上一缕长发,缠在手指上,恶劣地拉了下。

这些头发丝丝缕缕,刚才挤在他和她之间,可叫人挠心挠肺。

"你懂的。"

夏薇笑,故意打哑谜。

她恢复了常态,掰开他的手指,抢回自己的头发,转头看向舷窗外的夜景,刚才那点亲近感似乎也烟消云散了。

祁时晏掀了眼皮看她的后脑勺,低低骂了声:"白眼狼。"

好有用的工具人,用完了就没有用了。

夏薇没听清,转回头来问:"什么?"

"夸你呢。"

"哦,那我谢谢你。"

祁时晏笑出声,抬手将她的头发抓乱。

下了飞机,天上遥遥几颗星嵌在黑幕里,亮晶晶的。

"终于回来了。"夏薇长长地吸了一口气,虽然四周空旷,夜风也凉,却倍感亲切。

大概这就是通常所说的"生我养我的家乡"的魅力吧。

温婷走过来,举着手机说:"他们还没登机呢,说是飞机晚点了,还不知道什么时候才能飞。"

她说的"他们"是江悦他们,十点的飞机,现在九点半,正常情况下应该登机了,可是这一晚点,就不好说了。

而她和夏薇已经回到榆城,温婷有一种说不上来的优越感。

温婷有意和夏薇走近一些,用感谢的语气说:"亲爱的,你帮我省了钱,还帮我提前回到家,改天请你吃饭吧。"

可是夏薇笑了下,客气又疏离:"不麻烦了,飞机这事是祁三少点头的,要谢也应该是谢他。而我今天窗帘那事也该谢谢你,要不是你,那窗帘砸的就是我了。"

"别提了,那窗帘砸得是真的痛。"温婷抖了抖两只手臂,故意露出淤青,"回去几天不能做事,衣服都不好洗,烦死了。"

夏薇看一眼,心软道:"那就先不洗吧,过几天手好了再洗。"

温婷瘪了瘪嘴,又卖了几句惨,说:"也只能这样了。"

夏薇别开脸,没再接话。

摆渡车远远地开了过来,人也差不多聚齐了,夏薇朝飞机上看一眼,祁时晏还没下来,他还有事要交代给机长。

温婷顺着夏薇的视线看上去,拉了拉夏薇的胳膊,说:"祁三少对你真好,真没想到哎。"

夏薇笑了下,用对方的语气还击说:"能得到你这么高的评价,我也是真没想到哎。"

温婷谄笑,连忙送上恭维:"我说真的啦。"怕夏薇不信,又说,"他给你盖毯子,那样子好温柔好体贴,我都看见了。"

夏薇:可惜她没看见。

再看过去,祁时晏正站在舱门口,白色灯光在他身后像描边一样凸显出他优越的身材,而风吹动他的衣角,又将他身上那股散漫不羁的气质散发了出来。

一眼,再挪不开眼。

男人单手插兜,一步一步地走下舷梯,脚步不疾不徐,目光散漫地放眼四顾,看了看夜色风景。

夏薇笑,耐心地等着他。

摆渡车调转了车头,大家一一上车,夏薇的行李箱也被热心的人提了上去,祁时晏走到跟前,就见夏薇一人站在车外。

"怎么不上车?"

"等你。"

"没蚊子吗?"

"那你不快点。"

"傻的。"祁时晏抓住夏薇的手腕,踏进车门。

摆渡车直接到停车场,大家互相道别,各自开上自己的车回家。

祁时晏有司机来接,夏薇跟他上车之前,看向温婷,想问问温婷怎么回去,却见温婷上了一个男人的车。

那男人是这次跟祁时晏去锦市的所有人中,夏薇觉得最猥琐的一个,因为那人眼睛长得有点斜,看人总有那么一股子邪气。

夏薇低声问祁时晏:"那人是谁?"

祁时晏想了想说:"好像姓曹,叫什么忘了。"

"跟你的人,你不知道人家叫什么?"

"都是人托人,带着一起去玩的,我哪管得了那么多。"眼见夏薇要还嘴,祁时晏先轻拍她一记脑袋,"就像你一样,塞个人进来,我也不记得她叫什么。"

夏薇摸了摸脑袋,争辩不得了。

汽车一路疾驰,到了夏薇家楼下,前面停了一辆张扬的超跑,芒果黄的帕加尼。

祁时晏一眼认出是祁渊的车。

两人到楼上,进门前,祁时晏起了使坏的心,对夏薇"嘘"了一声,叫身后提行李箱的司机也小心轻放。

他让夏薇别敲门,直接拿钥匙开门进去,看看祁渊和沈逸矜在家里做什么。

"万一我们看到不该看的,怎么办?"夏薇有点不好意思。

祁时晏敲了敲她的脑袋,笑得恶劣:"我们不就是想看一些不该看的吗?"

可是没等两人说完话,门从里面打开了,沈逸矜笑着迎向夏薇:"薇薇公主回来啦。"

夏薇笑出声,和闺蜜拉了拉手,一起进门。

祁时晏略显失望,不过听到"薇薇公主"几个字又觉得新鲜,朝夏薇笑看一眼,跟着进门。

这是祁时晏第二次来她们的住处,上次还是陪祁渊来蹭饭的,这回熟门熟路,在厨房捉到了他的大哥。

谁能想象得到,商界叱咤风云的人物正挽着衣袖,双手沾着洗洁精泡沫在水池里洗碗。

祁时晏走进去,斜肩靠在冰箱上,眯了眼打量:"代价挺大啊。"又揶揄一笑,"这么难追?"

"什么话?"祁渊反讽,手里动作不停,"为自己喜欢的人做任何事都是心甘情愿的,可没你想的那么势利。"

"哦,我势利。"祁时晏笑。

祁渊侧耳听着客厅里两个女人在说话,低声问祁时晏:"你把人追到了?"

祁时晏不屑地瞟他一眼:"我还用追吗?手到擒来,如探囊取物。"

"得了吧,当初不知道是谁非要抢我的行程去锦市。"

"我那不都是为了你能留在榆城,奋力追人的吗?可你怎么这么多天还没把人追到?"

"谁说我没追到,我不过是换个方式陪伴。这叫陪伴,你懂吗?"

"哦,我不懂。"

兄弟两人在厨房你一句我一句,互相揭短挖苦,唇枪舌剑,客厅里的一对闺蜜可比他们相亲相爱多了。

夏薇给沈逸矜带回了一份礼物,一套彩色铅笔,是动漫节上买的,有四十二种颜色。

"薇薇,这颜色太丰富了,太好了。"

沈逸矜是家装设计师,擅长画画。

她当即选了一支红棕色,削了笔头,拿出图画本,寥寥数笔,画了一只Q版的夏薇大头像,尤其是一双琉璃眸子,特别传神。

夏薇笑着说收图,用手机对着拍了张照,准备发朋友圈。

祁时晏走过来,看了看,点评说:"画得不错,可以换掉你的头像了。"

他说的是夏薇的微信头像,那是一张纸飞机的照片,当时拍照的手机像素很低,画面灰暗,像蒙了一层灰。

祁时晏第一次加她的时候,都不太敢相信那是一个姑娘会用的头像。

夏薇窃笑,说:"不换。那是我注册微信时的第一个头像,很有纪念价值。"

"那样一张照片能有什么纪念价值?"祁时晏挑了挑眉,"不会是谁送你的吧?"

"没有啦。"

夏薇没想到祁时晏会忽然挑起这个话题,有些猝不及防,一时不知道从哪儿开始解释。他自己折的纸飞机居然没认出来?

她不知道该佩服自己,还是佩服祁时晏了。

沈逸矜在旁边没说话,默默看了几眼祁时晏,在图画本里同样几笔画了他的Q版大头像,和夏薇凑成了对。

夏薇拿去看了眼,连说画得好,一双桃花眼,眼皮微掀,形象逼真。

169

"这轻佻的气质再没谁了。"

夏薇连着拍了几张照,将两人的大头照拍在一起。

"轻佻?"祁时晏听见,不乐意了,"我哪有轻佻?"看了看那画,转头对沈逸矜说,"不会画就不要瞎画,把我画得这么丑。"

沈逸矜笑,见祁渊走出来,将图画本递给他看。

祁渊接过去,只一眼说:"画出灵魂了。"

祁时晏感觉身中数刀,拉过一张椅子,瘫坐下去,后背往后重重一仰,生无可恋。

几人一阵笑,又纷纷安慰他,一顿猛夸。

祁时晏挺直腰,屈了手指在桌上敲了敲,对夏薇说:"给你个机会,重新说一遍。"

夏薇笑,隔着桌子站在他对面,双手支肘,弯下上半身,探头越过桌子,去看他的眼睛。

她第一次这么近距离地观察到,他薄薄的内双,弯曲弧度自然完美,眼尾细而弯翘,是名副其实又过于迷人的桃花眼。

瞳仁幽黑似潭,灯影下,蕴有一层耀眼的光泽,轻轻朝你眨一下,满眼深情,让人心神荡漾,无法抵御。

夏薇什么话都说不出来,心跳"怦怦",脸上不可控地飞上了红晕。

祁时晏笑了,也不再需要她的言辞,她的表情便足以比任何赞美都动人。

他后背放松,懒散地靠上椅背,说:"放过你了。"

沈逸矜和祁渊在旁边偷偷地笑。

夜有些深了,打工人明天还要上班,兄弟两人也没有久留,说说笑笑,没多会儿便道了晚安,一前一后地出了门。

夜幕下,不知何时出现了一轮月亮,云烟轻薄缠绕其间,缥缥缈缈。

祁时晏摸出手机看了一眼外壳,还挺像。

长假之后,嘉和公司异常忙碌,很多工程需要赶在年前完工,而公司目前只有沈逸矜一个设计师,她忙得不可开交。

夏薇帮她分担一些杂活,做基础图、整理文件、统计数据,每天陪沈逸矜加班,晚饭也是在公司里叫外卖对付。

偶尔祁渊会过来,带几个精致的私房菜来和她们一起吃。

夏薇觉得自己这盏电灯泡太亮,给祁时晏发消息投诉:你哥又来了。

祁时晏便给祁渊打电话，调侃他："二十四孝前夫去人家公司了？连人家加班的时间都不放过？"

祁渊则正好逮着机会抓人："你过来，一会儿送她们两个回家，我马上要走了。"

祁时晏笑了一声，推了手里的事，开车过去接替祁渊，等夏薇和沈逸矜加完班，送她俩回家。

夏薇给他们兄弟俩计算成本，祁渊不用说了，他是大佬，日进斗金，公务繁忙，每次过来陪沈逸矜吃饭，不知道要耽误多少事，少挣多少钱。

祁时晏虽然没有那么忙，可他却要花费更多的时间。

祁时晏一般从水中仙过来，路上要四十分钟，到了她们公司，起码要等两个多小时才等到她们下班，而她们回家的路其实只要十几分钟。

"你会不会过日子？"夏薇笑问祁时晏。

"不会。"祁时晏笑回去。

两人玩笑一阵，祁时晏才解释说："我和我哥不一样。时间对我来说，在哪儿花掉都一样，但如果能送你们回家，花多少时间都是值得的。"

就好比，一个人花了很多时间为另一个人做了一顿饭，而那顿饭只用十分钟就吃完了。

那么那顿饭做得值吗？

祁时晏的答案是，值。

夏薇听了，心里莫名一阵感动。

终究，自己在他心里有了一些地位了吧。

偶然有一天，兄弟两人都没来，祁渊去美国出差了，祁时晏有事走不开。

夏薇和沈逸矜两人加班，起初还说，不来也好，免得她们还得应酬，可后来发现，两人偶尔聊几句闲话，话题也没离得开他们。

夏薇说："我喜欢他八年了，我还能喜欢他多久？"

"他都订婚大半年了，应该很快会结婚，可他一直没跟我提过，我就当不知道吧。趁这段时间和他谈个恋爱，就算飞蛾扑火，烧死自己也无所谓了。"

"至少我的爱情燃烧过。"

沈逸矜默默点头，钦佩她的勇气，热烈又孤注一掷的勇气，伴着清醒和浪漫。

"想爱就去爱吧，不是人人都有这份勇气。青春对我们来说，只此一回。"

那句话怎么说的？再不爱，我们就老了。"

"是啊，再不爱，我们就老了。"夏薇笑了，心里更坚定了自己的想法，话题转到沈逸矜身上，"你呢？祁大佬表现这么好，什么时候才给机会？"

沈逸矜自嘲地笑了下，叹息："我知道他为我付出很多，我也想和他改善一下关系，但我心里就是有一道障碍，怎么都跨不过去。"

夏薇听了，握起闺蜜的手，心疼地拍了拍。

沈逸矜小时候出过车祸，有很严重的PTSD，而她对治疗不积极，甚至排斥医生，这是她感情障碍的根本原因。

"那你心里真正怕的是什么呢？"夏薇和她推心置腹。

"怕亲近。"沈逸矜坦白说，"不是身体上的，而是心理上的。"

身体上，她对祁渊早就交付了，但心理上没办法接受。

她怕祁渊和自己过于亲近，而让她陷入一种害怕失去的恐慌中。

因为她的父母在车祸中双双丧生，她心底条件反射地排斥再有人和她成为这种亲近关系。

"那我呢？"夏薇担心道，"你不会排斥我吧？"

沈逸矜笑，握了握她的手，说："不会。我们这种关系是我能接受的最大限度，我觉得很舒服，同时我也很开心能得到你这么好的一个闺蜜。"

夏薇也开心，心里明白沈逸矜这种情况要接受一个朋友有多难。

不过灵机一动，夏薇说："你要不和祁渊试试也做我们俩这样的朋友，或者和他只谈恋爱，别提结婚。"

沈逸矜摇摇头，没什么信心。

"矜矜，你会好起来的。"夏薇绕过办公桌，走到闺蜜身边，弯下腰抱了抱她，"我们都会幸福。就算没有男人，你还有我，我也还有你，我们会做一辈子的好闺蜜。"

"是啊，我也这么想。"沈逸矜张开双手，转过身也抱了抱夏薇，两人一起笑。

笑声传出窗外，夜色温柔。

夏薇从锦市回来后，上班加班，忙忙碌碌，一直没去夏家，其中也有王巧英那通电话的原因在，她怕回去后不是吵就是闹，想冷处理一段时间再说。

但王巧英似乎不想冷处理，她在周末的时候给夏薇打了电话，让夏薇星期天回家吃晚饭。

王巧英语气里带笑,好像心情很好,没提上次的事,更没提钱,这反而让夏薇心里七上八下,隐隐有一种不太好的预感。

而且星期天是祁时晏的生日,夏薇心思都在那上面,如果要去夏家,时间上恐怕会冲突。

夏薇尝试着问:"能改天吗?"

王巧英一口否定:"不能。"

她说:"老孟家两个人也会来,你爸爸要和他们商量你的人生大事。你要不来,到时候别怪我们不通人情,又拿你去卖。"

夏薇倒吸一口凉气。

老孟是孟岳松,什么人生大事要叫上孟家夫妻两人?

不好的预感更强烈了。

第四章

埋藏在心里的人

十五岁那年,夏薇第一次回夏家。夏家夫妇热情地迎接了她,一顿饭欢声笑语,话题一直在她身上,将她从小到大会的东西全问了个遍,身边还有两个弟弟看着她,一直说她好看。

夏薇当时很开心,知无不言,觉得夏家虽然没有孟家富裕,但一家人在一起开开心心,那便够了。

可是饭吃完,王巧英叫夏薇洗碗,夏薇起初以为只是叫她打下手,谁知是一桌子碗筷都叫她一个人洗。

夏薇在孟家从来没做过家务,那是她第一次干活,可想而知有多笨手笨脚。

一只调羹从她指间滑落出去,摔成了两半。王巧英听到动静走进厨房,夏薇正想道歉,一边脸颊猝不及防地被挨了一耳光,骂她败家。

那一记火辣辣的痛让夏薇直接蒙了,都忘了哭。

孟家夫妇从小捧着她长大,呵护得她比温室里的花儿还娇贵,别说一耳光了,就是平时哪里碰了磕了也舍不得,护心肝儿似的护着。

可这事只是个开头。

第二天,王巧英叫夏薇洗衣服。夏薇早上上学前把衣服塞进洗衣机了,但是后来忘了拿出来晾,直到晚上放学回来才想起来,结果被夏启炎用皮带抽打。

夏启炎认为她刚回到夏家,不懂夏家的规矩,要狠狠打一顿才能给她好好立规矩。

夏薇哭着向王巧英求救,王巧英却按住她跪在地上,配合夏启炎一起打她,两个弟弟也在旁边耀武扬威。

打完了,夏家夫妇两个把她扔在那肮脏的钢丝床上,要她好好反省。

夏薇哭着痛着反省了一夜,第三天趁上学出门,带着一身伤去找了马玉莲,说什么也不肯再回夏家了。

那之后,孟家找夏家几次交涉,但都没有结果,而孟荷死活不同意夏薇住在孟家,夏薇便自己去了爷爷奶奶家,暂时住在那儿。

但即便这样,夏家并没有放过夏薇。夏启炎觉得夏薇长得漂亮,会跳舞,是棵摇钱树,想要把她送出去挣钱。

只不过夏薇从小没在他身边长大,不听他的话,得治一治,而他治的方法很简单,那就是打。

夏启炎几次找到爷爷奶奶家去,夏薇不肯跟他走,他便揪住夏薇打,两位老人拉不住,也被波及。

而孟家要面子,怕事情闹大,给了夏家一大笔钱,暂时阻止了夏启炎的念头,保住夏薇的学业,继续生活在爷爷家。

夏启炎得到那笔钱后,便将两个儿子送进国际学校,后来又将大儿子送到澳大利亚去留学。

现在眼看小儿子高中快要毕业,也要出国留学,怕是没钱了,又打上了夏薇的主意。

夜里,夏薇躺在床上,脚底心发凉,翻来覆去,难以成眠。

窗帘有点薄,有光透进来,轻轻柔柔,心底的心事如水淌过。

夏薇摸到手机,看一眼,快午夜了,想到明天就是祁时晏的生日,暂时将夏家的事丢开,打开聊天框,敲上几个字,耐心等待时间的到来。

零点整,"生日快乐"四个字准时发出。

她想他定会收到很多祝福,她这么早,应该是第一个吧。

可她没想过,还能收到回复。

祁时晏回了语音,问:"还没睡?"

对哦,他是"阴间作息"的人,这个点是精神正好的时候。

175

夏薇回他：在床上。

消息发出去，有语音电话请求进来。

夏薇诧异了一下，祁时晏不是一贯用视频的吗，这会儿只用语音，是听她说在床上要避免尴尬吗？

她摁了接通，男人懒懒的声调立即响在耳畔："要是睡不着，过来打麻将。"

"在打麻将？"

"刚和了一把。"

祁时晏笑着慵懒起身，离开麻将桌往外面走去，到窗台边，摸出烟盒敲出一支，打火机"咔嗒"一声，点燃。

夏薇听着他的动静，将手机放在枕头边，开了外放，被子拢住，手指轻轻压在手机边缘。

两人说些有的没的，耳边笑声轻如羽毛，夏薇才发现自己与手机亲密得像与人同衾共枕。

她对他说："生日快乐。"

许是在床上，说话时声带不一样，声音清澈，又娇软。

祁时晏耳根一动："一句话可不够。"

"给你做个蛋糕。"

"能吃吗？"

"你可以期待一下。"

祁时晏笑了声，后背懒散地靠上墙，将烟灰抖出窗外，看着丝丝缕缕的烟雾在夜风中散尽。没来由地想起他的鱼汤面，被姑娘喂了狗，当时气了多久，甚至有想过再不要见她，却怎么走到了现在？

夏薇问："今天打算怎么过？办宴席吗？"

"韩烟说晚上要开 party，你过来。"

"好啊，不过我要去我妈家吃晚饭，可能会晚一点。"

祁时晏一阵笑："又是一张空头支票？"

夏薇听见一个"又"字，立即察觉到男人在介意什么了。她翻了个身趴在床上，对男人说："不会的，多晚我都去，你等我。"

"我等你？"祁时晏胸腔振动起伏，叫了声，"夏薇。"声调变得沉闷，"你觉得我脾气很好是吗？"

"不好，一点都不好。"夏薇声音温柔，心知触到男人的逆鳞了，那次他住院多住了两天,可不就是为了等她。

夏薇顺毛给他捋,哄着说:"但是你对我的好,我都知道的。一天有二十四小时,这一天我怎么都会去见你的。"

祁时晏一只手搭在窗台,敲着烟盒,发出"嗒嗒"的声音,像敲在人心上。

敲了一会儿,他说:"你要不现在就过来。"

"我现在蛋糕还没做。"夏薇懊恼地垂头。

祁时晏仰头笑了声,他有那么在乎一个蛋糕吗?

他动了一下,后背离开墙壁,说:"行吧,我就等你这一次,你要不来,以后都别来了。"

"一定来。"夏薇发誓。

那天,夏薇精心做了一个蛋糕,不是很大,却花了很多心思。

蛋糕做成了心形,通体覆盖一层纯白奶油,丝滑、细腻。

四周糕壁上嵌进了几粒切成心形的草莓点缀,蛋糕表面上是殷红到粉红渐变的裱花,写着"祁时晏,Happy birthday"。

整体颜色简单,却纯洁热烈,尤其是"祁时晏"三个字,虽然难写,却写得漂亮。

沈逸矜第一个欣赏,夸着说:"太好看了。这哪里做的是蛋糕,分明就是你的心。"

夏薇却有一点担心:"今天给他庆生的人肯定多,我这个送过去,也不知道会丢在哪里。"

"不管多少人,最走心的只有你。"沈逸矜安慰说,"这个蛋糕简单又惊艳,全是你的心意。祁时晏吃了,不甜死才怪。"

夏薇这才笑了,做好最后的收尾工作,和沈逸矜一起将蛋糕装进盒子,暂时放进冰箱保鲜。

傍晚,马玉莲到出租屋接她,夏薇带上两盒蛋挞一起去,也是她亲手做的。

上车后,夏薇先给马玉莲喂了一个,毫无意外地得到一阵夸奖。

马玉莲没有带夏薇去夏家,而是直接开去了一家酒店,说是大家约了在那里吃饭。

"妈,今晚要谈什么?"夏薇感觉马玉莲心情很好,这使得她一直悬着的心稍稍放下了一些。

马玉莲将车速放慢,转头看了一眼年轻女孩,笑着说:"薇薇,转眼你都长大了,你爸妈和我们都在操心你的终身大事。你爸爸和我商量,要给你找个好人家,不能亏待了你。"

她口中前面"你爸妈"指的是夏启炎和王巧英,后面"你爸爸和我"指的是孟岳松和她。

夏薇的心还是沉了下去,低头敛目,不再说话。

夏启炎和王巧英一直在给她找婆家,她知道的,相亲叫过她几回,每次都被她推了。

她知道这是自己和他们的矛盾之一,早晚敷衍不过去,要爆发。

马玉莲和孟岳松也知道这事,他们还知道以夏家两人的短视不可能给夏薇找到太好的人家,所以他们也在积极给夏薇物色。

今儿就找到了。

马玉莲说:"这个小伙子很不错,一表人才,出身世家,祖上几代都是从政,到他父亲这一代改经商,移民去了美国。

"小伙子从小出生在美国,长得玉树临风,一会儿你见到就知道了,非常帅。他现在从事科技行业,在美国有自己的公司,现在回国又筹建了分公司,是要将国外先进的科技带回国,造福国人,带动国内科技发展。

"你爸爸说,就冲这一点,这个小伙子就非常值得托付,有远见,有大抱负,不是那些混日子的纨绔子弟可比的。"

混日子的纨绔子弟,祁时晏吗?

夏薇不吭声,捏紧了手机。

早些天沈逸矜画的她和祁时晏的Q版大头像,她发朋友圈了,估计马玉莲看到了。

但是,既然看不上混日子的纨绔子弟,又何必让孟荷与他订婚?

到酒店,夏启炎和王巧英已经到了,孟岳松也到了,他身边还坐着一个年轻男人。

那人身上一件白衬衣,领口雪白干净,从背后看,肩宽背阔,脊背挺拔,个子高过孟岳松,脸面却微微侧倾,是个礼貌谦逊的姿态。

马玉莲带夏薇走进去,几人笑着起身,年轻男人转过身来。

这一眼,让夏薇头一晕,居然是在水中仙搭讪请她喝酒的那个斯文败类。

夏薇没来由地想笑,任马玉莲将他夸得天上有地上无,她都仿佛看穿了他。

而对方心理素质极高，在孟岳松引见下，朝夏薇伸出手，文质彬彬的模样："没想到我们会有正式认识的一天，白易文，或者叫我 Iven 也行。"

姓白？夏薇想起金秋宴上那桶美国来的啤酒，那上面写的 Iven Bai，不会就是眼前这位吧？

他认识祁时晏？和祁时晏是朋友？

那他们的交集还真的有点多。

孟岳松左右两边看看，笑着问："你俩认识？见过面了？"

白易文眸底闪过一丝诡秘笑意，看向夏薇，言语却对孟岳松解释说："我上次在国展中心参展，夏小姐给我帮了点忙。"

他将伸出去的手稍稍抬高，重新等待夏薇的回握，也似乎在等待夏薇的认可。

——认可他的解释，或者是他的人。

夏薇扯扯唇角，扯出一丝冷笑，笑对方不敢提水中仙那次。

白易文眸光一亮，似有询问之意：能说吗？

好像他不提是为了维护夏薇的面子。

夏薇翻给他一个白眼，朝座位上走去。

孟岳松看了一场眼皮官司，虽没看懂，却感觉也不错，笑着和稀泥说："原来你俩有这样的缘分。"

夏启炎却没有这么好的脾气，见夏薇不和人握手，两眼一瞪，喝道："懂不懂规矩？有没有礼貌？"

夏薇站在椅子边，手指捏紧，指甲掐进了掌心里，只等再来一句便破罐子破摔。

只不过，这一摔终究没成。

孟岳松圆了场："好了好了，人到齐了，都坐吧。"

马玉莲也轻轻拍了拍夏薇的后背，将两盒蛋挞放到桌上，对大家说："是薇薇特意做的，都凉了，大家快吃吧。"

白易文更贴心，丝毫没有握手的尴尬，还主动帮夏薇拉开椅子，等她入座后，坐到了她的旁边。

他今天出席，原本是抱着对中国式相亲的兴趣来的，可没想到相亲对象是自己存有好感的姑娘，这让他旁观的相亲心理渐渐变成了主动入戏。

吃了蛋挞后，他对夏薇的印象更是加分。

只不过夏薇的心情和他截然相反，一顿饭如坐针毡，完全不在状态，时不时低头在桌子底下，不停地看手机时间。

祁时晏的生日派对开始了，比她想象中的还要盛大。

夏薇有晚晚的微信，晚晚给她发了几张照片和视频。派对不在他们常去的场子，而是设在了会所的大堂里，头顶水晶灯光芒璀璨，底下衣香鬓影，人头攒动。

主题布景处，银白、深棕和透明的气球互相缠绕，简约又大气。

场中一座巨大的香槟塔，层层叠叠，韩烟一身优雅的紫蓝色旗袍站在旁边，从顶层缓缓往下注入香槟，渐渐地，那香槟塔泛出淡金色的光，和水晶灯交相辉映。

寿星出现，人群簇拥，全场哗然，大家争着往他身边挤。

只见祁时晏脸上笑容肆意，身上一件幽蓝色衬衣，复古的古巴领，瀑布肩背的设计，质地薄软高级，灯光一照，幽幽发出星星点点的亮色，宛若夜光星辰。

他走到韩烟身边，接过酒杯，往香槟塔前一站，矜贵之气挡都挡不住。

接着是一段视频，有人推了一辆蛋糕车出来，那蛋糕也非常大，大概有八层之高，巧克力做的糕壁，香槟色玫瑰裱花点缀其上，朵朵逼真美艳。

而推蛋糕车的人，夏薇也认出来了，是许颖，一身高定深蓝色礼裙，腰间精致的珠串闪烁着细碎的光芒，宛若夜光星辰。

许颖笑意盈盈地将蛋糕车推到祁时晏身边，祁时晏眼里似有惊喜，似乎没料到对方会空降派对。

可是视频断在了这儿，下面没了。

夏薇退出，反复几次，新的照片、视频都没有。

她颤着手指给晚晚发消息：人呢？

晚晚回：在吃蛋糕，等会儿。

夏薇捏紧手机，指尖泛了白。

没人知道她现在心里是什么样的状况。

像有火烧来，又不是那种熊熊烈火，而是闷烧。

浓烟塞满心房，如不通气的炉灶，火舌舔遍，遍地是焦枯和窟窿。

饭桌上，夏启炎在高谈阔论，仿佛在座的没人比他懂时政，也没人比他更爱国，孟岳松偶尔点头，敷衍一声，王巧英埋头吃饭，马玉莲时不时看向夏薇和白易文，越看越觉得般配。

而白易文则将上身往夏薇身边靠了靠，侧头低声问："是不是想走？"

夏薇提了一口气，回了神，斜看他一眼，用眼神表示赞同。

白易文这就向大家道歉，借故有事要先走一步，当着大家的面，对夏薇发出邀请："夏小姐，跟我一起走吗？"

四位父母齐刷刷的目光投向夏薇，夏薇感觉自己像只脆弱的小白兔落入了一个陷阱，这一走大家都会以为她对白易文有意思。

可出逃的诱惑太大，她还是点了点头，站起了身。

马玉莲第一个开心，笑着说："去吧去吧，怪我们太闷了，早该让你们走了。"

孟岳松也笑，叮嘱白易文："别太晚了，早点送薇薇回家。"

夏启炎和王巧英也乐得放人。

夏薇拉开椅子，头也不回地转身就走。

酒店外，灯火阑珊，却没有一辆出租车，最近的网约车也在半小时之后。

白易文走到夏薇身边，手上拿着车钥匙，说："去哪儿？我送你。"

夏薇没理，往马路上走去。

她心情不好，心思全在祁时晏和许颖身上，他们俩怎么穿成了情侣装，是特意挑的，还是无意撞的？

他们俩到底什么关系？

如果他俩是男女朋友，那锦市酒会上祁时晏为什么跟人说她是他女朋友？

她是许颖的替代品，还是她和许颖都是他的女朋友？

有辆摩托车呼啸而来，大灯明亮，刺了人的眼，夏薇晃了下神，眼前一片白茫茫的光。

千钧一发之际，胳膊被人拉了一下，摩托车擦身而过。

"小心点。"白易文惊呼一声，将人拉到身边。

夏薇趔趄了一步，站稳，反应过来，含糊地道了声谢，脚下却还是想横穿马路，去对面。

白易文只得又拉了她一下，朝她递了个往后看的眼神。

酒店的包厢，隔着玻璃墙，夏薇的父母正朝他们张望。

"走吧，我的车在那边。"白易文服务周到地笑了下，"做戏总得有始有终，对吧？"

夏薇犹豫两秒，回头看了眼父母，只好跟上白易文的脚步。

白易文的车是辆黑色卡宴，后视镜下挂着一串佛珠，经年的老山檀配猫眼碧玉，木质香沁人心脾。

是上次从锦市回来，祁时晏司机开的车。

夏薇坐进副驾驶，再不用怀疑这两人认不认识了。

"你去哪儿？"夏薇问。

"水中仙。"白易文坦然一笑，"我住在那里。"

"把酒店当家吗？"

"如果家就是酒店呢？"

这话不得不让夏薇高看一眼，榆城能说这话的人没几个，面前的男人恐怕不只是认识祁时晏，而是和祁家有关系。

手机响了下，晚晚终于又发来一段视频。

众星拱月的寿星被人围着抹蛋糕，脸上五彩纷呈，被涂鸦得已经不见真容，领口、肩头上也比比皆是，连头发上都有。

李燃手里端着一碟蛋糕，对着镜头比了个剪刀手，转身就朝祁时晏冲上去，往他脑门上一拍，白花花的蛋糕像开花似的炸在祁时晏脸上。

众人哄笑，又抢着朝他伸手，乱涂乱抹。

祁时晏大大方方，一边笑骂，一边又似逆来顺受，由着大家玩闹。

夏薇见其中有几个女的，手往他身上摸，怕不是趁机揩油吧。

可她鞭长莫及，气得牙痒，却无可奈何。

不过有人和她一样看不惯了，拨开人群挤进去，挡在祁时晏身前，挥开那些手。

那女人一身深蓝色礼裙，腰间的珠串尤其晃眼。

然而视频只有十五秒，到此结束。

夏薇拍了下手机，说不上来的烦躁。

她报了出租屋的地址，催白易文开车快点，可白易文不认得路，夏薇只好给他开了手机导航，结果有个路口还是走错了。

"你会不会开车？"夏薇抱怨。

"你来开吧，这个路我不熟。"白易文对照导航，伸出脖颈往车前探了探，脸上露出困惑的表情。

"我不会开。"夏薇老实了，后背靠上椅背，不再说话。

白易文侧头看她一眼，这姑娘不停地咬唇，生气，隐忍，再生气，再隐忍，小表情生动又可爱。

他哑笑一声，将车拐回导航指示的道路，一路开得小心，终于顺利到达出租屋小区门口。

"小区能进去吗？"白易文问。

"不用了，到这儿就行了。"夏薇推开车门下车，想了想，又礼貌地回了句，"谢谢你了，拜拜。"

也不等对方再说什么，关上车门，就往小区里跑。

她边跑边在手机里下单，订网约车，等她上了六楼拿到蛋糕，再跑出小区门口，等了好一会儿网约车才到。

上车后，夏薇看了看时间，给祁时晏发消息：在哪儿？

良久，祁时晏才回复一条语音，开头一声"咔"，像房门打开的声音，几秒后才响起他懒散的语调："回房间了。"

不只是他一个人的声音，好像还有一声低促的笑声，很短，却很近，是女人的。

夏薇从手提包里摸出耳机接上，反反复复听了几遍。

与此同时，晚晚给她发来消息：祁三少回去洗澡了，那个谁，许颖，你认识吧，她也去了。

到水中仙，夏薇下了车，直奔电梯，偏偏那晚人多，电梯几乎每层都停。

夏薇捧着蛋糕，差点被人挤得滑脱手，她抱紧在怀里，深深呼吸一口，稳了稳心神。

可是到了顶层，站在祁时晏房门外，她还是失态了。

门铃被设置成了勿打扰，亮着红色的光，看得人心头发紧。

给祁时晏发消息、打电话，他都没有回，也没有接，而摄像头对准了她，保安几分钟之内到了她面前，请她离开。

"是祁时晏叫我来的，他肯定在。"夏薇对保安解释。

保安见多了这种借口，压根不信，一副冷漠脸："小姐，请配合我们的工作。祁三少不开门，便是不想见你，请你自重。"

"什么不想见我？"夏薇被对方的话气得脸色发白，"我是他女朋友！"

她满脑子是那条语音，不相信祁时晏叫她来，却不见她，还能和许颖一起待在房间里。

可是眼前的一切，让她崩溃。

保安嘴角讥诮，发出一声冷笑："说这种话的小姐还真是多。"

这句话彻底激怒了夏薇。

183

夏薇怒气值飙升，一晚上的情绪再克制不住，眼泪噙满眼眶，抬腿重重地朝门上踹了一脚，大声叫道："祁时晏！你给我开门！"

保安一只手摁到后腰上别着的电棍上，黑着脸，再次发出警告："小姐，你别自取其辱，你再这样，别怪我对你不客气了。"

自取其辱？

那就踹开门看看，到底谁在自取其辱！

夏薇穿着尖头的高跟鞋，狠狠地踹门，一脚又一脚，伴随着怒火一遍又一遍地叫："祁时晏！"

大概保安从来没遇到过情绪如此激动的姑娘，那纸糊的强硬被斗败了，他摸出对讲机，请求保安室增援。

很快，几位保安匆匆赶到，正要上去制止夏薇，门从里面打开了。

祁时晏裹着丝质浴袍，头发湿透了，凌乱地垂在额前，有水滴落下，他一只手随意擦了擦，往后一撩，露出一双染了水汽的桃花眼，锐利地将门前情形扫过。

几位保安纷纷躬身，领头那位被多扫了一眼，显得有些慌张，指着夏薇说："这位小姐一直在你门前纠缠，还踹了门。"

"是我朋友。"祁时晏的视线落在夏薇身上，嗓音像含了水似的湿润柔和。

夏薇却冷了脸，胸前起伏不定，声音压不住地颤抖："只是朋友？"

祁时晏了然，眸底浮上笑意，人往前一步，伸手从她怀里抽走蛋糕，另一只手搂过她肩膀，重新对保安们说："是我女朋友。"几分警告，又几分纵容，"娇得很，以后她来，都客气点，别惹她。"

警告是对保安，纵容当然是对自己"娇得很"的女朋友。

夏薇抬头，眼里红红的，蓄着泪，情绪翻涌，已经搞不清楚自己该哭还是该笑了。

保安们像是得到惊天大新闻，个个瞳孔地震，榆城顶尖的风流公子哥有女朋友了？

竟然不是绯闻多年的许颖？

难怪刚才许颖送祁三少回来，只到门口，没能进去。

再看眼前的姑娘，虽然被气得发抖，却肌肤雪白清透，脸蛋绯红，眉眼间艳丽脱俗，骨相优越，一双眸子湿湿的，漂亮得像古溪清泉，完全衬得起祁三少的颜值和贵气。

几人正要恭维，祁时晏将姑娘搂进去，关上了门。

门里，祁时晏将蛋糕放到置物架上，低下眉睫，看向面前怒气还未消的姑娘。

刚才他在洗澡，忽然听到"哐哐"声，还以为隔壁房间砸墙了，再听几声，才听出来是自己的门被人踹。

"气成这样啊。"祁时晏声调缱绻，只手抚上她滚烫的脸，白里透红，眼尾上点点泪意如露含珠，让他想起某种富贵又娇艳的花，不由得多揉了几下。

"你一个人？"夏薇抬头看见他头发还在滴水，额头、脸颊上爬满了水痕，亮晶晶的，连眼睫毛上都挂着晶莹细小的水珠。

想象到他刚才只是一个人洗澡，房里更没有许颖的身影，那她那么踹门，岂不是很鲁莽？

祁时晏笑了声，这下可算知道姑娘真正气的是什么了。

偏他心眼坏，故意逗她："不是，还有一个。"

夏薇一听，就要往里走，被祁时晏拦住，双臂一张，揽进了怀里。

他低声笑："傻的。"

男人身上清冽，有潮气，浴袍丝薄顺滑，没有纽扣，全靠腰间一根系带，拉扯中早已松松垮垮，领口敞开一大片浅麦色肌肤。水从他下颌滑落，滑过高耸的喉结，蜿蜒至精致的锁骨。

夏薇不敢再看，只将半侧脸颊贴在上面，心跳控制不住地越跳越快。

她伸手穿过他身侧，双手搂住他的后背，才发现，如此亲密的拥抱，是他们的第一次。

男人的身材清瘦，却不单薄，透过薄薄的衣料，她能感受到他蓬勃的张力和胸腔里的振动。

她将自己的心脏小心地贴上去，那骤停之后的狂跳使得自己呼吸紧缩，血液瞬间上涌，冲上了脑壳。

她将他紧紧抱住，再不想松手。

八年，埋藏在心里的人，现在真真切切地在自己怀里，而自己也真真切切地在他怀里。

以前的梦是梦，现在的一切却感觉更像是个梦了。

眼里的泪还是滚了出来，热烫地滴在男人坚实的胸口。

祁时晏感觉到了，松开怀抱，弯下腰，抬起食指给她擦了擦："怎么还哭啊？"又挑了挑眉，将前襟左右搭好，"我这不是白哄了？"

好似说他刚才的行为全是为了哄她，包括这点皮相。

夏薇被逗笑，仰头眨了眨眼，再哭不出来。

祁时晏朝她带来的蛋糕投去一眼，拉了拉她的手，说："我晚饭还没吃，把蛋糕切了吧。"

"生日派对搞那么大，寿星晚饭还没吃？"夏薇心情好了些，心思渐渐回转，声音都变清亮了。

"你怎么知道多大？你放了奸细监视我？"

"对啊，你怕不怕啊？"

"好怕啊。"

祁时晏双手交叉，在自己肩头夸张地拍了拍，好像在拍什么恐怖的东西。

夏薇笑出声，真想拿蛋糕像李燃那样痛快地拍他脸上。

祁时晏的房间，她是第二次来了。

上次来，她只粗略地参观了一下，这回多看了几眼。房间格局大，装修奢华，其实也就一厅两室——一个卧室，一个衣帽间，另外有两个卫生间，遗憾的是没有厨房。

夏薇带了蛋糕，别的都没带，没有刀，也没有餐碟。

祁时晏给前台打电话，让人送，顺便在iPad里翻了翻菜单，点了几个菜，又叫了一瓶酒。

他再想想，看着姑娘走动的脚步，又对前台说："再送一双女式拖鞋上来。"

夏薇听见，转头朝他笑了下，看了看自己的脚尖，刚才踹门踹得太狠了，尖尖的鞋头瘪了一块。

"脚疼不疼？"祁时晏挂了电话问她。

夏薇不好意思地摇了摇头，有些懊恼刚才的冲动。

"别人说什么，你就信什么？"祁时晏抬手在她后脑勺上，轻轻拍了下，迈腿往衣帽间走去。

夏薇蹑着脚，跟在他身后，趁机将心里的问题抛出来："那保安说，你有很多女朋友。"

祁时晏像是听了个笑话，笑了声，不以为然。

他长腿迈进衣帽间，抬手扶上门，虚虚做了个邀请的姿势："那么，目前我还没有一个看过我换衣服的女朋友,你要做这个女朋友吗?"

桃花眼里一片笑意,玩世不恭。

夏薇睨他一眼,他浴袍里空空,什么都没穿,诱惑力之大……

可是……如果……

她脚指头不自觉蜷缩了下,脑海里还没来得及细想,身体先自己反应,羞耻地往后退了一步,让开了门。

祁时晏颇为惋惜地关上了门,自个儿换衣服。

客厅里,夏薇将蛋糕捧到茶几上,打开盒子,才发现自己精心准备的"心"形蛋糕塌陷了一片,应该是她踹门时侧翻了。

夏薇懊悔地捶了捶自己的脑袋。

正此时,有人敲门,祁时晏还没出来,夏薇走去开了门,是前台送了蛋糕用具上来,还有一双女式软底拖鞋。

夏薇一一接过,没理会对方探究的眼神,道了声谢,关上了门。

客厅里有餐桌,但夏薇觉得茶几上吃蛋糕的气氛更好,于是她将蛋糕捧到了茶几上。

她用刀将蛋糕稍微整了整形,点了支蜡烛插到蛋糕中央,又将房里的灯全部关上。

顿时房间陷入一片沉寂,只有眼前一烛光火,摇摇曳曳。

夏薇心跳"怦怦"响,没来由地紧张。

她换了拖鞋,踩进柔软的地毯,掖好裙摆屈腿跪坐在茶几边,背靠沙发,看向衣帽间。

那里有个男人,穿着一身白,白色的圆领T恤,白色的家居裤,从黑暗里走过来,像一束光,柔和洁净的月光。

那身影很高大,兀然站在她面前,平白添了一阵压迫感。

祁时晏稍稍将茶几往外挪了些,提了下裤子坐到地毯上,两条大长腿盘在身前,后背斜靠在沙发上,笑着看她:"喜欢在这里?"

夏薇见他坐得憋屈,用商量的语气说:"我是想晚餐还没来,我们就在这儿许愿,等你许完了,再搬去餐桌,好不好?"

祁时晏唇角扬起一抹慵懒的弧度:"听你的。"

他一向不在乎这些,生日都像是为了成全别人而过的。

重新调整了一下坐姿,他靠近一点,看着蛋糕,戏谑地笑了声:"好大

一颗心,你做的?"

夏薇"嗯"了一声,表情歉疚,蛋糕虽然补救过,但恢复不到原来的样子了:"不完美了。"

"那怎么办?"祁时晏脸面侧向她,暗示的口吻带着蛊惑,"要不,你把你的心给我?"

夏薇抬眸,似乎才反应过来。

两人靠得极近,男人一只手撑在地毯上,上身倾向她,桃花眼里一簇光,深不见底,拨动人心弦。

"我的心就在这儿,你要,你拿去。"

她一只手按在自己心口,那里似有暗涌翻滚,将她的言辞像浪潮一样拍上慷慨的海岸。

祁时晏说了声"好":"把刀给我。"同时递过来一只手,指向茶几上的蛋糕刀。

夏薇笑着打了下他的手,

却不料,就这么被人抓住了。

男人掌心温热,包裹住她的手,茶几上那一缕橙红的烛光也被他的黑发挡住,只在他发梢留下一层耀眼的光环。

呼吸倏然急促,清冽的气息摄人心魄地涌来,夏薇莫名口干,不自觉地舔了舔唇。

下一秒,唇瓣被衔住。

心门一室,夏薇下意识地低头。却有手指捏住她下巴,迫使她抬起。

蜡烛在耳边发出"嗞嗞"的声音,爆裂般突然变得明亮。

她看见他的眼,浓密直立的睫毛下仿佛暗流涌动的夜。

"看够了吗?"

祁时晏额头抵上她的额头,缓慢地往下,覆上她的眼睛。

薄唇擦在她唇边,似有若无地游离、挑逗、暧昧、酥酥麻麻。

夏薇心脏狂乱,血液往上涌,头顶一圈一圈地眩晕。

她想起那颗曾经被两人分食的草莓,感觉自己现在就是一颗草莓,完全成了男人的口中餐。

她抵御不住,仰了仰脖颈,后背抵在沙发上,齿间忽有温玉之感,描摹似的将她的齿贝一一扫过。

两唇分开,夏薇闭着眼,情不自禁地做了个吞咽的动作,再睁开眼时,在微弱的火光中隐约看见男人性感的薄唇上亮晶晶的水痕光泽。

"蜡烛要灭了。"

她试图转移注意力。

却不知怎的,男人不依,也似乎不满足于这么一个浅尝辄止的吻,眸底浸染了细碎的星芒,重新吻了上来。

他一只手箍在她柔软的腰肢上,将两人紧紧贴在一起。

隔着两人的衣服,她能感觉到他胸腔里的振动有多强劲有力,轻而易举地再次攻占了她剧烈的心跳。

这一次,夏薇没守住齿关,被男人长驱直入,完全招架不住。

最后一点烛光熄灭时,她终难以忍耐,低低地"呜"了一声。

却无意中成了催化剂,刺激了男人,黑暗和他的气息一同铺天盖地地席卷而下。

房里开着空调,似乎不管用了,两人周围的温度陡升。

男人的侵略性太强,舌尖勾缠着她,似要将她的一切占为己有。

夏薇不自觉地想退缩,口中含糊嘤咛,却意外促成了两人唇舌交缠的暧昧声响。

"慢……慢……"

话不成句,男人大概听不得拒绝,才一个字便教他的吻越发地疯狂,毫无章法地生硬啃咬。全然只是顺应了一切本能的冲动。

夏薇脑海里忽然蹦出李燃说祁时晏没睡过女人的话,她忍不住在黑暗里偷偷地笑了下。

"还能分心?"

后腰落进一个滚烫的掌心,一下一下,惩罚式地,似要揉碎她。

夏薇怕痒,酥痒得不行,胡乱扭动,口中发出更多破碎的音调,却换来更重更深的力道。

茶几和沙发之间的空间狭小,两人的姿势别扭,却谁也分不开谁。

忽然茶几上的手机响起,打破了这黑暗里的暧昧旖旎。

祁时晏借着那点光,双手托抱,将姑娘抱上了沙发,得了个更舒服的姿势,重新覆上。

"不接电话吗?"

手机响个不停,夏薇呼吸困难地捶了下男人。

祁时晏这才抬起上身,伸长手臂勾到那只扰人的东西,划开接听,侧着脸,重新回到姑娘身上。

他呼吸喷吐在她耳颊边，薄唇辗转中，对手机说："不去了，你们玩。"

夏薇被挠得痒，别了别头，听见手机里是个女人的声音："大家都在等你。"

"不用等我，我有更重要的事。"

祁时晏再听不进一句，摁断通话，手机随手一丢，手指插进姑娘发间，用力揉了揉，一低头，舌尖探进她口中。

夏薇长长地"嗯——"了声。

更重要的事。

她是他更重要的事！

这一刻，所有纠结的、怀疑的、不安的心思杂念似乎全被这一句逼退。

明明身上重量陡增，胸口被压迫得喘不上气，她却感觉自己飘进了云端，周身一团绵绵云朵，整个人飘飘然、晕乎乎。

"这裙子是怎么穿的？"

按捺不住的热气在四周盘旋，两个人贴在一起，几乎没有缝隙。

夏薇指尖颤抖，伸手环过他的脖子，羞赧的声音低低地吐在他胸口。

房间里不仅昏暗，还过分安静，任何一点点声响都异常明显。

那隐形拉链划开的声音伴着沉哑的喘息，像一个巨浪打上礁石，激起无数水花。

理智和欲望一同坠落……

可关键时刻，有人敲门。

男人脚趾踩住她的脚背，狂躁地蹬了几下，几近失控。

有什么东西在空气中悄无声息地蔓延。

"您好，送餐服务。"

灯打开了，骤亮如昼。

夏薇进了卫生间，全方位整理了一下自己。

再出来时，祁时晏已经将餐车推走，将一碟碟的菜摆上了餐桌。

夏薇走向沙发，将地上的几个抱枕捡起，稍稍整理了那一片凌乱，捧着蛋糕送到餐桌上。

空气里似乎有什么不一样了。

祁时晏往酒杯里倒酒，偏头看了她一眼，放下酒瓶，伸手将她拉到自己身边。

头顶的灯是淡金色的水晶灯,照在眉睫上,形成一层薄薄的光晕。

男人手指轻轻划过她的眉,薄唇在她唇边啄了一下,低声笑着说:"都亲肿了。"

言语里似乎有那么一点自得。

夏薇咬了咬唇,去勾他的系带,状似关心地问:"你刚才怎么了?"

祁时晏深深地看了她一眼,捉住她的手,挪开,下颌一抬,目光移向桌上:"吃饭。"

夏薇抿唇笑,才知道浪荡公子哥也有羞涩的时候。

她在蛋糕上重新点了一支蜡烛,让祁时晏许愿,可祁时晏说:"我想得到的,今天已经得到了,心里现在没有愿望,我许什么?"

原来不许愿也能有这么好的借口。

"那,许我们长长久久,好吗?"

夏薇才发现,男人所说的也是她的心声,她想得到的,今天也得到了。

她这只飞蛾怎么这么幸运,那她能不能贪心点,要更多?

祁时晏轻哂,看着她一双认真的眸子,说好。

他拉开椅子,往椅背上慵懒一靠,朝她递过去一只手。

夏薇乖巧地坐到他大腿上,依在他怀里,将男人的双手合十,自己的手覆在他手背上,四只手双双对向蜡烛。

"我们一起许吧。"夏薇将自己稍稍坐正,问身后的人,"你眼睛闭上了吗?"

祁时晏笑而不答,侧头看着姑娘虔诚的模样,在她闭上眼,心有所动的时候,一口含住了她的耳垂。

"呜——"夏薇本能挣扎了一下。

男人却咬得紧,言语如风一样送进她耳蜗:"专心点。"

夏薇:可算领教了男人许愿的方式。

那一刻,她想,他们如果能一直这么下去该多好。

她今年的运气实在太好,她生日许的愿全实现了,那她能不能赌上今生所有的运气,换今天这个愿望实现?

夏薇切了一块蛋糕,喂祁时晏吃,祁时晏吃了一口,眉眼舒展,笑着说:"不错,比在 party 上那个好吃多了。"

"那你多吃点。"夏薇又喂他,故意将奶油蹭到他脸上,想弄花他的脸,却被祁时晏抓住了手。

"这么好吃的蛋糕别浪费了。"他舔舔唇,贴上她的脸,反将奶油蹭到她脸上。

两人笑闹,亲昵,暧昧,一块蛋糕,你一口我一口,在亲吻中艰难地吃完,两人唇角都沾了很多奶油,香甜的味道散开在房间里。

祁时晏的手机又响了,今天注定不是平常的日子。

手机还在沙发上,夏薇从他身上离开,想去给他拿手机。

祁时晏拉住她的手腕,说:"你吃饭。"

他自己走去拿了手机,径直划开接听,边听边往餐桌回走。

只是半路,他停住了脚步,夏薇看见他脸色变了下,背过身去,对手机说:"你说谁?再说一遍?"

打电话来的人是韩烟,她说:"大堂来了一个女的,自称姓孟,叫孟荷,说是来给你送礼物过生日的。这也就算了,但关键是,她说是你未婚妻。"

祁时晏这份婚约,他单方面消息封锁得很紧,水中仙目前没人知道,韩烟也不知道,她也没见过孟荷,忽然来个人找祁时晏,她自有办法将人打发走,可孟荷为人泼辣,又抛出这么一个炸弹身份,一时之间大堂炸了锅,闹开了。

韩烟只得打电话向祁时晏求证。

"不认识,叫保安扔出去。"祁时晏声音冷淡,一句话解决问题。

只不过,重新坐回餐桌前,情绪还是受了影响。

水中仙酒店除了温泉,还有一道享誉盛名的菜,那就是烤鸭,外酥里嫩,配上黄瓜丝、葱丝和蘸料,用薄薄一张荷叶皮包卷,堪比帝都的京味。

夏薇坐在对面,包卷了一只递给祁时晏,祁时晏吃了,第二只便不想再吃。

"是有什么事吗?"

夏薇感觉他周身气压在降低,眉宇间一丝戾气若隐若现,像是心里压着一团暗火。

"过来。"

祁时晏放下筷子,人靠上椅背,腾开身前的空间,等夏薇挪过去坐他腿上,他将鼻尖在她颈窝里蹭了蹭,似乎她的体香能给予他力量,对抗某种不好的东西。

他抱着她,双手绕到桌前,取过一张荷叶皮放餐盘上,筷子挑了几片鸭腿肉,再夹上几根黄瓜丝,夹葱丝的时候,问了声:"要吗?"

夏薇才知道,他是要为自己做烤鸭卷,答了声:"不要。"

祁时晏便没夹葱丝,淋了少许蘸料,放下筷子,双手在餐盘上慢条斯理地卷烤鸭。

他的手很漂亮,手指修长,骨骼分明,手背上的皮肤白皙且薄,青色的脉络蜿蜒其上,非常养眼。

而更赏心悦目的是他卷烤鸭的动作,手指灵活,指甲干净整洁,折叠荷叶皮的时候,夏薇感觉荷叶皮自然服帖,一点也不像她卷的时候那么生硬。

她想起年少时,他弹古筝,那琴弦被他拨动的画面,又想起刚才沙发上,他那漂亮的手……

思绪中,烤鸭卷送到了她唇边,夏薇轻轻咬了一口,竟然比自己卷的好吃很多。

那顿饭,吃到后来,夏薇吃得比祁时晏多。

每次她说:"吃不下了,我吃过晚饭了。"可男人还是要喂:"再吃一点。"

说不上来,他从来没喂人吃过东西,可眼前的姑娘长得好看,吃相也好看,他忍不住想喂她,想把所有好吃的都喂给她。

包括他自己。

一池清澜,投身其中,卷起他的热焰,勾动他所有的五感触觉,让他沉溺,忘乎所以。

可就是有人不让他安生。

韩烟又一个电话打来,一向大方得体、见惯大场面的人语气慌张道:"祁三少,你快来吧,出大事了。"

韩烟没有夸张。

这大事是真的大,是水中仙会所开办以来第一次遇到的大规模临检,除了警方来了不少人,缉毒大队也来了,还带了几条缉毒犬。

会所开门做生意,自有防止犯罪的一套体系,尤其是毒品相关。

祁时晏不怕对方查,只不过如此来势汹汹,影响很不好。

会所占酒店一层的面积,有六十多个包厢和棋牌室,进出往来的客人大部分是上层社会人士,多数也是老顾客。

这些人最重视的是名声和隐私,这一临检,谁会乐意?以后谁还会再来

水中仙？

而水中仙是国际连锁酒店，是上市公司，隶属祁家望和集团，这一遭，股价要跌多少？

祁时晏站在落地窗前，听完电话，看了眼窗外漆黑的夜，转身往衣帽间走去。

夏薇坐在餐桌边看着他，虽不知道具体的事，但能感觉到事态的严重。

她迅速去卫生间将自己重新整理了一下，将散乱的头发用皮筋扎成了马尾辫，又从手提包里拿出化妆包补了补妆。

等她出来，祁时晏正好走过来，他身上已经换了一身比较正式的衬衫西裤。

"你要出去吗？我跟你一起去。"夏薇将手提包挎上肩头，除了衣服没换，整个人干净利索，也是一副准备出门的装束。

她脚步先男人之前往玄关走去，祁时晏一把拉住她。

"什么事都不问，就跟我去？"

"不管什么事，只要能和你在一起就好。"

夏薇说得坚定，祁时晏紧蹙的眉心莫名一松，将人揽进怀里，低下额头，和她相抵。

唇边轻轻嗔怪了一声："傻的。"

夏薇推了一下他的肩："你别总说我傻，我哪里傻了？"

祁时晏被推得往后微仰，笑了声，重新将人抱进怀里。

夏薇也搂过他的脖颈，两人像天然的两个正负极磁场一样紧紧相吸，拥抱严丝合缝。

可是男人越是将她抱得紧，夏薇越是感觉他要推开她。

但祁时晏什么都没说，松开怀抱时，两人一起换了鞋，一起出了门。

夏薇挽着他的手臂，跟着他往走廊尽头走，才知道那里有专用电梯，不需要和其他人一起挤。

电梯直达一楼，夏薇低声问："我们是要出门吗？"

她知道那个电话是韩烟打的，她以为他们会去会所，但祁时晏没按会所的楼层数。

而祁时晏也没回答她的话，只拿开她挽着他的手，反手绕到她后背，将她揽进臂弯。

两人一同出电梯，往酒店大门走去，祁时晏这时才侧低头，对她说："你现在一个人回家,我不送你了。这几天你不要来水中仙,我空了会去找你。"

夏薇惊讶地抬头,祁时晏揽住她,继续往外走,脸上没什么表情,只用手按了一下她的腰:"记住了吗?"

夏薇有一点沮丧,脚步微顿:"我就不能为你分担一些什么吗?你这样我怎么放心?"

祁时晏抬手揉了揉她的脑袋,气笑般说:"就说你傻的。你不给我添乱就好了,我哪敢要你分担?放心吧,我不会有事,不过我需要一点时间。"

他一个散漫浪荡惯了的人,忽然被推到风口浪尖,迫使他变得严谨认真,他不担心自己处理不好,但他不想夏薇卷进来。

说到底,里面多少会有些龌龊阴暗,他不想她一个单纯干净的姑娘沾染这些。

夏薇还想说什么,祁时晏又用力揉了揉她的头发:"你乖一点,等我去找你。"

夏薇只好垂下头,听话地和他一起走出大门。

酒店门口灯火璀璨,夏薇感觉比平时多了很多人,其中不乏打量的目光朝他们看过来,但祁时晏一个没理,只对出租车专用道招了下手。

一辆车立即开了上来,他打开后门,将夏薇塞了进去。

夏薇扒住车门,急问:"我能给你发消息吗?"

祁时晏揉了她的头发,点点头,然后关上了门。

车开了出去,夏薇转头,看见祁时晏在原地停了几秒,朝门口几个人扫了一眼,迈开长腿往里面走,其他人陆续跟了上去。

祁时晏没有告诉她的事,夏薇后来从晚晚那里得知了。

晚晚发消息说:悲催的,来了很多警察,还有狗。

晚晚:每个包厢都在搜查,连我们那个场子也没放过。

晚晚:现在可乱了,每个人都要查,还要带去厕所做尿检,人好多好多。

夏薇被吓到,怎么会这样?

被晚晚这么一说,她没在现场也能想象到那里鸡飞狗跳,乱成了什么样。

客人是去消费的,谁愿意平白无故被怀疑、被搜查?尤其那些有钱有身份的人,谁愿意被人摁头,惹上晦气?

但是再仔细想想,水中仙背靠祁家,按说一般情况下不会有这种行动,这是怎么了?

195

晚晚一句话点破：是有人举报。

晚晚：我看见祁少来了。

过了一会儿，晚晚又来消息：走了一大半的警察了，狗也全部带走了。

晚晚：事情好像平息了，不过还要一个个做尿检。

采集尿样，是例行公事，夏薇能理解，但是什么人举报？这得多大的恶意？

夏薇正想着，晚晚又说：对了，还有一件事忘了告诉你。

晚晚：祁三少订婚了！有未婚妻！

晚晚：先前来了个女的，好家伙，直接冲到许颖面前，打了她一耳光。

夏薇握着手机的手不自觉一颤：那许颖呢？平白被她打？

晚晚：当然不，韩烟叫了保安把那女的按住了，许颖上去打了两耳光。

晚晚：那女的又吵又闹，后来被扔出去了。

晚晚：我们看得快笑死了。

夏薇看着"未婚妻"和"许颖"的字眼，莫名觉得刺眼，想起祁时晏先前在房里的态度，以及将她送走却怎么都不肯道出一句真相，这个消息无疑像根刺一样扎进了她心里。

水中仙大酒店里，灯火通明。

祁时晏忙得焦头烂额，许颖的事他根本顾不上，只答应了最后会给一个交代，就让她去休息了。

祁时晏启动了酒店应急机制，所有酒店工作人员包括中高层管理全部到岗，与警方交涉，安抚会所里的客人，还要防止事态扩散，影响酒店入住的客人。

事情结束时已经是第二天的凌晨三点。

而现在是电子信息时代，挡不住的网络舆论滚滚而来，祁时晏第一时间让人盯住了，避免了事态的二次发酵，尽可能地将各方面的损失降到最低。

至于事件的源头，那条举报信息，祁时晏最终也动用关系拿到了手，听完录音，他气得要摔手机。

幸好旁边人反应快，一把抢住，才没摔成。

酒店的会议室里，所有的中高层领导都在，大家都彻夜未眠。

除了他们，还有一位身份特殊的股东。

他原本不必参与，但警方到场时，他正好在会所，又因为和祁时晏私交甚深，于是他也跟进跟出，出谋划策提了不少建议。

他就是白易文。

白易文的爷爷是祁家老太太的嫡亲大哥，祁时晏当年在美国留学时都是住在白家，两人年纪相仿，同个大学，不同专业，关系比亲兄弟还亲。

而水中仙最早是祁家和白家联姻的产业，祁家这边的股份现在归属望和集团，白家方面经过几轮换洗，现在的股份大部分都在白易文父亲手里，而白易文是独子。

所以，当初白易文对夏薇说，水中仙是他的家也没错。

会议结束后，祁时晏坐在首席，暂时放大家去休息。

看着人一个个离开，他仰靠在老板椅上，合眼假寐。

白易文没走，拿过祁时晏的手机，看了一眼手机壳，想起夏薇的也是类似的同款，看起来像情侣款，这是巧合，还是他们认识？再进一步想，他们之间是不是有某种关系？

再看向老朋友，祁时晏似乎已经睡着，他只得暂时放下问题，靠上椅背，闭上眼，也休息一会儿。

四周逐渐安静，祁时晏一个激灵，猛地醒了过来。

白易文听见动静，微抬眼，看着他笑。

有人送来咖啡，同时报告事态进展，一切都在掌控中，祁时晏点点头，松了一口气。

他站起身，对白易文说："走，出去透透气。"

白易文欣然跟从。

凌晨五点，第一抹曙光跃上山岭时，蜿蜒的山路上出现两辆超跑，速度疾驰如豹，震天响的轰鸣声响彻山野。

到达山顶时，清凉的山风吹乱了男人的发。祁时晏吹了声口哨，面朝晨曦懒洋洋地靠在车身上。

白易文的车跟上来，停在后面，一下车就走过来朝祁时晏肩头上捶了一拳："还是这么猛。"

祁时晏让了下，发出嘲笑："是你退步了。"

太阳一点点升起，鲜艳的红和耀眼的金，刺破厚重的云层，铺展大地，四野苍翠尽收眼底。

祁时晏摸出手机，拍了几张照。

白易文靠在他旁边，赞叹了一声："这儿风景不错。"

祁时晏点点头，赞同："风景是好，就是人不行。"转头嫌弃地看向对方，"我为什么要跟你一起看？"

说话间，他将照片一起发给了夏薇，不过没等到回复，估计姑娘还在睡觉。

白易文一阵大笑，同样嫌弃："你以为我乐意啊？"

祁时晏眼里布满了血丝，大脑疲倦，可是心却静不下来。

他玩惯了，吃喝玩乐，游戏人间，什么时候有过这么高强度的脑力劳动？

只不过事发突然，祁渊在美国，一时半会儿回不来，酒店的总裁能力有限，而祁时晏是会所的幕后老板。

这事他不扛，没人扛。

最重要的，他是祁家人。

白易文朝他竖大拇指："早就说你是韬光养晦，这件事开头那么乱糟糟的，最后被你收拾得漂漂亮亮，你可是让所有人都刮目相看了。"

祁时晏不甚在意，反而笑白易文："现在中国成语说得这么好了？"

"没你会。"白易文笑了，后背靠上车身，放松自己，闲聊着说，"要不是祁渊认祖归宗，现在望和的总裁得是你吧？那样的话，祁家的掌权人现在就是你了啊。"

祁时晏笑了声："那我真该感谢我哥回了祁家。"

祁家父辈里的几个兄弟资质平庸，都是米虫属性，老爷子几年前选接班人的时候，将他们全放弃了。

最后，老爷子跳出固有的思维，在孙辈里找了接班人。

他们孙辈里子孙众多，祁时晏排行老三，老大是祁渊，老二是祁时礼，后面的弟弟妹妹个个年纪尚小，不是在读书，就是在读书的路上。

而老二祁时礼不善经商，现在人在南极搞科研，与企鹅为伴。

白易文说得没错，要不是有祁渊，祁家这座大厦就得由祁时晏来守。

而祁时晏自称是个懒人，他坐拥财富，只想纵情声色、享受生活，权力和声望这些东西对他而言没有吸引力。

太阳脱离了地平线，两人有的没的交流了不少，只不过祁时晏的心情还是没有开朗。

偏偏白易文好奇得很，问祁时晏："那个叫孟荷的，她父亲是不是孟岳松？"

祁时晏看他一眼："你来中国多久？怎么都认识到了他？"

"那有多难？"白易文不以为然。

他在榆城新筹建的公司，很多机器设备都要从美国运过来，祁家有新成立的国际海运公司，他正好利用上了。

那公司背后的联姻原因，他不就顺理成章地知道了吗。

"只不过，订婚这么大的事，你都不告诉我？"白易文责怪道。

祁时晏嗤笑了声："那你怎么不想想我为什么不告诉你？"

"看不上？"白易文想起自己在会所时见到的孟荷，不厚道地笑了。

当时孟荷到会所，开口就说找祁时晏，看到生日派对的主题墙，更相信祁时晏在这里过生日，可是韩烟不让见。

孟荷第一次主动上门找祁时晏，满怀期望，可没想到阎王好见小鬼难缠，她亮出了自己是祁时晏未婚妻的身份，对着韩烟破口大骂，尤其看到许颖时，更气得发紧。

孟荷知道许颖和祁时晏有很多绯闻，一上去就打了许颖，结果许颖人多势众，她反而被打，还被几个保安扔到大街上。

孟荷怒火中烧，转身就打了报警电话，诬告水中仙会所里有人吸毒。

"瞧瞧，你生日给你整这么大一份礼物，这个未婚妻对你真好。"白易文不忘落井下石。

祁时晏冷哼："你要觉得她好，你把她娶了。"

"别，你自己享受吧。"白易文笑，"那个怎么说的，己所不欲，勿施于人。"

祁时晏没理。

白易文看着他："别心情不好了，我分享一件高兴的事给你听。"

"什么事？"

"我去相亲了。"

祁时晏散漫一笑："的确值得高兴。"笑完之后，他拍了拍老朋友的肩，"才来中国多久就去相亲了，你是真打算在这里安家，还是纯粹想玩玩？可别糟蹋了人家姑娘。"

白易文点头："那姑娘不错，我第一眼就很有感觉。巧的是，是孟岳松介绍的。"

祁时晏皱眉："什么意思？孟岳松把他的村姑女儿塞给我，另外给你介绍了一个不错的？"

他勾过对方的脖子，把人往地上按，另一只手敲对方脑壳："这么快就学会损我了是吧？看我不爆了你的头。"

白易文"哎呀"叫了声，伸手反击，两人你来我往，好一阵拳打脚踢，嘻嘻哈哈中最后还是白易文求和，结束了战争。

两人打累了，精疲力竭，一起上车，懒散地放倒了座椅，躺着休息。

白易文问："你打算怎么办？"

祁时晏看向车前挡风玻璃外，东方已经大白，太阳反光，照得前方一片白茫茫。

他目光犀利，聚起一道光，似要劈开那片白茫茫："还用问吗？坚决退婚，这件事不可能就这么算了。"

原本还想耐住脾气等到祁渊来解决，现在他是一刻也不想等了。

"下山。"祁时晏说。

他把车暂时留在了山顶，坐白易文的车下山，另外打了电话叫司机在山下接他，他要去老宅。

"行吧，你睡一会儿，别太着急，到了我叫你。"

白易文看他一脸疲态，于心不忍，劝了几句，发动了汽车，往山下开去。

祁时晏便趁这段时间稍微补了个觉，到山底下醒过来时，精神恢复了大半。

司机的车也正好到，祁时晏下车，走过去，忽然想起什么，又回头对白易文说："我也有件高兴的事，可以分享给你。"

"什么？"

"我有女朋友了。"

祁时晏唇角扬起，原本觉得这事并不值得一提，但当下这些事像巨石一样将他往下压的时候，他发现夏薇像跷跷板一样，不经意间将他的心情跷起，甚至抛到高空。

这种感觉甚好。

白易文愣了一瞬，笑："我知道啊，不是许颖吗？"

祁时晏皱眉："谁说是她？"

白易文疑惑："那还有谁？"

祁时晏这才笑了："改天带你见见，你也把你的相亲对象带上，一起吃个饭。"

"我才不带。"白易文反应过来，机警道，"万一让你看上我的相亲对象，怎么办？"

祁时晏大笑："我看你是拿不出手吧。"他手指在车门边上敲了敲，警告的语气，"那以后就老实点，别想着损我。"

"得了吧,那我祝你退婚不成,和孟荷百年好合。"
"滚。"

夏薇一晚上心里不踏实,到凌晨才迷迷糊糊地睡过去,一觉醒来,手机里有几条微信。

点开来,有一条好友申请,其他的全是祁时晏发来的。

夏薇优先打开祁时晏的,没想到里面全是日出照片。

昨晚上那么大的事,男人还有心情去山顶看日出,真不愧是祁时晏啊。

那是事情处理完了?孟荷搞定了?那许颖呢?

夏薇盯着照片胡思乱想了一阵,给祁时晏回消息:这么好看的日出,怎么不叫我?

可是好久收不到回复,她转而去看好友申请。

意料之中,是白易文。

想起昨晚的相亲,父母们一定会追问后续,她有必要和白易文说清楚,于是点了通过。

夏薇编辑好信息,礼貌地给对方发去:白先生,昨晚的事非常感谢。但我想我们并不合适,所以在此说声抱歉。

她发完之后,准备起床洗漱,可没想到白易文回复得这么快。

白易文:怎么不合适?

夏薇握着手机,蹙了下眉,想起对方是美国来的,思维肯定是美式直球,不懂中国式含蓄的拒绝,便坦白说:我有男朋友了。

不料对方更有了兴趣,回问:有男朋友还出来相亲?瞒着父母?

怎么就有这样的人,非得扯掉人的遮羞布?

夏薇刚伸出被窝的脚指头不自觉地蜷缩,尴尬得能抠出一个地下城,好一会儿才敲出两个字:是的。

她想了想,又恐生事端,解释说:我知道这事对你不公平,非常抱歉。因为某些原因,我现在还不到带男朋友见父母的时候,所以白先生如果能帮忙隐瞒一下就请隐瞒一下,非常感谢。

白易文笑了,回:OK!既然这样,我不介意自己以后还会被利用。夏小姐,你可别删了我。

夏薇本来想说清楚了就拉黑,以后互不相干,可有了对方这一句,删了倒显得她不近人情。

最后，夏薇只得在"谢谢"两个字中，结束了聊天，暂时将白易文保留在自己的微信名单里了。

同一时间，祁时晏正在老宅陪老爷子和老太太吃早饭。

老爷子上半年从楼梯上摔下去，九死一生捡回一条命，语言神经系统受到了损伤，如今话说不清楚，且有老年痴呆，忘了大多数的人和事。

老爷子想不起来面前的年轻男人是谁，老太太告诉他是"晏儿"，老爷子耷拉着布满皱纹的眼皮："哦，哦，晏儿。"没一会儿又忘了。

曾经在商海翻手为云覆手为雨的人物，现在佝偻着背，枯瘦如柴，眼眶里一丝混浊的光仿佛即将熄灭的油灯，在这古老的房子里。

老爷子拿他做了联姻的工具，祁时晏心里原本是有气的，可现在看着面前的老人，气都不知道往哪里撒。

他接过帮佣手里的碗，坐到老爷子面前，一口一口地喂他吃。

主食是菌菇牡蛎粥，老爷子每一口都要有牡蛎才肯吃，没牡蛎就噘起嘴，哼哼唧唧，像小孩子一样。

祁时晏调羹里挑满了牡蛎，递到他唇边，看着他张口，又收回调羹，哄着问："想吃？"

老爷子抖着手，目光盯着那调羹，馋得狂点头："吃，吃。"

"拿文书来换。"

"什么文书？"

"我的联姻文书。"

"联姻？你要结婚吗？"老爷子摇动布满褐斑的双手，笑起来，"结婚好，结婚，结婚。"

祁时晏：自己还能把他怎么样？

老太太看热闹，笑着说："你别想了，你爷爷精着呢，早先清醒的时候，他把那文书和遗嘱一起交给律师了，除非他过世，不然谁也别想动。"

祁时晏将碗往桌上重重一放："我就想退个婚，有这么难吗？"

老爷子看着他，"呜呜"两声，害怕得全身颤抖，萎靡的眼眶里掉出一泡泪。

"你别吓他，他现在只有五岁的智商。"老太太走过来，拿纸巾给老爷子擦了擦泪，站在旁边，搂着人哄了哄。

"晏儿，你在干什么？"不知道是不是"五岁"两字触动了记忆的神经，老爷子忽然抬头,看向祁时晏,朝他吼道,"快去弹琴。"

祁时晏没动作。

老太太笑:"你看你看,爷爷还是记得你的,连你五岁弹琴的事都记得。"

祁时晏的脸上阴云密布:"我现在就是在对牛弹琴。"

九点,股市开市,祁时晏去了望和集团总部。

还好当天股价跌幅不大,在可控范围内,祁时晏坐镇一天,到下午收市时才放下了心。

接着几天都是忙碌奔波,为水中仙的事,还有退婚的事。

祁时晏发了狠要退婚,找了几个支持自己的股东叔父联合起来,要叫停祁、孟两家合资的国际海运物流公司。

可他父亲祁景天是海运公司的一把手,说什么也不同意,找了更多的人反制儿子。

一时之间,事情越闹越大,集团里几乎所有的股东都出来选择站队。

站祁时晏的,都是心疼他,认为孟荷不配他,孟家不配祁家,祁时晏值得更好的联姻。

而站祁景天的则更多的是看重利益,认为当下海运公司经营顺利,盈利颇丰,不过一场联姻,祁时晏娶谁不是娶?大不了娶了将来再离嘛,没必要因此放下大好的利益。

如此两派,势均力敌,谁也说服不了谁。

祁景天见儿子为了退婚,与自己对立,闹得满城风雨,实在难看。

他提前结算了海运公司的盈利,做了一份漂亮的财务报表,又私下请那些站在祁时晏这边的股东一个个吃饭送礼,怂恿他们倒戈。

一个多月之后,支持祁时晏退婚的人越来越少,反而更多的人来劝解祁时晏。

说到底都是商人,谁不是利益为先?

祁景天前几十年一直碌碌无为,从集团高位一路被逼退到外派小公司,如今年纪一大把了,得了孟家的利好,组建出这个海运公司,终于有些起色,他怎肯放弃?

至于儿子的婚姻,他一点不在乎。他对祁时晏说:"你从小到大吃的喝的、穿的用的都是祁家的,可你有为祁家做过一丝贡献吗?现在不过要你联姻,怎么就不行？"

祁时晏眉头一皱："我没为祁家做过贡献？水中仙这么大一份家业，这几年是谁罩着的？还是我那传媒公司每年的红利，你没分到？再不济，我那几个酒吧，你每次去都不买单，当我不知道呢？"

祁景天被撑得哑口无言，儿子在世人面前总是一副玩世不恭的样子，他都忽略了祁时晏的能力。

"不过就是娶个人。"他还是想说服儿子，"再怎么不喜欢，娶回来养着就行，你想怎么玩还是怎么玩，又不会妨碍你，也不需要花费你一分心思。"

"是吗？"祁时晏压住怒火，眼神极寒，"我看你也单身蛮久了，要不你娶了她，我不介意叫她小妈。"

祁景天已结婚离婚三次，最近一次离婚是去年，现在在身边养了一个小明星。

"有你这么开涮老子的吗？"祁景天抓起桌上的镇纸，作势要打。

祁时晏不躲不让，冷冷地看了父亲一眼，转身离开。

门在他身后重重关上，那声音震天响，响得祁景天的手抖了几抖。

祁渊为了沈逸矜的 PTSD 去美国学心理学，一个多月了还没回来。

远水救不了近火，兄弟俩只能电话视频。

祁渊劝弟弟，说："你别急，怎么说他都是你父亲，你别跟他对着干，这事要巧取。"

巧取的办法无非还是要等。

等祁景天海运公司的任期到了，将他调离其他公司，另外换个人上去，到时候再终止两家的合作便是易如反掌。

"不行。"祁时晏有自己的顾虑，"这个孟荷没文化没修养，想一出是一出，这次给我捅这么大一个娄子，下次不知道还会干点什么出来，我祁三少是任她为所欲为，这么好说话的？"

对于这个问题，孟家自己主动出来承担了。

那天，在祁景天的安排下，孟家在酒店设宴，向祁时晏赔罪，还特意请了几位德高望重的长辈。

祁时晏也是看在这几位长辈的面子上才去的。

但是席间，他还是坚持自己的立场，丝毫不心软："这个婚我是坚决要退的，没有任何可商量的余地，谁也不用劝我。"

他看向孟岳松,余光扫到孟荷,眼角一丝阴寒像冰锥一样,直戳人心。

孟荷害怕极了,脸色发白,手指在桌底下不停颤抖。

这些天她已经知道自己闯了多大的祸,也想了很多种弥补的办法,想来想去,此刻她站起身,想到一个最直接表达的方式,朝祁时晏走去。

一桌人看向她,孟岳松和马玉莲也感到奇怪,不知道她要做什么,明明在家里叮嘱了她什么也别说、什么也别做。

祁时晏偏头,瞥了孟荷一眼,目光锋利如刀,充满了嫌恶,示意孟荷不要再进一步。

可孟荷如果停下来,就不叫孟荷了。

只见她走到祁时晏面前,叫了声"祁三少",双膝一屈,便朝他跪下了。

祁时晏拉开椅子,跳开两米远,用英文骂了声。

其他人也纷纷瞳孔放大,集体震惊。

谁都没料到孟荷会有如此举动,马玉莲连忙上前去扶孟荷,可孟荷跪在地上哭了起来,怎么都不肯起。

孟荷脸上的妆哭花了,脸颊上流淌出两道青黑,手一抹,成了鬼脸,可她顾不上,只哭着说:"祁三少,以后我再也不敢了,你饶了我这次,以后我一定听你的话,你说什么就是什么……"

"见鬼!"祁时晏朝跟前的一张椅子踹去,踢翻在地,冷眼扫过包厢里所有的人,转身出了包厢。

夜风寒凉,枝头上的落叶纷纷扬扬,撞在汽车的前挡风玻璃上,又被风呼啸着刮落。

祁时晏一路将车开到夏薇住的出租屋楼下,抬头,树影稀疏,月色在白雾中弥漫,才发现秋已经深了。

他给夏薇打电话,是沈逸矜接的,说夏薇在洗澡。

他靠在车头,等了一会儿,就见一个年轻姑娘穿着一身月白色的睡衣,趿拉着拖鞋跑下来,肩上披散着湿漉漉的头发像海藻一样,在月光下泛着星星点点的光。

"你怎么来了?"夏薇走到跟前,一双眸子含着潋滟水光。

祁时晏抬眸,手抚上她的脸,冰凉、细腻,搁在掌心,像水豆腐一样柔嫩。

夏薇轻颤了一下眼睫毛,男人深邃眼里的情绪她还没读懂,一个滚烫的吻便侵入了她的唇齿。

他吻得又急又烫，凶蛮深入，勾缠住她的舌，汹涌掠夺，完全没有第一次的温柔。

夏薇下意识地退缩，男人的手却扣住了她的后脑勺，

另一只手探进衣摆，牢牢卡在了她的细腰上，不让她有一点点的挣扎。

男人的气息浓烈得犹如火燎，混合着一丝烟草淡淡的苦涩味，让人联想到寒冷的深夜燃起的壁炉，和醇厚的黑咖啡。

夏薇被笼罩其中，感觉到男人的情绪，凶狠中更多的是温暖和热烈，于是在心跳与酥痒中放弃了抵抗。

她伸手搂过他的脖颈，合上眼，跌进他的缠绵。

一吻结束，男人撩了撩她的湿发，将发梢揉在掌心，挤出水来，甩开，问："冷不冷？"

夏薇心里升起一股暖意，拉过他的手，摇了摇头，反问他："上去吗？"

"不了。"祁时晏想到沈逸矜在，他去了不方便，"上车，陪我坐会儿。"

他拉开副驾驶的门，挡着车顶，扶她坐上去，转身绕过车头，自己坐进驾驶位。

祁时晏从扶手箱里找出一块干净的毛巾递给夏薇，让她再擦擦头发。

夏薇接过，听话地擦了擦，不过她下来跑得急，脚上还是洗澡时穿的凉拖，那才是真的冷。

可是她又不想回去换鞋，不想浪费和祁时晏在一起的时光。

"傻的。"男人轻嗔了一句。

他将椅背往后挪，调整了一下坐姿，伸过来一只手，说："把腿伸过来。"

夏薇愣了两秒才反应过来，侧身靠在椅背上，抬起一双长腿，越过挡位，放到了男人大腿上。

然后，她就看见男人一双温暖的手抓住她两只脚，给她又捂又搓的。

"痒。"夏薇嗓音里发出细碎的笑声，扭动脚踝，抗拒他的动作。

"别乱动。"祁时晏两只手抓得更紧了，将衬衣下摆从皮带里拉出，包裹住她的双脚，好像要藏进他的身体里去似的。

空气有一瞬间的静谧，月光穿透雾气洒在这一方天地，深深浅浅照在男人脸上，轮廓深邃，线条锋利。

夏薇没记错的话，刚下楼时见到他的第一眼，周身一股戾气，带着暴躁怒火。

可现在看他，眉宇虽然还紧锁，可是投过来的目光却柔和了很多，指尖

动作温柔，极致的温柔。

"真的很痒。"夏薇忍笑，蜷缩着脚趾在他掌心里抖动。

她心里明白他在承受什么、烦恼什么，而她所能做的，只有什么都不问，就这样静静地和他待在一起。

因为有晚晚，她知道了水中仙所有的事，可祁时晏每次来都只和她说些零星片语，其他的只字不提。

至于订婚的事，他更是告诫身边所有的人，谁也不许泄漏出去，尤其指着晚晚，警告她不许向夏薇提半个字。

晚晚怕极了，因为警告已经晚了，夏薇什么都知道了。

现在，夏薇只得装着不知道，维持着两人之间的平静。

"哪里痒？"祁时晏故意勾着手指，捉住她的脚，轻轻挠。

姑娘的睡裤薄薄一层，柔软、宽松，男人骨骼分明的手从玉竹般的脚背出发，一点点往前攀延。

密封的空间，温度也随之节节攀升。

那温热滑腻的触感，像人工放养的锦鲤，摇头摆尾，激起一片水浪。

夏薇弓了身，在他抵达尽头时，羞赧地说："我'大姨妈'来了。"

潮涨潮落。

男人不甘心地揉捏了下，原路撤离，夏薇收回腿，并拢屈在座椅上。

两人亲昵地说着话，双双凑向中间，寻找彼此的唇，流连彼此的呼吸。

夏薇说："你穿不穿毛衣，我想给你织件毛衣。"

"好啊，你织了我就穿。"

"想要什么样的？"

"什么都好……像这样的，好软……手感超好……"

夏薇胸口一窒，血液随之上涌，涨红了脸："……说什么呢？"

她抓住男人的手，推拒了一下，却反被抓得更紧了。

天气一天比一天冷了，榆城的冬天一点也不干燥，偶尔一场雨，和雾黏合在一起，湿蒙蒙的，冰凉、寒冷。

这样的天气总会让人向往阳光，向往懒觉，和温热的食物。

夏薇几乎每个星期天都会懒洋洋地睡到大中午才起床，尽情享受打工人有限的温暖时光。

起床后，如果太阳好，她便将被子抱去阳台，铺展在沈逸矜的高级按摩椅上晒一晒，然后进厨房，快乐地忙碌开来，做各种饼干和美食。

快年底了，祁时晏最近很忙。

祁时晏除了在集团有股份，个人产业也不少，但他是个不爱管事的老板，只要底下经营得当，不出大纰漏，他都不会轻易出手。

可是到了年底，很多事情还是要他亲自出面，而且又因为和祁渊的关系匪浅，集团里很多事，祁渊也找他帮忙。

这样一来，一个闲散的公子哥只得收敛一身性情，和商界大佬一样忙碌起来。

也因此和夏薇见面的时间渐渐少了。不过再忙，祁时晏一般星期天都会抽时间过来，陪陪女朋友，蹭吃蹭喝，以及蹭她身上的暖和香。

他喜欢从背后拥抱住她，不管夏薇要做什么，还是往哪里走，他就像个连体婴一样粘在她身上，双手也学夏薇揉面团的手法，在她衣服里有样学样。

使得夏薇总是酥痒难抑，有几次腿软得滑到地上去。

"正经点，行吗？"

"我怎么不正经了？"

"你信不信我拿擀面杖把你碾成面条。"

"那你试试看，碾不碾得动？"

男人轻笑，将她抱起，一句话促狭又浪荡，桃花眼里映着头顶灯光，仿若要生出藤蔓，缠绕住她。

夏薇感觉他比先前开朗了，笑多了，话多了，人也更放浪了。

因为水中仙虽然出了那件事，但今年年利润还是创了历史新高，而且听说孟荷出国去了，暂时不再会让人闹心了。

沈逸矜从外面回来，见他俩如胶似漆，迅速拿了东西，笑眯眯地离开，将空间留给他们。

沈逸矜在祁渊"暗箱操作"的帮助下，只用了一折的钱买了一套房子，等装修好了，就会搬走。

祁时晏和夏薇说起这事，鼻尖蹭在她耳郭边，问她："我也给你买套房子好吗？这房子又老又旧，冬天快要冷死了，搬出去吧。"

"老小区都这样，我已经住习惯了。"

这套房还是夏薇大学毕业时租的，已经住了好几年。

虽然面积不大，装修简单，但房子干净；虽然楼层高，没有电梯，但房租便宜。何况夏薇这几年陆陆续续添置了好些家电家具，特别是厨房里的小电器,她早把这里当自己的家,轻易不想挪窝。

夏薇说:"人总要知足,不可能什么好处都占。"

祁时晏薄唇轻舐在她耳垂边,滚烫的鼻息和言语一起往她耳蜗里传:"怎么就不能都占了?我就想什么都要。"

"做人不要这么贪心。"夏薇笑,一边别着脑袋抵抗他的撩拨,一边在烤盘上一个个摆弄饼干,还得分心神和他说话。

可太难了。

她说:"不管祁渊怎么帮的忙,沈逸矜买的房子都是她自己出的钱,但是我没钱,所以……"

"我说了,我买。"祁时晏打断她,沿着她的耳郭线一寸一寸占为己有,"你只管挑房子。"

夏薇转过身,靠在他怀里,感激地回吻他:"我知道你对我的好,只是我暂时还没有想那么多,过些日子再说好吗?"

"现在不能想吗?"

"现在这不忙着吗?"

夏薇笑,接着摆饼干,送进烤箱。

男人的好与慷慨,她怎能不懂?

但她心里很清楚,他们之间现在再好,在一起的日子也是数得清的。

她贪图他的感情,只想和他谈恋爱。

而不是要他的钱。

祁时晏不知道她心里的想法,只觉得她和一般女人太不一样了,这种感觉说不上是好还是不好。

一边勾得他越发喜欢她,一边又让他产生自我否定。

"夏薇。"祁时晏轻声唤她,跟着她蹲到地上,看着她在烤箱里摆弄,"你知道你男朋友是谁吗?知道他有多少钱吗?"

夏薇转头看他,松软的发辫扫过男人的脸颊,一丝勾在他唇角,她笑着帮他拿开。

"不知道,说说看?"

祁时晏眸底一暗,替她关上烤箱,就着两人蹲在地上的姿势,将姑娘往自己怀里一摁,修长的手指和妖冶的薄唇一同做了最有力的解释。

"你知道你男朋友是谁?"

夏薇说"不知道",是认真的。

她心里挺迷惑的。

她一度以为自己和祁时晏确定男女朋友关系后，两人的恋爱会轰轰烈烈，可是除了身体上的亲密，其他的似乎并没有改变。

而祁时晏最近太忙了，即使人来了，也待不了多久，总是一个电话就走了。

好在她有自己的工作和生活。

祁时晏来，她便拿出自己所有的热情陪他；他若不来，她便归于平静，不急不躁。

沈逸矜和她夜里挤在一个被窝里聊心事的时候，会说："我以为自己够清醒的了，可你比我还清醒。"

"不清醒一点怎么办？"夏薇深深叹了口气，"结局都注定好了，多想无益，何况他的心不在我这儿。"

"怎么会呢？"沈逸矜有点吃惊，"你是他女朋友，他的心不在你这儿，又会在谁那儿？"

"我是他女朋友，除了你，还有谁知道？"夏薇躺平叹了口气。

"对哦，你最近都没去水中仙玩了。"沈逸矜替闺蜜想了想，又帮她找出合理解释，"那会不会是因为他现在比较忙，所以才没叫你？"

"不只是这件事。"夏薇坦言，"我们两个虽然说是男女朋友，却并没有交心，我不知道我算什么女朋友。"

祁时晏绅士体贴，对她温柔耐心，也愿意为她花钱，像所有恋爱中的男朋友一样，但是夏薇又能明显感觉到两人之间缺了点什么。

沈逸矜问："是因为他向你隐瞒了婚约吗？也许他怕你不开心？又或者他自己都不想承认，就更不想让你知道。"

"所以我说我摸不着他的心。"夏薇不免惆怅。

祁时晏的婚约，她早就知道了，而且她敢肯定祁时晏也知道她和孟家的关系。

但是祁时晏只字不提，甚至不让别人议论，看起来好像是不想让这件事影响到他们两个，也因此，两人之间有了芥蒂。

夏薇看着头顶灰白的天花板，

眼一闭，不想去细究，一细究，便无法入睡。

再一想，她自己对他也并非毫无隐瞒，他没追究，她应该庆幸。

瞒着祁时晏的事，是有关白易文的。

如预想的那样，夏启炎对白易文的印象非常好，恨不得要夏薇立刻嫁给他。

夏启炎几次让夏薇找白易文，夏薇都以年底工作忙为由推了。

倒是白易文很积极，每次夏启炎找他，他都很配合，主动去约夏薇，就算被拒绝，他也帮她在夏启炎面前说话。

那天，夏薇发了工资，回夏家交钱，没想到白易文也在，而且居然在陪夏启炎下象棋。

别说家里有多脏乱，就夏启炎手指头上不停燃烧的劣质烟，又呛又臭，这个坐在对面斯斯文文的男人竟然也忍受得了。

夏薇瞥他一眼，暗暗叹了个"服"。

晚饭时，一张八仙桌，夏启炎安排夏薇和白易文坐在一起，他和王巧英，还有夏晨各分坐一边。

夏薇低着头，没说话，只将自己的碗默默挪到夏晨旁边，坐过去了。

曾几何时，夏薇也是个爱说爱笑的姑娘，自从回了夏家，尤其在这个家里的时候，她总是这样一副状态，低头、沉默，任凭夏启炎和王巧英说什么，她都自动过滤，几乎连表情都没有，像个纸片人一样。

夏启炎和王巧英对这个女儿也放弃沟通了，只要她能拿钱回来就好。

席间，夏启炎夫妇不停地给白易文夹菜，问他美国留学的事，意思是要将夏晨送去留学。

白易文知无不言，还说得特别详细。

夏晨高兴，嘴一快，在夏启炎授意下，对着白易文就喊："姐夫。"

夏薇狠狠瞪了一眼："乱叫什么？"

白易文笑了笑，说："没事，不过一个称呼。"

夏薇目光扫过去，想说他两句，不过有父母在，咬了咬唇，最后还是忍下了。

她将自己碗里的饭以最快的速度吃完，进了厨房。

料理台上的锅碗瓢盆能洗的，她都完成任务似的全部先洗了，洗完后走出来，看饭桌上还在侃侃而谈的几人，面无表情地说："我还有事，先走了。"

"急什么？坐下。"夏启炎横着眉朝女儿喝了声，"平时就不说你了，今天 Iven 在，你好好陪陪人。"

"不好意思，最近公司很忙，我今天手里还有工作没做完，现在要回去加班。"夏薇语气平和，不争不闹也不卑不亢。说完，也不理任何人，径直往玄关走去了。

夏启炎对白易文说:"Iven,你看,我这个女儿就是太惯着了,明明家里条件不好,我还是硬把她养出了一身公主病,现在大了,一点也不懂得体谅父母……"

夏薇换了鞋,鞋后跟都没提上去,就单手推开门,走了出去,将后面的话全部挡在门里。

她不是会吵架的性格,何况那个人再卑劣也是自己的生父,她吵不赢的。

夏薇重新穿好鞋,打开手机照明,一步一步踩着楼梯下楼,走到大楼外面,迎面一口寒风灌进胸腔。

不由自主打了个寒噤,夏薇才觉得自己缓过神来。

白易文这美国直球缺根筋吗?

夏启炎的话,他听不懂吗?

送夏晨去美国留学,话说得轻巧,钱从哪儿来?

那是要她嫁给白易文,要白易文出。

这个直球居然答应帮忙联系学校。

天黑了,冷风呼呼地吹,一楼有一户人家长期没人住,窗户没关严,被风吹得"哐"一声,"哐"一声地响。

夏薇抬头看一眼,凄凉、沧桑。

她转身往外走,边走边打开手机,先下单约了辆回去的车,再在微信里找到白易文,想给他发消息说清楚。

可是指尖敲敲打打,删删减减,却不知道怎么说才好。

正踌躇着,身后有人喊了声她的名字。

夏薇转头一看,是白易文。

白易文走近了,笑着说:"见你一面,真难。"

好似他在夏家忍受的这一切都是为了见夏薇这一面。

可夏薇无动于衷:"没人逼你。"

"你这么说,真让人伤心。"白易文似真似假地叹了口气,走到夏薇身边,"走吧,我送你。"

"送倒不必了,不过我觉得我们之间有必要把话说清楚。"夏薇收起手机,表情冷漠。

"行。"白易文一口答应,不过他缩了缩脖子,"去我车上说好吗?我快冻死了。"

他身上穿着白衬衣黑西服,在寒风凛冽的夜晚看起来确实有些单薄。

但是夏薇很无情,一点不体谅:"就几句话,我们就在这里说。"

她知道一旦上了对方的车,主动权就会被夺走。

夏薇开门见山道:"白先生,我们从认识到现在,时间也不算短了,我的态度,你应该很清楚。"

白易文耸了耸肩膀,只得站在原地,面对冷风,配合她的话,回答说:"夏薇,其实你不用有太大的顾虑,我知道你有男朋友,你就把我当作一个普通朋友就可以了。"

"普通朋友是不需要见她父母的。"这下,夏薇更直截了当了,"我知道你会说,是我爸妈打电话找的你。那么麻烦你,白先生,下次他们再找你,你直接拒绝行吗?直接说我们谈不来,没戏,行吗?"

白易文抱着手臂打哆嗦,看着面前姑娘身上的外套又短又薄,想问问她冷不冷,可是又怕说多了更让人误会,只得叹了口气:"你说你怎么就这么无情?"

夏薇冷笑了声,再一次郑重地说:"白先生,我不是和你开玩笑,我说过,我有男朋友。"

"那好,换我来问,你的男朋友,你为什么不带回来给你父母见一见?"

这一句简直击中了她的命门,一份摇摇欲坠的感情,她要怎么捧到人面前?

不过没必要和一个不相干的男人袒露这些,夏薇脸上依然冷漠,只是换了个说话方式,她说:"如你所见,我父母是一对吸血鬼,我很喜欢我的男朋友,我不想他被他们吸血。"同时,一个警告的眼神投向面前的人,意思是要他别对她父母太上心。

白易文收到了,哈哈笑了声,不以为然,反而问:"那么你能把他藏到什么时候呢?藏到你们分手吗?"

"别乱说。"夏薇瞪了他一眼,"我们不会分手。"

白易文笑了下,看姑娘手里捏着的手机,那手机壳和祁时晏的就是情侣款。

种种迹象表明,他已经肯定了他俩就是彼此口中的男女朋友,只是三个人还没有机会一起见面,他便揣着明白装糊涂。

白易文说:"你放心,我不是一个喜欢插足别人感情的人。只不过,我很欣赏你,这一点,你不能阻止我吧。"

夏薇翻了个大白眼,很想问问一个一穷二白的人有什么值得欣赏的,但

213

一想那又要扯出很多话来，面对这样的直球，还是少跟他说话为好。

于是，她说："我的话已经说得很清楚了，既然白先生也听清楚了，那就希望你以后不要再来纠缠。"

说完，她转身就走。

白易文勾了勾唇，跟上她的脚步，走到她旁边说："其实我要的也不多，只想在你的朋友名单上占一个位置就可以了。比如有什么事，你男朋友不方便出现时，可以想到我，我能帮的都会帮。再就是过年过节的时候，我们能互相发个祝福，这些总可以吧？"

他语气坦诚，夏薇眼见网约车开了过来，急于甩开他，说："不太过分的都可以。但是白先生，我希望你和我父母断了来往。既然你都说了我们只是普通朋友，那你跟他们走得太近，误会大了将来大家不好收场。"

"这个是我的事，我会处理的，你放心吧。"

"你怎么处理？"

"我们只是普通朋友，我想我可以不跟你说的吧。"

许是"普通朋友"几个字，给夏薇吃了定心丸，别的也不想和他再计较了。

网约车到了跟前，她再不看对方一眼，径直上了车，绝尘而去。

一路，寒风呼啸，夏薇搓了搓手，手指冰冷，都快冻僵了，这才觉得刚才那风吹得是真的冷。

等车开到出租屋小区，她下了车，步行往单元门。

远远地，一辆银色的兰博基尼停在寒冬的夜色里，像铺了一层冷色调的月光。

有个年轻男人靠在车门上，身上一件深色的修长风衣，衣角在风中猎猎飘动。听到脚步声，他抬眸看过来，指尖一点猩红在嘴角骤亮了一瞬，照见他一双迷人的桃花眼。

那一刻的他，是暧昧的，也是深情的。

夏薇被风迷了眼，她快走几步，奔向男人的怀抱，双手绕过他的腰侧，抱住他，唇角漾起笑，问："冷不冷？等很久了吗？"

祁时晏搂过她的后腰，低头，鼻尖蹭在她的额头上，说："刚到，好像你比我更冷一点。"

祁时晏说完，薄唇捉住她的唇，一个滚烫的吻，似乎要将自己身上的炽热都传递给她。

风吹起姑娘的长发，缠绕在男人的指尖，吹不散两人之间陡然升起的温度。

有人经过，留下踩碎树枝的声音，夏薇轻轻推了男人一下，祁时晏轻笑，揉着她的细腰，送她坐进副驾驶位。

"去哪儿？"夏薇等男人也上了车，问他。

"去吃饭。"

"这么晚了，还没吃饭？"

"哪有你那么好命。"

祁时晏知道她今天回父母家去了，以为那是个父慈母爱的家，而他忙碌一整天，却连顿饭都没着落。

"这是一个有钱人说的话吗？"夏薇揶揄，从手提包里找出一块巧克力，撕开包装喂他吃。

她想说，她家那顿饭不吃也罢，可是说了只怕徒增烦恼。

在她心里，总感觉两人的感情到不了分享彼此家庭的那一步。

夜色渐渐弥漫，大街上炽亮的路灯被车速一盏盏逼退，夏薇贴着车窗看那些被雾气笼罩的灯火，这么冷的天，还是有很多飞蛾在那里乱扑乱撞。

她忽然想，那到底是莽撞，还是勇敢？

不过无论怎样都好，她能肯定自己不会后悔。

那天，祁时晏带她去了一家私房菜馆。

菜馆位于一栋高档小区的顶层，地上铺着柔软厚实的地毯，进门的一面墙上有一个超大的嵌入式鱼缸，里面只养了一条鱼，通体红色鱼鳞，在灯光下闪烁着红金色的光芒。

老板看到祁时晏，热情地迎上来，问他今晚想吃点什么。

祁时晏笑着指了指鱼缸里的鱼："就它吧。"

老板恭维说："行啊，别人不敢吃，但你祁三少可以的。"

夏薇挽着祁时晏的手，看着那么漂亮的一条鱼，好奇地问："这鱼有毒吗？"

祁时晏偏头笑："没毒的，老板养了好几年，我们今晚把它吃了怎么样？"

夏薇蹙眉，摇了摇头："这鱼太好看了，有没有毒我都舍不得吃它。"

祁时晏朗声笑，隔着鱼缸拍了拍那条鱼："让你的命留长一点。"

老板哈着腰，偷偷将夏薇看了又看，领两人往包间走去。

夏薇后来才知道，那条鱼一般人不敢吃，不是因为有毒，而是因为贵，拿它甚至可以去市中心换一套很好的房子。

夏薇连连感慨，贫穷限制了她的想象。

私房菜馆包间不多，老板推开其中一间，请两位进去。

房间很大，以地中海蓝为主色调，地上铺着细沙，木制的小船安静地搁浅在上面，不远处有红色的灯塔，蓝色的海洋，还有一片青绿的椰林，连墙上的壁纸都是浮雕立体的海浪、夕阳和飞鸟。

在这里吃饭，仿佛置身海边，清波碧浪，浪漫缱绻，让人忘了季节。

老板笑着对祁时晏说："你一打电话来，我就特意把这间房留出来了。"

听起来，每间包间的装修风格不同，祁时晏是这里的常客，独独偏好这一间。

祁时晏笑了下，回说："有心了。"

祁时晏带夏薇入了座，也没见他点菜，没一会儿就有菜送了进来。

每一道都是精品，分量小而精致，配着高雅的碗碟，看着像艺术品。

夏薇吃过晚饭了，坐在男人对面，没动筷子，祁时晏偏偏喜欢喂她吃，尤其是每道菜的第一筷子一定要喂给她。

"多少吃一点，陪我吃。"

"我这样会长胖的。"

"胖就胖了，胖了手感更好。"

夏薇耳尖上红了一片，男人眼里映着幽蓝的海浪，一垂一抬都是暧昧。

喂完一口，还有一口，祁时晏像是找到了一件有趣的事。

上来一道火腿鱼片夹，祁时晏挑了一片递过来，夏薇眼神挣扎："我不喜欢吃鱼皮。"

祁时晏便将鱼片上一小片鱼皮咬掉，重新喂过来。

夏薇还是摇头："有没有鱼刺啊？"

这下，祁时晏收回筷子，塞进自己嘴里了。

夏薇舒口气，总算拒绝了一回。

谁知下一秒，男人站起身，上身越过桌子，抬手捞住她的后脑勺，薄唇衔住鱼片喂了过来。

他喂完坐下时，眸色里波光流转："放心吃吧，没有鱼刺。"

夏薇脸上绯红，再抗拒不得了。

她拿起餐巾擦嘴，有一滴酱汁在唇角之外，没擦干净。祁时晏笑着看她，将他自己的餐巾在食指上叠出一个角，伸长手臂给她擦。

夏薇娇气地将前胸压到桌沿上，抬高下巴，微微半启着唇，由他动作。

而此时的男人擦拭的动作特别体贴，一点也没有投喂时那么多的坏心眼。

擦好之后，夏薇抿了抿唇，对着男人笑了下。

这一笑在男人眼里却有风情万种。

夏薇将一盘基围虾端到自己面前，开始剥壳，剥好后放到男人的碗碟里，可男人却蘸了酱，又喂给了她。

有人敲门，以为是服务员，却探进来一张脸，化着精致的浓妆，高贵冷艳。

是个女人。

还是夏薇微博小号偷偷关注的女人。

——许颖。

夏薇指尖不由自主地捏了下，视线与对方相碰，还没来得及做出反应，许颖已经忽略了她，朝包间里另一个人笑盈盈地看过去。

不等邀请，许颖将门推开，走了进来。

她笑着走向祁时晏，对他说："听说你来了，我还不信，没想到真的是你。"

祁时晏微微点了个头，抬眸说："你回来了？"

许颖走到跟前："昨晚到的。"随手拉过来一张椅子，坐到了祁时晏旁边，"落地时快十二点了，差点折腾死我。"

"那你就在家多休息休息，别出来了。"

"这不，人还得吃饭嘛。"

祁时晏又点了点头，没接话。

他们的对话只有只言片语，夏薇却听出他们之间的熟稔。

这种熟稔，似乎还在她和祁时晏之上。

许颖又说："我和梅子一起来的，她还没到，要不我们一起？"

祁时晏放下手，侧眸，掀了眼皮看她一眼，还没开口，夏薇抢先一句："不要。"

语气有一点急，声音带了几分干哑，在安静的瞬间里显得有些突兀。

许颖似乎才看到房里还有第三个人，对夏薇投去一个带着笑意的眼神。

夏薇接收到，只觉得讽刺。

她后背绷紧了，目光直视对方，两秒后，移向祁时晏。

她不确定祁时晏的态度，但她坚持自己的拒绝，也许很冒险，也许下一刻被赶出局的是自己……

好在祁时晏没那么无情,他笑了下,对许颖说:"认识一下,这是我女朋友,夏薇。"

"女朋友"三个字,太美妙了。

夏薇压在桌上的双肘,顿时卸了负重,变得轻盈,紧张高耸的双肩自然地放松了下来。

"夏薇?你好。"许颖重新看向夏薇,这回的眼神变得亲近。

不愧是演员,夏薇心里暗讽。

许颖介绍了一下自己的名字,又看了眼祁时晏,含深意地问夏薇:"不知道祁三少有没有和你提过我?"

"为什么要提你?"夏薇手指拨弄了两下调羹,也看向祁时晏,问,"你有什么事瞒着我吗?"

祁时晏笑出了声,深深望她一眼:"当然没有了。"

这一眼,太多情绪,深情的、浓烈的,还有宠溺的、偏爱的,给足她底气的,以及撇清了某种关系的。

转头,他对旁边的女人说:"行了,赶紧走吧,别妨碍我们。"

夏薇后背这才松了下来,抿了抿唇,不住地抿,她怕自己笑出声。

"行,不妨碍。"许颖客客气气地站起身,走到门口时,又回头说,"我给你带了礼物,改天给你。"

祁时晏笑笑回:"随便。"眼看对方走出门,又追了一句,"把门带上。"

那门是带消音功能的,闭合那一刻却还是发出了一声沉闷的声响。

夏薇没想到第一次见许颖会是这样一个场面,人走都走了,还要说一句带了礼物,想硌硬谁?

不过有祁时晏的回答,一切便都够了。

夏薇蹙了下眉,很快又舒展,终于笑了开来。

她抬眸。这时,一只长臂伸过来,修长的手指捏住了她的鼻子。男人低低的笑声散开在房里:"小醋精。"

吃好饭,两人走出包间,往大门走的时候,过道上有间包厢的门开着,里面的布置是紫色系,有拱门,有绢花,好像还有满天星空。

夏薇的手在男人手里,顺着他的视线,看见花团锦簇中坐着两个女人。

祁时晏脚步没停,只朝她们微微点了个头,脸上没什么表情就走过去了。

夏薇跟着男人的脚步，扫了一眼，与许颖的视线在空中交汇，夏薇脊背笔直，这段路她愿意走十遍。

电梯直接到地下车库，取到车后，祁时晏说："你来开车。"

他想解放自己的双手，回程的路上干点别的。

可夏薇说："我不会开啊，我没有驾照。"

祁时晏只好老老实实上了驾驶位，发动引擎，打开空调。

等待车内温度升起来的时候，夏薇想问问许颖的事，又觉得男人今天给足了她面子，不管他们曾经怎么样，总归现在他的女朋友是她，而不是许颖。

她还计较什么，有什么不满足呢？

这么一想，再说话的时候，夏薇的声音都变得喜悦了："我打算过了年就去学车。"

她之所以一直没学，是因为学车费用对她来说，是一笔大开支。

不过现在终于攒出了这笔钱，她想着这事可以计划一下了。

祁时晏点了点头，迫切地赞同："快一点。"

"为什么要快一点？"

男人笑而不答，朝她挑了挑眼尾。

通道上正好有辆车驶过来，灯光照进他们的车，映在男人那抹眼尾上，像是勾起一簇焰火。

夏薇不自觉地心房颤了几颤，挪开视线。

祁时晏从扶手箱里摸出一盒薄荷糖，问她："要吗？"

夏薇点点头，伸手过去接。

祁时晏却没直接倒给她，而是往自己掌心倒了两粒，递过来，夏薇以为他要喂，便朝他张了嘴。

谁知，有人就是太爱玩，太会玩。

他偏偏又不给她了，收回手，塞进自己嘴里去了。

夏薇撇撇嘴，吹了个空气泡泡，一扬头，不屑地别过脸去，不再看他。

祁时晏笑了笑，举着薄荷糖盒子又伸过来，哄着说："给你了。"

夏薇转头，捕捉到他痞坏的眸光里几分诚意，才再次伸手过去。

可是这一次，男人往她手心里倒，一倒、二倒、三倒……

声响不断，就是倒不出薄荷糖。

夏薇握掌成拳，举到男人鼻尖下，叫着他的名字，表达不满："祁时晏。"

祁时晏却玩心不减，拉过她的手，笑着摩挲了一下，摊开她的手，说：

"这回真的给你了。"

说完,他将薄荷糖盒子底朝天,对着她的手心倒下去。

这一倒,有什么东西滑了出来,冰凉,耀眼,还有一点分量。

不是薄荷糖,而是一条手链!

焦糖色的玉石,很罕见的颜色,中间系着一个小吊坠,是黄金半包裹一只翡翠神兽。

冰透,水润,又精致唯美,高贵大气。

"祁时晏!"

夏薇喊了一声男人的名字,都没来得及看一眼那条手链,手掌心已经攥紧了捂在心口,仿佛攥住的是祁时晏的心,很怕下一秒魔法失效,又变回去了。

祁时晏笑着拉过她的手,说:"不会变的,它就是你的。"

"太惊喜了。"夏薇激动得有些控制不住,情绪上涌,眼底酸酸的,莫名想哭。

"傻的。"祁时晏抬起指背,将她眼角的那点湿意擦去,揉了揉她的头发,问,"喜欢吗?"

夏薇看着他,使劲点头。

祁时晏笑了,隔着扶手箱,搂过她,说:"我现在总是忙,总感觉忽略了你,让你有些委屈。"

不说还好,一说,夏薇的眼泪再收不住,开闸似的往下流。

这段时间,内心多少煎熬多少彷徨,像密封在黑仓里,找不到出口。

自从那次祁时晏将她送走,夏薇再也没去过水中仙,她知道那是祁时晏生活的重心部分,可她成了他的女朋友,反而去不得了。

虽说她知道他有订婚的原因在,可因此,夏薇也觉得自己游离在他的生活之外,而且两人最近见面的确少,一点男女朋友的热恋感都没有。

这使得她心里总提心吊胆,担心两个人之间这一点脆弱的感情随时崩裂。

这种感觉谁能体会?

但现在,他准备的这一份意外之喜,扼杀了她心里所有的胡思乱想。

"我是不是太容易满足了?"夏薇将眼泪蹭在了男人的臂弯里,"不过就一条手链。"

"什么?"祁时晏刚给她擦眼泪的手,又屈了指骨去敲她的脑袋,"这是新疆的和田玉,这个颜色多难得,知不知道?这个翡翠我买的原石,找人手工雕刻的,是什么神兽你看出来了没?黄金也是定制的,背后刻了字,你看到了没?"

"没有,我什么都没看见。"夏薇攥紧手链,将脸埋进男人胸怀里,热泪汩汩地涌上来。

祁时晏故作生气地推开人,却叫姑娘抱住,贴得更紧了,哭得更大声了。

最后,还得他哄。

"就一条手链,乖了,不哭。"

祁时晏将人搂住,连续几张纸巾都擦不完眼泪。

他只好低头,咬住她的唇,一个深吸式的吻,将她的哭声和泪水全数吞没。

世人说,浪荡公子哥最是风流多情,夏薇是信的。

因为风流,他才懂得浪漫,懂得情趣;因为多情,他才懂得温柔,懂得体贴。

夏薇从来不觉得自己是个容易被收买的人,就是和祁时晏这份感情,她都将自己看得清清楚楚。

可现在,看着手腕上被男人戴上的这条为她定制的手链,她内心深深被触动了。

她不是没见过好东西,祁时晏也不是第一次送她礼物,但在她以为的这样一份风雨飘摇的感情里,男人早就在为她用心地准备一份稀有的独一无二的礼物,这叫她怎么不感动?

焦糖色的和田玉,是祁时晏在一个拍卖会上高价拍来的,黄金背后镌刻的是夏薇名字的拼音字母,而手工雕琢的翡翠是神兽貔貅。

祁时晏说,所有神兽里他最喜欢的就是貔貅,不只是因为貔貅以财为食、只进不出,它还是转祸为祥的吉瑞之兽。夏薇旺他,堪比貔貅。

祁时晏握着她的手,笑着说:"以后我带着你,你戴着它,开运辟邪,我们旺上加旺。"

夏薇笑,也才知道这么一个玩世不恭、吊儿郎当的人还有迷信的一面。

"这不是迷信,是一种虔诚的力量。"男人解释。

听起来,这里面还有故事。

夏薇看见男人散漫的外表下,很难得地流露出几分真诚,拉了拉他的手:"说给我听听。"

祁时晏勾了勾唇,却卖起了关子:"想听?"

夏薇连连点头。

祁时晏一脚油门冲过绿灯,一路往前:"以后再说给你听。"

"好啊。"夏薇乖巧回应。

有这句话,故事已经不是重点,重点是他们有"以后"。

也许还是一个很长很长的以后。

兰博基尼开到出租屋楼下时,夏薇决定往前走一步,向男人主动坦白说:"我爸妈让我去相亲了。"

祁时晏闻言,虎口掐紧了她的细腰,五指收拢,薄唇擦到她耳颈上:"再说一遍。"

夏薇怕痒,声音软了:"你生气了吗?"

"气,气死了。"男人对着她小巧冰凉的耳垂咬了下去,辗转厮磨,配合粗粝的指腹疯狂侵占、掠夺。

那力道不温柔,充满了戾气,像是一头发怒的狮王,撞见了他的母狮和其他雄狮调情。

夏薇承受不住,扭着身子,别着脑袋往一边躲,可是车里空间就这么大,能往哪里躲?

抵抗的呜咽声破碎、凌乱,更是诱引了男人施加更多……

等惩罚够了,姑娘的耳垂已经红得像玛瑙,远处投来的昏暗灯影,分明照见一丝水光,莹莹的。

"什么人?"低沉的声音里还有一丝余烬未燃。

"啊?"夏薇早忘了先前说过什么。

祁时晏被气笑了,夏薇理智和氧气逐渐回归,她抓过男人的手,对着他的食指报复性地咬了一口。

祁时晏痛得"嘶"了一声,另一只手拍了下方向盘,不小心拍到喇叭上,黑暗的静谧里倏然一声鸣叫,两人吓了一跳。

等反应过来,双双仰在座椅上,彼此交织的笑声一声声回荡在这狭小暧昧的空间里。

夏薇整理好衣服,和男人又厮磨了会儿,说了"晚安",准备下车时,手却又被拉住。

祁时晏抬手捋了捋她的刘海,手指留恋在她的脸颊上,来回摩挲说:"忙过这阵,我就能闲一点了,到时候带你去泡温泉。"

"好啊。"夏薇欣然道,"水中仙吗?"

"水中仙那温泉也就骗骗你们外行。"祁时晏自揭短处,眸光含笑,"我们去泡真正的温泉。"尾音有那么一点缱绻。

夏薇耳颈上刚退去的潮红不受控地又涨了上来,她捕捉到一丝信号,涩涩地问:"我要准备什么吗?"

"穿得漂漂亮亮的就好。"男人见不得那片红,又吻了吻她,想了想说,"带一套泳衣吧。"

"是不是还有其他人?"

"有,到时候我再告诉你。"

"好。"夏薇点头,想起什么,又问,"一天来回吗?"

"住个两三天吧。"

男人顺着她漂亮的下颌线,吻到了下巴,又上移,捉到她的唇,没听见她的回复,便挑逗地一下下啄吻:"想去吗?"

所有暧昧的、隐晦的、期待的渴望都像唇边的水汽一样,互相交融又扩散。

夏薇情不自禁地做了个吞咽的动作,羞耻地轻轻推了下男人:"知道了。"

回到家,沈逸矜还没回来,夏薇看了眼时间,快晚上十点了,不放心地给闺蜜打了个电话。

才知道沈逸矜也去约会了,现在正在祁渊送她回来的路上。

两人说笑几句,挂了电话,夏薇拿了衣服准备去洗澡,从手提包里拿出一个首饰盒,是祁时晏后来给她的,用来装手链的。

首饰盒精致漂亮,暗藏磁吸开关,外观是一只优雅的天鹅,白色羽毛在灯影下泛着粼粼波光,曲颈垂目间,高贵,恬静。

夏薇将手链摘下来,和首饰盒一起拍了几张照,收进一个叫"我的他"的相册里。

那相册里,八年来都只有一张纸飞机的照片,但现在却陆陆续续有了紫檀扇、礼裙和水晶鞋。

她如数家珍,一张张欣赏了一番,不经意间才发现,祁时晏已经送了这么多礼物给她。

退出时,看了眼手机,夏薇唇角扬起笑,这也是祁时晏给的。

她抱着衣服去洗澡,淋浴间里热水倾泻而下,温暖的雾气很快充盈了整个空间。

想起那只纸飞机，时间将她拉回高一那年。

那时候，季节也和现在差不多，放寒假没剩多少日子了。

孟家和夏家的孩子交换完了，本来双方约定了两个孩子下学期再转学，但孟荷不答应，她一天也等不了，她觉得夏薇霸占她的东西已经够久了。

夏薇也不愿意和她发生冲突，便答应了立即转学。

转学的前一天，最后一个晚自习，天寒地冻，梧桐树早已落光了树叶，光秃的枝丫插在雾气蒙蒙的夜空里。

所有的转学手续已经办好，书本也全部带回了家。

那个晚自习，夏薇无心上课，一个人全身上下被黑色羽绒服包裹，像孤魂野鬼似的游荡在校园。

学校是私立高中，从建筑到设施，一切都是昂贵而高级的。

学校里到处灯火通明，将她的影子照得无处遁形，她想起孟荷的话："你不配。"

是的，夏家那样一个家庭环境，她怎么可能配得上这么好的学校。

孟荷还说，她是小偷，偷走了她十五年的富贵人生。

那个寒冷的夜晚，夏薇看向周围即将告别的一切，心里的悲苦让她生出反骨。

去他的富贵，去他的私立高中。

她一路踢着石子，踢到它在校园里所有的路上都滚了一遍。

只是想到祁时晏的时候，她的心便冷硬不起来。

那个捉弄她，又帮助过她的少年，终究和这所学校一样将埋葬进她的过去。

心有不甘，她想最后看他一眼。

她打开手机，一个个微信群里翻找他的行踪。

为了关注他，她加了很多微信群，谁叫他那么招摇，喜欢他的女生遍地都是，总有群在聊他。

得知他在某栋楼的天台上，她收了手机便往那儿跑。

那是一栋艺术楼，楼里集中了舞蹈室、绘画室，还有各种乐器教室，楼道和墙壁上画满了千奇百怪的涂鸦。

夏薇以前每天练舞也是在这栋楼里。

不过这里只在白天开放，夜里漆黑一片，是会锁大门的。

但是一把锁是困不住那些想进去的学生的。

远远地，夏薇刚跑进那片区域，寂静的天空里就传来一阵一阵狂放的笑声。

夏薇抬头，雾气笼罩中，一群男生站在天台上，举着饮料瓶，手舞足蹈，像是在庆祝什么。

其中个子最高的那个，没有跟着疯。

只见他懒散地靠在栏杆上，寒气逼人的夜幕下，好像他是主宰这一切的王。

——魔鬼里的王。

夏薇没有上楼，也没有走近，她就站在黑暗里远远地看着他。

她想起他给她的那柄伞，一直没有还，因为被夏启炎追到爷爷家，打她的时候，随手抄起打坏了。

她想祁时晏也不会跟自己要的了，他不在意这些小事。

但她心里却有了一份歉疚。

看见他，就会觉得自己欠了他。

而这种欠，无法还。

他们两人之间不是三层楼的距离，也不是一柄伞的问题，是天空与黑暗，是耀眼与废墟之间的差距。

晃神间，漆黑的楼前有一道道白光划过。

天台上有人在折纸飞机，伴着嘻嘻哈哈的笑闹声。

她看见他眉宇间一丝傲气，拿过一张白纸，随意折了几下，对着飞机头哈了一口气，伸长手臂，朝天空恣意一扬。

那飞机便乘着夜风，乘着他赋予的那点灵气，在空中自由飞翔了好一会儿，飞得比任何人的都高、都远。

天台爆发出此起彼伏的嘘声和叫嚣声。

最终，那飞机划出一道漂亮的弧线，慢慢降落，好巧不巧地，落在了夏薇脚下。

夏薇蹲下身，捡起来，重新看向天台上的少年。

两人目光相触，那双桃花眼挑起眼尾，笑得轻狂："同学，送你了。"

旁边有人吹起哨子，嘘声连连，都朝她看过来。

夏薇脸红了一片，拿起飞机转身就跑了。

后来，她才知道他们在天台庆祝什么，祁时晏要出国留学了，他的私立高中生涯和她一样也告一段落了。

只是可惜了那只纸飞机，她后来住在爷爷家，有一天孟荷去了，看到书桌上的纸飞机，二话不说，就给撕了。

那简直是一个嫉妒到丧心病狂的人，见不得她有一点点的开心。

她气得和孟荷打了一架，可她又怎么打得过？最后还是爷爷出手，劝走了孟荷。

夏薇哭了好几天，爷爷奶奶心疼她，给她折了很多纸飞机。

只是她知道，祁时晏的那一只再不可能有了。

好在她之前拍了照，总算有份念想，注册微信的时候，她便将头像换成了纸飞机的照片，借此缅怀。

到如今，这个头像她用了整整八年，祁时晏居然都没有认出来。

想到这儿，夏薇就想笑，要不要给他提个醒呢？

去温泉度假村的日子定下了，在隔壁省市，走高速公路，要两个多小时。

那天下午，夏薇提前请了假，收拾好了行李。

汽车到的时候，司机上到六楼去帮她提行李，夏薇谢过，跟在后面下了楼。

走出单元门，汽车前面站着两个男人，一个一身深色风衣，身影颀长，矜贵，却盖不住他浑身散发出的纨绔风流之气，尤其他后背靠在车门上，桃花眼侧眸看过来，缓慢掀起的那个懒散劲，夏薇差点怀疑他是来晒太阳的，而不是接她。

另一个站在他旁边，个子比他矮一点，身上一件炭灰色的羽绒服，将其原本玉树临风的身形衬得矮胖了几分。

原本？

夏薇这个念头冒出来，瞬间意识到不妙。

此人正是白易文。

祁时晏走过来，揽过她的腰肢，带她走到白易文面前，说："来，认识一下，这是我女朋友，夏薇。"

随即，又对夏薇介绍了白易文，说是自己的表兄。

夏薇最早有猜到他俩是认识的，倒也不是很吃惊，只是三个人这场会面来得有些措手不及，她有些犹豫，不知道怎么和祁时晏说，却见白易文先她之前开口了。

白易文伸出右手，朝夏薇礼貌地笑了笑，说："夏小姐，你好，初次见面，请多关照。"

夏薇扯了扯唇角，没想到对方会这么说，这是要将两人认识的事瞒住祁时晏？那瞒得住吗？

她看了眼对方的手，不是太想握，感觉握上去，就是默认了白易文的行为，还要和他达成一致，成为共犯。

"行了，上车吧。"

祁时晏打开车门，搂着夏薇上车。

言行间，他并没有发现另外两人有什么不对，只不过他的领地意识很强，不愿意自己的姑娘被别人碰，哪怕正常的社交也不行。

夏薇不知道白易文感觉到了没有，反正她感觉到了。

这使得她上了车，一路惴惴不安。

汽车开上大街，渐渐驶离城市，上了高速，车窗外的风景越发萧索。

远处山林上，弥漫着青灰色的烟雾，大地和村庄灰扑扑地掩映其中，很像画手心情不好时打翻了灰颜料。

夏薇挨着祁时晏坐在汽车的后座上，目光投在窗外，思绪乱飘。

时间稍一长，她便有些头晕。

祁时晏见她脸色不好，摸了摸她的额头，说："忘了给你带瓶风油精。"

他想起她上次坐飞机晕机的事，语气有几分懊恼。

夏薇耷拉着眼皮："你给我揉揉。"

"揉哪里？"祁时晏轻笑，有只手正好在她肋骨上，顺势往上攀延。

夏薇心口一颤，抓住使坏的手，按到自己的太阳穴上："是这里。"

"哦，原来是这里啊。"

男人轻轻给她揉，声音低沉地笑。

夏薇嗔他一眼，余光扫到白易文从副驾驶位上投来的目光，脊背不自觉地紧绷，往祁时晏怀里躲了躲。

祁时晏抬眸看过去，白易文朝他"啧"了声，转回头去。

前方有服务区，祁时晏让司机将车开进去，让大家休息一下。

服务区在旷野之上，冷风从四面八方吹过来，人一下车就像是撞进一座无形的冰窖里，从头到脚仿佛被锋利的薄刀刮过。

祁时晏"嘶"了一声，拽过夏薇的手，塞进自己风衣口袋，拉着她跑进了大厅。

白易文跟在后面。

大厅里，暖气很足，与外面是两个天地，空气中还飘着各种小吃的香味，

227

诱人的味蕾。

祁时晏四周看了看，对女朋友说："你去找点热乎的东西吃，我去上个厕所。"

夏薇应了声，放开他，自己去找吃的。

她选了个奶茶铺，给自己点了杯奶茶，给祁时晏点了杯咖啡，白易文走过来，也点了杯咖啡。

付钱时，夏薇才发现自己手机落在了车里，正想和店员打个商量，白易文不动声色地扫了码，一起付了。

"哎？"夏薇抬手去阻止，已经晚了一步。

她有点气恼："一会儿我还你。"

"一杯奶茶而已，不至于要这么计较吧。"白易文不以为然。

"我没你心大。"夏薇没好气地撑了句。

她不是斤斤计较的人，但她不想和白易文再扯上任何关系。

她心知自己和祁时晏的这段感情来之不易，又因为有孟荷的存在，她总是如履薄冰，她不想横生枝节。

白易文听出她的话外音，也坦白说："你可能误会我了。我就是想多一事不如少一事，不想给你们造成负担，才想着瞒住祁时晏的。"

"反正我们之间也并没有什么，对吧？"

夏薇双手插在口袋里，哂笑了声："你们之前不是说关系多好多好的吗？你觉得你可能瞒得住他吗？"

"所以你要配合。"

"我配合？"夏薇真想一脚将他踢回美国去，"我和你什么关系？我为什么要配合你瞒着我的男朋友？白先生，你知不知道你不是'多一事不如少一事'，而是在将事情复杂化？何况我还有爸妈，你要他们都替你瞒住吗？"

白易文"哎呀"了一声，拍了拍自己的脑门："好像有点道理。"

夏薇无语，瞪了对方一眼，正好奶茶和咖啡做好了，店员递了出来，同时祁时晏也走到了他们身边。

夏薇将咖啡递给祁时晏，指了下白易文说："我忘了带手机，钱是他付的。"

祁时晏微微点了个头，没太在意："让他付吧。"

夏薇也就不好再说什么，撕了吸管纸，扎进奶茶里。

倒是白易文有一点感慨："你这个女朋友……"

"怎么？"祁时晏转头看去，眸光很锐利地瞽他一眼，那是无论好与不好，都不许评论的休止符。

白易文一手端咖啡，一手投降："我什么也没说。"

三人不再说话，一起往外走，祁时晏走中间。快出大门时，他放慢脚步，左右两边看了看，忽然出声："你们俩不会背着我相亲了吧？"

第五章
想看你醉

就因为这突然洞察到的真相,接下去一个多小时的车程,祁时晏全程低气压,双眸阴鸷,一言不发。

夏薇从来没见过他这个样子,坐在他旁边别说说话,连动都不敢动了。

感觉自己身边坐的不是她那个轻佻爱笑的男朋友,而是刚才出去那一会儿,寒风里吹来了一个恶魔,附了祁时晏的身,狭小空间里一股黑色雾气挥之不散。

白易文也不吭声了,司机更是兢兢业业,连按喇叭都变得很小心。

温泉度假村那边,祁时晏早早包下了一栋别墅,上下三层有十几个房间,这次一起来玩的有二十多人,是韩烟拟的名单。

夏薇他们到的时候,已经有几人到了,大家迎上来,祁时晏只问韩烟:"我的房间在哪儿?"

韩烟一时还没发现异样,笑着说:"在三楼,301,全别墅最好的房间。"

她递过去房卡,祁时晏接了,拽起夏薇的手腕就往里走,行李也没拿。

其他几人争着拍马屁,跟在后面拿行李,白易文拦住了他们。

大家这才觉出一丝不对,纷纷问:"怎么了?"

"谁也别问,谁问谁滚蛋。"白易文头皮发麻,也烦躁得很。

三楼，刷开房门，祁时晏拽着人走进去，一句话都没有，就将人往墙上一推，同时把门关上。

"咚！咚！"两声撞击声几乎重叠，夏薇蹙了下眉。

而正面，男人居高临下，一张脸倏然放大到眼前，凛冽的气息逼迫而来，寒如冰川。

"想瞒住我？"他掐住她的下巴，眸底阴寒得像极地里的风，"什么时候串通的？"

"没有串通，也没有想瞒着你。"夏薇被迫仰头，眼睫毛簌簌颤动，氤氲一片湿漉漉的雾气。

房里没开灯，天色将晚，昏暗的光照在男人线条锋利的侧脸上，气势冷峻。

夏薇想去抱他，想和他解释，但男人满身戾气，她手才抬起，就被他双手钳住，举过她头顶，按在了墙上。

"我一直在找机会，想和你说的。"夏薇感觉胸闷，呼吸很不顺畅，心里将白易文骂了十万八千遍。

但他们是兄弟，从小一起长大，感情不是她可以比的。

她心里委屈，想哭。

可祁时晏不许她哭，一口咬住她的唇。

激烈，凶残，又咬又啃，力道又重。

夏薇感觉到了，他是真的生气了。

比金秋宴那次气得还狠，那次从荷塘回来的路上，她不过说错一句话，他便飙了一路的车、发了一路的疯。

而现在，她该怎么哄，还是等他发泄完？

夏薇抬起下巴，鼻尖碰到男人的鼻尖，小心翼翼地去迎合他，可男人并不领情。

唇肉上一痛，一股咸腥的味道顿时在口腔里蔓延。她呜咽求饶，唇角溢出低吟破碎的音节，却换来更深更烈的吮咬。

不得拒绝，不得回应，连求饶的念头都不能有。

他的身体摩挲她的，将她不断地往墙上压，似乎要将她压进墙壁里。

天气寒冷，两人身上的衣服都不少，尤其是夏薇，一件厚重的羽绒服里，还有毛线衫和打底衫。

祁时晏似乎嫌它们碍事，拉链划拉一下，剥开羽绒服，掐住姑娘的肋骨，就将她的衣服往上推。

再一个转身,他把她丢上了床,宽大柔软的床顿时被压陷了一大块。

光线越来越暗,视线所及是各种的黑,黑的天花板,黑的沙发,黑的床头灯,就连垂下眼皮看到的也是一颗黑色的脑袋。

湿热,酥麻,夹杂着零星痛意,是一场肆虐的掠夺,也是一场汹涌的施予。

夏薇感觉自己被卷入了一片大海,水深火热中,她的身体已经不是自己的,根本不受控制。

她只有不停地呼气、吸气,才不至于让自己溺毙。

"夏薇。"

似有呼唤从海底传上来。

"你给我记住。"

声音喑哑、磁性,却又有痞气十足的逼迫感。

"你是我的。

"我一个人的。"

男人抬头,一双幽沉晦暗的眼睛找到她的视线,对上她。

像一簇烈火,燃烧在这片黑暗的海。

直至此时,夏薇才知道男人在气什么。

他要主宰她,做她的王。

祁时晏抬高自己,够到床头开关,"啪啪啪"几声,房内数盏灯齐亮,顿时逼退了黑暗。

同时羞耻感也像巨浪一样袭来。

夏薇"啊"了一声,身上的衣服早被男人全部扯掉,她本能地去捞被子,可被子在她身体底下。

"关灯。"

她慌张地扯住男人的衣领,才发现他竟然衣冠楚楚,连衬衣都没乱,下摆好好地在裤子里。这个差别让她羞耻到极限,双手不知道先护哪里合适。

而头顶是盏水晶灯,几层繁复,光芒耀眼,刺得她睁不开眼。

可男人不听她的,还将她的双手扼住,分开在两边。

他低头,声音魔鬼似的蛊惑:"给我看看。"

夏薇要死了,胡乱地扭动身子,却被掐得更紧。

红了的眼圈里逼出泪来,雾气蒙蒙中,触到男人的眼,轻眨明亮的一瞬间,竟然看到他在笑。

"祁时晏！"

夏薇无法形容此刻的心情，浑身战栗又滚烫，两只手一被松开，便朝男人打去。

祁时晏由着她打了几下，低下身，温柔地抱过她，抚摸安慰，甚至还贴心地掀起半床被子盖到她身上，和先前一进门就将她撞到墙上、满目阴戾的人简直判若两人。

"好看。"

他情潮还没全褪，薄唇流连在她唇角上，吐出性感的言辞，辗转厮磨。

夏薇不知道自己现在脸是白的还是红的，气愤和羞耻哪个更多一点。

她早听沈逸矜说，祁渊那个人阴晴不定、喜怒无常，极度不好相处。她当时还想，幸好祁时晏只是玩世不恭，性情上还算绅士体贴，不至于那么骇人。

可现在才知道，姓祁的都一个样。

她将男人的手推出被窝，掖紧被子，不让他碰。

"怎么了？"祁时晏侧卧在旁，眸色无辜，好像刚才将人欺负狠了的不是他。

夏薇咬牙，眼尾泪意斑驳："怕了你了，行吗？"

"谁叫你瞒着我？"祁时晏掀了掀眼皮，一掌拍在她被子上，拍出一声很大的空响。

"在我眼皮子底下眉来眼去。"

"谁眉来眼去了？"

这一顶污蔑的大锅，夏薇说什么也不肯背。

她翻了个身，卷起被子，将男人往床下推，边推边卷被子。

可是男人体型在那摆着，她徒劳无功，推到自己精疲力竭、喘息不止，被子在男人身体底下纹丝不动。

而祁时晏心情好转，唇角噙着笑，看着她折腾。

说"眉来眼去"是夸张了一点，但如果不是从她看着白易文的眼里读到一点东西，他也觉察不了。

他能不气吗？

自己的女朋友和兄弟，背着他相亲！

人还没得到，就先给他戴了顶绿帽子，简直是奇耻大辱。

他翻身压到她身上，双手抓过她凌乱的头发，十指插进去，扣住她，说："你要什么我都会给你，但你只能是我的。"

"听懂了吗?"

夏薇抬头,看着他的眼睛。那是一双极其迷人的桃花眼,瞳仁漆黑,只有隐隐一点星火,幽深得深不见底。

那是占有欲。

——绝对掌控的占有欲。

除此之外,一丁点的情爱都没有。

夏薇晃了下神,怕是看错了,重新对视上去。

男人已经浮上了笑,轻唤了声:"薇薇公主。"双手开始扒开被子。

"啊?"

夏薇感觉自己的脑子不够用了,男人的思维转得太快,像极限运动里的旋转飞车,转得她的意识像风一样被抽离,好像是件很快乐的事,却又伴随着巨大的恐惧。

"以后我都这么叫你,好吗?"祁时晏低头吻了吻她,带着点儿宠溺,又好像在往她脖颈上套绳索,很危险。

夏薇被自己后一种突然冒出来的想法吓了一跳,没敢吭声。

而男人缱绻的声音还在下蛊:"公主殿下,你是我第一个亲口承认的女朋友。"

"嗯……"

"我祁时晏的女朋友,可是不能给我丢脸的。"

这是表白吗?

怎么更像是威胁?

为什么好像自己被塞进了一个笼子,浑身捆绑了绳索。

而祁时晏也不再让她想下去,他撬开她的唇齿,将她的思想和氧气一并卷走。

后来,夏薇想,那个眼神一定是自己情绪不对看错了,男人的种种表现都是在乎她的,怎么可能只有占有欲?

而自己这么一只卑微的小飞蛾终于飞到了他的身边,得到了他的宠爱,她还计较什么?

祁时晏一边和她做着亲密的事,一边问:"你们俩是怎么相亲的,把过程说给我听听。"

夏薇只好从头说起,一字不漏地全盘托出。

等她说完，祁时晏若有所思："你们俩就见过这两次？"

这一问，夏薇不得不将时间再往前倒，将最早在场子里见到白易文，还有展览馆的事一起说了。

"我不问，就不说了是吗？"祁时晏眸底又阴沉了。

"不是不是，我只是觉得这些都无关紧要。"夏薇抓紧了被子。

祁时晏抱着怀里的姑娘，见她可怜得像只小鹌鹑，语气终于柔和了几分，说："以后任何事都要主动和我说，别等我问。"

夏薇"嗯嗯"点头，抓住机会："我饿了。好饿。"

谁知男人眸光一暗，声音压在她耳边上："知道了，晚上喂你。"

祁时晏笑着起了床，去拿行李，一开门，两人的行李箱就在门口，已经有人提上来了。

过道尽头有个玻璃门，出去是个阳光房，有人背靠在那儿抽烟。

祁时晏抬眸，眉睫上的气压瞬间下降。

他将行李提进房，转身朝那背影走去。

祁时晏敲了敲玻璃门，门里的人往旁边让了让，祁时晏推门进去，不等对方开口，右手已经出拳朝对方的肩头招呼上去了。

白易文吃痛，往后趔趄了两步，撞到身后的花墙上，簌簌掉落一大片花瓣和树叶。

他抬手撑住墙，刚将自己站稳，第二拳又来了。

这次，祁时晏直接将白易文砸倒在地，碰翻了多层花架，上面的装饰物和几盆花"哗啦啦"地全摔了下去，花枝和泥土落在白易文身上，狼狈不堪。

祁时晏却没有同情心，弯腰揪住对方衣领，将人一把提起，厉声质问："当我傻子，耍我？"

"你冷静点好吗？我知道她是你女朋友之后，就对她没动心思了。"白易文脸上沾了泥，胡乱抹了一把，可那泥是湿泥，抹过后，脸上更脏了。

但此时也顾不上，他只能先解释："我不是故意要瞒你，更不是想耍你。我只是想安静地把这事处理掉，多一事不如少一事，没别的意思。"

祁时晏眉宇间一股阴戾，锋利的视线如鹰隼般盯着老朋友，良久才松开对方的衣领，警告说："你该知道，我最恨别人抢我的东西，偷更不行。"

从小，只要白易文来中国，必定和祁时晏厮混在一起，两人年纪相仿，喜好兴趣也差不多。

只是一样,祁时晏表面大方,却从来不喜欢别人碰他的东西,尤其他宝贝的东西。

曾经有一次,白易文偷偷玩了他的滑板车,被祁时晏知道,第二天两人闹到要绝交,后来还是老太太把旧的扔掉,重新一人买一个新的,才劝和了。

从那之后,白易文再不敢随便碰祁时晏的东西,只是没想到这么多年过去,两人又会喜欢上同一个姑娘。

白易文趁祁时晏放松,反手朝他胸口挥过去一拳,只是祁时晏反应快,侧身一让,拳头擦着他的衣领过去了。

"怎么,还想找打?"祁时晏抬起拳朝对方晃了晃。

白易文弯腰,往后躲了下,不服气地说:"给你打了两拳,我打一拳都不行?"

"不行。"祁时晏收了拳,眼神阴狠,"这是你自找的。"

看对方一脸一身的泥,祁时晏也懒得计较了,随手拿起水池上的一块抹布丢了过去。

白易文没接,由着抹布掉到地上,走去水池边,洗脸。

白易文洗完脸,看到祁时晏,他关了水龙头,双手撑在水池边沿,用奉劝的口吻说:"夏薇和你场子里那些女人不一样,你要没真心待人家,就请你放过她。"

两人知根知底,只用几句话,白易文就看穿了他。

祁时晏正想点烟,闻言,指尖一顿,双眸犀利地射过去:"你管好你自己。"

阳光房面积不小,除了桌椅和秋千,四周还种了很多花草,角落还有一个锦鲤池,里面游着几条锦鲤。

心情平静下来,祁时晏注意到周边景色,也才闻到空气中浓郁的花香。

烟头点上火,他深深吸了一口,找了张沙发坐下,双腿交叠,姿态慵懒地放松。

仅仅一堵透明玻璃,里外两个世界。

外面漆黑一片,天寒地冻,里面灯影晃动,花香怡人。

白易文脱了外套,擦拭上面的泥土,瞥了眼烟雾缭绕中的人,说:"其实你不过赢在比我先认识她,我放弃,不是输给你,而是输给她。"

"得了吧,输就输了,别找冠冕堂皇的理由。"祁时晏嘲笑了声,漫不经心。

白易文看不得他那散漫痞气的样子,心里更担心夏薇,出声道:"如果你对她不好，让她伤了心，我一定会抢回来的。"

"那你就试试，能不能抢得走？"祁时晏语气自信，九分轻狂不羁，只有一分不满，是对心里那份惹他很不爽的婚约。

手机正好进来一条消息，是夏薇发给他的：人呢，吃饭了。

祁时晏淡淡一笑，收了手机，站起身。

往回走的时候，扫过花墙，有一片粉白色的玫瑰开得灿烂，他走过去，挑了其中一朵最漂亮的，伸手去折。

却不料，花没折下，一丝钻心的痛，他"嘶"了声，是大拇指被刺扎到了，鲜红的血顿时流出几滴。

白易文刚穿好衣服，见状，幸灾乐祸地大笑："活该。"

恰巧，许颖在过道看到他们，推了门走进来，也正好看到祁时晏手指在流血。

她走到跟前，拉过他的手看了看，眉心皱了皱，说："怎么这么不小心？破了这么大个口子。"

"小事。"祁时晏手一抬，收回，不甚在意。

"我那儿有创可贴，我去给你拿。"许颖边说边从口袋里拿出一包纸巾递过去，"你先按住，按一会儿。"随即，跑了回去。

白易文冲着她紧张的背影，不屑地"啧"了声："一个个的，至于吗？"

"至于。"祁时晏轻蔑地大笑，将纸巾丢到桌上，重新折下那朵玫瑰，出了阳光房。

别墅一楼，灯火明亮，热闹非凡。

在夏薇他们之后，又到了几人。

李燃和晚晚也来了，李燃跟惯了祁时晏，泡温泉这种事，怎么可能少了他？

而晚晚一见到夏薇，就开心地和她又是拉手，又是拥抱，两人虽然偶有微信联系，却有三个多月没见了。

至于许颖，夏薇先前也碰到了，心里虽然有点别扭，倒也不意外。

让她意外的是温婷。

夏薇没想到会在这里见到温婷，跟着一个男人，但不是当初从锦市回来，送她回家的那个。

温婷说："好久不见，你还是老样子。"

夏薇点点头，打量了一下对方，敷衍说："你比以前漂亮了很多。"

她还记得第一次在机场见到温婷时,是普通装束,现在已经浓妆艳抹,低胸紧身衣,黑色皮短裤了。

温婷撩了撩耳边的头发,笑了下,没再说话。

别墅里请了专职的厨师和服务员,韩烟让人通知大家开饭了。

夏薇和晚晚一起去餐厅。

夏薇找了下祁时晏,没找到,给他发了消息。

酒打开的时候,祁时晏来了。

只见他上身只穿了一件深色衬衫,板型挺括,双肩瘦削又平直,完美地衬出一副优越的好身材。

他领口没扣上扣子,露出一片冷白深隽的锁骨,在这寒冷的冬天里,像是摆放在透明冰柜里的精致冰激凌。

就是那种再冷也抵不住诱惑,想吃他一口的感觉。

有女士笑着汇报:"祁三少来了。"

夏薇抬眸,想问问他冷不冷。但见他一只手插在裤兜里,步履不慌不忙,悠闲散漫。她低下头,继续和晚晚聊天。

祁时晏走过来,拉开椅子坐下。

李燃问他:"喝什么酒?"

祁时晏随口说:"随便。"偏头看向旁边的姑娘,聊得正欢。

他坐下,轻咳了声,夏薇余光瞄过来一眼,没理会。

夏薇是故意不理他的,心里有一点情绪。

为他之前那么欺负自己,为许颖来了,为油腻男的不尊重。

她觉得自己不能像别的女人那样,满眼只有男人,把自己逼到廉价区,一文不值。

谁知,有人不同意了。

有只手按到她的后颈上,夏薇本能地缩了下脖子,不等她自己转过头来,那只手又扣住她的后脑勺,将她强行掰了过去。

夏薇正要瞪他一眼,入目却是一朵玫瑰,中心一圈粉红娇艳,往外渐变成白雪似的白色,含苞待放,一股沁人心脾的香味钻进鼻尖。

祁时晏捏着花枝,在她面前晃了晃:"瞪我?"

"你好讨厌。"夏薇这回真的瞪了他一眼,不过翘着唇角,是撒娇式的。

心里百转千回,刚刚想冷硬起来的心又软了下来。

祁时晏被取悦了，这才将花送给她。

夏薇想找个花瓶把花插上，祁时晏拉住她："何必那么麻烦。"

他拿过花，往她发髻上别了别，不太合适，又往她耳朵上夹了夹，又发现刺太多，容易伤人，最后看她衣服拉链上有个小洞眼，往那里插了进去。

夏薇的外套是件浅色摩卡的羽绒服，长款修身，保暖又大气，有了这朵花，简直是画龙点睛，衬得她白皙漂亮的脸蛋更娇媚了。

祁时晏插完之后，还贴心地帮忙整理了一下衣领，欣赏着问："喜欢吗？"

夏薇脸上早已红了一片，一桌人的目光都在他们身上，她推了推他："吃饭。"

"还没回答我。"男人只管看着她。

"……喜欢，好了吧。"夏薇只得小声回了句。

祁时晏勾了勾唇，不太满意地捏了下她的鼻子才作罢。

晚晚笑着看过来，赞不绝口："绝绝子，花美，人更美。"

李燃坐不住了，喊了声："这狗粮撒的，饭都别吃了，全饱了。"

其他人起哄，跟着全笑了。

祁时晏旁边还有两个空位，白易文和许颖一前一后走了过来。

白易文不想挨着祁时晏，隔了一个座位坐下了，剩下那个，许颖很自然地走过来拉开椅子坐了下去。

这样好巧不巧的，祁时晏一边是夏薇，一边是许颖。

夏薇往桌上扫了一圈，包括祁时晏在内，似乎谁都理所当然，不觉得有什么问题，也似乎只有她心里有疙瘩。

夏薇想起曾经见到李燃拍过的一个视频，里面一桌子人吃饭，祁时晏左右两边就是这样坐两个女人，一个为他拆筷子，一个为他倒酒。

现在轮到自己，她才发现这个位置有多难坐。

而许颖比她洒脱多了，似乎一点也不在意。

只见她拿出一个创可贴，撕开外包装，对祁时晏说："把手给我。"

祁时晏正在问李燃要拉菲，回头瞥到许颖手里的创可贴，皱了下眉："我说了不用。"

夏薇听见，转头看过来，问祁时晏："怎么了？"

祁时晏这才将自己右手的大拇指亮给她看，用卖惨的口吻说："给你折花，手破了，流了很多血。"

那指腹上斜斜一道划痕，有点儿长，虽然已经凝了血，但红红的，伤口还敞着，触目惊心。

夏薇"啊"了一声，怔怔地看着男人。

李燃投过来一眼，又转过头去，和韩烟挤了挤眼睛，促狭地偷偷笑了下。

在他们圈子里，几乎都知道许颖的存在。

谁叫他俩认识的时间久，关系不清不楚。

就连夏薇也这么认为。

而许颖颇会做人，从来不会计较祁时晏身边的莺莺燕燕。

就像很多男人羡慕的那样，任是外面多少彩旗飘飘，家里的红旗从来不倒。

许颖好像就是祁时晏的红旗。

此时这三角关系谁都看出来了，很黏糊。

祁时晏为了摘花给夏薇，刺破了手，许颖送了创可贴给祁时晏。

再解析一下，祁时晏为了哄夏薇，手受伤了，但夏薇只知道开心，真正惦记祁时晏受伤的人只有许颖。

——夏薇就是那一时新鲜的莺莺燕燕，只有许颖是屹立不倒的红旗。

夏薇接收到大家投过来的目光，忽然觉得领口这朵玫瑰满枝都是刺，刺得她心口痛得喘不上气。

她不是祁时晏亲口承认的第一个女朋友吗？为什么一点分量都没有？

难道这仅仅是男人哄人的情话？

夏薇抓过祁时晏的大拇指，攥在手心里，沉默了几秒后，让自己冷静下来，说："这么大伤口，只贴创可贴是没用的，要消毒。"随即问旁边的服务员有没有药箱。

服务员回复说，马上让前台送一个过来。

祁时晏看她脸都发白了，笑了声，说："这么心疼我？"又凑到她耳边，放低声音，"要不你亲一下，亲一下就好了。"

夏薇咬唇："你正经点行不？万一伤口感染，得破伤风就不好了。"

"所以，你快点亲一下。"

面对这么轻浮的男人，她该怎么办？

另一边，许颖看着两人卿卿我我，将创可贴按在桌上，一路移动，越过祁时晏，移到夏薇面前，很打扰似的对夏薇说："已经撕开了，你给他贴一下吧。"

话说得得体又大方，声音不高不低，正好足够让八卦的人都听见。

夏薇也只得表现得大方一点，接过创可贴，但创可贴一边的粘纸已经撕掉了。她手一碰，粘在了手指上，再揭开时，那半边全粘在一块儿了，再扯一扯，更不像样子。

夏薇有点无辜，却又像故意的。

祁时晏笑着看完整个过程，终于意识到姑娘的情绪，将创可贴从她手里拿走，说："这个不能用了，扔了吧。"

他随手揉搓两下，丢进了烟灰缸里。

韩烟朝李燃飞了个眼色，这一局，夏薇得一分。

很快药箱送来了，夏薇想要给祁时晏上药，祁时晏按住她的手："吃过饭再说。"

手上用了一点力道，带了警告的成分。

夏薇和他对视一眼，也不再坚持了，好像她为他好，都是为了和许颖竞争似的。

看好戏的人，偷偷打分，这就平局了？

祁时晏让服务员将夏薇的果汁撤了，给她倒了杯红酒。

夏薇有点意想不到："你要我喝酒？"

她还记得金秋宴上，男人宁可双倍替她罚酒，也不许她自己喝。

祁时晏眸色轻佻，附在她耳边，低声说："今晚想看你醉。"

夏薇那只耳朵瞬间滚烫，比玫瑰花蕊还要红。

后来那顿饭怎么吃完的，她已经记不清了，满脑子都是这一句。

也不记得自己喝了多少，只记得最后一杯，男人哄她说："这是发财酒，一定要喝的。"

她乖巧地捧起酒杯，在男人满眼的暧昧里，一饮而尽。

她想通了。

许颖算什么？

她连孟荷都不计较了，区区一个许颖又能怎么样？

这份她希冀中的爱情，从来都不单纯，她根本无法要求一个浪荡的男人给自己一份纯洁干净的感情。

那晚，夏薇真的醉了。

但她表现得很有分寸，拽紧最后一点清醒，和祁时晏还有晚晚招呼了一声，说自己去卫生间，她装作若无其事地离开座位，走出餐厅，上了电梯，一直保持到进了房门。

关上门那一刻,她才原形毕露,鞋子随便一踢,人往床上一扑,栽下去就睡。

可领口一阵刺痛,痛得她叫了声,是那枝玫瑰。

夏薇抬手去抽,才发现那拉链头的洞眼很小,花枝带着刺插下去容易,往上抽的时候,刺成了倒刺,不好抽。

她闭着眼,胡乱抽了几次,非但没抽出来,花瓣反而被撸下不少,手掌连着手指也被刺刮到了,痛得人伤心又烦躁。

最后她索性将羽绒服一起脱掉,随手一扔,脑袋重重一磕,砸在床上睡了过去。

不知过了多久,祁时晏进来时,一眼便看见床上横趴着一个姑娘,那趴着的姿势……太撩人。

只见姑娘半侧脸埋在被子里,身上单薄的打底衫卷在细腰之上,露出一截细腻白皙的肌肤,深色细长的皮带下,臀部又圆又翘,紧致的牛仔裤将之包裹得像蜜桃一样。

祁时晏喉结轻滑,走近了,双膝爬上床,和她一个方向侧身半躺,一只手抚到她腰上,轻轻摩挲。

谁知,姑娘很敏感,睡梦中扭动了一下,拿手挥开他,口中还要说:"渣男,别碰我。"

语气有点凶,几分怨愤。

祁时晏怀疑自己听错了,又或者姑娘叫错了人。

他重新靠近,伸长手臂搂她,修长手指拨了拨她额前凌乱的头发,将姑娘醉红的一张脸捧在丰心,带着笑意问:"就这么醉了吗?"

眼前的一张鹅蛋脸煞是好看,细眉粉黛,脸颊薄红灿若桃花,小巧的鼻梁下,樱花粉嫩的红唇,色泽莹润,唇线性感又分明,尤其微微隆起的唇珠,总让人百尝不厌。

祁时晏低下头,薄唇轻触,含住她。

他吻得细致,舌尖如水一般轻轻砾舐,细细描绘她的唇形,闻到酒香,甜醇里还有一丝芬芳,那是玫瑰花的香。

他食指轻抬她的下巴,想要品尝更多。

不料姑娘有所觉察,双眼睁开一瞬,眼尾红红的,抗拒地推开他,又骂了声:"渣男。"

这回语气比之前更凶,却更有了几分哭意。

祁时晏听得分明,眸底渐暗,一只手掐住姑娘下巴,抬起她的脸,拍了拍:

"夏薇,你给我醒醒,你叫谁渣男?"

夏薇拉开他的手,有点烦躁地掀了掀眼皮,一双眸子里水盈盈的,却没有一点光彩。

"就是你,就是你,渣男。"

她眉心紧蹙,却聚不起心神,眼皮沉重地往下压,瞳仁没有焦距。

祁时晏被气笑了,张开手臂,仰头倒在床上。

这个女醉鬼,一次一次醉了撒酒疯,花样还不一样呢。

上次醉在场子里,非抱着他不可,这回倒好,态度180度大转变,居然骂上他了。

而夏薇骂完人,不清醒,不知道潜意识里想到了什么,歪歪扭扭爬进被子里,将自己蜷缩成一团,哭了。

那哭声不大,堵在喉咙里,像淤泥沉积,流泻不通,一声吊上半空,好一会儿才偷着声儿似的哭下来,好像在害怕什么。

哭得人的心一下轻一下重,没着没落的。

祁时晏坐起身,起先还想逗她来着,想看看她撒酒疯能撒到什么程度,这下感觉不对了。

视线落在那团卷起来的被子上,发现上面很多花瓣,还有点点红色的印记,凑近了看,竟是新鲜的血。

祁时晏皱了下眉,掀开半边被子,从背后抱过姑娘,摸了摸她的脸,散乱的长发中黏了一手的泪,再掰开她的手,看见上面很多被刺刺出来的血印子。

"夏薇,醒醒。

"不哭了,乖了。"

祁时晏抓过她的手,放在唇边吻了吻,将人搂在怀里哄,又从床头拿过纸巾盒,连抽几张给她擦眼泪。

可是一连串动作非但没把人哄好,哭声反而大了些。

不是号啕大哭那种,而是呜呜咽咽,双眸明明闭着,可泪水从眼角流出,像雨一样倾泻,好像里面有个悲伤的泉眼,失控了堵不住了。

祁时晏有些泄气,在他看来,哄人这件事不过是为了调情,若是过了,就没意思了。

可眼下的姑娘怎么都哄不好,让他焦躁。

"怎么就哭成这样了?

"嗯?

"有这么伤心吗？"

一团团洇湿的纸巾刚丢开，透明的液体又流了下来，冰冰凉凉的，爬满姑娘的脸，涕泗纵横，顺着耳际线，往脖颈里流去，洇湿了她的衣服和大片床单。

"夏薇，醒醒。"祁时晏拍了拍她，"有什么事跟我说好吗？"

可他没能将人拍醒，只将姑娘的眼泪拍出更多。

夏薇的哭声不大，断断续续，但泪水特别多，后背弯成了一张弓，双腿蜷缩，双手也缩在胸前，像受了极大的欺辱和委屈。

祁时晏颇感无奈，原以为今晚会是个很美好的夜晚，没想到会这样。

他起床，从卫生间拿来干毛巾，像口布一样围在夏薇的脸颊以下。再爬上床，坐在她旁边，垂眸看着她哭。

房里的暖气开得十足，空气干燥又热。

姑娘的手指揪在自己衣领上，雪白的肌肤若隐若现，却遮不住那上面细细密密的红痕。

他的杰作。

想起今日的种种，在那汹涌流淌的泪里，祁时晏终于后知后觉地意识到自己的不体谅和粗暴。

他弯下腰，一只手小心地穿过她的脖颈，将人搂进怀里，拿毛巾给她擦拭眼泪，动作较之前温柔了些。

"不哭了，就当是我错了，好吗？"

哄了一会儿。

"我都认错了，还哭？"

再哄了一会儿。

"好吧，我错了。求你，不哭了。"

一整晚，他抱着她，耗尽所有的耐心，在她耳边哑着声音，反反复复地认错。

不知道夏薇听没听见，她终于渐渐收了泪，在他怀里沉沉地睡了过去。

祁时晏又抱了一会儿，才缓慢地将人放平到床上，给她盖好被子，起身出了门。

一楼院子里有一个山石堆砌的温泉池，今天来的人，此时几乎都泡在那池子里。

祁时晏下了楼，打开户外的门，站在灯影下。

池子里的人朝他笑着招呼，喊他快来。

可他毫无兴致，神情淡淡，只朝温泉池远远投去一瞥，看到韩烟，轻抬了一下手。

韩烟穿着浴袍走了过来，后面跟着许颖。

等人走近了，祁时晏说："让人做碗醒酒汤。"

韩烟应了声，问："是夏薇喝醉了吗？"

祁时晏点点头，面色沉郁，没说话。

别墅里吃过晚饭，厨师便下班都走了，韩烟想了想，拿手机给前台打电话，让他们再派个厨师过来，还得是个会做醒酒汤的厨师，连同食材一起带过来。

许颖暗嗤了一声，拿了一块干毛巾，坐到沙发另一头擦起头发，边擦边说："也没见她喝多少，怎么就醉了？这么晚还要喝醒酒汤，尽折腾人……"

"你够了啊。"

祁时晏抬眸一瞥，眼神阴沉、冷厉。

许颖擦头发的手不自然地抖了下，僵住了。

两人的关系可以追溯到美国留学时期，粗略算起来已有六七年。

许颖家在濯湾，也是当地数一数二的豪门，不过许家的家庭关系复杂，许颖在家不受重视，所以她在事业上很努力，想要闯出一片天，以此证明自己。

可是那年，她在娱乐圈被人潜规则，一气之下，撕了合同，头顶压下来五千多万的违约金。

许家人没一个肯帮她，最后她求助于祁时晏，祁时晏动用了一些关系便帮她摆平了。

而祁时晏动用的那点关系，其实很简单，就是两人假装情侣。

祁时晏身后有强大的祁家，那不是一般豪门可比的。

祁家强大不只是财富，更重要的是他们门庭深、人脉广，有几人敢得罪？

他们出双入对，在公众场合演足了情侣戏码，祁时晏找来欺压许颖的人，话都不用说透，对方便主动解了约，免了许颖的违约金。

而祁时晏同时看到传媒主播的商机，成立了传媒公司，许颖顺理成章进入公司，拿到最好的资源，做了高端旅行主播，成为公司的一姐。

至于两人的"情侣"关系，祁时晏不用说，从来没当过真，不过为了配合许颖，至今也没有否认过。

而许颖，更是不会主动去结束这份关系。

因为，她心底喜欢他。

她知道祁时晏是个没心的人，更知道他身在浮华场，表面多么轻浮浪荡，内心却通透又自我，没有哪个女人能够真正挨得上他。

这些年，两人彼此太了解，相处模式已经固定化，她也不奢望再进一步，不然那很可能自毁前程，搞得朋友都没得做。

因此，她觉得她以这样一种陪伴的方式和他在一起，也挺好。

关于夏薇的种种，她从韩烟那儿听到不少，就算那天在私房菜馆见到夏薇本人，祁时晏说是女朋友，她都没觉得有什么。

不管夏薇、冬薇，她笃定地相信祁时晏不会动真心，夏薇充其量不过是只金丝雀，祁时晏是男人，想为自己养一只满足生理需求的金丝雀不足为奇。

虽然这只是第一只，以后就算还有第二只、第三只，最后能陪在祁时晏身边的人只能是她——许颖。

但现在祁时晏为了只金丝雀，竟然斥责她，这是她无法接受的。

韩烟电话打完走了回来，说："厨师一会儿就到。"

祁时晏点了下头，将茶几上的药箱搬到自己面前，打开盖子，里面摆着各种瓶瓶罐罐。他皱着眉头问："哪个是消毒的？"

韩烟弯下腰，找出一瓶碘伏，递给他："是这个。"

祁时晏接过去看了一眼，闻到一股浓烈刺鼻的味道，眉心都拧巴了。

要知道，他最厌恶这些东西。

许颖放下毛巾，挪到他旁边，朝他伸出手说："给我，我给你消毒。"

谁知，祁时晏摇了摇头，说不用，将那瓶碘伏放回原位，合上了盖子。

他站起身，对韩烟说："一会儿醒酒汤做好了，送上去。"说完，提起药箱，下楼去了。

剩下的两个女人你看看我，我看看你。好一会儿，许颖梦中惊醒般叫了声："不会吧。"

韩烟拍了下手，摊开手说："我早说了吧，你还不信？"

"不是，他怎么就这么上心了呢？"许颖双目在空中游移，心中惊骇不止。

第二天清晨，有一缕阳光爬上窗帘，从缝隙中挤进房间，浅浅地投在法兰绒壁纸上，窥探这一室的旖旎。

床上将醒未醒的人儿，轻轻眨了眨眼，抬了下胳膊，上面压了什么，压得她血液不畅。

好一会儿，夏薇才反应过来，那是条手臂，劲瘦有力的男人的手臂。

她后背一下子紧绷，猛地惊醒，却没敢动，转动眼珠子，在昏暗中四周打量，认出是她昨天入住的别墅房间。

那就没事了,这条手臂的主人只会是祁时晏了。

夏薇轻轻松了口气,再摸了摸自己身上的衣服。

呃……

打底衫在的,里面的 bra 却没了,往下,外裤也没了,但好在给她保留了一丝体面,内裤还在。

夏薇又松了口气,脊梁骨渐渐放松下来。

她悄悄将男人的手臂挪开,自己弓起身子往被窝外挪去。

谁知,才挪动两下,男人的手臂又搭了上来,而且手还不老实钻进了衣服里,将她往后卷了卷。

后背顿时仿佛挨到一块热铁板,温热又结实,还有种包容感。

夏薇激颤了一下,继而又放松后背,由着男人将她扯紧,享受这个从来没有过的清晨拥抱。

不过,男人给的似乎有点多,不止一个拥抱,还有一条腿也跨了上来,同时尾椎上被什么硬硬地抵住了。

夏薇完全清醒了,一动也不敢动。

她居然和祁时晏睡在了一起!

男人蓬勃的呼吸喷洒在她的后颈上,一片酥酥麻麻的痒,而他的手轻轻一握,掐住了她的呼吸。

夏薇不知道他醒没醒,也无法预知他的下一步动作,紧张又期待,身上血液都随之沸腾了。

忽然耳边一声轻笑,很轻很轻。

夏薇有些羞恼,才知道他早就醒了。

"薇薇公主,早安。"男人撩开她的长发,探头埋进她颈窝,声音带着晨起的慵懒,语气却不善。

夏薇感觉到有一点不妙,同时嗅觉回来了,闻到自己身上的酒味,好像还有一点刺鼻的药味。

"昨晚睡得好吗?"男人的尾音拖得很长,明明很温柔的问候,却听得人不寒而栗。

夏薇不知道该做何反应。

不敢回,也不敢动,由着他的脸越埋越深,短硬的黑发蹭着自己的肌肤,像一群蚂蚁挠过。

她脑海里高速运转，回想昨晚的事，奈何只记得自己回到房间倒头就睡了，其他的怎么都想不起来。

"睡得不好吗？"男人又问了一句，显然不满意她的沉默。

他侧过身，将她的身子掰得躺平，一只手懒懒地支肘在枕头上，昏昧中深邃的一双眼落下来。

"很……好。"夏薇慌张开口，垂下眼皮不敢看，坦白说，"我喝醉了。"眼睫毛簌簌而落，"对哦，是你让我喝的，呜呜，你都不拦一下。"

"哦——"祁时晏拖长声调，好像领悟到真相似的，"都是我的错，是吗？"

"不是不是，我的错。"夏薇小心翼翼地伸出手，悄悄在他身上摸了摸。

男人的衣服薄软，带着他的体温，光滑柔软，夏薇试图学他将下摆往上卷，探进手去。

可还没触碰到肌肤，手就被抓住了，搁在自己胸前。

"错哪儿了？"低哑的声音和热气一起逼在耳边。

男人一只手撑着，居高临下，另一只手带动她的手指画圈。

夏薇耳颈上倏然热烫，抽开手，翻过身就想钻出被窝，可寸步之内，都是男人的囚牢，她能逃到哪儿去。

而她压根不知道自己昨晚干了多少了不起的事，招来男人这般"严刑逼供"。

"呜呜……"夏薇声音娇软，开始撒娇攻势，"我醉了嘛。"

她双手去搂他，抱住他脖子，将他勾到自己面前："喝醉酒的人做什么都不受自己控制的嘛，你又不是第一次知道我，对不对？"

祁时晏扬声笑了声，低下眉睫，拨开姑娘脸上的碎发，看她谜一样的眼，说："所以，你一喝醉酒就可以胡作非为了是吗？"

"不是不是，我……昨晚干什么了啊？"夏薇一双琉璃眸子巴巴地朝他眨了几眨，无辜极了。

祁时晏指尖划过她的眉，沉默两秒，眸底晦色，语气阴沉地："你对着我叫了别的男人的名字。"

"啊！"

不可能的。

夏薇打死也不相信。

可男人眉目间的阴戾却是真的。

夏薇得了个机会，连滚带爬，从男人魔爪中逃下床，逃进了卫生间。

她打开水龙头，冰凉的水柱发出巨大声响，她弯下腰，连连往自己脸上泼水，想借这份凉意打开自己的记忆大门，记起昨晚男人口中的"胡作非为"和别的男人的名字。

可是身上都被水泼湿了，她还是没想起来。

醉酒太误事了。

先不论祁时晏的指控是不是诽谤，昨晚是她和祁时晏在一起的第一个夜晚，是她和祁时晏第一次同床共枕，她居然喝醉了，还什么都不记得。

夏薇敲了敲自己的脑袋，发誓以后再不喝酒了。

而镜子里的自己也太难看了点，脸上气色不佳，头发凌乱，眼眶里还红红的，这些都不说了，最重要的是昨晚没洗澡，身上一股味。

等等，锁骨往下，胸前一片又红又黄的是什么？

夏薇低头拎起衣领看了看自己，又凑近到镜子前看。

他给她涂了碘伏？

不是吧？

他脑袋里想什么？

夏薇哭笑不得，再看自己的手，才发现手上几处被玫瑰刺扎到的地方也涂了碘伏。

她将手抬到鼻尖下，嗅了嗅，心里莫名地暖和起来，这个大清早对她咄咄逼人的男朋友其实也很可爱啊。

夏薇在卫生间花了很长的时间洗了个干干净净的澡，关上淋浴头的时候，才发现自己没带换洗衣服。

此时，门被人敲了两下："好了没，我要上厕所。"

是祁时晏。

"没呢。"夏薇没来由地慌了一下，将淋浴头重新打开。

男人又敲了两下，说："快点，你洗了两个小时了，要不要我帮你洗？"

"不用不用，我马上就好了。"夏薇身上不着寸缕，拿起一条大浴巾，挡在自己身前，双眸紧盯着门，生怕男人破门而入。

然而她又枉做小人了。

祁时晏没再敲门，转而是外面的房门传来开合的声音。

估计是他出去上厕所了。

夏薇立马出了卫生间,开了行李箱,拿了衣服穿上。

她带的衣服不多,都是低领的,遮不住锁骨上的吻痕,唯一能遮的只有羽绒服,那也不能一天到晚都穿着。

想了想,夏薇打算去度假村的购物中心买件衣服。

趁祁时晏回来之前,快快溜走。

夏薇虽然心里渴望和他待在一起,但是因为醒来时男人的表现,她现在更想离他远一点。

夏薇匆匆穿好衣服,拿了手机出门,回头瞥见置物架上一个碗,那上面残留一点汤渣,夏薇看了一眼,闻到陈皮的味道。

难道是醒酒汤?

想起早上洗漱时,口腔里感受到陈皮味,当时还奇怪了好一会儿。

那是祁时晏喂她喝的?夏薇舔了舔唇,唇角扬起。

电梯到一楼,客厅里静悄悄的,上午十点多了,大多数的夜猫子还没起床,只有厨师和服务员在厨房里忙碌,在准备餐点。

夏薇径直出了大门,打开手机地图,往购物中心走去。

快走到的时候,手机响了一声,是意料中的追踪短信:"人呢,去哪儿了?"

夏薇得意地笑了笑,语气轻快地回复:"我去买件衣服,一会儿就回来。"

"好,挑最好看的。"

夏薇扬了扬下巴,风从正面吹来,伴着阳光,温暖和煦,吹在脸上,像恋人的抚摸。

收了手机,不到一分钟,又进来一条消息。

夏薇还没看清楚,手指已经点开了,这回是一笔转账,二十万!

夏薇愣在马路中央,担心自己数错,重新数了数,确确实实有这么多。

她按下语音,小声地叫了声:"祁时晏,给我这么多钱干吗?"

手机里传来祁时晏懒散的语调:"当然是买衣服了。"

"只是平常衣服,哪用得了这么多?"

"给你就拿着,买好了早点回来。"男人语气又开始不耐烦了。

夏薇回他一个字:"好。"

唇角不自觉地漾开。

到了购物中心,商品区比想象中的小,货物品种集中在高档礼品上,服装只占了一小部分，而且以泳装为主。

夏薇随便挑了几件，都不太满意，最后挑了一条水湖蓝色的桑蚕丝巾，一看标价，899元。

夏薇"啧"了声，要不是为了遮那点吻痕，她都舍不得买。

夏薇上柜台付钱的时候，没想到遇到了温婷。

两人互相招呼了一下，夏薇排在她后面。

温婷拿了几盒冬虫夏草，还有阿胶燕窝，都是这里最贵的。她拿出一张卡递给收银员，可是卡却刷不出来，系统提示说"消费超限"。

"什么意思？"温婷有点不解，"我这张是透支卡，最高可以透支五万的，这些东西不是四万八千九吗？"

收银员冷冰冰地解释："你这张卡被设置了消费额度，每天消费有限额。"

温婷诧异了下，问："那能查到限额是多少吗？"

收银员面无表情地操作了一番，说："只有两千。"

度假村里的礼品本就不是给普通人消费的，价格比外面市场上高很多，最便宜的阿胶一盒都超过了两千。

而这里的收银员和服务员都是人精，早就学会了察言观色，看人下菜，见温婷买不起，几人看她的脸色都变了。

温婷脸上有些挂不住，转头问夏薇借钱："你帮我先付一下好吗？回头我把钱还你。"

夏薇扯了扯唇，委婉道："不好意思，我也没钱。"随即付了自己的丝巾钱，走出门。

"夏薇。"没一会儿，温婷跟上来，脸色已经恢复如常了，"走吧，我们一起回去。"

夏薇神情淡淡，双手插在口袋里，看了她一眼，继续往前走。

温婷走在她旁边，解释说："我没想到这张卡有消费限额，他昨天给我的时候只说随便我用，一个月可以透支五万。"

夏薇没接话，没兴趣知道她的事。

可温婷却还在说："我就要毕业了，现在工作难找，我想留在榆城，总没错吧？"

"是的，每个人都有自己的活法，你不需要向我解释。"夏薇出声敷衍了一句，不想再和她聊下去。

回去的路上，风从背后吹散了夏薇的头发，飞扬在脸颊两边，也将她新的丝巾吹开，扬起漂亮的波纹。

温婷侧头，看呆了一瞬，羡慕地说："你真好，跟到了祁三少。"

夏薇蹙了下眉，转头瞥她一眼："麻烦你别用你的标准来衡量人，好吗？"

"知道。"温婷笑笑，"长得漂亮一点，起点是可以高一点的。"下巴一抬，嘴角的笑带着点轻蔑。

夏薇：什么玩意儿？

"温婷。"夏薇叫住对方，"我和祁时晏是男女朋友，不是你想的那样。"

"是吗？"温婷嘴角的笑意更浓了些，"你说你自欺欺人有什么意思呢？祁三少订婚了，你不知道吗？他有未婚妻啊，你还非得说自己是他女朋友？你这做得这么明显吗？"

夏薇的脸"唰"一下白了。

时间有一瞬静止，阳光和四周景物全部变成了白色，似雪般刺眼。

温婷说完，撩了撩头发，抬腿走了。

世界上就是有这么一种人，她一旦被伤害被羞辱了，便会找比她更软弱的人去伤害去羞辱，好像这样，她就能捡回自尊，伤口就能愈合，变得高人一等了。

"温婷。"夏薇反应过来，冲着对方的背影叫了声，几步走到跟前，手在口袋里捏紧了，说，"我和祁三少怎么样，轮得到你说三道四吗？给你脸不要脸，你现在最好回去收拾行李自己走人，不然我保证你吃不到午饭，你信不信？"

夏薇没对人放过狠话，此刻她只是气血上涌，眸光都变得凌厉。

温婷刚才就是图一时的嘴快，拉高踩低一向是她擅长的把戏，可此时才惊觉自己踩错了人。

她慌张地"啊"了一声，去抓夏薇的衣袖，被夏薇一把甩开。

温婷连忙说："我错了，我乱说话。祁时晏没有订婚，也没有未婚妻，你也不是小三，我全都是乱说的。夏薇，念在我们朋友一场，你别和我计较了好吗？"

她想起来了，祁时晏在场子里关照过，谁也不许提他订婚的事，更不许在夏薇面前提。

她当时只觉得好笑，这么风流的一个男人怎么敢做不敢当呢，现在忽然明白了，那是这个男人真的在乎夏薇，不想夏薇被人议论。

而她现在犯了大忌，万一夏薇闹到祁时晏那儿去，那后果不是她可以承担的。

可夏薇表情冷漠,只说:"我本来没想和你计较,是你一而再,再而三地踩到我的底线。"

就在此时,她的手机响了一声,点开来,是祁时晏发来的语音消息:"买好了没?就吃饭了。如果选择困难,就统统买了。"

夏薇回他:"在路上了,马上就到。"

温婷听见,顾不上羡慕,朝他们住的别墅看了一眼,大概只有五十米的距离了,她不想出局。

"夏薇,求你了,我家条件不好,我所做的一切只是想生活好一点。"温婷哀求,"这圈子我才进来没多久,有些规矩不太懂,你大人不记小人过,求你了。"

说两句,她的眼泪"啪嗒啪嗒"掉了下来,脸上的妆都花了。

"温婷。"夏薇被她哭得心烦,"谁都有不如意的时候,但你的不如意不是我造成的吧,你何必把刺扎到我身上?"

"我错了我错了,我以后再也不会了。"温婷哭着说,"这样吧,我打我自己一个嘴巴,你放过我吧,以后你有用得着我的地方尽管开口,让我做什么都行,好吗?"

不等夏薇再说什么,温婷就抽了自己一个嘴巴,抽得半边脸颊通红,头发都散了。

夏薇被她的动作整蒙了,往后退了一步,没想到对方会将自己作践成这样。

"你……好自为之吧。"

留下一句话,夏薇往前快走几步,再不想看温婷一眼。

回到别墅,厨师和服务员还在厨房里忙碌,不过一楼比先前热闹了许多。

韩烟在餐厅,像管家婆一样指挥服务员摆桌子,昨天夜里又到了一些人,所以今天人比昨天多,午饭吃自助餐,圆桌和长方桌都用起来了。

许颖和两个女的坐在小客厅的沙发上,在电视背景声中,边吃甜点,边聊着什么。

大客厅里人更多,一群人扎堆聚在一起,在玩扑克,吵闹大笑声连续不断。

夏薇走进来,有人抬头看她一眼,对她笑上一笑,以示招呼,大多数的人则习以为常,不冷不热。

经过刚才温婷那一遭,夏薇终于明白她这个祁时晏女朋友的身份为什么没分量了。

因为大家都将她当成祁时晏的情人罢了,所谓的女朋友,不过是好听一点的名头而已。

许颖看过来,和她目光一触即离,没什么情绪,继续与人谈笑。

夏薇再往里走,便看见透明的落地窗外,屋檐下站着几个男人,祁时晏和白易文都在。

他们背对房屋,指间燃着烟,眼皮子底下是雾气氤氲的温泉池,里面几个穿着比基尼泳衣的女人在互相泼水嬉闹。

夏薇站在相对比较空的地方,四周人声嘈杂,过眼皆是奢华,可她却忽然感觉内心无限苍凉。

不知道是不是自己粘在祁时晏身上的目光太久了,男人似乎受到感应,转过头,眯了眼看过来。

他侧着脸,阳光打在他高挺的鼻梁上,将他的棱角照出一圈淡淡的光环,一双桃花眼眸光含笑,像一张温柔多情的网,捕捉到你,便不容你再逃得出去。

夏薇粲然笑了下,笑完后,想起那些女人对男人的笑,好像也是自己这样的。

祁时晏走进门来,将烟掐灭在门口的烟灰缸里,有人从牌局中探头喊他去玩,他笑了笑,摆了摆手,朝夏薇走去。

他将她从头到脚看了一遍,问:"衣服呢?穿身上了?"说着,抬手拉开她羽绒服的拉链,朝她胸前瞄了一眼。"不会只买了一条丝巾吧?"

夏薇不答,反问:"好看吗?"

"好看。"

"所以看那么久?"夏薇下巴朝温泉池抬了抬。

祁时晏这才回过神来,两人把话说岔了。

他薄唇凑到她耳颈边,热气拂耳:"她们怎么能和你比,差太多了。"

他身上衣着单薄,双手伸进她口袋,抓过她的手想取暖,却没料到她的手比他还凉。

"怎么了?"祁时晏才发现夏薇的脸色有些不对,"谁欺负你了?"

夏薇肩头往前倾了下,扎进他怀里,眼底发酸,有泪意往上涌。

"祁时晏,你答应我,和我在一起的时候,不要看别的女人好吗?"

温婷有温婷的作践方式,夏薇想,她何尝没有呢?

就让世人都轻看她好了,她这只飞蛾能有多久的生命,能陪他多长时间呢?

不过飞进火里,烧成灰烬便罢了。

"你怎么就这么能吃醋呢?"祁时晏笑了。

度假村附近有个农场,里面有马场、射击场、鱼塘,还有采摘园等等。

吃过午饭,所有人转战去了那里。

大多数女人选择去采摘园摘草莓,男人们选择去马场骑马。

夏薇看着温婷挽了个篮子进采摘园,她就不想去了,想和祁时晏一起骑马。

"那去换衣服。"祁时晏捏了捏她的头发和耳垂,总感觉她心不在焉。

"可我不会骑,你得教我。"夏薇侧了下脸,将自己半边脸颊搁到他掌心里。一个很亲昵的动作。

祁时晏顺势贴住,掌心抚摸了一下,低头说:"好。"

两人各自去换马术装。

夏薇换好了出来,刚走到更衣室门口,就看到外面两匹高头大马,那马上一男一女,穿着标准的马术装,黑白相间,英姿飒爽。

男的不用说,是她的男朋友祁时晏。

女的是许颖,她颧骨有一点突出,长相偏冷,但她嘴大,下唇有些厚,笑起来天生性感,加之出身豪门,与生俱来的高贵气质,总给人一种冷艳决绝,高不可攀的感觉。但她在祁时晏面前,总是眉眼带笑,亲近和气,一点高傲之气都没有。

此时两人不知道在说什么,夏薇看见许颖转过头来,对着男人说话,眼睛在阳光下眯成了一条缝,下巴往上翘起,像在撒娇。

而祁时晏,她只看见他的侧脸,薄唇微弯,嘴角噙着笑意。

夏薇说不上来什么心情,往前一步想走出去,却没注意脚下有门槛,不小心被绊了一下,差点摔倒。

"当心。"旁边有人扶住她。

她转头一看,是白易文。

"谢谢。"夏薇回了神,道谢。

"心情不好最好别骑马,万一摔了可不是闹着玩的。"白易文皱了皱眉,看着她说。

"那也许我骑了马,心情就好了呢?"夏薇固执地跨出门,从工作人员手里接过白手套戴上,朝祁时晏走去。

另外一边,也有人在上马。

晚晚不会骑,李燃说带她。

可是晚晚上了马之后,李燃再上的时候,那马踢了踢后腿,摇晃身躯,嘶叫了几声。吓得晚晚在马背上尖叫,下了马来,再也不敢骑马了。

夏薇原本也想和祁时晏共骑的,这下心里畏怯了。

祁时晏跨下马背,让人搬了脚凳来,边扶夏薇上马边说:"他们是他们,我们是我们。李燃是个笨蛋不会挑马,你看我挑的,是全马场最好的马,能一样吗?"

眼前的马儿,通身枣红色的皮毛,肌肉健硕,高大威猛,和旁边几匹马比起来确实优越很多。

夏薇忐忑地伸手摸了摸它的鬃毛,马儿眨动了几下硕大的宝石般的眼睛回看她,非常温顺。

夏薇这才放了心,登上脚凳,在祁时晏的扶抱中,跨上马鞍。

许颖瞟了他们一眼,挥了下马鞭,一个人骑着马走了。

马背上的视野又高又开阔,四处风光一览无遗。

可脚离了地,人有种不踏实的感觉,马儿再动一动,夏薇一阵眩晕,叫着祁时晏的名字:"你快点上来,我害怕。"

祁时晏一脚踩进马镫,跨了上去,坐到夏薇身后。

马儿又动了几下,夏薇紧张地抓住祁时晏的胳膊,浑身紧绷,很怕自己摔下去。

"别怕,这不是有我吗?"他抓过她的手放到缰绳上,再包裹住她的手,牢牢将她固定在自己双臂之间。

夏薇适应了好一会儿,才放松开来,祁时晏也才让马儿往前缓慢走动。

今天天气好,天空蓝蓝的,澄净中飘着几片白云,阳光铺洒下,风都是暖的,吹动姑娘的发,扬起阵阵清香。

身边好几匹马飞奔而起,李燃也在其中,吼叫着往前狂奔。

祁时晏问夏薇:"还怕吗?"

"好多了。"

"我们也跑起来怎么样?"

"好。"

于是,一声"驾",祁时晏踢了下马肚,蹄声骤起。

顿时,夏薇感觉他们仿佛踏入了一幅画布里,周围景物随之扭曲晃动,水塘里的水仿佛要翻涌倾倒而出,树木也要从天上砸下来,天与地似乎颠倒了。

夏薇惊慌,心跳得好快,颤抖着声音说:"慢点慢点,太快了。"

"别怕,靠紧我。"

风擦过耳边,是呼啸的声音,伴着男人沉稳的呼吸。

祁时晏上身稍稍前倾,后背弯成了弓形,将姑娘拢在怀抱里,双臂也用力箍紧了她。

夏薇缩着脖子靠在他身上,感觉到身后温热的身躯,逐渐放松下来。

但祁时晏太有胜负欲了,速度越跑越快。

明明马背上多载一个人,他却一点也不觉得有负担,骑着马儿飞奔,跃过一匹,又跃过一匹。连前方一道一米多高的栅栏,他都吆喝着马儿飞跨而过。

夏薇吓得闭上了眼睛,感觉心脏已经不是自己的。

"把眼睛睁开。"祁时晏声音带着兴奋,"这么快乐的事,不感受一下怎么行?"

可夏薇不敢,耳边马蹄声四起,混杂着一大群男人高亢的叫嚣声,还有风吹动树林的声音,像有千军万马在奔腾,也像在经历一场激烈的战争。

直到这些声音渐渐停止,身边的男人一声接一声地放声大笑,夏薇的眼睛才敢睁开一条缝。

此时,眼前已然换了风景。

鱼塘、采摘园都被远远地甩在了身后,他们跑上了一个山坡,四周是一望无际的草坪和田野,再远一点则有村庄和树林。

目之所及,郁郁葱葱,像是跑出了冬天。

祁时晏将马儿的速度降下来,慢慢踱着走。

夏薇大口喘息,瘫靠在男人身上,半晌,心脏才似乎回落到原来的位置。

"傻丫头,怕成这样。"祁时晏挺直腰身,将人往怀里抱紧了些,抓过她两只僵硬的手搓了搓。

后面有马蹄声追来,夏薇转头,认出对方是许颖。

"快跑。"夏薇心莫名一急,催促男人。

祁时晏依她,夹了下马肚,马儿又疯狂地跑起来。

他们冲下山坡,又冲上另一个更高的山坡,夏薇被颠得飞起,心里依然紧张害怕,可这次却不是因为怕自己摔下马去,而是怕后面的人会追上他们。

不过这种担心还是多余的了。

祁时晏的马术太强了,他挑的马儿也太好了,许颖和他们的距离越拉越大,完全不可能追得上。

夏薇浑身紧绷的神经终于松弛下来，所有的细胞像复苏了似的，血液"嗞嗞"往上涌，冒出鲜活的快乐的味道。

祁时晏带着她，抛弃了许颖。

夏薇放声笑了出来，原先发白的脸色像冬日盛开的雏菊，渐渐绽开变得绯红、鲜艳又灿烂。

"吁——"祁时晏拉了拉缰绳，将马儿慢下来。

他抬手，手指在姑娘颈边轻轻蹭着她的肌肤，侧眸看她问："开心了吗？"

夏薇别了下脑袋，低下眉睫，原来他知道她不开心。

"傻的。"

男人将她一缕头发勾到耳后，薄唇代替手指，擦在她脖颈里。

"我带你出来玩，就是想要你开心的啊。"

一个"啊"字又轻又撩，伴着他湿热的呼气。

夏薇鼻子一酸，转过头，下巴稍抬，就和他吻在了一起。

山坡上的风有一点大，几缕长发俏皮地往他们之间钻。

男人抬手将它们统统擒住，一掌覆住姑娘的半侧脸，将她搂在怀里亲。

姿势不同于以往，马儿悠悠地走着，马背上摇摇晃晃，夏薇却前所未有的安心。

男人炽热的气息和胸腔里激越有力的振动笼罩着她，她后背放松在他的臂弯里，本能地抬手勾紧他的脖颈。

唇齿间，她比任何一次都主动。

没什么技巧，却用上了她全部的力气。

仿若就这么到地老天荒，到世界尽头，都再无留恋。

可是，远远地又有马蹄声传来。

夏薇轻轻推了下男人，扯开他的手。

祁时晏挑眉，转头瞥了一眼，说："远着呢，我们再吻一会儿。"

往回走的路上，祁时晏走到一条小溪边，让马儿喝水，重新走上草地，也是慢慢往前踱。

夏薇放开缰绳，在男人臂弯里，展开双臂，任由风划过自己的指尖。

她说："让我一个人骑一会儿吧，我现在不怕了，想学。"

"不要学。"

"为什么？"

"我觉得就这么带着你一起骑也挺好。"

男人拥住她，低沉着嗓音，下颌懒懒地搁在她发顶，笑声散进风中。

那天，夏薇玩得很开心。

他们回到农场活动中心，祁时晏又带她去射击场，教她射箭。

夏薇原以为他不过是浪荡风流的公子哥，没想到他骑马技术那么强，射箭技术也很高超。

有人自诩曾经得到过省级射击队的培养，射击水平一流，靶靶都是八环以上。

祁时晏勾勾唇，什么也没说，走上射击台，左手握弦，右手拉弓，慢悠悠地抬起。

阳光照在他的半侧脸上，额角细碎的短发在微风中染上一层光晕。

只见他两指捏住箭矢，弓弦被拉到最满，袖口露出的一截腕骨，冷白的肌肤里，筋脉偾张，隐隐蓄藏力量。

当一双深眸侧瞥，眯成一条缝的时候，浓密的睫毛压了下去。

"嗖"一声，夏薇分明看见一支箭从他眸底疾驰而出。

那凌厉的速度，比她的视线还快。

因为就在那一刹那，她转头去看靶心时，已经有人高呼："红心，红心！"

旁边围观的人沸腾了，大家谁都没想到祁时晏会射中红心，而他的姿态一点也不认真，更谈不上严谨。

"运气而已，你再来一发，再中了我就信你了。"李燃射了几支，最高只有六环，怎么都不服气。

祁时晏仰头笑了声："再中了，你叫我爸爸。"

"行，叫爸爸就叫爸爸，你有本事就中。"李燃一口答应，压根不信他还能中。

大家跟着起哄，甚至有人拉来一条长凳，又找来一个垫子，摆好了架势，等李燃磕头叫爸爸。

祁时晏唇角挂着笑，漫不经心的。他看着夏薇，示意她走到自己身边，将弓箭按到她手上，对李燃说："你只有爸爸怎么行，我再给你找个妈。"

李燃还没反对，夏薇先推拒开："我不会，我从来没射过箭。"

李燃大笑，怂恿夏薇："行的行的，你上，你中了红心，我叫你妈。"

晚晚在旁边着急："万一真中了呢？"

李燃拍着大腿，坐到长凳上："怎么可能？万一是个鬼。"说完还要催促祁时晏他们快点。

　　祁时晏笑着对夏薇说："你看，咱儿子多乖，你就给他亮一手。"

　　夏薇这才应了声好，不为别的，就为祁时晏有心和她组成一对"爸爸妈妈"，管儿子是谁。

　　她侧身站在祁时晏身前，两人前胸贴后背，祁时晏将弓箭在她手里摆好架势。

　　可夏薇拉不动弓，才拉到一半，手指就开始发抖，手臂更是发酸，更别说瞄准了。

　　祁时晏覆上她的手，缓缓借力，帮她将弓箭拉满。

　　夏薇整个手臂都抖了，捏着箭矢的指尖发了白。

　　李燃笑得停不下来："就这样还想当我妈。"

　　晚晚这会儿也放了心，不过她看面前两人暧昧的样子，拉了拉李燃的衣袖说："你说他俩是不是为了秀恩爱啊？"

　　祁时晏低下腰，将脸颊凑近夏薇的脸，那样子哪像是射箭，贴得那么近，感觉下一秒就要亲上去了。

　　旁边起哄的声音也更大了，都在叫"快点快点"，也不知道是催他们快点射箭，还是催他们快点亲吻。

　　男人的呼吸在耳边似有若无，夏薇也不太分得清祁时晏到底是在和她调情还是教她射箭，或者两者兼而有之吧。

　　一分心，她都忘了看靶子在哪儿。

　　只听见一声"放"，男人的手松开了她，她端不住，箭飞了出去。

　　夏薇正要懊悔，有人大叫："红心！红心！又是红心！"

　　怎么办？随随便便放了一箭，就射中了一个又白又胖的大儿子。

　　四周一阵爆笑声，个个人仰马翻。

　　李燃后悔了，拉起晚晚就跑。

　　祁时晏大笑，冲那逃跑的身影追上一句："跑得了初一，跑不了十五。这个孽子太混账了，老子回去非得揍他。"

　　"老妈我也要教训他。"夏薇双手叉腰，气势十足。

　　玩笑说说笑笑就过去了，回别墅的时候，晚晚送来一篮子草莓，对夏薇说："这是你儿子送的。"

夏薇笑着接过来,回说:"儿子有心了,老妈收下了。"

祁时晏在旁边"啧"了声:"这个不孝子,就惦记着老妈了。"

天色已晚,晚饭还是和中午一样吃自助。

不过,夏薇明显感觉大家对她热情了一些,不像上午那么冷淡了,连她的椅子有一点晃动,都有人争着帮她换掉,新上了什么菜,大家也是先问她要不要。

而许颖没再跟她和祁时晏来个三人行,座位挪到韩烟旁边去了,甚至吃饭时,都没再和祁时晏说话。

夏薇也才反应过来,大家原先对她冷淡,也有许颖的关系在。

今天大家都看到了祁时晏的态度,尤其是马背上,祁时晏带着夏薇,甩掉许颖那段,马场上那么多人都是长眼睛的。

吃过饭,回房间,夏薇拿了泳衣,准备去泡温泉。

昨晚她喝醉了,没泡上温泉,而明天就要回榆城了,今晚再不泡就没机会了。

她带了两套泳衣,一套布料很少,是比基尼款,一套是吊带短裙式。

夏薇自己偏向穿吊带的,但是上午见过池子里的女人后,才知道大家都很 open,她倒也不想太拘泥,也想展露一下自己的身材。

谁叫这个圈子里遍地都是胜负欲呢。

可祁时晏进来了,一眼看到她手里拿着的泳衣,问了句:"这么小的两片布头,还没一块豆腐大,怎么穿?"

"你不喜欢吗?"夏薇藏到背后,笑,"等我穿出来,你再说。"

男人眸色亮了一瞬:"好。"

夏薇随即拿了小布头进了卫生间,等她穿好后,将门开了一条缝,叫了声男人的名字。

祁时晏正在接电话,闻言走过来,推开门,只一眼,就将人往后推,夏薇猝不及防,连连后退靠上墙。

"咚"一声,后背撞上瓷砖,一片冰凉,凉得她倒吸了一口气。

正面,男人掐住了她的腰,摔了手机,压上来:"小妖精,你想勾引谁?"

夏薇再一次感受到了男人的掌控欲。

祁时晏说:"这个只能穿给我看,别人面前绝对不可以。"

夏薇顽抗:"那别的女人怎么可以穿?你怎么可以看?"

"别的女人又不是我的女朋友,我哪管得了?"祁时晏勾住她尖细的肩带,手指往下延,"我看她们只觉得是一堆肉,毫无反应,但你不一样。"

哦,她让他有反应。

反应就是如此粗暴、蛮横、不讲理。

夏薇觉得委屈,身上冷得起了鸡皮疙瘩,祁时晏才放开她,换了一副面孔,将人打横抱到了床上,给她盖好被子,捂暖,又拿了另外一套泳衣过来,贴心地要帮她换。

"我自己换。"夏薇打开男人的手,才不要他假好心。

"那好,我看着你换。"男人收了手,侧眸,眯了眼笑。

夏薇捂紧被子:"你走开。"

"房间就这么大,我能去哪儿?"

"你先去泡温泉。"

最后,还是祁时晏妥协了,自己拿了一条泳裤去卫生间换了出来,披上浴袍先出门去了。

夏薇换好之后,还得抹上防水的遮瑕膏,将胸前一片旖旎春光遮住,花了一点时间。

等她披着浴袍走进院子的时候,偌大的温泉池里已经人头攒动,嬉笑打闹,欢乐声一片了。

许颖穿着一套黑色的泳衣,在池中央游来游去,一会儿仰泳,一会儿蛙泳,身形在水中若隐若现。

几个男人冲她叫:"许颖,你泳技好棒。"

许颖笑笑,撩一下湿漉漉的刘海,翻个身继续游。

祁时晏散漫地坐在最高一层台阶上,一只手搭在膝盖上,另一只手百无聊赖地晃动着酒杯,不知道是出了什么笑点,又或者眼前看见了什么或耳边听见了什么,倏然抬了抬下颌,漫笑一声,饮了一口酒。

这都没什么,主要是他身边有个女人半趴在他肩膀上,姿态亲昵。

这个女人一头玫瑰金的长鬈发,很陌生,夏薇确定是新来的,刚才晚饭时还没见过。

夏薇站在温泉池边,抬起纤长的腿往两人中间伸,说:"麻烦让让。"动作却一点不客气。

祁时晏转过头,很自然地将肩膀上的脑袋挪开,那女人也随即抬头看去。

夏薇解开浴袍腰上的系绳,双手掀开前襟,露出里面樱粉渐白的吊带泳衣。

她皮肤白，腿长腰细，灯光打在她身上，像一道白月光似的，柔和又皎洁，而她脱衣服的动作优雅又性感，使得一池子的人都看了过来。

氤氲水汽似乎静止了一瞬，所有人的呼吸全屏住了，直到祁时晏轻咳了一声，大家才回过神，移开目光。

夏薇一边感受着温泉水的热度，一边踩进水里，缓缓落座。

祁时晏抬手，绕过她背后，拢住她的香肩，将她往自己身边带了带。

"什么酒？"夏薇侧过头去，嗅了嗅酒香。

"想喝？"祁时晏将酒杯送到她鼻尖下，让她嗅。

夏薇低头，借着他的手就想喝上一口。

可是男人拿开了酒杯，语气冷淡地说："做梦。"他可记得她喝醉酒是怎么折腾他的，"别馋，你被禁酒了，一辈子。"

"一辈子？有这么夸张？"夏薇嗔怪地打了一下他。

男人上身没穿衣服，一半露在水上，肩膀看起来比平时宽，肱二头肌和肱三头肌隆起，力量感十足。而水下，双腿大敞，黑色泳裤紧贴，两道人鱼线在劲瘦的腰腹上延伸，充满了性张力。

平时只知道他身材好，知道他是个衣架子，可没想到这么好。

夏薇一只手滑进水里，悄悄划过他的腰。

祁时晏垂眸，温泉水荡漾，清澈，姑娘的指尖小动作，在波光粼粼中，他感受分明。

唇角勾起一抹弧度，他捉住她的手，滚烫的话送进她耳朵："小色女，一会儿回去给你摸。"

夏薇倏地脸红，滑下一个台阶，坐到下一层去了。

刚才被她挤下来的女人也在下面，只见她将自己脖颈以下全浸入池水里，只露出一个脑袋在水面上，见夏薇坐下来，笑着问："你就是夏薇吧？"

夏薇看了对方一眼，发现她眉眼和祁时晏有几分相像，也是一双桃花眼，不过瞳仁颜色没有祁时晏那么深。

"你是祁时梦？"

夏薇忽然想起沈逸矜说的，祁时晏有个同父异母的妹妹，叫祁时梦，个性明艳张扬，说话直白，偏偏还是读心理学的。

"对啊，是我。"祁时梦大大方方地承认，眼眸在她和祁时晏身上来回巡视，最后不屑地在祁时晏身上瞟了一眼，对夏薇说，"你怎么看上他的呀？"

好似夏薇和祁时晏在一起，夏薇就低就了。

263

夏薇一时说不上话。

她知道他们是兄妹时，生出一点歉意，可歉意还没来得及表达，自己已经被对方捧高了。

心思千回百转，夏薇往祁时晏身边靠了靠说："他很好啊。"

祁时晏听得舒坦，散漫地喝了口酒，一只手放到她肩上，轻轻摩挲。

祁时梦却一脸坏笑，往夏薇身边坐近一点，说："你是不是还没发现，他有病啊。"

夏薇有点应接不暇。

夏薇想了想说："是不是学心理学的人，看谁都有病？"

祁时梦一阵笑，双手划着水，双脚也在水里踩了踩，眼睛看着祁时晏，话却对夏薇说："我就是想给你提个醒，怕你哪天受不了。"

夏薇只好说："那我谢谢你了。"

而祁时晏听自己妹妹这么折损他，也并没什么反应，只看着夏薇，眸底浅浅笑了下，似乎很满意她的回答。

直到后来夏薇才明白，祁时晏之所以任由祁时梦那么说，不过是他默认的态度。

夜色浓稠，雾气弥漫四周越来越浓厚，温泉池巨大，人也多，好像别墅里的人都聚在这里了。

大家偶尔一起围绕一个话题聊上几句，嘻嘻哈哈笑上一阵，大多数的时候则是几人自成一个团体，聚在一起喝酒聊天，也有人在水里穿来穿去，活跃在各个小团体之间。

李燃就是个活跃分子，胖硕的身体一会儿挤到这儿，一会儿钻到那儿，还挺灵活。

祁时晏笑着说："瞧咱们儿子，活泼又可爱。"

夏薇接话说："那可不，咱儿子虽然胖，可身形灵活，能舞能游，优点多得很。"

旁边几人哈哈笑，都去逗李燃。李燃也不恼，举着酒瓶游过来，给祁时晏倒酒，说："爸爸，请你喝酒。"

这一声"爸爸"是逃不掉的，可李燃滑头，这一句被他叫得很有歧义，"爸爸"可以是称呼，也可以是宾语。

旁边几人还没反应过来，祁时晏已经抬腿朝他踹去："混账东西，便宜占到老子头上来了。"

大家才明白过来,一起抓住李燃,一顿打闹,水花四溅,气氛更热烈了。

夏薇是容易犯晕的体质,泡在水里久了,脸颊泛红,双眼染上氤氲水雾,渐渐迷蒙。

"靠着我。"祁时晏分开双腿,将她揽到自己腿间。

夏薇便挪过去,趴在他的大腿上,将半边脸枕在上面。

"哦哟哟。"有人起哄。

不知道是谁问了一句:"你俩是怎么认识的?"

他们这个圈子浮华,但其实说白了也很狭隘,像夏薇这种想进入他们圈子的人,不外乎像晚晚、温婷那样,可是夏薇又明显和她们不一样,而且她是祁时晏圈外认识的,很多人心里都存了个好奇。

于是这个问题抛出来,吸引了很多人的目光。

许颖、韩烟都张望了过来,连白易文、李燃也看过来,祁时梦更是在旁边催促:"对啊,快说说。"

祁时晏笑而不语,膝下的姑娘头发细软又长,用鲨鱼夹松松垮垮地夹在脑后,垂落了几缕碎发,他手指便缠着把玩。

夏薇抬头,用询问的眼神看着祁时晏,她也想知道自己在他心里到底什么样。

可男人漫不经心地说:"你说。"

他脖颈上挂着一块羊脂玉,平时藏在衣领里不轻易让人看见,这会儿没穿上衣,凝脂一般的玉石像得了窥见天色的时机,映着水光,在男人心口的位置轻轻垂荡。

夏薇抬手摸了下,温润润的,被男人滋养了很多年,攥在手上像攥住一份鲜活的心跳。

她看着他,眼里几分认真:"你是我的愿望。"

"愿望?"祁时晏抓住她的手,对这个回答有些意想不到。

其他人也更好奇了,都侧了耳朵过来听。

要在这么多人面前袒露自己的心声,夏薇有一点难为情,想了想,反问男人:"你还记得我们哪天遇见的吗?"

祁时晏眸底一丝笑意,沉思片刻,回说:"具体日期不记得了,但我记得是在'猎手'。"

猎手是个酒吧,是祁渊的私下产业,因为某些原因挂在祁时晏名下,祁时晏帮他打理。

夏薇不知道其中的曲折,以为那是祁时晏的酒吧,所以以前常去那儿,想碰碰运气看能不能遇上祁时晏,终于有一天遇到了。

"那天是我生日,我许了愿,想遇见你,结果就遇到了。"

夏薇无论回忆多少次,怦然心动的感觉依然在,哪怕现在人就在她面前。

只是不等当事人展开回忆,周围的人就"哦哦哦"开始起哄。李燃哈哈大笑,说:"祁三少,原来你是夏薇的蓄谋已久,哈哈哈,你也有今天。"

祁时晏弯腰将身前的人儿搂近些,一只手从她肩头落下,和她的手拉在一起,朝李燃说:"你嫉妒不来,哪像你,连个惦记的人都没有。"

他眸光盛着笑,如温泉一般,粼粼泛着波光。

其他人跟着笑,七嘴八舌要夏薇往下说,都想知道她后来又是怎么俘获祁时晏的。

却有一个声音,不轻不重地淡讽了声:"这么看,挺有心机的。"

这声音夹杂在大家的说笑声中不太明显,可因为她是许颖,进了夏薇的耳朵,便异常刺耳。

夏薇觉得胸口有些闷,将问题丢给祁时晏:"我是怎么俘获你的呀?"

祁时晏疏朗笑了声,抬头看向众人,游刃有余地卖足了关子:"这是你们可以听的吗?"

"嗷——"

又一片哄笑声,笑笑闹闹中,大家说到别处,这话题便带过去了。

水面上的雾气聚了又散,散了又聚。

再泡一会儿,夏薇的眩晕感加重,她几乎坚持不住了。不只是脸红,连眼皮上都像是浸了胭脂,透出像水蜜桃一样的红,娇媚又艳丽。

她的手指从男人的腹肌上划过,最后捏住他的裤角,往上提了一下,说:"我先回去了。"

祁时晏被她的动作取悦了,桃花眼染上了几分夜色。

他也不太想泡了,但是跟随一个姑娘一起上岸,感觉有点掉价,何况刚被人取笑过。

他放开她的手,让她先走。

可是谁知道,夏薇晕得厉害,从温泉池里爬上岸,刚接过服务员递过来的浴袍,还没穿上,脚下一滑,人就"咚"的一声,头重脚轻,整个人往前栽倒,结结实实地摔了下去。

同时,一颗珠子一样的东西在地上弹跳了几下,滚到温泉池边沿。

几个人叫着夏薇的名字,都被她那一摔吓到了。

祁时晏转身一掌拍住那颗珠子,眸光一暗,抓起来就朝许颖砸去,力道又重又准,正好砸中许颖的眉心,许颖"啊"了一声,眉心顿时红了,痛得愣在水里。

韩烟在旁边,从水里捞起那颗珠子,忍不住也皱了皱眉。

这颗珠子是一颗黑色水晶,颜色纯粹,稀有,一共有十六颗,本是一串手链,正是许颖的。

许颖戴了很多年,身边很多人都知道。

只是昨天就在这温泉池边上,手链绳断了,水晶散了一地,几人帮忙找了找,大多数都找回来了,唯独少了一颗,哪知道就这么巧,今儿这一颗滑到了夏薇。

一切反应不及,也无从解释。

祁时晏上了岸,顾不上擦干自己,拿过一件浴袍将地上的人一裹,就抱回了屋。

池子里的人个个神色各异,李燃、晚晚,还有其他几人也都跟着出了水。

"关我什么事?"许颖气得站在水中央,打了一下水。

"别说了。"韩烟匆匆上岸,随便擦了两下身体,穿上浴袍就跑进门去。

温泉池边的地砖本是防滑的,凹凸不平,可夏薇穿着凉拖踩到水晶珠滑倒了,这一摔,那地砖突起的部分都成了攻击性的伤害。

加上她衣着单薄,毫无防备,摔得很重。

当时摔在地上,夏薇只感觉全身麻木了,痛都不知道,祁时晏将她抱回房后,各种痛感才后知后觉地一处一处苏醒过来,而身上也多处擦伤,尤其是右膝盖和左手肘上,一大片血肉模糊,触目惊心。

祁时晏让韩烟打电话叫司机过来,司机在当地有亲友,去探亲了,没和他们住在一起。他又让韩烟联系医院。他习惯了私立医院,这里不是榆城,他脑子里也只想到私立医院。

韩烟应下,先给司机打了电话,又打开通讯录,在各种关系里找私立医院的人脉。

交代完之后,祁时晏接着又叫来祁时梦,让她先简单处理一下夏薇的伤,可祁时梦为难地说:"我是心理医生,不是外科医生,我不会这些。"

"滚吧。"祁时晏冷着脸。

祁时梦"喊"了一声:"你可真现实。"

晚晚自告奋勇,想来给夏薇擦药,李燃拉住了她:"别了,万一你处理不好,祁三少会把你吃了。"

晚晚吐了吐舌头,在门口打了个转,没敢进去。

祁时晏也不再找人,关上门,决定亲自帮夏薇处理伤口。

夏薇躺在沙发上,泳衣还在身上,又湿又凉,祁时晏将之脱下,把她抱上床,拿被子给她盖好,同时也换掉自己身上的泳裤,穿好衣服。

重新走回床边,他很小心地触碰她,像触碰一件易碎品似的:"什么地方痛,你和我说。"

夏薇摇摇头,说不出哪里最痛,因为浑身都痛,特别是四肢。

额头磕到了,幸好没破相,只是红红的一片,鼻尖也磕了下,流了一点鼻血,不过第一时间止住了,现在已无大碍。

两只手臂和双腿,除了擦伤,都不太好动,动一下痛一下,同时她也才发现右脚踝崴到了,肿得已经鼓起来了。

祁时晏担心她骨折,小心安放她,让她好好躺着,不要动。

打开药箱,取出碘伏,镊子夹出里面的棉球,刺鼻的味道窜出来,他皱了皱眉,捏住棉球往伤口上一点点涂抹。

"痛就哭出来,别忍着。"

祁时晏抬起姑娘的膝盖,动作小心翼翼,生怕弄疼她,可见她眼眶通红,一双琉璃眸子湿漉漉的,却不肯掉一滴眼泪。

"我觉得你好像比我更痛一点。"

夏薇是想哭,但不是因为自己痛,而是面前的男人,一张脸阴沉沉的,眉心拧在一起,每涂一下碘伏,眉头就拧巴一下,表情看着非常痛苦。

那是因为祁时晏从来没做过这种事,而且他极其讨厌和药有关的一切,可是谁能想象,他现在竟然连着干了两天。

昨天还好一点,姑娘睡着,涂的时候还有点儿小心思,可现在是真的在涂抹伤口,鲜血淋漓的,他怎能有好脸色?

四肢上的伤口处理好之后,小伤的地方,祁时晏用创可贴贴上,大的地方则用绷带缠上了,缠得歪歪扭扭,绑绳也不会打,一个个胡乱系成了死结。

夏薇看着自己快被包裹成僵尸的模样,哭笑不得。

"还笑。"祁时晏眉头紧缩,从夏薇行李箱里拿出一沓衣服放到床上,问,

"穿哪个?"

夏薇坐起身,说:"你叫晚晚进来好吗?让她帮我穿就行。"

"怎么,你现在这个样子想叫她看?"

"……我们都是女的……"

"那也不行,我说过你是我的,只能我看,懂吗?"

夏薇有种感觉,男人听不得拒绝,她要再说个"不"字,怕是下一秒就要被他不知怎么折腾。

夏薇只好说:"那你把大灯关掉,好不好?"

"不好。"男人脸上终于露出一丝笑意,"看不清穿错了怎么办?毕竟这是我第一次,业务不熟。"

夏薇咬唇:就不该跟面前这只披着羊皮的狼打商量。

衣服穿好之后,韩烟也将私立医院联系好了,地址也拿到了,但是司机还没到,司机电话里说,路上堵车,可能还要半小时。

"那就别来了。"祁时晏当机立断,对韩烟说,"开你的车去。"

韩烟自己开车来的,车一直在别墅门前停着。

她应了声,只是有点犹豫:"我晚上视力不好,最好另外找个人开车。"

白易文在旁边听见,接了话说:"我去吧。"

祁时晏看他一眼,两人昨天打了一架,话说开了,气也消了,兄弟还是兄弟,感情还是那样。

"行,你开车。"

祁时晏点了点头,随即回房间,将夏薇抱上,四个人一起下楼,去医院。

私立医院方面,最早接到电话的是院长,还以为出了多大的事故,不仅亲自到场,还召集了一整支外科医疗队,让所有外科医生和护士连夜赶回医院加班。结果接到的诊断,就一姑娘摔了一跤。

本着服务的精神,以及来人的高贵身份和对方对姑娘的重视程度,院长又亲自开了诊疗单,对夏薇进行了一系列的检查,小血、大血、CT、心电图不用说,连磁共振都给她做了。

最后结论是姑娘很健康,就只有这一点轻度擦伤,其他的毛病都没有,祁时晏担心的骨折更是没有。

"这叫轻度吗?"祁时晏却仍不放心,脸上阴云密布,"都摔成这样了,膝盖和脚踝都不能动。"

院长嘴角抽动:"刚摔下来是这样的,养两天就好了,要不您住院再观察一下?"

"不要,我真没事。"夏薇坐在轮椅上直摇头,劝着祁时晏说,"相信医生吧,我回去养两天就好了,不用住院的。"

最后,护士重新帮夏薇换了药,包扎了伤口,伤了的脚踝用支架固定住才算完。

回去的路上,韩烟坐在副驾驶,看着收费单上密密麻麻的检查项目,特别是最后一笔加收的30%的服务费,不敢说什么,只对白易文做了个瞠目结舌的表情。

白易文和她不同,他敢说,在发动汽车的时候,他转头朝后座讥讽了一句:"小题大做。"

祁时晏正听夏薇说冷,给她搓着手,闻言冷哼一声:"你懂什么?"

抬眸看向面前的人,有种目的没达成的不甘。

夏薇"哦"了一声,从他眼神里发现了真相:"祁时晏,你想报复我?"

她想起来了,祁时晏有次病毒感染,被她当成感冒发烧折腾了好半天,最后还被她找来祁渊,将他弄去医院,住了好多天的院。

祁时晏这才笑了声,表情阴恻恻的:"算了,这次放过你,下次哪里不舒服先告诉我。"

夏薇:哪有这样的人啊?

可是,心里还是很暖哎。

回到别墅,夜已经深了,不过客厅里还有人在玩牌,争斗玩笑声不断。

大家见他们回来,问候了几句,见夏薇没事,也就略过去了,喊祁时晏打牌,祁时晏没应,抱着夏薇直接进了电梯。

转身的时候,夏薇一只手环住男人的脖颈,视线所及之处,看见许颖和几个人在中岛上喝酒,已经喝得面红耳赤,有些醉态。

电梯到了三楼,两人进了房间,祁时晏将人放到床上,夏薇说:"你想去玩就去玩吧,不用管我了。"

祁时晏双手撑在她身体两侧,眸底流转:"跟他们有什么好玩的,我想跟你玩。"

后一句,随着他低下头的动作,声音也低了下来,尾音带着喑哑的喘息声,落进夏薇耳朵,又是一阵脸红心跳。

而男人还要问她:"要洗澡吗?"

夏薇羞着脸,点了点头:"我想洗,不过得先把那防水套研究一下。"

她缠了绷带的地方碰不得水,私立医院服务周到,特意给她配了沐浴用的防水套,双手双脚都要用。

"行,我来研究。"

祁时晏拿来防水套,一件件拆开,将说明书一目十行看了一遍,最后研究的结果是,他将人抱起,一起进了卫生间。

夏薇从来没有想过会有这样的一天,祁时晏给她洗澡、洗头,花了不少时间。

水雾缭绕的小小空间中,偶尔一声压不住的嘤叹,又或者愉悦的低声呢喃,全在他指尖化成了涓涓细流,流淌在两人心间。

夏薇感觉他给自己洗的不是澡,也不是头,而是她的羞耻心,洗完了,她的羞耻心也全然无存了。

洗好之后,祁时晏还贴心地帮她擦干,换上干净的睡衣,抱她上床,拿了吹风机给她吹头发。

她坐着,他站着,她伸出两只绑着白色绷带的手臂,穿过他的腰腹抱住他。

吹风机温度调得刚刚好,男人的手指却不太温柔,像是在捣鸡窝似的,乱抓乱捣。

夏薇感受到了,比起给她洗澡,他好像不太喜欢吹头发,好在力度也不是很重,夏薇就当是做了一次头部按摩。

果然,吹完后男人将吹风机扔到了床头柜上,吐了口气说:"这辈子都别想我再给你吹头发了。"

"一辈子那么长,你就只有这么一点耐心吗?"夏薇笑,抬手揉了揉自己的发,好蓬松好柔软,感觉比自己平时吹得好。

男人笑了声,弯下腰,伸出一根手指抬起她的下巴,饶有意味地说:"除了吹头发,别的都可以再试一试。"

夏薇低下眉睫,不敢看他了,转身往床中间挪去。

祁时晏看着她笑,随手掀了掀自己的湿发,拿起毛巾随意擦了两下,爬上了床。

"你不吹一下头发吗?"夏薇问。

"就从来没吹过。"

这就难怪他了。

男人怠懒地靠上床头，利落的短发中残留着细小水珠，灯光照下来，莹莹发亮。

夏薇拉过他的手，在他掌心里亲吻了一下，又将他的五指握起，握住那个吻，像是塞了个宝贝给他似的，说："这是你给我吹头发的酬劳。"

"这点酬劳恐怕不够。"

男人挑了挑眉，无赖的痞子气又上来了："要知道，我这可是人生第一次，很贵的。"

夏薇咬唇，就不该心软。

她说："那你不知道我的头发也很贵的吗？就这么第一次给你吹了，你可占了我天大的一个便宜。"

许是没想到姑娘的反唇相讥，祁时晏倏然笑了声："好嘛，那就互相抵消了。"

他伸手将人搂进怀里，喉结轻滑，低下额头去触碰她的额头："我们之间还有很多的第一次，我们一件一件来，怎么样？"

夏薇低下头去，刚才卫生间里已经有过太多太多的悸动，可此时两人在同一张床上，她又开始心跳狂乱了。

她双颊绯红，僵硬得一动不动，而身上不知为何也紧绷了起来。

不过，男人并没有把她怎么样，只是抓过她的手，握在他的掌心里，俯下身和她接了一个深入又炽烈的吻，甚至都没有压到她。

夏薇松下弦的时候，沮丧也悄然爬上心头。

从祁时晏第一次和她说泡温泉开始，她就期待上了，她知道他也在期待，可是这两天，两个美好的夜晚，全被她毁了。

"是有一点扫兴。"祁时晏扬了几下额前碎发，有水珠滴落，被他修长的手指抚去。

他毫不掩饰自己的情绪，将那湿指划上她的眉，说："我甚至怀疑你是故意的。"

"当然不是。"夏薇觉得委屈，脸埋在他胸口，手指往下，轻轻勾到他的裤边，"如果你真想，我也不是不可以。"

刚才洗澡时，她已经知道他忍得多辛苦了。

"傻的。"男人侧身，躺到她身边，含住她红如玛瑙的耳垂，辗转厮磨，声音沉入海底似的，"我们又不是一夜情，过了今天就没有明天了。"

夏薇早知道他说情话信手拈来，句句动听，但她坚信这一句最动听，没有之一。

那晚夏薇身上很多伤很多痛，却也是她心里最甜蜜的一晚。

哪怕后来他们之间还有无数抵死缠绵的夜，抑或是刻骨铭心的情话，她却总是想起这一个夜晚。

他将她拥在怀里，从入睡到天明，一整夜没松手。

没有雕琢过的羊脂玉垂落在两人之间，有着他的体温，也有她的。

少女怀春时，夏薇就幻想过，有一日清晨醒来，身边睡着俊颜的男人，清洌的气息，起伏的胸腔，那该是多美好的一个梦啊。

当然这个男人必须是祁时晏。

而现在，她闻到他的气息，不只是清洌，还有独属于他的荷尔蒙体香，他的胸腔也不只是有律动的起伏，还是温热的，坚实中带着柔软，让人贪恋的。

更有他高耸的喉结，在窗帘透进的稀薄晨光中，性感得难以复加。

是她梦中的人啊。

夏薇贴近他，闻着他的气息，听着他的心跳。

许是被她的小动作撩醒了，祁时晏眯了眯眼，抬手一捞，将人卷进怀里，就压上了。

夏薇喉咙里轻轻发出一声"啊"，男人耳根动了下，又醒了几分，慵懒的声音响起："几点了？"

"早呢。"夏薇从他怀抱里抽出一只手，覆上他的眼睛，"再睡会儿。"

"再睡会儿？"男人哑声笑，"由着你偷偷摸我？"

夏薇脸颊两边倏然热烫。

被抓包了。

紧接着，小腹上一道炽热，夏薇下意识地往后缩，可战栗让她毫无抵抗力。

游弋之处，像有火蔓延，烧断她的神经，所有的思绪也被侵占。

酥酥麻麻中，她软得一塌糊涂，只剩一张红唇，还能微微翕动喘着气。

只是很快，气也喘不上了。

男人衔住了她的唇，强势入侵，不留余地。

夏薇感觉到了，男人的吻技越来越好，不再像以前那样横冲直撞，胡乱啃咬。

而是成了有耐心的猎人，挑起她浑身的神经，在她快溺毙的时候给她一口氧气。

"手好点了吗？"

"啊？"

夏薇没反应过来，大脑一片混沌。

他的薄唇下移，吻过她的脖颈，她看不见他的喉结滚动，只听见他喑哑的声音吹进她耳蜗，像羽毛轻挠。

"借我一只手……"

她听话地交给他，手背上覆上宽大的掌心，带着她往下。

夏薇仿若触到高压线，一阵战栗。手心和手背，她分不清哪个更炽烈……只觉得自己脸颊滚烫，埋在他胸膛里，听着他激昂的心跳淹没自己……

平静之后，祁时晏拿了纸巾，将她的手擦干净，握在掌心里，对着她指尖低头嘬了嘬。

他眸底又黑又亮，像有无尽柔波似的，重新躺下，拥她入怀。

室内光线越来越强，家具摆设渐渐显现出它们的样貌。

空气中也似乎多了些什么，在微光中轻轻飘荡。

"告诉我，什么时候开始喜欢我的？"

修长的手指像水一样滑过她的肌肤，又有沙石般的粗粝，久久留恋不散。

夏薇躲着痒，扭来扭去，却逃不出那一掌的控制。

有点儿难耐，她喉咙里被迫溢出一声一声的笑，低低的。

"你猜。"

说话时，笑声跟着放大，惹来男人更多的坏心眼。

"你猜我猜不猜。"

他喜欢听她的笑，舌尖探进她唇齿间，捕获住那点笑，和着她的甜香，一起吞食入腹。

那次猎手酒吧门前，祁时晏恍然发现这个姑娘见过，但哪里见过，他一时没想起来。

夏薇的爱慕早已被他洞察，可是她说，他是她的愿望。

那是可以追溯到很久之前？

"你……不记得我们以前见过了吗？"轮到夏薇发怔了。

其实想想，高中时代两人的交集屈指可数，而且离现在太久远了，都过去八年了，她如数家珍，将那些记忆反反复复深刻在脑海里，而那个时候的他，肆意张扬，轻狂不羁，谁在他眼里？

夏薇哀号了一声，说不清楚是心灵还是身体被伤到了。

祁时晏笑，收回手，狠狠吮了一口，没再纠缠这个问题。

其实他有些印象的，不过他是个不愿思考的人，不管过去怎么样，只要她喜欢的人是他就好了。

经过一夜好眠，夏薇身上的伤好了很多，只是左手肘和右腿还不太能使力。

左手关系不大，少用它便好，可右腿伤的是脚踝和膝盖，走路有些费劲，一瘸一拐，深浅不一，像瘸子。

起床后，两人下楼，祁时晏不让她走，径直将她抱了下去。

今天是在别墅的最后一天，一部分人已经收拾好了行李，准备吃饭后就离开，也有一部分人待在温泉池里，享受最后的温暖，还有人到哪儿都是聚一起玩牌，百赌不厌。

整个一楼非常热闹。

祁时晏将夏薇抱到客厅，沙发上坐着的几个女人笑着让了座。等夏薇脚落地，坐定后，几人又争着问候，关心她的伤势。

夏薇客气地敷衍了几句，她要没记错，这几人之前都在许颖身边附和的。

什么圈子都不缺虚情假意和墙头草。

而夏薇知道，这些人想攀附的也并非她或者许颖，真正的主是祁时晏。

在祁时晏要走开时，夏薇拽住他的手，朝他撒娇地眨了眨眼，说："我想喝水。"

旁边有人立即起身，殷勤地说："我去给你倒。"

夏薇拦了下，只对祁时晏说："你给我倒吧。"

一双琉璃眸子含着潋滟水光，亮晶晶的。

祁时晏看了她几秒，勾勾唇，抬手揉了下她的头发，配合着回："行，惯不死你。"

转身往茶水柜的方向走去。

"啊，我第一次看见祁三少这么温柔的一面。"

"就是就是，我也是第一次。"

几人羡慕又崇拜，目光纷纷追着那道散漫的背影。

夏薇心里暗爽，她想的就是要这效果。

可是总有人不让她省心。

茶水柜上摆了好几种茶叶、咖啡和饮品，祁时晏饶有兴趣地一件一件挑选。

有人朝他一瘸一拐地走去，是许颖。

祁时晏转头，瞥了一眼："怎么了？"

许颖脸色有些苍白憔悴，脑袋稍微往餐厅方向一歪，说："昨晚喝多了，台阶那儿摔了一跤。"

餐厅连通客厅是个错层的格局，有三层台阶，而且是大理石铺地，那里摔一跤，可想而知有多痛。

可祁时晏不厚道地笑了声："活该。"

"哎，你就不能有点同情心？"许颖走近两步，抬手将自己垂到脸面的头发撩至耳后，貌似有点烦躁，动作做起来却又很撩人。

祁时晏扫她一眼，没再说话，从茶水柜里拿出一盒牛奶。

"谢谢。"许颖伸手过去。

可祁时晏将牛奶在掌心里抛了抛，没给她，唇角一抹冷笑："你少来。"说完，便转身往夏薇走去，边走边撕开吸管，扎进牛奶里，到跟前，自己先吸了一口，才递给夏薇。

夏薇目光怔怔地看着他，双手捧去接，好像接的不是牛奶，而是一份很贵重的礼物。

要说她故意使唤他倒水，其实就是虚荣心作祟。

可没想到许颖会插一脚，客厅沙发的角度，夏薇和几个女人都看见了茶水柜前的情形。

只不过，那里的两个人背对她们，她们只看见许颖的搔首弄姿和祁时晏侧面的笑，交谈一句也听不见。

而许颖伸手要牛奶的动作，像特写的镜头一样，在几人寻求八卦刺激的眼神里纤毫毕现。

没人知道祁时晏怎么拒绝许颖的，但谁都看见他转身将牛奶给了夏薇，还自己先吸了一口再给。

又宠溺又亲密。

啊啊啊！

沙发上的几个女人谁都没说话，但大家似乎听见了彼此的尖叫声。

夏薇心里更是跌宕起伏，这谁招架得住？

午饭是自助餐，祁时晏将夏薇抱到餐桌前，拉开一张椅子，让她坐下，

276

又亲自去取了两份食物,拿来和夏薇一起吃。

他们坐的是大圆桌,很快一桌人坐满了。

夏薇看见许颖在斜对面,和祁时晏中间隔了四个人,心里终于长吁一口气。

只是没想到,饭吃到一半的时候,许颖主动叫了声夏薇的名字。

夏薇诧异地抬头。

许颖端起酒杯,笑了下,说:"敬你吧。"

夏薇没应,不知道对方想做什么,祁时晏也停下筷子看过去,同桌吃饭的人更是都放慢了速度,看起了好戏,甚至另外一张长方桌上也有人看过来。

只见许颖将酒杯举高,很大方的样子,说:"虽然我不是有意的,但让你摔那么大一跤,多少都有我的责任。我向你道个歉。"说到这儿,许颖抿了下唇,表示诚意,"不好意思了。"酒杯朝向夏薇,"来,我敬你一杯,希望你不要和我计较了。"

夏薇:这是道歉吗?

姿态这么高高在上?

本来没想怪罪,这下有了种被人强塞一颗糖的感觉,而那颗糖里面的夹心竟然是一只苍蝇。

夏薇看着自己面前的食物,都有些吃不下去了。

她压低眉,侧眸问身边的男人:"她在说什么?我摔那一下,和她有关系?"

她声音不高,表情无辜,上身微微压向桌沿,看起来像是只和祁时晏在说话,可因为一桌人都竖着耳朵,所以她的话一字不落地全被大家听去了。

许颖盛气凌人的道歉,是先预设了夏薇是个小心眼,一直在和她计较,可夏薇看起来懵懂无知,不仅没小心眼,还根本不知内情。

管谁的演技更精湛,这场对决太精彩。

祁时晏偏头,回看女朋友,眸光里噙了一丝笑,越过一桌不嫌热闹的人,瞥向许颖,说:"行了,你。"

语气不咸不淡,却压迫感十足。

许颖脸色僵硬了几秒,又很快调整好,端着酒杯的手慢慢放低。

白易文扫视一圈,带头举起杯,敲了敲桌子说:"来,大家一起走一个吧。"

有人附和,热络地纷纷举杯,打着哈哈和稀泥,这事就这么还没开始就结束了。

只不过夏薇并没有多开心。

她能感觉到祁时晏的态度，并非真心偏袒她，而只是想要息事宁人。

而白易文不愧是他的兄弟，不动声色就帮他糊弄过去了。

回程的路上，夏薇因为这事，还是有几分闷闷不乐。

白易文没再和他们同车，坐了韩烟的车走了。

司机开车，她和祁时晏两人坐在后座上，车里暖气不高，男人没穿外套，上身就一件单衣。

他懒散地倚着一只肩膀斜靠在椅背上，一只手穿过她的后腰，另一只手玩弄她的衣摆，抱着她取暖，而薄唇一直流连在她耳边。

夏薇的耳型很漂亮，耳郭分明，小巧，白皙，像贝壳一样。

尤其耳垂，冰凉，柔软，稍一舔弄就红，那红蔓延开来，像漫山开满了杜鹃似的。

祁时晏就喜欢那点红，撩拨它在自己的掌控下渐渐变幻颜色。

而那耳垂上还有个洞眼，夏薇平时不戴耳钉，只用一根细小的茶叶梗穿在里面。

"下次带你去买耳钉。"男人舌尖抵着那一点硬茬，吮着似有若无的茶香，声气拂耳。

夏薇低低应了声，躲着那片酥痒，不停地推拒，却将人越推越近。

"那手链怎么没戴？不喜欢吗？"

祁时晏捉住她的手腕，轻轻摩挲她的腕骨。

她的手也好看，腕也好看，哪儿都好看。

"喜欢的，只是没舍得戴，怕戴出门万一弄丢了怎么办。"

"丢了就再买。"

女人不都是喜欢穿金戴银的吗？

可他身边这位明明有一副好皮囊，却总是全身上下什么首饰都没有，倒叫他想给她更多。

夏薇感觉他心情不错，憋在心里的话问出了口："那个，许颖，你能和我说说吗？"

"她有什么好说的。"祁时晏不以为意。

夏薇抬眼，睫毛颤了颤，带着几分委屈："没什么好说，你跟她关系那么好?"

祁时晏扬声笑:"有多好?"

他抬手捏住姑娘的鼻尖,上面一点冰凉,他多捏了几下:"不过是认识时间长一点,利益关系多一点。"

别人看着眼花缭乱的关系,被他一句话撇得干干净净。

夏薇不太信:"只是这样?"

"不然呢?"祁时晏看着姑娘愣神的表情,不由得笑她,两只手捏起她脸蛋,往两边扯了扯,"给你改名吧,叫夏醋精。

"说说你在醋缸里泡了多久,怎么就泡出这么个能吃醋的人精来?

"嗯?"

祁时晏起了玩心,双手在她脸上又搓又揉,仿佛要将她搓出原形,看看她的醋精模样。

夏薇打了他几下,打不过,便也抬手去捏他的脸。

男人的皮肤可没她的细腻,削薄的冷白皮肤摸上去凉凉的,没有一丁点多余的胶原蛋白,骨相饱满,轮廓分明,日光从侧边照进来,晕染他半张脸,深眉宽额下,眸光或深或浅,玩世不恭。

"你有没有觉得,她很喜欢你?"夏薇看着他的眼,想从那里找出零星半点的认真。

可是男人的桃花眼有很多种迷人的样子,深情、暧昧、温柔,唯独没有认真。

"那喜欢我的人太多太多了。"祁时晏笑出了声,"我还能管到别人的心里去?"

夏薇有点生气:"你可以拒绝啊。"

"我为什么要拒绝?"祁时晏仍旧笑,笑得张扬,"别人喜欢我,那不正是我的魅力所在吗?你不是也很喜欢我的吗?"

夏薇大脑宕机了一瞬。

是的,这就是祁时晏啊。

从自己最初认识他的时候开始,他就是这样一个极度自我,又张狂的人啊。

"好了,别傻了。"男人搂过她,把她摁在怀里亲了亲,"我知道你心里想什么,不过凡事都要有个度。"

他一只手抚在她的下巴上,将之抬起,迫使她和他对视。

他低沉的声音,带着威压感:"你是我女朋友,我会给你很多权利,但是绝没有一条可以管到我的自由,记住了吗?"

汽车进入了隧道,黑暗袭来,两边一盏盏的大灯流离而过,打在男人深邃的眸光里,像一道道流星,稍纵即逝。

也像冷寂的烟火,抓不住一丝璀璨。

和真实。

陷入月色（下）

Moonlight

我有钱多多 著

江苏凤凰文艺出版社

有爱的青春陪伴者

第六章

从梦里回到现实

moonlight

冬日的天总是灰蒙蒙的,云层厚得看不见太阳,触手可及的仿佛只有雾霾和冷风。

明明那双桃花眼很多情,可为什么那一瞬间是那样冷?

管不到他的自由,那女朋友还算是女朋友吗?

高速路上,路过服务区,司机将车开进去休息一会儿。

从温泉度假村出来,所有回榆城的车组成了一支车队,浩浩荡荡,一路颇为壮观。

进入服务区,一辆辆并排停靠,引来很多人的注目。

夏薇腿脚不方便,没有下车,就坐在车里,开了车窗透透气。

服务大厅门前有一条走廊,几个男人聚在那里抽烟,旁边几个女人互相搂着胳膊或肩膀,围在他们身边。

祁时晏站在其中,敞着风衣,指间夹着烟,另一只手闲散地插在裤兜,那半面衣襟被他推在身侧,高级的深色面料和服帖感,衬得他又痞气又矜贵。

夏薇趴在窗沿上看着他,明明这两种气质很矛盾,可是在他身上却浑然天成。

所以,"祁三少"是豪门里顶级风流公子哥的标签,是名副其实,又无人取代的吧。

这样的人,自由、不羁,做任何事都无所畏惧,没有人束缚得了他。

而她,不过一只小飞蛾,如今已经到达他的身边,陪他一时便是一时,圆了自己的梦就好,又何须想那么多、那么远。

夏薇给祁时晏发了条微信,没说话,也没打字,只有一个笑脸的表情。

祁时晏打开手机看了一眼,抬头,离了十来米的距离,眼微微眯起,朝她看过来。

夏薇唇角微扬,扬起一个笑,对着他勾了勾手指。

她没有什么想法,单纯地想告诉他,他将自己一个人晾在车里太久了,她需要他的注意力。

男人走下台阶,一步一步地走到她跟前。

"怎么了?"他弯下腰,低下头问她,夹着烟的手扶在车窗顶上,让烟雾在空中飘散,而不让她闻到一丝烟味。

这份细致的体贴,超出了她的想象。

夏薇笑了下,指指大厅旁边的小卖部,那门前系了很多彩色气球,造型有动物,有花卉,还有星星、月亮。

她说:"给我买个气球好不好?"目光投过去,"我想要那个金色月亮的。"

祁时晏看她两秒,倏然一笑,说:"行。"

很快,小卖部门前所有的气球飞飞扬扬,一把金色的丝线全部缠在了男人的手上,随着他的脚步,在半空中雀跃,挤挤挨挨地朝着夏薇飘来。

夏薇一双眸子映满了花花绿绿的气球,像点点星光。

"我……只想要一个就够了。"

她满怀欣喜,双手伸出车外去接。

在制造惊喜和浪漫这件事上,祁时晏总是有各种花样,且毫不吝啬。

"把车门打开,出来玩一会儿。"

祁时晏没有直接给她开门,而是扶她下车。

夏薇站到地上,看着满眼的气球,笑着说:"你把绳子拉低一点,先给我抱抱。"

祁时晏笑了，依着她的话，拉低绳子，让姑娘张开怀抱虚虚抱了抱这些气球。

其他人走过来，男人嗤笑，女人羡慕。

晚晚哼哼唧唧地说："太浪漫了，我也想要。"

李燃翻了个白眼："幼稚，这是小孩子的玩意儿。"

夏薇从祁时晏手里接过气球的线头，让晚晚挑一个。

其他几个女人纷纷伸出手，温婷也怯怯地想要，就连韩烟也来凑热闹。

夏薇大大方方，一人一个，全给了。

最后只有许颖空着手，夏薇看她一眼，脸上的笑容没有刻意放大或收敛，客气地问了句："你要吗？"

许颖微微点了点头，这才说："给我一个吧。"

夏薇将丝线拽到她面前，笑着抬头："除了那个金色的月亮，其他的随便你挑。"

那金色的月亮是个球中球，外面罩着一个巨大的透明气球，月亮弯弯的，淡金色，被包裹在里面，有种珍贵的感觉，而且这么多气球里只此一只。

最重要的，这是夏薇最初第一眼看中的，最想要的。

可没想到许颖说："那就算了，不要了。"

夏薇也不再勉强，转身走回自己的车。

可气球太多了，车里根本放不下。

祁时晏想了个办法，把线头全部系了车门的把手上。

汽车重新上路时，夏薇便趴在车门前，看着这些在风中四下冲撞的气球。

有时候快乐就是这么简单。

祁时晏仰头靠在椅背上，眯眼假寐，每次掀开眼皮，看见姑娘都是同一个姿势。

那双琉璃眸子每眨动一下，都像漂亮的蝴蝶在翩翩起舞。

这是个容易满足的姑娘。

可是这些气球太向往自由了，车速提上去的时候，一个个挣脱了丝线，全飞向了更远的天空。

车门上，最后只剩下一把凌乱的线头在风中纠缠。

祁时晏有点遗憾,将夏薇捞回自己身边,安慰说:"回去后再给你买。"

夏薇却平静得很,一点悲伤也没有。

"不要了。"她说,"拥有过就好了。"

汽车到榆城,下高速时,祁时晏考虑夏薇的腿伤,说:"住我那儿去吧。"

夏薇摇了摇头:"不方便吧。"

祁时晏眼尾懒懒散散地挑起,嘲弄她:"你现在这样,爬六层楼就方便了?"

夏薇低下眉睫,好一会儿才说:"如果我住到你那儿去,我怕我忍不住想管你。"

她说得既坦诚又有分寸,那是已经看清了自己在他心里的位置。

男人眸底一暗,声音冷硬:"随便你。"

于是汽车到了出租屋楼下,两人便面临着夏薇怎么上去的问题。

司机帮忙将夏薇的行李提了上去,而夏薇本人,他可不敢碰,就祁时晏那个占有欲,亲兄弟间欺瞒了一句话都吃到了拳头,他只是一个司机,保命要紧。

夏薇说:"我也不是一点都不能走,就一步一步慢慢爬,总能爬上去的。"

"行,那你自己慢慢爬。"祁时晏心气不顺。

夏薇便左脚拖着右脚,一步一步挪进单元门去,再扶着墙,左脚抬一步,右脚拉一步,往上爬。

老小区的楼道里,空间逼仄,光线阴暗,祁时晏走进单元门,高大的身影落在夏薇身后,阴森森的。

夏薇低头,看了看自己爬上来的几级台阶,转过身对他软了声音,说:"还是你背我上去吧。"

"背你?六楼?"

祁时晏几步走到她跟前,双眸隐在阴影里,沉郁逼人。

夏薇往后退一步,伸手碰到他的衣袖,见他没有反感,便大胆地多拽一下,轻轻摇了摇,撒娇说:"六楼能算什么?分分钟的事情。你游泳一次能游一个多小时,对不对?"

祁时晏冷笑:"我宁可游泳,谁要背你?"

他往上走两步,越过夏薇,将她的手甩开。

此时的他一点绅士风度也没有。

夏薇咬了咬唇,自己就这么慢慢走上去也不是不可以,但是男人小心眼,为她生了气。

就因为她没同意住到他那里去。

"你是我男朋友,你不帮我谁帮我?"

夏薇抬头,高窗上投进来的光昏黄黯淡,照在她脸上,光影深浅不一,加上她示弱的语气,整个人显得有点哀伤。

祁时晏回头,有一瞬间的愣神,不只是为她,还有"男朋友"三个字,像魔咒一样定住了他。

他只想过要她做他的女朋友,却忽略了在对等的关系中,他已经是她的男朋友。

也才意识到,他不是只享有拥有她的权利,还有对她应有的责任。

两人沉默片刻,祁时晏转身走下来,站在夏薇面前,居高临下地挡住了她面前的光,抬手掐住她的下巴,俯身说:"这么快学会使唤人了啊?"

夏薇别了下脸,吐出两个字:"不敢。"

她心想自己又踩线了吧,什么男女朋友,不过是风花雪月,吃喝玩乐的关系而已,哪能真的像平常恋人那样心贴心、共患难?

可没想到,祁时晏又走下两层台阶,站在她身后,忽然双手一抄,将她一个公主抱,抱了起来。

夏薇只感觉一阵眩晕,身体快速转了几个弯,还没适应,他又将她放了下来。

夏薇脚沾到地上,一看,已经到三楼了。

祁时晏甩了甩手臂,喘着粗气,语气恶劣地说:"你可真能给我找事。"

夏薇摸了摸自己的额头,眩晕感还没彻底消解,倚靠在扶手上,唇角已经情不自禁地笑起来。

她面对面抓住祁时晏的两只胳膊,踮了踮脚,什么话也没说,就向他索吻。

祁时晏低下头颈,也再没了抱怨,将她的后腰一揽,便吻上去了。

他力道有些发狠,吮得夏薇舌根酸痛,脖颈仰起,身体软得连连往扶手外倾倒。

要不是他的手箍紧在她腰上，她都担心自己会摔下去。

而祁时晏似乎也感知到了，用一只手扶住她，宽厚的掌心稳稳地扣住了她的后脑勺。

将她禁锢在他的吻里，无所担心，也无处可逃。

呼吸激烈，胸腔里的氧气一点点耗尽。

耳边忽然响起单元门的碰撞声，紧接着又有脚步声传来，夏薇慌乱中推了推人。

可祁时晏却没有停的意思，在气息交缠里，说："怕什么？我们不是男女朋友吗？"

"那，也不能叫人看见吧。"

空气静止一瞬，男人眸色暗涌。

好在脚步声停在二楼，随着防盗门的一声"咚"响，声音消失了。

这被迫打断的吻，重新接上后，夏薇只觉得男人变本加厉了。

她求饶说："先回家好不好？"

祁时晏这才放开了她。

那天最后还是祁时晏将人抱回了家，只是他没能待上太久就走了，因为祁渊一个电话，找他有事。

不过他走之前，发现了一件半成品的毛衣，被夏薇藏在被子里。

当时夏薇去了卫生间，他躺在床上，后背硌到一团东西，随手抽出来看了一眼，便发现了。

那毛衣的颜色很少见，像古窑烧制出来的深彩釉，霁青色撞在牛奶白里，渐变出不同的色彩，深色部分沉静如海，淡色的地方又像一阵云烟。

大气又矜贵，很惹他的眼。

而且毛衣柔软，摸着很舒服，已经织到胸襟以上了。

祁时晏贴身上比了比，还挺合身。

他唇角不自觉地勾起，心尖上，忽然划过一道异样的感觉。

以前从来没有过。

卫生间传来动静，祁时晏慌忙将毛衣塞回被子里，走出房门，走到夏薇面前,低头看了看她的腿,展臂将人拥进怀里。

又一个滚烫的吻。

却和刚才将她摔在床上掠夺的吻不太一样。

只是夏薇还没品出哪里不一样,祁时晏便松开了她,说了声"改天再来看你",便走了。

夏薇回来了,出租屋的生活恢复了正常。

她不在,沈逸矜的三餐都是胡乱对付,因为沈逸矜不太会做饭,也没那个时间。

不过她们的冰箱总是满的,那是因为祁渊隔三岔五就派人从老宅里送吃食过来。最充足的是各种馅料的馄饨,其次是各种卤菜。

祁时晏走了之后,夏薇便给闺蜜打了电话,沈逸矜一听说她回来了,今晚班也不想加了,直接回家。

夏薇这就算好时间,烧水煮馄饨,再做些卤菜,等沈逸矜到家,正好开饭。

"腿怎么了?"沈逸矜一进家门,第一眼就发现了夏薇的腿带伤。

"一言难尽。"夏薇叹息,将菜端到餐桌上。

沈逸矜连忙拦住她:"你别动了,我来。"

一番简单的忙碌后,两人坐下吃饭,夏薇将这两天发生的事娓娓道来了一遍。

沈逸矜听完了,疑惑地问:"祁时晏到底是个什么心理呢?听起来他对你很好,可是如果他真的喜欢你,不是应该照顾你的感受吗?为什么就不能和许颖保持距离呢?"

"你说对了。"夏薇苦笑出声,"所以他并没有多喜欢我,看起来他给了我一个'女朋友'的身份,但这个身份我感觉更像是一只猫一只狗一样,只是一个宠物的名称,或者是一个比'情人'更好听的名词而已。"

沈逸矜惊得说不出话来,沉默了好一会儿,才又问:"既然你把他看得这么清楚了,你还要和他继续下去吗?"

夏薇目光落在自己的碗里,低低叹了口气,回说:"会的。因为我到现在还是很喜欢他。"

感情和理智,往往是一场博弈。

想用理智拉住感情，那拉住的只能是遗憾和意难平，倒不如放开了缰绳，由着感情像野马一样狂奔吧。

总有一天她会跑累的，对吗？

离过年没剩多少日子了，嘉和公司里的业务渐渐收缩、停顿，大家也趋于清闲。

夏薇腿伤了，这就心安理得地请了假在家休息，每天在家织毛衣，想赶在过年前完工，好送给祁时晏。

沈逸矜学着夏薇，也想给祁渊织件毛衣，但是她从来没织过，最后听了夏薇的建议，选择织一条最简单的围巾。

而祁时晏、祁渊和她们不一样，越到年终的时候越忙。

不过再忙，饭总是要吃的，于是他们几乎每天都来出租屋吃晚饭。

这下可忙坏了夏薇，每天织毛衣的间隙里，还要兼顾做饭。

祁时晏说："那还不是照顾你不能下楼，我们才来吃饭的吗？"

夏薇哭笑不得："那我谢谢你。"

祁渊比祁时晏会做人，每次都会夸赞夏薇的厨艺："再这么吃下去，我可要胖了。"

沈逸矜给他出主意："那你一会儿洗碗，消耗一下体力。"

祁时晏则朝他投去嫌弃的眼神："你是来蹭饭的，吃得比我多，像话吗？"

祁渊挑眉："你不是来蹭饭的？"

祁时晏一只手搂过夏薇："饭是我家夏薇做的，她都是做给我吃的，你那一份只是顺带。"

祁渊"啧"了声："瞧你嘚瑟的。"

可祁时晏就是嘚瑟。

他说"我家夏薇"时气焰嚣张，好像夏薇天生属于他，就像黄妈是他的贴身保姆那样，一辈子都归了他，谁都抢不走。

夏薇看着他笑，这种感觉不知道是好还是不好。

大概一周后，夏薇的腿好了些，可以下楼了，祁时晏抽空过来接她出去吃晚饭。

到了地方，夏薇才知道，不是只有他们两个，一桌有七八个人，都是平时跟着祁时晏玩的人。

韩烟也在，不过没有许颖，夏薇心里多少顺畅些。

吃过饭，夏薇去了下卫生间，出来时，就见祁时晏的车已经停在饭店门口，车灯大亮，引擎微微响动。

她走过去，却见副驾驶已经坐了人，是韩烟。

祁时晏隔着前挡风玻璃朝她指指后座，夏薇只好往后走两步，开了后车门，坐了进去。

一路上，前面两个人有说有笑，说的都是场子里的人和事，夏薇一句也插不进去。

她扭头看向窗外，漆黑的夜和辉煌的灯火组成夜晚最迷离的风景。

到水中仙酒店门口时，韩烟下了车，和夏薇道了再见，一个人进去了。

夏薇见祁时晏没有下车的意思，才知道这一趟只是单纯地送韩烟过来，他们不进去。

祁时晏一只手扶在方向盘上，转过头，对女朋友说："坐前面来。"

他脸上还浮着笑意，是刚才和韩烟聊天的余温。

夏薇没应他，表情隐在阴影里，脸面朝向窗外，装作没听见。

气氛陡降，和先前明显不一样了。

祁时晏脸上的笑容消失，朝夏薇投去一眼。

夏薇也不争执，目光依然看向窗外，神情淡淡。

一股无名火蓦地腾起，祁时晏一脚油门，"轰"的一声，汽车疾驰而出。夜风似怒吼，喧闹的街景全变得扭曲，光影飞掠，凌乱。

到出租屋楼下，祁时晏熄了火，冷冷地朝后面说："到前面来。"

夏薇还在犹豫，男人上身往副驾驶倾了下，将车门推开。

夏薇只好下车，挪动脚步，坐了过去。

"说，怎么了？"

祁时晏半侧身靠在方向盘上，昏暗的光线里，只看见他的侧脸线条锋利，一双深眸暗如黑夜，看不清深浅。

夏薇靠在车门上，心里不是很想招惹这样的他，尽量保持最大的距离。

"我是你女朋友，是不是？"夏薇低声开口。

"是，怎么了？"

夏薇仍旧低着声音问:"那为什么你的副驾驶不是我?我得坐在后面?"

她感觉到男人此时的情绪很危险,像蛰伏的巨兽,她一个不小心就要被他撕得粉碎。

而她心里那点小情绪,本来是不想提的,因为她看清了他们之间的关系,那点小情绪能算什么呢?

太微不足道了。

可是他逼着她说了出来。

而祁时晏的反应如她想的一样,只见他大笑了两声,抚上她的脸,指尖用力捏了她一下,是不屑的语气:"就为这?"

夏薇别开脸,真的只为这吗?

他在她心里占了全部的分量,可她在他心里只占有多少?

一路走来,自己的男朋友和别的女人聊得那么欢,她像个透明的纸片人一样,只在别的女人离开了,才被他想起来,做一个替补聊天的对象。

"你说你心眼怎么就这么小,谁的醋都吃?"祁时晏双手抓住夏薇的手,按在她大腿上,倾了身,与她面对面。

刚才那口恶气忽然无影无踪,心情好转。

他将韩烟的身世简单说了一下。

原来韩烟是黄妈的亲侄女,原名叫黄寒燕,现在的名字是祁时晏给她起的。

韩烟比祁时晏大好几岁,两人从小认识,韩烟曾经历过一些不好的事情,祁时晏帮她摆平了,现在带在身边一是护她周全,二是教她做生意。

两人关系非比寻常,但绝对没有男女之情。

其实夏薇也看出来他们之间没什么,但她是女朋友,却不如别的女人在他心里地位高,这让她不舒服。

夏薇坦白说:"我的心眼其实和你一样,我只是想像你霸占我一样霸占你,从你那儿得到偏爱。"

"我对你还不够偏爱?"祁时晏挑眉,眉心一个大大的问号。

随着他的话音,冰凉的唇贴了上来。

夏薇挣扎一下,力道便加重一分。

这就是他的偏爱,简单、直白、还有点粗暴。

他已经懂得怎么拿捏她,怎么调动她的情绪。

"以后这个位置给你挂个铭牌,把'夏薇'两字刻在上面,谁敢坐,就踹谁下去。"

哄一会儿,吻一会儿,男人的声音戏谑又性感,夏薇的唇角被迫溢出了笑。

最终她抬手搂上他的脖颈,车窗上光影斑驳,照见男人发梢上一层柔和的光,她递上自己的唇,和他勾缠,两人一点一点湿润交融。

不只是唇和舌。

这个吻结束的时候,夏薇的心情终于好了。

她和他道晚安,准备下车的时候,他又将她的手拉住,从副驾驶置物箱里拿出一个红绒布的礼盒。

打开的时候,车顶灯也亮了,照在礼盒上,一片耀眼的红光。

夏薇"啊"了一声,眼睛不自觉地眯了眯。

那是一套红宝石的项链和耳环,项链正中一颗水滴形状的红宝石,晶莹剔透,鲜艳如血,风格高贵大气又精致,是国际大牌的作品,耳环亦是如此。

"我挑了很久,你喜欢吗?"

外面有人路过,男人抬手熄灭了灯,不让人觊觎和窥探,在黑暗里摸索着将项链和耳环给夏薇戴上。

可他哪里给女人做过这些,给她戴项链还好一些,项链是弹簧扣,扣上就好,给她戴耳环时摸黑弄了很久,总是不得要领。

何况今天开的是越野大奔,前面两座宽敞,中间隔着的距离超大,接吻时他姿势就够别扭了,这会儿这么细致的活,使得他更憋屈。

"疼不疼?"

最后还是夏薇自己戴上的,祁时晏手指轻捏那两只红红的耳垂,皱着眉的样子,好像他的耳朵被那细针扎了两个耳洞,挂上一对沉甸甸的东西。

夏薇摇摇头,不觉得疼,只觉得有点重,是那种蒙尘的心忽然被光照耀到,受到瞩目的重。

"还有几套礼服,我明天差人送过来。

"后天晚上的年会,你要做我祁时晏最漂亮的女朋友。"

他拉过她,将舌尖抵在她耳蜗里,呢喃的情话和滚烫的呼吸一起往她心上吹。

夏薇抵抗不住,吸了吸鼻子,喉咙哽咽:"你讨厌死了。"

明明她刚才闹情绪的时候是很硬气的,可谁顶得住这样的又哄又撩?

"我该怎么办?"

"我不想再往你身上投一分感情的。"

"我怕自己将来舍不得离开你。"

夏薇将额头低下,靠在男人的肩膀上,声音低低的,含混不清,仿佛只是在跟自己说,眼角蓄了泪,忽然就有莫名的脆弱和迷茫。

"你说什么?再说一遍?"祁时晏双手抓住她两只胳膊,使了一点力,侧眸看进她的眼,"才几天就想离开我?"

"不是,是舍不得离开你。"夏薇垂着头,不敢与他对视。

"那也不行。"祁时晏一只手捏起她下巴,语气强硬,"这种念头都不可以有,懂吗?"

夏薇哑了声音:"那你亲亲我。"

祁家望和集团的年会,不是一般公司能比的,无法只用盛大隆重来形容,因为它更像是一场权贵与富豪的聚会。

地点选在榆城最辉煌的顶级酒店里。

那酒店不是水中仙,而是二十世纪维多利亚皇室在榆城留下的产业,建筑风格是典型的维多利亚城堡式,尖顶塔楼,气势恢宏。

如今被望和集团收购,平时只用来接待外宾和一些重量级人物。

可想而知,在这里举办宴会,体现的不只是有钱人的身份,更多的是权贵的象征。

走进宴会厅,像是走进一个流光溢彩的世界,到处是穿着笔挺西服和优雅礼裙的宾客,在高雅的交响乐中,每张笑容都透着高贵和美艳。

夏薇和沈逸矜走进来的时候,两姐妹挽在一起的手不自觉地挽得更紧了点,两双漂亮的眼睛目不暇接,都不知道腿该往哪里迈才合适。

夏薇说:"你有没有一种感觉,好像灰姑娘不小心闯进了一个不属于自己的世界。"

沈逸矜连连点头:"有啊有啊,我就是想说,天哪,这是我该来的地方吗?"

夏薇鼓励闺蜜:"我们加油努力一下,以后办年会也要这么盛大。"

沈逸矜双手掐了掐腰，脊背挺直："必须的，我们要把这个列入梦想清单。"

两人说着，同时笑起来。

夏薇朝四周人群看去，没见到祁时晏，却见祁渊走过来了。

祁渊走到面前，沈逸矜有些不好意思，将手里的纸袋往身后藏了藏。

夏薇笑着靠近闺蜜，掰开她的手，夺走纸袋，朝祁渊递过去："喏，矜矜送你的礼物。"

快速化解了沈逸矜的尴尬。

祁渊接过去，显得有些惊喜。

沈逸矜虽然是个公司小老板，工作能力也强，但感情上很被动，特别不自信，敏感心怯。

祁渊知道她的心理症结，但因为太在乎，总是在和她相处时变得小心翼翼。

这种时候，夏薇的作用便显而易见。

夏薇对祁渊说："矜矜熬了几个通宵才赶在今天织出来的，她的手都织到抽筋了。"

"没啦，没那么夸张。"沈逸矜还是有些难为情，怕自己织得太丑，被祁渊嫌弃。

可祁渊笑了，纸袋还没打开，就说："你织什么我都喜欢。"

夏薇"嚎"了一声，感觉自己使命完成了，便笑嘻嘻地走开了。

宴会厅可容纳上千人，金碧辉煌之下，衣香鬓影，人影攒动，欢快的华尔兹响起的时候，一对对帅哥靓女进入舞池，四周迅速围了很多喝彩的人。

夏薇走过去，看见李燃正在里面炫舞技，可他的舞伴不是晚晚。

诧异间，视线稍微偏移，就见晚晚一身红裙站在旁边的吧台前，手里托着杯红酒，要笑不笑地盯着舞池。

夏薇暂时不想去打扰，她手里还有一个纸袋，那是给祁时晏的毛衣。

她想先见到祁时晏。

看了眼手机，没有消息，不知道男朋友在干什么。

夏薇心想要不要去抓抓他的包，万一他又在女人堆里厮混呢。

再往前，一路都是谈笑风生的一簇簇人群，绝大多数是生面孔，只有偶尔几张是在水中仙或温泉度假村见过的。

继续往里走,有一丛高大的绿植围起一个小空间,几人举杯在里面说笑,韩烟也在,不过没见到许颖,那个在温泉度假村见过的油腻男也在其中,只是他身边的女伴已经不是温婷,而是换了一个更嗲气的,老远就能听见她的娇笑声。

夏薇路过时揉了下耳朵,感觉有点不适,又随意走了走,还是没见到祁时晏,正想要不要给他打电话,有人叫了声她的名字。

夏薇转头,没想到是白易文。

白易文朝她走过来,身上穿着白衬衣黑西装,身姿笔挺,一副成功人士的风范,加上他手里端着一杯酒,斯文里有种张扬的气度,吸引了很多女人的目光。

"聊两句吧。"白易文开门见山地说,"我和你父母摊牌了,说我们不合适,不会再来往了。"

夏薇点头,道了声谢:"这样最好。"

她有时候想,要不是和对方相过亲,她可能会很欣赏他,和他做朋友。

"但是,你怎么办?"

"什么怎么办?"

白易文看过来一眼,皱了皱眉:"我感觉你父母很想快点把你嫁出去,我这里掰了,他们应该会很快给你找下一个,那下一个不一定会有我这么好说话的。"

相亲之后,他和夏启炎接触了几次,早将他们一家的情况摸清楚了,连同他们想嫁女儿的心思。

他只是不理解夏薇的态度,明明和自己息息相关,却表现得很冷漠,一直置身事外。

夏薇扯了扯唇:"那就等下一个来了再说吧。"

她其实就是思想麻木了,有这样一对父母,她要是每天去想他们的问题,那便不要活了。

白易文眉心不展,露出几分同情,又问她:"你和时晏的事不打算告诉你父母吗?"

夏薇摇了摇头,回说:"如果让我父母知道祁时晏的存在,你觉得他们会怎么样?祁时晏又会怎么样?"

夏启炎必定会三天两头骚扰祁时晏，打他钱财的主意。

"你是不是太小看时晏了？"白易文晃了晃酒杯，不以为然，"以时晏的能力养你一家毫无问题，你何必担心这个？"

夏薇没再接话，只轻嗤了一声，对对方的友善也就到此为止了。

白易文换了个站立的姿势，突然靠近一步，直截了当地问："还是你心里早就知道你和时晏不会有将来，所以才想要两头瞒？"

夏薇下意识地往后退，没料到对方已经看穿了自己，紧蹙眉心，朝对方狠狠瞪去一眼："你既然知道了还问？"

"我只是想确认一下。"

"我看你是想讨嫌。"

眼看姑娘要动怒，白易文笑了声，摊摊手，又换了平和的语气说："我真的只是想确认，确认自己还有机会的，对吧？"

最后两个字，明明是个疑问句，却被他道出了十足的诚意。

那是心甘情愿做一个备胎的诚意。

夏薇有一刹那的愣神，反应过来，连连摇头："白先生，你没必要这样。"

正说着，后肩上被人撞了一下，紧接着，有股凉飕飕的冷气从后颈上吹过来："你俩又背着我干什么？"

夏薇吓了一跳，转而回头，娇嗔着抬手推了推来人："你吓我？"

祁时晏笑，双手从她后背捉住她的手，自然而然地将上身贴近她，拥着她入了怀，同时抬眸，朝面前的情敌递去锐利的一眼："怎么，还不死心？还想打我女朋友的主意？"

白易文耸了耸肩，明知故犯的口吻："对，你知道就好，你把你女朋友看紧点吧。"

说完，他对着祁时晏做了个嗤之以鼻的动作，不等祁时晏的拳头砸过来，抬腿就往后跑两步，溜走了。

"这浑蛋欠揍。"祁时晏朝对方背影举了举拳头，冷哼了声，转头问夏薇，"他刚才和你说什么？"

"没什么啦。"夏薇笑了笑，岔开话题，问他，"冷不冷？穿这么少。"

祁时晏身上就一件单薄的衬衣，刚才靠上来的时候，她感觉他身上冰凉

297

凉的。

"冷,冷死了。"祁时晏眸光含笑,张手又去抱她,扯她肩上的羊毛绒披肩。

夏薇身上穿的是一件暗橘色旗袍,纤腿细腰,曲线起伏合宜,斜襟上的刺绣缀花错落有致,领口和袖口还有一圈洁白柔软的毛绒。

再搭配月白色羊毛绒披肩,以及祁时晏送的红宝石项链和耳环,这一路走来,早已不知吸引了多少人的注意力。

"这一身果然比我买的那些好看。"祁时晏品鉴艺术品似的,将女朋友上下打量了一遍。

他昨天派人给夏薇送礼服去了,那些都是他托祁时梦从法国巴黎带回来的国际大牌,可现在看来,是被夏薇嫌弃了,夏薇自己另外买了这身旗袍。

"别说我了。"夏薇被他看得脸红,挡开他的视线,从纸袋里拿出毛衣,递给男朋友,带着几分羞涩说,"你看看我织的毛衣,不知道合不合你的眼。"

毛衣是昨天才织好的,夏薇忐忑了很久,一直担心祁时晏看不上。

毕竟他们祁家的人,平时穿的全是高定,连双袜子都带 logo,要分左右。

直到今天出门时,夏薇才和沈逸矜互相打气,说好了不管男人们的反应,她们只管送就是了。

"合适。"祁时晏看都没看,就笑着接了过去,将毛衣展开,什么也不用说,直接往身上套。

就在宴会厅里,在很多人投过来的目光里。

夏薇被他的举动鼓励到了,帮他整了整衣领,笑着说:"你可真是衣架子。"

毛衣大小正合适,简直是量身定做,面料宽松柔软,穿在祁时晏身上,将他散漫的气质又烘托出了几分,而且这少见的雾青色,平常人很难驾驭,可祁时晏穿上后,更显高贵大气,更有慵懒贵公子的味道了。

"是你织得好。"祁时晏伸展了一下双臂,活动了一下肩膀,"好暖和,可算是等到有衣服穿了。"

说得自己好穷酸,就等夏薇这件毛衣才能过冬似的。

夏薇突然有了成就感,眸子里亮晶晶的:"我就当你夸我了。"

"夸,必须夸。"祁时晏将人搂在怀里抱了抱,从裤兜里摸出一张卡,塞到姑娘手里,低声说,"今晚给你奖励。"

夏薇低头看自己的手心,那是一张房卡。

她脸上倏然一热,耳边男人还在交代:"我现在有点忙,你乖乖的,自己去吃饭。没什么事就早点回房,我很快会去找你。"

最后一句,声音轻得不能再轻,像吹气似的,吹得人耳根一阵一阵发烫。

夏薇低低应了声,心里说不上来什么感觉。

她以为她来参加年会,是要和祁时晏出双入对应酬的,可没想到男人自己有事要做,但男人的安排和叮嘱又明明全是为了她考虑。

祁时晏松开怀抱,两人的手牵在一起,中间夹着房卡,贴合着两人的体温,像暗流一样悄悄涌动。

夏薇推了推他,说:"那你快去吧,我一会儿就去房间。"

本来只是顺着男人的话说的,可是她说出口的时候,伴着心跳,语气变得又急又乖巧。

祁时晏眼里的笑意更浓了,长腿似乎定在了地上,反而不愿意走了。

"快走啦。"夏薇更难为情了,连连将人往外推。

"亲一下。"祁时晏说着低头吮了她一口,尝到她甜橙味的唇釉,笑着舔了舔唇,才恋恋不舍地离开。

夏薇猜想,祁时晏一定是在为退婚的事奔忙,所以不方便带她。

其实于她,在决定了和他在一起的时候,就抛开了那些成见。

但是她知道,这件事是条高压线,两人只有尽量不去触碰,才有机会走得更远。

不然祁时晏也不会叫身边所有的人都不要跟她提起。

现在她明白了,他真正的目的不是为了瞒她,而是表明他的态度,不想和她之间横隔着这样的阻碍。

虽然,有那么点自欺欺人。

而今天这么盛大的年会,听说孟荷还在国外,不一定会来,但孟岳松和马玉莲估计会出席,所以她还是警醒一点的好。

夏薇朝四周看了看,没看到孟岳松夫妇,暂时放了心,往餐饮区走去,打算吃了饭就回房。

路过舞池的时候,李燃还在跳舞,舞伴又换了一个,却仍然不是晚晚。

而晚晚背对舞池，百无聊赖地靠在吧台上，看人来人往。

夏薇走过去，拍了拍她，调侃说："定力很足嘛，这都能忍。"

晚晚自嘲地笑了声："不能忍怎么办？"

她身上一件抹胸红裙，右胸前一只夸张的大蝴蝶，振翅欲飞的姿态一点不输舞池里两个翩翩起舞的人，可惜她不会跳华尔兹。

夏薇还记得在锦市时，晚晚因为李燃的一个异性电话躲在卫生间里哭，现在却能容忍李燃当着她的面和别的女人跳舞了，这转变不得不让人刮目相看。

晚晚说："你不知道，李燃以前的女朋友没有一个超过三个月的，我已经打破纪录了，所以现在随便他和谁搞暧昧，我都无所谓。"

夏薇点头，佩服地说："你要能这么想也不错。"

谁知，晚晚又垮了下脸，换了只肩膀撑在吧台上，说："不然呢？我可不敢和你比，勾勾手指头就能把祁三少勾走。"

夏薇感觉听了个笑话："什么呀？我有那本事？"

"怎么没有？"晚晚揶揄地笑，"就上次泡温泉回来，在服务区，大家可都看见了，只是当时谁都没好意思说。

"要我说，当时那感觉太美了。你勾勾手指头，祁三少就去了，你只想要一个气球，可祁三少就把所有的气球都买了给你。呜呜，真的太让人羡慕了。"

晚晚说得脸上的笑容都变成了向往。

夏薇想起当时自己心里其实是不太痛快的，但听晚晚说完之后，感觉好像也不错。

她笑着说："如果你想学华尔兹，以后可以找我，我教你。"

晚晚"哇"了一声，当即挽住夏薇的胳膊："就说你身材这么好肯定是有原因的，教我教我，一定要教我。"

夏薇笑了笑，答应了下来。

晚晚看向舞池，想到一个主意，说："要不你现在就上去跳吧，你和李燃跳，那我可就放心了。"

"不行的，我这身旗袍不太合适。"夏薇笑着婉拒了。

"你这身可真漂亮，跟天仙一样。"

"你也很漂亮啊。"

两人互相夸了一会儿，夏薇才笑着走开了。

转身看见沈逸矜发型乱了，捏着衣裙往卫生间去，夏薇偷偷地笑，跟了上去。

到卫生间，沈逸矜正散着头发，在梳理。

夏薇走进来，侧眸笑着说："头发乱成这样，沦陷啦？"

沈逸矜脸红了下，嘴硬说："你才沦陷了。"

夏薇走到她身边，将房卡朝她亮了下，悄声说："今晚我不回去了。"

沈逸矜的嘴巴张成圆圆的"O"，打趣："你这是要为爱献身啦？"

夏薇咬唇，笑骂了一声。

两人又胡说了几句，沈逸矜将头发重新盘好后，先出了卫生间。

夏薇进了一趟隔间，出来洗手时，听见外面舞曲停了，换了一首抒情的钢琴曲，有歌手开始献唱。

她今儿心情好，不自觉地跟着哼唱了几句，却不料关上水龙头准备离开时，有两个女人走进来，肩并肩堵住了她的路。

一个穿着貂皮短裙，好像生怕别人不知道她有钱似的，脖子上挂满了花花绿绿的项链，手腕上也戴了几条各种式样的手链。

另一个穿着深色的呢裙，很修身的款，却也将她遮不住的小腹和胖腿勾勒得原形毕露。

真巧，是孟荷和马秀秀。

仇人相见分外眼红。

夏薇心里"咯噔"了一下，正想绕开她们，谁知孟荷疯了般，嘴里骂着脏话就张开手朝她扑上去，扯住她头发打上了。

夏薇头皮一阵发麻，眼前发黑，什么也顾不上，抬腿就朝对方踢过去。

要说十五岁之前，她受马玉莲教诲，别说打架，就是看见打架也是避之若浼的。

可回到夏家，她才知道有一种交流叫打和骂，尤其认识孟荷后，对打架有了更深的体会。

而孟荷打起人来，粗暴野蛮、不择手段，气头上还有那么点儿丧心病狂，和夏启炎一样。

先前孟荷亲眼看见夏薇和祁时晏在一起，太亲昵暧昧了，尤其祁时晏离开前,那索吻的样子简直像一个惊天大雷炸开了她的心。

当时要不是马秀秀拉住她,她就直接上去了,而此时逮到机会,岂肯放过?

两个打一个,夏薇腹背受敌,头上精心做的发型全被扯散,还有几簇头发被她们扯得掉下来,身上挨了好几拳,旗袍的衣领也被撕裂了一个口子。

这些都不算什么,最痛的是右边耳环被孟荷拽住,耳洞被扯破了,鲜血和她的眼泪一瞬间流了下来。

卫生间进出的人惊吓大叫,引来很多人围观,却没有一个人上前阻止,更没有一个人去帮帮夏薇。

夏薇的头发被孟荷揪住,抬不了头,马秀秀还在旁边对她拳打脚踢,夏薇只有被动挨打的份,模糊晃动的视线里看见很多人影和高跟鞋,心里忽然万念俱灰。

她鼓足一口气,几近用了将死的心,一把抓住孟荷,脑袋朝她冲过去,像一头疯牛一样,将对方重重地撞到墙上。

也就在此时,几乎失聪的耳朵听见一声"夏薇",是沈逸矜来了。

夏薇忽然之间觉得自己又有了生的希望,只是眼泪比之前流得更多。

而沈逸矜不是一个人来的,还带了帮手。

沈逸矜其实也不是会打架的人,但她机智,又救人心切,从围观的清洁工那里拿到一瓶洁厕灵做武器,对着马秀秀就是一阵狂喷。

另一个帮手是嘉和公司以前的合伙人周茜,她性格比较刚烈,直接拿起一个装满垃圾的垃圾桶,就朝孟荷的脑袋套上去了。

顿时,垃圾纷纷从孟荷的脑袋四周掉落,那个脏可想而知,四周人群集体发出呕吐之声。

几个女人,一场混战,局势很快被扭转。

孟荷摆脱掉垃圾桶,恶心得连声尖叫,她从来没吃过这样的亏,捂着脸跌跌撞撞,抓住马秀秀。

可马秀秀怂了,她不怕夏薇,但怕沈逸矜。她认识沈逸矜,知道沈逸矜背后有大佬,上次因为沈逸矜背了个 A 货包包,她嘲笑了几句,当天就被领导开除了。

她怎敢再得罪沈逸矜?

两人气势大落,可孟荷还不肯罢休,和马秀秀抱成一团,嘴上骂骂咧咧,什么脏话都骂，特别难听。

沈逸矜只觉得不堪入耳，却还不了口。周茜在这方面比沈逸矜强多了，只是她怀有身孕，行动不便，刚才打架没能施展身手，这会儿打嘴仗，正好给她一个发挥的舞台。

周茜将沈逸矜和夏薇一起拉到自己身后，双手叉在腰上，气势冲天，一敌二，将对面两人骂得狗血淋头。

夏薇眼泪糊了一脸，妆都花了，披头散发，衣衫不整，直到此时才缓过劲来。她捋了一把乱发，理了理身上的旗袍，再拿纸巾擦掉耳垂上的血。

沈逸矜帮她把摔掉的高跟鞋、手机、披肩和房卡全找了回来。

夏薇站起身，整理好自己，挺直了脊背。她重新穿上高跟鞋，步履缓缓地走到孟荷面前，地面上一阵铮铮的声响。

她抬手一挥，一记响亮的"啪"，气势凌厉，脆生生地打在对方的脸上。

"你敢打我？"孟荷蒙了一瞬，愤怒地睁大了眼睛瞪着夏薇。

夏薇冷笑，抬手又是一巴掌："打的就是你。"

多少年了，每次打架受欺负的都是她，这两巴掌终于叫她心头解了恨。

孟荷气急败坏，又发了疯，大叫着朝夏薇张牙舞爪地扑上去。

夏薇往旁边一让，孟荷直线扑向周茜，沈逸矜一想周茜有身孕，急忙推开周茜，而她自己眼看躲不开了，咬了咬牙，准备挨打，忽然脚上一轻，腰上一股力量将她抱离了是非之地。

祁渊来了。

同时另外有人挡到了前面，一只长臂扼住孟荷，将她往地上猛力一推，厉声喝了一句。

这是祁时晏。

夏薇听见他的声音，心没来由地慌了一下，两人隔着人群，视线相触。

好像什么情绪都没有，又好像天崩地裂，世界俱灭。

而这时，仿佛还不够乱的，又连着几声"小荷""薇薇"的叫唤声由远及近地传来。

是孟岳松和马玉莲，他们也来了。

而他们身后，涌过来看热闹的人源源不断，其中不乏熟悉的面孔，李燃、晚晚、韩烟，好像还有许颖……

事情很快被平息，只是身处风波中心的人不太好。

夏薇被送回房间，沈逸矜陪着她。

夏薇脸上的妆卸干净了，残留几处被指甲掐破的地方，头发重新梳理过，发丝被抓掉了不少，头皮上留下了一片片的红印子，而右耳垂被撕裂了一个口子，耳环摘下后，伤口清洗过，痛得很。

沈逸矜帮她擦药，指尖捏着棉球棒都是颤抖的。

"我从来没见过这么粗鲁的女人。天哪，祁时晏居然订婚订到这种……"沈逸矜发了句感慨，自觉说多了，又止住了话。

夏薇以前从来没和人提起自己的身世，包括眼前的好闺蜜，因为她在孟家夫妇面前发过誓，但今天闹成这样，尽人皆知，倒也不必再替他们守着了。

等夏薇缓缓说完，沈逸矜一时震惊得说不出话。

好一会儿，沈逸矜才说："你和祁时晏真是阴错阳差，如果你还是姓孟该多好，直接你俩订婚，还有孟荷什么事啊。"

夏薇脸上流着泪，流到伤口上，微微刺痛。

"我承认，我亲生父母重男轻女，完全没办法和孟家比。

"孟荷在我家十五年，受了很多委屈，她觉得全是替我受的。所以她恨透了我，每次一见到我，就要对我各种打骂、羞辱。

"我以前也总觉得是我欠了她，但是后来想想，我有什么错？我什么都不知道啊。"

要说早期，了解到孟荷在夏家的生活后，夏薇也是抱有同情和感激的，毕竟两个家庭差距悬殊，父母对待子女的方式也太不一样了。

但一次次遭受孟荷的欺辱之后，她也会想：难道这一切都是我造成的吗？是我故意要和她换了身份，住进孟家的吗？

夏薇："她在我家受到了不公平的对待，可那是我让我父母那样对待她的吗？还是我要她替我受的？凭什么一切的错最后都要怪到我头上？"

沈逸矜抱着夏薇，眼眶里的泪忍不住，也"哗哗"地流了下来，说："为什么我们的命都这么苦？我从小没了父母，寄人篱下，受尽了各种煎熬和折磨。还以为你有父母比我好点，结果竟是这样的父母，呜呜……"

安慰人的人自己也哭了，还能求谁来安慰？

从天堂坠入地狱，在最美好的豆蔻年华里，那样的伤痛是永恒的，是谁也抹不去的，更别说后面还有雪上加霜作恶的人。

两人哭了好一会儿，夏薇哭累了，悲伤的情绪渐渐走向了另一个偏颇的方向。

她问："矜矜，你觉得我和祁时晏还有机会吗？

"祁时晏一直都是我的梦想，我想和他在一起。但是我也承认，有好几次在我想放弃他的时候，我又会想，像孟荷那样的人竟然都能成为他的未婚妻，我为什么不可以？"

要说以前有这种念头冒出来的时候，夏薇还会觉得有所愧疚，但现在她不想要这样的善良了，她就想自私一把，让自己快乐就好了，何必管别人？

就像孟荷对自己施暴那样，往死里整，管别人受不受得了。

沈逸矜擦掉眼泪，想了想说："薇薇，你只需要做自己就好了。

"你喜欢祁时晏是真心的，那用你的真心去喜欢他就好了，不要因为别人影响了自己。至于最终你俩会怎样，祁时晏和孟荷会怎样，那都交给时间吧，时间是最公平的。"

夏薇点点头，若有所思。

有人敲门，是祁时梦送来了礼服给夏薇，她带了备用的，说是祁时晏去找她了，让她送来的。

沈逸矜接了进来，递给夏薇。

夏薇这才脱下已经撕坏的旗袍，也才发现胳膊和后背有好几处淤青，青一块紫一块，深深浅浅不成样子。

"这个孟荷简直不是人。"沈逸矜眼眶又红了，气得咬牙，"薇薇，你相信我，她绝对嫁不成祁时晏。别说祁时晏不答应，我也不答应了。"

夏薇站起身，从镜子里看着自己，身体和心灵哪个更痛一点，她已经分不清楚。

她胃里抽搐，脸上更是没有血色。

沈逸矜扶住她，问："你是不是还没吃饭？"

夏薇摇了摇头，强打起精神，缓慢地将新礼服穿上。

"我去给你拿点吃的。"

"不要了。"夏薇拉住对方，"我们回家吧。"

"你不住这儿了吗？"

"不了。"

穿好礼服，夏薇随意地打量了一下房间，维多利亚宫廷的装修风格，奢华到了极致。

只是，与她无缘了。

两人正准备走，夏薇的手机响了，是马玉莲。

夏薇深呼吸了几次，才滑开接听，轻轻喊了声："妈。"

马玉莲哑着声音咳了咳，问道："薇薇，你还好吗？"

"我朋友陪着我，还好。"

"那就好。"

夏薇坐到梳妆凳上，沈逸矜站在她旁边搂了搂她。

发生这样的事，是个正常人都不能好吧？只是夏薇不想让对方担心，才强颜欢笑。可马玉莲也就真的放了心，不再多问一句，转而和她说起孟荷的事。

"薇薇，你是我一手带大的，聪明又懂事，心性也善良。但是小荷，她和你不一样，她从小没有好的成长环境，也没能接受好的教育，性格才变成了这样。你不要生她的气，对她多理解一点好不好？"

夏薇低下眉睫，闭了闭眼，手机捏在手里，微微颤抖，好一会儿才说："我知道了。"

她是知道的，他们太心疼孟荷了，每次孟荷对她动手，他们都是这样劝的。

好像她被打被骂都是应该的。

可他们从来没有想过，如果说夏启炎没有给孟荷好的教育，造成了她的性格扭曲，那么他们也没能够对孟荷进行好的引导，而只是一味纵容，助纣为虐。

马玉莲又提了孟荷和祁时晏订婚的事，对夏薇说："我们做父母的都想你们好，而小荷底子薄，你爸爸好不容易才谈定这门婚事，这不只是小荷的未来，也是我们孟家的荣耀。薇薇，你能理解妈妈说的吗？"

理解，怎能不理解？

家族联姻，关乎的是双方家族的利益。

孟家要和祁家联姻，孟家只有独生女儿，当然只能是孟荷了。

夏薇若是横插一杠，插的不只是孟荷和祁时晏的婚约，而是孟家和祁家的联姻，背后的影响有多深远，孟家夫妇说什么也不会允许这样的事发生。

夏薇低着头，不再吭声。

马玉莲却还要说："薇薇，当年抱错孩子，谁都不想的。但是，你站在小荷的角度想想，如果不是因为抱错，小荷那十五岁之前遭受的一切便都是你遭受的啊。"

所以话又绕回去了，如果没有孟荷，那现在粗鲁野蛮、没文化、泼辣、性格扭曲的人便是她夏薇，是吗？

所以她就应该活在那个重男轻女、皮鞭出孝子的家庭，是吗？

所以她曾经在孟家享有的一切都是偷来的，是吗？

手机从掌心滑落，夏薇的脑袋无力地偏倒在沈逸矜身上，眼泪一瞬间流了下来。

后面马玉莲又说了什么，她再也听不见了。

她抱着沈逸矜默默地哭，无声地流着眼泪。

击垮一个人，从来不需要暴力，只要一个亲近信任的人否定你。

沈逸矜听完整场对话，直呼不可思议，她说："你这个妈妈的话不对，你和孟荷完全是两个人，就算没有抱错，你也不可能成为孟荷。

"生长环境只能改变他的价值观，而不是性格。不然那么多家庭，姐妹几个、兄弟几个，怎么性格个个都不一样？"

可是夏薇完全被马玉莲的话击垮了，泪流满面，弓下了腰。

在她成长的路上，马玉莲对她的影响是巨大的。夏薇甚至将马玉莲当成自己的理想去参照学习。

这些话，夏薇不知道马玉莲藏在心里多久了，但现在说出口，那便是对她忍无可忍，不再顾及情面了，亦是对她的全盘否定。

夏薇哭得声嘶力竭，她的精神世界崩塌了。

时间在哭泣中不知道过去了多久，沈逸矜也不知道安慰了多久，直到门外传来说话声，她才将悲恸中的人渐渐劝住了。

夏薇眼睛肿肿的，失了神采，沈逸矜帮她整理了一下，拉起她的手准备一起离开。

门打开，过道上站着祁渊和祁时晏。

祁渊背对着门，在接电话。

祁时晏则靠着墙，身上穿着夏薇织的毛衣，姿态看着懒懒散散，面色却沉郁逼人。

过道宽敞，一盏盏复古的壁挂灯悬于色彩浓烈的壁毯之上，给人一种不真实的感觉。

夏薇抬眸，两人之间明明不过相距几米，却仿佛云山雾绕，隔了千山万水。

夏薇垂下头，拉着沈逸矜的手，跟着她往前走。

却不料，祁时晏几步走到跟前，一只手掐过夏薇的腰，将她推进了门里去，随即"咚"的一声把门关上了。

一路被裹挟着往里走，夏薇猝不及防跌坐到床上，身子往后倒，祁时晏一把搂住她，扶着她坐稳。

换作平时，这是个很亲密的举动，可此时，夏薇无精打采，浑身僵硬，哪怕男人的手温很烫，在她后背抚摸了很久。

他眉宇间一团肃杀之气，周身散发着低气压，心情差到了极点。

今天的宾客名单里，他将孟家一家三口全部划掉了，还亲自叮嘱了门口接待的人，可就是有人要和他作对，将他们放了进来。

而退婚的事屡屡受阻，哪怕发生这样的事，那么多股东竟然还是只看到利益，还劝他要顾全大局，牺牲小我。

他转身走到夏薇面前，弯下腰，手指轻轻摸了摸姑娘苍白的脸，看着几处伤痕，眸色暗了又暗。

"今天这事是我的疏忽，我不会就这么算了的。"

他声音冷厉，戾气很重。

夏薇抬头，恍恍惚惚，一双眸子空寂无神，脑袋里嗡嗡作响。她不确定对方只说了这一句，还是一直在说话，也不确定对方是不是祁时晏，因为看着和平时不太一样。

她的右耳垂上了药，贴了创可贴，几缕头发垂在旁边。

祁时晏一只手撑在她身侧，瞳仁聚在那一小片上，像萌蘖的剑芒似的。

他抬手将她的头发轻轻勾到耳后，夏薇下意识地躲了一下，他想到她肯定很痛，便放下了手。

"还想和我在一起吗？"

好像有声音传来，却比烟雾还无形，不知道去哪里捕捉。

她别开脸,错开男人的视线站起身,潦草地说了声:"谢谢。"随即用仅存的一点感知能力走向房门,伸手拉开,走了出去。

"夏薇。"祁时晏在身后叫了声,却叫不住那一具行尸走肉。

谢什么?

谢谢他,带她见过这场锦绣繁华。

谢谢他,本不该她觊觎的人,也叫她偷着尝到了滋味。

她本该的人生是什么?

是夏启炎阴沉的脸,和他身上抽下来的皮带,以及那张锈迹斑斑"嘎吱"作响的钢丝床。

人是有自我麻痹能力的,尤其是夏薇。

从年会回来后,一连几天,她像老僧入定似的,常常一个人坐着发呆。

过年了,沈逸矜去了她干爹干妈家,整个春节假期都待在那里,家里只有夏薇一个人。

而夏薇也没回夏家,只在除夕夜时在王巧英的责骂下转了一笔钱。

之后她便一个人待在家里,窗帘再没拉开过,不分白天黑夜,浑浑噩噩。

身上的各种伤痛是一种折磨,稍微动一下,浑身就像散了架似的痛,让她想起棺材里被人扒出来的一堆森森枯骨,看似完整,却一碰便碎,七零八落。

耳边总有奇怪的风铃声传来,像小时候床前的音乐风车,又像马玉莲亲切和蔼的笑声,却又会在某个瞬间,那笑声变成诡异的嘶吼。

拉长的脸、变形的嘴像遭遇疾驰的列车,将她整个人碾成一片血肉模糊。

夏家和孟家那一摊子,她不能想,那就像一片黑暗的沼泽地,一想就会陷进去,将自己弄得狼狈不堪。

她能想的只有祁时晏。

每次想起和他在一起的时光,心跳都会加速的。

这段感情就像沼泽地上空的一束光,照亮了她整个泥泞的世界。

本来接近他的目的,就是想爱他一场,虽然还差了那么一点点,不过也够了。

特别是那天他穿上了自己织的毛衣,每每想起,都会觉得那一针一线的付出全部值了。

夏薇把手机抓过来，随便刷一刷朋友圈。

外面的世界依然精彩，到处歌舞升平，欢天喜地。

江悦谈了个女朋友，带回家见父母了；温婷九宫格晒了一只爱马仕包包；晚晚回了老家过年，和几个孩子一起舞着仙女棒；沈逸矜陪祁渊出席了一场豪华婚礼；白易文在枕荷公馆过了年，给她发了很多问候和祝福……

每个人都在自己的生活里幸福着，除了她。

翻到祁时晏，那天之后，两人就断了联系，他的动态也没有更新。

他本来也不太发这些东西。

夏薇不知道他在做什么，有一点担心，却又会想，他那么自我的一个人，丢了只阿猫阿狗，心里也许会有点不快吧，但对他也不会有太多影响。

直到有一天，李燃发消息给她：快来把你的人领走。

夏薇盯着"你的人"几个字，眼皮直跳，不用说都知道说的是谁，可是祁时晏归她了吗？而他又在哪里，做了什么？

夏薇打开李燃的朋友圈，最新一条是一组照片，蓝天碧海，白色的帆船，青色的椰林，还有异域风情的彩色建筑物。

在一个有着巨大穹顶的白色庄园里，四周的花卉植物高大奇异，罗马风格的围栏上倒垂着一片火龙果，顶上红红的果实一只只垂下来，几个女人在采摘玩闹。

里面有好几张带人物的照片，一张张年轻的面孔，男人笑，女人俏，都是平时跟在祁时晏身边玩乐的人。

再看系统坐标，清清楚楚的两个字，濯湾。

濯湾？

那不是许颖的老家吗？

他们这是去许颖老家 Happy 了？

看情形，还是搭祁时晏的私人飞机去的。

夏薇指尖捏紧了手机，刚上涌的血液瞬间倒流，像遭遇了急速寒流，刺激得神经一阵发寒。

她为什么要看这些？

终究那段感情只是她一个人的，祁时晏的生活丰富多彩，没了她还有别人，和她没有关系。

夏薇将自己蜷缩在床上,裹紧了被子,不争气的泪又流了下来。

可是有人不给她哭的时间,李燃发来了视频请求。

祁时晏的确去了灈湾。

这是年前定下的。

只是他还没来得及告诉夏薇,就出了那样的事。

夏薇的家庭背景,早在接触的时候,他就知道了,连同她和孟家的关系。

当时他还挺有兴趣,想知道她接近自己带了什么目的,是不是想借自己干掉孟荷。

可她总是很怯懦,要他不停地引诱,不停地给机会,到头来,他发现她只是想和他谈恋爱。

而他自己好像也挺沉迷。

至于订婚的事,他知道她知道,不过彼此不捅破,他就想玩个掩耳盗铃。

可现在,窗户纸全破了,铃还没盗成。

——"还想和我在一起吗?"

——"谢谢。"

他那么明显的示意,她谢个屁。

真是气死了。

他是谁?

祁时晏,祁家的三少。

论家世论财力,论自身的优越条件,他有的是资本不可一世,也有的是资本让人往他身上扑。

可就有那么个姑娘,一次一次让他放低姿态,心性就快被磨完了,却换来一句云淡风轻的"谢谢"。

他气得牙根发紧,却无计可施。

灈湾有一种白酒,透明的玻璃小瓶,整整齐齐码在蓝色的塑料筐里,像汽水一样。

初入口有些辣,喝不习惯的人还要呛上一回,不过多喝几口,回甘上来,则会越喝越上瘾。

不知道祁时晏喝了多少瓶,喝着喝着,餐桌上就没了他的人影。

李燃与人赌酒,正兴起,想要拉祁时晏一起下水,回头就见他指间拎着一瓶酒,脚步虚浮地走向一张木沙发,醉意绵长地躺了下去。

餐桌上,许颖皱眉,站起身说:"祁三少喝多了,我去叫人煮醒酒汤,你看着点。"

李燃也喝了不少,满面红光地回绝:"我哪看得了他?"

他说是这么说,可也跟着离了桌,提起一瓶酒,走向祁时晏。

圈里人都叫李燃是祁三少的小跟班,一点不假。

李燃不只是自己喜欢跟着祁时晏厮混,他家的公司曾经遇到一个大危机,幸好得到祁时晏的帮助才渡过了难关,李燃对这个哥是打心眼里崇拜。

世人都说祁三少玩世不恭,可李燃知道祁时晏讲起情义来都是真心实意,没有一点虚假。

而祁时晏平时再怎么玩,底线总是在,从来不会让自己喝醉,更不会像现在这么失态。

李燃看他醉成这样,觉得比那赌酒还有意思,毕竟赌酒随时可以赌,这位哥却不是什么时候都会醉。

灌湾的冬天晴朗明媚,阳光从穹顶铺展而下,带着咸湿的海风,将冷白色的皮肤照出一层薄薄的透明感。

祁时晏微抬头,将瓶中酒一口气全部灌了下去,摇了摇空酒瓶,很不满地扔到了地上。

阳光刺眼,他半眯着眼,深黑的瞳仁透出一层浅色的光,慵懒而迷离。

李燃从来没见过他喝酒这么凶猛,将手里的酒瓶递上去:"哥,这瓶给你。"

祁时晏也不客气,接过酒,仰头又是一大口。

"嘿,这是怎么了?"李燃挤到他身边,一脸八卦地笑,"祁三少也有借酒浇愁的时候?"

"笑话,我是会发愁的人?"祁时晏将酒瓶丢到对方怀里。

"那我要问问了,这次为什么不带夏薇来?"李燃见他嘴硬,更不想放过他了,两人并排坐了下来。

那天年会上的事,在圈子里早就轰动了,有好事者都往榆城头条发了,但被祁家及时压了下去。

不过风言风语是禁不住的,传什么的都有,只是没人敢把话搬到祁时晏跟前说。

"你怎么不带晚晚?"祁时晏不答反问。

"分了呀。"李燃语气稀松平常,就跟说吃了饭一样。

餐桌前有个女人转过头,朝他们看过来一眼,对李燃笑了下,红唇妩媚。

李燃回她一个电眼,两人眉来眼去了好一会儿。

祁时晏冷笑了一声,拿过酒瓶,又喝了一口。

李燃见自己问不出答案,只得换个方式,大惊小怪地发出惊呼:"你们不会也分了吧?"

祁时晏瞥了李燃一眼。

李燃知道的,祁时晏看着浮浪,恋爱经验却等同于零,这时候便是他大放异彩的时候了。

"分手就分手了,旧的不去新的不来。

"兄弟如手足,女人如衣服,新年都过了,衣服还能不换?

李燃一通分手经滔滔不绝。

祁时晏却眸色一沉,不留情面地抬起脚就踢了上去:"滚开。"

李燃哈哈笑了两声,走开了。

回头看沙发上那位,又心灰意冷地倒下去了。

李燃起了玩心,这就摸出手机给夏薇发了条消息:快来把你的人领走。

可消息过去很久,夏薇都没有回复,李燃对他们俩的状况越发好奇。

李燃酒精上头,朝女人堆里喊了一嗓子:"祁三少醉了,都没人看见吗?"

要说平时,他也不敢这样闹祁时晏,可今儿酒喝多了,大脑兴奋得忘乎所以。

这下可好,本来有些女的见夏薇没来,对祁时晏就有些蠢蠢欲动,李燃这一喊犹如下了召集令,狂蜂浪蝶一窝蜂地涌上去了。

沙发四周立即围上了几个女人,个个八面玲珑,嘘寒问暖,争先恐后地问祁时晏想要什么,哪里不舒服。

李燃大笑,煽风点火地给夏薇又拨去了视频请求。

夏薇以为祁时晏找她,打开灯,走到窗户边接通了视频。

313

她担心自己现在的样子太难看,将摄像头朝向了墙面。

可是对面怎么回事?

一开屏就是一群女人围着一张木沙发,那沙发上躺着一个男人,仅从身形,夏薇便能肯定是祁时晏。

"他怎么了?"夏薇有一点失望。

"喝醉了呀。"李燃大着舌头说。

那白酒后劲是真的大,喝下去的时候不觉得,这会儿他举着手机的手开始发抖,视线也变得模糊。

李燃走近一点,手机对准了沙发,对夏薇说:"你们怎么了呢?你再不来,祁三少可要醉死在这儿了啊。"

屏幕上,女人相互交错的身影里,那男人懒懒地坐起身,眼皮微掀,声线惫懒:"你们吵什么?"

"祁三少,你要不要喝水,我给你倒了水。"

"祁三少,喝什么水,我们来喝酒。"

"祁三少,不能只喝酒的,吃点水果吧。"

每个女人都在往他身边凑,娇笑的话语一句追着一句,如蝶乱飞。

祁时晏缓慢地扫过她们,抬眸,看到李燃举着手机对准自己,仰头笑了声。

所以这是一场戏?故意闹他呢。

他笑,配合地接受,女人们更殷勤了。

祁时晏一向喝酒不上脸,再喝多少,仍是一张冷白皮,所有的酒意只藏在眼里,眼眶通红,醺醺然眯起,眸色在阳光下流转,暧昧又多情。

有杯酒凑到他面前,祁时晏接过,对着手机勾起唇角,将酒一口灌入,喉结上下滚动,有酒液滴落,顺着颈线蜿蜒,扯开的衣领底下,锁骨铮铮入目。

别说女人了,就连李燃都看呆了。

"再喝,再喝。"李燃比着手势,大声怂恿。

身边的女人们个个笑颜如花,凑得更近了,有两个抢了祁时晏左右两边的位置,其他的则是趴在沙发椅背上,或者蹲在他脚下。

一杯接一杯的酒往祁时晏手中送,祁时晏大笑,来者不拒,一杯接一杯地喝,还叫李燃:"你的手别抖呀。"

李燃阴险地笑,问手机屏背后的人:"你看得清楚吗?都这样了你还不来领人?"

夏薇看着镜头,像做了一场很疲累的梦,终于渐渐醒转,给出了一句评价:"没救了。"

酒还在喝,身边笑声不断,祁时晏却耳朵一动,抬了抬眼皮:"谁在说话?"

女人们一个个闭了嘴,跟随祁时晏的目光看向手机。

气氛忽然凝滞。

此时,许颖端着一碗醒酒汤走过来,朝大家喊了声:"都让让,别给他喝酒了。"

祁时晏却站起身,推开面前的两个人,往李燃走去,眉目阴鸷:"你在和谁发视频?"

李燃脸色瞬间煞白,匆忙往后退,一个踉跄跌在地上,酒醒了大半,手机摔了出去。

视频中断了。

夏薇不知道他们后来怎么样,但她清醒了。

这个世界,没有人会为她驻足停留,更不会因为缺了她而改变什么。

从始至终,自怨自艾、伤心难过的人只有她一个人而已。

所有的窗帘拉开,久违的太阳照进来,灰尘都变得欢快。

夏薇看了眼日历,都初五了,竟不知自己颓废了这么久。

她进卫生间洗了个热水澡,出来后,将家里打扫了一遍,脏衣服一一塞进洗衣机,床品也全换了,厨房过期的食品更是全部扔进垃圾桶。

家里已然焕然一新。

摘下橡胶手套,夏薇给自己化了个淡妆,脸上的伤疤好了些,还有一点暗印,右耳垂也结了痂,被扯掉头发的地方有新头发长出来,是细细密密的小绒毛。

夏薇给自己找了一顶帽子,换上一身鲜艳的衣服,出了门。

夜幕降临,晚风鼓动衣角,她穿梭于熟悉的旧街头,有老人推着小车在兜售茯苓糕,热气和香味从白色的纱布里溢出来。

夏薇走过去。老人停下车,暖融融地说:"姑娘,新年好。"

315

夏薇笑了下,心底有一丝感激,回说:"新年好。"

老人打开纱布,拿刀切下一块茯苓糕,一边称重,一边唠嗑说:"这是过完年回来了啊,要上班了吧?"

"是的,回来了。"夏薇笑着接过茯苓糕,咬一口,热乎乎的,"该上班了。"

回来了,从梦里回到了现实,该回归她原有的生活了。

第二天初六,夏薇收拾好心情,回了一趟夏家。

她一直说身体不舒服没回去过年,初六一早王巧英打了电话来,要她无论如何回家吃午饭,因为家里来了亲戚。

往年家里来亲戚,夏薇要回去帮忙做饭。夏薇以为这次喊她回去也是因为这个。

到家了才知道,今年去饭店吃,夏薇顿时有种不好的预感。

果然,到了饭店,除了一大桌亲戚,还有一个陌生人,是三舅舅带来给她相亲的对象。

而这位相亲对象四十多岁了,长相非常粗犷,皮肤偏黑,偏偏还要穿一身黑色夹克,往圆桌前一坐,整个人就像一堆被包装过的煤炭。

夏薇的心沉了下去,她在亲生父母和这些所谓的亲戚眼里就只配嫁这样的人吗?

她又开启了自我麻痹模式。饭桌上随便大家说什么,都与她无关似的,不痛不痒,只管低头默默吃饭。

不过有些话还是会自动飘到她耳边。

比如男方已经结婚离婚过两次,有三个女儿,一心想要儿子,所以现在想要娶个年轻点的,好生养的,彩礼方面多一点都没关系。

三舅舅说他是包工头,有钱得很。

夏启炎笑着说:"一切好说。"报了个数,"就一百六十八万吧,数字好听又吉利。"

饭桌上顿时一阵唏嘘,所有人的目光纷纷投向夏薇,好像在评估她值不值这个价。

包工头歪了嘴,黏腻的眼神落在夏薇身上好几秒,才对夏启炎说:"彩礼嘛就是意思意思的,薇薇嫁了我,跟着我吃香的喝辣的,我还能亏了她不成?

将来我们生了儿子，我的钱还不就是她的钱？"

夏薇听见那声"薇薇"一阵恶心，眉心紧蹙了一下，延缓了一个呼吸之后才好点。

夏启炎却看得高兴，笑眯眯道："那你说多少？"

包工头张开一只手，比了个数："二十八万。"

"二十八万？"夏启炎拍了下桌子，脸一下子黑下去，"你也太瞧不起人了。"

三舅舅抬起双手，在饭桌上往下压了压，圆场说："哎呀，今天才第一次见到，慢慢谈，慢慢谈。"

包工头不愧是混社会的，当即举起酒杯向夏启炎敬酒，几句场面话一说，彩礼的事又继续打起了拉锯战。

夏薇冷嗤了一声，早就知道父母卖女心切，却没想到他们心切成这样，当着她的面将她当商品一样和人讨价还价。

那些亲戚更不用说了，亲生父母都不心疼的孩子，谁会在乎你？

今天到场的都是王巧英娘家的人，王巧英在家排行老大，底下有三个弟弟、两个妹妹，都是普通家庭。

大家个个热情，都在帮忙说价，也都在好奇夏薇到底值多少钱。

酒过三巡，夏启炎降到了一百二十八万，包工头抬到了六十八万，可中间差距还是很大。

僵持中，终于有人在讨论之外，注意到了女主角，叫了声夏薇，问她："你自己怎么看？"

夏薇抬起头，像是才神游回来，面无表情地扫过饭桌上一圈众人，最后目光落在夏启炎的身上，喊了声："爸。"又看向王巧英，喊了声，"妈。"

叫完人之后，她却没再说话，而是拉开椅子往窗户的方向走，走到跟前，将印着油污的窗帘拉到一边，打开了一扇窗。

顿时一阵冷风吹进来，吹散了饭桌上的热气和一屋子难闻的烟酒味。

"好冷啊，快关上。"屋里的人都不同程度地皱眉、抱臂，叫唤起来。

夏启炎阴沉着脸，喝道："干什么你！"

夏薇却一概不理，还将窗户开得更大，声音冷淡地对夏启炎说："我很感谢你们生了我，给了我这一条生命。"

夏启炎感觉到了什么,高声叫道:"夏薇,你别给我丢人现眼。"

夏薇却波澜不惊,伸手抓住把手,继续说:"要说丢人现眼,该丢的早丢了。我知道,在你们心里,你们生了我,我就是你们的,做牛做马也得给你们挣钱。可惜了,我挣不来。

"就连嫁人这种事,好好的一条发财路,我也做不来。我只能让你们失望了,我把这条命还给你们就是了。"

她语速不快,显得非常平静,言语中没有悲伤,有的只是淡漠。

这么可笑的一场相亲,在座的这么多人没有一人觉得不正常,那只能说明她不正常了。

夏启炎站起身,握拳砸了下桌子,暴躁道:"就说太惯着你了,从小就不听话,你信不信老子现在就打死你。"

说着,他瞪着眼珠子向夏薇走去。

王巧英也气得站起了身,说:"真是太不像话了。"

亲戚们都知道他们家那点事,小时候打孟荷,打得凶的时候吊在树上打,差点没打死。换了夏薇回来,这一个看起来比那一个乖,可骨子里很叛逆,懂得利用关系躲到外面去。

家家都有本难念的经,但只要看到夏薇家出状况,他们就会觉得自己家过得还不错。

这叫作没有对比,就没有伤害。

所以他们家有点什么事大家都很喜闻乐见。

夏薇早看透了这一切,也烦了腻了。

在夏启炎朝自己走过来的间隙,她抓住窗户把手爬上窗台,蹲着身子钻出窗外,一只脚踏到了外窗沿上。

吹进包厢的冷风,顿时被她挡住,外窗沿上的水泥砂浆在她脚底下簌簌掉落,发出一片"沙沙"的声音。

屋里几个姨妈舅妈都失声尖叫了起来,男人们也露出惊恐的神色。

谁都没想到事情会突然演变成这样,可夏薇不像是装出来的,因为她的一双眼里全是死寂一般的灰色,毫无光彩。

夏启炎快走两步,夏薇便将另一只脚也挪到了外窗沿,整个身子只剩一只手还抓在窗户边上。

包厢在五楼,楼下是车水马龙的街道,汽车、摩托、电瓶车、行人,喧嚣声不断。

"死丫头,就是打得太少了,无法无天。"夏启炎撸着衣袖,脸色发狠,"我非把她弄下来,打死她不可。"

三舅舅一把拦住夏启炎:"别,有话好说,你别刺激她了。"

包工头是他带来的,万一夏薇真的出了事,他怕自己脱不了干系。

包工头也吓到了,连连撇清自己:"这个亲不谈了不谈了,我没有要逼你们啊。"

另外几人也加入了阻拦劝说的队伍,他们乐于看好戏,可到底人命关天。

夏薇到这一刻,倒是将自己看得越发清楚。

生在这样的家庭,不在沉默中爆发,就是在沉默中死亡。

而爆发与死亡的区别只在自己的五根手指上。

她脸面半侧,逆着光,头发在两边胡乱飞舞,冷风钻进单薄的衣衫里,她感觉自己在逐渐冷却。

原本那个应该粗鄙没文化,逆来顺受的姑娘,却在孟家享受了十五年的公主生活,还额外得到了一段烟花般的爱情。

她知足了。

她的人生就到这里,也没什么不好。

可能是她看起来确实生无可恋了,夏启炎骂骂咧咧地往后退了几步,其实他心里很清楚,这个女儿是他们家最有价值的财富。

大儿子夏超在澳大利亚不学好,留学几年还毕不了业;二儿子夏晨想去美国,钱从哪儿来?

如果夏薇出了意外,他损失的不只是一个女儿,而是很多很多钱——足以支撑他所有面子的钱。

双方又僵持了一会儿,夏薇在窗台上蹲得太久,浑身关节僵硬,脚也麻了,她动了一下,不料左脚一滑,踩落了大片水泥砂浆,所有人发出了惊叫。

夏启炎眼里也露出了一丝恐惧。

这丝恐惧在一个暴戾的男人身上极其罕见。

他最终让了步,退回到了原来的位置。

也因此,夏薇终于得到了活下去的希望。

下到地面的时候,众人分拨两边,夏薇面色苍白,缓慢地走到自己的座位,拿上手机和外套,再没看任何人一眼,转身出了门。

地上的风比半空暖和多了。

夏薇捏了捏自己冻得通红的耳朵,又捋了捋凌乱的头发,站在人行道上,抬头看向头顶厚厚的六层,深深呼吸了一口。

置之死地而后生。

这一搏太惊险了。

她穿过人群,随便坐上一辆公交车。

时光在漏风的车厢里摇摇晃晃,不知道过了多久,车停下了,司机说:"最后一站到了。"

夏薇下了车。

四周陌生、偏僻,入眼一排光秃秃的水杉,不远处有很多楼房,依稀能看见大门上红色的春联。

夏薇抬头,眯眼,看了看站名,才知道自己到了一个从来没来过的小村庄。

那水杉背后,有一条小河,冬天雨水少,河床上长满了草,踩下去,松软如毯。

夏薇穿过水杉,走下河滩,没有目的地往前走,一种未知的新鲜感悄悄浮上心头。

对啊,她为什么不能换个地方生活?

离开夏家,离开榆城,离开这个让她伤心欲绝的地方,去一个崭新之地重新来过。

想法跃上来,心情随之激动。夏薇越走越快,脑海里逃离的念头也越来越强烈,越来越清晰。

前方出现一片芦苇,虽然已经枯萎,可簇拥在一起很壮观,在风中"沙沙"作响,像她的心声一样。

忽然,大衣口袋里的手机振动了一下。

有一条微信,竟然是祁时晏发来的。

内容是两秒钟的语音,他问:"在哪儿?"

声音里夹着风声,淡得听不清。

也不知道是他那边风声大，还是自己这边风声大，夏薇有些恍惚。

还没想好要不要回，祁时晏又发了视频请求。

接通后，夏薇低头，看见男人额前的短发被风吹得扬起，身后一架飞机，舷梯下，三三两两的人围在一起跺脚或对着手哈气，看起来是刚从温暖的地方飞回来。

"在哪儿？"祁时晏也在屏幕里看她，声音似乎没什么温度。

"不知道。"夏薇上来一点情绪，将手机擦在衣服上，没挂断，却黑了屏。

他们分手了吧？

发生那么大的事，没见他安慰一句，一个年都快过完了也没联系，他那么快活，去濯湾潇洒了回来，现在想起她来了？

"发个定位给我，我过来找你。"

"有事？"

还是心软了。

夏薇靠着公交站的广告牌，手机在手里打着转，有些懊恼。

这个男人多金、帅气，还慷慨、温柔体贴，又解风情，多少女人为他着迷。

可是他终究太自我、太风流，没有一个女人可以拴得住他。

而她一个连父母都不怜爱的人，就更不要抱有任何妄想了。

可是，又是什么让她想发消息说别来了，却又说不出口？

是什么在她心灰意冷时，却又想伸手抓住？

公交车来了又走，走了又来，乘客换了一拨又一拨。

每个上下车的人都朝她驻足看几秒，眼神探究又好奇。

终于，在寒风里站了三个小时，全身被寒气灌满之后，人来了。

才过了春节，天光还是短，不到下午六点，天已经黑了，风也大。

祁时晏坐在驾驶位上，没有下车，只朝夏薇按了两声喇叭。等夏薇上了车，他才侧眸瞥过去说："来这里做什么？我从机场过来，开了三个小时的车。"语气颇为不耐。

"那你为什么还要来？"夏薇的声音打着战。

男人顿住，才发现姑娘浑身寒气逼人，目光有些失焦，嘴唇都冻得发紫了。

他烦躁地拍了下方向盘。

这一路，他没少打退堂鼓，几次想掉转车头，发个消息叫她自己走算了，可是最终他还是自己来了。

为什么？

公交车站空荡荡的，漆黑一片，水杉树笔直地矗立，枝丫叉向天空，有那么点孤傲，又有一股子傻劲儿。

祁时晏将座椅往后调了调，说："过来。"

夏薇微怔，昏暗中，眸子里染了一层雾气，执拗地看了他一会儿，才慢腾腾地挪过去，坐到男人大腿上。

祁时晏将空调温度调高了些，双手搂抱住冰冷僵硬的姑娘，抓过她的两只手在自己掌心里搓了搓。

"你说你傻不傻，这么冷的天，不会找个地方躲躲去？"

男人身上太温暖了，夏薇半侧身靠在他怀里，他的话语和温热的呼吸吹拂进她的领口，她只觉得心上那片干枯的芦苇，像被擦上了火柴，倏地就着了，暖意汹涌。

她小声嗫嚅："这里没认识的人。"

"那你来这里干吗？"

这话问住了夏薇，她来这里干吗？

年会之后，她消沉了那么多天，心情好不容易好起来，今天又遭遇了这样的事。

而他们两人年前加年后算起来快有十天没见了，连个消息也没有。

她该从哪里说起？

"你不会又背着我相亲了吧？"

男人眸光暗了一瞬，下颌一抬，压住她的唇，重重含吮，发了疯地掠夺。

夏薇完全没有准备，本能地别开脸，却被一只大手扣住。

别扭中，灼烧的热气喷在她颈边，威压的声音一点点逼近："夏薇，你是我的，这么快就忘了吗？"

后背抵在方向盘上，硌得有点疼，夏薇挺了挺腰，双手撑在男人肩头上。

夏薇和他保持距离，沉默了几秒后，才说出了自己一直想说的话："我是你的，你却不是我的，是这样吗？"

祁时晏皱了眉，夏薇又紧接着问："我们这么久没有联系，你知道这段时间可以发生多少事吗?"

这下男人抬眸,凝视她。

夏薇轻轻笑了下:"我就算是你的一只猫,一只狗,这些天你有没有想过要照顾一下?"

她语气轻柔且平静,一点没有兴师问罪的意思,也没有向他诉苦的念头。

因为她知道,她在他心里是那么微不足道。

祁时晏抬手,修长的手指摸了摸她的脸,远处有摩托车驶来,大灯照见姑娘右耳垂上的伤疤。

他将她搂进怀里,双臂用了力道,一点点箍紧。

心底有一种情愫说不清道不明,他有些恐慌,还有些不知所措。

他放低声音说:"我们回家,好不好?"

夏薇原以为祁时晏说的"回家"是送她回家,进了市区,汽车开进水中仙,她才知道他们要回的是他的家。

他带她走内部电梯,直达顶层。开门进去,祁时晏叹了一大口气,径直走向沙发,往下一扑便趴着不动了。

他快累死了,导航导了最近的路,却一路堵车,折返绕城高速,差点绕了榆城一圈才到家,来回一共开了五个多小时的车,这在以前从来没有过。

夏薇抿唇,看男人一眼,本以为他会抱怨,却没想到他一点脾气也没有。

鞋柜里,她曾经穿过的软底拖鞋还在。

她蹬开脚上的皮鞋,穿进去。

她脱了大衣,进卫生间洗了个手,将自己发型和衣着整理了一下才出来。

祁时晏已经换了鞋,进卧房去了。

夏薇在客厅站了会儿,第三次来了,周围一切已然熟悉,且没有改变。

只是她还有点拘谨,空站着,不知道做点什么好。

"夏薇。"房里的人叫了声。

夏薇转身走进卧房,祁时晏从卫生间里出来,刚洗了脸,额上碎发挂着水珠,双眸清明了很多,却仍然难掩疲惫之色。

他伸过来一只手,将人拦腰抱住,推到床边,一起跌进柔软的被子,胳膊勾住细腰揽进怀里,结结实实压好了说:"陪我躺会儿。"

夏薇没敢看他，只张开手，搂过他的后背，感受他的体温和脉搏。

呼吸灼热，男人的手指却清凉，带着潮意，所经之处，像沾了墨香的毛笔，行文深刻，像要穿透纸张。

夏薇躲着酥痒，扭动身子："你好好休息好吗？"

男人却忽然皱了眉，抬高上身，掌心按压在一片柔软上，俯视说："我怎么觉得你瘦了很多，我喂你吃的那些饭哪里去了？"

话题换得有点快，夏薇反应过来，去抓他的手："你别说，我真的有点饿了。"

"那我现在就喂你吃。"男人语气含笑。

夏薇想说"好啊，那就起床吧"，腰却被掐住，纽扣被解开。

"我，我是真的饿。"

夏薇羞怯地抵住他宽阔的肩膀，用力推拒了几下："难道你不饿吗？开了那么久的车……"

祁时晏这才停止了动作，眸光变幻了几次，欲色渐渐敛起。他低下腰，重新覆到她身边，一只手揉着她的头发，在她耳边说："今晚留下来好吗？"

男人吻上去，薄唇轻轻地一口一口地啜她，像嗅食花香，在得不到答案的时候，便又重重咬上一口。

夏薇连忙"嗯"了一声，手指揪过他的衣领，揪出一片皱褶。

祁时晏这才满意地起身，随手拿过酒店的 iPad 丢给她，让她点餐，他则进卫生间先去洗澡。

卧房很大，是法式装修，墙上贴着立体壁纸，家具摆设统一采用的是白橡木，这种白色不只是给人高级感，更有种吹毛求疵的洁净感。

祁时晏原来这么爱干净的吗？

夏薇捧着 iPad 坐在床上，没来由地紧张了一下。

打开菜单，还没开始点，卫生间传来动静，男人又走了出来，身上还是原来的衣服。

夏薇递去一个诧异的眼神。

祁时晏唇角微勾，走到床边，踢掉拖鞋又爬上来，半跪在姑娘背后，贴上她的后背，低声问："点好了吗？"

"还没点呢。"夏薇抬了抬一侧肩头，男人的下颌搁在上面，搁得她发痒，

"你不洗澡了吗?要不你来点?"

她将 iPad 塞给他。

祁时晏挑了挑眉,双手绕到前面,就着她拿着的姿势,在上面点了点。

他翻页很快,点菜也很快,似乎每道菜在哪页哪个位置都了如指掌。

夏薇露出钦佩之色,敢情是吃了多少年多少餐,把这酒店真住成家了啊。

祁时晏点好餐之后,丢开 iPad,拉着夏薇一起起床:"现在,我们一起去洗澡。"

夏薇脸红了下,才知道这才是男人的真正目的。

卧房里的卫生间干湿区分离,夏薇打量了一下,只留了洗漱台上的镜前灯,其他灯全关上了。

顿时,朦胧暧昧的气息自天花板往各个角落散开,弥漫了整个洁白隐秘的空间。

祁时晏看一眼,抬起一只脚,用脚趾将墙上鞋架里的凉拖鞋一只一只勾下来,踢到夏薇脚下,让她穿,他则赤脚走了进去。

他贴心地帮夏薇脱衣服,薄薄的一件线衫推上去,夏薇举起双手低低地嘶了一声,同时肩胛骨发出一声清脆的"嘎哒"声。

那声音在两人之间异常响亮。

惊得祁时晏手指一顿:"怎么了?"

问出口的时候,他看到她后肩上的一块青紫。

"就快好了。"夏薇侧了下身,挡住他的目光。

过去这些天,身上的伤已经好得七七八八,这一块是最严重的,才留了这么久。

祁时晏眉心凝了凝,将人抱进怀里,手在她后背摩挲,低声说:"我不会就这么放过她的。"

有关孟荷,两人从来没有交流过,夏薇总以为这是个天雷,一旦挑明了,他们之间便崩了。

可是现在两人肌肤相贴,最是亲密的时候忽然说起这个,夏薇一时不知道该做什么反应,只将自己的脸埋进他胸膛里。

"夏薇。"男人叫了她一声,有点郑重,用比刚才更沉着的声音说,"我不会和她结婚的。"

这已经不是一个赌咒,而是一份誓言。

夏薇搂着他温热又结实的身躯,感觉他浑身蓄满了力量,也感觉到他第一次这么认真地说话。

温热的水兜头而下,砸在玻璃上瞬间氤氲一层水汽,手指按压过的地方,水滴滑落,蜿蜒几行曲折的水路,在昏暗的光影下细细密密,发出晶莹的光。

有关孟荷的话题,之后谁也没再提。

夏薇相信,祁时晏说到做到,只是就算退了孟荷的婚,她就有机会了吗?不会的。

他们之间山高水深,有云泥之别。

洗完澡,祁时晏拿他的睡袍给她穿上。法兰绒柔软又温暖,穿到她身上,松松垮垮,袖口肥大,下摆遮到了小腿上。

好在腰间有系带,松紧可调,祁时晏使坏,将前襟交叠,叠出饱满的曲线,系到最紧处,张开虎口去丈量姑娘的细腰,频频流连。

"你自己穿什么?"

"你想我穿什么?"

祁时晏只在腰间裹了一条浴巾,将劲瘦的腹肌和人鱼线大大方方地展示给她看。

夏薇却比他知羞,拉着他进了衣帽间,找了一套睡衣,给他套上。

帮他系纽扣的时候,夏薇想,不知道他以后会娶什么样的人,她会愿意给他穿衣服系纽扣吗?而祁时晏又会不会乐于让她系?

忽然一声轻笑传来,夏薇思绪一顿,回过神来,原来是纽扣上下错了一粒扣。

"想什么,这么入神?"祁时晏搂着她的腰,由着她手指错乱,又慌张地解开重新一个个系上。

"夏薇。"祁时晏抬手捋过她的耳鬓碎发,轻声哄着说,"之前我可能对你关心不够,以后我会对你好一点,好吗?而你,不要总是心事重重的样子,有什么都让我来背,你只管开心好不好?"

他薄唇吻在她唇角,声音低低的,一个字一个字吐露给她听,像一枚枚石子落进她心里,回声清晰可闻。

夏薇眼底一酸,吸了吸鼻子,系好最后一颗纽扣,朝男人回了个莞尔的笑,应了声好。

那夜,她将自己所有的温柔都给予他,好像明天就要世界末日似的。

可她没想到男人比她还要温柔。

眼神迷乱中,雾蒙蒙的,瞳孔里只映见他的模样。

"祁时晏!"

她仰起后颈,双肩颤抖,忍不住喊他,嘴巴本能地张开想哭,男人低下身,将自己的肩膀送到她嘴边,由着她咬了一口。

朦胧中醒来,头顶的灯带熄灭了,只有远处角落的两盏筒灯微微发散着光芒,房里的一切静谧而舒适。

恍然间抬头,夏薇看见男人披着睡衣,上身慵懒地靠在床头,一只手托着手机,目光落在上面,似笑非笑。

"看什么?"

夏薇眯了眯眼,抓住男人的胳膊,半坐起身靠过去,可是只一眼,就叫她迅速后悔,重新滑回被窝,拿被子蒙上头。

祁时晏低低笑了声,丢开手机,钻进被窝,将人捞进怀里。

"还疼吗?"

夏薇埋头,还没完全苏醒的身躯被温柔的抚摸唤醒,脑海里浮现出男人昨晚失控时的样子。

她捉住他的手,推拒说:"疼呢。"

夏薇今天要上班,踩着时间点起床,慌慌忙忙进卫生间洗漱。

洗好出来时,没想到一向没有时间观念的祁时晏也起来了,正在衣帽间换衣服。

"你这么早起来了?"夏薇把头探进门去,瞄一眼,笑着问,"是要送我上班吗?"

祁时晏懒洋洋的,边穿衣服边伸懒腰,回问:"好不好?"

"好,好极了。"夏薇走进去,帮他整理衣领。

衣帽间和卧房的装修风格统一,各个角落塞满了香樟木条,香气醇厚,莫名有一种年代感。

夏薇指尖轻拍在男人的衣襟上,恍惚觉得这个动作自己做过了很多遍,好像两人已经是老夫老妻似的。

男人见她又发愣,不免轻笑,低下头颈,凑上来吻她。

可还没碰到,外面传来敲门声。

祁时晏只好迅速系好皮带,走出去。

夏薇也很好奇,这么早谁来找他,可她身上还穿着男人的睡袍,不方便露面。

她关上衣帽间的门,听见外面的说话声和轻微的动静,好像人还不少。

她悄悄将门打开一条缝,见几个酒店的工作人员正一个个捧着一沓沓礼盒走进来,祁时晏指挥他们将礼盒全部放到餐桌上。

等客厅恢复宁静,祁时晏转头,朝她勾勾唇,眼里一片宠溺。

那宠溺实属不多见。

夏薇小跑出去,惊喜来得有点突然。

堆成山的礼盒,大大小小,少说也有上百件,每个都用彩纸包装,系上了丝带花。

"全都是给我的?"夏薇有点不可思议。

这么多礼物,就是小时候在富足的孟家,开生日派对也不曾收到过。

"开不开心?"祁时晏搂过她,带她去拆礼物。

"太开心了。"夏薇眼眶忍不住泛红,转过身,抱了抱男人,"你怎么对我这么好?"

相对于这些天发生的,所有的创伤仿佛在这一刻被抚平。

"祁时晏。"夏薇张开双手往礼盒上趴了趴,心里的喜悦无法形容,"我承认我是个庸俗的人,以后这样的事可以多来点,我喜欢。"

祁时晏爽朗地笑了声,低头吻她说好。

可是吻不到一分钟,夏薇想起什么跺脚:"我得上班去了,这么多礼物来不及拆了,怎么办?"

"那就别上班了,我又不是养不起你。"

"班还是要上的。"

夏薇激动归激动,最后还是保持住了理智,和男人商量说:"我晚上下了班过来拆可以吗?"

祁时晏笑了,揉了揉她的头发,妥协着点头,说:"晚上回来再拆吧。"

他抬手轻轻摩挲她的右耳,眸光在姑娘没留意的地方暗暗凝了一瞬,又很快恢复平常,从礼盒里挑了几盒比较大的出来,递给夏薇说:"这几个你先拆了看看,可以的话,就先穿着去上班。"

"啊,还有衣服,简直太好了。"夏薇接过去就拆。

拆到一件英伦风的大衣,红灰白的格子,大气高雅,搭配白色的长筒靴,又拆到一个奶油色的水桶包,往肩上一挎,时尚又明媚。

夏薇在客厅里来回走了几趟,不得不夸男人的眼光,感觉自己不是去上班,而是去参加高级宴会。

祁时晏看着她笑,想他的姑娘多简单啊,这才花了几个钱,就能买到她的开心,他又何乐而不为呢?

"走吧,加赠服务,送你上班去。"他伸出手,一个绅士体贴的动作。

"好啊。"夏薇快步走过去,挽上他。

后来那一桌子的礼物,夏薇花了三天的空余时间才全部拆完。

她也才知道,这么多礼物,小到内衣内裤,大到外穿的呢子大衣、浴袍、睡衣,还有各种饰品和洗护用品,什么都有。

连发圈也有,十二个颜色,装在一个小巧的礼盒里。

全是祁时晏在酒店 iPad 里下的单,而且全部要求了礼品包装。

而祁时晏在衣帽间腾出了一组衣柜给她,让她将这些衣服一一整理进去。

不言而喻,两人的半同居生活就这么开始了。

祁时晏因为夏薇的到来,也有了些改变,做了好几天的二十四孝男友。

每天早上陪夏薇一起起床,去餐厅吃早餐,送她上班,下午再去接她下班,找个幽雅的餐厅共进晚餐。

吃过饭回到水中仙,再一起去场子消磨时光。

两人不再避讳订婚的事,默契得谁也不提。

场子仍旧是灯影昏暗又明丽,到处都是男人女人欢笑暧昧的影子。

不过有几盏彩色的琉璃灯换掉了,还有几张沙发换成了更豪华的,夏薇曾经打过麻将的麻将桌也不见了,换成了一张新的。

"为什么要换？原来那张坏了吗？"夏薇走过去，摸了摸新的麻将牌，感觉有一点不习惯。

"时间久了就换了。"祁时晏漫不经心地答了一句。

他端来两杯酒，一杯是加了冰块的威士忌，一杯是蓝莓色的低度数鸡尾酒。

"时间久了就换了。"夏薇抓着牌低声重复，若有所思。

祁时晏将酒放下，敲了下她的脑袋："又乱想什么？"

他伸手拉开一张椅子坐下，将姑娘抱起坐在自己大腿上。

夏薇摸了摸被敲的地方，坐到他身上，坦言说："想你是不是时间久了，就要把我换了。"

她抬手搂过他的脖颈，心里对他的情话有所期待。

可男人笑了声，恣意得很，往前一倾，在她圆润的下巴上轻轻啄了一口，说："那你对我好一点咯，我就留你久一点。"

口吻极其玩世不恭。

夏薇垂眸，知道他是开玩笑，可免不了还是有了点小伤心。

她想了想，赌气说："如果是那样的话，那我就先离开你。三条腿的蛤蟆不好找，两条腿的男人……"

话没说完，她唇角吃痛，被男人狠咬了一口。

而祁时晏现在脸上阴冷，尤其眉心上一股戾气，夏薇都不知道他是什么时候变的脸，刚才笑得还那么放肆的。

她小幅度地舔了舔唇，威士忌的酒味里混杂着一丝铁锈的味道，是被咬破了。男人却丝毫没有歉意，还警告说："以后不许说这样的话。"

"那是只许你说，不许我说？"夏薇咬着唇，语气执拗，眸子里却渐渐变得潮湿，看什么都隔了一层雾似的。

她知道的，他们的感情有多不对等，他对她只有宠，可她却不甘心只做一只宠物，她就仗着那点宠，恃宠而骄。

祁时晏微怔，将他刚才咬破的地方含住，低声说："那以后我也不说，这样行了吗？"

"这还差不多。"夏薇见好就收。

这个吻，于他俩只能算浅尝，可是入了周围人的眼里，却不觉掀起一场惊涛骇浪，个个叹为观止。

而祁时晏向来不在意别人的眼光,手指抚了抚夏薇耳鬓的碎发,低声说:"我们回去吧。"语气更像一种邀请。

夏薇没有用言语回应他,只低下头,耳颈又红了。

可是两人还没出门,有一处卡座上忽然传来几声叫骂声,夹杂着酒瓶砸碎的声音,还有女人的惊叫。

寻声看去,就见有两个男人打起来了,准确地说,是其中一个揪住另一个打。

打人的那个身材微胖却出手迅猛,爆发力极强,一拳一拳砸向对面的人,像练沙袋似的。

周围的人都惊叫着闪开。

"李燃?"夏薇惊呼了一声,显得很意外。

而晚晚也身在其中,想拉架,却一个也拉不住。

夏薇心下一急,抬腿就想去帮忙。祁时晏拉住了她:"你别去。"语气淡定,"出不了事,让他们打。"

"都打成那样了,还出不了事?"夏薇不解。

可是祁时晏只笑了下,还多了一份看热闹的雅兴。

"哎,你是老板哎。"夏薇对祁时晏的反应有些惊奇。

祁时晏放松地靠上吧台,将夏薇拉近自己身边,很不厚道地说:"这戏好看。"

夏薇想起来了,那次在猎手酒吧,她和沈逸矜被个铜臭男纠缠,祁渊来解围,拿钱把对方往死里砸,祁时晏就是像现在这样,事不关己地在一边看热闹。

夏薇轻叹一声。

风波中心,顶上有盏垂吊灯不知被什么打中,晃了起来,晃得底下人影憧憧,像鬼魅似的。

韩烟带了人过去,拉开了李燃。

被打的人鼻青脸肿,好像被打蒙了,李燃一松手,对方便像一摊泥似的倒进了沙发。

韩烟处理得很果断,没几分钟,事情被平息,吊灯也不再晃了。

受伤的男人被送去了隔壁包厢疗伤,晚晚被几个姐妹围着安慰,其他人三三两两回归原位,一切很快恢复了原状。

李燃走到祁时晏旁边,面对吧台要了杯酒,平时嘻嘻哈哈的样子荡然无存,眼眶里还有残留的凶光,像极了一头凶神恶煞的北极熊。

祁时晏拍了一下他的肩,摸出烟盒,抖出一支给自己,剩下的随手丢了过去。

李燃二话不说,接过烟盒,抽出一支,就点上了。

夏薇预感他们有话要说,于是对祁时晏说:"我去看看晚晚。"

祁时晏点点头,这才放她去。

一场闹剧,明眼人全看明白了。

李燃和晚晚分手了,晚晚今晚跟另一个男人来玩,李燃看不过去,便大打出手。

夏薇坐到晚晚身边,单手搂了搂她。

几个女人七嘴八舌将李燃骂了一通。

夏薇静静听着,问晚晚:"你有没有觉得,这架打了其实也不坏,那不正是说明李燃喜欢你吗?"

晚晚抽泣着摇了摇头,否认说:"不会的,你不知道李燃跟我分手时说过什么。"

"说过什么?"

"他说,随便我以后找什么样的人,但就一条,不要出现在他面前。"晚晚哭着抓住夏薇的胳膊,"你觉得这是什么意思?我当时没懂,以为他是在乎我呢。现在我才知道,这根本不是在乎,这是嫌弃,是要我消失的意思。"

夏薇:是这样吗?

后来,夏薇和祁时晏回到顶层房间,夏薇拿晚晚的话问祁时晏,表示不理解。

"这有什么不理解的?"祁时晏不以为然,将人拉进卫生间,只和夏薇说了两个字,"领地。"

男人可怕的领地意识。

那就是占有欲。

所以,李燃的确不是真心在乎晚晚,而只是占有欲在作祟。

就算已经分手,就算知道晚晚会有新的归宿,但他就是没法当面接受她被别人拥有的事实。

夏薇站在洗漱台前,开了水龙头洗手,心里一番思量,忽然觉得这种男人好可怕。

没注意身后的男人压了上来,抵住她说:"别洗手了,直接洗澡。"

可夏薇心神还没回来,按住男人的手,从镜子里看向他,问:"如果你是李燃,你会怎样?"

"我?"祁时晏贴在她身上,捏住她半边下巴,掰过她的脸,用力吮吻。

"没有如果,我会直接杀了你。

"生是我的人,死是我的鬼。

"其他一切休想。"

第七章

爱恨淬骨

该死的占有欲。

缠绵到极致,她看见他眼里的光,浓烈的,灼热的,多情的,甚至还有温柔的。

他俯低身,喘息撩人又性感,一遍一遍叫她的名字。

"夏薇,你是我的,我的。"

"绝不许别的男人碰你,听见没?"

她想,他对她应该不会只有占有欲吧。

沉沉睡去,浅梦中醒来,她总是在他怀里,动一下,紧一下。

若不是喜欢,为什么想要占有?

夏薇悄悄摸了摸男人的脸,指尖做笔,一撇一捺轻轻描绘他的轮廓。

男人睡着时,容颜几分清和,浓眉高鼻,仿若勾画了一幅绝美的山峦,薄唇削颌,清隽,又矜贵,总让人想起年少时那烟雨笼罩的舞台上,白衣胜雪的贵公子,琴声铮铮,指尖宛转,潇洒刚毅又飘逸。

"就这么喜欢偷看我?"

忽然薄唇轻启,惺忪的话语伴着鼻音,慵懒得像琴弦一样拨动在清晨的空气里。

夏薇轻轻笑:"那……给不给看呢?"

祁时晏唇角勾起,懒懒地掀开眼皮,笑:"给。我们薇薇公主要什么都给。"

"怎么又叫我公主?"

"在我这儿,你永远是公主。"

夏薇笑了,男人的情话信手拈来,她将它们都当成是爱就好了,何必非要去计较与占有欲的区别?

…………

再次醒来,夏薇眼神迷蒙,浑身酸软。

而男人系着睡袍站在落地窗前,手握手机在打电话。

他身形颀长,闲散慵懒,却没有一点疲态,视线投过来朝她望一眼,眼里的暧昧如房里的气息,浓得化不开。

夏薇迅速移开目光,直觉那眼神是个诱惑陷阱,她可再没力气往里面跳了。

她裹上被子准备去卫生间,听到一声:"夏薇。"

祁时晏挂了电话,笑着唤她:"快过来,下雪了。"

"下雪了?"夏薇有点不敢相信。

天气预报说今天寒潮来袭,可没说下雪。

祁时晏将窗帘全部拉开,顿时一个白色的世界闯入眼帘。

雪花飘飘扬扬,静悄悄地落下,覆盖了整个城市。

昨天还萧条冷冽的露台,这会儿白雪皑皑,有了童话般的浪漫,远处的荆棘丛林更是一改萧瑟,变得温柔多情。

"榆城好多年没下雪了。"

"我要堆雪人。"

夏薇激动了,张开双手就想去拥抱,身上的被子往下滑,才惊觉自己不着寸缕,连忙撤手,重新裹住。

祁时晏丢开手机,笑她傻,伸手去抱她,却没抱上,人跑了。

夏薇的傻劲儿上来了,像是天降一份惊喜的礼物,她兴冲冲地洗漱,兴冲冲地换衣服。

祁时晏叫了餐到房里,她也兴冲冲地吃完,换上马丁靴就要上露台。

"怎么这么点雪,吸引力居然比我还大?"祁时晏坐在餐桌前,慢悠悠地搅动咖啡，和欢天喜地的夏薇一比，他自己好像活了一大把年纪的老头儿，暮气沉沉。

"你跟我一起去，我带你玩。"夏薇路过餐桌，向男人发出邀请。

祁时晏笑了声，被她的语气逗笑，喝了口咖啡，说："不了，谢谢。"

夏薇也没有勉强，有时候女生的想法，男人怎么可能明白？

露台上，雪花漫天飞舞，到处银装素裹，和蓝色的游泳池形成强烈的对比。

夏薇小心踩过这片圣洁之地，朝天空张开手，任由雪花落进手心，化成晶莹的一滴水，干净，透彻。

小时候每次下雪，夏薇总想要堆雪人，要打雪仗，可又总是因为各种原因最终没成行。

一晃过去很多年，年龄和心境都在变，再不抓住机会，怕是遗憾又要长存。

工具有限，夏薇找来一块硬纸板，弯下腰从露台这头一路铲雪铲到另一头。没几下，一双手已经冻得通红。

祁时晏隔着露台的玻璃门朝她招招手，等她跑回去，递给她一副羊皮手套。

"哎，哪儿来的？"夏薇戴上手套，里面有绒，手指一下子暖和过来。

"傻的。"祁时晏扣住她手腕，捏了捏她冰凉的鼻子，"你现在全身上下都是我的，你爱惜点，行吗？"

夏薇弯了眼睛，笑成一对月牙。

祁时晏将酒店的 iPad 递给她："酒店里什么都有，就算没有，你也可以打电话给前台叫他们去买，报我的名字就行。"

夏薇接过，连连点头："嗯嗯。"

祁时晏临行前的几句交代，让夏薇没来由地想到了余生。她陪他进衣帽间，挑了一身比较正式的西装，穿好后，又挽了他的手臂，送到房门口。

在门被拉开之前，夏薇伸手抱住了他的腰，抬眸说："亲我一下。"

祁时晏依言，亲了下，摸了摸她的脸，问："怎么了？"

"以后我们每次分别的时候，都这样亲一下好不好？"

"哦，吻别吗？"祁时晏笑了，"那这么一下可能不太够。"

他捧住她的脸，舌尖深入勾缠。

那个下午，夏薇一个人在露台玩雪，用一种圆梦的心态，房里来了人都没注意。

黄妈也没打扰她,领着人将屋里的清洁做完,又将长期空置的温泉房打开,添置了一些生活物品,检查了各处的电路,直到临走前,才去敲了敲露台的门。

夏薇后知后觉,有点吃惊。

"夏小姐。"黄妈笑着与她打招呼,等她进了屋,拿毛巾拍了拍她身上的雪。

"夏小姐在这里住得还习惯吗?有什么需要尽管和我说。"

夏薇脸上冻出两片红,像云彩一样,笑容憨憨地说:"谢谢黄妈,都挺好的。"

黄妈身边还有两个保洁员,朝夏薇恭顺地笑了笑。

夏薇也礼貌地回了个笑,只是看到她们手上提的收纳篮里是他们床上换下来的床单被套,就莫名羞耻,脸不自觉地发烫。

黄妈看在眼里,善解人意地让她俩先离开,自己留下和夏薇多说一会儿话。

说的都是些家常,末了,黄妈告诉夏薇,衣帽间里又给她添了几身衣服,是祁时晏海外直购买回来的,今天快递刚到。

另外他们的枕头换成了双人枕,是祁时晏要求的。

那枕头,第一晚两人只有一个,祁时晏没捞到睡。第二天酒店送了一个过来,可他的脑袋又总是滑在两个枕头之间,很恼人。

他没说的话,是夏薇的睡姿多霸道,跟她白天乖巧的模样完全不一样。

夏薇忽然发现,祁时晏其实很有包容心。

黄妈说:"晏儿从美国回来后,就一直住在这儿,不过住了几年屋里头都是冷冰冰的,我也不知道怎么改变。你这一来,倒好,我这几天里感觉这里越来越像个家了,暖和和的。"

黄妈是地道的江南人,普通话夹杂着软糯的吴语,听起来特别慈爱,看夏薇的眼神也像是在看未来儿媳一样。

外面的雪停了,从落地窗反射进来一片雪光,屋里显得比平时亮堂,夏薇双手捧着黄妈给她冲泡的红枣茶,莫名有一种错觉,好像祁时晏要和她过一辈子似的。

这个梦有点甜,小心脏像擂鼓似的跳,夏薇拍了拍心口,送黄妈出了门,也没敢放任自己继续把梦做下去。

这场突如其来的雪并不大,一会儿下一会儿停,夏薇几乎收集了露台上所有的雪,傍晚时分,终于在石桌上堆出了一座雪屋。

用刀叉和筷子做工具堆的,雪屋不大,但也有模有样。

拱形门,格子窗户,屋檐和烟囱都是立体的,门前还围了一圈栅栏,一片白雪的院落里,两个小雪人挨在一起,可爱又甜蜜。

祁时晏回来了,脸色不如出门时那么愉快,眉间带着几分阴郁和疲累。

她拉过他的手,冰凉的,放在自己手心搓了搓,对着哈哈热气。

祁时晏的手渐渐暖和,问:"你在露台待了一天了,怎么比我还暖和?"

夏薇笑着轻吻他冰凉的唇,说:"因为我做的是快乐的事。"

她将他拉到露台,做了一个漂亮的骑士邀请礼,抬手指向雪屋说:"欢迎来到我的薇薇小屋。"

祁时晏看到雪屋,"嗯"了声,眸底终于浮上了一丝笑:"不错。"

他背着手,围着石桌转了一圈,笑着问:"里面怎么没有床?晚上我们睡哪儿?"

夏薇弯下腰,对着雪屋思考了一会儿,说,"那我想办法掏出一个房间来,安张床进去。"

祁时晏放声笑,为她那么认真的神情,仿佛他们今晚真的要睡进这么一个一捧雪堆起的房子里。

小雪花又开始飘了,弥漫了整个天空,天色将晚,露台被笼罩上一层银光。

夏薇看见男人头顶、肩头都落上了雪花,忽然想到一句网络上流行的话:他朝若是共淋雪,也算此生共白头。

蓦然间,有雪飘上眉睫,眸子轻眨一眨,泪光闪烁。

祁时晏搂过她,笑着说:"你怎么这么傻?"

夏薇抬头,琉璃眸子里亮晶晶的:"那你怎么跟个傻子在一起?"

男人吻过她的耳垂,戏谑说:"可不是,我被你传染傻了。"

两人围着雪屋拍了很多照,夏薇发了朋友圈,只是没将两人的合照往上发,只有雪屋的。

祁时晏心情好转,也兴致盎然地挑了几张发了。

夏薇这条朋友圈是她自年会之后发的第一条,很快引来很多点赞和评论。

而这组照片,不知情的只会以为夏薇堆了一个小雪屋,看得懂细节的人会发现那雪屋的背景不简单。

近处显露一角,是蓝色的游泳池,栏杆外白茫茫一片,隐约全是白色的高楼屋脊。

什么都没明说，却和祁时晏发的一样，两人默契地用这样一种方式宣告，他们在一起了。

沈逸矜第一个评论：好美啊，你俩的爱巢吗？难怪不回来了。

夏薇笑了笑，在一堆评论中，有一条比较显眼，是白易文的。他说：你住到我楼上来了？

夏薇才知道，白易文就住在祁时晏楼下。

想起年会那天，他给自己打过电话，也发过微信，过年的时候也是，只是她全忽略了。

夏薇不想给他任何幻想，便从来没有回复过，连同现在这一条，她也当作没看见。

倒是祁时晏因为这一条评论，发现白易文是他们的共同好友，皱了眉，对夏薇说："把他拉黑了。"

夏薇没依，将手机往身后一别："你手机里没女的？"

祁时晏抬眸，看了她几秒，将自己手机递给她："给你删。"

"真的？"夏薇接过来，当即打开微信，煞有介事地搜查。

就刚才那一条朋友圈，才这么一会儿，点赞评论已经99+。

点进去，没一个认识的，一长排的头像和网名，花花绿绿的一片。

"祁时晏，你这有多少好友啊？"

夏薇退到通讯录，划拉几下，一个A都没拉完。

"一千多吧。"祁时晏笑了声，无所谓地说，"你看哪个不顺眼就拉黑哪个。"

夏薇的手指不自觉地抖了下，说不清是因为男人的好友数，还是因为男人突然向她敞开了社交圈。

祁时晏比她想象中的坦荡，他从她身后环过她，看着她醋意隐隐发作的样子，交代说："很多加了从来没说过话，或者是我没回过话，你看没有标注姓名的都可以拉黑，我也嫌太多了。"

"你也会嫌多？"夏薇的声音不自觉地拔高，尾音都打了颤，"这么多女的全是你加来的？"

"哪能呢？"祁时晏轻笑，掰过她的脸，吻她的唇，"只有你是我主动加的。"

一千多个好友，只有她是他主动加的！

这话能信吗？

奈何这样的情话最是动听。

339

就像露台上那个小雪屋,一堆雪而已,太阳一晒就没了,可是她还是愿意花那么多时间去堆。

为什么?

因为好看,因为浪漫,因为那么一个不切实际的玩意儿承载了她的少女情怀。

"这任务太艰巨了,我可能一会儿干不完。"夏薇看着手机里这么多的花花草草,有点头痛。

祁时晏报了一串数字,是手机的开屏密码。

夏薇震惊,这是他们关系更进一步的重要里程碑吧。

可雀跃不过两秒,祁时晏抽走她的手机,问:"你的开屏密码呢?"一副等着有事要办的样子。

所以男人玩这么大一个花招,就是为了拉黑她手机里的白易文!

那天,白易文被拉黑之后,祁时晏带夏薇出门去吃晚饭。

他们去了一家旋转餐厅。

餐厅在一栋摩天大楼的顶层,那是榆城目前最高的楼。

整个城市都在脚下,360度将榆城尽收眼底,白雪皑皑的世界里,灯火比平时更璀璨更洁净。

而餐厅正中心是个舞台,几个身材火辣的女郎在上面跳舞。

祁时晏看了几眼,给了一个字的评价:"俗。"

而后目光回到餐桌上,拿起一张紫苏叶,包了刺身,开始他的投喂事业。

夏薇嗔了他一眼,接过他的投喂,心里很想问问他记不记得她会跳舞这件事,可是餐厅太嘈杂,高亢的舞曲一首接一首,两人没办法好好说话,只好作罢。

回去的路上,司机开车,夏薇倚着祁时晏坐在后座,耳根突然清净,感觉好舒服。

手机在衣兜里振动,夏薇摸出来一看,是王巧英,不由得蹙了蹙眉。她看了眼正在慵懒假寐的男人,背过身点开接听,低低叫了声:"妈。"

那天从饭店走掉之后,夏薇和父母之间一直没有联系。

她不主动联系,是不想妥协。她看透了这对父母,尤其是夏启炎,只要她让步,夏启炎便会变本加厉,那她那么惊险的一搏就会变得毫无意义。

而此刻王巧英打电话来,也不是想要改善母女关系,而是问她要钱。

王巧英说:"小荷出车祸了,进了医院,我们要去看她。"

夏薇"啊"了一声,隔着电波都能听出王巧英对孟荷的关心。

估计他们一直不知道年会上的事,想必孟岳松和马玉莲也没说,而王巧英的语气和以前一样,好像饭店那件事压根没发生过。

夏薇淡淡回道:"她出了什么车祸?"

王巧英语气显得痛惜:"在高架桥上被人撞了,她的车被撞翻了,掉下了桥,好在车子好,保住了命,就是断了三根肋骨,要受苦了。"

夏薇"哦"了一声,内心悲凉。

她这个妈对自己的亲生女儿冷漠如斯,对那个没了关系的女儿,倒知道了心疼?

心疼就心疼吧,为什么要她拿钱去送给孟荷?

就算不知道年会上的事,孟荷以前对她的打骂还少吗?

"刚上班没几天,还没发工资。"夏薇语气尽量平静地说,"等发了工资再说吧。"

说了几句,她便挂了电话。

祁时晏半眯着眼,听了个大概,偏头问她:"谁跟你要钱?"

夏薇沉默了一会儿,才回说:"是我妈,亲生的那个。"

两个人从来没提过双方家庭,夏薇觉得男人不会想要谈这个,她也总是很有自知之明地避开。

可祁时晏这会儿好像有点兴趣,又问:"为什么要钱?要得多吗?"

夏薇摇摇头,解释说:"是孟荷出车祸进医院了,我妈要去看她,想带点钱去。"

说完,她没来由地笑了声。

却不料,男人眸底一沉:"没撞死她,真是便宜她了。"

话题转得有点快,孟荷出车祸,祁时晏早知道了?

夏薇心里吓了一跳,双手抓住他的胳膊:"祁时晏,你别告诉我是你干的。"

"当然不是。"祁时晏将她搂进怀里,"我也是收到消息才知道的。"

他坦荡荡地和她对视,不但不躲不闪,还有几分阴狠。他说:"如果我自己动手,绝不会让她这么轻松。"

341

"祁时晏。"夏薇抓过祁时晏的手,与他十指交扣,紧紧拉了拉他,"答应我,所有的事情都理智解决好吗?"

祁时晏低头,看了看姑娘嫩葱似的手指,抓着他因为用力过猛,指尖都泛白了。

他握起她的手,贴在唇边亲吻,说:"放心吧,她还不值得我把自己搭上。"

夏薇点点头,轻轻吐出一口气。

可没一会儿,就听见男人吩咐司机说:"明天替我送个花圈去医院。"

第二天早上,天放晴了,天空一碧如洗,相比平日里的雾霾天,干净得有些不真实。

夏薇因为孟荷车祸的事,心里总有些不踏实。

夏薇回到卧房,祁时晏躺在床上,眼皮微掀,将醒未醒,最是慵懒迷人的时候。

"陪我去个地方吧。"夏薇和他贴了贴,怕他不愿意,哄着说。

"去哪儿?"

"寿安寺。"

汽车疾驰,离开喧嚣的市区往郊外而去,道路两边的树木银装素裹,枝头上压着松软的雪,在阳光下散发着洁净的光芒。

昨天夜里断断续续又下了几场雪,纠缠盘旋的雪花如他们两人,在温泉池里缠绵缱绻,难分难舍。

男人脖颈上的羊脂玉随着他的动作摇摇晃晃,迷了她的眼,也迷了她的心。

这块玉是什么宝贝,让他如此珍爱?

在这样赤诚的时刻,也放不下它。

后来回到床上,祁时晏靠在床头,拥她在怀,给她讲了一个故事。

故事的主角是黄妈。

祁时晏三岁时,父母离婚,母亲去了加拿大,从此杳无音信。

之后,小小的他便生了一场大病。

那病至今也说不出到底是个什么病,在医院折腾了大半年,医生束手无策。

黄妈去了一趟寿安寺，捧着她身上唯一值钱的东西——这块未经雕琢的羊脂玉，从山脚一步一磕头，爬上了几千级台阶，磕了几千个头。

那天，天降大雪，漫天鹅毛翻飞。

到达山顶时，黄妈几乎成了一个雪人，只有脑门上鲜红一片。

进了殿门，她跪在佛祖前，将玉交给了僧人念诵。

黄妈下山后，便将玉戴在了祁时晏的脖子上。

这块玉本是黄妈进祁家时，老太太送的。

在祁家，这么一块玉几乎不值得一提，但对黄妈来说却是她的全部。

黄妈下山后，便将这块玉戴在了祁时晏的脖子上。

祁时晏感受到了黄妈对他的心意，母亲离开他后，他心里残缺了一块，是黄妈用她虔诚的心补上了这一块。

那之后，他开始变得懂事，不再抗拒治疗，病情也慢慢开始好转，没多久就出院了。

祁时晏说，这块玉他一辈子都不会丢。

那一刻，男人握起通透的羊脂玉，贴在唇上亲了一下，深邃的眼眸和窗外雪花一样晶莹亮。

夏薇内心震荡，难以想象一个玩世不恭的男人会有如此真挚的一面。

汽车到山脚下，两人下车。

踏上石阶，路两边的草木被一团团的白雪覆盖，寒风吹来，松枝颤巍巍地抖落一树雪，如天女散花，偶有三两斑鸠飞过，发出响亮的鸣叫，给两人的登山之路增添一些乐趣。

一步一磕头，几千级石阶。

夏薇看看脚底下，又放眼看这层层叠叠，狭长曲折的山路。

黄妈这份赤诚之心确实不是她可以比得了的。

但她为他祈福的心总可以有吧。

花了一个多小时登上山顶，殿前日光倾洒，烟火缭绕。

夏薇轻合双眼，低眉垂额。

祁时晏站在一旁，袅袅烟雾里，看见姑娘虔诚的脸。

他轻笑，学她的样子，双手合十。

殿上佛声低颂，香火弥漫，夏薇睁开眼时，就见男人一本正经的模样，莫名有种浪子回头的既视感。

"你不是不信?"

"陪你。"

寿安寺在山顶上,占地面积很大,是唐朝兴隆时期的佛门古刹,历经千年变迁,几次焚毁几次重建,演变至今,黄墙琉璃瓦,翘檐尖顶,山风浩荡,气势恢宏。

两人将几个大殿瞻仰了一番,来到月老阁,阁前有一棵千年槐树,树干上一圈一圈铁链上绑满了同心锁,枝头上更是挂满了红绸带,所有的祝福和祈愿在阳光下熠熠生辉。

夏薇入乡随俗,在月老阁买了两把同心锁,刻上她和祁时晏的名字,一起锁在了槐树上。

祁时晏最近为退婚的事颇感烦恼,夏薇心里都知道,而她唯一能做的就是陪在他身边,让他多开心一点。

祁渊出主意,在祁景天一年任期届满的时候,将他调离海运公司。

可祁景天虽然职位不高,但职权和人脉在,他联合了数位股东,在董事局上否决了祁渊的调任。

祁渊身为集团最高掌权人,权力再大,却大不过董事局,何况祁景天在海运公司并无过错,一年业绩颇丰。

只要祁景天霸住了海运公司,海运公司解散不得,那祁时晏的联姻便不可能解除。

"喝水吗?我去买。"夏薇看见男人唇角被风吹得有些干裂。

祁时晏点点头,说:"一起去吧。"

小卖部就在石阶路口,两人刚走到,石阶上上来两个人,一个年轻男人扶着一位上了年纪的妇人。

好巧,来人是白易文和他母亲。

白妈妈身形微胖,爬上来喘息不止,白易文扶着她坐到小卖部门前的休闲座椅上。

祁时晏站定脚,忽略白易文,朝妇人问候了声,给夏薇介绍说:"这是我的……表姑妈。"

他问候的是对方的英文名,平时叫习惯了的,可是论到亲戚关系,他却叫错了。

白妈妈笑着纠正说:"是表姨妈。"

白妈妈常年居住美国,衣着洋气,烫染一头蓬松的中卷金发,要不是爬山露出了老态,平时不太能看出她的年龄。

夏薇礼貌地问候了一声,买来几杯咖啡请大家喝。

白妈妈坐在她旁边,悄悄拉了拉她的衣袖,问卫生间在哪儿。

夏薇指了指方向说:"我也正想去,我陪您一起去吧。"

两人一起离开。

剩下的两个男人隔着小圆桌,侧身而坐,互看不顺眼。

祁时晏后背仰靠在圆椅上,百无聊赖地摸出烟盒,抽出一支,衔在唇角,点上了火,将烟盒和打火机随手扔在了桌上。

白易文没有抽烟的习惯,平时身上不带烟,此时莫名其妙地犯了烟瘾,伸手去拿祁时晏的烟盒,可是刚碰到,祁时晏就一手斩劈在了他的手腕上,不许他动。

"至于这么小气?"白易文推开祁时晏的手,再次摸烟盒。

"至于。"祁时晏又斩了他一刀,力道加重。

白易文将烟盒一推,放弃了,说:"昨天夏薇的微信拉黑我,是你干的吧。"

兄弟两人彼此太了解了。

祁时晏吐出一串白色烟圈,坏笑一声,答:"对。"

白易文投过来一个鄙视的眼神。

祁时晏剑眉一横,回过去一个更鄙视的眼神。

头顶高树上摔下来一捧雪,哗啦啦,惊起一片鸟叫。

两人都被雪星子溅到,但两人之间的气氛剑拔弩张,谁也没理会。

白易文盯着祁时晏,问:"你会和夏薇结婚吗?你会娶她吗?"

祁时晏冷嗤,收回目光:"你管太多了。"

"你太浑蛋了。"白易文转过头去,扼腕叹息,"一朵鲜花……"

"闭嘴。"祁时晏打断他。

他朝卫生间的方向看去,看见夏薇从一棵树后面走出来,斑驳的阳光投在她发顶,呈现一片圆弧的光晕。

远远对视一眼,她冲他展颜一笑,娇俏,明媚。

祁时晏被取悦,勾了勾唇,瞥了眼对面的人,慢悠悠说:"记住,夏薇喜欢的人是我,你别做梦了。"

345

白易文面无表情地回："那你喜欢她吗？"

祁时晏不耐烦地皱眉，要不是夏薇和白妈妈走过来了，他都想拎起白易文的衣领揍人了。

白妈妈久不说中文，想要表达的时候，总想不起某个词，便会普通话夹杂英语混着说，说完了又连连抱歉。

夏薇说没关系，陪她说英语。

"夏小姐，你英语说得这么好呀，太好了。"白妈妈相见恨晚，掏出手机就要加夏薇的微信，和她做朋友。

"阿姨，您叫我夏薇就好了。"夏薇拿出手机，两人互加了好友。

祁时晏脸一黑，白易文笑出了声。

寒潮悄无声息地留下一场雪后走了，天气回暖，春天的枝头一天一个样，青翠的树木一波绿过一波。

那天下山后，夏薇后来又去了两次寿安寺。

一次是和沈逸矜，二月十五，佛祖涅槃的日子；一次是她一个人，在三月末。

夏薇在祁时晏那儿住了一段时间，便又搬回出租屋去了。

嘉和公司过完年之后，扩大了规模，换了新的办公室，内部管理比以前提高了一大截。

夏薇升任行政部经理，主管内勤，她需要进行一些职业上的进修，参加一些商务学习，另外还要学车。祁时晏也有自己的事要忙，作息全乱。

两人商量后，夏薇便搬回去了，只在祁时晏有空的时候才和他小聚一下。

夏薇和沈逸矜说好了一起学车。夏薇负责找驾校，祁时晏陪她去了，可是看完教练和车，他就否决了。

驾校里大多数是男教练，一车带几个学员，祁时晏看那教练两撇龙虾胡、一口黄牙，怎么看怎么猥琐。

第二天他和祁渊便请了一个女私教单独教她俩。

沈逸矜先上车，坐上驾驶位，可是只摸了一把方向盘，她的PTSD就发作了，在车上失声痛哭。

祁渊连忙将她抱离了车。

后来，两闺蜜约了去寿安寺，沈逸矜沮丧地说："佛祖涅槃成佛，我什么时候才能涅槃？"

夏薇安慰她："你呀，和祁渊好好修行，修成正果可不比涅槃好？"

"怕是修不成。"沈逸矜直摇头，"其实我挺羡慕你和祁时晏，不问前程，就这样一直谈恋爱多好啊。"

那天寿安寺里人潮如织，香火鼎盛，院中几株高大的玉兰花盛开在顶端，一盏盏冰清如玉，素雅又娴静。

可是花瓣落下后，被一双双脚踩入泥泞，最终面目全非。

夏薇看着那满树的洁白，叹息说："花无百日红，谁能保持恋爱的热度永远不降？只有婚姻才是最好的归宿啊。"

沈逸矜羡慕她，她也羡慕沈逸矜。

因为祁渊和祁时晏不同，祁渊想要的是婚姻，他想和沈逸矜结婚，可沈逸矜只想和祁渊谈恋爱。

"世人多烦恼，皆是自寻烦恼。"

两人手举高香，看那尘烟迷乱，望苍茫青山。

爱恨淬骨，何时才能渡尽啊？

回来后，夏薇抽空去办了护照。

她想她终究还是要离开。

饭店里那一下只会唬住夏启炎一时，他不会放弃她这棵摇钱树的。

因为夏晨高三就快毕业了，留学的事迫在眉睫。

和她一样想她离开的人还有孟岳松和马玉莲。

有天傍晚，马玉莲给夏薇打电话，说是有事相谈。

夏薇赴约去了一家酒店的包厢，包厢里除了孟岳松和马玉莲，还有一个陌生男人。

看来又是相亲。

这位相亲对象三十岁左右，戴一副银丝框眼镜，斯斯文文，马玉莲介绍说对方在比利时工作，即将拿到绿卡。

马玉莲的眼光比夏启炎强很多，除了现在的这位，以前介绍的白易文条件也不错，只是如果心里已经铭刻了一个人，以后再遇到谁，都会不经意拿来做比较，觉得谁都比不上。

一顿饭吃得很勉强，不到半小时，夏薇借口去卫生间，起身离开。

马玉莲跟在她身后,半路将她拽进一间空的包厢,关上了门。

"薇薇,这个男的哪里不好,你说?"马玉莲向来温柔和善,此时挡在门前,双手叉在腰上,显得很强势。

"妈。"夏薇低着头克制自己,"我知道你们为我好,只是我的婚姻,我的人生路就让我自己走吧,你们不需要为我过多操心。"

"不操心?"马玉莲皱了眉,脸上露出几分疲态,语气有点儿咄咄逼人,"不操心,由着你为所欲为,和祁时晏在一起,破坏小荷和他的婚约吗?

"薇薇,我早告诉你了,祁时晏是小荷的未婚夫,你为什么偏偏要挑祁时晏?凭良心说,我们对你还不够好吗?为什么你还要来抢小荷的未婚夫?你居心何在?"

居心何在?

"妈。"

仿若一把刀扎进心脏。

夏薇怔怔地看着眼前高贵的妇人,竟不知自己在她心里已经变成这么一个不堪的人。

"你心里是不是很后悔养了我十五年?

"你是不是觉得,孟荷如果从小在你身边,就不会变成现在这样?

"如果不是因为我,祁时晏就会和她结婚?"

夏薇眼眶发红,滚下泪来,她才知道血缘关系原来是这么重要。

那个她曾经崇拜的神明,她从小的心灵支柱,那个她以为就算全世界遗弃她、诋毁她、欺辱她,却仍会护她爱她心疼她的伟大的母亲,原来早不知何时就已经离开了她。

"薇薇,我也不是那意思。"马玉莲有点后悔自己话说得太重了。

马玉莲从桌上抽了几张纸巾,想给夏薇擦眼泪,夏薇却推开了她,往后退了两步,朝对方跪了下去。

"薇薇,你干什么?"

马玉莲骇然,往前一步扶住夏薇,想扶她起来。

可夏薇跪定了,泪流满面,咬紧了唇,不发出一丁点的哭声。她双手交叠,手背贴到额头,对着马玉莲行了叩拜大礼。

说起来,这个大礼还是小时候马玉莲教的。

马玉莲说,将来等你结婚时,要向父母叩谢养育之恩。

夏薇当时觉得，那一定是在一个铺着红毯，鲜花满地，喜庆的大日子里做的事，可现在看来，等不到那一天了。

她叩下第一个头，忍住哭泣说："妈，你和爸爸对我的好，我这辈子都会记着，女儿叩谢你们的大恩大德。"

她又叩下第二个头，泪水糊在脸上，滚到下巴，顺着她白皙的脖颈往下流淌。

"人世间最难还的莫过于父母的养育之恩，我念你们的情，将来有能力，我一定会报答，但现在……请恕女儿不孝。"

叩第三个头时，她脑门重重地磕到地上，大理石地面发出清脆的声响。

"在我还清之前，你们就当我是个忘恩负义的人吧，我们之间从此……一刀两断。"

心中有多悲恸，言语就有多决绝。

谁心里都有一杆秤，夏薇总以为夏家纵然给了她一条命，也比不过孟家对她的养育之恩，所以在她心里，她始终更愿意亲近孟家，现在才知道，他们早已后悔了，后来对她的好也不过是可怜她。

"薇薇……"马玉莲弯腰蹲在她对面，有泪从眼角流出，"妈妈不是要逼你，妈妈只是为你好，想你将来过得幸福啊。"

"谢谢您，真的非常感谢。"夏薇双眼模糊，泪水止不住地流。

她扶住自己的膝盖站起身，对马玉莲说了最后一句："原谅我，以后再也不会叫您妈妈了。"

说完，她拉开门，脸上的泪还没抹干净就走了。

三月初，春寒料峭，大街上灯火辉煌。

夏薇倚着一棵树，靠了很久，直至眼泪干了，心麻木了。

她摸出手机给祁时晏打电话，响了很久对方才接听，伴着懒散的一声"喂"，背景是一串串笑声，有男有女，像是在庆祝什么。

"在哪儿？"她清了清嗓子，平稳了呼吸问。

"在哪儿？"祁时晏重复她的话，鼻尖发出轻笑，带着酒气说，"我想想。"

旁边有人冲他喊："祁三少，快来。"

那声音娇笑着，夏薇听出来了，是许颖。

他们怎么又在一起？

许颖不是去了巴蜀吗？

男人似乎终于想起来了自己在哪儿，笑着说："我到巴蜀了。"

"好啊，真好。"夏薇附和着他的笑，眼底发酸，握着手机蹲到了地上，"去那儿做什么？什么时候去的？"

身为女朋友的她，竟然什么都不知道。

"许颖最近人气掉得有些厉害，我来救救她的场。"祁时晏说得很坦白，似乎这就是对女朋友的交代。

"我们堆了个篝火，烤乳猪，很有意思。"祁时晏心情沉浸在当下，手里拿过一瓶白酒，找到了乐子，"我现在再去泼点酒。"

手机里传来一阵脚步声，像是踩在草地上，背景里的笑声越来越大，男人急于投入快乐，潦草地问："你有事吗？"

"我有事，你回来吗？"

祁时晏听她的语气，笑了声："又吃醋了？"

"没有，你玩得开心。"夏薇摁了挂断键。

她支肘在膝盖上，捋过垂落的头发，侧抬头看天，漆黑的一片，像她的心一样。

打开微博，夏薇用小号登录进去，翻到许颖的页面，她最近的一条消息是两小时前发布的。

在一个山清水秀的野外，临时搭起的橙色帐篷，简易的餐桌铺着碎花的餐布，上面摆满了酒水餐点和野花。

还有一群年轻的男女，挤在一起拉了一条横幅，摆 pose 拍照，那是许颖的工作团队。

里面没有祁时晏。

也就是说，要不是这通电话，她根本不会知道祁时晏去了那里。因为祁时晏从来不会主动告诉她这些。

有时候，夏薇会觉得自己很失败，作为男女朋友，她和他还是没能够交心。

他太随性了，总是想去哪儿就去哪儿，想做什么就做什么，别说出了榆城，就是在榆城，她也掌握不到他的动向。

一直如此。

真的没人约束得住他？

倒好像是许颖最了解他。许颖做旅行主播，可不正好满足了祁时晏爱自由的追求?

两天后,许颖在B站发布的视频火了,冲上了首页第一,还上了微博热搜。

夏薇点进去,片子不长,铺天盖地的评论和弹幕不是问"谁",就是喊"祁三少"。

原来其中有两个镜头,祁时晏露了一张侧脸和背影。

那镜头从远处而来,奇高险峻的山岭,苍翠陡峭,直落的瀑布声势浩大,阳光中折射出一道美丽的彩虹。

镜头下移,银河似的瀑布落入湖中,一改狂傲的姿态,变得清澈和宁静,有竹筏从山间穿行而来,许颖坐在船中央游览戏水。

到岸边时,有人扶她上岸,镜头偏移,露出一张俊朗的男人的侧脸,鼻挺如峰,剑眉薄唇,光影打上来,下颌线条锋利流畅,镜头感绝得摄人心魄。

那俊脸一晃而过,却让前面所有的风景都成了铺垫。

而后,仅仅闪现一秒的颀长身影,也能看出他腿长挺拔、宽肩窄腰,让粉丝们失声尖叫,大喊着"在一起,在一起"。

夏薇冷笑,这些很明显都是许颖故意剪辑进去的,为了什么?

只是简单的商业炒作吗?

嗑他俩CP的粉丝嗑了几年,都没嗑出个结果,现在炒冷饭,冲流量?

祁时晏去巴蜀,就为了配合她这期的视频,给她冲人气?

夏薇觉得不会这么简单。

果然,没多久,有风声传来,祁时晏要和濯湾的许家联姻,替换掉和孟家的联姻。

因为许家的门比孟家的豪。

谁叫那些股东个个看重利益呢?

摆上一只大西瓜,芝麻就可以丢掉了吧。

夏薇收到消息,在自己办公室打开窗户,忍不住笑了。

沈逸敲门进来,就见她扶着墙,笑得头发散乱,脸上通红,还停不下来。

"这是怎么了?"沈逸从未见过夏薇这个样子。

夏薇擦了擦眼角笑出的泪,拍了拍脸,蹲到地上好半响才好一点。

嘉和公司主营装修业务,包括家装和工装,在祁渊的扶持下,发展势头节节攀升。

现在嘉和名下成立了一个分公司，将家装和工装分开独立核算，所有在职人员都可以参股，分一杯原始股的羹。

夏薇将祁时晏给的二十万全投了进去。

只不过，写了一份股权转让书，被转让人是祁时晏。

爱他一场，和他有过欢笑，有过开心，也收了他很多礼物，但她还是不想要他的钱。

她知道他在浮华场里行走惯了，即使给了她一个"女朋友"的身份，可事实上对待她的方式也不外乎像他们圈子里的其他男人。

但在她这里，自始至终，她不愿意和他用钱来定义这段感情。

夏薇将股权转让书交给了沈逸矜，嘱咐她："等我走了之后再给他吧。"

沈逸矜点点头，收进保险箱。她们就这个话题已经深入聊过，夏薇去意已决，沈逸矜也不再多劝。

夏薇抽了半天时间，去美国大使馆办签证。

可惜面签没通过。

因为她太穷了，资产不够，而且缺少美国方面的邀请函。

选择去美国，是因为她想去看一看祁时晏曾经读过的大学，但如果去不成，她就不得不考虑换一个国家。

"夏薇。"

夏薇从签证官的办公室走出来，没想到会有人叫她。

夏薇转头，就见一个男人一身西装革履地朝她走来，诧异地问："你来这儿做什么？"

第八章
互相折磨
moonlight

榆城的春天是很爱下雨的，雨滴"噼啪噼啪"打在窗沿上，像街头吉他手拨动的琴弦，慵懒又缱绻，一场雨下完，仿佛听了一首悠长缠绵的情歌。

临下班时，天空放晴，太阳出来了，窗户玻璃上残留的雨滴，在金色光芒里像一颗颗耀眼的水晶，晶莹剔透。

大办公室里，有同事对着窗户尖叫："快看，快看，好漂亮的气球。"

所有人都投去视线看过去，顿时尖叫声此起彼伏。

那气球很大一簇，远看像一只彩色的热气球，近了才发现是由很多小气球组成的。

每一只小气球都是双层的，外面一层是透明色，里面罩着各种颜色的月亮，金的，粉的，蓝的，紫的，七彩飞扬。

夏薇看着，眼皮跳了跳。这些气球有种熟悉的味道，太像去年从温泉度假村回来的路上，在服务区买的那只月亮气球。

当时祁时晏也是这样买了一大簇，其中她最喜欢的就是这种月亮款。

"太浪漫了，这是求婚还是表白啊？"

"好羡慕,是谁家男朋友这么懂浪漫啊?"

"往我们这栋楼来了,快看。"

办公室里多的是女同事,个个探出头张望。

可是气球从他们窗前飞走了,继续往上飘去了。

夏薇摸了摸额头,心里有点儿尴尬,还以为是祁时晏给她准备的惊喜。

可就在此时,衣兜里的手机响了,正是祁时晏。

"你在公司吗?"

"在。"

"你到窗户边招招手,我好像数错了。"

夏薇抿唇笑,看向窗外还在飘荡的气球,心也像那气球一样飘荡了起来。

她走到窗台边,伸出一只手,招了招,那些气球像是听到召唤似的,逆着风争先恐后地朝她飞来。

同事们羡慕的尖叫声更大了,甚至还传出遗憾声和挽留声。

气球飘近了,同事们围到夏薇身边,趴在窗台上,个个伸出手去捞"月亮",一时形成一道亮丽的风景,吸引了无数人的目光。

可是窗户有防护设计,每个窗格的宽度有限,这些气球太大了,一个也捞不进来,夏薇努力了半天却还是不行。

祁时晏笑了,说:"下来吧,它们来接你回家了。"

夏薇应了声好,办公室也顾不上收拾了,飞奔下楼。

到楼下,祁时晏靠在车身上,脸上戴着墨镜,修长的手指漫不经心地握着无人机的操控盘,那些月亮气球像一群可爱的精灵从天而降,扑向夏薇的怀里。

论浪漫,没人比得过祁时晏。

夏薇仰头笑,张开怀抱从气球中穿过,去抱了抱男人。

心想,自己贪恋的就是这样的他吧。

而祁时晏并不满足于一个拥抱,他摘下墨镜,头一低,找准她的唇便吻了上去。

他舌尖含着一粒薄荷糖,满口的清冽清香,诱她深入。

夏薇甘愿中计,在他的温柔里分享那份清甜。

有风吹来,吹散了她一头蜜茶色的长鬈发,男人揉了揉,带着点儿新奇,问:"什么时候染的头发?"

夏薇双手环在他腰间,感觉男人又瘦了,抬头看他脸上皮肤也深了些,下颌线也变得更削薄凌厉,心疼夹杂心酸一起涌上心头。

夏薇挤出笑,反问:"我们多久没见了?"

"是啊,好久了。"祁时晏咬了咬这几个字,眸光细碎,说,"我们回家。"他收了无人机,将气球交给夏薇。

夏薇抓着一把线头,想把气球塞进车里,车是兰博基尼,别说车厢了,前备厢也塞不下。

夏薇不由得好奇:"你来时,是怎么来的?"

祁时晏笑道:"我叫司机开了大奔送来的。"

"那司机呢?"

"放下就走了。"祁时晏摊手道,"我可没想过要带回去。"

"那怎么办?"夏薇噘嘴,这些气球她可舍不得再丢一次。

"你拿着。"

最后祁时晏上车开了车篷,夏薇抓紧一把线头在手里,汽车驶上大街,气球在头顶飘扬,无数人驻足观望,尤其停在红绿灯路口时,好多人拿手机对着他们拍。

俊男靓女,敞篷豪车,已经够博人眼球的了,再加上这么多漂亮的气球,谁能不惊叹呢?

更重要的是,很多人认出那车,也认出那个男人的脸。

这不是才出现在许颖的视频里的男人吗?

只是车里两人此时顾不上这些。

绿灯亮,祁时晏一脚油门冲过十字路口,夏薇手上一紧,气球由于惯性互相挤压摩擦,发出轻微的声响。

"开慢点。"夏薇另一只手去拉线绳,"太快了,会飞走。"

祁时晏偏偏使坏,越开越快,跑车发出疾驰的轰鸣声,风吹散女人的长发和气球,"咻——咻——"有两只经不起风的诱惑,挣脱了线绳飞跑了。

"祁时晏!"夏薇朝男人叫了声,语气娇嗔。

祁时晏大笑,伸过来一只手,牵起她的手,笑声散进风里。

到了水中仙,进了房间,夏薇正想着将气球系在哪儿好,不料男人从后面撞了上来,抱住了她。

夏薇手一抖,气球哗啦啦飞往房顶,一个个和天花板亲密接触去了。

"全飞了。"她急得叫唤。

"这不都在吗?"男人瞥一眼头顶,将她身体掰正面对自己,用手扣住她后颈,灼热的吻便席卷而来。

祁时晏回来了,两人小别胜新婚,连着恩爱了好几天,祁时晏又做起了二十四孝好男友,每天接送夏薇上下班,一起吃饭、厮混,就是只字不提他这一个月在忙什么。

夏薇也不问,乖巧得让人挑不出一点不好,只在男人看不见的地方垂下落寞的眼眸。

那天,两人一起吃晚饭,中途祁时晏起身接了个电话,一接就是半小时。

他最近电话很多,但都背着她接打。

夏薇发现男人的背影越来越瘦,他接电话的时候总爱偏着头,后颈微微弯曲,弧度像把琴弓,脸上不是漫不经心的笑,便是眼神发寒地盯着某个点,回到身边,神色却又恢复如常。

那天也是。

只是接电话的时间比往常长,桌上的菜都凉了。

夏薇小心翼翼地问:"让服务员端去热一下,还是重新点?"

祁时晏心不在焉,反而问她:"你吃好了吗?"

夏薇点点头,说吃好了。

"那就走吧。"

男人明明没吃什么东西,但他说走,夏薇便站起身,而祁时晏则走到她身边,给她扶椅子。他总是这么贴心,还会给她拿外套,搁在自己臂弯里,再牵起她的手,一起离开。

夏薇轻轻捏捏祁时晏的手,祁时晏回握一下,将她往身边带一带,偏头朝她笑,夏薇跟上他的脚步,去往停车场的路不长,夜风送来海棠的香,她一点都不想走完。

然而,很多事不是她能控制的。

汽车没有去水中仙,而是开到了出租屋楼下,夏薇知道,他们又要分别了。

她潇洒地拉了拉祁时晏的手,主动去贴他的唇,一触即离,笑着说晚安。

"夏薇。"推开车门时,祁时晏叫住她,倾过身来,手背轻轻摩挲她的脸,想说点什么,可又不知道说什么。

那就接吻吧。

他手指捏在夏薇下巴上,舌尖触碰到牙关,夏薇下意识地躲了下。

她轻微的躲避动作虽然不足一秒,却还是被祁时晏捕捉到了。

清冷的空气和他炙热的呼吸一同灌入她唇齿间,同时攫走她的氧气和清新的香津,直至夏薇渐渐失氧,僵硬的脖颈塌下去,放弃抵抗。

"和我在一起,学会了伪装?"两人的唇分开,祁时晏在耳边的吐息仍是温热,且逼迫感十足。

夏薇口干舌燥,呼吸不畅,缓了好一会儿才回说:"我只是体谅你。"

"体谅我什么?"

"体谅你的辛苦。"

"我有什么辛苦?"

"那好,你最近在忙什么?"

夏薇一双眸子定定地对上祁时晏的桃花眼,敛在内心深处的话像是突然打翻的罐头,洒了出来。

祁时晏微怔,调整了一下坐姿,隔着扶手箱,将她往跟前一拽,拽得她后背离开靠椅,更贴近自己,说:"想管我?"

"对啊,给不给我管啊?"既然罐头打翻了,便再收不回去了。

"做梦。"祁时晏忽然烦躁,漆黑的眼眸在黑暗里没有一点光亮,深如寒潭,"没人管得了我。"

他将她的手搡了出去,仿若那不是他心爱的姑娘,而是一根想束缚他的绳索,和其他想要制衡他的人没有分别。

车窗开着一小截,有风吹进来,凉丝丝的,夏薇从脚底凉到心尖。

那天之后,祁时晏又失踪了,夏薇不知道他去了哪儿,也不再问,左不过在忙他和许颖的联姻吧。

而榆城这边流言四起,说祁家那位风流公子哥太浪荡,左一个冷艳知己,

357

右一个美艳情人，家里还有一位未婚妻等着他娶。

齐人之福，也就他祁三少最会享受了。

而许颖的微博里，有人在带节奏，时不时透露一点联姻的消息，说祁三少的真爱只有许颖，其他的都是过眼云烟，至于那位未婚妻也是早晚要退婚的，祁三少要结婚，只会和许颖结。

最近的一条爆料说"祁三少过几天就要来灉湾了"，激起粉丝们一阵狼嚎，纷纷问"是要求婚了吗"。

夏薇登进去，翻了几页，又按了锁屏，放下手机。

很奇怪，她内心很平静，仿佛看的都是别人的故事。

那个美艳情人就像一支冷烟火，燃烧得很快，熄灭得也很快，在这场精彩的大戏里，甚至连个姓名都没有。

只不过她平静，有人却不平静了。

到了回夏家交钱的日子，夏薇多取了一些，心想这是最后一次了，要好好相处。

虽然自己有心逃离他们，但他们毕竟是自己的亲生父母，一旦真的离开了，这辈子再也见不到了。

可夏启炎不是这么想的。

夏薇一回家，夏启炎就拿出手机质问她："你居然勾搭上了祁三少？"

那手机上的几张照片，正是祁时晏开着敞篷跑车，和夏薇载着满车的月亮气球，在街头被人拍到的照片。

夏启炎认出来了，那是他的女儿，准确地说，是他的摇钱树。

夏薇心想不妙，可她想抽身的时候，已经来不及了。

王巧英堵住门，夏晨进屋拿了藤条递给夏启炎，夏启炎将藤条抽得噼啪作响，三个人围住夏薇，像合谋演练过似的。

夏薇起初以为他们是为孟荷抱不平，因为谁都知道祁时晏是孟荷的未婚夫。可鸡飞狗跳之下，夏启炎阴着脸说："叫他拿一百万来，如果不拿来，今天你休想出这个门。"

所以，在他们眼里，只有钱是最重要的，是吧？

而她还在念及亲情的时候，他们对她只有伸手捞钱的念头，是吧？

夏薇身上挨了几鞭，悲从中来，有一鞭被她躲过，藤条抽在了板凳上，那声音似在耳边炸裂。

在威逼下,夏薇被迫打开手机,拨了祁时晏的电话。

手机被置于桌上,里头传来一遍遍的:"您好,您拨打的电话已关机。Sorry,The subscriber……"

"死丫头,你是不是故意骗我?"

又是一鞭子,抽在夏薇的脊梁骨上。

夏薇闭了闭眼,咬着唇,没吭声,眼泪在眼眶里打了几个转,忍了回去。

祁时晏很少关机,睡觉都不关,除非在飞机上。

那现在他是去濯湾了吗?

其实身上这点痛算什么,永远抵不上心里的痛啊。

而王巧英还在一边骂骂咧咧,抬手一巴掌就朝夏薇挥过来,夏薇本能地一抬胳膊,挡住了王巧英,致使巴掌打在她胳膊上,王巧英顺势用力掐了她一把,夏薇"嘶"了一声,猛地甩开王巧英的手。

却不料,夏启炎在另一边,举起藤条,连着两鞭子抽下来,打在夏薇后腿上,夏薇趔趄了两步,抓住八仙桌的角,才没让自己摔倒。

那藤条有弹性,打得人皮肉剧痛。夏启炎打人的用具很多,最拿手的就是这藤条。

此时的夏启炎打红了眼,撸了衣袖,将藤条交给夏晨,喝道:"拿去浸下水。"

藤条浸了水打人更痛,能把人打到半死。

夏晨忠实得像个狗腿子,立马接过藤条,跑去卫生间。

夏薇扶着桌子冷笑,有这样的父母真是生不如死,可是死在他们手里,又会觉得太不值得。

想要逃出生天的念头不断加剧。

忽然,手机响了,夏薇第一时间以为是祁时晏。

可手机在夏启炎手里,只见他看着人名,狠毒的目光渐渐变得圆滑。

"死丫头,你和 Iven 还有联系?"

夏薇听到名字,脑海里灵光一现,说:"是啊,他还在追求我,要不要请他来吃个饭?"

夏启炎犹豫了一下,祁时晏的电话一直打不通,今天恐怕捞不到富家子的钱了，至于白易文，他接触过几回，那是他理想中的金龟婿，夏晨想要去美国，还有很多麻烦，人家要是肯来也不错。

这么一想，夏启炎同意了夏薇的提议，又怕夏薇使诈，让她接电话之前警告说："敢耍花招，老子今天就打死你。"

夏薇一改态度，表现得唯唯诺诺，接过手机，点开接听，不等对方说话，先亲切叫了声："Iven！"

白易文耳朵一颤，一时不敢相信，毕竟夏薇从来都是和他客客气气，称他为白先生。

夏薇猜到对方给自己打电话是为了什么事，她拉黑了白易文的微信，但那天在美国大使馆碰上，白易文帮了她的忙，两人又互相留了电话号码。

而今天可能签证办好了，可当前情形，她不但要向他求救，还不能让他把这事说出来。

夏薇握紧手机，着急说："Iven，我现在在我爸妈家，我刚和我爸妈聊到你，他们想请你吃饭，你来吃饭吧，大家联络联络感情，你一定要来。"

她语速很快，气息不稳，连着一口气说完，和平时完全不一样。

白易文意识到什么，却也想不得别的了，应声："好，我马上来。"

那一刻，夏薇心里说不出的感激。

一个多小时后，白易文进门，留在夏家吃了一顿饭，期间和夏薇交流了几个眼神，配合着夏启炎的问话，每个问题都回得滴水不漏。

白易文斯斯文文，谈吐儒雅大方，听人说话时总会微微倾身，显得特别真诚谦逊，一点大老板的架子也没有。

要不是夏薇见过他搭讪时的轻佻、信手拈来的谎话，也会被他的表象给迷惑。

夏启炎说到夏晨留学的事，白易文答应帮忙，说到和夏薇的事，他也笑着说："我这不是正在努力吗？"

说完，他特意朝夏薇递去一个富含深意的眼神。

夏薇回他一个笑，显得很亲近。

夏启炎瞧着，被这位财神爷，哦不，未来女婿，哄得云里雾里，不停地夹菜、劝酒，说："我们就她一个女儿，她的婚姻大事，我们那是操碎了心啊。"

话锋一转，就要谈谈嫁娶的事，说一说彩礼。

白易文抬手，恰到好处地看了看腕表，说："婚姻大事，我们约个时间以后再细聊好吗？我今天还有事，打电话找夏薇，也是要请她去帮忙的。"

"那行，改天我们再细聊。"夏启炎最后不得不放人。

他对夏薇残忍，但在外人面前，尤其是在体面的人面前，总会将自己装得高尚而大方。

送两个年轻人出门时，夏启炎频频对夏薇使眼色，夏薇低着头装作没看见，拔腿就往楼下走，白易文和夏启炎道了别，跟在她身后。

楼道往下拐过两个弯，夏薇绷了一天的神经一松懈，腿上一软，上身靠在了扶手上，浑身脱力。

那藤条打人于无形，身上穿着衣裤，表面什么伤都看不见，其实身上早已经皮开肉绽，而且夏启炎从来不打人的脸和屁股，显得很有人情味似的，不让人丢脸，还可以自由坐板凳，其实都是为了不让外人看出来。

白易文早知道她不对劲，却不知道她受了什么苦。此时见她卸了力，脸色苍白，他连忙扶住她，低声问："你爸到底把你怎么了？"

夏薇吞咽了一口口水，摇头说："他不再是我爸了。"缓过一口气，"我们快走。"

说完，她忍住腿上的颤抖，咬着牙往下走。

直到坐上白易文的车，她才觉得自己真的逃出来了。

汽车开出去，阳光在车头白晃晃地刺眼，夏薇都觉得亲切。

人靠在椅背上，后背痛得她皱眉，她用力记住这份伤痛，发誓这一走，再不回来。

路过一个便利店，白易文在门前停了车，进去买了两瓶水，回到车上，递给夏薇一瓶。

夏薇接过，感激地说："今天真的谢谢你。"

她礼貌又克制，心里清楚白易文对自己有所幻想，而自己几次找他帮忙，很像是一种利用。

夏薇想了想，夏家发生的事她最终还是没有告诉他，不想引起多余的纠缠。

白易文自顾自地喝了口水，沉默了一会儿，低声说了句："如果我愿意呢？"

眼见夏薇状态不佳，又怕说多了引起反感，他只好换了话题，从扶手箱里拿出一个文件袋，递给她说："签证办好了。"

"太好了。"夏薇又一番道谢，将文件袋打开，倒出里面的护照和资料看了看。

"你哪天走？要我帮你买机票吗？"

"我自己订吧，订好了告诉你。"

两人正说着话，夏薇手机响了，滑开，一道散漫又倨傲的声音仿若带着腥湿的海风传来。

"怎么，打我这么多电话，想我了？"

回去的路上，夏薇按下车窗，伸出手，那风从指尖流泻而过，激烈得像洪水猛兽。

可是车停下时，一切又回归了平静。

夏薇电话里什么也没说，只祝祁时晏玩得开心，便挂断了。

白易文投过来一眼，问："你去美国的事，不告诉他吗？"

夏薇低头，摩挲那烫金的签证，摇摇头："没什么可说的。"

哀莫大于心死。

车开进小区，出租屋楼下，远远停着一辆车，有点儿熟悉，白色的宝马，是马玉莲的车。

到跟前，白易文也认出了那辆车，两车车头几乎相对。待看清楚驾驶位上的人，却发现是孟荷，而且那车上只有她一个人。

白易文皱着眉说："她找你不会有好事吧。"

夏薇扯了扯唇角："有才怪了。"

一股疲惫感泛上来，夏薇拔出灌了铅一样沉重的双腿，拿着文件袋，走出车门靠在车上，等着孟荷找她麻烦。

而孟荷一看见她，双眼格外红，从对面下车，骂出一口脏话就冲了过来。

夏薇将文件袋扔向车头，准备和她对干，却忽然眼前一晃，一道白色的亮光刺了她的眼，是一把匕首。

孟荷手里有刀！

这个认知迫使夏薇改变主意，转头就跑，可她那双腿平地走路都痛，怎么跑得动?

危险就在一刹那,白易文冲出来,从身后抱住了孟荷,抬手斩了一下她的手腕,一声金属撞击地面的声音,匕首落了地。

随即,他将孟荷往车上一推,动作迅捷而猛烈,制住孟荷的双手,反手压在了背上。

孟荷再凶再猛,毕竟是个女的,任她怎么挣扎,怎么可能是白易文的对手?

"现在怎么办?"白易文扼紧了孟荷的手,问夏薇。

夏薇走回来,倒吸一口凉气,看到地上那把刀,有几分后怕,声音颤抖着说:"报警。"

说着,她掏出手机打了110,又给马玉莲打了一个电话。

孟荷一边挣扎,一边咒天骂地,夏薇打开手机视频,将镜头对准了她,任由她骂。

很快,吸引了很多邻居前来围观。

孟荷又开始哭,呼天抢地,好像死了爹娘似的。

"她是不是有神经病啊?"白易文从没见过这样的女人,忽然有点头痛,在众目睽睽之下,好像他欺负了人似的。

好在110很快到了,就地取证,将匕首和孟荷一起带走了。

马玉莲赶到警局,一见到夏薇便质问她:"为什么把事情闹这么大?直接给我打电话就好了,为什么要闹到警局?"

"马女士,我人身受到了威胁,我寻求警方的保护有什么不对吗?"夏薇觉得这一切糟糕透了,为什么明明动刀子的人是孟荷,受到指责的却是她?有母爱袒护就这么了不起吗?就可以这么是非不分吗?

马玉莲一怔,这才缓和了语气说:"小荷刚出院,身上还有伤,她心情不好,你多体谅一点。"

"她心情不好,就可以随便拿把刀出来砍人了?她心情不好,我就必须体谅她?"

换以前,夏薇从来没有和马玉莲这样说过话,但现在她不想做乖巧懂事的那个了。

人善就活该被人欺吗?

"她身上有伤,我身上就没有吗?"夏薇转过身,背对马玉莲,撩了一

363

下自己后背上的衣服,露出一截皮肤。

"薇薇。"仅仅那一下,马玉莲看见年轻女孩雪白肌肤上一片红紫,触目惊心得使她失声叫出来,"怎么回事?谁干的?"

夏薇回转身,却面无表情:"马女士,我知道孟荷从小在我家吃过什么苦。那些苦很让人心痛,但这并不表示她全是替我受的,我也不需要她替我受,因为我不会妥协,不会逆来顺受。"

她的马尾辫松松垮垮,几缕碎发垂在脸颊两边,看起来很疲惫。

可她一双眸子清澈而坦荡,蹙着眉心和面前的人说出这番话,眉眼里一股子执拗和决然,仿佛天塌下来压在她身上,也不会使她屈服。

这是孟荷身上完全没有的。

马玉莲摸了摸额头,感觉自己这些年哪里做错了,却一时理不清头绪。

不过,一场蓄谋的故意伤害最后在她的干预下,变成了一场争风吃醋的闹剧。

夏薇冷笑了声,和白易文走出警局,天色已经很晚了。

白易文再次送夏薇回到出租屋,夏薇下车前,衷心地说了声谢谢:"今天要没有你,我死两次了。"

白易文笑着说:"你今天已经跟我说了很多次谢谢了。"

夏薇点点头,唇角微微弯了下,挤出一点笑:"那就不在乎再多说一次了吧。"

她看向他,语气诚恳:"谢谢。"

艰难地爬了六层楼梯回到家,沈逸矜还没回来,夏薇踢掉鞋子,走进自己房间,趴到床上,浑身的伤痛和疲乏像地底下钻出来的蚂蚁,密密麻麻爬满了后背和两条腿。

夏薇闭上眼,强迫自己睡过去。

再醒来时,房门虚掩,她身上多了一床毯子,是好闺蜜回来了。

夏薇爬起来,感觉自己精神好了很多。

走出房间,沈逸矜正在客厅趴在餐桌前加班画图纸,听到声音抬头看过来:"睡醒了?"

夏薇揉了揉眼睛,掩着哈欠点了点头,进卫生间洗了脸出来,对闺蜜说:

"矜矜，帮我一个忙。"说着，示意她进房间。

"好啊，什么忙？"沈逸矜站起身，跟在她身后。

夏薇从柜子里找出一瓶云南白药气雾剂，那还是泡温泉摔倒受伤那次没用完的，没想到现在又派上用场了。

她交给沈逸矜，说："帮我擦擦吧。"

沈逸矜起初还以为是个小伤，等夏薇趴到床上，掀开她后背的衣服时，才情不自禁地"啊"的一声尖叫。

夏薇后背上一片青红黑紫，没一块好肉。

"薇薇，哪个畜生干的啊？"沈逸矜一瞬间掉下眼泪，哭了起来。

夏薇坐起身，搂了搂她的肩膀，苦笑着说："很不幸，那个畜生是我亲生的爸。"

沈逸矜又"啊"了一声，抱住夏薇。

之前听夏薇提过这个亲生父亲多残暴，她还有些难以理解，怎么儿子是宝贝，女儿就不是了？手心手背不都是肉吗？

可现在看到夏薇被打成这样，她终于理解了，这样的家庭一定要逃出去，逃得越远越好。

"签证已经办好了，我买张机票就可以走了。"夏薇抹去闺蜜眼底的泪，笑着说，"别担心我了，榆城除了你，我再没有可留恋的了，你千万别哭，哭得我万一舍不得走怎么办？"

"好，我不哭。"沈逸矜眨了眨眼，将泪水眨回去，"我要你幸福，我们之间牺牲一点空间距离算得了什么？现在网络这么发达，谁还不能天天见啊？"

"可不是？"夏薇想到将来，又充满了斗志，将云南白药塞给沈逸矜，"快点给我擦药吧，我一好起来就走，不然我现在这样行李都拿不了，不好走。"

"好。"

夏薇重新趴下。沈逸矜给她擦药，说得容易，可手拿着喷剂却不自觉地抖个不停。然而没想到的是，背上处理完了，夏薇将长裤脱了，两条笔直纤细的腿上也全是伤。

沈逸矜忍住哭，帮她擦好后，自己先跑去卫生间关上门，拿起毛巾捂住脸，失声大哭了一场。

夏薇则是坐在床上,仰起头,努力不让自己的泪掉下来。

她想的是,为这些哭不值得,她需要想一想将来,想一想自己以后怎么在国外生存下去。

打开衣柜,琳琅满目的礼服,每件都价值不菲,全是祁时晏送的。

这个男人特别爱送衣服,总说她身材好,不要浪费资源。

夏薇曾想过,他送的所有的衣服和礼物统统都要带走,这些衣服就算以后没机会穿,留着做个纪念也好,无论如何,这是她爱过的人,是她魂牵梦萦的城堡。

但现在看来,带着一堆脱离自己生活的、将来也不太可能穿得上的衣服四处流浪,似乎不太现实。

她需要断舍离。

接着几天,夏薇一边养伤,一边将这些礼服挂到二手交易网站。

大多数的衣服吊牌都在,一次都没穿过,没多久就全部出了货,连她最喜欢的水晶鞋也出了。

至于祁时晏送的那些贵重礼物,一把紫檀扇,一条和田玉手链,还有一套红宝石的项链和耳环,她将它们一件件装进首饰盒,交给了沈逸矜,让沈逸矜以后还给祁时晏。

忽然之间,已经全无留恋。

沈逸矜问:"不和他再见一面吗?"

夏薇笑了笑,拍拍手里的机票:"见不见都不会改变什么。"

九年的暗恋,一朝飞蛾扑火,烧尽了自己。

现在没有遗憾,也没有了贪恋。

求得这样一个结果,挺好。

离开的前几天,得了一个好天气,夏薇又去了一趟寿安寺。

她从槐树上找到了自己和祁时晏的那对同心锁,拿出钥匙,"咔嗒"一声解开了。

那两把锁用的是同一把钥匙,当时祁时晏说要把钥匙扔掉,以后就没有钥匙开锁,他们就锁死在一起了。

可夏薇没扔,偷偷留着了。

她心里早知道他们有分离的一天,只是没想到比自己预计来得快了些。

解开后,她将两把锁,一把扔进了东边的水池,一把扔进了西边的水池。

从此天各一方,两个世界,再无牵绊与瓜葛。

那两个水池里有很多丢弃的锁,回头看最后一眼的时候,夏薇晒笑,月老做事还挺周全,前有槐树,后有水池,什么都为你考虑好了。

最后一天上班,夏薇买了蛋糕和奶茶送来公司,在同事们的祝福中,开了一个简单的告别会。

下班时间到的那刻,夏薇将几份文件朝上空抛去,和沈逸矜抱在一起,蹦跳着大笑。

好像回到高考那年,压抑的一切结束了,即将飞入一个全新的更广阔的天空。

将包包往肩上一拷,撩一把垂落的长发,夏薇和同事们说说笑笑,一起走出公司,下电梯,出了写字楼。

四月的天耀眼、灿烂,满街的樱花在清风中飞扬,飘落在姑娘的发梢,像淋了一场樱花雨。

街上车水马龙,人群熙攘,一辆银色跑车停在路边,一男子身着浅色裤子站在旁边,散漫不羁。

桃花眼懒懒掀起,眸底忽起一片笑意,樱花簌簌飘落。

男人朝她张开双臂,等待恋人扑进怀里,和他深切相拥。

可是明艳的笑容却一时僵滞。夏薇停下脚步,心猛烈地跳了几下,才将自己努力平复。

心动往往是一瞬间,就像现在,一眼惊鸿,看到他还是会心动。

可是感情需要培养,她没时间了。

夏薇调整好表情,双手插在衣兜里,像偶遇老朋友那样走过去,微微一笑:"好久不见。"

祁时晏挑了挑眉,眸底暗了一瞬,复又主动往前两步,将人兜进怀里,手臂猛力搂了下,低下头说:"看见我,不开心吗?"

男人的胸怀还是那么坚实,仔细聆听,胸腔振动起伏,频率还是那样张力十足。

夏薇放松自己,伸出手回抱了一下。

下一秒,男人的薄唇贴上来,夏薇往另一侧躲闪,说:"我口腔溃疡。"

"是吗?我看看。"祁时晏弯下腰,两指捏住她下巴,示意她张嘴。

"在大街上呢。"夏薇打开他的手。

有花瓣掉落在男人发间,她抬手将之拿开,发现他的头发又长了,额前几缕垂到了眼睫上,有那么点落拓狂放的气质。

明天就走了,他今天回来得这么巧,那就好好告别一下吧。

夏薇积极地笑了下,豪气地说:"我请你吃饭吧。"

祁时晏笑出声,感觉自己撞见了大富婆,随即问:"请我吃什么?"

"火锅。"

"噗!"

大富婆尽惦记火锅。

祁时晏笑得更大声了,只是一偏头,又问:"你不口腔溃疡吗?怎么吃火锅?"

夏薇眸光闪了闪,笑说:"吃清汤。"

祁时晏勾勾唇,拉开副驾驶的车门,请她上车。

汽车开了出去,他们没有去吃火锅,祁时晏将夏薇带去了一家粥铺。

汽车停在闹市区,穿过一条窄巷,七拐八弯,见到一栋红砖小洋房,大门前深色木条的背景墙上,"海鲜王粥铺"几个大字透着鲜亮的暖光。

庭院里花卉繁多,漂亮,且洋气,很有海域渔家的小资情调。

两人走进去,祁时晏要了一间包厢,念着女朋友的口腔溃疡,点了几个清蒸开胃的海鲜,要了一份红花蟹粥。

夏薇端起杯子喝口水,掩饰自己的心虚。

待服务员离开后,她有点儿好奇地问:"这么隐蔽的地方,你是怎么找到的?"

祁时晏后背往沙发软布包上一靠,扬眉笑了声,说:"我哪能找到这个旮旯?是许颖介绍的,来过几次,感觉还不错。"

夏薇托腮,斜倚靠着餐桌,琢磨着几个关键词,淡淡地笑了笑。

不同于她,他心情非常地好,也因此一顿饭吃下来,她听他说了很多话。

祁时晏说这家店的海鲜都是从灈湾运来的,还说起他这大半个月都在灈湾。

沙滩，冲浪，摩托艇，蓝色的海岸线，变着花样的海鲜大餐，热烈的青春，肆意的人生就该活在那儿。

他还说："我打算在那里投资一个大项目，然后在那里买栋房子，以后你跟我一起去。"

夏薇看见他挽起几截衣袖的手腕上，露出麦色肌肤，比以前的肤色又深了些，也显得更精瘦有力。

是濯湾的阳光和海鲜养人吧。

她淡然地笑，看着他熟练地使用各种海鲜工具，挑出膏黄的蟹肉，全喂给了她。

而她也没有拒绝，全数接受。

"怎么觉得你瘦了？"祁时晏伸长手臂，大拇指轻轻拭去她唇角上的酱汁，"在公司里升职了，底下就有人干活了，自己要学会偷懒，别更拼命了，懂吗？"

夏薇扯着僵硬的唇角，说知道，不拼命。

吃了饭出来，大街上已然换了一番风景，夜色温柔，灯火辉煌。

两人上了车，祁时晏侧眸，握住夏薇的手放唇边亲了下，问："去哪儿？"

夏薇看向前方，路灯亮在头顶，照亮一片繁华，可那繁华之外阴影重重，仿若前途未知的迷茫。

她转头，朝他莞尔一笑，眸子里映着那片繁华，说："听你的，你说去哪儿就去哪儿。"

就一晚了，放纵吧，海枯石烂天荒地老都有了尽头，不是吗？

祁时晏直勾勾地看着她，抬手将她脸颊边的一缕碎发勾到耳后，顺便捏了捏那耳垂，凉凉的，还是那么小巧，讨人喜欢。

他倾过身，吻了一口，又附在她耳边问："口腔溃疡是不能接吻的吗？"

夏薇低头，眼底一酸，有热热的东西往上涌，顿时模糊了视线。

男人伸长手臂，穿过她后颈，搂了搂她的肩，沿着她的耳际线轻轻吻了一遍。

他的唇还是那么软、那么烫。

每个落下的吻都像烙印一样。

执拗什么呢？

我心爱的人啊……

夏薇转身,再想不得别的,张开双手捧住男人的脸,主动吻了上去。

没有任何章法,一通啃咬,胡搅蛮缠。

祁时晏笑着调整坐姿,卷住她,深入交缠,交换彼此的气息。

第九章
原来你喜欢我这么久

夏薇处理礼服时，很不巧，其中有一位买家是祁时梦的朋友。

那位朋友在向祁时梦展示自己的收获时，几件礼服全被祁时梦认出来了，因为那是她去法国时，祁时晏托她买的。

随后，祁时梦摸到夏薇的二手交易账号上，发现夏薇不是只处理了几件，而是全部。

这个发现让她非常吃惊。

祁时梦对自己同父异母的哥哥太了解了，她学心理学，第一个研究对象就是他。

研究的结论是祁时晏有深度心理洁癖，还有深度占有欲和胜负欲。

偏执，疯狂，乃至变态，不是一般级别的。

无论什么东西，只要被他看中，到了他手里，那就只能是他的，谁都不能碰，谁也碰不得。

第一次听说祁时晏有女朋友的时候，祁时梦第一反应是为那个女朋友默哀。

见到夏薇后,她看见祁时晏看夏薇的眼神,就知道这个姑娘被囚住了,这辈子怕是都逃不出他的手掌心。

所以,她才好意提醒了夏薇,可惜当时夏薇乐在其中。

此次见夏薇处理礼服,祁时梦第一个想到的是他们分手了。

毕竟女孩子只有在分手时,才会做出这么绝情的事。

这勾起了祁时梦强烈的八卦欲,于是她给祁时晏打了个电话。

可是祁时晏听完她的分析,万分不悦:"胡说,我们怎么可能分手?"

"那是你抠门,没给女朋友零花钱?"

"我是那么小气的人?"

祁时梦更好奇了,那么好端端的,怎么会有女朋友处理男朋友送的东西?

"三哥,你别自我感觉太好了,我怀疑你被分手了。"

祁时梦快人快语,得出结论,还没嘲讽完,便被掐断了电话。

当时祁时晏在濯湾,正是忙得焦头烂额的时候。

他打开夏薇的微信,发现他们最近几个月的聊天的确很少,除了几句无关痛痒的问候,就是他发的红包,可夏薇一个没领,全过了期,之后他便也没再发了。

他是知道夏薇有情绪的,可他也很清楚自己现在做的事不适合让她知道。

他冷落她,有几分无奈,也有一时意气。

后来,祁时晏给祁渊打了个电话,沟通了一下自己手头的事,末了问起夏薇。

祁渊说:"我只知道她辞职了,你是她男朋友,你都不管,谁还管得上?"

祁时晏感觉不妙,这就飞了回来。

一顿饭,他故意提起许颖,可夏薇没有一点醋意,他又故意提起濯湾,故意将自己说得在那儿很快活似的,可她也没生气,最后他又说起工作的事,她也没告诉他辞职了。

他心里没来由地慌。

她连口腔溃疡这种借口都编得出来,不让他亲了,可后来又亲得疯狂。

两个人之间一向都是他做主导的,可现在事态好像不在他控制之内了。

他该怎么办?

像有一团棉絮堵在两人之间,让他看不清,辨不明,想抓也抓不着。

一向有主意的人,现在忽然全没了主意。

汽车到达水中仙停车场,停进专用停车位的时候,祁时晏才想起来自己买了一份礼物。

他借故将烟和打火机给夏薇,让她放进副驾驶位前的置物箱里。

夏薇依言接过手,打开置物箱的时候,眼前一亮,一束紫蓝色玫瑰跃入眼帘。

那颜色罕见稀有,色泽亮丽,夏薇惊喜地笑出声:"好漂亮。"

她小心地将花从里面捧出来,却又来一个惊喜,用来绑扎玫瑰的竟是一块女士腕表,除了外沿一圈钻石,两层蓝宝石的表面之间也镶嵌着几粒钻石,组成一枚眉月的形状,华丽又浪漫。

看一眼logo,是国际顶尖的品牌,至少七位数。

这男人在送礼物这件事上总是很舍得花钱和心思。

"祁时晏。"惊喜过后,是冷静,夏薇看着这份惊绝昂贵的礼物,手指却下意识往后缩,避免触碰到表。

祁时晏看在眼里,不动声色地将那腕表从花束上摘下,拉过她的手,戴上了她的手腕。

夏薇的手很漂亮,白皙、嫩滑,小臂纤白如玉,戴上这块钻石表,宛若一颗璀璨的星辰坠落在了她手腕上。

祁时晏将她的手放到自己掌心,贴上他的脸颊,轻轻摩挲,薄唇擦过,吻了又吻说:"我的事就快忙完了,再忍耐一下,我就能天天陪你。到时我们去旅行好不好?你有想去的地方吗?你想去哪儿我就陪你去哪儿。"

夏薇垂下眉睫,目光落在玫瑰上,眼角泛上湿意,心里的话打好腹稿,准备开口的时候,他揉了揉她的头发说:"走吧,我们回家。"

夏薇唇角翕动,最终抿了抿唇,没再说话。

夏薇快他几步,先走到电梯旁,回头看着男人走来,头顶灯光炽亮,不自觉朝他多瞥了一眼。

祁时晏走近,食指勾了勾她的下巴尖:"看什么?女流氓。"

"不知道谁流氓。"夏薇低着嗓音反唇相讥,耳根上却不可控地红了一片。

他轻哂,拥过她,一起走进电梯,将她困在梯壁扶手与自己之间,低下头,

373

吻着那片红说："那还不是因为你？"

专用电梯里只有他们两个人，玫瑰花暗香浮动，红色跳动的楼层数像两人之间的温度一样节节攀升。

四面墙壁光可鉴人，男人弯下腰，双臂伏在她身侧，夏薇的视线越过他宽厚的肩膀，看见他笔直颀长的腿型，包裹紧实微翘的臀部，和往下压向她隐隐发力的肩胛，比他轻佻的言语更痞气性感。

她手指勾上他的衣领，红唇找到他的薄唇，和他吻在一起。

那晚回到房间，两人像连体婴似的，祁时晏从后背抱着夏薇再没放手过。

夏薇将玫瑰花插进山泉水瓶子里，男人抵在她耳边，催促她洗澡。

夏薇说好啊，抽出一枝花，扫过男人的鼻尖，问："想不想看我跳舞？我给你跳支舞要不要？"

祁时晏抽出她的衬衫下摆，坏笑说，"我们一起跳。"

夏薇笑着打他的手，紫蓝色花瓣从客厅一路撒落到浴室。

洗了出来，夏薇进衣帽间挑了一条吊带睡裙，这里还有她很多衣服，睡裙都有十多件，可她却只穿过其中几件。

她挑了一条深青色的，是低领露背、腰间镂空的设计，下摆截在大腿上，轻盈得像花瓣。

想跳支舞送给祁时晏，是临时起的意。

男人送给她的东西太多了，留给她的记忆也太多了，而自己好像没什么值得他留恋的，那就送支舞给他吧，希望在他心底留下一抹影子也好。

客厅里的灯悉数关闭，只留了头顶一盏筒灯，祁时晏斜倚在墙上，淡金色光芒笼在他身上，将丝质的睡袍映出几分缱绻和慵懒。

他侧着眸，看向衣帽间，修长手指勾起睡袍的腰带把玩。

有音乐响起，是热辣的前奏。

门开了，敞亮的白光里首先出现一条纤细白皙的玉腿，祁时晏眸光碎玉般变幻，迎向那轻云曼妙的身姿。

裙摆飘飞，姑娘后背上的绑带跟随长瀑般的头发一起飞舞，旋步至男人跟前，冰凉的掌心贴上他腰腹，眸光点点，下巴尖儿暧昧地朝他的薄唇凑去。

可在男人折下后颈想吻她时，她又随着音乐的律动转过身去，肢体轻触，一触即离，拉过男人的手，请他坐下椅子，她在他身边如藤蔓缠绕，妖娆柔糜。

荷尔蒙的气息萦绕着玫瑰的香气,辣劲的舞曲勾动着热血的脉搏。

一曲终了,她坐在他的大腿上,玉竹一样的美腿高高抬起,蜜茶色的长发散乱地落在男人的肩上。

夏薇抬眼,伴随着连续低促的喘息,问:"先生,还满意吗?"

暗夜如潮水般涨起,一抹月光从窗帘缝隙里探进来。

祁时晏握过她的手带下去,低下头,声音喑哑:"你说呢?"

那夜,两人像两只原始森林里的小动物,在热烈松软的草地上,在满地浆果的丛林中纵情缠绵。

香艳撩人,蚀骨的淋漓夺走了两人的理智。

从餐椅到餐桌,从沙发到卧房,空气里浮动着旖旎的气息。

眼角和脸颊两边的头发胡乱地粘着,湿得像淋了雨,身子却像进了烧窑,热得难耐。

夏薇双眼染了雾气,哽咽着破碎的音节,与男人深邃的眼眸抵死交缠。

"薇,快叫我的名字。"

似有滔天的海浪冲击陡峭的山崖,怦然绽开的水花如汹涌的火焰,燃烧了黑夜里的海,无休无止。

"祁时晏——"

难以抗拒的颤抖,夏薇的声音酥入骨,牙齿深深咬进男人的肩头。

自从出了校门,几乎没人当面叫祁时晏的名字,多数人会敬他一声"祁三少",就是长辈也很少连名带姓地叫,一般都是叫他"时晏"或者"小晏",显得亲切。

可夏薇与其他人恰恰相反,从认识之初开始,见着他便是喊他全名。

那一声,有时候礼貌克制,有时候固执倔强,还有时候撒着娇,软糯带甜。

也许连她自己都不知道,在她叫他名字的时候,她的心情便全暴露在了那三个字上面。

祁时晏也搞不清自己,每次听见她叫他的时候,便不由自主地去判断她的心情,好像自己的名字是她的晴雨表。

也莫名其妙地,他总想将她的心情往他想要的方向引导。

她和自己产生情绪共鸣时,他就觉得自己赢了。

久而久之,名字这事儿就像一种魔怔,连他自己都不知道,本想吸引她的,变成了被她吸引。

骤雨停歇,两人相拥而眠,祁时晏拿纸巾将自己肩头上的一滴血珠擦去。

"属狗的?每次都咬我。你看看,全是你的牙印。"

男人俯在夏薇眼前,手指点点,细数罪状。

夏薇吃吃笑,仰起脖颈亲了亲,声音绵绵地说:"以后不咬了。"

"那不行。"祁时晏将她抱进怀里,嗅着她的体香,薄唇轻启,"我喜欢看你那时候的样子。"

她脸上的情潮还没退干净,他将情话抵进她唇齿:"好美。"

夏薇羞得低头,拉过被子蒙上,不让他看。

可男人却意犹未尽,热气拂耳:"那个舞也太美了,下次什么时候再跳给我看?"

还有下次吗?

以前每次见他,都盼着有点牵绊,好有下次,可现在……

"祁时晏。"夏薇低声唤他,"你记得你高中在哪儿读的吗?"

还有一个漫长的夜晚,聊些开心有趣的话题吧。

"哦,我读的私立,怎么了?"祁时晏挑挑眉,对突然插入的话题表示一点兴趣。

"那你知道我也读过私立吗?"

"当然知道,我读高三,你读高一。"

"你……知道?"夏薇有点吃惊,还以为男人早把自己忘了。

祁时晏吻着她,说:"我还知道你有一次被我捉弄得很惨,被我留在老师办公室里罚抄。"

"你居然记得这个!"不提还好,一提夏薇的记忆全回来了,"你还好意思说,你那样耍我,良心不痛吗?"

祁时晏躺倒,笑出了声,将她搂进怀里说:"可不就是因为这个,我一直没敢提,怕你要说我。"

记忆仿佛一道闸门,两人趁着夜色溜了进去。

那学校里的光景,一草一木都变得长情。

两人虽然交集不多,但因为同处一个学校,找出了很多共同的话题。

哪个班的谁谁谁，追过哪个班的谁谁谁，做过什么爆炸性举动，两人像对暗号似的，越说越多，越说越兴奋。

"那你呢？你可是学校女生追求的头号人物，听说你每天抽屉里各种零食和情书都塞不下啊。"

夏薇趴在床上，一双白皙的小腿跷在被子外面，一只手抚在男人的胸膛，手指用力戳了戳他。

"是啊，太多了。"祁时晏手指缠着她一缕长发，笑得轻傲，"我每天到教室，第一件事就是处理抽屉，那时候我快烦死了。"

"你……可真是。"夏薇探究地问，"我们学校那么多美女，你就真的一个也看不上？"

祁时晏朗声笑了笑，搂了搂她，问："要说实话吗？"

"当然，快说。"夏薇调整了一下趴姿，眸光亮晶晶的，期待剖到男人的心底话。

"其实有那么一个的，我要说了，你也认识。"祁时晏诡秘一笑。

"谁啊？"夏薇说不上来什么情绪，竟不知当年那个桀骜不驯、散漫不羁的少年，心里有过喜欢的人？

还是自己认识的？

男人眸光流转，定定地看了她一会儿，卖足了关子才开口说："那女生还是你们班的，跳舞跳得很好，人长得也漂亮，就是有点儿傻。"

他躺在床上，掌心在她肩上游移，轻轻揉捏了两下，目光朝向天花板，话说完了，长长吁出一口气，十分惆怅。

"啊——"夏薇唇角牵起，被迷惑了。

是她吗？他们班跳舞的除了她还有谁？

这是男人现编现扯的情话，还是真有其事？

为什么她的心像藏了只兔子似的狂跳？

心里百转千回，夏薇好一会儿才反应迟钝地配合男人一起惆怅，说："那也太可惜了，你怎么不追啊？"

祁时晏笑，轻轻摩挲着她的脸颊，煞有介事地说："都说了那女生傻乎乎的，追她，她也不懂。"

夏薇又长长地"啊"了一声："你是怎么追的呀？你出手，不可能追

377

不到吧？"

"还能怎么追？"祁时晏挑眉，陷入回忆中，一副恨铁不成钢的样子，"那年元旦搞晚会，老师说让我和她合作一个曲目，我说，她又不是我女朋友，我为什么要和她合作？"

夏薇尾椎上不自觉地激颤了一下，没料到他还记得这件事。她不由得抬高身子，拉开两人之间的距离，重新审视他，也审视当年。

"你说你，说这种话，就是追人了？"

她感觉自己被塞进了一只硕大的鼓里，心被人捶得"嘭嘭嘭"响，却什么都分辨不清。

祁时晏搂过她，坏坏地笑："可不就是说她傻吗？"

"那你说说看。"夏薇还是没明白。

"你把这句话反过来。"祁时晏掌心移至她的脊背，轻轻按揉，按得她一颤一颤，仿佛帮她回忆似的，说，"如果她是我女朋友，我们不就一起合作了？"

"啊——"

蒙在鼓里像是被人捶破了，夏薇仿佛被当头棒喝，醍醐灌顶，顿时感觉自己错失了一个亿。

她双手握拳，捶了捶床单，懊恼至极。

祁时晏抱过她，按倒她，笑着将她往自己怀里塞，缱绻的吻如春夜细密轻柔的风，落满姑娘的肌肤。

后半夜窗外下起了雨，淅淅沥沥，打在玻璃上，清脆的声响像风铃吹动，扰乱这一室的风月。

两人也从来没有说过这么多话，聊高中，聊小时候，聊自己记忆里那些深刻又浅薄的事件和见识，就像一对刚陷入热恋中的情侣，事无巨细都爱津津乐道地分享给彼此。

在浅梦中，夏薇有一点怅然若失，想他们早一点这样该多好，为什么是在最后一天。

转念又想，也好，记忆的宝藏库里又多了值得珍藏的一天。

不记得从哪个话题切入的，两人说起当年的分别。

那个分别，没有谁刻意安排，就像两列错开的列车，他们各自上车，开往彼此未知的路。

夏薇转学，去另一所学校，而祁时晏留学，去了国外。

两人那么巧，在同一天离开学校。

夏薇依偎在祁时晏怀里，说："我当时不知道你要去留学，我只是想偷偷看你一眼，去艺术楼看见你们在天台狂欢。"

"原来是这样。"祁时晏搂着她，亲吻她说，"我看见你了，一个人站在树下偷偷瞄我，我还以为你是特意去送我的。"

"那你记不记得，你飞了个纸飞机，飞给了我？"

"当然记得，当时是我叫大家把飞机往你那儿飞的，可惜他们一个个全飞不到。"

夏薇仰头笑，记忆重回那一天，星光黯淡的夜，年少轻狂的一群少年，在天台上蹦跳。

无数纸飞机向她飞来，白色弧线划破寒风，却抵抗不住，纷纷坠落，只有一只孤勇者，乘风破浪，顺利飞到她身边。

那一只是祁时晏折的，是他亲手扬起长臂，朝她飞过去的。

她还记得他对着飞机头哈了一口气，那白色的一团热气袅袅升腾，仿佛倾注了他所有的力气。

"哦，我想起来了，你的微信头像不会就是我那只纸飞机吧？"

祁时晏埋在她肩颈里，绵长的呼吸和亲吻将姑娘的肌肤吻出一片酡红，像绽开了玫瑰。

"原来你喜欢我这么久了？"

他从床头捞过手机，点开她的微信，将她的头像放大，看了好一会儿，笑了起来。

俯身就是一阵狂风暴雨的吻。

年少时期的感情，在他那里哪有什么形状？

他记得她，捉弄过，玩笑过，也好心帮助过。

只是于他，鲜衣怒马的生活里，勾动他的波澜就只有那一点儿，再多就没了。

那是什么时候开始，由着她一点点走进了他的心？

让他不再像以前那样肆意，不再游刃有余？

这一夜是这样的漫长，是这样的让他动情，可深处却是他害怕失去的心。

他抱着她，握起她的手，从大拇指开始，食指、中指、无名指，最后到小指，一起握紧了，放在唇边啄吻。

热气与濡湿通达掌心，像拢了一簇火，灼烧般的烫。

天终究是亮了。

枕边的温存尚热，夏薇悄悄摸到自己的手机，看一眼时间。

祁时晏从身后抱住她，伸长脖颈，薄唇轻轻含住她的右耳垂厮磨。

那右耳垂被孟荷拉伤的地方已经好了，只是洞眼堵了，留下一颗红色的伤痕，像血痣一样。

祁时晏一遍一遍地舔吻，心里想着要那人怎么付出代价。

"祁时晏。"夏薇唤他。

他低低地"嗯"了一声，带着慵懒的鼻音。

"我们分手吧。"

声音冷漠，像一缕风吹过，没有留下任何痕迹。

夏薇闭着眼，除了言语，一动不动。

"胡说什么？"祁时晏拍了拍她的脸，揉捏她的唇瓣，"大早上说什么疯话？"

"祁时晏。"她抓住他的手，眸子里湿漉漉的，"我知道是我总在得寸进尺，现在也是我先说出这样的话……"

"就是，你怎么可以说出这样的话？"男人一只手捂在她嘴上，不让她再吐出一个字，"我跟你说过，绝不许离开我，你当耳边风吗？"

他眸色阴戾，声音里还带着晨起的沙哑，却已经不再温柔。

眉心相对，四目相触，仿若刀光剑影。

"你那么喜欢我，十五岁就喜欢我了，你现在怎么可以说出这样的话！"

夏薇瞳孔睁大，呼吸极为不畅，挣扎着掰开他的手，大口喘息："可惜现在不喜欢了。"

泪一下涌了出来，晶莹的液体从眼角流淌而下，像悲伤的河，在微弱的晨光里莹莹发亮。

"不会的，我们在一起这么好。"

祁时晏看到那泪，心一下慌了，抱住她，压在她身上疯狂亲吻，将那泪全数吻尽。

"我知道现在我忙了些，陪你的时间不多，等我忙过这阵子就好了。"

"你忍耐一下，再忍耐一下。"

他像是变了一个人，连啃带咬，胡乱地吻过她脸颊每寸肌肤，连眼睫毛都含住用牙齿细细地碾过。

"你要什么我都会给你，但你不可以离开我，我说过的，你答应的，你答应了的。"

祁时晏喋喋不休，像自语又像质问，双腿钳制住夏薇的双腿，双手扼住夏薇的两只手腕，仿若要用力量禁锢她。

床上一片凌乱，夏薇吃痛，放弃了抵抗，身上几处被男人掐红，还没来得及反应，又见他埋头去吻，像要摧毁她，又像是心疼她。

这两种极端的撕扯，割裂了两个人的神经。

夏薇从来没见过祁时晏这样，不是暴戾，而是一种疯狂。

好像什么禁忌词折磨了他，他又反过来折磨她。

"祁时晏，你……冷静点。"夏薇张手去抱他，抚摸他后背。

"是不是我给的钱不够？"祁时晏双手按在她肩颈上摇晃，摇得夏薇脑袋发胀。

漆黑的眸子居高临下，笼罩一团阴影。

他从她身上爬起来，光裸着背，拖鞋也不穿，赤着脚就去开抽屉拿钱。

夏薇趁机从地毯上捡起睡袍穿上身，也下了地，却不料脚踩到滑落的被子，滑了一跤，膝盖撞到床沿边上。

他一个箭步冲到跟前，伸手搂抱住她，双双又一起跌在床上。

"疼吗？"祁时晏摸了摸夏薇刚才撞到的地方，亲了亲。

亲过的地方顿时一片湿热，夏薇摇摇头，泪光闪烁。

祁时晏拿了好几张卡，一起塞进夏薇手里，捏紧她的手说："给你，都给你，我所有的钱都给你，你不要担心跟着我没钱。"

"祁时晏。"夏薇低下眉睫，一滴泪像雨珠一样"啪嗒"落下，砸在男人的手背上，"我和你在一起从来都不是为了钱，你知不知道？"

祁时晏低头看着自己手背上的泪，目光滞了一瞬，又慌乱地使劲搓揉，将那滴泪揉得无影无踪。

仿佛这样，一切就能归位。

"那为了什么？"他怔怔地看着她，神情显得迷茫。

"是因为你这个人，是因为你对我的好。"夏薇抬手，摸了摸男人的脸。

还没洗漱，男人下颌上冒出一些青须，指腹摸上去有一点扎手，她用掌心贴了贴，感受到一种野蛮的张力。

"那以后我再对你好一点。"祁时晏握住她的手，在她手心里亲了下，神色松弛了几分，继而又烦躁，"就为了这个闹分手？"

他忽然凑近，牙齿咬住她下巴上的软肉，狠狠咬了一口。

夏薇紧蹙眉，"嘶"了一声推开他。

"求你别这样。"她爬起来，跪坐在床上，"我要的东西，你永远都不可能给我。"

"说说看，我怎么不能给你？"祁时晏剑眉一凛，扑倒她。

夏薇闷哼了声，蜷起双腿，抬起膝盖顶开他，两只手抵在他胸膛上："我要婚姻，你给吗？"

空气一瞬间安静，仿若一切被按下了暂停键。

祁时晏垂眸，逼视怀里的人，仿佛不认识似的左右打量，又仿佛夏薇提了一个天方夜谭的要求，他忽地笑了声："要那东西做什么，有什么用？"

"没有用？"夏薇用力推开他，咬了牙去瞪他，"没有用，你和许颖谈联姻？没有用，你俩几个月腻在一起？"

她知道有些东西不是她可以觊觎的，她也不求他为她妥协，情路到头，好聚好散各自安好。

可是话赶话说到这份上，她才发现自己其实也并没有想象中的潇洒，她心里还是有那么多的不甘、那么多的欲望。

祁时晏瘫倒在床上，脖颈仰在床沿外，莫名其妙地笑，笑声不连贯，一下有一下没，有点儿癫狂。

可那笑起来的劲又好像在笑他人痴傻，独他清醒。

夏薇却笑不出来，整理好睡袍，绕过他就想下床，却被他伸长手臂，一把拽住。

那力道有点重,夏薇手腕上立即现出一道红印,祁时晏却借着她的力,坐起身,把她拉到自己面前,摸了摸她的手,握在自己掌心里。

疯劲过去,理智回来了。

近乎一种不得不交代的心态,祁时晏向她解释了为什么和许颖谈联姻。

他说,那只是一种策略。

他将濯湾的项目简要地说了说,那是和许家一起准备的大投资,目的是要盖过祁家和孟家联姻的项目。

只有这样,才能叫那些看重利益的股东见风使舵,叫他们改变看法,他才能够和孟荷解除婚约。

至于许颖,他们认识那么多年,知根知底,和她联姻,他并不担心她会纠缠,也不担心她会逼婚。

之后再过个几年,把项目一撤,联姻解除,他便彻底自由了。

"我又不会和许颖真的结婚,只是一种互相利好的商业合作。"祁时晏将夏薇搂在怀里抱了抱,"我一直没告诉你,就是怕你吃醋,可没想到闹成这样。"

他捏了捏她的脸,使了点力往外扯,那股坏透了的纨绔劲也回来了:"我不想说的都说了,你现在满意了吗?"

夏薇摇了摇头,无力地叹息了一声:"那我呢?我就只配做你的宠物?看着你退了这个人的婚,又联了那个人的姻,却永远和我没有关系是吗?"

"祁时晏。"她望着他,眸子哀切、悲伤,"我爱过你。"

"顶着别人异样的眼光,顶着别人背后骂我,还有各种指责和指指点点。"

她低下头,眼泪在眼眶里转了一圈,收了回去,语气很平淡地陈述说:"可我那时候是真的爱你,我顾不上那么多。但是现在,我累了,不想再要这样的爱了。"

话说完,悲伤还在空气里流淌,心随之冷却,一片空寂,冰凉凉的。

祁时晏一时怔忡,注视着她的脸,好像从来没有想到她会说出这样的话。

空气忽然窒息。

祁时晏翻身下床,什么话也没说,捞起一条浴巾裹在腰腹上,拉开卧室的门走了出去。

起初听到夏薇说分手的时候,他是真的慌,那感觉就像当年听见他母亲和他说要离开一样。

从出生到启蒙,他奉母亲为他的天,他那样依赖她、信赖她,在她怀抱里一天天快乐成长。

却忽然有一天,她说要离开,他还以为只是走开一下,没想到是诀别。

她怎么狠得下心?她怎么能那么残忍?她怎么能说走就走?

他的天塌了,缠绵病榻大半年,可她再没回来。

这种失去的滋味尝一次就够了,他绝不能让夏薇离开他。

她既然提出了问题,他解决便是了。

可她为什么要一副冷面孔?哭都不哭了?

那样子好像一点都不再留恋,放弃了他,连一丝机会也不给。

祁时晏从冰箱里拿出一瓶山泉水,拧开盖,一口气灌下大半瓶。

冰凉的水冲击口腔,滑入喉咙,浑身随之受到刺激,一阵冰意。

喝完水,他又拿了一瓶,走回卧室。

夏薇还坐在床上,那番话说完,他就走开了,她有点蒙,不太确定他是接受了还是转入了另一种疯狂。

她想做点什么,表示一下分手的决心,想了想,拿过手机,将手机壳剥了下来,那是她和祁时晏的情侣手机壳,还是她买的,曾经一心想和他组成一对的。

剥下来之后,她直接扔进了垃圾桶。

她又想起什么,打开微信,将自己的头像换了。

祁时晏走回来,就看见那头像闪了一下,他的纸飞机变成了一片粉红色的樱花。

"干什么?"祁时晏心一沉,猛地抽走手机,"为什么要换掉我的头像?"

他手一扬,对着房门就将手机扔了出去。

夏薇听见"啪啦"一声炸裂的声音。

是客厅里一只玻璃橱柜被砸碎了。

夏薇条件反射地打了个寒战,双手本能地去捂耳朵,冲男人叫了声:"你疯了吗?"

"我疯了。"祁时晏站在床边,俯下身,修长手指摩挲在她脸上。

夏薇躲一下,他就更用力地捏上,直至她仰起脸,他掐住她的下巴。

握过冰水的手带着冰水的凉意，渗进她皮肤里，很快泛出一片红。

"分手是不可能的，你这辈子都休想。"他眸光阴鸷地盯着她。

"喜欢了九年，一句不爱就不爱了？"他嘴唇贴上她的嘴唇，长驱直入，勾住她的舌头，狠狠吮咬了一口。

在夏薇反应过来，想咬他的时候，他又快速退出，诡魅地笑了一笑，舔了舔唇，余味未尽。

"从今天开始，你就待在这儿，我们好好培养感情。"

夏薇没想到男人说"待在这儿，我们好好培养感情"，就是将她锁在这里。

后来，祁时晏在iPad里订了餐，又去衣帽间换衣服，夏薇以为他恢复正常了，便起床去洗漱。

可她从卫生间里出来时，客厅里多了一台餐车，餐桌上摆了几个餐盒，祁时晏不在房里。

而被砸的玻璃橱柜支离破碎，玻璃碴儿到处都是，她的手机却找不到了。

夏薇拉开窗帘，小心地踩过碎玻璃，四处找了找都没有，转身想去拿座机拨打电话，却吃惊地发现座机也没了，就连酒店的iPad也不见了。

所有的通信工具集体消失，夏薇顿感不妙，连忙跑去房门口，果真，房门也被从外面锁上了，里面怎么都打不开。

祁时晏从来都是高高在上，傲慢又偏执，不可一世。

想和他感情对等，那是痴人说梦。

他只有该死的占有欲。

那块昨晚送的钻石手表还在床头柜上，夏薇拿过来看了一眼时间，飞机是晚上八点的，距离现在还有十个小时。

她深呼吸，让自己冷静下来，换了一身衣服，拉开餐椅，坐到餐桌边吃饭。

既然他有意要困住她，那黄妈估计也不会来了；就算来了也不会让她走。

而祁时晏将她锁在这儿，不管怎样总得管她的三餐，现在已经上午十点，如果现在吃的是午餐，那下一餐得在晚上了。

而那时候如果祁时晏回来，根本不可能放她走。

她得想办法在他回来之前离开。

夏薇去露台转了转，那里空间大，除了正中一个超大的蓝色游泳池，另外一面靠墙，三面是栏杆。

而栏杆都非常高，别说爬不出去，就算爬出去，几十层楼高，她是逃命还是送命？

要不对着楼下大喊大叫，引起别人的注意？

那祁时晏不也回来了？

夏薇趴在栏杆上，往下看着密密麻麻的封闭式深色窗户，一扇扇在阳光下显得非常刺眼，和祁时晏一样不近人情。

忽然，她想到了白易文。

白易文不是就住在祁时晏楼下吗？而且他是水中仙的股东之一，他应该能避开祁时晏救自己出去吧。

可是这样不是又一次欠人情了？

不过她暂时想不了那么多了，有机会总要试一试。

夏薇立即回屋，进衣帽间，将几件睡袍的腰带全部解下，打了结连成一根绳，丈量了一下长度，差不多够一层楼高了。

她又从冰箱拿出一瓶山泉水，桌上撕了张便笺纸写上"SOS"，贴在水瓶上，一起绑在腰带上。

她拿着东西来到露台，万分惊慌却又迫使自己镇定，将求救信号从栏杆处一点点放下去。

可是，不是谁都能预料到她有意外，等着她求救的。

那水瓶像鱼钩一样下去了，在半空中垂垂荡荡，夏薇趴在栏杆上一个小时也不见动静，而自己屋里也不见人来。

太阳越来越毒辣，夏薇将腰带系在栏杆上，自己先回了屋。

屋里太安静了，日光照进来，白花花的，有种生命静静流逝的茫然感。

她开了电视，制造出一点声音，才觉得心情缓解了些。

目光从透明的落地窗投出去，可以看到那条垂着不动的灰色腰带。

如果白易文救不了她，那她只能想其他的办法。

再退一步讲，大不了今天的机票白买了，改天再走。

这么一想，神经又松弛了许多。

屋里剩菜剩饭散发出的味道不太好闻，夏薇一一倒进垃圾桶，扎紧了袋口，连同餐具一起塞进餐车。

地上满是玻璃碴儿，这里没有扫把和簸箕，夏薇拿了条毛巾，跪到地上，将玻璃碴儿推到一起，也清理进了垃圾桶。

连沙发背后和橱柜上的小碎片，都一一捡拾，清理干净了。

整理好了之后，夏薇坐到椅子上，将那束紫蓝色玫瑰摆到面前，强迫自己放松心情去欣赏。

昨天开得正好的鲜艳的娇花，此时花瓣往外垂落，更有一些轻轻一碰就掉了下来。

就像有些事一样，总叫人悲伤又无奈。

夏薇捡起那花瓣，丢进了垃圾桶。

再后来，不知过了多久，就在她以为自己余生都将这么枯坐的时候，露台上那条腰带飞了起来，最上面那一截雾霾色正在迎风招展。

夏薇噌地站起身。

有救了！

很快，白易文找来了一个锁匠。因为是智能锁，多花了一些时间。

门打开时，夏薇差点喜极而泣，从来没觉得自由是这么宝贵。

"时晏没打你吧？"白易文一看见她就问。

夏薇摇摇头："他有一点失控，但还不至于那么狂暴。"

"接下来你想去哪儿？"

"先回家。"

两人迅速离开酒店，路上夏薇一直低着头，哪怕坐在车上也是，好像一抬头或者一回头就会看见祁时晏。

白易文送夏薇到出租屋，夏薇以最快的速度收拾行李，准备去机场。

她行李不多，一共就两个行李箱，一个已经整理好了，另一个收拾了一半，就差一些随身衣物和日常用品。

像一场逃亡，夏薇的动作麻利得出奇，没一会儿东西就装好，拉上了拉链。

白易文帮她将行李箱搬下去，夏薇则站在门前，将钥匙留在了家里，最后看一眼房屋，心里有一点不舍，自己也没料到会走得这么匆忙。

她借白易文的手机给沈逸矜打了个电话，和沈逸矜告别。

"这么快就走了吗？"沈逸矜看了看时间，才下午三点，"飞机不是晚上吗？"

387

"其实是因为祁时晏。"夏薇哽着声音,和闺蜜交了底,"我跟他说分手了,他不肯接受,人有点疯,我没敢告诉他我要走。"

原想着好聚好散,没想到闹成这样。

离开原本只是为了逃离夏家,可现在看起来更像是为了逃离祁时晏。

"薇薇,你有没有想过,其实祁时晏是爱你的,只是他们那种家庭出来的人对待爱的方式和我们普通人的想法不一样。"

"不会的。"夏薇否定说,"他从来不关心我内心的真正想法,也不允许我走进他的内心。他爱我就像是对待宠物,想起来逗一逗,想不起来就随便我自生自灭。"

夏薇鼻尖一酸,苦笑了笑。

"薇薇,我听祁渊说,祁时晏是知道你辞职了就马上飞回来的。他要不在乎你,怎么反应会这么快?"

"如果你的猫忽然很反常,你也会多看它几眼的吧?"夏薇叹了声,"算了,不说他了。矜矜,我走了,等我到美国安顿下来就给你消息。"

"等等,你怎么去机场?"沈逸矜着急说,"我送你,一起去。"

"我从家里走,有个朋友过来送我。"

"那行,那我从公司直接去机场,我们在机场再见一面吧。你飞机还早,我们还有很多时间可以一起说说话,我去送你。"

"好啊,矜矜,你太好了。"夏薇笑,但一想到祁渊给她配的车,又担心,"那你别坐你司机的车了,自己打车过来。"

"明白,我自己叫车,不让他们知道。"

沈逸矜因为自己学不了车,又需要用车,祁渊便给她配了车和司机。

夏薇去美国这件事一直做得很保密,原本是为了防止传到夏家去。

如果沈逸矜的司机知道了,那肯定会传到祁渊那里,祁渊知道了,那就等同于祁时晏知道了。

机场里人来人往,白易文陪夏薇办了值机,托运了行李。

时间还多,夏薇请白易文去咖啡厅小坐,请他喝杯咖啡,再三感激道谢。

她说:"你救了我三次了,我给你贴个'救命恩人'的标签也不为过吧。"

白易文坐在她对面,笑着回:"其实我挺高兴的,你每次在关键时刻都能想到我。"

他笑得真诚,不带一点点轻浮,分寸感拿捏得很好。

夏薇低下头,指尖捏着银勺,慢慢搅动咖啡。

如果有得选,她是不想三番五次求助他的,欠下这么大一笔人情债,她该怎么还?

还好白易文没有继续这个话题,他给早已回到美国的母亲拨了个视频,将夏薇的航班信息给了她,叮嘱母亲到时候接机。

航班不是直达,中途需要转机,白妈妈细心地将航线全要了去,还叫夏薇注意安全。

"阿姨人真是太好了。"夏薇感谢道,就着白易文的手机和白妈妈聊了几句,抽出杯垫,将对方的手机号记了下来。

她现在没有手机,准备去美国落地后再买。

白易文和她说了一些需要注意的事项,夏薇一一用心记下。

没一会儿,沈逸矜到了,两闺蜜拉了拉手,想到即将到来的分别,心里都有些不好受。

白易文心知她俩有很多心里话要说,便提前和夏薇告了别,剩下两个女人重新点了两杯咖啡坐在一起聊天。

夏薇将自己和祁时晏之间发生的事简要地告诉了闺蜜,做了一个很无奈的总结:"你以前总说祁渊偏执,我不理解,现在可从祁时晏身上全感受到了。"

她曾经和沈逸矜讨论过偏执和深情的区别。

她认为将偏执中的暴戾和傲慢去掉,再加上一点温柔和浪漫,便是深情。

但无论是感情还是性格,哪里可能像调咖啡一样,加点这个,去点那个,就能调出一杯自己满意的咖啡?

沈逸矜对好友推心置腹地说:"我后来有仔细想过,像他们那种家庭出身的人,的确和我们常人不太一样。

"他们习惯了高高在上、强势、偏执,不许人违逆,什么都要按照他们的想法来。你都不知道祁渊,有多喜欢发号施令。

"所以我想，你说祁时晏把你当宠物，这不一定是他主观的想法，可能就是他潜意识里的一种习惯，不懂得去在意别人心里的想法。"

夏薇听着若有所思，想起早上和祁时晏摊牌时，他发愣的表情，好像很意外她会那么说。

她赞同道："你说得对。祁时晏就是太自我了，太太太自我，总是他想怎样就怎样，谁也不可以管他。"

这样的一个人，谁能指望他真的爱上谁？

反正轮不到她。

而在她这里，这份感情到此为止，她这只飞蛾也觉得圆满了。

"还记得我以前说过的吗？我就是想豁出去爱他一场，现在这样的结果，我一点也不后悔。"夏薇笑了下，"只是有一点点遗憾，没能好聚好散。"

"其实有一点遗憾也好。"沈逸矜安慰说，"留下一个念想，让你以后能够回味。"

"也只能这样了。"

两人一起笑了笑。

机场里灯火通明，不分白天黑夜都是一样的光景，只有电子屏上滚动的航班信息昭示着时间的流逝。

形形色色的旅人，或留恋，或冷漠，或谈笑风生，又或是哭得稀里哗啦，却谁也阻挡不住离别。

有一对恋人，拥抱在一起已经很久了，女孩的脸埋在男孩的怀里，肩膀微微抖动，哭得不行，男孩不停地亲吻她的额头和发丝，时不时低头，唇角翕动，一定在说着很动人的情话。

夏薇投过去一眼，忽有一点伤怀，那是她理想中的分别啊，可惜主角不是她。

忽然一阵手机铃声拉回了她的思绪。

是沈逸矜的手机。

沈逸矜给夏薇看了一眼来电姓名，是祁渊。

电话一接通，就听见霸总强势的声音："在哪儿呢？"

沈逸矜语气不爽，反问："干吗？"

对方立即软下来："就问问你在哪儿？"

沈逸矜冷哼："我没必要告诉你吧？"

前夫妻开始打嘴仗了，夏薇抿住唇，降低自己的存在感。

她和沈逸矜交换了一个眼神，两人猜到祁渊这个时间打电话，怕不是祁时晏在他旁边，知道夏薇跑了，正在找她。

祁渊说："我在你家门口，你人呢？"

沈逸矜接话："哦，我在客户这儿。"

"去见客户怎么没用车？"

"我坐客户的车来的。"

"那行，你把地址发给我，我现在去接你。"

"不用不用，一会儿客户送我回去。"

两人你来我往，虚与委蛇，沈逸矜说什么也不肯告诉祁渊地址，然而糟糕的是，她们忘了自己身处何地，机场的广播随即通报了一条航班信息。

手机那头很明显地哼笑了声，祁渊说："行啊，学会撒谎了，你等着。"

沈逸矜手指一抖，摁了挂断。

她抬头看向闺蜜，沮丧地说："怎么办？暴露了。"

夏薇看了眼电子屏上的时间，安慰说："我马上进闸，离登机就半小时了，他们如果在我们家门口，应该来不及赶到的。"

沈逸矜点点头说好。

两人一起走去安检处，互相给对方一个深深的拥抱。

沈逸矜抱着好朋友说："薇薇，你一定要幸福，谁也阻挡不了我们幸福的脚步。"

夏薇本来有一点伤感，被她鼓励得笑起来。

"是的，没人可以阻挡。等我有了新男朋友，第一个就告诉你。"

"好啊，要超过祁时晏的。"

这个可能有点难，但是夏薇笑着说："好，超过他的，比他好十倍百倍的。"

两人依依惜别。

沈逸矜拍了拍闺蜜："你先进去吧，我晚点再走，他们肯定要来，我在这里拖住他们。"

大有"你先走，我断后"的积极对抗敌人的革命情怀。

夏薇笑了，说："你可要挺住，坚持到最后。"

沈逸矜拍胸脯保证："放心吧。"

夏薇拿上自己的机票和证件，和好朋友再一次拥抱，挥挥手进闸去了。

可是千算万算，谁能算到那天飞机故障，没能起飞。

夏薇在登机口，听着广播里中英文重复的致歉通知，一遍一遍核对自己的航班信息，难以置信。

她本以为今晚是她人生的重要转折点，夏家和孟家所有带给她的负能量都会在今晚画上句号，就连和祁时晏的关系也将彻底斩断。

她甚至想好了，就算背负骂名，就算将来在国外过得不如意，也绝不后悔今天的决定。

但是现在，一切都被打破了。

不过，现在没时间抱怨，夏薇一想到祁时晏可能赶来机场了，背上背包就往外走，耳边注意听着广播，想着出去就买张机票，到哪儿都行，先离开榆城。

从出口出去，有一段狭长的通道，灯光偏淡，乘客们三三两两往前走，有个小女孩梳着羊角辫，特别兴奋，来来回回地跑，撞到夏薇身上，不好意思地吐吐舌头。

夏薇扶住小女孩，善意地笑了笑，小女孩像只小鸟一样，不顾家长的呵斥，又扑腾扑腾跑到前面去了。

夏薇顺着她的视线往前看，那通道前方光线白得发亮，所有人方向一致地往外走，清一色的背影中，却有人面对面地走进来，显得特别扎眼。

那人穿着黑色衬衣，面部轮廓在白光下尤其深邃，几缕偏长的额前发垂在眉睫上，致使那双桃花眼辨不清情绪，只觉得他周身一团戾气，像刚从地狱而来。

夏薇愣了两秒，转过身朝里面跑，可她的腿哪有男人的腿长，没几步就被人一把拽住，堵住了去路，阴戾喑哑的嗓音传到耳边："就这么想离开我？"

第十章

心动的声音

moonlight

"祁时晏。"夏薇声音不自觉地发抖,"如果是因为我提的分手,让你很不爽,那你来说。"

男人眼尾猩红,漆黑的眼眸映着火光,像极了深夜森林里狩猎的凶兽。

她有些惧怕这样的他,赔着几分小心说:"我离开和你没有关系,我对你也没有怨言,你愿意的话,我们还可以做朋友,我会祝福你……"

"我说过多少遍,不许离开我!"祁时晏打断她,双手按住她肩膀,将她往后一推,推到墙壁上。

夏薇肩上背着背包,撞上墙壁,发出很大的声响。

四周的人朝他们看过来,夏薇没觉得多痛,但被人围观,羞耻和惶恐让她心跳加速,脸上一阵白一阵红。

祁时晏被这一撞也似乎撞回几分理智,抢过夏薇的背包,套在自己手臂上,双手一捞,就抱住了她。

"不分手。"男人咬着字音,往前一步,将人往后压,"这三个字很难懂吗?"

没了背包,夏薇的后腰直接被压上墙壁,她挣扎了几下,男人却将她压得更紧。

耳边听见他说:"我把许家的项目叫停了,我不和许颖谈联姻了。"

夏薇吃惊,抬头看他,祁时晏又说:"我以后有事再也不瞒着你,什么都告诉你。"

语气温和了几分,戾气骤减。

夏薇才看见他脸色暗沉、头发凌乱,下颌上布满了密密麻麻的青茬,这发生在一个极度自我,平时很注意仪表的人身上简直无法想象。

而他右脸颊偏下的地方还有一块青肿,像是被拳头打的。

谁敢打他?

只是当下不是想这些的时候,夏薇是那种越混乱越理智的人,周围围观的人越来越多,她大脑高速运转,用商量的语气和男人说:"我们先离开这里好不好?"

"说了不许离开我!"男人忽然戾气加重,背包滑到手腕上,他一掌掼到地上,抬起长腿就发狠地踢去老远,好像那是夏薇出走的原因。

"离开"是他的禁忌词?

刚才那小女孩还没走,她爸妈和其他人一样在看他们,小女孩跑去捡起那背包,想送来给夏薇,却又不敢上前,怯怯地站在原地。

夏薇分了心,看向小女孩,感觉很尴尬。

她背靠墙,四周所有人都在围观他们,可祁时晏的状态有些失控,眼里只看得见她。

夏薇有些茫然,不知道该怎么办。

可她不说话,祁时晏又要问她:"怎么不说话?"

男人比早上还疯,声音干哑,怕是一天都没喝过水,可他一双大手还是那么强劲有力,抓住她的手,动也不能动。

夏薇用眼神安抚他,说:"你先放开我,我们找个地方好好聊聊好吗?"

"好,我们回家。"祁时晏说着搂住她,往外面走去。

这下换夏薇停住脚,不肯动了。

男人说回家就是回水中仙,那个地方她刚逃出来,怎么也不可能再自投罗网。

"祁时晏。"夏薇最终决定还是就在这里做诀别,她口吻冷淡地说,"放过我吧。"

事已至此,不能妥协那就狠狠心,总要有个人做残忍的那个。

"感情没了就是没了,再勉强也……"

"放过你?"祁时晏眸底一暗。

他两只手掰住她的脸,逼迫她对视,排山倒海的压迫感和危险气息同时席卷而来。

"你老实交代,你是不是和 Iven 好上了?你俩趁我不在暗度陈仓,现在你出国,是想躲着我和他私奔?"

"你疯了吧,这样污蔑我。"夏薇刚被他的气势吓到,不自觉地害怕,听完他的话,血气突然又猛地上涌,朝他猛力推了一把,推开了他。

公众场合,她也不再顾及彼此的脸面,质问他:"你说我是你女朋友,是什么女朋友?吃喝玩乐、风花雪月的女朋友吗?

"可惜了,祁时晏,我很贪心,我想要那种知冷知热、能和我说说心里话的男朋友,在我需要帮助的时候,他可以第一时间陪在我身边,可以和我分享快乐,也可以帮我分担悲伤,可是你有过吗?

"每次我有事,都找不到你,我们算什么男女朋友?要不是 Iven,我死好几次了,你知不知道?"

她弯了腰,一只手扶在扶手上,胸口起伏不定。

这些话积蓄在她心底很久了。

祁时晏愣神了几秒,大概是第一次看到夏薇发脾气,也是第一次有女人敢对他发脾气。他往前两步抱住她,口气软了几分:"现在知道了。"

男人身上滚烫,像火一样,夏薇的脸被迫贴在他胸膛,伸手想要推开他,却反而被抱得更紧,窒息感和他身上这份炽热使得她泪水汩汩地冒了上来。

这一哭,一发不可收。

那些埋在心底不想触及的心事,本想自己消化消化就过去了,想去国外有了新的生活也就渐渐放下了,可是现在被祁时晏阻挠,全被勾了出来。

"祁时晏,我喜欢你,爱过你……我知道我要不起你的婚姻,但我幻想霸占你的爱情……可结果……我们之间更像一种不正常的关系,和爱情无关。

"你知不知道啊……我从头到尾想要的是和你在一起……而不是做你的情人,更不是宠物。"

悲伤开了闸，夏薇埋在祁时晏怀里发出控诉，眼泪控制不住地往下流。

那泪冲垮了她，她腿上失了力，在男人双臂松动的时候，整个身子滑了下去，跌坐到地上。

祁时晏慌了神，连忙去抱她，可平时轻轻巧巧就能抱起的人今天不知怎么，就是抱不起来。

他什么也顾不上，跪在她面前，一只手搂在她后背，另一只手去给她擦眼泪，可那泪怎么也擦不完。

"我……错了，求你别哭。"

祁时晏抱住她，将人箍紧在怀里，心里有多少触动，两只手臂就用了多大的力。

他前襟湿了一大片，黏糊糊地贴在胸腔上，振动起伏间，莫名有一种压力，感觉心脏都跳不动了。

来之前，他和白易文打了一架，两人出手都很狠。从小打到大，祁时晏从来都是赢的那个，可今天他没赢。

他不只是吃到了白易文的拳头，还被骂得狗血淋头。

而在他，这些都不是重点，重点是他听说了很多有关夏薇和她父母之间的事。

他内心骇动，第一反应是醋意上头，认为夏薇不和自己交心，这么大的事告诉了白易文，却没向他吐露半句。

当时他只有一个念头，那就是无论如何一定要把夏薇抓回去。

后来到机场，沈逸矜又一次和他说了夏薇的事，他才后知后觉地发现自己好像做错了什么。

可是错在哪里，他很模糊，此时听到夏薇亲口说，他才有所顿悟。

"不哭了，我以后改还不行吗？"

一身戾气敛尽，祁时晏弯下了高傲的脊背，和之前换了个人似的，抱紧怀里的姑娘，低下头，捋过她的头发，亲吻她的脸颊和眼泪。

"我们重新开始，你说什么就是什么，以后我们天天在一起，再也不分开。"

他来时气势汹汹，想过要将她一辈子囚禁在自己身边，哪怕养成一个废人，也不能容忍她逃跑。

可现在才知道，她为什么要分手，为什么那么想离开自己。

"我以前没谈过恋爱,你是我第一个女朋友,你总要给我机会练习不是?"他额头抵在她额头上,一只手抚着她脸上的泪水,很小声地和她说话。

这种小声,是忐忑和小心翼翼,还有一种独属于男人的难以启齿的羞耻和卑微。

纵横风月场,他见多了男女之间的那点关系,他知道夏薇和那些女人不一样,他也有心保护这份纯洁,但是知道归知道,相处中却还是不知不觉用了那套。

人人都说他风流浪荡,他从不在乎,甚至很受用。

水中仙会所是他的,他是老板,他不风流谁风流?

只不过和女人真正的接触,在夏薇之前,他其实一片空白。

他看透了流连在他身边的女人,多的是想做他的玩物,可他却没有玩的心,直到遇见夏薇。

"我只是你的第一个女朋友。"夏薇眼睛红肿,哭得累了,渐渐收了泪,碎发凌乱地糊了一脸,她也顾不上形象,自暴自弃地说,"你以后会有第二个、第三个,你找她们去练习吧。"

她一只手撑到地上,想爬起来,祁时晏一句"胡说",将她又按在了地上。

他的一只手从她脖颈上绕过,将她重新搂住,说:"我只要你,你是第一个,也是最后一个,我的女朋友只有你一个,唯一的一个。"

不知道是不是他说过的情话太多了,夏薇听了,居然也没什么反应,只是讥笑了一声,推开他:"可惜我现在一点也不喜欢你了。"

她笑着摇了摇头,脸上的泪分明还没有干,人却已经冷漠到无动于衷,像听别人的笑话似的,末了还要问一句:"怎么办呢?"

不知道哪里吹来的风,寒冷而粗犷,吹起人们的衣角,也将地上两人的发吹得更乱。

围观的人几乎都没走,还多了一些机场的工作人员,沈逸矜和祁渊也来了。

大家保持了分寸感旁观,谁也听不清他俩说的话,只是单单看着。

夏薇像宿醉之后清醒了过来,为自己现在的处境感到一点难堪,而祁时晏一点也不在乎别人的目光。

夏薇要站起来,他就陪她站起来,夏薇从小女孩手里拿回背包,他就接过去,随便往自己肩上一挎,夏薇往前走两步,他就双手箍在她身上,同步脚步走两步。

"祁时晏。"夏薇试图带他离开这里,但是两人不适合这么贴在一起走,可祁时晏低着头,半侧脸贴在她发顶上,眼眸微垂,浓密直立的眼睫毛簌簌颤动,看起来不太对劲。

不等她说话,祁时晏先开了口:"如果你要结束过去,那我就陪你一起结束过去。"

夏薇靠着扶手,缓慢地点点头。

祁时晏抱着她的双手忽然用力了几分,用哀求的声音说:"再喜欢我,好不好?"

男人站在她面前,灯光从他侧上方打下来,脸上的阴影深浅不一,勾勒出他深邃的轮廓,低垂的眼眸没了刚才的气势,而是多了几分落寞和颓丧,还有一点……卑微?

夏薇难以置信地看着他,祁时晏却低下头,将自己的下巴埋到她脖颈里,讨好地说:"再给我一次机会。"

他一出生就含着金汤匙,除了被家族安排联姻,至今没有什么不顺遂,过着肆意快活的人生,处处居于他人之上。

他能知道什么是卑微?什么是讨好?

那不都是别人在他面前表现的姿态吗?

"我以为我们俩在一起是最完美的,可没想到原来有这么多问题。"祁时晏抱着她,口吻懊恼沮丧,"那好,我们就当第一次恋爱是个失败品,我们再来第二次。"

"祁时晏。"夏薇有点不可思议,早知道他的逻辑常常不同于一般人,可是分手就是分手,哪有这么偷换概念的?

可祁时晏不让她开口,抚摸着她的头发说:"你以为跑到国外就能找到一个比我更好的了?不可能的,只有我是最好的。"

夏薇转头,不想面对他。窗外,漆黑的夜空里有星光闪烁,飞机昂扬冲破夜空,往更高的地方飞去了。

夏薇忽然有些烦躁,嘲弄他:"你哪儿来的自信?"她打开他的手,"祁时晏,我是人,不是阿猫阿狗,不是摸摸我的头、喂我吃饭就是对我好。"

"那我说我从来没把你当宠物,你信吗?我只是想宠你,但我的方法可能不太对。"

祁时晏放下了手,却没有离开她,而是两只手撑在她身侧两边的扶手上,低垂着头,表情依然卑微。

"我说我是最好的,是因为我会努力去做那个对你最好的人,不让任何人超过。"

夏薇微怔。

"我以前没有喜欢过人,而你喜欢了一个人九年,我们之间是不太对等。"祁时晏看着她,继续说,"那你用你喜欢了一个人的九年的经验教教我,我用九倍的喜欢追上你,好不好?"

情绪千回百转,到这儿,夏薇不知道为什么有点儿想笑。

可是祁时晏靠近她,嗓音顿了顿:"就算你现在不喜欢我也没有关系,换我来喜欢你就好了。你可以离开我,但你不能阻止我靠近,这样总可以吧?"

夏薇抬眸,又偷换概念?

祁时晏抢白说:"你以前接近我的时候,我可是从来没有拒绝过的。"

夏薇蹙眉:"我什么时候接近你了?"

"还说?你总是心里想接近我,又不敢接近,每次都要我来制造机会。"

"……哦,你可真会。"

"对嘛。"祁时晏趁机抱住她,两只手臂上的力道渐渐收紧,下颌用力地蹭了蹭她的发顶,"总之,你不能在我什么都不知道的情况下就给我下判决书,我不服,你怎么也得给我二审的机会。"

夏薇笑出了声,很轻,却足够祁时晏听见。

祁时晏摸摸她的脑袋,又说:"还有,你要相信我,你家的事我有能力解决,我绝不允许任何一个人欺负你,谁要欺负你,我十倍奉还,哪怕是亲生父母也不行。"

他的口吻异常坚决。

夏薇低下头,到这一刻不知道该说什么好。

男人的状态好像恢复了,不再像一开始那么躁郁,但也没有平时那么吊儿郎当,姿态放得很低,又认真。

周围看热闹的人有些骚动,特别是有几个女人,带头在叫:"在一起,在一起！"

其他人跟着起哄，连小女孩都在喊："哥哥姐姐快点在一起。"

夏薇以前不太在意别人的眼光，但和祁时晏在一起就会不由自主地去考虑这些，说到底还是因为两个人的阶层落差太大了。

她对祁时晏说："我们明天再说好吗？"

反正今天也走不了了，总不能一直在这里耗着。

祁时晏说好，却又没有放开人，他扯了一下自己的衣领，从里面拎出羊脂玉的吊坠，将玉从脖颈里取下来，转手套在夏薇的脖子上。

夏薇睁大眼睛看着他，抬手去挡，但他却很强势地塞进了她衣领里。

那玉温热，落到心口时，在人心上烫了一下。

祁时晏说："我现在说什么你都不信，那我用这块玉证明你在我心里的位置，总可以吧？"

这块玉他从三岁戴到今天，从来没离过身，有多重要？

他自己坦白过，这是黄妈的所有，是比母爱更珍贵的一份感情。但他现在愿意将它交给夏薇，是因为夏薇在他心里超过了这份感情。

夏薇怔了又怔，觉得心口沉甸甸的。

而祁时晏也没再说什么，将背包背到后背上，转身和她并肩往外走。

周围的人们唏嘘一片，很不过瘾地大喊："亲一个，亲一个！"

还有人鼓起了掌，起哄说："就是，亲一个再走嘛。"

祁时晏偷偷撇头看了夏薇一眼，夏薇装作没听见，脚步越走越快，祁时晏眉头松了松，跟在她身后。

沈逸矜和祁渊走在他们后面，沈逸矜先前还为自己没能阻止住祁时晏深深自责，现在看到他们这样，她拉了拉祁渊的衣角，感慨说："太好了，现在他们的关系又往前迈了一大步，祁时晏太会哄人了。"

哪知祁渊皱了眉，转头瞥了她一眼，出了候机厅，也不回家了，搂住她就往酒店走。

沈逸矜"哎"了一声："这是去哪儿呢？"

祁渊朝她勾了勾唇，眸底含着一丝笑意："今晚哄你。"

夏薇去行李处取行李，祁时晏让她在旁边等着，他去取。

有位白发的老太太走过来，朝夏薇笑着指了指祁时晏的背影，说："你男朋友很不错，现在这么好的年轻人不多了。"

夏薇有些难为情，礼貌地回了声："谢谢。"

刚说完，又有人走过来，对她说："要幸福哦。"

没一会儿，又有三三两两的人走过来，或祝福，或朝她善意地送来微笑，都是刚才围观他们的人。

夏薇原以为喜欢看热闹的人一般都不友善，可没想到今天遇到的这些全是天使，忽然感觉到一股久违的温暖，也不再尴尬。

祁时晏推着两个行李箱走过来，问："就这两个，对吧？"

夏薇点点头，看他深衣浅裤，一手推一个，后背还背着一个，有点违和。

因为祁时晏出门从来不提行李箱，身边多的是献殷勤的人。

走神间，那个可爱的小女孩跑了过来，朝夏薇举着一根棒棒糖，欢喜地说："姐姐，送你一根棒棒糖，祝你和哥哥百年好合。"

夏薇接过，弯下腰摸了摸她的羊角辫，道了声谢："谢谢小朋友。"

小女孩一双大眼睛扑闪扑闪，有个词卡住了，想不起来，挠了会脑袋，转头向她妈妈求救，她妈妈站在两米外，笑着和她对口型。

机灵的小女孩马上想出来了，抬头朝夏薇和祁时晏大声说："永浴爱河。祝姐姐和哥哥永浴爱河。"祝福送完，也不等他们回答，头上的羊角辫飞起，快快乐乐地又跑走了。

夏薇终于笑了下，目光从小女孩身上转回来，没想到祁时晏一直在看她，笑容一时没收住，让她的脸没来由地烫了下。

祁时晏唇角微微勾起一个不太明显的弧度，说："走吧。"

夏薇看了眼手里的棒棒糖，只得跟上他的脚步。

两人出航站楼，夏薇指了酒店的方向，说自己今晚不回家。

她打定了主意，先安抚住祁时晏，再伺机离开。

祁时晏一副顺从的样子，送她过去。

在酒店里登记好了，夏薇拿到房卡，房门刷开的时候，祁时晏推着行李箱，径直往里面走，被夏薇挡住了，态度坚决。

祁时晏只好松开手，看着她自己将行李箱推进去，正想说点什么，"嘭"

一声,门被关上了。

思绪纷乱,夏薇在床边坐了会儿,拿过小女孩送的棒棒糖,草莓味的甜甜圈形状,看起来很甜。

脑海里想起刚才那么多陌生人的祝福,不知怎的,感觉今晚发生的事也没那么难过了。

她将脖颈上的羊脂玉摘了下来,这玉是纯天然的,没有经过雕琢,却一点棱角也没有,被男人养了这么多年,玉质温润而透着光泽,握在掌心,莫名安心。

爱和占有欲应该怎么区分?

祁时晏怕她离开,她敢肯定这是他的占有欲在作祟,可他说要重新追求她,那是真的为她妥协,还是只是怕她离开的一种妥协?

一夜囫囵,夏薇随便洗了个澡就睡觉了,可又怎么睡得着?

没了手机,时间也搞不清楚,她打开电视机,找到有显示时间的频道无声播放着。

门外时有窸窣声音传来,声音不大,也不频繁,好像有老鼠,夏薇盯着门缝看了一会儿,迷迷糊糊地睡去。

一觉醒来,才凌晨三点半。

夏薇再睡不着,索性起了床,准备离开酒店。

她担心天亮之后,祁时晏会找上门来,而她暂时不想面对他。

谁知,门一打开,就看到蜷缩在门口的祁时晏。

那么高大的人像断了线的木偶,堆放在门框内的一隅之地。

他上半身蜷缩着倚靠在一侧门框上,缩着脖颈,脑袋低垂,而身上还是昨晚的黑色衬衣,显得狼狈、凌乱,哪还像个矜贵风流的公子哥。

"祁时晏。"夏薇惊骇,冲他叫了声。

他竟然就这个样子睡在这里!

守着她?怕她跑?

祁时晏听到动静,缓慢抬头,看见夏薇,嘴唇动了动,想说话却说不出,摸着门框想站起来。

可是身上麻木、冰冷,又僵硬。

夏薇扶了他一把，才让他得以站起来。

祁时晏脸色暗沉，偏长的头发散乱地垂在额前，有几缕遮住了他几近涣散的眼神。

混沌中，他看见行李箱，嘴里反反复复吐着几个音节，夏薇听了几遍才听清楚是"不要走"。

"祁时晏，你何必呢？"

话出口，就见男人步履蹒跚，往前一步摸到行李箱往房间里推，踉踉跄跄地，人也跟着进了房间。

夏薇转身看着他，门在身后自动关上了。

祁时晏将两个行李箱推到床边，抱起一床被子就往身上一裹，人顺势坐到了床上。

太冷了。

四月天，乍暖还寒，夜里温度比白天低十几度。

祁时晏身上就一件单薄的衬衫，怎么可能扛得住？

夏薇蹙了蹙眉，开了房间空调，往烧水壶里装了水，烧开，倒了一杯递给他。

祁时晏盘腿坐在床上，洁白的被子裹在身上，只露出一张灰白的脸。

他头发凌乱，瞳仁无光，右脸颊上那块被打得青肿，连着下颌上一大片灰青色胡须，看起来可怜兮兮的。

像一只流浪狗。

他没接水杯，两只手都在被子里，就着夏薇端着的姿势，伸长脖颈去喝水。

"烫。"夏薇往后一缩，没让他喝，"先端着，暖暖手。"

"你给我抱抱。"祁时晏得寸进尺，寻求更大的安慰。

夏薇没理会，转身重重地将杯子放在床头柜上。

还没来得及走开，一副冰冷的身躯贴上了她的后背。

心头刚起的那点火气也似乎瞬间被浇灭，发不出来了。

"祁时晏，你这样不行，去洗个热水澡吧。"夏薇挣扎了一下，却没挣得开。

"你陪我一起洗。"男人双手箍紧她，薄唇擦在她后颈上，呼吸都是凉的。

"你自己洗。"

"那我不洗了。"

祁时晏垂头丧气，抱紧她。

如果他去洗澡，夏薇趁机跑了怎么办？

昨晚，从机场到酒店，他都觉得自己胜券在握了，可没想到她不让他进门，他预感到不太妙，便守在门口了。

而更让他没想到的是，夏薇真的半夜想跑。

"你让我抱一会儿，就一会儿。"

祁时晏哀求，他双腿跪在床上，紧紧抱住夏薇，浑身发着抖，半侧脸埋在她后颈里，呼吸深浅不一。

夏薇背对他站着，垂眼。男人的双手交叠在她腹部，冰凉凉的。

她闭了闭眼，轻轻抬手，拍了拍他的手背："祁时晏，我们谈谈。"

"等我缓过劲来。"

夏薇只好站着，任由他抱了一会儿。

空气静谧，只有空调轻微运转的声音。

两人都不说话，也没有过多动作。不知过了多久，夏薇感觉后背上终于有了些热气，男人的体温上来了，同时耳边也听见了均匀平缓的喘息，和轻微的鼾声。

夏薇掰开男人的手，转身，竟发现祁时晏抱着她睡着了。

不等她叫他，祁时晏被她的动作惊醒，哀求道："不要走。"

那么漂亮的一双桃花眼，此时眼眶布满血丝，眼底一片青黑。

夏薇扶住他，心疼心酸一起涌上来："我不走，你先好好睡一觉好吗？"

"你呢？"

"我……也睡一会儿。"

夏薇知道自己此时走不掉，想着先稳住祁时晏。

眼见男人眸光亮了一瞬，她连忙补充说："你睡沙发，我睡床，如果你想睡床，我就睡沙发。"

祁时晏这才点点头："那你睡床。"

说完，他自觉地从床上爬起来，摸了摸僵得发硬的膝盖，一瘸一拐地走去沙发。

他刚躺下，又爬起来。

夏薇正想丢一床毯子给他，眼见他朝自己走过来，用毯子挡在身前，问："干吗？"

祁时晏看看她，举起双手，做了一个投降的动作，绕开她，绕过床尾，走到行李箱跟前，将两只行李箱的拉杆拉起，拉到沙发那儿去了。

就这么怕她逃走。

夏薇暗叹，抬手将毯子朝他扔了过去。

电视打开，夏薇看了一眼时间，才四点多，她抖开被子，躺进去，侧身背对沙发，将男人忽略掉，眼睑微合。

她在心里盘算着，如果不从榆城走，那从哪里出国比较好？

胡思乱想一阵，疲惫感泛上来，夏薇睡了过去，渐渐睡得深。

以至于房里有了动静，她也丝毫没觉察。

祁时晏嫌沙发上冷，等夏薇呼吸清浅了，便轻手轻脚地起来，先打了个电话，背着夏薇办了点事，再去卫生间洗了一个热水澡。

他出来后，悄悄爬上了床，将睡成鹌鹑的姑娘小心地抱到床中间，自己躺到她身边，盖好了被子。

在机场，他忽然明白了，他怕夏薇离开，其实是自己离不开她。

祁家家大势大，可是和他亲近的有几个？

黄妈再重要，那是他母亲一样的人，祁渊再好，也只是兄弟。

至于浮华场里，锦绣繁华，万花嫣然，又有谁能真正入他的眼？

只有夏薇，一双琉璃眸子，被她看一眼，弄得他心里头总是发痒。

他承认，从来没有一个女人这样对他产生过吸引力，她唤醒了他体内沉睡的荷尔蒙，让他从来没有那么强烈地想要得到一个女人。

占有与征服，让他坠入欲望的沟壑，除了夏薇，换了谁都不行。

而自己仅仅是因为这个离不开她吗？

想占有她的心，不知道什么时候被她占有了，想征服她的心，也不知道什么时候被她征服了。

这到底怎么一回事，他也说不清。

祁时晏关上灯，亲吻了一下夏薇的头发，一只手小心地穿过她的脖颈，轻轻搂住她，另一只手覆上她的手，握在自己掌心。

将她整个拥紧在了怀里，他才闭上眼，放任自己渐渐睡去。

可思绪侵蚀，人明明很疲惫，倦意沉重，夏薇一动，他都会猛然惊醒，身体里的每一根神经都似乎特别脆弱。

他才知道自己有多害怕失去她。

于是这一夜,他不断地醒来,反反复复地确认,她还在自己身边。

听着她的呼吸,紧扣她的手。

还好,还好。

半梦半醒间,夏薇蹙了蹙眉,低声嘤咛。

她感觉自己被人拖进了海里,浮浮沉沉的海水从四面八方涌来,海浪将她一波一波推向岸边,可是那岸明明看得见,却怎么也到不了。

有水呛进口中,意识混沌,她渐渐缺氧。

沉溺中,感觉身边有人,她呼救,伸手去抓,可抓到的不是水,就是鱼,全部滑溜溜地从她指缝间溜走了。

忽有一个巨浪涌来,白色的,带着阳光的暖意。

她张开手,由着浪将自己卷入浪尖,冲上了海岸。

海浪灭顶而过,水花渐退,她攥紧的双手,忽然发现有细沙缓缓落下。

后背触感柔软,有了依托之物,是沙滩。

她得救了。

她看向那簇光,几乎喜极而泣。

她抬手擦掉眼角的泪,想爬起来,看看到底发生了什么事。

头顶却传来哑音:"薇薇公主,早上好。"

夏薇睁开了眼睛,看见男人眸光里的欲色和唇角妖冶的笑,彻底醒了。

"祁时晏!"

她的手不自觉地揪紧了床单,最后一下打在他胳膊上,却失了力。

祁时晏仰颈喟叹了声,才俯下身,覆在她身上,将绵长而餍足的呼吸渐渐散在她脖颈里。

"浑蛋。"夏薇忍下生理性泪水,用指甲掐了他一下。

祁时晏嗷叫了声,沉哑的嗓音反驳说:"你刚才明明很享受的。"

夏薇气得咬牙,推他:"出去。"

"去哪儿?"

"管你去哪儿。"

"这是我的地盘。"

所以她为什么要心软,善心大发地做了一回农夫,救了一条蛇。

她看着他披着酒店浴袍,给黄妈打电话,让对方送衣服过来的时候,那倨傲又漫不经心的样子,不还是那个风流浪荡、轻狂自我的人吗?

凌晨像狗一样蜷缩在门口差点冻死、狼狈不堪的人到底是谁啊?

夏薇穿好衣服起床,收拾行李准备离开,忽然发现背包里的护照和身份证不见了。

夏薇心下一急,到处找了找,反应过来,之前还好好地在包里的,这会儿突然不见了,就只有一个去向。

趁祁时晏去卫生间洗漱,她拿起他的衣服裤子摸了摸口袋,什么也没有。

但是除了祁时晏,不可能有别人动过她的包。

"祁时晏。"夏薇冲卫生间叫了声,用质问的口吻说,"你把我护照和身份证拿走了?"

祁时晏转身,一脸痞气,摊开双手,拍了拍身上白色浴袍:"你找?你要在我身上找出来,我吃了。"

他正在用酒店的一次性剃须刀,白色泡沫挤满了半张脸,完美地掩饰了他阴险的笑。

不过乐极生悲,这种剃须刀不常用,一不小心就剃破了皮,流了血。

祁时晏"嘶"了声,洗干净脸之后,终于有了一点良心,将企图把床垫掀翻找护照的姑娘拉住,坦白交代说:"好了好了,别找了,是我拿走的。现在已经不在酒店里了,被我藏到了一个非常非常安全的地方,你别担心。"

夏薇抬眸,瞪他,眼神凶狠。

祁时晏却坏坏地笑。

他摸了摸她急红的脸,"体贴"地说:"那玩意儿以后我替你保管,丢不了。"

"我要你保管做什么?我今天的飞机。"夏薇推开他,"快叫人送来。"

祁时晏皱眉,脸色瞬间又黑了:"怎么还想出国?"

他抓住她双手,将她推到床上坐下:"说说看,我就不信有什么非去不可的理由。"

他眼神忽然变得狠戾,昨晚上那咄咄逼人的气势又来了,夏薇没来由地心虚了一下。

407

她出国的计划其实并不完善，主要的原因是为了逃离夏家，以及远离孟家和祁时晏，远离榆城这个是非之地。

可是这些，祁时晏都答应了去解决，她再坚持，倒显得自己有些无理取闹。

而美国方面，她申请了一所大学，那所大学名气不大，但如果申请通过，可以暂时解决她落脚的问题。

而她自己，英语口语不错，还会做西点、做饼干，她相信自己的生存能力不会差。

这些都是她和沈逸矜反复研究过的最可行的方案，不过让祁时晏知道了，怕是只会得到他的嘲讽。

果不其然，夏薇三言两语说完，祁时晏便嗤之以鼻，说："那就是个野鸡大学，你没查过吗？专坑你这种人。"

夏薇咬唇，说："知道啊，这不也没别的办法，至少能先落个脚不是？"

这话说得祁时晏心又软了，将她搂进了怀里。

他心里知道，其实还有一个更简单更轻松的办法，那就是嫁给白易文。

可他的姑娘没有选择这条路，没有像他一样势利，随便拿婚姻当筹码。

他是多么幸运，又多么汗颜。

他搂住她，忽然听见自己心动的声音。

这种心动时刻其实有很多，猎手酒吧门口第一次见到她，去她出租屋吃火锅，请她去打麻将，还有她醉酒栽进他怀里，强行拿毛巾给他降温，金秋宴上他随她赢，她却一定要为他赢……

原来自己真的很喜欢她。

只是现在才发现。

祁时晏低下眉睫，就想吻她："以后我陪你去，我们玩个遍。"

夏薇抬手挡住他的唇，将他的脸撇开："别说得那么好听，就算你现在把我强行留在身边也没用，我已经不喜欢你了，我对你已经没有以前那种感觉了。"

"是吗？怎么没感觉？"祁时晏才不信，双腿跪到床上，抓住她的两只手，薄唇做武器，又去亲她，"你说你哪都软，怎么这张嘴这么硬。"

"祁时晏。"夏薇脸一红，腿一抬就去踢他，"分手，你要死性不改我们就没话说了，现在就分手。"

一说"分手"祁时晏眼眶又要红了，抱住人就扑倒在床上，压紧了哄着说："不分，不分，求你了，别动不动就说'分手'行吗？"

他在她唇边用力咬了一口，咬得她闷哼了一声，声音低哑急切："你说什么我都听，就是'分手'不行，我们死也要在一起。"

随即，他用四肢钳住夏薇，将人卷在怀里，不让她再动一分。

夏薇被压得喘不过气来，推也推不动，颈边是男人蓬勃的呼吸，心里很怕他又发疯，只得小心拍了拍他，安抚说："我说什么你都听？"

"听。"他沉闷中发出一个音节。

"那你现在起来，我们好好谈谈。"

沉默几秒，祁时晏说了声"行"，这才从她身上爬起来，好像下了一个巨大的决心。

身上重量顿时消失，夏薇吐了口气，坐起身。

她给自己理了理衣服，端端正正坐在床边，脑海里搜刮男人的罪状，准备细数一番。

而祁时晏则下床，拉来一张椅子，大刺刺地往夏薇面前一坐。

那浴袍腰带往下，丝绒的下摆有一侧滑落，露出冷白健瘦的大腿，半遮半现。

"祁时晏，你正经点行不？"夏薇别开脸。

"哦——"男人拖腔带调，面对面朝向她，双腿交叠，看似正经了一些，可脚指头勾着酒店拖鞋，要掉不掉地晃晃荡荡。

夏薇不去看他，忽视他的小动作，呼吸调整了几次，情绪刚酝酿好正要开口，耳边传来了门铃声。

是客房服务送早餐来了。

夏薇气得随手拿起一个枕头朝祁时晏砸去，祁时晏笑着接住："饭总是要吃的，对吧？我昨天一天没吃饭。"

那你早上还那么卖力？

夏薇差点骂出口，幸好被自己的理智拉住。

这个早上发生的一切，把她的情绪冲得七零八落。

不过两人后来还是谈了一次话，在祁时晏吃早饭的时候。

夏薇没吃，坐在书桌前，看他将餐车里的菜和汤一小盅一小盅地往茶几上摆。

祁时晏一向不吃早饭，这会儿却饿极了。

"你过来吃点，我们边吃边谈。"祁时晏坐在沙发上，端了一只小盅移到旁边，"这是你最喜欢的松茸鸡汤。"

夏薇没应，转过身，背对着他说："等你吃完了再谈。"

可祁时晏又不乐意了，他感觉到她又要和他怄气。他双手端起鸡汤，送到书桌上，还贴心地拿来一根调羹，安慰说："不生气了好吗？生气了说的话那可不都是气话吗？还怎么谈？"

"我现在就是很生气啊。"夏薇秀眉蹙成了一字，心情没来由地烦躁，"我要怎么说，你才能明白？我现在不想吃饭，你就别强迫我了。"

她气恼地把鸡汤推开，抬头说："你到底知不知道我们之间最主要的问题是什么？

"就是你总是不在意我的感受，不在意我的想法。

"你口口声声说不分手，不想要我离开，说喜欢我，可是我在你的心里到底占有多大的比重？

"看起来你好像给了我很多，可事实上，我在你身边一点安全感都没有。"

夏薇一口气把话全说了，气得胸口一上一下剧烈起伏。

她原来以为祁时晏把她当宠物，可他昨晚否认了。

他就是高高在上习惯了，就是一丁点也不懂得爱。

这样的人怎样才能和他沟通？怎样和他建立对等的恋爱关系？

"原来是这样啊。"祁时晏看着姑娘生气，自言自语了一句。

他弯下腰，蹲在夏薇椅子旁边，一只手悄悄去触碰夏薇垂在大腿上的手，见她没抗拒，便突然抓住，握在了自己掌心里。

夏薇转头，朝他看了一眼。

祁时晏仰头，迎着她的目光，握紧她的手，贴到自己脸颊上，声音温柔地说："那我以后什么事都先问问你，好不好？所有的事情都等你答应了，我再做，好不好？

"我很在意你的，很在意很在意，你说的每句话我都会记在心里。"

他将她的手放到唇边不停地啄吻："以后无论什么事，你都要和我说，你不说，我怎么知道？"

夏薇抽开手,眼尾带着几分泪意,气恼之后委屈又上来了:"我说?我说了有用吗?你根本不让人管。你多自由啊,想怎样就怎样,想去哪儿就去哪儿。你有脚吗?你只有翅膀。"

"我错了我错了。"祁时晏连忙又去抓她的手,挪动一只脚,想靠她近一点,可小腿有点麻了,索性一只膝盖跪在地上。

他双手拉住夏薇,摇了摇:"你看,我有脚,还有手。"

"薇薇。"男人将她的手握在掌心,语气软得不像话,"我的脚以后归你管好不好,你说往东就往东,你说往西就往西,我什么都听你的好不好?"

夏薇瞥他一眼。

男人一身白色,单膝着地,虽然一张俊脸是朝上仰着,姿态却是低眉顺眼,话音里全是卑微和讨好。

乍一看,像摇尾乞怜的萨摩耶。

莫名被取悦,夏薇眨了眨眼,那点泪意终究收了回去,语气却还是生冷:"那你和许颖呢?你手机里那么多女的。"

"统统删掉。"祁时晏痛心疾首地说,"我本来就和许颖没什么,这次的联姻我已经和她说了不谈了,项目也叫停了,剩下的我会和她再说清楚。

"至于手机里那些,我全部删掉,以后谁要加都不给加,我就保留我女朋友夏薇一个人的微信。"

夏薇后背靠上椅背,心头稍微松动,眉心却还紧蹙着。

"薇薇……"祁时晏将她的手和自己掌心相对,修长的手指插进她指缝里,与她十指交扣,拽紧了说,"你相信我,我没有喜欢过别人,你是我第一个,也会是我最后一个,除了你我谁也不喜欢,我就只喜欢你。"

夏薇哼了一声:"你是怕我跑吧。"

男人点头:"是怕你跑。"他将她的手指放在唇边,一根根吮咬,"也是怕你不喜欢我。"

他咬住她的食指,在齿间细细研磨:"昨天你说你不喜欢我,我心痛死了。

"我们重新来过,你觉得我哪里不好,你就说,我来改。我以后什么都听你的,我不会再离开你,你也不要再离开我,我们就一直在一起。"

夏薇叹了口气,最终在男人的软磨硬泡中松了口:"看你表现。"

祁时晏"嗯"了一声,双手搂过她的细腰,将脸在她身上蹭了蹭,发誓

411

说:"以后你所有的事都是我的事,我所有的事也都是你的事,我会一件一件都处理好的,你相信我。"

"不出去浪了?"

"不了不了,以后我只和我家薇薇浪。"

这场蓄谋已久的出逃,最终在这个清晨被祁时晏击成了炮灰,连分手也没成功。

静下心来的时候,夏薇回头看这件事,说不清楚是好还是不好。

祁时晏想让夏薇搬去和他一起住,夏薇没同意。

她重新回到出租屋,继续和沈逸矜住在一起,也回到嘉和去上班,继续做她的打工人。

生活好像没有改变过。

改变的是祁时晏。

项目叫停了,后续交给了祁渊,祁时晏忽然就闲了。

他终日无所事事,每天的乐趣就是给夏薇制造各种惊喜,变着花样送礼物,全部的心思都花在了夏薇身上。

几乎每天下午,他都会带下午茶和糕点去夏薇公司楼下,用无人机送上去,使得楼里的人疯狂尖叫。

夏薇下班时,他则会抱着一大束的鲜花堵在大门口等她,和她一起去吃饭,到处玩乐,看风景。

但有一条,晚上夏薇一定要回出租屋睡,不肯和祁时晏在一起。

祁时晏有些委屈,每次送她回去的时候,都会可怜兮兮地说:"你要给我表现机会呀,你不给我表现机会,怎么知道我的好?"

夏薇却冷漠得很,将他凑上来的薄唇一巴掌拍住:"你记住,你现在在观察期,我会给你打分,打到 10 分的时候,你才有机会。"

"那我现在多少分?"祁时晏就着姑娘的掌心,用力嘬一口。

"2 分。"夏薇睨他一眼,推开车门下车。

祁时晏连忙跟着下车,追上她,揽住她的腰,说:"我送你上去。"

"不用不用。"

男人却不容分说,一个公主抱将她抱起,迈开长腿就往楼梯走。

祁时晏一口气爬上六楼，将人送到门口时，已是大汗淋漓，气喘吁吁，可还要挤出笑，问："现在可以给3分了吗？"

夏薇扯了扯身上弄皱的衣服，朝他翻了个大白眼："你又忘了，做任何事，不是应该先问我愿不愿意吗？现在，你只有1分了。"

说完，她用钥匙开了门，一个余光都没给，径直进去了，将脸上表情还没来得及变化的男人丢在了门外。

祁时晏薄唇动了几动，无声抗议，抹过一把额头的热汗，朝那破旧的铜门挥了挥拳头。

敢怒不敢言。

转身下楼，祁时晏却没有马上走。

他靠在车前抽了支烟，时不时抬头看看六楼那一盏橘黄的灯光。

他烟抽完，回到车上，无聊地上网刷手机，再打打游戏。

反正回家一个人也是做这些，在这里反而安心一些。

等六楼的窗户变成一片漆黑，隐入夜色之后，他才感觉一天的心头事了了，发动汽车离开。

祁时晏抱着弥补和宠爱的心，每天都在给夏薇送礼物。

贵的、不贵的，有用的、没用的，只要他觉得有点意思，夏薇可能会喜欢，便统统买下来，送给夏薇。

夏薇也不拒绝，只不过一个也没拆，就想看看男人能坚持多久，等真正分手的时候一次全还给他。

沈逸矜看着家里到处摆满的鲜花和琳琅满目的礼物盒子，笑着对闺蜜说："祁时晏说要用九倍的喜欢追你，现在可真是不遗余力啊。"

夏薇叹息摇头："他这哪里是追我，根本是看着我，就怕我有一点点想逃跑的念头。"

"那你还想跑吗？"

"再看看。"

沈逸矜揶揄道："你的护照和身份证都被他藏起来了，你还能怎么跑？"

夏薇若有所思："总会有真正分手的时候。"

她想到祁时晏身上的婚约，那才是两人之间最大的矛盾。

413

但祁时晏摆明了态度，坚决不承认这场联姻，而且凡是不利于他和夏薇感情的事，他统统打压。

机场那天的事太轰动了，被人拍了视频，发到网上，上了榆城头条。

赞誉和贬损对半，祁时晏找人专门盯着。

凡是好听的评论，就会有专人在底下回评，去他酒吧喝酒免单；凡是不好听的，一律删除。

这一波操作，头条占据了十天，热度都减不下去。

评论也渐渐一边倒，全是祝福和赞美，祁时晏的几个酒吧也随之名声大噪，夜夜火爆。

只不过相对的，许颖的粉丝们不答应了，纷纷去许颖微博下留言。

站许颖骂夏薇，也有人骂祁时晏是渣男的，说他朝三暮四，玩弄许颖的感情。

许颖因为项目被叫停、联姻终止，心情烦闷到无以复加，这些评论多少给她一点安慰。

可有一天，祁时晏破天荒地用自己的大名进入评论区。

他留言说：我是祁时晏，向大家澄清一下，我的女朋友只有夏薇一个，和许颖从头到尾都只是朋友关系。

祁时晏私下找许颖聊过，许颖表示理解。

可她微博上暧昧不明的操作，让祁时晏有些不爽。

一顿操作完，祁时晏满意地放下手机。

而同时，夏薇也在屏幕背后看着这些。

祁时晏将夏薇的手机还给她，还将她的微信头像强行改回原来那只纸飞机。

他还特意拍了张照片，晒在自己的朋友圈里，说是"被爱的证明"。

引起一片柠檬精群嘲。

夏薇面对这些，不再患得患失。

祁时晏满眼都是她，她能感觉到他们是真的在谈恋爱了。

祁时晏不只是宠她，还会问她的想法和感受，听她的意见，很多事情让她拿主意。

倒是夏薇自己，反而没有以前那种认真和在乎，就抱着玩的心态。

每次和祁时晏在一起,总像是最后一次,尽兴而欢就好。

这使得祁时晏好像发现了另一个夏薇似的,越发喜欢她,每时每刻都想和她在一起。

那天,夏薇跟祁时晏去了酒吧,嘈杂的音乐震耳欲聋,各种香水和酒水混杂在空气里。

舞池里人很多,男男女女。

夏薇很快融入气氛,踩着节拍就想上去跳舞,祁时晏拉住了她。

那双桃花眼,在旋转的彩色灯光下火花四溅,他弯腰,凑在她耳边说:"要跳回家跳,外面就别跳了。"

"回家哪有这个气氛?"夏薇随意摇动了两下腰肢,妖娆的曲线灵动闪现,立即引来几道视线。

祁时晏朝那些人丢了几个冷眼,迅速将夏薇带进包厢,好言好语地求着说:"我亲爱的薇薇公主殿下,你是有男朋友的人,你的舞只能跳给我一个人看,别的男人看见了像话吗?"

夏薇笑,将下巴高高一昂:"那就不跳了呗,你也别想了,我没心情了。"

祁时晏暗暗嘀咕,现在的女朋友比以前难哄得很哪。

那天包厢里全是祁时晏的狐朋狗友,夏薇只认识几个,大多数是第一次见。

祁时晏耐心地一个个给她介绍,也将她以女朋友的身份大大方方地介绍给大家。

换以前,根本不可能。

现在,他愿意让夏薇接触自己的生活圈,也让大家认识夏薇。

灯影流离,夏薇坐在沙发上,将肘支在大腿上,半侧脸歪歪地搁在掌心,看着身边与人谈笑的男人,感觉他在改变。

而祁时晏不满足她这一点感觉,伸长手臂将她揽进怀里,用牙签叉起一只樱桃喂她吃:"开不开心?"

夏薇点头,吃下那颗樱桃,拉过他的手,将核放在他掌心里。

祁时晏气笑,另一只手臂一用力,低下头就吻了她,用只有他们两个人听得见的声音说:"我现在有几分了?"

他总在操心他的分数,像个打榜的选手。

明明没有竞争对手，小命却拽在考官手里，不敢有一丝懈怠。

夏薇笑，眨了眨眼说：“看你今天表现良好，给你3分吧。”

"才3分。"祁时晏垂头，附到姑娘耳边，哄着说，"我有个小技能，今晚你跟我回家，我表演给你看，你给我10分好不好？"

夏薇一听"回家"，秀眉一挑："想得美。"

祁时晏拿过几颗樱桃，在手里抛了抛，不得不改个方案说："我说的不是那个，我会一项杂技，你知不知道？从来没给人看过。"

"什么杂技？"

"回家给你看。"

"如果我看了觉得不好看呢？"

"那，我再送你回去。"

夏薇翘了翘唇。

两人和大家打了招呼，提前离场，祁时晏牵着夏薇的手，内心想挥拳，像个愣头青一样想喊"Yes"。

他感觉比第一次带夏薇回家还兴奋，这可是自己努力了一个月挣来的加分项。

可是酒吧外，晚风微凉，夏薇迎面一口风，小腹抽了一下，有痛感袭来，她停下脚步，弯下了腰。

祁时晏正给司机打电话，转身收了手机，扶住她："怎么了？"

夏薇按住肚子，小声哼唧："可能'大姨妈'来了。"

"现在？"祁时晏还有点不可置信。

夏薇被他逗笑了，手提包里找了找卫生巾，却一片也没有。

"你帮我去买一下吧。"

"我？"这下祁时晏的表情有一丝惊惧。

他在很多方面都能绅士体贴，尤其是现在面对夏薇，底线刷新了一次又一次，可是给女人买卫生巾这种事，他本能地排斥。

要知道，祁渊曾经给沈逸矜大半夜去买这东西，还被他嘲讽了好几天，他可不想成为自己嘲讽的对象。

"你看那家店也不是很远。"夏薇指了指马路对面，那里有一家24小时营业的便利店，"过了马路几步路就到了，你是我男朋友，你不给我买谁给我买?"

夜已经深了,空旷的大街上,车辆稀少,两边的临街店铺几乎都已沉睡,对面那家便利店门头上亮着"24小时"的灯光,非常扎眼。

夏薇按着肚子,痛得脸上都冒汗了,祁时晏扶她靠住墙,眉头一皱,仿佛下了一个巨大的决心,转身跑过马路,跑向便利店。

那深色衬衣在夜风里鼓起,不羁中竟给人一种舍身取义的感觉,好像他去干一件多了不起的大事。

夏薇靠着墙,唇角上扬,忽然觉得肚子也没那么痛了。

等跑回来,祁时晏手里好像抓了个烫手山芋似的,迫不及待地丢给了夏薇。

夏薇接住,忍不住笑了,就一包小小的卫生巾,外面居然套了两个黑色的袋子。

有这么见不得人吗?

"你怎么没把自己的脸蒙上?"夏薇笑他。

祁时晏喘着气,左右看看,还有些心虚,说:"可不是,我本来也想的,要不我怎么拿了两个黑袋子。"

夏薇要不是不舒服,真想放声大笑。

为什么会觉得这样的祁时晏特别可爱?

不过乌龙的是,她回酒吧,去了一趟卫生间,"大姨妈"并没有来。

再次走出来,车已经到了,祁时晏靠在车旁,指尖燃着一点猩红,头顶深邃的天空星疏云淡,清冷的月光打在他身上。

夏薇走过去,抬眸,不好意思地轻轻吐出两个字:"没来。"

祁时晏看着她的眼睛:"耍我?"

"不是啊。"夏薇笑,琉璃眸子在月光下亮晶晶的,一只手有意无意地划过他的皮带,"我也是才知道的。"

祁时晏勾唇,眸底一沉,抓住她的手,低声说:"那就跟我回家。"

那天回到水中仙,祁时晏果真拿出了压箱底的绝活,给夏薇表演了一个小杂技。

是什么呢?

祁时晏挑了四只大小均匀的香梨,两只手拿起,轮番往空中抛和接,形成一个循环的轨迹。

"哎,有点意思。"

夏薇试了几次,只拿两只香梨都轮转不来。

"你怎么会?"夏薇不可思议地看着男人双手灵活抛动,那四只香梨像施了魔法,很听话地上下滚动。

祁时晏边玩边笑,眼睛跟着香梨走,手里动作不停,还要分神和女朋友说话。

他说,小时候老太太喜欢听评书,养了两个评书人在枕荷公馆,其中有一个比较伶俐,会这些小杂技,常常逗老太太开心。

他跟在身边看多了,便学到了。

"还不错。"夏薇点评说,"改天给你做身戏服,把你卖到戏院子里去。"

祁时晏被气笑,收了香梨,说:"我的杂技哪是谁都能看的?"

他搂过姑娘,低头,眸光流转:"也就只有你才有这样的待遇。"

夏薇笑着回:"倍感荣幸。"

下一秒,男人又开始得寸进尺:"那现在,跳舞给我看?"

夏薇狡黠一笑:"要我跳,也不是不可以,不过刚给你加上来的分,我得全部扣掉。"

祁时晏长长地"啊"了一声,抱住眼前的姑娘,恨不得一口吃掉。

可现在被吃得死死的却是他自己。

祁时晏左右摇了摇身体,求饶说:"这样,我们一起跳好不好,你别减我的分了。"

夏薇压住唇角的笑,说好。

于是,那夜春色撩人,银白的月亮有幸做了一回观众,水中仙顶层的露台上,欣赏到一对相拥曼舞的身影。

暗红色的吊带裙如夜间绽放的玫瑰,在夜风中盈盈浮动着香气,那是红酒的香,是沐浴后的香,也有荷尔蒙的香。

蜜茶色的长鬈发在男人指尖勾缠,翻飞的裙摆剐蹭在男人的腰腹。

祁时晏搂过心爱的姑娘,酒杯泼洒,一地旖旎。

自从在夏家遭受毒打之后,夏薇就再没回过夏家。

如今，祁时晏将夏家的情况全部了解了一遍，几次和夏薇说要去见一见夏启炎。夏薇心存疑虑，一直拖着。

昨晚，祁时晏哄了一宿，说他会好好处理，让夏薇相信他，夏薇这才答应了。

出发时，祁时晏安排了五辆车，不是只有他们两个，而是整整齐齐带了两队人，还备了很多礼物，浩浩荡荡一字排开去往夏家。

到家门口，王巧英开了门，忽然看见狭窄阴暗的楼道里站了很多人，个个穿着黑西装白衬衣，手里捧着礼物。

她什么时候见过这么大的阵仗，惊喜又慌张地朝门里喊夏启炎。

夏启炎走出来，满脸堆笑，热情地伸出双手去握祁时晏的手。

可祁时晏没有回握，只是似笑非笑地问候了一声，牵着夏薇的手，领着后面所有的人进了门。

很快，八仙桌上堆满了礼物，全是名贵的滋补品，王巧英喜不自禁，东摸摸，西看看，一张嘴笑得合不拢。

夏启炎比她有城府，笑呵呵地请祁时晏坐，叫夏薇去泡茶。

可祁时晏却拉住夏薇，没让她动，那些穿黑西装的人一个也没走，乌泱泱地站在了他们身后。

这些人一个个虎背熊腰，站得笔直，屋里开了灯也挡不住他们身上的肃杀之气。

一时，简陋的房子里，氧气变得稀薄，夏启炎感觉呼吸不畅，王巧英也缩回了手，退后几步，躲到夏启炎身后去了。

祁时晏可不是白易文。

白易文相对斯文，他虽然从小长在美国，却一身儒雅，除了和祁时晏近墨者黑，打过几场架，待人处事一般都很温和有礼。

而祁时晏从小混不吝，骨子里多的是形骸放浪的痞性，要不是有良好的家教规束，教得他一身绅士做派，不然现在哪儿来的人模狗样？

他今天有备而来，岂能让夏启炎好过？

不过初次登门，该有的礼数还是要有的。

祁时晏眸底一丝笑意，对夏启炎抬了抬下颌，丢了个字："坐。"

夏启炎心理落差有点大，摸着椅子的靠背，感觉好似进了别人的家，好

419

一会儿才在年轻男人对面坐下。

他接到夏薇的电话后,便一直在猜测祁时晏的身价,又猜想从祁时晏那里能得到多少钱。

登机桥上的事闹得那么大,尽人皆知。

夏启炎看过网上那些照片和视频,觉得祁时晏喜欢自己的女儿,喜欢到那个份上,应该多少钱都是他说了算的了。

可是现在,他怀疑自己惹错了人,眼前的年轻人和传言中的风流浪荡公子哥不太像。

夏启炎清了清嗓子,壮了几分胆说:"祁时晏,你第一次来……"

"咳!"

祁时晏身后有个人重重咳了一声,打断夏启炎,一双眼像鹰一样盯着他:"祁三少的名字是你叫的?"

另外有人活动了一下腕骨,"咯啦"一声响。

夏启炎顿时呆滞,一口痰堵在嗓子眼,久久落不下去。

祁时晏笑了声,不以为意,修长的手指在桌上随意敲击了两下,隔着一桌子的贵重礼品,看向夏启炎。

"夏先生,不必紧张。夏薇是我女朋友,我早就应该来拜访你们了,直到今天才来,礼数不周的地方还请你们多多包涵。"

语气散漫,又客气。

夏启炎像是得到了喘息的机会,连连点头:"祁、祁三少能来我们家,那真是太看得起我们了。我们也就夏薇一个女儿,平时养得娇气了些,她要哪里不好,还请祁三少多多包涵。"

夏启炎年过半百,在社会上也混了数十载,虽没见过什么大世面,自认为世故圆滑的本事还是有的。

祁时晏鼻尖轻轻逸出一声笑,慢悠悠地说:"听说,我错过了一件大事。"他看了眼身边的夏薇,对夏启炎说,"夏先生,我现在来了,希望还不晚,有什么话你尽管说,只要是我能解决的我一定解决。"

但凡感受一下周围的气氛,就不会觉得他的话有什么诚意,可是夏启炎听见最后一句,两眼放光,像鱼儿咬到鱼饵似的。

"祁三少，你一定能解决，这事也就你能帮我解决了。"

夏启炎忽然想，这么多黑面神应该只是祁时晏的排场，年轻人一直笑，说话客客气气的，还是很有修养的，何况人家带了这么多值钱的礼物来呢。

紧张感散了些，他说："祁三少，你也看见我家的情况了。虽说条件不太好，但我们人穷志不穷，我就想送我小儿子去美国留学，多读点书，将来好挣大钱。只是我们积蓄不够，就想让夏薇找你借一点，哪怕你丢一个子，我们都感激不尽。"

他话说完，又觉得自己说得太直白，不够委婉，连忙补了一句："你看，可以吗？"

"只是借钱？"祁时晏笑了声，"行啊，要多少？"

夏启炎喜出望外，没想到面前的年轻人这么爽快，果然是有钱人。

他看了眼夏薇，示意夏薇开口。

可夏薇坐在祁时晏旁边，一只手托腮，另一只手在玩弄礼盒上的线绳，压根不理会他。

夏启炎心里有点急，一想豁出去了，决定亲自抓住这天赐良机，他头往前倾去，笑着朝祁时晏比画了一个数字，说："也不多，就一百万，将来如果不够，再向祁三少借。"

他身后的王巧英忽然也往前两步，靠近了桌子，跟着夏启炎一起笑。

祁时晏也笑，抬了抬手："好说，一百万而已。"

身后立即有人从西服内兜里掏出一本支票簿和一支笔，恭敬地摆放到祁时晏桌前。

夏启炎伸长脖子，越过桌上的礼盒，看那支票簿，心里有一丝后悔，没多要点。

可是，祁时晏并没有马上签，而是又抬头问夏启炎："我这里的钱是好借，不过夏先生打算怎么还？"

夏启炎愣了一下，反应过来，说："这个当然是问夏薇了，夏薇会还的。"转头朝夏薇看去，笑着说，"夏薇，你快说。"

夏薇正想开口，祁时晏握住她的手，问向夏启炎："你跟我借钱，为什么叫夏薇还？"

夏启炎笑得理所当然："夏薇是我女儿，她替我还钱那不是天经地义吗？"

"天经地义？"祁时晏冷笑出声，一条长腿伸到桌外，椅子上坐不住了。

他站起身，在屋里走了几步。

房子老旧阴暗，楼层低，灰白的墙上随处可见肮脏的污渍和一团团剥落的油漆。

而此时屋子里人多，空间逼仄，除了祁时晏的走动声，大家不约而同地屏住了呼吸。

人虽然多，却陷入一片死寂。

祁时晏走到夏启炎旁边，侧身虚虚地靠在桌沿，目光居高临下："父债女偿？天经地义？"

夏启炎抬头，只看到年轻人清晰凌厉的下颌线，再往上，则没有胆量去看。

窒息感已经扼住了他的咽喉。

夏启炎垂下了头，第一次有了想逃离自己家的念头。

而这种窒息的威压感还在蔓延，他看到有只手屈了指骨，敲在他桌前，那只手明明养尊处优、白皙修长，却敲得人浑身发抖。

同时一道冷厉的声音在他头顶响起：

"你不会不知道现在是什么时代吧？你以为自己生活在封建时代？"

夏启炎脸上一白，从没见过这样的年轻人，看着笑眯眯的，没有攻击性，却十足的危险，仿佛自己随时可能会被扔出窗外。

"陈律师。"

还好，祁时晏没生活在封建时代。

祁时晏转头，朝刚才站在身边的人扬了下手："给夏先生普及一下法律。"

陈律师点头，往前几步，走到夏启炎旁边。

夏启炎这才知道祁时晏不仅带了保镖，还带了律师。

而陈律师一开口就像个法律典籍，掏出手机，搬读了很多法律条文，条条都是对夏启炎的否定。

夏启炎没读过什么书，文化水平低下，在工厂里做了一辈子的操作工，连个技师的职称都评不上。

可他又好面子，喜欢夸夸其谈，自己没本事，却总要吹嘘两个儿子多出息。

至于两个儿子到底有几斤几两，他从不细究，一个在澳大利亚，一个即将送出国留学，只要面子上好看，他就满足了。

他思想里极其重男轻女，即使知道夏薇的能力在两个儿子之上，他也不觉得有什么可骄傲的，更不可能鼓励她继续深造，而只是将她当成摇钱树，一心只想从她身上捞钱。

可他现在才知道，这钱不好捞。

祁时晏真不是善茬，趁陈律师给夏启炎普及法律知识的时候，他的视线落到沙发上，眯了眯眼，问夏薇："那是什么？"

那是藤条，打过夏薇的藤条。

夏薇一进门就发现了，藤条摆在那儿，是夏启炎故意的，是给她准备的，提醒她不听话就要挨打。

夏薇起身去拿了过来，祁时晏接过藤条，往手里拍打了两下，巡视到夏启炎和王巧英脸上，他的眸底比寒潭还要冷。

夏启炎脸上一白，朝夏薇瞪去，可见她身后那么多"黑西装"，又慌忙收回目光，不敢再瞪第二眼。

眼看祁时晏走向夏启炎，夏启炎慌张道："那都是夏薇不听话，我管教她而已。"

"管教？"

祁时晏一根藤条抽在桌上，"啪"一声巨响。

黑旧的桌面上顿时一道花白，粉屑飞扬，旁边几个礼盒受到震动晃了几下，倒在了桌上。

夏启炎感觉那一鞭抽在自己脊梁骨上似的，后背不由自主抽搐了一下，脖子缩进衣领里，慌不择言地说："是夏薇不听话，她要听话，我怎么会打她？"

这回不只是祁时晏震怒，"黑西装"们也全愤怒了。

有人将藤条接过去，抓在手上挥了两下，那姿势孔武有力，在空气中发出迅猛的两道风声，屋子里顿时又暗了一瞬。

祁时晏点了支烟，吐出一口浓浓的白色烟雾。

不抽烟，他怕自己压不住心头那点火。

他眼神至寒，盯住夏启炎："你不会真当自己是封建时代的人吧？不听话就打，打多了就听话了是吗？还是你以为夏薇是你女儿，她的人生就该由你操控？"

夏启炎一脸茫然而惊恐,声音颤抖:"这有什么不对?这是我们老祖宗一代一代传下来的。"

祁时晏听不下去了,一只手撑在桌沿,狠狠吸了口烟,掐着烟头按到夏启炎面前,手指发力,当着对方的面,捻灭在桌上。

夏启炎吓得气都不敢喘了,两条腿交叉在椅子底下发抖,感觉下一个被捻灭的,就是自己的头颅。

王巧英也跟着害怕,退到靠墙的地方,罚站似的,站着一动不敢动。

"你过来。"祁时晏目光看向王巧英,指着夏启炎旁边的位置,让她坐。

王巧英颤颤巍巍地走过来,心惊胆战地坐下。

她和夏启炎一样没文化,本着嫁鸡随鸡,嫁狗随狗的思想,在夏启炎的淫威之下为虎作伥,为自己求得了一席安生之地,也非常顺应这种生活。

祁时晏看向夏薇,心莫名一阵疼,这么好的姑娘生在这样的家庭,难怪她想逃离这个家。

而他想要她留下来,就不得不解决这个大麻烦。

可是夏启炎夫妇是夏薇的亲生父母,他虽然带了这么多人来,但不可能真的对他们动手。

祁时晏头痛了一会儿,最后将重任交给了陈律师,让他给二老普及有关家暴的法律知识,保镖们则负责围在身边"陪同"他们学习。

夏启炎大概从来没想过会有这样的一天,被人摁着头对着大段大段的法律条文,又是抄写,又是背诵,像是回到了几十年前的小学时代。

而比小学生还苦的,是他一次歪歪扭扭写满了六本练习册。

从上午一直学习到天黑,饥肠辘辘,一滴水都不让喝。

如此强化学习了一天,夏启炎和王巧英两人已是痛哭流涕,精神达到了崩溃的边缘。

尤其是夏启炎,面如土色,一副人不像人鬼不像鬼的样子,勉勉强强背诵出了几条法律之后,才让祁时晏稍微满意地点了点头,被允许放下笔。

不过事情没完,祁时晏又让他写了一份保证书,保证以后再也不打夏薇,否则会有什么恶果等等。

写完保证书之后,还没结束。

祁时晏又要求夏启炎站起身,在灯下大声宣读了三遍,在场的各位都做了见证,然后让他自己贴在客厅的墙上,最显眼的地方。

末了,祁时晏警告说:"记住了,这是你自己写的。人在做,天在看,你要以后再动夏薇一根手指头,不只是我不答应,老天爷也不答应。"

夏启炎瞳仁混浊,眼泪、眼屎、鼻涕糊了一脸,意识几近涣散。

明明祁时晏没碰他一下,这么多人也没揍他一拳,可他却感觉现在的自己比被人暴打一顿还备受折磨。

夏启炎几次想跪到地上磕头求饶,都被祁时晏按住了,这个年轻人看似很爱笑,却是他活到这把年纪见过的最狠的人。

他恨死了夏薇,恨她带了祁时晏来他家。

而他也已经完全忘了,这是他自己三番五次要夏薇带回来的人。

祁时晏挡住了他看夏薇的眼神,拿藤条敲了敲桌子,说:"夏启炎,你给我记住,夏薇虽然是你女儿,但她早已成人,你无权干涉她的自由。以后她的一切将由我负责,你休想动她。

"还有你小儿子留学的事,你有多大能力就办多大的事,休想从夏薇身上捞好处,再动歪脑筋,我不会像今天这么好说话。"

话音落,藤条狠狠一记抽在了桌上。

夏启炎连连告饶,哭腔里带着恐惧:"不会了,不会了,以后再也不会了。"

王巧英坐在夏启炎旁边,早就吓傻了,不停地哭,夏启炎说什么,她就跟着说什么,夏启炎做什么,她也跟着做什么。

只是看着一桌子的礼品,她心里总觉得有个盼头,想着等祁时晏他们离开了就好了,她还有这么多宝贝。

但是谁能想到,后来祁时晏客客气气地告了别,带着夏薇走了,一桌子她稀罕的宝贝,"黑西装"们也全都怎么拿来的怎么带走了,一盒也没留下。

王巧英急得抓住最后一个人的衣服。

谁知对方轻蔑地笑了声:"这些都是祁三少送给夏薇的,夏薇现在走了,东西当然要带走。

"难道你以为是送给你们的?就你们这种父母也配?"

回去的路上,司机开车,祁时晏搂着夏薇坐在后座,藤条在他脚底下,开裂的地方被他踩得"吱呀吱呀"响。

425

祁时晏抱着夏薇，沉默了很久，才开口问："今天这事你觉得我处理得还好吗？"

夏薇点头，主动贴了贴他，回说："挺好的。"

"那你以后每次回来都叫上我，我陪你一起来，别自己一个人回来。"祁时晏说。

今天这一通将夏启炎折磨得够呛，但以后夏启炎会不会就此消停，他心里并没有底。

而夏薇怎么说都是夏启炎的亲生女儿，她对他们有赡养义务，不可能断绝关系，一辈子都不回去。

夏薇说："好。"

祁时晏低头吻她的额头、眉心，小声说："我是你男朋友，以后你所有的事都要和我说，我会站在你身后，做你的保护伞，罩着你一辈子。"

"好啊。"夏薇伸手搂住他，唇角抿起一个笑。

前方路口红绿灯，汽车缓慢停下，夏薇朝车窗外看了看，提议说："我们就去步行街吃饭吧，吃了饭，你直接送我回家就好了。"

"怎么又不愿意去我那儿了？"男人皱了眉，底气忽然有点不足，"昨晚不是说好了吗？"低哑的声音伴着他温热的呼吸，"你别再离开我了。"

夏薇在水仙宫被关过，对那地方有所抗拒。

从机场回来后，虽然她每天和祁时晏约会，但一直不愿意去水仙宫过夜，每晚都坚持回出租屋。

昨晚被那小丑伎哄骗了去，又因为卫生巾的事，受了一点感动，才留宿在了水仙宫。

男人逮住机会又哄又撩，跪在床上承认了错误，发了毒誓，还将自己所有的密码和银行卡统统交了出来，连入门的指纹也添加了夏薇的。

夏薇这才松了口，暂且原谅了他，两人重归于好了。

到了水中仙，两人径直去了餐厅吃饭。

祁时晏没要包厢，在大厅里选了张靠窗的小桌，点了几个夏薇爱吃的菜，又让厨房另做一碗益母草红糖水送来。

等服务员走开，夏薇唇角上扬："你怎么知道红糖水？"

祁时晏哼了声，不以为然："祁家那么多女人，我知道红糖水有什么稀奇？"

夏薇托腮，一双眸子定定地看着他，眸光如水。

两人正说话，有人走过来，拉开祁时晏身边的椅子，很不见外地落了座。

是白易文。

祁时晏斜了一眼，语气不耐："餐厅这么大，别的座位不能坐了？"

白易文回瞪："和夏薇说几句话就走。"他抬头看向夏薇，开门见山道，"你确定还要跟这个人在一起？"

夏薇感觉到两个男人之间气氛不太好，好像随时会打架。

她出国没成，当时和白易文通过一次电话，至今没见过面。

此时白易文的话问得有些唐突，却很严肃，夏薇一时不知道怎么回答，而同时祁时晏伸长手臂，越过餐桌握住了她的手。

那手指捏紧了她，因为用力而微微颤抖，也似乎有一份心怯，怕她被白易文说动。

夏薇回握了他一下，沉默两秒，才朝白易文点点头说："再给他一次机会。"

白易文瞥见两人握在一起的手，冷哼了声，告诫她："一旦发现他对你不好，或者犯偏执的时候就赶紧跑，我会帮你的。"

不等夏薇回答，祁时晏一脚踹向白易文的椅子："滚。"

白易文也没好气，撂下一句"你好自为之"走开了。

祁时晏早就知道白易文对夏薇有意思，这点意思让他很恼火，而且烦躁。

更重要的是，他自己在她遇险时没有及时赶到。

那本是他作为男朋友应该承担的责任，全被另一个男人取代了，他怎么容忍得了？

"以后有什么事，第一个想到的必须是我，记住了吗？"

菜上来了，红糖水也上来了。

祁时晏捏起调羹，舀了一勺红糖水，吹了吹，递到女朋友唇边，喂她喝。

夏薇冲他笑了笑："看你表现。"

春天是烂漫的，只可惜好时节太短，转眼各种春花纷纷扬扬地谢了幕，绿叶青翠地缀满了枝头。

进入五月,嘉和公司业务繁忙,夏薇经常加班,祁时晏几乎成了嘉和的编外人员,每天下班后的节目不再是带着夏薇到处玩乐,而是陪夏薇加班。

夏薇升职后有了自己的独立办公室,头顶灯光炽亮,她在办公桌前各种忙碌,敲键盘,按计算器,祁时晏就坐在她对面靠墙的沙发上,捧着手机打游戏。

两人似乎互不相干,各做各的。

可每当夏薇停下来的时候,男人都会抬头朝她看过来,时间总是刚刚好。

两人的目光在空中交汇,轻轻一笑,没有言语,继而又各自投入。

总有人问祁时晏,这样陪人加班有什么意思?每天开车过去打游戏?

祁时晏也说不清,他向来不会深究自己的内心,只是想这么做,便这么做了。

被人调侃时,他也有些赞同,好像是没什么意思,但是一见到夏薇,便会觉得就是有意思,就一个字——值。

那偶然的瞬间会让他体验到喜欢一个人的滋味,哪怕只是静静看着她,什么也不做,他也想和她在一起。

有一天,马玉莲来找夏薇,劝她离开祁时晏。

夏薇低着头,还没说话,祁时晏走了进来。

当时夏薇和马玉莲就坐在夏薇公司楼下的咖啡馆里,祁时晏来接夏薇下班,透过玻璃窗一眼看见她俩,眉头一皱,就推门进来了。

祁时晏径直坐到夏薇身边,后背往沙发上一靠,看似散漫随性,但看向马玉莲的眼神却透着几分不友好和距离感。

"聊什么?"祁时晏问。

他从来没有和马玉莲正面打过交道,但因为那份退不掉的婚约,他对她和对孟岳松一样没有好感。

而且眼下的情形,他的女朋友看起来心情不太好,那他便要管一管了。

夏薇本来在思忖怎么向马玉莲表态,她和祁时晏是认真的,现在祁时晏的突然到来,给了她莫大的信心。

在祁时晏朝她看过来的时候,她将问题交给了他:"马女士让我离开你,说你和她女儿有婚约。"

祁时晏眼皮一掀，微微侧身对向她，拉过她的手，用力捏了下："我不是说过，你只需要听我的就好了，别人的话都别听。"

不等夏薇接话，他下颔一抬，看向对面，眸光里有几分寒意："马女士，你们这样有意思吗？别说我永远不会承认这份婚约，就你们千辛万苦找回来的宝贝女儿，为什么非要塞给我？"

马玉莲五十多岁了，一直过着养尊处优的生活，可如今为了孟荷的婚事殚精竭虑，多了几丝银发，此时被年轻男人的话刺激了下，端庄的一张脸很是挂不住，眉心的皱纹都加深了。

马玉莲强行维持自己的体面，说："婚事是两家长辈定的，关系重大，祁三少您还年轻，凡事要以大局为重。"

祁时晏冷笑一声："大局？大局就是我不是个人，被你们像玩偶一样摆布？"

有些话不说还好，一说就来气。

祁时晏不耐烦地站起身，拉了拉夏薇："走了，回家。"语气带着强势，却是要她远离这些糟心的事。

夏薇被动地跟着他往外走，心里还有顾虑，回头看了眼马玉莲，步子慢了，两人之间牵着的手差点松开，祁时晏用力一拽，手指扣入她指缝，十指紧紧交扣。

走出咖啡馆，金色的夕阳照在他们身上，染上了一层焦糖似的光。马玉莲捏了捏眉心，这个画面其实很美好。

可那个孩子却已经不是她的孩子了。

这件事过去没多久，祁家发生了一件大事——祁家老爷子寿终正寝了。

枕荷公馆一片肃穆，树木、屋檐和角楼到处挂满了白帷幔和白花，诵经声和哀乐流淌在每个角落。

这场丧礼，祁家按祖制前后一共办了七天，每天宾客往来络绎不绝。

孟岳松夫妇带着孟荷，一家三口全来了。

孟荷一身素服，是事先偷偷按祁家孙媳妇的标准定制的，在右肩上钉了一块红布，上面手工刺绣的图案和祁时晏的一模一样。

他们到的时候，祁时晏正和几个年纪相仿的同宗兄弟在大树底下休息，

429

离灵堂十多米的距离。

管事的报:"有客到。"

祁时晏回头一看,正好看见孟荷右肩上的那一片红色,怒从心起。

灵堂里白色帷幔高挂,因为是高寿喜丧,气氛不算太悲伤,但非常庄严肃穆。

孟家三人到礼仪台,有人给他们佩戴白花,祁渊的父亲以长子的身份,领着几个兄弟姐妹正准备接礼。

祁时晏跑到近处,眼眸阴鸷地扫过孟家三人,最后目光落在孟荷右肩上那块刺眼的红布上,语气冰冷地说:"给我撕下来。"

孟荷一手护住,自是不肯。

祁时晏眉宇间戾气,往前两步,就要自己动手。祁渊跑过来,挡在两人中间,双手按住弟弟的胳膊,眼神制止他:"冷静点。"

灵堂里人多,很多宾客在。

祁时晏说:"我很冷静,这个婚约我从来没承认过,谁也别想逼我。"

他说什么也不许孟家三人进灵堂,当着老爷子的灵位,不认这个婚约。

最后,老太太闻讯从老屋里赶来,让人将孟荷带到别的地方去转转,只让孟家夫妇两人进灵堂吊唁,祁时晏才降下来一点火。

孟家夫妇被这一闹弄得灰头土脸,吊唁之后,羹饭也没吃,带着孟荷走了。

祁时晏这才松了口气,看到祁渊站在树底下,朝他走了过去。

祁渊摸出烟盒,递了支烟给祁时晏,兄弟两人心照不宣,各自点上火。

祁时晏靠上大树,绷紧的神经才彻底放松下来。

祁渊安慰他:"再忍耐一下。"

祁时晏沉默了下,由着阳光从树叶间穿透,照射在他脑门上。

有绿叶飘落,他随手捞住一片,折了两下,放在唇边吹了一声,声音悦耳、响亮。

晚上,白易文来了,陪祁时晏和几个孙子辈的同宗兄弟一起守夜。

年轻人没那么多规矩,大家在灵堂之外,寻了个比较开阔的地方架了火盆,备了些点心瓜果,一起围着火盆聊天,打发时间。

祁时晏拿了两只酒杯和一瓶酒,坐到白易文身边,将两只酒杯倒上酒,主动递给白易文一杯。

白易文警惕地拉开距离，像看稀奇动物似的看着他。

祁时晏嗤笑了声，碰了碰对方的酒杯，说："行了啊，别得了便宜还卖乖。"

打不散的兄弟情，大概就是他们这种了。

自从上次夏薇逃跑那天，两人在水中仙打了一架，白易文赢了，祁时晏心里一直不痛快。

不过感情真是个微妙的东西，平时心里知道却不愿承认的事，今天在面对孟荷的时候，他心底忽然就和白易文和解了。

他想到那次出租屋楼下，如果没有白易文在，夏薇会怎么样？

祁时晏摸小狗似的摸了摸白易文的脑袋，说："看在夏薇的份上，我就谢你一次。"

白易文哼了声，打开他的手，不以为然。

之前两人之间的那点别扭不知不觉中将平了。

到午夜时，天气微凉。

祁时晏往火盆里大把大把地撒纸钱和黄纸，又泼了油，用火钳将火挑高了些。

白易文喝了不少，有了一点醉态，走到祁时晏身边，勾住他的肩膀，用力摇了几下，问："你会和夏薇结婚吗？"

祁时晏托着酒杯的手顿了一顿，抬手推开对方，警告说："你别酸了行吗？"

白易文随地拣了张椅子，仰面半躺，朝他发出讥笑："我酸，我当然酸。"他抬起一脚，去踹祁时晏，踹了个空，无奈地苦笑了声，"她是我的相亲对象啊。你知不知道，那次相亲，我是第三次见她，一次比一次意外，一次比一次让我心动。"

打不着人，白易文只好拿手朝祁时晏指了指："你这个浑蛋，怎么会懂？"

祁时晏眸光寒凉，站在原地："我是不懂，我跟你说多少回了，夏薇是我女朋友，你还在对她念念不忘。"他抄起火钳敲了敲火盆，"你是不是欠揍啊？"

白易文被那敲火盆的声音震动到了神经，人清醒了几分，神色不耐地说："行了行了，我有分寸。"

"不过。"他摸了摸自己的脸，又说，"我就看你们俩什么时候分手。"

祁时晏忍无可忍，一脚踹到他椅子后背上，狠狠骂了一句。

白易文猝不及防，差点摔倒。

旁边有人眼看他们要打起来，慌忙将两人拉开，劝了好一会儿，才平息了。

丧礼结束之后，大多数子嗣都在私底下议论老爷子的遗产，交头接耳。

只有祁时晏没什么兴趣。

那天，在祠堂的大堂里宣读遗嘱，所有祁家子孙全到齐了，连沈逸矜都收到了特别邀请。

老爷子收藏的名贵珠宝中，有一套粉钻项链，价值连城，备受瞩目，众多女眷都在猜测最后花落谁家，猜来猜去，谁都没猜到是沈逸矜。

众人哗然。

沈逸矜若受宠若惊，祁渊陪在她身边，挡住了各种目光，老太太也淡定地安抚她。

律师清了清嗓子，继续宣读。

这份遗产分配与祁家股份无关，因为祁家股份在老爷子在世时，就已经全部交给了祁渊一个人。

这次分配的是老爷子生前的私人财产，主要是他收藏的各种古玩、珠宝、字画等，还有颇多的房产地产，完全凭借老爷子对每个人的喜爱程度分配。

儿子辈的几人收获都不多，因为老爷子对孙子辈的宠爱多一些。

祁渊年少时喜欢玩车，得到了老爷子的两辆收藏级的古董老爷车。

老二祁时礼长期在国外，老爷子希望他能多回来看看，给了他一处房产。

到祁时晏的时候，没想到老爷子将大部分的古玩字画都给了他，还有两套房产，总价值数亿。

祁时晏虽然玩世不恭，但他在古玩字画上的品鉴能力却是祁家第一。

谁叫他在这方面得到了老爷子的真传呢。那两套房产都在市中心，不仅地理位置好，面积也大，属于有钱也买不到的黄金屋。

众人又是一阵唏嘘。

谁都知道，在几个孙子孙女中，祁时晏小时候被老爷子带在身边的时间最长，宠得最多，管教得也最多。

只是大家一度以为，老爷子将祁家的江山交给了祁渊，祁时晏便失宠了。

可没想到，老爷子还是偏爱着他。

只不过，遗嘱到这里还没完。

老爷子还给了祁时晏一份婚约。

这份婚约便是和孟家之女孟荷的商业联姻。

而且，老爷子遗嘱中特别嘱咐了，如果祁时晏不接受这份联姻，那么他所有的遗产和继承权将全部被剥夺，连同他在祁家享有的一切股份和财产。

换言之，如果不和孟荷结婚，祁时晏就必须从祁家净身出户。

这一条宣布后，祠堂里一片哗然。

众人皆叹，姜还是老的辣。

可见老爷子对祁时晏这个孙子是非常了解的，知道他野性难驯，因此给他这么大一笔丰厚的遗产，同时绑定了一份婚约。

大家齐齐看向祁时晏。

祁时晏坐在椅子上，定了定神，几秒后，忽地冷笑了声，站起身走向律师，一把夺过文书。

那文书特制的，封面封底是红丝绒加硬壳，非常难撕。

祁时晏双手运力，从中间撕成了两半。

律师抹了抹额头的冷汗，强装镇定地说："祁三少，我必须通知你，就算撕了文书，这场联姻也是存在的。"

祁时晏轻飘飘地"哦"了一声，冷峭一笑："你是律师，你该知道这种订婚没有法律效力，是无效的吧。"

律师紧张地看着他，回说："虽然订婚不受法律约束，但老爷子的遗嘱受法律保护，所以……"

话没说完，他手里的遗嘱已经被祁时晏一把抽了去，三两下，也撕掉了。

人群一阵骚动，老太太坐不住了，大喝了一声："晏儿。"

祁时晏却什么也听不见，扯了几下衣领，往外走了去，离开了祠堂。

沈逸矜由司机送回家，她将祠堂里发生的事只字不漏地全告诉了夏薇。

夏薇默默听完，手心莫名一阵寒凉，好一会儿才说："老爷子这一招好狠。"

"可不是。"沈逸矜啧了啧,叹息,"而且你不知道,听说当时老爷子谈定联姻后,对身边知情的人全下了令,谁也不许传出去,尤其不能告诉祁时晏。

"就想等两家的公司壮大之后,再告诉他。要不是祁时晏爸爸有一次说漏了嘴,估计祁时晏今天才会知道,这样的话,搞不好要疯。"

夏薇没作声。

沈逸矜抬头问闺蜜:"你觉得祁时晏会怎么做?"

夏薇摇摇头,一脸茫然:"不管怎么样,他总不可能净身出户。"

"那他要和孟荷结婚?"沈逸矜难以想象,"不可能吧。"

不可能吗?

越是家族势力强大,越是重视商业联姻的利益关系。

祁家的子弟哪一个不被商业联姻?

就是祁渊能力再强,不也是被主宰了婚姻?

祁时晏又怎么可能逃得掉?

"那,你说有没有一种可能,祁时晏先和孟荷结婚,然后再离婚。"沈逸矜想了想说,"他们祁家不是很多人都这样的吗?和谁结婚做不了主,但离婚的时候就没人管你了。"

她摊摊手,自嘲地笑了下:"比如我,不就被离了。"

夏薇秀眉紧蹙,摇着头说:"那是孟荷,你以为她和你一样?祁时晏如果和她结了婚,你以为他还离得了?"

"啊,那怎么办?"沈逸矜也跟着头痛了,"真不希望他们俩结婚,如果他们结婚,我是不会送祝福的。"

夏薇低下头,陷入沉思。

夜里,两闺蜜又聊了很久,才各自回房睡觉。

夏薇躺在床上翻来覆去睡不着,给祁时晏发了几条消息都没有回。

窗帘有点薄,月光透在上面,淡淡的,苍白。

手机忽然响了下,是祁时晏打来的电话。

男人声音嘶哑,说:"过来陪陪我。"

夏薇心口一窒,嘴唇贴着手机回说好,又问他:"在哪里?"

在哪里?

祁时晏酒精上头，摸着自己的额头，拉开窗帘，看向外面灯火斑驳的夜说:"我给你发个定位。"

"好。"

"能开车吗？"

"能。"

夏薇拿到驾照了，祁家丧礼之前祁时晏留了一辆车给她，方便她出行，可她一直没开过，因为路上车太多，她胆量不够。

不过此时，她觉得她可以。

"你把沈逸矜也带来，我哥喝醉了。"

"好。"

祁渊失算了，没料到老爷子的后招这么狠。

祁渊原以为这个联姻解除起来会很简单，两人没有结婚，怎么也不可能比离婚难吧。

谁知道牵一动百，公司股东那里通不过，老爷子还压下了这么重的五指山。一个集团总裁竟束手无策，让他感觉很无力、很窝囊。

夏薇开车多花了一点时间，等和沈逸矜赶到酒店的时候，偌大的包厢里，两个男人已经烂醉如泥。

祁渊抱着一只空酒瓶躺在地毯上，身上高级面料的衬衫皱巴巴的，原本很有板型的裤子，有一只裤管卷到了小腿之上，皮鞋也掉了一只。

祁时晏比他好一点，蜷缩着双腿，趴在飘窗上，脑门磕在玻璃上，眼神迷茫。

夏薇鼻子一酸，眸底一片湿意。

但她和沈逸矜搞不动两个大男人，只好叫了酒店的工作人员，开了两个房间，将他们各自架进房里去了。

祁时晏躺倒在床上，抱住夏薇，浓烈的酒气夹杂在呼吸里，心跳声又快又重:"不要离开我。"

"不离开。"夏薇摸摸他的额头，有些微发烫，她搂过他，在他后背摩挲了一会儿，哄着说，"还能洗澡吗？要不我给你擦擦脸？"

祁时晏只管紧紧抱着她，下颌埋进她脖颈里，闭着眼好一会儿才说:"你给我洗澡。"

"好。"夏薇依他,扶着他进卫生间,开了淋浴器。

水声像突如其来的暴雨,砸在大理石地面上,发出激烈的声响,热气瞬间氤氲整个浴室,温度急剧上升。

夏薇艰难地帮他洗好澡,拿了酒店的浴袍给他穿上,又给他吹干头发,才让他躺上床睡了。

以往每次将她抱在怀里,把她当孩子的人,今晚像孩子一样依偎在她怀里,脸庞深深埋在她颈窝,细碎柔软的黑发剐蹭她的肌肤,连同他不安稳的气息一同染在她身上,构成一个绵长忧伤的梦。

第二天正好是星期天,夏薇在酒店陪着祁时晏。

祁时晏心情好了很多,打电话叫黄妈送衣服来。

这家酒店和水中仙跨了一个区,两人闹了一天,准备回家时,路上车水马龙,比昨晚路况复杂得多,夏薇摸着方向盘,有点儿紧张。

祁时晏鼓励她慢慢开,将她的安全带拉过来扣好,说:"有我在旁边,怕什么?"

"可不就是有你在,我才怕。"夏薇翘了翘唇,发动了引擎,"你的命多金贵啊,我可不敢有一点闪失。"

祁时晏笑了:"多金贵?"他捏了捏她僵硬的后颈,"万一你出了意外,我就给你陪葬,不好吗?"

"瞎说什么,谁要你陪葬?"夏薇转头,秀眉深深蹙起,更不敢踩油门了,推了推男人的胳膊,"快把刚才的话收回去。"

祁时晏丝毫不在乎,反手摸了摸她的头发:"就一个玩笑。"

"那也不行。"

夏薇十分固执,非要祁时晏对着车窗外将刚才那句话重重"呸"一声吐掉。

祁时晏本有心逗她,偏头忽然看见姑娘眸子里泛了泪花,心一动,按下车窗,按她说的做了。

他回转身,一脸老实:"吐了,可以了吗?"手背摩挲她冰凉的脸,指尖悄悄揩去那点晶莹的液体。

夏薇这才松了口气,将脸蛋贴进他温热的掌心。

祁时晏捏了捏,倾过身,一掌捧住她的下巴尖,覆上自己的吻。

夜色阑珊。

夏薇将汽车开上马路，同时开启了双闪，左看右看开得很慢。

祁时晏看着旁边骑自行车的人超过他们的车，放声大笑。

夏薇却不为所动，依然缓慢爬行。

前方绿灯快要结束，一脚油门就能过去，她却缓缓降了速，将车规规矩矩地停在白线内。

祁时晏笑得仰头。

忽然手机响，祁时晏开了外放，李燃欢快的声音立即响彻车厢。

"怎么，车跟蜗牛爬似的，该报废了吧。"

祁时晏笑，脑袋伸出车窗，朝后瞥一眼，这么巧是李燃跟在后面，他带了新人去水中仙。

祁时晏警告说："是我家夏薇在开车，她新学的。你离我们远点，磕到了，你赔不起。"

李燃大笑，听出他话里的宠溺了："得，你家夏薇，就你家有夏薇。我惹不起，躲着走行吗？"

夏薇握着方向盘，侧耳听着他们的对话，和祁时晏相视一笑，却没敢投入太多注意力，眼睛盯着红绿灯上的秒数，像跳舞那样踩着拍子，只等最后一秒，启动继续上路。

车外有灯光逆向而来，打在她那双琉璃眸子上，将那浓密卷翘的眼睫毛照出一层透明的光，连细微的颤抖都清晰可见，像栖息的蝴蝶就要展开翅膀飞翔。

李燃从他们车旁按响喇叭，叫嚣而过，祁时晏收了手机，轻轻笑，看着他的姑娘。

她双手握着方向盘，全神贯注地注视着前方，双肩微耸，后颈微微往前倾，时不时往左右后视镜看一眼，有车要超上来，便自动往右让行。

她是这样的胆怯又认真，全然不顾旁人的眼光，坚定地做她自己。

这份坚定是清醒，是理智，是她最傻又最聪明的地方。

是一分都不肯退让。

祁时晏想，自己阅人无数，为什么独独栽在她身上，恐怕就是因为她这份坚定又清醒的傻劲儿。

他生性自由，无论做什么都是随心所欲，而她却从来不会脱轨，无论发生什么事都给人一种安定感。

他不停地挑战，不停地引诱，想拉她和自己一起堕落，到头来，却是被她吸引，为她着迷，让他一步步退让、妥协，乃至逐渐脱离原本的生活。

他想起她给他织的毛衣，想起她珍藏他送的每一份礼物，分手时又能毫不犹豫地退还或处理，还想起她一个人用微薄的收入支撑自己的生活，却从不向人叫屈卖惨。

夏家那样对待她，孟家对她也不算好，可她从来没有抱怨。

她隐忍、坚韧，清醒理智地反抗一切。

她就像一颗小太阳，照在他浑浑噩噩的人生上。那天在灵堂守夜，他和白易文后来又差点打起来。

白易文总是问他，会不会和夏薇结婚。

他从来没想过这个问题，别说自己身上有婚约，就算没有，他也不会结婚，不会和任何人结婚，包括夏薇。

而夏薇上次在分手时也提过：

"我要婚姻，你给吗？"

心思想到这一层，祁时晏忽然手一抖。

白易文说，夏薇是那种你在外面再累再辛苦，一回到家就会温暖你的伴侣。

那是倦鸟归巢的大树，是茫茫大海里的灯塔。

是他理想中的对象。

可惜被祁时晏祸害了。

汽车在夏薇缓慢而稳健的驾驶下到达水中仙，夜里，在白橡木柔软宽松的床上，两人相拥而眠，听着她清浅的呼吸，祁时晏却辗转难眠。

第二天清晨，等夏薇醒来，祁时晏问："如果我一无所有了，你还跟我在一起吗？"

夏薇恍惚了一会儿，意识渐渐回笼，脑袋在枕头上蹭了蹭，笑着问："一大早的就灵魂拷问吗？"

"你回答我。"祁时晏掰过她的脸，将她凌乱的头发捋到脑后。

"你不会一无所有，你还有我。"夏薇双眼微合，抓过他的手，用自己的指尖拨弄他的指尖，人还不是很清醒，低低笑着说，"我会养你。"

"怎么养？"

"一天三个面包够不够？"

祁时晏笑了："我可不是喜欢吃面包的人。"

似玩笑，却又不是玩笑。

夏薇感觉到了什么，人又清醒了几分。她埋头沉思了一会儿，睁开眸子，面朝男人，缓缓说："我升职了，工资翻倍了，你知道吗？"

祁时晏摸她的头发，轻笑，薄唇吻在她的额头上，听她继续说。

"我还拿你的二十万入股了分公司，年底可以分红。

"你如果觉得这些不够的话，我还有一笔钱，就是卖掉礼服的那些钱，如果拿来开一个面包坊是绰绰有余的。

"你吃过我做的面包，你不是也夸我做的面包比外面买的好吃吗？"

姑娘的声音带着晨起的鼻音，绵软中带着一点哑，温柔又认真。

祁时晏心有所动，竟不知她会说得这么具体，好像这些在她脑海里翻来覆去盘点了很多遍，是早就准备实施的计划。

但是，他说："你可能不知道我一个月的开销，一个面包坊怕是养不活我。"明明语气里带着笑意，却莫名带着苍凉。

夏薇干吞了几次口水，才将话问出："那你，是打算和孟荷结婚了吗？"

一阵长时间的沉默。

祁时晏翻身，起了床，始终都没回答她。

夏薇也没再说话，起床，洗漱，换了衣服，准备去上班。

从衣帽间出来，她看见男人一身白色浴袍，单薄的背影站在餐桌前，脊背弯成一张弓，一只手撑在桌上。

她走过去，桌上很显眼地放着两样东西，一份护照和一张身份证。

是她的。

祁时晏没有抬头，只有冰冷的言语："你走吧。"

房里窗帘没拉开，灯却是全亮着，分不清白天还是黑夜。

而他身上披洒着淡金色光芒，投到桌上，却成了巨大的阴影。

他高高在上，纵情享乐，人人都说他是榆城顶尖的风流纨绔，他从不否认。

而这些，他心里清楚，自己仰仗的是祁家，没有祁家，他什么都不是。

439

老爷子狠吗?

老爷子不过捏住了他的七寸。

除去家世,他拿什么说喜欢她、爱她?

他到现在才知道,从来不是她配不上他,而是自己配不上她。

仿佛有什么碎了。

夏薇挪动脚步,很想抱抱他。

可男人闭了眼,语气生硬,拒人千里之外:"别让我后悔。"

夏薇不再想别的,拿起护照和身份证转身就走。

大门打开,又闭合,发出轻微的"咔嗒"一声,一切归于平静。

"分了?"

"分了。"

"祁时晏同意?"

"就是他要分的。"

沈逸矜表情惊愕,极度难以置信地看向闺蜜。

夏薇耸耸肩,笑着扬唇,窗外阳光照进来,一层薄薄的光照在她脸上,明媚到发亮。

"他为什么要分啊?"沈逸百思不得其解,"我以为祁时晏那么狂,不会败给现实的。"

"他算是败给了现实,也可以说是没败给现实。"

"什么意思?"

"他……爱上我了。"夏薇极力抿住唇,心底的激动却溜出唇角,让她无法隐藏。

被分手了,本应是伤心的。

可是分手背后,却让她看见了祁时晏的真心。

她才知道,他对她不是只有占有欲,还有了爱。

因为爱她,他放她走;因为爱她,他不愿意再束缚她。

这份爱,带给她的快乐远远超出了分手带来的悲伤,所以她没办法不开心。

"祁家男人怎么都这样。"沈逸矜轻哼一声。

当初祁渊一张支票把她打发出门的时候,可绝情了,那是半夜三更,她一路奔波刚到家,人最疲惫的时候。

可后来,祁渊却说那时候他爱上她了,怕自己泥足深陷,又因为有误会在身,所以才犯下那样的错。

夏薇拍了拍闺蜜,笑着说:"你比我惨。"

沈逸矜问她:"那你还走吗?"

夏薇想了想说:"等我先回家看看情况再说。"

她办的是留学签证,期限有点长,要走的话随时都可以。

不过当初想出国,并不是因为国外有多大的吸引力,真正的目的是逃离夏家。如果夏启炎不再打她的主意,能够和平相处,谁愿意背井离乡?

从沈逸矜办公室里出来,夏薇回到自己的办公室。

窗外时不时有无人机飞过,底下挂着礼物或者零食,那都是学了祁时晏,在给自己女朋友献殷勤的男人们操控的。

夏薇站在窗边看了会儿,想到自己的那台从此不会再出现了。

多少有些遗憾,却也终究释怀了。

这份感情就结束在这儿,挺好的。

他们曾经那样纠缠过,最终在彼此相爱中分手,这比她预期的感受好很多。

因为她最担心的是祁时晏放不下祁家的荣华,迫于压力娶了孟荷,却还想要她和他在一起。

还好,他放开了她。

只是也摆明了一件事实,那个自由放浪的人最终屈服于现实。

晚上回到家,夏薇带了几只大纸箱回来,将祁时晏送的礼物一件件收纳进去。

沈逸矜问:"是要退给他吗?"

夏薇摇头:"不退。"

这些礼物很多外包装都还没拆,夏薇之前总想着不管祁时晏送了什么,将来分手时都要退回去的,所以几乎都是原封不动地放着。

但是现在,她忽然觉得这些都是他爱她的证明,和以前的心态完全不一样,所以她要留下。

不过,她说:"我现在还是不想拆,我想哪天心情不好的时候再来拆,那样我就会变得快乐,因为——"她看向满地花花绿绿的礼物,笑着说,"这些都是我的快乐。"

但是有一件东西,她是一定要还的。

那就是祁时晏最珍爱的羊脂玉。

她将之交给了沈逸矜,想经由祁渊还给祁时晏。

转眼到六月,梅雨季来了。

公司里很多工程不得不延缓工期,相对地进入了怠工期,而沈逸矜的PTSD在这种天气里也最是难熬。她和夏薇商量了,两人决定一起请假去柠城度假。

去之前,夏薇先回了一趟夏家,交了这个月的钱。

夏启炎不知道她和祁时晏分手,一想起上次祁时晏来家里的阵仗,小腿就打战,也没再为难夏薇,不过全程摆着一张臭脸,敢怒不敢言,十分难看。

而夏晨想留学的梦破灭了,高考又失利,心里埋怨夏薇。

夏薇警告他:"我是你姐,不是你妈,我对你没有抚养义务,你也没资格跟我要钱。"

夏晨撇撇嘴,见父母都不敢吭声,也只好忍气吞声了。

第二天,夏薇便和沈逸矜飞去了柠城。

柠城有个风景优美的古镇,叫仙溪镇,镇里保留了明清时期遗留的建筑,青砖木雕楼,石桥木船,不通机动车,更没有任何工业,走进这里,宛若脱离了现代生活,穿越进了明清时代。

沈逸矜小时候在这里居住过,对这里比较了解,夏薇第一次来,喜爱的程度却不亚于她。

在古镇,沈逸矜介绍说,最具风情和特色的是酒吧一条街。

夜间,白色灯光铺满高低错落的屋顶,远远看去,像落满了银雪一样,红灯笼和霓虹灯在巷中无限延伸,和白天完全是两个不同的世界。

酒吧一条街上人头攒动,每一家都别具一格,迷离的灯光,暧昧的舞曲,吸引着每个驻足的灵魂。

夏薇和沈逸矜每晚流连于此,随心情选择酒吧,发誓要光顾仙溪镇里的所有酒吧。

尤其是夏薇,身材好,又会跳舞,遇上场子热的,她还要上去嗨上一阵。

沈逸矜则在台下给她录视频，冲她尖叫，偶尔分享到公司群里，引起一片骚动。

只是她们不知道，公司群里有祁渊埋的眼线在，视频传到了祁时晏手里。

祁渊还不忘酸他几句："你前女友和你分手后，现在日子很滋润啊，看来马上就有第二春了。"

祁时晏气得咬牙，一个人深夜靠在露台栏杆上，一遍一遍地看视频。

祁时晏将手头的事抓紧时间办完，定了私人航线便飞去了柠城。

不过他追到仙溪古镇那晚，找到夏薇时，没看到视频里的那些。

那天夏薇和沈逸矜选的是个清吧，连驻唱都没有，只有音响里播放着舒缓的轻音乐，客人三三两两，或看杂志，或玩手机，安静得有点过分。

祁时晏走进去，一眼就看见了他的前女友，和沈逸矜并排坐在一张红砖围炉的吧台前。

夏薇身上穿着一条复古的亚麻裙，背影纤薄婀娜，蜜茶色的长鬈发瀑布般披散在她圆润的双肩上，随着她的脑袋微微晃动，一层一层，像水波荡漾。

不知道两个人在说什么，头凑头，很亲密，时不时碰个杯，那水晶杯里的液体是琥珀色的，像是威士忌。

祁时晏皱了皱眉，想起夏薇的酒品，眼神斜睨了她一会儿。

不出所料，那颗蜜茶色的脑袋没一会儿就朝旁边的小肩膀倒过去了。

祁时晏眸底一沉，走了过去。

夏薇今天有些惆怅，连续放飞了多少天的心，直到今天才像风筝一样收了线，情绪不免有些回落。

所以她今晚和沈逸矜两人找了个清吧，想倾诉一下心事，不小心多喝了两杯，可巧被祁时晏撞见。

好像她在为他借酒浇愁似的。

她的酒量确实差，和沈逸矜喝了一样的杯数，沈逸矜跟没喝一样，她却摇摇晃晃，反应迟钝，脸颊两边红如云霞，眼尾湿湿地泛了红，像是化不开的忧愁。

喝酒之前，夏薇就发现酒吧里有个男的长得有几分像祁时晏，这会儿面前又来了一位，面色阴郁，虽然不太像平时散漫的祁时晏，但比刚才那位更像一些。

443

夏薇摸了摸脑门，嘀咕了声："活见鬼了。"转头对沈逸矜低声说，"我怎么看谁都像祁时晏？"

沈逸矜扶住她胳膊，笑道："他就是祁时晏啊，千真万确的，你前任。"

夏薇一双眸子亮了些，一时不知道怎么反应，看男人脸色不太好，下意识地往沈逸矜身边躲。

祁时晏抓住夏薇的胳膊，将夏薇架着站了起来。

夏薇本能地抗拒，推他打他，不让他靠近。

刚才她正和沈逸矜在说他的事。

"你不会是来给我送喜帖的吧？我不会去的，我连祝福都不会给，你休想。"

夏薇眉心蹙起，红唇紧抿，唇角微微内收，只留下一条微曲的薄薄唇线。

她生气和委屈时都是这个表情，气极了眸子里还会含上泪光，亮晶晶的。像雨打鲜花，比平时更生动，更鲜活娇艳。

总是惹得祁时晏一股子坏劲儿，一边逗弄一边哄，爱不释手。

此时她越是推他，他越是掐紧了她的腰，本是防止她摔倒，可见她脾气上来了，祁时晏便由着她乱拍乱打，发泄情绪。

喝醉了酒的人下手没轻重，尤其夏薇指甲留长了做了美甲，他脸上被划一下，像被猫爪子抓了一样疼。

祁时晏"嘶"了声，耐心终于告罄，将人一把打横抱起，摔上自己的肩，像山贼强抢民女似的，扛上就往外走。

沈逸矜看呆了，眼见祁时晏就那么把她闺蜜扛走，终于反应过来，连忙跟上。

"祁时晏，你放我下来。"

夏薇晕头转向，小腹硌在男人的肩胛骨上，脑袋倒垂，连连挣扎，男人却扛着她越走越快。

出了酒吧，往后巷走，有一条大马路，可以通机动车。

祁时晏来过仙溪古镇，对这里比沈逸矜还熟，扛着人转过几个弯，便走出了后巷，径直走到一辆车前。

司机慌忙开了后车门，祁时晏将人放下，双手一托，就塞进了后座，整个动作一气呵成。

夏薇披头散发，衣裙凌乱，肚子里更是翻江倒海，一坐上车就恶心到想吐。

祁时晏这才感觉到自己有点过分了，敞开车门，找了个纸袋接在她面前。

沈逸矜跟在后面，什么忙也帮不上，什么话也不敢说，就默默看着。

夏薇酒精上头，趴在车门前，难受到无法形容。

马路边上，灯光暗淡，来来往往的车辆停了又走，走了又停，和灯红酒绿的酒吧一条街完全是两重天。

"喝点水。"祁时晏低下身，轻轻抚了抚夏薇的后背，打开一瓶水，喂她喝。

此时的男人忽然变得温柔，敛了一身戾气，声音也体贴了些，和刚才的莽夫简直判若两人。

只见他扶住夏薇的肩，半蹲着身子，举着水瓶缓慢地喂。

沈逸矜看着他俩，微微一笑，这个男人浑身的细胞都受夏薇的牵制。

他真的很爱夏薇啊。

夏薇喝了几口水，缓过一点神。祁时晏摸了摸她的脸，也没再说话，关上车门，从另一侧上了车。

沈逸矜也连忙上了副驾驶位，司机将车开了出去。

车窗降下，夜风带着嘈杂动感的酒吧街上的余音吹进来。

夏薇渐渐清醒，被男人搂进怀里，她抗拒地去推人，却被搂得更紧。

"你要干什么啊？我们分手了。"

夏薇脱了力，缩着脖颈被迫贴在他身上，眼眶里有泪涌上来，情不自禁地想哭。

"我们什么时候分手了？"男人低下头，压着语气问。

夏薇吸了下鼻子，错愕了一瞬。

她抬头看向男人的眼睛，却被一道炙热又凛冽的气息吞没。

这一路颠簸，思绪翻涌，生理和心理双重不适，到酒店房间，门一开，夏薇便直奔卫生间。

等她磨蹭了大半个小时，苍白着脸出来时，沈逸矜已经将她的行李全部收拾好，送过来了。

夏薇才反应过来，这是祁时晏新开的房间。

可是，她和祁时晏再住一起不合适吧。

"祁时晏,当初是你叫我走的。"夏薇扶住行李箱,警惕地看着祁时晏,"你既然已经做了选择,就不要出尔反尔了,男人一点好不好?"

祁时晏置若罔闻,双手叉在腰上,懒散地扭动了一下脖颈。

从榆城奔波两千公里到柠城,又从酒吧折腾到这儿,直到此时,他才敢放松地喘口气。

他往前走了两步,从她手里抢过行李箱,斜抬一条长腿,吊儿郎当地往上一坐,一只手虚虚搁在拉杆上,抬头问:"我做了什么选择?"

夏薇咬唇,见男人痞子气又犯了,不如大家打开天窗说亮话。

"你不是选择和孟荷结婚吗?"

"谁说我要和她结婚?"

夏薇的心跳不自觉加快了两拍:"你总不可能离开祁家吧?"

祁时晏伸手拉过她的手,一双眼定定地看她,用力点了下头:"我现在已经不姓祁了。"

"啊?"夏薇惊骇,脑子里嗡嗡作响,信息超出了她能接受的范围,大脑宕机,无法思考。

"那、那你姓什么啊?"

祁时晏分开双腿,将她拉近到身边,唇角勾起弧度,笑着说:"以后我跟你姓,好不好?"

夏薇怔了会儿,以为自己酒醒透了,现在才觉得醉得更厉害。

"跟我姓算怎么回事?"她小声嗫嚅,低下了头。

"那怎么办?我已经和祁家决裂了。"祁时晏搂住她,将自己的侧脸贴上她的脸颊,"除了你,我一无所有了。"

男人的脸颊是冰凉的,呼吸却是滚烫的。隔着薄薄一层衣料,夏薇感觉自己的心全乱了。

"可是,可是我养不起你。"她捧起他的脸,认真地看着他。

祁家哎,榆城金字塔顶尖的富豪,每个祁家的人一出生就自带光环,什么都不用做,身价逆天。

联姻算什么?

不过是祁家人都默认的生存法则。

"我只要一天三个面包。"祁时晏嘟了下嘴,摇了摇身体。

"我已经回不去了,我跟他们闹得很凶,我爸已经和我断绝了父子关系。"

"我满脑子都是你,就想和你在一起。"

夏薇触碰到男人带着光的眼眸,心像触电般战栗,呼吸都忘了:"我有……那么重要?"舌头都不自觉地打结。

"有!"

祁时晏抱过她,脸重新贴上她的脸,双臂的力道似要将她揉碎了揉进他的骨血里。

夏薇血液上涌,抱住他的脑袋,在他额头用力嘬了一口。

那夜,两人恩爱无度。

卫生间里,热水兜头,身体里的酒精和头顶的热气轮番折腾着人,夏薇一会儿清醒一会儿迷糊,思维混乱不堪,对男人的出现一会儿热烈相迎,一会儿又警惕抗拒,有点儿搞不清事实。

怎奈祁时晏的情话一句撩过一句,一辈子都要赖定她,哄得她云里雾里。

恍恍惚惚中,是男人温热的一双手帮她穿衣服,吹头发,将她抱在怀里,由着她睡去。

这一觉睡得酣畅,醒来时精神饱满,人也彻底清醒了。

夏薇坐起身,看向身边的男人,昨晚发生的所有事情一点点想起来,心里还是不太敢确定。

她拿起手机,到处刷祁家的消息,刷了好一会儿,最后在望和集团的官方网站"最新消息"一栏里,发现了一丝蛛丝马迹。

那消息是一则关于海运公司的人事调整,第一行非常醒目——"解除孟岳松先生副总经理一职",后面一长串的名单,从上至下各种职务都有。

发布日期正是昨天。

不用说,这些人应该全是孟岳松的人,这么大规模的解除职务,那应该真的是联姻解除了。

她看向睡梦中的人,一张脸沉静、冷峻,完美得巧夺天工。

而最巧的一笔在他的眼尾上,轻轻一个上挑,恰到好处地赋予了他整张脸玩世不恭的气质。

老爷子的五指山最后也没压住他。

447

夏薇看到他昨天发的朋友圈，就三个字：自由了！

夏薇偷偷地笑了会儿，在男人脸颊上轻轻亲了下，悄悄起身，去书桌打开酒店的电脑。

时间一分一秒地过去，祁时晏醒来，眯了眯眼，就见他刚追回来的女朋友在电脑前敲敲打打，又在白纸上抄抄写写。

他爬到床尾，探头看过去，声音慵懒："怎么，不是来度假的吗？还有工作？"

"不是公司里的工作。"夏薇握着鼠标在查数据，只分了小部分心神，回答他说，"是将来的工作。"

"要跳槽？"祁时晏好奇了，爬起身，随便套了件短T恤，俯到她身后去看屏幕。

"不是。"夏薇停下手，拿起桌上刚记录的笔记给他看，"我这不是准备开一间面包坊嘛，比较一下几个地方的租金，想要选个好点的地址。"

祁时晏立刻会意，眸光流转："准备养我了？"

"对啊。"夏薇笑，去摸他的脸，"以后跟着我可得挨穷了，不过一天三个面包，我还是能管你饱的。"

祁时晏站直了腰，大笑。

他将她写的东西拿起来看了看，除了几个店铺地址，还有各种需要配备的设备，非常详细。

"祁时晏。"夏薇一见他笑，便知道自己被骗了，气得抬腿去踢他，"你浑蛋算了，这么大的事也拿来骗我。"

祁时晏闪身，躲过第一脚："好了好了。"他厚着脸皮转身走回夏薇身边，将她整个抱起，自己坐上椅子，霸占了位置，再将她抱着坐上他的大腿，哄着说，"也没有全骗你，这狗屁婚约是真的退了。而我本来也是想离开祁家的，是我奶奶、我大哥他们不同意，非挽留我，我万般勉强，不得已……"

"你再胡说！"夏薇眉心蹙起，拿指甲去掐他。

祁时晏被掐得嗷嗷叫，喉结滚动，脖颈上都红了。

夏薇才放过他，抓住他胳膊，放了狠话："老实点。"

祁时晏"呜呜"了两声，假惺惺地掉了两滴泪，将人抱得更紧了，下颌埋进她颈窝，小狗似的蹭了蹭。

夏薇抓起祁时晏的手,咬了一口,咬得祁时晏又大叫。他委屈巴巴地埋怨:"狠毒的女人。"

"还骗我吗?"

"不敢了。"

心思回转,夏薇冷静了些,压住自己想翘起的唇角,一板一眼地继续拷问:"老实交代一下,你是怎么退的婚?孟家肯答应?孟荷肯答应?"

"嘿,当然用了一些见不得人的手段。"祁时晏脱口而出,大好的心情不藏不掩。

"什么?"

"不是。"祁时晏嬉笑,立刻改口,语气散漫地说,"准确地说,是有那么一点不文明,但是你放心,我是良好公民,绝对没有触犯法律。"

夏薇盯着他的眼睛看了几秒,感觉他没有撒谎,才又问:"那孟荷呢?"

"她?还管她干什么?"祁时晏皱眉,"现在在精神病院。"

夏薇虽然有点想知道原因,但觉得已经不重要了,他明显不愿意提,那这个话题也就到此为止吧。

仙溪古镇风景优美,水系纵横交错,两岸垂柳飘荡。

古街上的房屋鳞次栉比,游客熙熙攘攘。

沈逸矜去了梓谷寺,祁渊帮她找到了她的嫡亲爷爷,只不过人已经出家,现在是法师,祁渊将人从大草原请来,和沈逸矜相聚。

于是每天陪在夏薇身边的人变成了祁时晏。

夏薇现在已经完全相信祁时晏是自由身了,和他在一起再没了拘束。

夏薇最喜欢游河,两人常常租一条木船,带上瓜果点心,打发一个下午。

微风拂面,在清新的河水和水草的气息里,一路缓慢摇晃,欣赏风景,有种人生慢慢变老的既视感。

他们好像已经在一起很久很久了,时间在他们身上流淌而过,却似乎从未改变过什么。

有时候遇到一群鸭子,祁时晏便要恶作剧,往它们中间敲上一竹篙,惊起一片鸭飞,他就站在船头放声大笑。

夏薇想，和这样的男人在一起，永远不会变老吧，他是这样顽皮，就算老了，也是个老顽童。

和祁时晏认识这么久，在一起这么久，直到现在她才有了真实的感觉。

九年前，她喜欢他，向往他的洒脱不羁，像一簇星火，照亮了她阴暗的世界。

九年后，她还是喜欢他，喜欢他唇角散漫的笑意，喜欢他眉骨里的神采，还喜欢他在茫茫人海中目光穿梭，频频回头找她。

她知道，她是逃不掉的。

心里，却也甘之如饴。

而祁时晏没有什么特别喜欢的事，如果一定要举例的话，那就是喜欢给女朋友买礼物。

走到哪儿买到哪儿，只要夏薇看过摸过说不错，他就跟在后面让人打包。

哪怕夏薇对着一栋木雕楼说好，他也会动了买下来的心思。

夏薇对他颇感无语。

有一次，她站在河边，随手拍了拍面前的一棵柳树，说："我觉得这棵树不错，你要不要买给我？"

那柳树树干粗壮，青青枝条垂荡，像一柄绿色巨伞。

"行啊，买。"祁时晏豪气地将手一挥。

夏薇笑，有这样一个慷慨大方、情话信手拈来的男朋友是多么开心的一件事。

谁知第二天，那棵柳树上被挂了一块牌子，上面写了树名和树龄，底下一行粗大的字：认领人夏薇。

景区工作人员郑重其事，将一个红色的认领本双手交给夏薇。

"夏小姐，恭喜你，这是我们景区从开放以来第一棵被认领的树，意义重大，非常感谢你，你一定会有福报的。"

夏薇接过，惊得说不出话，看向旁边戴着墨镜的男人。

男人唇角一弯，问："还满意吗？"

夏薇词穷。

那只是个玩笑，哪里真的要他买？

可祁时晏墨镜一抬，面向她："我很认真的，你所有说的话我都当真。"语气无比真诚。

夏薇不知道说什么好，反问道："你是不是钱太多了？"

祁时晏笑："对啊，你随便花，使劲花。"

旁边的工作人员笑着插嘴说："我们景区除了柳树，还有上百年的银杏、樟树、枫树……"

"谢谢。"夏薇连忙将祁时晏拉走了。

沈逸矜打电话来，说她还要在梓谷寺待一段时间，她和她爷爷相认，打算在梓谷寺禅修一段时间，修身养性。

夏薇听完，觉得禅修不错，她和祁时晏也需要净化一下心灵。

她回头和祁时晏一说，祁时晏一百个不赞成。

"禅修有什么意思，我们双修。"

夏薇没理会，自顾自地收拾了行李。

上山那天，祁时晏拗不过，还是巴巴地跟在后面，一起去了。

梓谷寺和榆城的寿安寺一样，也是千年古刹，不过梓谷寺曾经毁于战火，现在是在遗址上重新修建而成，建筑风格更偏向唐风。

他们到的时候正值黄昏，宝刹黄墙黑瓦立于山峰之巅，天边晚霞铺展，云拥群峰，色彩斑斓又大气壮阔，美得令人窒息，仿佛闯进了天宫。

禅修的男女分住两院，沈逸矜接了夏薇去同住。

禅房两人一间，面积不大，但好在简洁干净。闺蜜两人一边整理床铺，一边交流各自的近况。

沈逸矜走到窗边开窗，目光投出去，白色拱形的大门边上有一道清瘦的身影，身高腿长，双手插在裤兜里，懒散又恣意。

落日的余晖照在他身上，仿佛镀了一层金，连发梢都带着光。

沈逸矜转头，笑着对夏薇说："你看你家浪子，把你看得多紧，这才一会儿，人就来了。"

夏薇抬头看去，祁时晏也正好看过来，隔着一个院落，两人目光相触，他一双桃花眼，眼尾在金色的光芒中轻轻一挑，如一股电流直击人心。

"哎哟。"夏薇还没羞，沈逸矜挡住自己半边脸，低下头，矮身蹲到了窗户底下。

夏薇红了脸，朝祁时晏嗔了一眼。

夏薇收拾好行李，出了禅院，祁时晏已经不在门口。

找了一会儿，发现他在下一层屋舍空地前。

梓谷寺依山而建，地势高低错落，宝殿、房屋一层叠一层，往往这一层的地面和下一层的屋檐是一个平面。

两人一起往后山跑，远远地听见很多鸟叫，清脆，空灵，啁啁啾啾，响彻整片树林。

只是天黑下来了，大片大片的黑暗笼罩了山林，只闻其声，不见其形。

祁时晏有些遗憾地说："明天再带你来，这里的鸟品种还挺多，相思鸟、黄雀、山雀、北朱雀，什么都有。"

夏薇好奇地问："你怎么认识这么多鸟？"

"你还记得我家老宅后面有片树林吗？我从小在那儿玩大的，什么鸟没抓过？"

"也是哦，不过这话你跟我说说就好了，在这里可别跟别人说了。"

祁时晏大笑，说好。

两人转身往回走，说好明天再来。

青石板铺就的小径边上，有矮脚的路灯一盏盏亮起。祁时晏牵起女朋友的手，夏薇问他："以后我们每天都会在一起吧？"

祁时晏偏头笑："当然，不然你想和谁在一起？"

夏薇抬头，看见高空中月亮不知道什么时候钻出来了。

她拉拉他的手："快看，今晚有月亮。"

可祁时晏不甚在意："那有什么啊？"他拉过她，将她揽在怀里，并肩往前走，"我身边这一个才最宝贵了，只归我一个人的。"

夏薇笑，想起来了，去年金秋宴上，祁时晏说他偷了个世上最美的月亮在身边，就是她了。

那月亮钻出云层，晚风拂过，银白色的清辉洒了一地，温柔，浪漫。

他们又何止有月亮。

朝朝暮暮，月落日升，故事没有尽头。

第十一章

坠入月色
moonlight

晨钟暮鼓，远离世俗喧嚣，在梓谷寺禅修了一周，每天粗茶淡饭，作息规律，人都变得纯粹了很多。

夏薇起先还有些担心祁时晏不能适应，谁叫他性子顽劣，放纵了那么多年，没想到一周下来，他静心养性，淡泊致远，从没有抱怨，还守时守礼，得到大师的称赞。

祁时晏说："再待一周也没问题，只要能和你在一起。"

夏薇笑了笑，当他说情话，没有太在意。

下山之前，最后一次品茶闲聊，所有禅修者聚在了一起，一周时间大家相处得很愉快，分别在即，大家都有所留恋，发表了很多感慨。

不知道是谁聊起了感情，说很羡慕夏薇和祁时晏，一眼就能看出他们是热恋中的男女朋友，两人好甜蜜。

祁时晏抬抬下颌，一点不谦虚："那当然，我们是高中同学，彼此的初恋，我们所有的第一次都是对方给的。"

立即引起一阵起哄声。

有人好奇问:"那你们在一起几年了?"

祁时晏抬起手指比画了一个"九"字,扬眉说:"九年。"

大家皆叹,时间好长。

夏薇端着茶盅,忍不住背过身去,咳了咳。

九年?

那前面八年她一个人的暗恋也能算?

可男人的眼神告诉她,算,他正在用九倍的速度弥补。

夏薇眨眨眼,暂且饶了他。

而祁时晏还要和大家强调:"我们是彼此的唯一,这辈子都不会分开。"

"啧——"没完没了。

夏薇脸上滚烫,红云绯绯。

又有人问:"那你们要准备结婚了吗?什么时候?"

祁时晏这下回答不上了,看向夏薇。夏薇连连摆手:"我们没打算结婚。"

这个答案让大家有些意想不到,夏薇只好解释说:"我们就想一直谈恋爱,这样彼此之间才有空间,有自由,不至于被婚姻束缚住。"

原来如此,大家说说笑笑,话题很快转到另一个。

只不过祁时晏心里不太好受了,沉默地喝了一口茶。

空间?自由?不结婚?

为什么莫名有一种危机感?

禅修结束后,回到榆城,回归到了正常的生活,夏薇心里有个想法蠢蠢欲动。

那就是自己开店,开一家面包坊,自己做老板。

当时在柠城,祁时晏骗她从祁家净身出户时,她真的有想过开店,养活两个人。

现在虽然男人的身价没丢,但她还是想拥有一份属于自己的事业。

这个想法,她在梓谷寺的时候,和沈逸矜提过,沈逸矜很支持她。

夏薇以前不愿意努力,得过且过,很大的原因是来自夏家,但现在她也意识到了自己的错误。

在那样的家庭里,她应该像祁时晏那样积极对抗。

夏薇有一天吃晚饭的时候，将自己的想法告诉了祁时晏，没想到祁时晏并不支持。

祁时晏说："开店很辛苦，我养你就好了。"

他说得云淡风轻，心里却是惶恐的。

他知道夏薇很有主见，一旦有了决定就会行动，他内心自私地想要夏薇留在自己身边，处处围着自己转就好，可是到头来，全部反了。而夏薇拿定了主意，的确是不会轻易更改的，她又一次向嘉和递交了辞职报告，在一个比较繁华的商圈里找了一家老字号的面包坊，去那里打工去了。

祁时晏有点儿烦恼，给女朋友转了一大笔钱，也没能够阻止她，只好巴巴地跟在夏薇身后，才不至于将自己变成"空巢男友"。

可是说好了做老板的，怎么去做伙计了？

夏薇悄声解释："因为我开店没有经验，先来这里学一学。"

祁时晏勾住她的小手指说："可以啊，你这个老板将来一定会做得很成功，你可不能抛弃我。"

夏薇压住唇角的笑，本来还担心他会生气，这下心情放松了。

在面包坊里打工，最辛苦的事莫过于早起。

夏薇因为有禅修的体验，凌晨四点起床没有压力，但无论从自己的出租屋还是从水中仙出发，往面包坊去的路程都有些长。

而夏薇开车又慢，耗的时间就更多了。

连续上班数周，人有些疲累，迟到了一次，夏薇夜里和祁时晏抱怨了一句，第二天祁时晏就在面包坊附近买了一套公寓，走路上班只要十分钟。

夏薇震惊："……太夸张了吧？为了上个班买套房子？这个地段一平方米要我几个月工资哎。"

祁时晏不在乎这个，带她去看房，说："这是酒店式公寓，就给你暂时过渡一下。以后不住了，我们就托管给酒店出租，又不用自己操心，稳赚不赔的事有什么不好？"

夏薇感慨，资本家的眼光就是不一样。

那公寓麻雀虽小五脏俱全，面积大概只有祁时晏的卧室那么大，但大床、衣柜、卫生间和厨房应有尽有，还有一个小阳台，那里摆着两张懒人椅和一张圆形茶几。

非常温馨,而且干净。

夏薇将屋里打量了一遍,跑去阳台看风景。

楼下绿意葱茏,有个很大的公园,再往对面,越过两条纵横交错的街道便是繁华商圈,琳琅满目的门头中,隐约看到一片金黄色,那就是她现在上班的面包坊。

祁时晏走过来,从身后抱住她,下颌擦在她细软的长发上,问:"喜欢吗?"

"太喜欢了。"夏薇脑袋微倾,朝他贴了贴,"这里环境比我那出租屋好太多了。"

可祁时晏还有遗憾:"就是小了点,没买到套间。"

"很好了。"夏薇开心地笑,"够住就好,反正就是过渡。"

"你的店看好在哪里了,早点告诉我,我好早做准备。"

"又准备买吗?"夏薇笑,转身拉过男朋友的手,一起进屋,告诉他一件事。

她现在打工的面包坊,老板想转手。

这家面包坊从开业至今有五十多年了,远近闻名,是个老字号。

现今的老板从他父亲那里继承了这家店铺,一辈子的心血都在面包坊里。

不过老板今年也快七十岁了,儿子儿媳在外地开厂打拼,没有想继承面包坊的想法。

老板再三衡量,最后决定去和儿子儿媳团聚,颐养天年,顺便把店卖了,给儿子的事业再添把火。

想接盘的人很多,但老板看中自己的招牌,因为是老字号,要价非常高,现在还没有一个人谈定。

夏薇这段时间在店里上班,了解店里的营业情况,老主顾和过路客各占一半,生意应接不暇,每天营业额很可观,而且店里员工之间分工明确,奖罚分明,关系都很和睦。

最重要的是,面包坊虽然五十多年了,但老板做生意的思路一直紧跟潮流,机器设备都是两年前才更换的,经营模式也一直在调整,但也很成熟。

"我想盘下来。"夏薇一双琉璃眸子清澈又亮,神采奕奕,"不过我不擅长谈生意,你帮我去谈。"

祁时晏点头,笑着说好:"凡是你不擅长的我都擅长,我就是你的补位。"

夏薇笑，她上辈子到底做了什么好事，这辈子换来一个这么会哄人的男朋友？

可是祁时晏不是只会哄人。

两天后，夏薇搬了部分行李进公寓，祁时晏也跟着一起住了进来，同时他将面包坊的转让合同给了夏薇。

"这么快，都买下了？"夏薇不可思议，打开合同仔细看了一遍。

千真万确。

钱是祁时晏付的，可是合同受让人是夏薇。

"这不好吧。"夏薇说不上来什么感觉，本来想自己闯一番事业的，到头来，好像只是换了个名头问男人要了几百万。

"你别那么想。"祁时晏坐上沙发，将女朋友抱起坐到自己腿上，亲了亲她，"这么好的一个面包坊，我也想分一杯羹。"

祁时晏说："我们这样，按股份制，资金方面我出了，你以技术入股，你51%，我49%。店里所有的事都你管，我就做一个甩手掌柜，过年的时候分红给我就行，怎么样？"

夏薇长长地"啊"了一声，男人设想这么周到，她还有什么话可说，只不过——

"你不怕我把你的钱赔光吗？"

"怕啊。"祁时晏笑，将她搂紧了些，"不过比起赔钱，我更怕你越来越厉害而抛弃我，看不上我。所以啊，趁现在有机会和你绑在一起，就赶紧绑在一起咯。"

"瞎说。"夏薇捧过他的脸，主动吻了上去。

面包坊原来的老板姓王，店里店外，熟知他的人都戏称他为"王爷"。

祁时晏能盘下面包坊，是因为他出价最高，打败了所有竞价者。

但祁时晏提了一个要求，便是要王爷将所有经验毫无保留地全部传授给夏薇。

王爷答应了。

于是店铺转让了，王爷也没急着走，每天手把手教夏薇做各种糕点，有关店铺的所有事全对夏薇公开，什么都教她。

面包坊经营规模很大，店里除了面包、糕点和甜点，还有各种鲜榨果汁和现磨咖啡。

　　其中主打的招牌面包是一款菠萝油，由王爷每天亲自制作，每次出炉不用半小时就会销售一空，多少年不变。

　　也因此，店名就叫菠萝油，在榆城小有名气。

　　夏薇接手之后，也不打算改名，而是自己学做菠萝油，争取将招牌继续发扬光大。

　　这使得王爷更高兴，更乐意教导夏薇。

　　没多久夏薇学艺到家，她将王爷做菠萝油的精髓全掌握了，老顾客品尝后，都没能分辨出谁做的。

　　而夏薇除了做菠萝油，还有其他很多事需要打理，从而难免忽略了祁时晏。

　　祁时晏早就预料到了。

　　好在他本就是个闲人，有的是时间，夏薇迁就不了他，只好他来迁就夏薇了。

　　祁时晏之前都是"阴间作息"，和夏薇在一起，渐渐调整到"阳间"来了。

　　现在住到公寓，离水中仙远了，他玩的心思也渐渐淡了，倒是对一款手机游戏起了兴趣。

　　于是，面包坊里老板的办公室经常坐着一个男人，闷头打游戏。

　　另一个女老板则在大堂忙得不亦乐乎。

　　两人偶尔隔着玻璃窗对视一眼，祁时晏看着戴白色帽子，穿白色工作服的女朋友，总会有一刹那的愣神。

　　那姑娘忙里忙外，工作服下身材纤细，脚步轻盈，脸上光彩照人。

　　祁时晏看着她笑，心里莫名其妙有种甜甜的感觉，好像来源于店里到处飘散的面包香味，又好像不是。

　　忙碌的日子过得特别快，夏薇每天起早贪黑，忙于面包坊的各种事务。

　　最初打算盘店的时候，她有想过向沈逸矜或者祁时晏借钱，想着无论如何都要把这一份事业做起来，没想到祁时晏直接盘下来，半卖半送给她，夏薇便想着，不努力不行，这是他们两个人的事业，她更要做大做强。

　　以至于自己生日到了，她也没记得，全忘了个干净。

458

倒是祁时晏记得清清楚楚，很久之前就惦记上了。

那天下午，夏薇和王爷出门见供货商，回来时天色已经很晚，两人从停车场步行出来往菠萝油店走，盛夏的晚风吹过来，撩起姑娘的长鬈发，夏薇和王爷边走边说些店里的事，心里踌躇满志。

可是快到店的时候，两人抬头，发现各种霓虹彩灯的门头里，唯独菠萝油一片漆黑，店里员工全部站在门外。

夏薇心一紧，眉心蹙起："我们店怎么了？"

王爷眯了眯眼，看过去说："可能跳闸了吧。"拍了拍她的肩，安慰说，"没事没事，以前也出现过，重新开闸就好了。"

"店里的同事都不知道吗？"

"嗐，那电箱的钥匙好像还在我抽屉里，等下给你。"

两人不由自主地加快脚步。

到店前，同事们迎上来，有搀住王爷的，也有拉夏薇胳膊的，争先恐后地说跳闸了。

夏薇安抚大家说没事，开了手机电筒，和大家一起走进去。

正往办公室走，忽然有人喊她名字。

夏薇有一刻的恍惚，店里漆黑一片，那是祁时晏的声音。

她刚才还想他怎么不在店里。

转头，就见黑暗中一簇火光摇曳，映照出一张男人俊秀的脸。

那脸上一双桃花眼深邃又多情，高挺的鼻梁下，薄唇在烛火中勾起迷人的弧度。

他朝她走来，清越磁性的嗓音响起："Happy Birthday！"

身边的同事们也惊呼："Surprise！"

同时有彩色的礼花"嘭"的一声漫天飞舞。

夏薇这才反应过来，今天是自己的生日。

夏薇有点感动，眸子里一片雾气，模糊了视线，轻轻眨了一下，那橙色的烛火亮成了耀眼的星辰。

祁时晏走到她面前，捧着蛋糕，目光直直地看着她："薇薇公主，生日快乐！"

有热意上涌，夏薇用手背掩着眼角："你好讨厌。"

她张开双手，祁时晏将蛋糕交给旁边的人，展臂将女朋友拥进了怀里。

"你说你傻不傻，自己生日都能忘记。"男人低头，热气拂过她耳边，留下一个滚烫的吻。

"有你记着就好了。"夏薇将脸埋在他衣领里，闻见他身上清冽的体香，忍不住张开红唇啄了一口。

这一口，温软，清甜。

祁时晏头一低，吻了上去。

"嗷！"

有人吸鼻子，有人捂着眼睛，有人失声尖叫。

偌大的店里，到处是面包香甜的味道，可光线却只有那微弱的一点烛光。

折射在两个拥吻的人之间，跳跃出一片激情的火花。

就在此时，有人推开玻璃门进来，问："请问夏薇在吗？"

夏薇诧异地看去，见对方打扮像是一位快递小哥。她应了声，走过去问什么事。

对方笑着指了指门口，说："有你的快递，请签收。"

夏薇笑了笑，转头看向祁时晏："还有生日礼物？"

祁时晏眸底一片宠溺，走到她身边，揽着她一起去门外收快递。

其他同事们也好奇地跟了出去。

门外，灯火璀璨，马路边上停了一辆透明玻璃的装载车，那里面挤满了红色和金色的气球，而在气球之下有一辆白色的敞篷超跑，吸引了所有人的眼球。

附近很多店家和路人都惊呼着涌来围观，啧啧赞叹。

夏薇双手掩在口鼻上，眸底湿润："这么大一份礼物，我怎么收啊？"

祁时晏笑着搂住她："还能怎么收？直接上去开下来。"

快递小哥指挥司机打开了厢门，又抱来一束红玫瑰交给祁时晏，祁时晏则送给了夏薇。

夏薇脸颊绯红，被幸福冲击得晕乎乎的，已经不太知道自己该做什么反应了。

周围人群也越来越多，很多人拿起手机拍照录视频，相信这份生日惊喜很快又要冲上榆城头条了。

祁时晏坦然地笑，拉着夏薇，送她坐上副驾驶位，他自己则接过车钥匙，将车缓缓从停车场里开到了地面。

车是保时捷最新款，夏薇坐在车里好一会儿，东摸摸，西瞅瞅，太兴奋，一双眸子又亮又飘忽，显得不太清醒："几百万啊，又送给了我？"

祁时晏手背摩挲着她滚烫的脸："就说喜不喜欢？"

"喜——欢——"夏薇抱着花，在人们惊羡的目光中笑得停不下来。

小哥跑过来问气球怎么办。

祁时晏扶着夏薇下车，将问题抛给女朋友。

夏薇看向周围的人群，笑着说："送给大家吧。"

"好哦，祝你们百年好合。"

"祝你们好运连连，财源滚滚。"

人群沸腾了，本来只是驻足观望的，这下很多人跑进停车场去取气球，分享他们的快乐，还不忘留下祝福。

装载车开走之后，夜色阑珊的大街上，多了很多牵着红色金色气球的人。

而祁时晏拥着自己的女朋友，对菠萝油的同事们说："走，我们去吃生日宴。"

同事们齐声称好，快快乐乐地将店打烊。

夏薇："还有生日宴？"

祁时晏刮了一下她的鼻子："生日怎么能不吃生日宴？"

炽烈的盛夏又热情了几度，浩瀚的天幕里，一枚月亮弯弯的，泛着银光，也露出了笑脸。

"把那句话再跟我说一遍。"

"哪句啊？"

"在店里吃蛋糕那会儿说的。"

"我说过很多话啊，不记得了。"

夜里，两人回到公寓，祁时晏将人抵在最深处，哄着姑娘说情话。

夏薇在生日宴上喝了酒，眼眶红红的，像看人都透着一层薄薄的酒气。

阳台上的窗，在眼前颠倒了。

星光闪烁的夜像汹涌的海，白烟浩渺，拂过月的脸。

她有些分不清自己身在何处，琉璃般的眸子像极了深藏在湖泊里的月，水汪汪的。

祁时晏就爱看她这双眸子，人像跌进了湖泊，疯狂捞月。

却是让自己越来越沉沦……

转眼三个月过去，热烈又盛大的夏天结束了，夏薇将菠萝油方方面面都熟悉了，从王爷那儿正式接了手，从从容容地做起了老板。

不过店里同事们更愿意称她"老板娘"，而老板另有其人，那就是祁时晏。

夏薇开始有点不好意思，后来渐渐被叫习惯了，默认了这个称呼。

而那个散漫悠闲的男人最近也有事做，他要装修房子。

夏薇和沈逸矜先后退了出租屋，沈逸矜搬去了新家，夏薇则是搬来和祁时晏同住，就住在新买的公寓里。

祁时晏名下有好几套房产，除了老爷子留给他的两套，还有他自己以前买的，不过那些都是拿来做投资用的，没有想过自己住，也就一直没有装修。

现在他想着夏薇事业稳定，小公寓不适合长期住，想要换套大点的房子。

挑来挑去，挑了其中一套市中心的房产。

那套房子离菠萝油仅隔两条街，小区环境闹中取静，绿树成荫，房子面积也有两百多平方米，足够两个人住，祁时晏便准备装修一下，他和夏薇以后住那儿去。

装修大任当然是交给嘉和来做，设计方案由沈逸矜亲自主导，可祁时晏总能挑出毛病，改了又改。

沈逸矜忍不住给夏薇打电话吐槽："原来祁时晏这么吹毛求疵啊，他不是放荡不羁、慷慨大方的人吗？"

夏薇笑着回道："所以说，你不能只看他表面。他的大方只是在不痛不痒的层面上，一旦涉及他在乎的，他的要求可就多了。"

沈逸矜"呜呜"了两声："领教到了。要不这个设计稿还是你来吧，只有你降得住他。"

夏薇笑道："可别。最早的时候我就说我来设计的，他没同意，他说我设计的还怎么挑毛病？"

沈逸矜无语，在闺蜜的安慰和同情下，只得硬着头皮继续改。

而夏薇给她发了同城快递，送去甜点和下午茶，激励她好好改。

沈逸矜想到什么，又给夏薇打来电话，问："这房子是不是你们的婚房呀？"

夏薇连连否认："不是的。"

沈逸矜问："你们真的决定了一辈子不结婚？"

夏薇轻轻笑了下："对我来说，现在能和他在一起已经超出了我的梦想，而他对我又这么好，我还奢求什么？"

她说的是心底话。

她记得祁时晏说过，他不会结婚，和任何人都不会。

她拽紧了这条线，不越雷池。

而现在和祁时晏在一起这么开心，他为她付出这么多，结不结婚又有什么关系？

沈逸矜喝了一口刚收到的闺蜜奶茶，赞了声，说："这样挺好的，一直恋爱能一直保持新鲜感。"

夏薇"嗯"了声，隔着办公室的玻璃墙，看到有几个人进来店里，匆忙说："有客人来了，先不聊了。"

沈逸矜诧异："客人难道还要你亲自接待？"

夏薇低声回："是许颖。"

她现在在店里只做管理的工作，顾客有专门的同事负责。

这几个月，祁时晏传媒公司的网红们几乎都来打过卡了，但许颖一直没来，夏薇一度以为她不会来，没想到今天带了人来了。

夏薇挂了电话，从老板椅上站起身，看了眼自己身上的裙子，理了理袖口，淡然地走出办公室。

恰好听见许颖在柜台上问同事："你老板在吗？"

同事笑着回："不在，不过我们老板娘在。"转头，朝夏薇看过来。

夏薇会心一笑，走过去，就看见许颖上眼皮一耷，额角的盛气弱去了几分。

"今天有空过来？"夏薇笑着打招呼。

许颖瞥过来一眼，又很快移开，反方向支肘撑在柜台上，只用半个侧身对着她，姿态几分倨傲，好像她才是店主。

"祁三少呢？"她的腔调更傲慢。

夏薇站在柜台里，脸上笑容不变："他在忙我们房子的装修。"

要说刚才同事那句"老板娘"是第一刀，夏薇这一句便是第二刀。

夏薇看见对方的手肘很明显地抖了下，好像支撑不住似的，从柜台上收回，垂到了身侧。

以柜台为中心，半径两米内忽然陷入沉默，同事耸耸肩，在夏薇示意下走开了。

许颖的助理和摄影师在店里走来走去，讨论怎么构图，选视角拍摄。

夏薇朝他们看去，笑着问许颖："需要我做些什么吗？"

许颖保持侧立的姿势没动，也不说话。

夏薇知道许颖听见了，觉得有点无趣，朝同事招招手，还是让她来接待，自己则回办公室去了。

为了互相不妨碍，夏薇还将玻璃墙上的百叶窗拉了下来，彻底阻隔了彼此的视线。

她以前和祁时晏闹脾气的时候，曾盘问过祁时晏，和许颖最亲密的肢体接触是到哪一步。

祁时晏一口咬定："手都没牵过。"

夏薇不信，翻出许颖的一期视频，找出他一只手扶住许颖的镜头。

祁时晏大笑："这也能算？你仔细看看，我压根没碰她的手，只是扶了一下她的胳膊，还隔着衣服的好吗。"

夏薇伤心："那么多人嗑你们的CP，就这一个镜头多少人疯狂嗑。"

祁时晏将人搂在怀里，坦白说："那都是炒作。"

"你就一点都没有对她动过心？"

"没有，一点都没有。"祁时晏语气非常肯定。

"为什么？她聪明漂亮，出身又好……"

祁时晏连连摇头："她太硬了。"

眼看姑娘又瞪他，他连忙解释："是她性格太强势了，从认识之初我就对她没兴趣，再认识多久还是这样。"

夏薇终于满意地舒了口气，转而又拷问："那你对谁有兴趣？"

"你。"男人将人抱上床，"只有你。"

"我就喜欢你。"

"软软的,哪儿都软。"

想到这里,夏薇脸颊不自觉微微发烫,侧耳听了听外面的动静,给祁时晏打了个电话,问他在哪儿。

祁时晏好像从哪里躺着刚爬起来,声音懒怠地说:"我在看床。"

"看床?"夏薇揉了揉眉心,"设计图还没出来,你就看床?"

"我看的是海丝腾,现在定制至少要一年才能到货,早点看咯。"

"那你看别的了吗?"

"别的急什么?"

"哦,我们家只要一张床就可以了是吗?"

"是啊。"男人将薄唇贴着手机,撩人的气息灌进来。

"祁时晏。"夏薇咬唇,"许颖来店里了。"

"她去干吗?"

"打卡。"

"那就让她打呗。"

"你不回来吗?"

听女朋友的语气,祁时晏感觉到一点什么,安抚地笑了下,说:"那行,等我把事情定了就回去,你想应酬就应酬,不想应酬就别理她。我之前已经和她说清楚了,她不敢为难你。"

"好。"夏薇这才笑了,"我听你的,你快点回来。"

祁时晏"嗯"了声——快点回来。

祁时晏勾唇轻笑,莫名心里头一片温热。

夏薇一个人在办公室整理报表,忽然有人敲门,没想到是许颖的助理。

助理说,她有个提议,想请夏薇和许颖同框,也不需要夏薇说什么话,稍微互动一下,拍几个镜头就好。

夏薇站在办公室门口,朝许颖看去一眼。

对方正坐在餐饮区,面前摆着一份蛋奶酥,她用银勺挖出一口,摄影师在她桌子对面,对着甜点拍特写,继而镜头跟随银勺,一直拍到她很享受地品尝完那一口,脸上露出完美的笑容。

夏薇对助理笑了下,婉拒说:"不了吧,你们自己拍就好了,我就不要上镜了。"

就她和许颖的关系？同框？

她还记得许颖的粉丝怎么在微博骂她的，如果她俩同框了，那不就是她自己冲到前线去，让他们骂？

到时候菠萝油的大门如果被挤爆了，那肯定不是因为生意好挤爆的。

夏薇忽然觉得许颖来打卡，有些不怀好意。

而助理还在笑眯眯地怂恿她，但夏薇态度坚决，助理最后不得不放弃，打着哈哈走开了。

许颖见状，坐在座位上，转头朝夏薇叫了声。

夏薇脚步停了两秒，扯了扯唇，走了过去。

拍摄的镜头跟上来，夏薇对着镜头摇了摇手，挡在前面，摄影师一看镜头无效，只好收了。

到桌前，许颖笑了下说："不拍了。"

夏薇捏在身侧的拳头才悄悄松了下来。

许颖又看向助理和摄影师，对他们说："你们都先出去吧，去外面等我。"

夏薇看着助理和摄影师走出去了，她才抚了抚身上的衣裙，拉开许颖对面的椅子，坐了下去。

桌上有好几款甜点和蛋糕，还有饮料，几乎每一份许颖都只吃了一口，全是为了拍摄。

夏薇抬了抬下巴，挂上营业的笑容，问："还行吗？"

许颖点了下头，有点敷衍，支肘托住半边脸颊，又不说话了，目光随意地投向店中央，给人一种高高在上的傲慢感。

夏薇头顶冒出一个问号，对方把自己叫来，就为了让自己欣赏她的傲慢？

想起祁时晏说许颖性格太硬了，真是不得不承认。

夏薇不再说什么，随手拿起桌上的菜单看了看，将对面的冷气场忽略掉。

就在她快翻完的时候，许颖挪了一碟甜点到自己面前，拿银勺吃了一口。

夏薇笑了下，说："你慢用。"就准备离开。

她没兴趣陪许颖玩傲慢的沉默游戏。

可许颖忽然开口："我们聊聊吧。"她抬头看过来一眼，唇角挤出一个笑，"其实我很想和你做朋友，但不知道从哪里开始。"

夏薇想说那就别做了,可是对方吃的甜点,正好是她做的。

"你不用太见外。"夏薇调整了一下情绪,违心地笑了笑,"你是祁时晏的朋友,当然也就是我的朋友。"

许颖问:"你和祁时晏认识也就一年多吧?"

夏薇缓慢点头:"如果不算高中,我们是去年才见上面的。"

"高中?"许颖捏着银勺的手指一顿,吃惊地看过来,"你俩是高中同学?"

"对啊。"夏薇翘了翘唇,很满意对方的表情,"祁时晏没说过吗?"

许颖摇了摇头,祁时晏怎么会和她说这些。

她一直理解不了,祁时晏怎么就喜欢上了夏薇?

是韩烟说,夏薇长在了祁时晏的审美点上。

而韩烟这么说,是黄妈私底下告诉她的,黄妈是世界上最了解祁时晏的人,她说的一定没错。

于是,她刚才就一直在偷偷打量夏薇。

骨相美人,五官立体,皮肤白皙,尤其一双琉璃眸子,乍看清澈干净,细看又美艳勾人。

用美妆行话说,就是可塑性很强。

她和祁时晏认识这么久,才知道他喜欢这一款。

可他们居然还是高中同学?

那认识的时间比她和祁时晏还要早?

许颖心理上有些被打击,她和祁时晏认识的时间前后算起来有七年了。

现在才知道,自己原来从一开始就输了。

"那你们高中时就在一起了吗?"许颖语气变得有些飘忽。

夏薇遗憾地叹息了一声:"没有呢。"随即解释说,"怪我自己那时候不懂事,祁时晏有暗示来着,可惜我没听懂,以至于我俩白白错过了八年。"

她说完后面带了长长的一声叹息。

许颖愣神,都忘了管理自己的表情。

祁时晏高中时就追夏薇了。

那自己算什么?

许颖的银勺在手上,不自觉将甜点戳花了。

夏薇蹙了蹙眉,心疼了一下自己的劳动成果。

下午店里生意清淡，有店员播放了流行歌曲，边做事边跟着哼唱。

偌大的店面，干净明亮，布局大气又时尚，漂亮典雅的装饰，精致可口的糕点，处处透着都市浪漫的气息。

玻璃自动门"欢迎光临"的声音响起，有男人捧着一束花走了进来。

座位上的两个女人同时转头看去，就见祁时晏唇角噙着笑，朝她们走来。

祁时晏走到夏薇身边，弯下腰将花递到她怀里，顺手揉了揉她的头发。

夏薇接过花，凑近了嗅了嗅，眸光含笑："这是什么花，真好看。"

"洋桔梗。"男人俯下身，修长手指勾过她耳鬓上一缕碎发，问，"喜欢吗？"

夏薇耳朵红了下，低声说："喜欢。"

祁时晏拉开夏薇旁边的椅子坐下，对夏薇说："我半天没喝水了，快渴死了。"

"想喝什么？"夏薇看他的薄唇，才发现又干又白。

祁时晏靠在椅背上，懒洋洋地说："你做什么我吃什么。"

"那我给你榨杯橙汁吧，补点 VC。"

"好。"

"等着。"夏薇起身，按了下他的肩膀，抱着花离开座位。

祁时晏看向女朋友的窈窕背影，看着她将花拆了外包装，插进花瓶里，摆到了橱柜高处，再看着她进了卫生间去洗手，身影消失了才收回目光。

他转头，这才问对面的人："今天来打卡？"

许颖点点头，推开面前被自己戳得不成样子的甜点，抽了张纸擦擦嘴，看到凌乱的口红印，想到自己唇色现在肯定不好看，忽然就有些泄气。

换作以前，她自信地在祁时晏面前补妆，虽然男人从来都是视而不见，此时却有些缩手缩脚。

她随口问了句："听说你最近都没去水中仙。"

"没时间。"祁时晏懒声道，"夏薇现在每天要早起，我们也就睡得早了。"

许颖忍不住轻嗤了一声："你真的是……就这么喜欢她？"

祁时晏笑了笑，转头又看向他的女朋友，见夏薇在摆弄榨汁机，一个个新鲜的橙子被她一双细腻白皙的手放进机器里，随后拿起他的马克杯，侧身弯下，接到出汁口，按动了启动开关。

挑动人味蕾的橙子便在她面前一个个滚动起来，带起一阵微风，吹开姑娘脸颊边的碎发，微微飘动。

祁时晏眯着眼，目不转睛。

他一只手在桌沿撑了撑，开口说："我以前稀里糊涂的，只知道自己总想看见她，见到她心里就高兴，后来我才知道，这就是喜欢。"

他语气散漫，又好像深思熟虑过，说完了，自顾自愉悦地笑了声。

许颖看着他，看见他眯起的桃花眼里聚起一层光，像初秋清晨穿透薄雾的第一缕曙光，深邃而热烈。

那是她从来没见过的祁时晏。

"听说你在装修房子。"许颖试图将男人的视线拉回来。

祁时晏点点头，漫不经心地说是的。

"你们要结婚吗？"许颖掐着自己的手心，看着他。

这个问题似乎终于引起了祁时晏的兴趣，男人转回头，低声"嘘"了一声："夏薇现在不肯和我结婚。"示意对方不要再说下去。

许颖啊了一声，忍不住问："她有什么不肯的？"

祁时晏自嘲地说："还在考验我吧。"

许颖一脸震惊。

她还记得祁时晏和她谈联姻时说过一辈子不结婚的话，他只是和她商业合作而已。

她说她懂。

他是那样恣意，永远不可能为了某个女人停留。

那么，就算她只能拥有和他的形式婚姻，她也知足了。

可现在，这才过去多久？

他却在说另一个女人不肯和他结婚，表情还有点沮丧，甚至不敢大声谈论。

这真的是祁时晏吗？

夏薇端着橙汁走过来，还没到跟前，祁时晏已经伸手去接。

夏薇笑着递给他，坐进他旁边的座位。

"好甜。"祁时晏尝了一口，转头看向女朋友，"今天的特别甜。"

夏薇神秘一笑："今天这个我去拿货时，老板说是老树上的，就两箱，我全要了，拿回来都给你吃。"

祁时晏扬眉，感觉自己整个人沐浴在春光里似的。

他将橙汁捧到女朋友面前:"你也喝一口。"

夏薇看到对面许颖投过来的目光,推了推:"你自己喝。"

"喝嘛。"祁时晏另一只手搭到她的椅背上,靠近了哄着说。

不等夏薇反应,许颖看不下去了,站起身,说了句"我走了",便要离开。

祁时晏抬头,视线从桌上的甜点扫过,变脸变得很快:"钱付了吗?"

许颖脸上一僵。

夏薇笑着圆场:"没事没事,我们请。"

许颖哼了声,拿起手提包就走,不料手提包的肩带卡在了椅背的夹缝里,她气急败坏地扯了两下才扯出来。

夏薇目送许颖出了门,才问男人:"你俩说什么了?把她气成这样?"

祁时晏喊冤:"关我什么事?"

面包坊正式接手六个月之后,全面步入了新的轨道。国庆长假是一个消费高峰期,菠萝油的营业额比平时翻了几番。

夏薇满心欢喜,给店里的同事每个人都发了奖金,想到自己的男朋友,心知祁时晏这段时间无条件迁就自己、体贴包容,没有一句怨言,也有心补偿他。

夜里,夏薇便和祁时晏商量旅游的事。

两人自从柠城回来,大半年都没离开过榆城。换作以前,祁时晏早就憋坏了,不过现在倒是无所谓,他只想和夏薇在一起,很怕自己一转身,夏薇便放下他,连想都不想。

祁时晏搂着女朋友,轻哄说:"你想去哪儿?不管你想去哪儿,我都陪你去。"

夏薇想了想,说:"行啊,我想去濯湾,你陪我去吗?"

"濯湾?"祁时晏眼皮狠狠跳了几下,敢情许颖的事还没过去。

夏薇眼眸流转,笑着说:"我记得你以前说过,你在濯湾怎么玩来着,沙滩、海浪,还有什么?摩托艇?我也想去玩玩。"

祁时晏一副老实的样子,坦白说:"其实我那么说都是骗你的。我以前在那儿,天天都要忙死了,一天到晚见这个见那个,大会小会开不完,还要看各种数据报表,哪有时间玩?"

"不管，那你至少天天吃海鲜了吧。"

"海鲜倒是多。"祁时晏笑了，握起她的手亲了亲，"那行，我们去濯湾，带你吃海鲜。"

两人即将出游的日期定了，可是到那天，谁也没能走成。

因为夏启炎突然去世了。

夏启炎在一家工厂上班，离家大概三公里，每天骑电瓶车上下班。

途中有一段路，半年前开始新建楼盘，工地外面围了蓝色铁皮，原来的交通被截断了，所有的车辆和行人只能从另外一条路上绕行。

但有些小聪明的人会发现护栏前后有门，是施工车辆通行的要道。

于是有些骑电瓶车的人抄近路，会骑车进工地里，径直穿过。

夏启炎便是其中之一，每天如此，往返两次。

工地里工作人员阻拦过多次，夏启炎非但不听，还要跟对方吵架，甚至动手。

出事那天，巨大的吊车上正吊着一块楼板，将近一吨重，突然间有根绳索断裂，楼板倾斜，滑出套索，

"哐当"一声巨响，掉落的楼板激起一团黑色尘雾，像蘑菇云似的升腾而起。

人当场血肉模糊，面目全非，还是靠电瓶车的车牌号和身上的衣服确认的身份。

夏薇接到电话时，半天说不出话。

她还记得最近一次回去，和夏启炎不欢而散。

前几次都是祁时晏陪她一起去的，夏薇会定期去交生活费。

上次祁时晏去望和有事，夏薇便一个人开车回去了。

夏启炎说起夏晨的事，说夏晨没去成美国，有些自暴自弃，整天和一群混混混在一起，他还是叫夏薇拿钱出来，送夏晨去美国留学。

夏启炎说："你是她姐，你不能自己过上了好日子，就不管弟弟。你们是亲姐弟，要互相帮衬。"

夏薇冷笑："亲姐弟？你先问问他，叫过我一声姐姐吗？除了落井下石，就是跟我要钱，这是哪门子姐弟？"

夏启炎脸上发黑，正要提高嗓门训斥，夏薇堵住他的话，接着说："你

以为拿钱送他去美国就好了？不学无术，夸夸其谈，全学了你的样儿。到时候几年毕不了业，大把花钱，和夏超一样，我就活该给你们做提款机，是吗？"

夏启炎冲她吼叫："你现在有房有车，还有店，你要什么有什么。夏晨去美国不过只要一百万，你跟祁三少吹吹枕头风就有了，你做姐姐的怎么可以这么绝情？"

夏薇气得发笑，指了指墙上，夏启炎的保证书还贴在上面："你自己写的，才过去多久，这么快就忘了吗？"

夏启炎却狡辩："我又不是为自己跟你要钱，我为的是夏晨。"又嘀咕了一句，"真是白养你了，早知道当年就不把你换回来了，你还不如小荷好。"

夏薇听腻了，转身就走。

没想到那竟然是永别。

后事办得仓促而简单，夏薇在殡仪馆租了个场地，请了夏家族里的长辈做主事，将亲戚们全通知了一遍。

那天灵堂里，亲属方面只有夏薇一个人到场，王巧英和夏晨都没出现，从澳大利亚赶回来的夏超也没露面。

后来夏薇才知道他们三个人在家里争家产。

夏薇按规矩身上穿着白色粗布孝服，头上戴着厚重的白布，腰上还系了一根麻绳，在灵堂守灵，接待宾客，祁时晏一身黑衣在旁边陪着她。

夏家亲戚不多，夏薇和他们也不太熟，互相问候，谢个礼便没话说了。

一上午很快就要过去，可夏家另外三个至亲却迟迟不出现，人们不由得纳闷多疑，连殡仪馆的工作人员都诧异。

夏薇只好对大家说："要不，去家里坐坐吧。"

她不明白他们三个为什么一个都不来，但能肯定的是他们仨全部在家。

亲戚们原本就都知道他们家的情况，得知夏启炎这么个死法都很唏嘘，可现在丧礼办成这样，同情心耗尽，低声议论几句，三三两两打了招呼便走了。

夏薇朝祁时晏摊摊手，她尽力了。

祁时晏见她身上沾了些纸灰，给她拍了拍，将她拉得离火盆远一点，看她一张苍白的素颜上，嘴唇泛白，干得都起皮了。

祁时晏用手背轻轻摩挲一下她的脸，说："我去给你拿瓶水。"

夏薇说："好。"

祁时晏走开，很快回来，手里多了一瓶山泉水。

夏薇看了看自己的手，刚烧过纸钱，想去洗个手，再喝水。

祁时晏拧开盖，说："别来来回回跑了，我喂你喝。"

他将瓶口微微倾斜，喂她喝。

喂过几口后，夏薇觉得舒服些了，摇摇头不喝了。

祁时晏见她唇角有水渍，抬手用大拇指给她抹去。

谁也没说话，亲密又自然。

这在他们俩之间早已微不足道，可是叫有的人看见，心里却起了震荡。

门口一团黑影，进来三个人，是孟家的。

他们正好看见了这一幕。

孟岳松有些意外，没想到在这种场合祁时晏也会来。

马玉莲以前一直以为他们俩是玩闹，以为夏薇是故意接近祁时晏，是为了破坏孟荷的婚约。

但婚约解除这么久，这两人还在一起，关系还这么好，让她忽然意识到自己可能误判了。

至于孟荷，一看到夏薇和祁时晏在一起，眼睛就像要喷出毒蛇一样，朝夏薇奔过去了。

夏薇本能地往后躲，祁时晏眉头皱起，往前一步，将夏薇护在了身后。

同时孟岳松也看见了女儿的行为，伸手想要拉住她，却不料用力过猛，反而拉得孟荷一个踉跄，撞到了火盆。

那火盆是铁桶做的，刚烧过纸钱，撞在孟荷小腿上，黑色纸灰飞起，部分火星溅到她脚上。

孟荷被烫，大叫了一声，双脚跳开，左脚不小心勾到铁桶的提手，人又是一个踉跄，踩着铁桶里的纸灰，"扑通"一声，双膝跪跌在了地上。

这场吊唁最后成了一个笑话，孟荷裤管上被烫了几个洞，膝盖和双手全是纸灰，被马玉莲扶着，哭丧着脸走了。

孟岳松吃了一鼻子灰，匆匆鞠了几个躬，没说什么话也走了。

有工作人员进来清理地面，夏薇和祁时晏走出灵堂，去走廊外喘口气。

夏薇看着孟岳松的汽车驶出大门，转身问祁时晏："你不是说孟荷进了精神病院？"

"是啊，你看她那个样子正常吗？是我派人送进去的，不过孟岳松又把她捞出来了。"

"你到底怎么退的婚，能告诉我吗？我非常好奇。"夏薇朝男人眨眨眼，脑袋里有无数个问号。

"想知道？"祁时晏挑了挑眉。

"嗯。"夏薇点头。

祁时晏笑了声，沉默了几秒，只轻描淡写地说了一句："其实也没对她做什么，不过就是找人带她去荒郊野外，练习了几天野外求生。"

夏薇"啊"了一声，惊愕的表情半天收不回来。

"祁时晏，你够坏的。"

"比起她对你做的那些，这算得了什么？我都没动她一根手指头。"祁时晏鼻尖轻嗤一声，还有些恨意未消。

"死皮赖脸地想要嫁给我，这点生存能力都没有，怪谁？"

"就因为这么一件事，他们就退婚了？"夏薇有点难以置信，"要知道这办法好用，早干吗去了？"

祁时晏诡秘地笑了下，蔫儿坏："当然只靠这么一件事是不行的，是因为同时还发生了另一件事。"

这门婚约当初想退掉，不用说也知道有多难。老爷子的五指山，股东们的利益链，处处牵制，祁时晏最后想到一招。

做国际海运物流运输，除了担心天气有变，另一个风险便是海盗。

不过中国货轮近些年有国家护航，出事的少。

孟家除了有和祁家的联合海运公司外，自己还有独立经营的海运公司。

意外就出在几个月前，孟家自己的一条货轮路过亚丁湾的时候，被海盗围堵拦截，抢了。

求救信号发出去后，海盗们恼羞成怒，抢走能抢走的，将货轮一通打砸，放火烧了油罐，跑光了。

护卫舰到达的时候，将船员全部解救了，但只能眼睁睁看着货轮火光冲天，沉进了海底。

一条船加物资,孟家损失巨大。

这还没完,后来孟岳松收到消息,海盗是祁时晏出钱让人干的,专盯着孟家的货轮,以后见一条抢一条,见一条烧一条。

孟家一心攀附祁家,孟荷一心想嫁给祁时晏,可如果祁时晏一直这样不择手段地拒婚,他们该怎么办?

强扭的瓜不甜。

这门婚事如此得不偿失,还有什么意义?

孟岳松考虑再三,最后主动找祁家退了婚。

有风吹过来,扬起男人额前的发,他道:"他们太不经扛,我还有几个计划没实施。"

夏薇听了半晌,心却不由得揪起来:"你居然连索马里的海盗都收买了?那些人是亡命之徒,万一他们打上你的主意怎么办?"

祁时晏放声笑,捻了捻姑娘脸颊边的碎发:"傻的,那些海盗猖獗没人性,我怎么可能和他们合作?"

夏薇蹙眉,摸了摸脑袋:"那是怎么回事?"

祁时晏这才低声说:"我虽然不可能收买他们,但我可以让孟岳松以为是我,懂了没?"

夏薇终于领悟过来:"你可真聪明。"

"当然。"祁时晏挑眉,高高扬起下颌。

走廊外几棵松柏枝叶茂盛,笔直地矗立在秋风里,大门口又有殡葬车开进来,到近前,乌泱泱一片穿着白色孝服的人一个个互相搀扶,悲伤哭泣,形成一条白色蜿蜒的队伍。

场面悲痛又壮观。

反观这边的灵堂,门可罗雀。

宾客没有就算了,夏启炎生前最骄傲的两个儿子也不来,对他最唯命是从的王巧英也不来,倒是最不受待见的夏薇在这儿守着。

夏薇忍不住嗤了声,问祁时晏:"你说,他们伫在家干吗呢?一个都不来。"

祁时晏冷笑:"还能干吗?肯定是在争家产。"

"争家产?赔偿金和抚恤金还没下来,他们争什么?"

"很难说,也许你爸藏了私房钱呢?"

一语成谶,约定的火化时间就要到了,王巧英三人才终于来了。

王巧英披头散发,哭哭啼啼;夏超眼眶底下一片青黑,板着脸,像极了年轻版的夏启炎;夏晨鼻青脸肿,时不时拿眼朝夏超瞟去,一副敢怒不敢言的样子。

夏薇看他们几眼,只觉得讽刺。

后事很快料理结束,墓地就买在殡仪馆后山,也是夏薇出的钱。

安置妥当,夏超和夏晨争先恐后地叫祁时晏姐夫,夏薇瞪他们:"不许叫。"

祁时晏并不介意,还有些受用,他和夏薇是一对,叫姐夫不是理所当然的吗?

但夏薇的眼神告诉他,这两个家伙这么拍马屁没好事。

果然,夏超和夏晨马屁拍完,就追着问赔偿金的事,因为这事是祁时晏在和工地谈。

祁时晏了然一笑:"下次谈判,你们跟我一起去。"

夏超兄弟俩连声说好,王巧英听见,急了:"我也要去。"

"行,你们都去。"

在祁时晏的交涉下,夏启炎出事的工地同意赔偿夏家一笔钱,数额还不小,有小百万。

另外,夏启炎所在的工厂也支付了一笔抚恤金,也有十来万。

两笔钱到了夏家,夏超和夏晨又争得不可开交,王巧英也吵着要一份。

夏薇看着他们,一个个见钱眼开,唯利是图。

看透了,她冷嗤一声,离开了家,不想参与其中。

谁知没几天,三舅舅打电话给她,说王巧英跌倒了,磕到了后脑勺,邻居叫了120,送进了医院。

夏薇赶去医院,王巧英的头发已经被剃光,白色的纱布将她的头颅包裹成了一个球,没有血色的一张脸蜡黄蜡黄的,布满了皱纹和老年斑,看起来苍老了许多。

医生告诉她,情况不太乐观。

王巧英脑部重伤，虽然经过急救，脱离了生命危险，但多半就这样瘫痪了，之后人会不会有意识，还得等人醒过来看情况。

而且醒得越晚，情况越差。

夏薇转身问三舅舅："夏超和夏晨呢？"

三舅舅摇头："还提他们做什么？听说他们两个这两天一直在家里打架，今天从楼上打到楼下，你妈去拉架，不知道被谁推了一把，把你妈推到地上，正好磕到了一块砖头上。

"你妈当场脑袋就破了，出血了，是邻居打了120。那两个兔崽子还跑了，现在电话一个也打不通。"

夏薇办了住院手续交了钱，将王巧英从急救室转移到普通病房，请了一个护工照管。

她开车去夏家，给王巧英拿换洗衣服。

钥匙是从王巧英身上找到的，开了门进去，家里乱得跟什么似的，连下脚的地方都没有。

夏启炎的遗物已经被他们三个人翻烂了，全部扔掉了，这事夏薇是知道的。

而现在家里无论是衣柜还是杂物柜，柜门全部大敞，抽屉横七竖八，杂物和王巧英的衣服堆了一地。

很明显是夏超和夏晨干的。

夏薇给他们打电话，却全都是关机。

好样的。

夏薇看向夏启炎的遗照，冷笑了声，这就是他心尖上的两个宝贝儿子。

一地狼藉，王巧英的衣服也不用进房间去找了，夏薇直接在地上挑了几件，找了个袋子装好。

这个家她不愿意再多看一眼，关上门就走。

夏薇折回医院，将衣服交给护工，护工指了指床上的人，有点嫌脏。

夏薇明白了，加了钱，将护理的细节重新谈了下，离开医院时，天已经黑了。

祁时晏给她打了电话，等她吃晚饭。

夏薇将王巧英的事简单说了下，祁时晏安慰她："那两个浑蛋你又不是第一天才认识，为他们动气不值得。至于你妈，左不过是拿钱看病，有我在还有什么好担心的？"

夏薇靠在车旁边，原来紧绷着的神经忽然就松了。

深秋的晚风偏冷，吹乱枝丫，吹散了一地落叶，却吹不动树干。

终究有人做了她的依靠，她不必一个人踽踽独行，应对一切。

出饭店时，夜色弥漫，深秋的夜晚笼罩着一层薄薄的烟雾，灯火阑珊中，看什么都有种朦胧的美。

夏薇抬头看天，漆黑的夜空深邃静谧，一枚弯月孤傲清冷地悬于半空，睥睨着这座繁华热闹的城。

"带我去水中仙玩玩吧。"夏薇挽过祁时晏的胳膊，想要调整心情。

"好。"祁时晏一口答应。

两人到水中仙，引来无数目光，有人想上来打招呼，祁时晏随意摆了摆手，谢绝了，让人自便。

夏薇感觉自己很久没来，场子里又有了很多变化，不过有些老面孔还在。

韩烟一只手捏着酒杯，在人群中巧笑嫣然。她身材还是那么好，喜欢穿旗袍，娉婷摇曳中，那群被她劝酒的人怕是分不清自己在天上还是人间吧。

李燃好像又胖了些，搂着他的新情人，和几个人围坐在圆形沙发上赌酒。

那新人，从某个角度看过去有点像晚晚，却没有晚晚那么活泼，显得一副清冷的模样，坐在李燃身边，不笑不闹。

后来夏薇才知道，那是李燃的未婚妻。

还有温婷，夏薇看到她差点没认出来，那张以前很平面的脸现在不仅浓妆艳抹，鼻梁似乎也高了些，左手托着右手，指尖夹了一支细长的烟，靠在一个男人怀里。

那男人有四十多岁了，没见过。

移开目光，桌游旁边多了两台摩托游戏机，有两人正在开摩托比拼。

麻将桌还在老地方，四周的屏风换掉了，比以前的低矮一些，结合了酒水架的设计，更应景了。

几个打麻将的人，夏薇一个也不认识，祁时晏投去一眼，也兴趣寥寥。

祁时晏走进吧台里面，支开酒保，看向夏薇，抬了抬下颌："美女，想喝点什么？"

夏薇笑着走到他对面，隔着吧台回应他的挑逗："最贵的。"

祁时晏桃花眼懒懒地撩了下："最贵的不一定是最好的，要不，我给美女调杯酒?"

"行啊,要喝了能醉的,别给我兑冰兑水。"

夏薇平时喝的酒里,祁时晏总要给她降低酒精浓度,不是兑冰就是兑水,这会儿男人假扮调酒师,夏薇乐得提要求。

祁时晏就着吧台的洗手池洗了一下手,在吧台开始操作。

夏薇勾起一张高脚凳坐下,好奇地伸长脖颈去看,就见男人将酒瓶在手中抛了几个来回,摇摇这个,晃晃那个,花哨的手势流畅又漂亮,耍得有那么点调酒师的味道。

一只冰锥形酒杯摆上吧台,祁时晏先往里面倒入一点液体,泛起一阵气泡,沉淀后蓝幽幽的,颜色很漂亮,像深邃的海。

夏薇托腮,意外又期待。

第一次知道男朋友还会调酒,不过再想想整个会所都是他的,会调酒又似乎理所当然。

第二种液体倒入杯子的时候,祁时晏捏住了杯托,液体缓缓沿着杯壁而下,淡淡的银白色,在灯光的照射下泛起一圈诱人的光泽。

夏薇凑近了,闻到一丝甜蜜的水果味,却分辨不出是哪一种。

两种液体分隔两层,似乎互不包容,杯壁上泾渭分明,留下一道明显的分界线。

夏薇"哎"了一声,惊奇地看向男人,觉得有点意思。

祁时晏眉梢微扬,第三种液体沿杯壁注入,这次是红艳艳的,空气轻拂中,夏薇闻出来了,是樱桃酒的香。

这让她一下子想起了那次从柠城回来,在私人飞机上看到的落日和红色的云彩。

三种液体,三种颜色,层次分明,尤其是蓝色和红色,浓烈中带着一层冷淡,让人有一种即使再疯狂也要保持清醒的感觉。

夏薇双手交叠,撑在自己半侧脸颊上,脑袋歪着,欣赏着这杯酒,有点舍不得喝。

"这酒有名字吗?"夏薇眨了眨眼,琉璃似的眸子里水光潋滟,倒映着酒的颜色。

祁时晏弯腰,上半身前倾,半伏的姿态靠上吧台,桃花眼直直地看着她,只觉得此时的姑娘比酒更好看。

"没有，要不你起一个？"

"以前做过吗？"

"没有。"祁时晏压低了嗓音对她说，"第一次。"

夏薇脸颊倏然一红，明明说的是酒，可怎么到了男人嘴里能被他说得暧昧至极。

夏薇放下手，坐得端正些，拿出手机拍照。

祁时晏说："等一下。"

他切了一片青柠，划开一道口子，小心地插在杯壁上，缓缓推到夏薇面前，再让她拍。

夏薇抿唇笑，360度拍了好多照片，可酒名还没想出来。

她问男人："你为什么想做这样一杯酒？"

祁时晏从吧台里面转出来，走到她身边，搂过她的肩，边看她拍的照片，边说："没有为什么，就是想着你，想为你做。"

他修长的手指指在中间一层银白色上："这个像不像月光的颜色？和你一样。"

他的鼻尖擦在她的脸颊上，语气又撩又烫，旁若无人。

"我是你的月亮。"

"对啊。"

两人目光相对，彼此看着对方。

吧台上方吊着一排彩色玻璃的灯具，七彩的光影折射在两人脸上，熠熠生辉。

祁时晏偏头，在红唇上轻轻啄吻了一口，夏薇眼睫颤动，下巴抬起，往他薄唇上也轻轻回了个吻。

祁时晏不满足，又亲了一下，夏薇受之迷惑，又回应了一次。

没有深入勾缠，也没有特别强烈的欲望，两人就像是找到了一个亲吻游戏，你亲一下，我回一下，互相追逐对方的唇，眸光缠绵，笑意浓滟。

对面的酒保和旁边的客人都看到了吧台上这一幕，被惊艳了一下，但见两人沉醉在他们自己的世界里，不好打扰，又都识趣地转过身去了。

韩烟应酬完，本想走过来的，看到他俩亲密的样子，也只好再去别处转了转。

亲吻中的两人,游戏停下来时,夏薇揉了揉两边脸颊,酒还在面前没喝,名字也还没起好。

祁时晏灵光一闪,在她唇角用力地亲了下,说:"要不叫'坠入月色'怎么样?"

夏薇一听,赞成:"不错啊,好听。"

她拿起手机编辑了朋友圈,标题就写"坠入月色"。

祁时晏看着她打字,在她准备发表时,按住了她的手,说:"你得写上是我做的。"又强调,"我做的。"

夏薇看男朋友薄唇平直地拉成了一条线,又傲娇了。

她手指点点,听话地在"坠入月色"后面加了"——我男人做的"。

点击发表。

祁时晏看着那几个字,眸光骤亮,倏然笑了声,掰过她的脸,手指捏住她下巴就深深吮吻。

吻完了还不够,他拿起吧台上的金色铃铛摇了摇,摇出一片清脆响亮的铃声。

场子里的人都好奇地朝吧台看过来。

祁时晏转过身去,朝大家挥了挥手,豪气地说:"今晚的酒水,全部我请。"

顿时惊叹和高叫声此起彼伏。

"谢谢祁三少,我要黑桃 A。"

"谢谢老板,这里再上一瓶李察。"

"谢谢大佬,再来一套大神龙。"

点酒的声音一声高过一声。

夏薇好歹也在场子里混了些时日,一听这些酒名,全是酒中极品,随便一瓶都是十万八万,大神龙更是十几万一套。

她拉住祁时晏的衣袖:"干吗呢?"

祁时晏照单全收,笑着让酒保上酒,回头搂过女朋友,眉飞色舞:"高兴。"

夏薇拿肩头撞他一下,至于吗?

481

打字的时候没什么感觉，此时被男人感染，后知后觉这几个字除了暧昧，还有点微妙，不是"男朋友"可以比拟的。

"坠入月色"有三种颜色，搅拌后成了瑰丽的紫色，好看得不像话。

喝上一口，清甜中带一点酸，酒味不浓，却让人上瘾，喝了还想喝。

"绝了。"夏薇喜欢极了。

祁时晏本来只是随便做做，现在见她捧着杯子爱不释手，忽然觉得那些还在嚷嚷要好酒的人都弱爆了。

整个场子，在他看来只有这杯"坠入月色"最值钱。

不过除了他本人，没人懂。

王巧英醒过来了。

如医生所说，大脑中枢神经受损，现在人站不起来，更不可能走路，只能躺着，说话也说不清，神智也不是很清醒，记忆混乱，一会儿认得人，一会儿又不认得。

不清醒的时候，她会絮絮叨叨叫着夏超、夏晨的名字，一直问他俩在哪儿，什么时候接她回家。

清醒的时候，她又会拉住夏薇痛哭，连连说对不起。

"我错了我错了，那两个兔崽子养了真没用，最好的还是薇薇。

"薇薇，你原谅我，我现在只有你一个女儿了，你不要丢下我。

"薇薇，我藏了钱的，在你三舅那儿，以后都给你，都给你，你不要不管我啊。"

夏薇拍拍她的手，只得安慰她一阵。

接下来的几天，夏薇在医院和面包坊两边跑，祁时晏有时候也陪她来，主要是给她当司机。

医院和面包坊之间的路程有些远，夏薇来回一个人开车，还要忙各种事情，祁时晏舍不得她这么辛苦，便给她开车，陪她一路说笑。

也因为有他，夏薇没再去追究夏超和夏晨。

那两个弟弟分了钱，一个在王巧英第一天进医院时，就连夜跑回澳大利亚去了，另一个躲到外地去了，也没来医院看王巧英一眼，后来偷偷办了美国的留学签证也走了。

482

王巧英病情稳定后，在祁时晏的安排下，夏薇将她送去了疗养院，王巧英现在这种情况，生活根本没法自理。

而祁时晏还单独请了一名专职护理，专门负责王巧英的起居饮食。

一切安顿后，夏薇隔三岔五带些水果和糕点去看看，母女俩的关系比从前好了很多。

不知不觉到了年底，夏薇将店里的事安排好，终于迎来了她的濯湾之行。

那天是大年三十，天气非常好。

飞机冲破云层，一路往南，温煦的阳光照进舷窗，宽敞豪华的飞机里温暖明亮，令人感到舒适。

一飞机二十个人，是韩烟拟定的名单，男男女女都是一对一对的。

其中很多面孔，夏薇都认识，而这些人对夏薇也很热情，因为谁都看出来祁时晏对她的态度。

李燃带的女伴不是他的未婚妻，夏薇在飞机上没好意思问祁时晏，落地到了别墅，两人单独在房间时才问。

祁时晏告诉她原因："李燃的婚约已经退了。"

其实早料到了这个结局，只不过，夏薇还是有些触动。

她将行李箱里的衣服一件件挂到衣柜里，顺便挑一件要换的，手指捏住一只吊牌，猛地一扯，没扯下来，手指反而留下一道白痕，"嘶"了一声。

祁时晏看在眼里，一把拉过她的手，夏薇还没反应过来，手指已经被男人的薄唇含住了。

顿时一道湿热温软的热量从指腹传入心脏。

"没事，不疼。"

夏薇已经忘了自己刚才为什么那么猛力，心里只剩下涟漪荡漾，像春风拂柳似的。

有人打电话来，喊他们快去沙滩，说很好玩。

两人换了衣服，一起下楼去沙滩。

这次祁时晏包的别墅就在海边，有一大片私人海滩。

从大门到海滩中间有一片绿色棕榈，高大挺拔，根深叶茂。

棕榈下阳光被筛成斑驳的光影，落在一张长桌上，上面摆了几束热带花卉和酒水饮料，还有水果点心。

韩烟和几个怕晒的女人围坐在一起，聊天说笑，不怕晒的则去了海边，在那里嬉水玩乐。

几辆摩托艇和小汽艇送到了，有人跃跃欲试，教练讲解功能和操作。

海边的几人说完话，祁时晏回头朝长桌这边看了一眼，转身一个人沿着海岸线漫无目的地走去。

他心里有点情绪，闷得慌。

海风吹来，带着咸湿的气息，头顶的太阳热烈，祁时晏眸光微凝，烦躁得随手捡起一块小石子朝大海扔出去。

都怪祁渊。

祁渊最近一直神秘兮兮地拉着他商量求婚的事。

那次他和夏薇两人从梓谷寺禅修回到榆城后，祁渊又去了柠城，终于将沈逸矜追回来了。

时间过去了这么久，祁渊想求婚，想和沈逸矜过一辈子。

祁渊说，沈逸矜缺乏安全感，他就想给她一个家，这样才能真正地给她安全感。

安全感，家。

有了家就真的有安全感了吗？

离婚的那么多。

祁时晏莫名想起母亲，说走就走。

可真行。

又一块石子从他手中砸进大海。

但是如果没有家，是不是就一直没有安全感？

而夏薇，他回头看了一眼，那个穿着波西米亚长裙的姑娘，他以前一直以为自己没有给她足够的安全感，才让她想离开。

可现在才发现，没有安全感的人其实是他自己。

他只有天天和她待在一起，才觉得安心。

既然这样，那和她结婚，用法律的名义和她锁在一起，

岂不是很完美？

而且夏薇以前也说过想要婚姻。

但是她现在还想要吗?

祁时晏抬脚踢了踢沙滩,沙子湿软,微微凹陷,被踢出一个坑,可海浪滚来,湿凉的海水淹没了他的小腿,退却后,沙滩上什么痕迹也没有了。

像是故意忽略他的心情。

祁时晏又狠踢了一脚。

"哥。"

有人朝他走来,一个很阳光的大男孩,个子很高,长得清瘦,身上穿着一件淡蓝色短袖衬衣,和大海一个颜色,不注意看,还以为是从大海里走出来的。

祁时晏眯了眯眼,看过去,叫了声对方的名字:"许铭。"

多数人无论年纪比他大还是小,都习惯叫他"祁三少",可许铭不一样,说叫"祁三少"太生分了,谁都可以叫,坚持要叫他"哥",显得亲近。

祁时晏还就因为这声"哥",对许铭刮目相看。

许铭走到跟前,和祁时晏握了握手,两人暗暗较劲,互相拉了一下对方,不过谁都没拉得动谁,又一起笑着松开。

许铭抬了抬下巴,看向大海,不远处有两艘摩托艇在绕圈打浪,其他的早已去了更远的地方,只能看见海面上晃动的白点和黑点。

他笑着问:"你没上去玩?"

那些摩托艇和小汽艇都是他的,知道祁时晏他们要来度假,他便让人全送来了。

"全部开跑了,我都没轮上。"祁时晏笑了声,拍了拍对方肩膀,又问,"游艇呢?"

"码头上靠着呢,我早就让人准备好了,你什么时候要?"

"明天吧,等我把时间定了,再给你电话。"

"OK!"

两人闲聊了几句,许铭伸出一拳作势打在祁时晏侧身上:"你和我姐怎么了?来了也不找她,她躲在房里哭了一天了。"

他说的"姐"是许颖,他俩是亲姐弟。

祁时晏唇角轻勾,转过身,朝他们别墅门前看去,长桌掩映在绿色棕榈下,隔着有点远,任谁也看不清人脸,他却能看见一双琉璃眸子,在对着他眨眼。

他勾起许铭的肩膀,带许铭一起朝那儿看:"我女朋友来了,你能瞧出是哪一个吗?"

许铭抬起一只手在额头上遮了遮太阳光,眯了眼看去,笑着问:"是不是那个穿橘色裙子的?"

夏薇身上波西米亚风格的裙子正是橘红撞色,是祁时晏挑的。

"对。"祁时晏笑了,"小子有点眼力。"

"我瞧着那里几位,也就这一位看起来和你最相配。"

"很会说话嘛。"

刚才烦躁的心情忽然好了些,有摩托艇回来了,祁时晏转身往回走,许铭跟在他旁边,顺便等他的话。

而祁时晏散漫得很,不急不忙,低头间,见到泥沙里一只贝壳,花纹有些好看,便弯腰捡起来,又在海水里洗了洗泥沙,想着带给夏薇。

直起腰的时候,他才对许铭说了一句:"做人家的男朋友,总要知分寸,对吧?"

许铭看着他捡贝壳,莫名恍惚。都说祁时晏高高在上不可一世,却从来不知道他还有这样的一面。

听到对方说话,许铭才回过神,问:"所以,你这是要和我姐绝交?"

祁时晏笑得心慵意懒:"我也没办法,谁叫我女朋友是个醋精呢?"他拿着贝壳的手指了指远处那张长桌,"你猜,我为什么顶着大太阳在这里瞎走?"话里话外多少有些自嘲,还有些可怜,可又甘之如饴。

许铭听懂了,放声大笑:"哥,原来你也有今天。"

祁时晏摆了摆手,继续卖惨:"栽了栽了。"

他对许铭说:"你和你姐说,叫她别再对我有想法了。

"以前是我的错,不懂得拒绝人,还和你姐谈什么商业联姻,给她幻想,错得离谱。不过你姐也应该知道,我从来对她没意思。

"这么多年朋友,我也不想大家太难堪,但是她每次都把我女朋友搞得不爽,那我就不得不和她撇清关系了。"

许铭朝长桌看去,将夏薇多看了几眼,意味深长地点了点头:"明白了,我会好好劝劝我姐的。"

很快太阳西斜,不那么晒了,女人们纷纷走出树林,往大海跑去。

祁时晏走回来,对夏薇说:"走,我带你骑摩托艇。"

"好啊。"夏薇莞尔一笑,跟上他。

两人上了摩托艇,夏薇坐在祁时晏身后,抱紧了他的腰。

引擎发出一声巨响,在四周人们的叫声中,劈开翻滚的浪花,向深海狂奔而去。

在海里,不同于陆地,海面不平整,海水起起伏伏,摩托艇看起来是直线行驶,实际上晃动得很厉害。

前方一个巨浪翻滚而来,大有排山倒海之势。

祁时晏挑了挑眉,侧头问女朋友:"怕不怕?"

"不怕。"夏薇笑着看了一眼,"只要有你在,我什么都不怕。"

"那好,抱紧我。"祁时晏抬高手臂,将车把抓稳,对着巨浪缓缓提速,迎面冲了上去。

夏薇永远记得那一刻。

她双手交叉,紧紧箍在男人的窄腰上,男人热烫的身躯替她抵挡住了呼啸而来的海浪,也带着她乘风飞跃而起。

那海浪像一座山坡似的,摩托艇车头翘起,踏浪而上,浪头在车两边分拨出白色的水道,无数浪花飞溅,在阳光下闪着耀眼的光芒。

跃上浪尖时,心灵是震撼的。

火红的光和翻涌的巨浪交错在耳畔边,耀眼的水花夹杂着热烈的海风在摩托艇两边疯狂叫嚣。一声巨大的"嘭",海水炸开,彩色的水花溅起一人高,摩托艇稳稳地落在水面。

夏薇激动了,脸蛋涨红,站起身搂住祁时晏的脖颈,冲着身后还在翻滚的巨浪高声尖叫。

祁时晏松开摩托艇的龙头,任由它漂浮在海面,他眯起桃花眼,享受这一刻清醒的女朋友因为他而冲昏头脑的样子。

等夏薇的兴奋劲冷却一点,他才抱过人按在怀里亲。

薄唇抵在她耳边,祁时晏的嗓音像踏过浪尖,清脆,又带着摩擦力,说:"宝贝,爱你。"

夏薇被他靠近的热气弄得发痒,正笑着推拒他,耳蜗里忽然传来几个字,真实,又不真实。

"什么?"夏薇晃了下神,"再说一遍。"

祁时晏放声大笑，可那撩人的情话却不肯再说第二遍。

落日渐渐坠入城市背后，两人踏着残阳的最后一抹余晖回到了别墅。

海边很多人还在玩水，嬉笑不止，棕榈树下不知道什么时候拉起了小彩灯，繁星如织似的，节日的气氛一下就出来了。

祁时晏和夏薇回房，冲了个澡，重新换了衣服下楼。

除夕夜的晚宴非常丰盛，全是顶级的海鲜，每一道菜摆盘得和艺术品似的，色香味俱全。

整栋楼都亮着灯，辉煌的灯火映着红色的窗花，衣香鬓影，热闹喜气。

一张超大的圆桌，十对年轻男女围坐一起，情绪高涨。

红色的酒液注入杯中，祁时晏第一个举杯，站起身说祝词。

这一年，他经历了很多事：老爷子去世，联姻终于解除，和心爱的姑娘分分合合。

幸运的是，佳人还在身边。

祁时晏说："第一杯，我们敬过去。"

所有人举杯附和，将酒杯一起磕在桌上，磕出一片清脆的响声。

夏薇坐在祁时晏身边，抬眸，在男人盛满笑意的眸光里喝上一口酒。

"第二杯，我们敬身边的人。"

祁时晏低头，将酒杯对向身边的姑娘，和她碰杯，红色的酒液在两人轻撞中晃动出浓郁的酒香。

李燃坐在对面，举着杯起哄说："既然是敬身边的人，干脆你们喝交杯酒吧。"

祁时晏看向夏薇，爽快道："行，那这一杯我们所有人都喝交杯酒。"

"好，喝交杯酒。"

其他人纷纷附议，都站了起来，一对一对的人儿举杯相向，笑声不止。

夏薇也站起身，右手举杯，面朝祁时晏，和他勾过手臂，一起喝光了杯中酒。

"第三杯。"眼见大家喝完，气氛更热烈了，祁时晏趁大家还没落座，直接说，"敬我们的未来吧。"

"敬未来！"

大家再次举杯，互相碰撞，欢欢喜喜热热闹闹地开了席。

杯觥交错中,时间不知去向。

宴席到后半场,杯盘狼藉,醉意越深,兴奋劲越强,大家玩起酒桌游戏,玩得不过瘾,又转移到海边,带上酒水和仙女棒去那继续嗨。

还有人把音响和点唱机搬了出去,本来是说游戏中谁输了就罚谁唱歌,结果变成了一开麦,个个抢着做麦霸,疯闹一团,停不下来。

近凌晨十二点,开始倒计时,亢奋中的人们人手一支喷花筒。

"五!"

"四!"

"三!"

"二!"

"一!"

远处有跨年的钟声传来,深邃的夜空下,海浪声声传荡。

迷离彩灯中,"嘭嘭嘭",无数花瓣和碎金纷纷扬扬,人们手舞足蹈,互相道着"新年快乐",拥抱,亲吻,也有人追逐着海浪,跑进海水里,冲着大海大叫。

那个人是夏薇。

深色的 A 字裙下,两条笔直纤细的腿,在幽蓝的海水里白晃晃的,被风吹起的长发上沾着几片亮亮的花瓣,像蝴蝶在飞。

她不停地弯下腰,冲着大海喊得声嘶力竭,只管宣泄自己的快乐。

太快乐了。

多少年没这么开心过。

忽然后背有片温热撞上来,祁时晏双臂拥抱住她,把她往后拽,笑着说:"怎么每次喝醉了撒酒疯还都不一样呢?"

夏薇笑着挣扎了两下,嗓音有些嘶哑:"我没醉,我今天高兴。"

"高兴什么?"

"高兴能和你在一起。"

夏薇转身,抱住他,将脸埋进他胸膛。

新年午夜的风吹动海水,在小腿上跳跃翻滚,岸边嬉闹的人群,璀璨的灯火,还有头顶深邃夜空里静谧的月牙儿,都在叙写着她的快乐。

情难自抑,夏薇红了眼眶,流下泪来。

她深刻记得去年过年时自己身上发生的事,像是陷入了黑暗一样,而这一年跌跌撞撞,沉沉浮浮,到今时,又像飘进了云端,生活变成了彩色的,什么都在变好。

不敢相信,不敢相信,那个从十五岁就一无所有的灰姑娘,现在拥有了爱情、事业,还有很多很多的陪伴和快乐。

祁时晏揉了揉她的发,感觉到胸口有液体在流动,低头吻她说:"以后我们每年都在一起过年,好吗?"

夏薇破涕为笑,重重地"嗯"了一声。

彩灯下,五光十色,一对对情侣互相拥抱亲吻,彼此说着祝福的话,新年的气氛达到最高点。

祁时晏和夏薇走过来,大家将目光投到他们身上,借着疯闹的劲撺掇他俩接吻,说刚才亲吻的时候没看到他俩。

夏薇压根不知道还有这个环节,假装没听见,见韩烟和几个女人坐在沙地上,相对安静,便走过去,坐到韩烟旁边,背对这群玩闹的人。祁时晏还被这群人簇拥着,他不是被人左右的性格,不过此时此景,他也想做点什么。

只见他唇角扬起,俊逸的脸在变幻的灯光下颠倒众生,在尖叫声中迈开长腿走向夏薇。

夏薇转头,只一眼,巨大的阴影已经笼罩了她。

午夜的海风和激动的叫嚣声充斥了耳膜,夏薇后腰一软,她被捞进了怀里。

男人单膝着地,面向她。

下一秒,温软的唇瓣贴了上来,舌尖撬开她的齿关,勾缠。

夏薇反应不及,迎合得有些慌乱,更何况这是在众目睽睽之下。

可祁时晏不在乎这些,一只手扣着她的后脑勺,比她更投入。

周围忽然安静,一吻结束,人们爆发出激烈的起哄声和掌声,更有很多女人看傻了。

夏薇眼神迷蒙,脸上通红,祁时晏却笑着勾唇,又在她红艳艳的唇瓣啄了一下,将上面的水渍啄去。

李燃带头起哄:"祁三少,要不干脆求个婚吧。"

夏薇这才注意到祁时晏一直单膝跪着,像求婚的姿势,心莫名突突跳起来。

五颜六色的灯被风吹得摇摇晃晃,四周喊声一片:"求婚求婚,

SAy yes！"

祁时晏笑着撩过夏薇脸上的长发，看见她眼里的惊慌，转头对众人说："求婚哪能这么随便？"

夏薇这才笑了下，意识到自己反应过大，过于紧张了。

他修长的手指在她颈边安抚摩挲，温柔得和吻一样。

有人圆场说："就是就是，祁三少的求婚哪能随便？"

"下个轮到你，你来。"

"哈哈哈。"

祁时晏捏了下夏薇纤薄的肩，扶着她一起站起身。

后来玩到精疲力竭，回房睡觉，夏薇在沉入睡眠的临界点又醒过来。

虽然是众人起哄，可那一刻，她看见男人桃花眼里映着烟火，像头顶耀眼的星光。

她想说，只要你开口，我就 SAy yes。

可男人却漫不经心地敷衍了过去。

反反复复，思量再三，夜不成寐。

夏薇躺在床上也不敢乱动，怕惊扰身边的人，只是偶尔伸出手去，意识朦胧间才发现身边是空的。

她猛地惊醒。

"祁时晏。"

夏薇一下子坐起，黑暗中来不及开灯，先急切地唤了一声。

这种情况从来没有发生过。

她总是习惯睡着时将他推开，醒来时又要捞到人，祁时晏就像她的助眠玩具，任由她要还是不要。

"在呢。"

阳台上忽然亮起了灯，祁时晏从秋千上跳下，朝她走回来，将人抱进怀里。

"怎么不睡觉？吓我一跳。"夏薇脑袋靠上他胸膛，听见他的心跳才踏实了。

祁时晏揉了揉她的发，没说自己睡不着，只哄着说："太阳就要升起了，我看日出呢，你想不想看？"

夏薇说"好啊"，男人就把她抱了起来，直接抱去了阳台。

双影交叠，衣裙荡漾在秋千上，漫无边际的大海上云层叠叠，太阳从海平面冉冉升起，光芒万丈，霞光染尽。

两人相拥，终于一起睡着了。

这个新年假期过得太舒爽了。

接着几天，他们一群人天天纵情于大海，游艇出游，潜水，海钓，冲浪，还有海上飞龙，个个玩得乐不思蜀。尤其夏薇收获颇多，临走之前，祁时晏带她去了一趟海产品市场，夏薇采办了很多货品，特别采购了很多海苔，准备回去开发新产品。

回到榆城，春节假期已然结束，不过大街上的气氛不减。

两位老板一周没在，面包坊里的生意照旧，一点也不输平时。

夏薇回来，给同事们带了很多礼物，同事们个个开心，工作也更积极了。

夏薇也收了心，进入工作状态，和店里几位糕点师傅一起研究制作出了海苔饼。头几天试水，分量做得少，每天都是销售一空，往后才逐步加量，口碑和名气也日益攀升。

眼看正月十五元宵节就要来临，夏薇思维活络，又在店里做起了汤圆，做了好几种口味，一时生意火暴。

不过，她又得离开菠萝油几天，因为沈逸矜在柠城给亡母办画展，她和祁时晏要去捧场。

而且夏薇承包了画展上所有的吃食和饮料，这是一笔大单，抵得上菠萝油一个月的业绩。

夏薇忙着采购补货，师傅们也忙坏了，天天加班加点。

在离开之前，夏薇还去了一趟疗养院，去看望王巧英，顺便带些汤圆和海苔饼过去。

很罕见地，她看见王巧英坐在轮椅上读书，还是一本有关启蒙教育的读物。

虽然读得很慢，但有些收获。

王巧英一见夏薇就亲切地笑，喊她"薇薇"，等她走近了，便拉住她的手，抬头看着她，混浊的眼神里有一丝愧疚，说："我对不起你，我不好，是我不好，我没好好疼你，不配做你妈。"

夏薇拍了拍她的肩，安慰说："没关系的，都过去了。"

最近祁家的私人飞机有点忙，祁时晏从濯湾回来后，又送祁渊和沈逸矜去了柠城，临近元宵，又回来接祁时晏和夏薇。

画展设在仙溪古镇里，在一个地势比较开阔的半山坡上，满山是空运来的牡丹，放眼望去，是一片姹紫嫣红的花海，走道上红毯铺地，背景设计墙旁边竖起了大型电子屏，还有特意邀请来的乐队。

场面盛大隆重，细节处也特别精致贴心，伴手礼和糕点全都是精心准备的，高级感满满。

夏薇为了避免出差错，亲自在场监督。

沈逸矜一见夏薇，就喊"救命"，拉住夏薇的手说："我都没想到会搞这么大。"

夏薇恭喜她："挺好的，既然是心愿，一辈子就这么一次，当然要搞大一点。"

沈逸矜感叹："我原来想的最重要的是纪念的意义，现在搞得这么大，钱和物力投入这么多，感觉有点不好意思。"

因为所有的事都是祁渊做的，所有的开支花销也都是祁渊出的。

夏薇安慰她，拍着她的手说："你这么想是不对的，这是你的心愿，也是祁大佬的心意，你什么都不用想，安心接受就好了。"

沈逸矜点头："确实，那我由着他吧。"

夏薇"嗯"了一声，悄悄笑。

其实祁渊要帮沈逸矜完成她母亲画展的心愿是一方面，更重要的目的是——他要求婚。

这件事祁时晏有份参与，所以夏薇也知道，不过为了给沈逸矜制造惊喜，夏薇便只好瞒住闺蜜了。

舞台那边，祁渊令人搬来了一台木质钢琴，祁时晏也在那儿。

远远地，祁时晏投过来一眼，漆黑瞳仁在日光下像隐藏在深谷里的幽潭，有点儿神秘。

夏薇笑了下，没理他，转头问沈逸矜："祁大佬搬钢琴做什么？"

带了一点提醒的意味。

可是沈逸矜看过去，没作他想，只说："可能乐队要用吧。"

夏薇翘了翘唇，重新看向祁时晏。祁时晏听不见她们说什么，却能感觉到女朋友刚才做了什么，遥遥送给她一个眼神杀。

沈逸矜在旁边乐得看他俩眉来眼去，"哎哟哎哟"地笑。

因为是元宵，仙溪古镇有花灯节，白天游客如织，来画展的人摩肩接踵，到了晚上，没想到气氛比白天更好。

夜幕下，一轮圆月高高悬挂，每一条古街深巷都点燃了花灯，壮观、繁华、五彩缤纷。

人仿佛穿越进了一个彩色的古老世界，美得无法想象。

第一天的画展悄然落幕，不过场地还热着，乐队在舞台上疯狂地唱着摇滚，游客仍然络绎不绝。

夏薇、沈逸矜，还有一群女性朋友坐在对面山坡上的凉亭里，边吃糕点，边欣赏风景。

沈逸矜说："你们不嫌这里风大吗？我们要不要下去？"

还在正月里，天儿有点凉，可几个人谁也不走，都暗戳戳地等着大戏开场。

夜空里，月光皎洁，烟云穿行其中，缥缈浅淡，忽然，远处有一片星光骤亮，像一条银河往她们方向倾泻而来。

在场所有的宾客和游客迅速被吸引，震耳欲聋的音乐也暂时消了音，电子屏上切换出温柔的情歌。

场面突然安静。

似乎所有的人手里都举着一个烟花，在等待一个燃点。

男主角坐到了钢琴前，应和着电子屏上的情歌，指尖流淌出他的心声，那也是沈逸矜最喜欢的歌。

一曲《陪你去流浪》被他唱得缠绵悱恻。

刹那间，所有人为之迷倒，尖叫声不断。

女主角先是呆愣了一瞬，继而控制不住情绪地哭了。

身边几人怂恿她快去，沈逸矜这才反应过来，跑下了凉亭，往那个朝她张开怀抱的人跑去了。

那片璀璨星光到了近前，在上空变幻出不同的求婚图案。

而场地里，牡丹花海与五彩灯光组成的长长红毯上，一对相爱的人拥吻在了一起。

烟花被点燃，炸裂在了天空，人群中爆发出一阵阵的欢呼声。

夏薇早就有心理准备，可是在如此浪漫的气氛里，她还是被感染了，眼角泪花斑驳，看什么都亮晶晶的，像星星。

忽然后背贴上来一个温热的身体，有人双臂箍住了她的腰，炙热的气息喷在她耳边："人家求婚，你感动成这样？"

夏薇哽咽，鼻尖酸酸的，没说话。

男人咬了咬她耳朵，低声问："喜欢这样的求婚？"

"很浪漫，不是吗？"夏薇声音有些涩哑。

"当然浪漫了，整个方案都是我想出来的。"祁时晏下巴搁在姑娘发顶上，轻轻摩挲。

祁渊是个务实派的人，他爱沈逸矜，对沈逸矜好，无论说的做的都从实际出发，至于浪漫与感性，那是要比祁时晏差一点的。

而祁时晏对自己这个求婚方案也很满意，尤其现在看到了成果，但是问题来了，这么豪华盛大的求婚策划给了祁渊，那他自己的求婚怎么办？

怀里的姑娘还在感慨："他们以后一定会很幸福很幸福。"

祁时晏"嗯"了声，抱着她说："我们也会很幸福。"

谁知，姑娘垂了垂眼皮，敷衍地回了句："会吧。"

那一刻，他分明看见她眼里的落寞。

祁时晏皱了下眉，莫名心疼，好像心脏被尖锐的东西戳了一下。

他就是想试探一下夏薇，怎么会是这个反应？

夜里，回到酒店，偌大的宴会厅里全是为画展来的宾客，处处热情洋溢。

祁渊和沈逸矜被众人簇拥，身边祝福和恭喜声不断。

夏薇本来想去找沈逸矜说说心里话的，见沈逸矜忙，便作罢了。

她反反复复，不停地给自己洗脑，入睡前心情终于恢复好了。她躺在祁时晏的怀里，安然睡去。

后来，不知道什么时候，耳边似乎有人在说："我们结婚吧。"

声音很轻。

像是祁时晏的，又好像不是的。

夏薇胸口有点闷,像被人攫住了呼吸,大脑缺氧,意识像一团又湿又重的棉花,裹在一片白色迷雾中,醒不过来,又疲又累。

"呜……"

她试图动了动,抓到一只温热的手,应该就是那攫住她呼吸的元凶,她用尽力气将他推开,哼吟说:"不要。"

祁时晏拨开她脸上的头发,气笑在枕头上。

祁渊和沈逸矜这场旷世求婚很快成为热词,被推上了热搜。画展连续办了三天,每天人山人海,川流不息,连杂志社都慕名前来采访。

三天后画展落下帷幕,两位主角和工作人员们全累瘫了,夏薇也忙坏了,祁时晏也跟着心疼。

傍晚回酒店的路上,夏薇不小心睡着了,祁时晏一路搂着她,让她睡在自己怀里。到了酒店,夏薇还没醒,祁时晏便小心翼翼地抱起她,将她抱回房间去了。

这一觉睡得香甜,一直睡到很晚才醒,正好沈逸矜打来电话让他们快点下去吃饭。

到餐厅时,沈逸矜和祁渊已经点好了菜,等夏薇和祁时晏一到,菜也正好上来了。

四个人说说笑笑,愉快地吃完饭,并计划着明天回榆城的事。

沈逸矜拉着夏薇去房间帮她拆礼物,很多来参观画展的宾客都带了礼物,他们的房间快堆不下了。

祁时晏没什么事,便跟着一起去了。

夜色阑珊,幽蓝的天幕下城市的灯火与星光交相辉映,春风吹拂,吹乱了男人的头发。

祁渊支肘撑在栏杆上,上身倾在外面,目光随意地欣赏着四周的夜景。

祁时晏背对着他,面朝房间,后背倚靠在栏杆上,散漫,心不在焉。

房间里灯火通明,夏薇和沈逸矜面前摆满了大大小小色彩缤纷的礼盒,每一个拆开来两人都要欢呼一声。

"这个好看。"

"这个好贵的。"

像两个遇到天降横财，一夜暴富的人。

隔着透明玻璃门，两个男人看着她们无声地笑。

祁时晏目光落在夏薇身上，嗓音淡淡地问祁渊："女人真就这么感性？只要把求婚搞得惊喜一些，就能答应？"

"那当然不是。"祁渊直起腰，半转身，灯光照在他侧脸上，眉宇间意气风发，是志得意满的潇洒。

他看向房间里自己的未婚妻，笑着说："最重要的是两个人的感情。我和矜矜是水到渠成，求婚只是走个过程。"

水到渠成？

祁时晏咀嚼这几个字，难道他和夏薇还没到吗？

祁渊看出他的心事，带着嘲意讥诮一笑："怎么，你到现在还没把人摆平？"

"什么没摆平？"祁时晏神情不耐，又带着几分得意地看向夏薇，"她除了我就没有别人，之前没有，以后也不会有，我是她的唯一。"

祁渊笑得更大声了："说得好像谁朝三暮四似的。"笑完了，又将去一军，"既然你是她唯一，你慌什么？"

"谁说我慌了？"祁时晏嘴硬，"我不过在想什么时候求婚比较合适。"

"这样啊？"祁渊后背往栏杆上一靠，仰头吸了口烟，朝天空喷吐一串烟雾，笑说，"得——我叫矜矜帮你刺探刺探情报"

言语厚道、体贴，没揭兄弟的短，可尾音故意拉长，十足的嘲讽意味。

祁时晏也不是吃素的，反口一句："行。你那天求婚时，在现场哭得眼泪稀里哗啦的，可叫所有人大为感动，刷新了对你的认知。要是让大家知道，其实那不是你第一次对着一个女人哭，以前也有过一次，不知道情况会怎么样呢？"

他说的是祁渊第一次找沈逸矜复合时的事。

祁渊自认为设计了一个很完美的复合婚礼，结果沈逸矜没原谅他，反而更厌恶，离开时，祁渊悔恨交加，对着她的背影伤痛欲绝。

这事听起来很浪漫，其实也很糗，就看人怎么说了。

祁渊感觉到一丝不妙，转头看向弟弟，幽深的瞳仁里凝结着一股杀气。

祁时晏不等他有所动作，先一步推开玻璃门，耸了两下肩，挑衅又嘲弄，走了。

夏薇屈腿坐在地毯上，黑色的裙子散落在她身边，像一朵夜晚绽放的曼陀罗，从花瓣里延伸出一双玉腿，骨肉匀称，在灯下白得晃眼。

祁时晏进门，看着她，走到她身边，盘腿坐下。

夏薇朝他笑了下，回头看向阳台，见祁渊眼神阴森森地盯着祁时晏，和沈逸矜一起吃惊了下，问祁时晏："你俩怎么了？"

祁时晏没答，无辜地回她一个笑，好像他也不知道。

目光随意扫了扫眼前的各种礼物，祁时晏随手拿起一盒巧克力，打开，挑了一粒，剥了包装纸喂给女朋友。

"我刚吃了，你吃。"

夏薇当着沈逸矜的面，不太好意思和祁时晏太过亲密，可祁时晏一点也不在乎，一定要她吃。

"就是剥给你吃的，快吃了。"

夏薇只好张嘴，吃了。

祁时晏这才笑了，再剥一粒自己吃。

沈逸矜看着他俩，会心一笑，不自觉又朝阳台看去一眼。

心里有了人就是这样，无论对方身在哪里，总会有根绳牵引着她。

祁渊拉开玻璃门走进来，祁时晏不动声色地撑着膝盖站起身，又伸手拉了拉夏薇说："我们走了。"

"还没拆完呢。"夏薇抬头回说。

"让他们自己拆。"祁时晏拉着她的手有些强势，夏薇感觉到他们兄弟之间的气场不太对付，听话地站起身，和沈逸矜说了几句话，便跟着祁时晏走了。

而祁时晏临走时拿走了一盒巧克力，表面上风平浪静，什么情绪也没显，却将巧克力故意在自己身侧拍了拍，拍出一阵声响，既挑衅又乖戾。

沈逸矜看着他们俩走出去，门自动关上，抬头看向祁渊："你们俩怎么了？"

"还能怎么？"祁渊就着她身边坐下，伸长腿，上身躺倒，脑袋枕上未婚妻的大腿，懒懒地说，"这浪子现在羡慕我求婚成功了。"

"哦——"沈逸矜秒懂，笑着给男人揉了揉太阳穴，"这不是好事嘛，夏薇早就盼这一天了。"

"是吗？那他怎么那么慌？"

"他慌了？怕夏薇不肯？"

"是啊。你可千万别跟夏薇说，慌死他。"

沈逸矜笑："你们俩哦，一定要比比谁更坏是吗？"

另外一边，夏薇和祁时晏回到自己的房间，夏薇随口说起沈逸矜收到的那些礼物，又问了问祁大佬的事，祁时晏什么话都接，唯独不接祁渊的话，夏薇笑了笑，也就不再问了。

夏薇洗了手，开始收拾行李，祁时晏则懒散地坐到沙发上刷手机。

没一会儿，不知道刷到一个什么，祁时晏"哎"了一声，站起身，随手拿起房间里的座机给前台打电话，叫人送把剪刀来。

夏薇惊讶："怎么了？"

祁时晏笑着不说话，将带回来的巧克力拆了包装，剥一粒给女朋友吃。

夏薇摇摇头："不要吃了，马上睡觉了。"

"就一粒。"祁时晏还是要喂，眼尾一挑，"睡觉还早呢，当是给你补充体力。"

眸光流转，不安好心。

夏薇笑骂了声，却拗不过男人，吃了半粒，另外半粒祁时晏吃了。

很快前台送来了剪刀，祁时晏接了，将刚才剥了巧克力的包装纸拿到书桌上去了。

夏薇瞥他一眼，就见他抽了张纸巾，坐下来，擦起那张包装纸。

那巧克力是国外顶尖的一个品牌，包装纸是金箔纸，巧克力被包装得像颗黄金球似的。

男人一手按住金箔纸，一手拿着纸巾在擦，还特意开了台灯，那动作细致又小心，好像在干一件多神圣的事情。

夏薇被吸引了注意力，走过去，问："你这是要干什么？"

不就是一张包装纸吗？剥了巧克力就是废纸了。

祁时晏却双手一合，遮住那张纸："别看，等会儿再叫你看。"

夏薇笑着说好，走开继续去收拾衣服。

等她将两人的行李都收拾好了，喊祁时晏洗澡睡觉时，却见他仍然坐在书桌前低着头，台灯灯光明亮，将他的神情照得格外专注，尤其一双桃花眼，低垂眼睑,浓密的眼睫毛像鸦羽一般,振一振,蓄势待发。

"做什么呢?"

离着十来步的距离,夏薇看着他,很少见他这么认真地做一件事,那金箔纸在他指尖像金子一样闪闪发光。

她向他走过去,祁时晏猛地抬头,制止她:"站那儿,别过来,还没好,再给我五分钟。"

夏薇笑,感觉男人在给她做什么好玩的东西,于是答应说:"好,你快点。"

电视遥控器将所有频道翻了一遍,夏薇最后随便选了一个节目,坐在沙发上看了一会儿。

没多久,坐在书桌前的人朝她伸出一只手,手指虚虚拢着,攥着宝贝似的。

祁时晏说:"快过来,我有礼物要送给你。"

夏薇笑了下,起身走过,看向桌上,那金箔纸不见了,想必在男人的掌心里。

她张开手,递给他。

祁时晏却说:"闭上眼睛。"

夏薇便靠着书桌站在男人面前,闭上了眼睛。

感觉到男人拉起她的手,触感温热干燥,她的手指被捏住,无名指上好像被套上了一个什么东西,那动作像在戴戒指似的。

"好了,看看喜欢吗?"

听见男人说话,夏薇睁开眼,无名指上果真被戴上了一枚戒指。

这戒指金灿灿的,像黄金,小巧又大气,是一朵玫瑰的花形,在灯光下熠熠生辉。

夏薇大脑短路了,手指不自觉地发抖,原来男人埋头坐在书桌前这么长时间,捏着那一张小小金箔纸,就是在折戒指?

而且,戴在她无名指上?

"这算求婚吗?"夏薇脱口而出。

祁时晏拉了拉她的手,薄唇覆上她手背,亲吻了一下,抬头,眸光定定地看着她:"那……你愿意吗?"

"愿意啊,我愿意啊,我为什么不愿意?"夏薇声音里带着抑制不住的激动,大脑过度兴奋,几近语无伦次。

想不了太多,她低下头,捧住男人的脸,就吻上去。

祁时晏原本没想求婚,只是在手机里刷到,看着有趣,就想给夏薇做一个。此时反应过来,叠加上夏薇的反应,情绪双重感染,显得比夏薇还要激动,站起身抱住夏薇,就将人压上桌狂吻。

似有滔天巨浪涌来,激烈中,电闪雷鸣,刺眼的光芒劈开了层层黑云,终于让他得以窥见真心。

电视开着,节目还在继续,掌声和笑声时不时传过来,像是为他俩而贺。

夏薇被抱着坐在了桌上,后肩靠在墙壁,感受到男人前所未有的强烈情感,她有些招架不住。

但一想到他刚才就坐在这里,那么认真地为她做戒指,眼里闪着光芒问她愿不愿意,她才知道他也是想和她结婚的。

明明两人天天在一起,可是直到现在才感觉真正在一起。

明明这戒指就是做着玩的,一点儿也当不了真,可是两人却像现在就要原地结婚。

内心升起快乐和满足,一切阴霾扫除,夏薇仰头,双手勾紧男人的脖颈,热情地回应他。

两人吻得忘乎所以,连狂热的心跳频率都是一样。

吻到后来,祁时晏都有些把持不住。

两唇分开,她压住唇角笑,祁时晏食指抬起她下巴,用力吮咬了一口,哑声说:"去洗澡。"

"戒指怎么办?"夏薇低头看向自己无名指。

对着灯光,戒指上的玫瑰花瓣每一瓣都小巧饱满,一瓣一瓣相叠,要不是亲眼所见,真的难以想象是一个男人捏着一张小纸一点一点折出来的。

"先摘下来。"祁时晏搂着她,吻了吻她说,"回头买一个戒指盒,专门用来收这个戒指。"

"那这戒指还能有戒指盒值钱吗?"

"当然是戒指值钱了,这可是我祁时晏亲手做的,全世界独一无二。"

夏薇笑,小心翼翼地摘下戒指,放到男人手上,这才看见他因为折戒指,手指上沾了很多金粉,快变成金手指了。

两人去洗澡，卫生间里，淋浴器一开，热气无孔不入，迅速霸占了整个淋浴间。

祁时晏挤了奶白色的洗发乳在掌心，揉上姑娘的头发，双手给她抓揉，深眸里映着一寸灯光，暧昧、宠溺。

他终于回过味来了。

从前夏薇就说，他是她的愿望，她怎么可能不想嫁给他？

是他自己近情心怯，乱了自己的心。

祁时晏有些懊恼地说："早知道，我何必给我哥策划那么盛大的求婚，我们自己用不是更好？"

夏薇闭着眼，轻轻笑。

她站在花洒下，水流冲去白色泡沫，从脸颊两边滑下，整个空间顿时充斥香甜的气息。

头发洗好后，祁时晏捏了捏她的后颈，帮她继续往下洗。

拇指剐蹭，温香软玉中体贴地问："你心里有没有想要的求婚场景？"

之前因为两人心意不通，浪费了太多时间和心神，这会儿他不想再错过，不如两人大大方方商量着办。

"刚才那个不是求婚吗？"夏薇一双眼在水汽中亮晶晶的，皮肤白得更是泛了光。

"刚才的就当是预演。"男人将她固定在怀里，"我祁时晏的求婚哪能一枚纸折的戒指就了事？说什么也要超过我哥。"

"求婚难道是用来比的吗？"夏薇嗔怪他。

"当然。"祁时晏坦然承认，"我哥自认为他最会疼女人，整天'浪子浪子'地叫我，我就要和他比比，看谁更会。"

男人站在花洒外沿，水珠从他黑发里溅洒出来，顽劣又痞帅。

夏薇被他说笑，抬手捋过他额前的发，笑着说："如果你们俩要比的话，是不是我和矜矜最有发言权？"

"那你觉得我疼不疼你？"祁时晏眸底一丝晦暗，将人转过身，背对自己。

一只手横穿身前，扶住她，另一只手沿着她的脊沟，一路往下。

"疼。"夏薇的声音软了下来，求婚的事还没有结果，就被男人哄进了卧室，云里雾里，一切暂时抛之脑后了。

第十二章

嫁给我，好不好

一个澡洗了两小时，头顶的热水无休止地往下流，身体里滚烫的血液却是一波一波往上涌。

夏薇的意识几乎全部溃散，雪白的肌肤透出一片片的红，双肩颤抖不已。

祁时晏意犹未尽，拿起干毛巾帮她擦了擦身上的水，又用大浴巾将她一裹，抱回床上去了。

第二天早上，夏薇爬不起来，祁时晏叫了餐进房间，一口一口喂她吃。

离上飞机还有两小时，夏薇想再睡个回笼觉，祁时晏则说要出去买东西。

"买什么？要我陪你去吗？"夏薇躺在床上，看着男人起床穿衣服。

"不用。"祁时晏揉了揉她的头发，低下身亲了亲她，如实汇报说，"我去给你买个戒指盒，装那枚玫瑰金戒指。"

换以前，他说出去就出去了，夏薇从来不问，怕干涉他的自由，祁时晏也没有说的习惯。

但经过昨晚，两人一致发现这是不对的。

两个人在一起就应该多沟通多交流，比起猜对方的心意，不如直接说出来，这样才更懂彼此。

"好啊，买个好看一点的。"夏薇笑。

"我的眼光你还不相信吗？"祁时晏一只手伸进被窝，带着几分恶劣。

"相信相信。"夏薇卷起被子，讨饶。

"乖乖等我回来。"

"嗯嗯。"夏薇怕痒，弓着身子扭动。

"有空想想要什么样的求婚。"

"嗯嗯，快走吧。"

湿热的薄唇再次吻了吻她，祁时晏看了眼时间才不得不抽身离开。

夏薇急急把人催走，可是当听到房门关上的声音，房间陷入一片寂静时，心里忽然又有些空虚，开始想他了。

懒懒地躺了会儿，夏薇从床头柜上摸到戒指，戴在无名指上，坐起身拍了张照片，发了朋友圈。

配上一句话：男朋友送的。

简洁，却富含深意。

刚发完，不出一分钟，就有人发来评论。

夏薇打开一看，居然是祁时晏：你男朋友好会。

夏薇捧着手机笑，没见过这么自夸的人。

第二条评论是沈逸矜发来的。

一串"啊啊啊啊啊啊"，后面跟着一句"浪子求婚啦"。

夏薇笑着回复：算吧。

沈逸矜又发来私聊，问：方便吗？咱们展开说说。

夏薇随即告诉她，祁时晏不在，两闺蜜立即连线语音。

夏薇将昨晚的事说了一个大概，沈逸矜也将祁渊和她说的话告诉了闺蜜，两人互通消息后，一起大笑。

沈逸矜说："薇薇，太好了，你终于获得了想要的幸福。"

夏薇拍了拍自己的脸，感觉微热，笑着说："是啊，我到现在都不太敢相信，像做梦一样。"

夏薇说："祁时晏以前说过他不会结婚，和任何人都不会，我牢牢记着他的话。可是你知道吗，他昨晚和我说，他去年来柠城找我的时候就决定好了，要和我结婚。你敢相信?"

"不敢。"沈逸矜笑,感受到闺蜜的激动,她也跟着情绪高涨,"那他怎么能藏着,一直藏到现在呀?"

"就是啊。"夏薇坐在床上,摸了摸自己无名指上的戒指说,"他说他以为我不肯和他结婚,所以才一直没敢说。我……我说我那还不是因为你说过不结婚啊。"

"哈哈哈!"沈逸矜笑弯了腰,"我被你俩逗笑了。不过不管怎么样都好,两人表明心意就好了,那接下来是不是要准备婚礼啦?"

"哪有?祁时晏说要先求婚。"

"求婚?昨晚的不算吗?还要求婚?"

夏薇笑着卖了个关子:"你看照片,觉得这个戒指怎么样?"

"很漂亮啊,这种玫瑰花形的黄金戒指很少见,是不是很重?还是祁时晏特意为你定做的?"

夏薇听了,先笑倒在了床上,好一会儿才和闺蜜说:"我老实告诉你,是纸做的,你敢信吗?"

"啊?"沈逸矜不可思议,退到朋友圈,将照片放大细节看了看,根本没看出来。

"等会儿给你看。"夏薇说,"其实就是巧克力的包装纸,还是你拿回来的。"

沈逸矜更震惊了:"巧克力包装纸?"

等不及一会儿再看了,沈逸矜当即说了声"我来了",夏薇就听见门铃响了。

夏薇连忙起床,披上衣服去开了门,沈逸矜一进来,就拉过她的手看戒指,夏薇索性摘下来给她看。

沈逸矜看了好一会儿,戒指放在掌心,抛了抛,轻飘飘的,没分量:"真不敢相信啊。"

她说:"祁时晏真是好懂,什么都能拿来制造浪漫。"

"谁说不是呢。"夏薇开心地笑。

但是,要个什么样的求婚好呢?

夏薇只觉得这件事来得很突然,她一点想法也没有。

沈逸矜说:"只听说结婚是两个人有商有量的办,求婚也商量着办,那还能有惊喜吗?"

夏薇点头："就是说，祁时晏这人脑袋瓜长得和一般人不太一样，想问题的逻辑都不在常人的路子上。"

不过她不就是喜欢这样的他吗？

临出发去机场时，祁时晏回来了，带回来一个珐琅的戒指盒，造型是可爱的南瓜车，黄金的车辕辘配粉彩的车身，贵气又精致，和那纸做的戒指还挺搭。

祁时晏将戒指盒放到夏薇手里，说："你不总说自己是灰姑娘吗，喏，本浪子送你南瓜车，施了魔法的，从今以后你就是我的公主，再变不回灰姑娘了，以后就安安心心做我的公主。"

夏薇仰头，眨了眨眼，将眼角泛出来的泪意眨回去。

还搞什么求婚啊，这样就很好啊。

但是祁时晏说："求婚必须要，我祁时晏的求婚岂能这么寒酸？你尽管往大里想。你要记住，只有你想不到，没有我办不到的。"

夏薇被折服了，说了声："好"。

几人回到榆城，生活照旧。

面包坊生意特别好，夏薇一回来便投入工作。

她对祁时晏说："我们这求婚和结婚一样，一辈子就一次，我得好好想想，你多给我一点时间。"

祁时晏笑着说好："不着急，我们的房子还没装修好，你慢慢想。"

可不是，房子今年才开始装修，再快也得半年时间才能好。

而现在既然想到了结婚，那不得准备婚房？

那现在这个房子随便住住还行，要做婚房感觉还是差了点。

祁时晏的想法是用世望首府的别墅做婚房，和祁渊家隔得不远，那套房上下三层带两层地下车库，庭院四周环绕，占地面积总共有六百多平方米。

只不过离菠萝油又远了，开车至少要四十分钟。

祁时晏考虑了几天，最后决定将正在装修的那套先升级，作为两人近几年的家，世望首府的别墅也跟着装修，等将来有了孩子再住到那边去。

"孩子？你都想那么远了？"夏薇感觉男人的思想跑起来像野马。

"你不想要吗？我以为你想要的。"祁时晏带夏薇去世望首府看别墅，站在空旷明亮的毛坯客厅中央,指着头顶说,"很多人家都喜欢装水晶灯,我不想要水晶灯,我打算装一盏月亮形状的灯,弯弯的,超级大的那种,从上面倒垂下来,一定不错。不过现在市面上找不到,我得去定制。"

"还有那里。"夏薇信息还没来得及接收完,男人又走向另一个空间,手指在原地画了一个圈,指着面前一片空地说,"这个房间我要全部敞开式,和客厅连通,做成亲子活动房,将来孩子们就在这里玩游戏,他们的玩具都放在里面,免得到处乱七八糟。"

夏薇有些跟不上。

"至于厨房。"男人又走到厨房的位置,手臂张开,笑着说,"这里全交给你,你想要个什么样的厨房,全部由你自己来设计,这里将来是你的地盘,我就负责欣赏和吃饭。"

"谢谢你想到了我。"夏薇几乎是在男人滔滔不绝之中插了一句。祁时晏眸光熠熠地看她一眼,笑着走近她,拉过她的手,又继续指着其他一个个房间说起他的设想。

市中心那套装修的时候,夏薇只去看过两三次,总觉得那是祁时晏的房子,她不便多参与,而祁时晏也不用她操心,他习惯自己决定。

但现在不一样了。

他顿悟了,像修炼什么绝世武功似的,突然打通了任督二脉,想明白了。

那就是和心爱的人在一起,不是尽自己的能力给她最好的就行,那充其量只是一种给予。

只有和她融合在一起,事事沟通,将生活里的点点滴滴,互相渗透,那才是情侣之间最好的感情。

祁时晏搂着夏薇,带她到窗户边,向庭院看去,那里几棵大树成荫,杂草疯长,完全是一派自然放任的粗犷景象。

祁时晏说:"你对院子有什么想法吗?现在流行日式风格,我不是很感兴趣,罗马那种太浮夸了,我也不太喜欢,我可能受老宅影响,还是对中式庭院更青睐一些。

"在那个角落堆上一片大石,做个假山造型,底下挖个水池,养鱼或者养几只龟都行,水系从上面一层一层落下来,一定很有意境。

"还有还有，其他地方都好说，你来拿主意，我就想在银杏树下留一片空地，以后在那里安一个滑梯，给孩子们玩。"

"孩子们……"夏薇咀嚼这几个字，已经不记得男人第几次说到这个词，"为什么'孩子'后面还带个'们'，你想要几个孩子啊？"

"那还不是你说了算。"祁时晏贴近她，温热的手掌抚摸着她的腹部，唇角溢出笑意，"你生几个我就养几个，大权还不是在你手上嘛。"

"那我一个都不想生。"夏薇抿住唇，故作冷硬。

"那就不生。"祁时晏体贴地说，"我哥他们肯定会生，那滑滑梯留给他们家的孩子玩也行。"

夏薇不得不笑了："所以，你其实就是想要个滑滑梯是吧？"

"被你知道了。"祁时晏眯了眯眼，看向楼下庭院说，"我小时候没玩够，每次滑滑梯，黄妈都盯着我，给我看时间。我心里多少有些缺憾，就想着我们将来有孩子，一定让他们玩个够。"

"那如果我们的孩子不喜欢滑滑梯呢？"

"那我就跟他讲讲滑滑梯的乐趣，讲到他喜欢为止。"

"有你这么强势的爹吗？"

"哦，那我就和他商量着来，问问他喜欢什么，再推荐一下滑梯。"

夏薇忍不住笑出声，将人推开："我们孩子不需要你这种推荐。"

两人说笑打闹，别墅装修的事便这么半玩笑半商量地决定好了。

用祁时晏的话说，这套房子不急着住，孩子的事也不急，哪怕夏薇没有一丁点要孩子的想法也没关系，空出一片地，不安滑梯那就安一张桌子，以后再架一只烤炉做烧烤都行。

至于市中心的那一套，夏薇以为男人说的升级只是装修上提升一下，谁知道他的升级是把他们楼上一层买了，两层合成一户。

夏薇有点儿震惊。

先不说这里是市中心，寸土寸金，房价逆天，关键是住来住去只有他们两个人，两百平方米已经够宽敞了，还要加一层？

但祁时晏说："结婚和不结婚怎么能一样？没结婚可以将就，结了婚两个人之间的关系就不一样了，房子的意义也不一样，我祁时晏和我老婆住的房子怎么可以将就？"

夏薇还没消化完前半句，耳尖先于大脑颤动了一下，被"老婆"这个新鲜名词震到了，瞬间脸红心跳。

祁时晏唇角微弯，抱过她，低头在她耳边低语："老婆，老婆。"

他声音低沉，哑在喉咙里，含着愉悦，像一副诱饵的钩子，叫得人心头一阵一阵酥痒。

"谁是你老婆？你婚还没求。"夏薇抬手，食指抵住男人的薄唇，不让他叫。

"那你快说，要什么样的求婚？"

"我还没想好。"

"快点想。"

祁时晏每天早上送夏薇到菠萝油店，陪她待一会儿，便去装修现场当监工，或者去建材市场、家具市场看看材料、挑选家具，时不时给夏薇发视频，问她意见。

等到饭点的时候，再回来和夏薇一起吃饭。

这样的日子渐渐成了日常，祁时晏感觉甚好，作息规律，心情愉快，每天充实又甜蜜，走路上都有种踏实感，不再像以前那么虚华飘浮，无所事事地虚度人生。

而夏薇则将大部分精力都投入到菠萝油。她脑子灵活，接受新事物又快，对店面的布置也品味在线，对待同事也从来不摆架子，有问题和气解决。

受她影响，同事们每天工作都是积极开心的，菠萝油更像个大家庭，互相包容着所有人。

如此经营有方，生意不知不觉比以前在王爷手里的时候好了很多，夏薇便寻思着多招几名服务员和学徒工，培养新人。

这么巧，有一天来了个应聘者，竟然是晚晚。

晚晚身上穿着一件剪裁简单的风衣，扎着马尾辫，脸上只化了一点淡妆，看起来像刚进入社会的学生妹，和以前浓妆艳抹的样子完全判若两人。

晚晚说起将来的打算："我想通了，我再不要醉生梦死地过日子了，虽然以前的生活看起来华丽，但其实很空洞很虚浮，我现在就想学一门手艺，脚踏实地地养活自己。"

"想学一门手艺有很多种方法，不一定要在面包坊。"夏薇耐心劝说，"面

509

包坊里学做面包,听起来很轻松,要做得好吃、好看其实很难,活也又苦又累,特别是要早起。"

她回头看操作间,隔着玻璃门,里面师傅们一个个都在忙碌。

夏薇心疼地说:"我们的师傅基本上都是早上三四点就要起床,一年三百六十五天,天天如此。"

晚晚立即端正自己,拍了拍胸脯,斩钉截铁地保证:"我今天踏进你这个店门就决定好了,只要你肯收我,再苦再累我都会坚持下去的。"

晚晚说到做到,还比大家想象中更勤奋。

夏薇感觉到她是真心想要改变自己,于是没过几天,菠萝油便多了一名员工,而夏薇从忙忙碌碌的生活中,也领悟到了一些东西。

有一天,她和祁时晏吃过晚饭后,两人在步行街散步时,夏薇便将自己的想法说了出来。

夏薇说:"我想明白了,求婚不是形式,也不是表演作秀,而应该是一种态度。"

祁时晏牵着她的手,走在人来人往的街道上,眸光里映着路边店铺的灯火,也映出几分烟火气息,笑着问女朋友:"什么态度?"

"就是你想娶我的态度,或者说决心。"夏薇转头,看向男人的眼睛,"只要你的态度够坚决,我就嫁,其他的什么排场、仪式我统统不在乎。"

她站定脚步,手指钩住男人的手指,拉了拉:"你觉得呢?"

祁时晏笑着将女朋友的十指交扣在自己的指缝里,握紧了说:"其实那天送你那个戒指的时候我就知道了,无论我怎么求婚,你都会答应的,对不对?"

夏薇微微翘了翘唇,笑了。

祁时晏低头,将她往自己身边拉近一些,玩世不恭的脸上忽然有些认真:"但我还是想来一场求婚。它可以没有多大的排场,但一定要有仪式感。好让我们以后每年多一个具有重要意义的纪念日,这个日子会让我记住你有多想要嫁给我。"

"嗯?"夏薇前面听着身心愉悦,最后一句怎么又没个正形了。

祁时晏立即改口:"是让我记住自己有多想要娶你。"

"这还差不多。"夏薇眉眼一弯,"那行吧。"她说,"我没什么想法,只有一个要求。"

"说。"

"就是，你一定要单膝跪着向我求婚。"

祁时晏眼里浮上笑意，偏头，低下薄唇凑近她耳边："别说单膝了，我双膝跪得还少吗？"

夏薇耳根顿时红了一片，想说不是那个跪，男人已经掐住她的腰："走，回家，今晚你想我跪多久就跪多久。"

夏薇：现在收回这个话还来得及吗？

说来奇怪，知道自己即将被求婚，按说已经没了惊喜的成分，可是夏薇每天的心情却忽然变得有所期待，不知道祁时晏要怎样向她求婚呢？

不过等了好几天也没等到，反而等来了离别。

祁时晏说，望和有笔生意要他去一趟法国，本来是祁渊去的，但祁渊手头事情太多，分身乏术。

"行啊，你去吧。"夏薇爽快答应。

早两天她悄悄翻男人手机，看到他备忘录里有一条记录，是关于法国巴黎的一场高端拍卖会的。

此时听见说去法国，她的第一反应便是拍卖会。

何况祁时晏一向很少管集团的事，就算祁渊没空，祁渊还有一整个智囊团，怎么都轮不到祁时晏吧。

祁时晏说："我最多去三天就回来。"

夏薇点点头，体贴地查了一下巴黎的天气，主动帮他收拾行李，从衣柜里一件件拿衣服给男人看，问他这件带不带，那件带不带。

祁时晏看着她忙碌，动作里带着小雀跃，不由得走近拉住她："怎么，我就要走了，你怎么是这个反应？难道不应该是惆怅吗？"

"我们都在一起这么久了，难得分开一下，调剂调剂也挺好的。"

"调剂？"祁时晏皱了眉。

"对啊。"夏薇笑，脸上依然欢喜，转身继续收拾衣物，"你去三天呢，我都不会管你，你是不是嗅到了自由的味道，是不是很开心？"

"谁说的？"祁时晏从她手里抢过衣服扔下，将人搂进怀里抱了抱，苦兮兮地说，"你还是管我吧，我的翅膀早被你剪断了，你这样忽然不管我，再给我多大的天空，我也不敢飞了。"

夏薇被他的话逗笑，这才回抱他说："要不你就不去了吧？"

"那不行，这事我得亲自去办。"祁时晏抱着人一起滚进床上，亲吻着女朋友说，"你是不是早就猜到我要去做什么了？"

说着，他自己先笑了："好吧，我坦白，本来是想瞒着你的，不过你这么聪明，瞒不住。"

夏薇一只手搂在他后背，用力捶了下："就知道。"

最近国际航线有些紧张，祁时晏订了晚上的私人航线，准备在飞机上睡一晚，第二天早上正好到达。

那天，夏薇亲自做了几份糕点，一一用餐盒包装好，让男人带上飞机，请他和同行的人一起吃。

去巴黎拍卖会的，除了祁时晏，还有几个同样对拍卖有兴趣的富豪，大家搭乘祁时晏的顺风机，结伴同行。

夏薇没送机，祁时晏也不让她送，不想让她来来回回跑。

两人就在菠萝包分了别。

等祁时晏走了之后，夏薇也将自己的心情整理好，打算趁祁时晏不在，去街上逛逛，给他准备一份求婚礼物。

可不巧，还没出门，疗养院打来电话，说王巧英摔倒了。

夏薇只好开车赶去疗养院。

还好王巧英摔得不重，只是从轮椅上摔下来，幸好身上衣服穿得厚，医生给她检查了一下，没有明显的伤。

不过王巧英一直哭，吵着要回家，显得有些害怕的样子。

夏薇才知道孟荷今天去疗养院看过王巧英。

夏薇蹙了蹙眉，隐隐有一丝不祥的预感，见护工低着头，脸上似有难言之色，宽慰她说："张姨，有什么事你请直说，孟荷来这儿，是不是对我妈做了什么？"

张姨五十多岁，在疗养院做护工已有六七年，本分勤快，照顾人又细致耐心，以前一个人看护几个老人。夏薇觉得她人不错，做事也麻利，便向院方申请，将她调过来专门看护王巧英。

张姨犹豫了一会儿，才吞吞吐吐地说："那个孟小姐来了之后，在这里发了很大一通脾气，话说得很难听，我也不好多说什么就走开了，后来……"她顿了顿，吐出实情，"你妈妈是她推倒的。"

夏薇心一沉，没料到孟荷会对一个病人下这样的手，亏得王巧英还老惦记她。

夏薇看向王巧英，年纪才过半百便成了半瘫痪，生活无法自理。

脸上皱纹横生，头发花白，歪着上半身躺在床上，眼睛看着某个地方，却没有一丁点的生气，嘴角挂着口水，有一搭没一搭地抽泣一下。

内心哀叹一声，夏薇走过去，抽了张纸给王巧英擦了擦嘴角，转头对张姨说："以后孟荷再来，你就跟在我妈身边不要离开，也别让她再靠近我妈。如果她要说什么，你就叫她来找我，告诉她，病人需要清静，不然就请保安。"

张姨连忙答应。

从疗养院出来，外面已经全黑。

疗养院地处山间，往市区的道路曲折狭长，两边高大的树木在夜晚隐蔽，与漆黑的天空融为一体。

夏薇回程的路上，为孟荷的事有些烦心，想她们两人的纠葛太深了，表面看着风平浪静，事实上处处都是暗礁。

再一个转念，她又想到祁时晏，打开手机给他拨了个电话，想知道他起飞了没。

没想到"嘟"了一声，电话被拒接了，紧接着，视频电话打了过来。

夏薇笑了下，将手机插进手机架，自动切换到了车载电话上，手指点开，祁时晏探头看过来。

他已经在飞机上，但飞机晚点了。

"怎么回事？私人飞机也会晚点？"夏薇问。

"私人飞机为什么不会晚点？"祁时晏笑，慵懒地坐在餐桌边，一只手伸长，搁在桌上，握着手机，另一只手捏着叉子，在吃夏薇做的糕点。

"你开车去哪儿呢？"男人朝她镜头里盯了会儿，"我不在，你去哪里野了？四周怎么黑漆漆的？"

夏薇偏不告诉他，逗着他说："可不，你不在我还不跑出来野？反正你又不可能回来捉我。"

祁时晏被气笑了，放下叉子，拿手指朝姑娘指了指："你信不信，我现在就去捉你。"

夏薇只得讨饶说："怪我，野了，你快起飞吧，等你起飞之后我再出去野。"

祁时晏笑出声，其实不用夏薇说，他已经看出她所处的位置了。

两人东一句，西一句，玩笑不停，祁时晏看着姑娘开车的模样，姿势比以前老练许多，没有初学时那么紧张了，但是还是不够放松，纤细的脖颈伸得老长，脸面向前倾，一双眸子左顾右盼，看个不停，和他说话都是百忙之中抽空回的。

他悄悄点了录屏，不动声色地全录了下来，想着一会儿给她做个表情包，气气她，不是，是逗逗她。

夏薇不知道他的小心思，不过说笑中刚才烦躁的心情好了很多，肚子也"咕咕"叫了两声，才想起来自己晚饭还没吃。

祁时晏说："我记得山路出来有一家农家乐，那家的鱼特别好，都是水库里野生的，你要不去那吃饭吧。"

"我一个人？"夏薇摇头，"我到市区随便找家店填个肚子就好了。"

"怎么，我不在就这么随便？"祁时晏故意曲解"随便"两字，笑着说。

"我只是说吃饭，你想什么呢？"

祁时晏学她口吻："我说的就是吃饭，你想什么呢？"

夏薇甘拜下风，论口才她怎么都不可能是男人的对手。

祁时晏就喜欢她示弱的样子，立刻又笑着哄她，恢复正经说："我不在你也要好好吃饭，别等我回去又瘦了。"

夏薇反驳："还说，我过一个年胖了好几斤，再胖下去衣服都没得穿了。"

"那就不穿了。"

夏薇嗔骂了他几句，正说着，前方有个小路口，没有红绿灯。

夏薇开车开得慢，边说话边左右看看，缓慢通行。

突然一声"砰"的巨响，夏薇只感觉两眼一黑，上半身因为惯性往前冲了一下，汽车被撞击得偏离了轨道，滑了出去。

"夏薇!"

隔着屏幕,祁时晏大叫一声,脸色瞬间变了。

夏薇从疗养院出来的时候,有想过自己和孟荷之间总要有个解决的办法。

却没想过会是这个办法。

不知道过了多久,夏薇从昏迷中醒来。

四周黑漆漆的,夏薇睁了睁眼睛,什么也看不见,眼睛被遮住了,勒得眼睛和后脑勺一圈疼得不行。

她双手被绑在了背后,双腿也被绑了,整个身体侧着倒在地上。

地上很凉,且硬,应该是水泥地,空气中灰尘的味道很重,春寒料峭,三月的夜风,吹得人发抖,夹杂着树木摇晃的声音。

意识苏醒,夏薇没敢动,强迫自己冷静,她感觉到后背有一堵墙,她用手指小心摸了摸,和地面一样,是水泥。

身上很多地方都很痛,应该是车祸先前导致的。

不过此时来不及想那些,耳边有人声传来,似乎和她隔着一点距离,声音不在近前,但也不远,话说重了就有回音,这里估计是个很大的空房子。

再侧耳分辨一下,至少有两个男人,说话声中夹杂着吐痰、咳嗽的声音,还有劣质的烟草味。

烟味飘过来,有点呛人,夏薇忍了几次才忍住,没让自己咳出声。

那两人压着声音在讨论怎么处理她。

一个说:"现在怎么办?那男的从手机里看见我的脸了,肯定会报警。"

这个人喉咙有点粗,估计是个身材魁梧的胖子。

谁看见他的脸了?祁时晏吗?

另一个人声音压得很低说:"那就速战速决,赶紧把视频拍了,把人扔出去。"语气里透着一丝阴险。

夏薇感觉这人比前一个更可怕。

拍什么视频?

一种恶心到极点的预感袭上来。

他们是受人指使?

谁?

孟荷？

想起刚才那场车祸，没想到这伙人早就埋伏在那里，等着她。

而她去疗养院，虽然是疗养院打的电话，其实却是因为孟荷推倒了王巧英。

那车从侧边撞上来的时候，她当时还没晕，还听见了祁时晏的呼叫声，但是第二次、第三次连着撞上来，她脑门重重一磕，安全气囊一下子被打开，人便不受控地晕过去了。

怎么来的这里，这里是哪里，她大脑里完全没有记忆。

听这两个人的对话，意思是要给她拍不雅视频。

夏薇心里拔凉，没想到孟荷已经丧心病狂到这个地步。

想起那次在出租屋楼下，孟荷拿着刀朝她冲过来，她就不该相信马玉莲还能教好孟荷的话。

而此刻，她必须想办法逃出去，绝不能让他们的奸计得逞。

那两个人还在低声交谈，耳边"嘎吱"一声，像是铁门打开的声音，又进来一个人。

"×的，总开关短路了，今天不可能有电了，怎么搞？"来人声音急躁又火爆，估计是个急性子。

"找个汽油灯来。"胖子说。

"别烦了，开手机电筒得了。"那个阴险的人接了话，"现在要快，别磨蹭了。"

另外两人应和，紧接着一阵急促杂乱的脚步声，往夏薇这边来了。

夏薇不自觉地打了个寒噤，心里慌乱得很，却不得不强迫自己镇定。

她听着动静，腿上用力，将自己被绑着的两条腿弯曲坐了起来，后背靠在了墙上。

漆黑中，胖子拿手机电筒朝她照过来，吓了一跳："×的，居然醒了。"

"大哥。"夏薇示弱，压住声音里的颤抖，小心翼翼地开口，"大哥，有话好好说，咱们商量商量。"

"哟，妹子嘴很甜嘛。"胖子促狭地笑，"一会儿哥让你爽得飞起。"

另外两人跟着笑。

夏薇眼睛看不见，却能感觉到三人的丑陋和猥琐。她唇角僵硬，忍住恶心，暗暗深呼吸几次，继续说："大哥和我无冤无仇，把我绑到这儿来，怕是受了什么人的指使吧。"

三个人互相看一眼，没料到夏薇看着柔柔弱弱，竟然敢这么和他们说话。

而夏薇也不想兜圈子，开门见山地抛出诱饵："如果大哥是为钱，那其实很好办，我出五百万买你们放了我，所有的事既往不咎，连你们的雇主也不问，怎么样？"

另外两人还没怎样，急性子先低叫了一声："五百万！"

胖子假咳一声，制止他。

急性子凑到胖子耳边："五百万。"

胖子瞟他一眼，急性子干脆问夏薇："你有那么多钱？"

夏薇双手在背后攥紧手心，听出来了，是见钱眼开的人，那就好办了。

她声音尽量平静，不显喜怒："你们不知道我是谁就把我带来了吗？那你们撞了我的车总该知道那是什么车吧？我那辆保时捷两百多万，五百万对我来说能算什么？"

急性子挪了下脚步，正要接腔，胖子拦在他前面，朝夏薇狞笑了声："你当我们图的是钱？"

他走到夏薇面前，蹲下去："妹子长这么漂亮，哥觉得睡你一次比五百万更值呢。"

夏薇闻到一股恶臭的体味，扭开脸，挺直了脊背，保持冷静说："如果这样的话，大哥你的后半生恐怕要在牢里过了。只要你敢动我，我就不会放过你，你不要钱，我也不要命，大家不妨豁出去试试。"

胖子粗着喉咙压低声音，阴森森道："你就不怕我弄死你？你这么细的脖子，跟小鸡似的，还不是随便我一拧就断了？"

夏薇强装冷笑："大哥是厉害，随便就能弄死我，但是我死了，你也得赔条命给我，我做鬼也不放过你。而且我男朋友也不会放过你，你们应该知道我男朋友是谁吧？"

胖子和阴险男对视一眼，有了一丝犹豫。

将夏薇从汽车里拖出来的时候，胖子没想到她的手机开着视频，那视频里的男人愤怒的样子像要吃人，吓得他手抖了几抖，好像人就在面前一样。

四周忽然陷入沉默，微弱的手机电筒下，三个绑匪面面相觑，互相打眼色交流。

517

到底他们仨只是街头小混混，并非亡命之徒，头脑一热，冲着钱干出了这事。

而现在一边是性命之忧，一边是钱财利好，三人暗暗商量，权衡利弊，想着对策。

就在此时，铁门上忽然传来"哐哐"的声音，外面一阵嘈杂，窗户上有高倍的探照灯打进来。

"在这里。"有人大叫。

夏薇的眼睛隔着厚重的遮布都能感觉到有光照进来。

"糟了，有人来了。"

屋里的三人往前一步，围住了夏薇。

夏薇只感觉下巴上突然有一道冰凉坚硬的东西贴上来——是匕首。

"×的，你敢乱说话，老子现在就捅死你。"胖子勒住夏薇的脖子，语气凶恶。

"大哥，你不如放下刀，我会好好和他们说，但你拿着刀，我怕是不行。"夏薇抬高下巴，与匕首拉开距离，心里的紧张恐慌与即将得救的激动交替上涌。

混混们交换了一个眼神，几个人将夏薇从地上拉起来，用她挡在前面，正对铁门。

"外面来的应该不是警察。"

"拿住她，和他们谈判要五百万，拿到钱我们就放人。"

"行。"

商量完，夏薇感觉一只粗壮的手臂勒紧了她的细脖，匕首抵在了她的咽喉。

夏薇艰难地吞咽了一下，听着外面的脚步声，却不敢发出一点声音，憋紧了呼吸。

铁门被里面用铁棍插上了，外面的人动作粗暴，砸门的声音震天响，却一时半会儿砸不开。

屋里的几人被那动静弄得都很紧张，夏薇感觉挟持自己的人在发抖，匕首离开了自己的咽喉。

忽然，窗户被人砸开，有人从那里爬了进来。

黑暗中，一道身影像猎豹一样，冲上来一脚对准挟持者踢了上去，踢飞了他的匕首。

同时,后面很多人都跟着爬进来,冲了上来。

夏薇本能地趔趄了一下,往前跌去,来人一把搂住她,声音熟悉又担忧:"夏薇。"

"呜——"夏薇紧绷的神经松开,再也控制不住,哭出了声。

"宝贝不哭,我来了。"

祁时晏一把扯掉她眼睛上的遮布,看见她手脚被绑带绑着,眸底划过阴寒,朝身边人发话:"一个都别放过。"

铁门被人打开,汹涌而来的人分分钟擒住了里面的三个绑匪。

随后,几辆警车嘶鸣而来。

汽车一路疾驰往医院,祁时晏坐在后座,脊背弯曲,将夏薇搂在怀里,紧紧抱住。

"宝贝,别怕,有我在……哪里痛,我给你揉揉。"

祁时晏一只手托在夏薇后背,一只手不停地给她揉。

夏薇蜷缩在他怀里,呜呜咽咽地哭,也是此刻才觉得身上很痛,到处都痛,加上从来没经历过这么大的事,情绪大起大落,一时难以平复。

她两只手腕上被绑扎带勒出一道很明显的红痕,祁时晏用力握住,薄唇贴在上面不停地亲吻,心疼和愤怒就像压不住的火山快要爆发。

到了私立医院,夏薇先被送进外科检查室,祁时晏陪在身边,寸步不离,后来送去做CT,他也要站在旁边,哪怕被辐射一次,他也不要夏薇离开自己的视线。

夏薇也不愿再和他分开,真想像只树懒一样挂在他身上,再也不想自己单独一个人。

她先后遭遇车祸和绑架,身上淤青多达三十多处,青一块紫一块,惨不忍睹,万幸的是没有大伤,没有骨折,也没伤到五脏六腑。

反倒是祁时晏先前着急爬窗户,手掌下方被玻璃割伤,划了一道很深的口子,流了很多血,后来被她发现,请医生为他仔细包扎了。

护士送来轮椅给夏薇坐,祁时晏没要,直接抱着她进了病房,小心地将她放到床上。

本来精神就不济,做各种检查又消耗了大量精力,夏薇憔悴不堪、脸色

519

苍白，说话都没了力气，祁时晏喂她喝了小半瓶矿泉水才好一点。

"以后我再也不会离开你了。"祁时晏坐在床前椅子上，伏低上半身，凑近了夏薇，眸光痛惜又宠溺，修长的手指不停地给夏薇梳理头发，抚摸着她的脸。

夏薇下巴侧边先前被匕首划到，破了一道口子，此时贴上了创可贴，额头上也贴了几片，看得人心痛不已。

"我没事了。"夏薇躺在床上，挤出一丝笑，伸手拉了拉男人的手。

"宝贝。"祁时晏握住她的手，低声亲吻着喊她，"你是我的宝贝啊。"

他浪荡了多少年，人人都说他万事不过心，他自己也这么觉得，他就是抱着游戏人间的心态活着，可是这世间终究有那么一个人的存在，让他失了控。

从前几次分手，到这一次出事，一次一次让他体会深刻，让他发现自己再也不能失去她。

这种失去，他以前以为只是离开，守住夏薇不让她离开自己就好了，现在才知道还有一种失去比离开更可怕，那是意外，是生离死别。

想到这一层，祁时晏心底莫名悲伤，还有未知的恐惧，拉紧姑娘的手，"宝贝"叫个不停。

夏薇听着，病态的脸上像尘封在泥土中的宝贝现出光芒，眼神里聚起几分神采，说："没听清。"

祁时晏眸光一转，趴在她床头，亲了亲她，鼻尖蹭在她耳边："我的薇薇宝贝，爱你。"

夏薇耳尖发烫，像有火烧来，可是下一瞬男人湿润的吻又抵上来，像是要拯救她，却是吻她吻到窒息。

两人相处这么久，她还有什么不懂他的？

他哄人的情话虽然多不胜数，总能信手拈来，可是真正像情侣那种亲亲爱爱的"宝贝""宝宝""我爱你"之类却从来没说过。

"我爱听这样的情话，你以后多说说。"

祁时晏揉了揉她的发，薄唇流连在她唇边："那我以后就这么叫你。"

其实这不是他第一次叫她"宝贝"，那次在濯湾，摩托艇飞过海浪时，他有说过的，可是当时夏薇太兴奋了，没听见。

祁时晏此时将此事说出来，夏薇嘟了嘟嘴，感觉自己错过了十个亿："那你得补偿我,每天多叫我几遍。"

"还要等每天吗?我现在就补偿你。"祁时晏笑在她耳边,"宝贝,宝贝,宝贝……"

一声声叫唤着她。

夏薇被哄得笑,身上都觉得没那么痛了。

很快护士进来,输液吊上了床头,祁时晏看着那针管扎进白皙的手背,感觉扎进自己心里似的。

黄妈也来了,送了干净的换洗衣服来,还有一份燕窝粥和几样精致小菜。

祁时晏将病床的床头摇高,喂夏薇把粥和菜都吃了,他自己却没怎么吃,没什么胃口。

黄妈本打算留下来照顾夏薇,祁时晏叫她回去。

黄妈说:"你行吗?还是我们女人方便一点吧。"

祁时晏哼了声:"我的女人我会照顾不好?"

黄妈笑出声,男人的语气颠覆了他在她心中不可一世的形象,再看两个年轻人恩爱的样子,自己着实有些多余。

"那好吧,你好好照顾,有什么事就给我打电话,我明天再过来。"

虽然今天发生了很不好的事,不过黄妈觉得也未必全是坏事,回去和老太太一说,老太太也转悲为喜,心想祁家最不着调的小子都懂得爱人了,他们祖坟可要冒青烟了。

在祁时晏一夜体贴入微的照顾下,夏薇第二天醒来,身体已经恢复了很多,心情也大好。

黄妈送了早餐来,两人就在病房简单吃了。

吃完了,夏薇换了一身衣服,和祁时晏一起去警局。

三个绑匪昨晚当场被抓获,一个个厌得不行,进了警局便招供出了幕后主使——孟荷。

他们说,孟荷出二百万买他们轮奸夏薇的视频,他们便设计了车祸和绑架,可是一切还没来得及进行,就被抓了。

三个人是典型的地痞混混,终日不学无术,敲诈勒索,斗殴滋事,都有案底的。

不过大案从来没犯过。

夏薇这事,他们是第一次干,原想着完事后就发家暴富了,可没想到等着他们的是长久的牢饭。

而孟荷昨晚也已经归案,被关进了看守所。

今天祁时晏陪夏薇到警局补充受害人的口供,遇到了孟岳松和马玉莲。

双方在走廊上见面,孟岳松和马玉莲先后喊了声:"薇薇。"

这么亲切的呼唤,可以说是久违。

夏薇听见,一瞬间眼眶有些湿润。

祁时晏搂着她的腰,掌心用力摁了下,提醒她不要感情用事。

他在夏薇开口之前,先对对面两位说:"现在来打亲情牌,两位不会觉得警局是虚设的吧?"

孟岳松点着头,朝他们走近两步,一向谈笑风生的人脊背不知何时驼了很多。他说:"这件事我知道性质很恶劣,但幸运的是惨祸最终没有酿成,所以我想……"

"孟先生。"祁时晏打断他,"谋害未遂也是谋害,你不会以为夏薇没出事是你女儿良心发现收的手吧?"

"我知道小荷这次大错特错。"孟岳松一副卑躬屈膝的姿态,"你们无论要什么赔偿,我们都会满足,只求你们宽宏大量,能够高抬贵手。"

祁时晏冷笑了声:"孟先生,那真不好意思,除了将犯人绳之以法,我们没有别的诉求。"

马玉莲站在孟岳松身后,听着他俩对话,感觉无望,往前走几步,说:"薇薇,妈妈知道你受了很多苦,如今你也有了好归宿,妈妈替你高兴。小荷因为小时候的创伤,才变得这么偏激,妈妈希望你能念在我们母女一场,可怜可怜小荷。"

"马女士。"夏薇有一点鼻塞,声音哽咽,"上次我们在警局,你也是这么说的。"

上次为什么去警局?

因为孟荷想杀了她。

可最后马玉莲动用关系,将两人之间的纠纷模糊成争风吃醋,夏薇当时就是像现在这样被马玉莲劝服了。

但是这次如果又放过孟荷,谁能保证孟荷不会有下一次?

祁时晏挪动脚步,抬起一只手,站在夏薇身前,挡开马玉莲:"借过。"另一只手紧紧搂住夏薇,从孟岳松和马玉莲中间走了过去。

录完口供,又回到医院,夏薇输了几瓶液,一直到天黑才结束。

私立医院的 VIP 病房再好,总没有自己家好,夏薇说想回家。

"那我们回家。"祁时晏扶着她起床,帮她穿衣服。

两人没有去现在常住的公寓,而是回了水中仙,先去餐厅吃饭,又去场子里坐了会儿,放松一下。

很多人见到他俩,都过来打招呼,还特别问候夏薇,夏薇才知道她被绑架的事已经上了榆城头条。

而且是祁时晏让人推上去的。

祁时晏说:"我心里其实有一点后悔,上次我要是没有心慈手软放他们一马,也不至于给孟荷机会犯下这件事。所以现在说什么,我也不会和孟家妥协,他们越爱面子,我越是要打他们的脸,看看他们孟家养出来的是个什么东西。"

夏薇握了握他的手,心里有话说,但见男人眉宇间戾气很重,便暂时缄默了,没说出口。

可是她不表态,祁时晏又不满意了,用力拉了下她的手:"你可千万别心软,这不是妇人之仁的时候。"

夏薇这才答应说:"知道了,我不会心软的。"

她心里很清楚,如果不是祁时晏带人及时赶到,仅凭她自己几句话是很难说服那三个绑匪的。

夏薇说,想喝"坠入月色",要祁时晏调,可祁时晏摸了下她额头上的伤说:"你身体现在没好,不能喝酒。"

"那我能喝什么?"

"等会儿。"

祁时晏说着走开了,没一会儿回来,手里多了一盒 VC 泡腾片,他加热了山泉水,泡给夏薇喝。

在这地方喝水就算了,还喝 VC?

夏薇嗤笑，端起杯喝了一口，酸酸甜甜，还不错。

两人在吧台前，吧台是整个场子灯光最明亮的地方，周围人影晃动，时不时朝他们看过来。

夏薇坐在高脚椅上，有意无意转动椅背，祁时晏则懒散地站在她身边，后背靠在吧台上，频频低下头和她说话。

场子里众人的目光不经意全被他们吸引，不只是因为两人颜值高，身份特殊，最重要的是他们给人的感觉很好。

两人虽然只是偶尔拉一下手，并没有过多暧昧的举动，甚至不如场子里任何一对玩得开，可他们两人目光交汇，彼此看一眼，就会让人有种"这就是爱情"的既视感。

在这到处逢场作戏放浪形骸的环境里，简直是梦幻一般的存在。

说笑一阵，祁时晏看着夏薇一杯 VC 喝完，牵过她的手，说回家了。

夏薇"嗯"了一声，和他一起走出门，回顶层休息去了。

进了房间，夏薇才知道，祁时晏早安排好了洗澡水，里面还撒了药包，说给她疗伤用。

夏薇便在男人的贴心安排下，舒舒服服泡了一个药浴。

出来后，祁时晏直接把她抱回床上去了，夏薇在他怀里，安然入梦。

夏薇睡着了，祁时晏却睡不着。

祁时晏搂着夏薇，等她陷入深沉睡眠便悄悄抽回手，起了床。

本来现在的他应该在巴黎的拍卖会上的。

那拍卖会有几套珠宝非常吸睛，祁时晏准备出手，打算拍回来送给夏薇的，谁知道会出这样的事。

从来没有一次这么感谢飞机晚点，昨晚他说了好几次"谢天谢地"。

当时他跳下飞机便联系了警方和望和旗下的保安公司，那么巧，他录屏了，录到了绑匪的脸。

这伙人胆大妄为，竟敢动他的姑娘。

活腻了。

现在被逮了，他怎么可能放过他们？

还有孟荷，一次两次想对夏薇下毒手，他怎么可能轻饶她？

祁时晏和祁渊通了电话，两人就此事交换了意见。

之后祁时晏又打了几通电话，无论是法律途径还是舆论压力，他都要顶格，不给孟家一点翻盘的机会。

电话处理完，巴黎那边的拍卖会开始了。

祁时晏昨天下了飞机，同行的几人还是去了。

此时他们视频连线，祁时晏在家里坐镇，遥控他们帮忙叫牌。

最后，他看中的几套全给他拍下来了。

至于价格，那已经不是重点了。

拍卖会结束时，榆城已经快天亮了。

祁时晏给自己倒了杯红酒，放松一下神经。

酒喝完了，他才悄声走回卧室，爬上床，搂过夏薇继续睡觉。

夏薇休养了几天，身体差不多已经恢复，祁时晏这才让她去菠萝油上班，他全程陪着。

案子进入公诉程序，是个烦琐而漫长的过程，祁时晏为了防备孟家搞小动作，亲自盯着。

而且除了公诉，他还进行了民事诉讼，不给孟家一点喘息的机会。

除此之外，祁时晏还担心夏薇心软，感情用事，将她手机里孟岳松和马玉莲的手机号和微信号全部删除并拉黑了，不让他们有联系。

有一次马玉莲到菠萝油找夏薇，刚进门，就被祁时晏下了逐客令，没让她和夏薇见面。

夏薇心知祁时晏为自己担忧，便依着他，留在办公室没出去见马玉莲。

只是她心里有个心结，一时无法抹平。

这天，两人在饭店吃过晚饭，慢慢散步走回公寓时，夏薇挽着祁时晏的手臂，叫了声他的名字，犹豫着说："有个问题我想问，你能回答我吗？"

"欢迎提问。"祁时晏转身，一只手拉过女朋友的手，另一只手展臂打开，做出一个宽容拥抱的姿势，将人半拥进怀里。

他现在一天二十四小时都和夏薇在一起，可就这样还是觉得不够。

夏薇侧脸贴在他臂弯里，享受男朋友的呵护。

不知不觉已到初夏，和暖的晚风吹过街边绿化带，带来香樟的香气和繁忙喧闹的车流声。

灯火阑珊中，一隅静谧之地，两人相拥，感觉置身人群之中，又隔绝世外。

夏薇侧了侧脸，贴着男人说："你有没有想过，如果我从小长在夏家，孟荷那样的人就是我。"

"不会。"祁时晏一口否认，笑着摸了摸姑娘的头发，"你和她完全是不同的两个人，就算你们俩小时候没有抱错，你也不会成为她。"

夏薇却不太乐观："如果我在夏家长大，那我就不太可能读什么书，更别说上大学了，舞蹈、英语这些就更不可能会了，品性修养也会差很多……"

列举了许多还没完，男人笑着打断她："能差到哪里？"

"我在认真和你说话。"夏薇掀了眼皮睨他。

"哦，认真说话。"祁时晏笑，双手按在女朋友单薄的纤肩上，用力捏了捏，"那我认真地帮你推导一下，怎么样？"

"好啊。"

祁时晏揽过女朋友，往前走，边走边慢悠悠地说："如果你从小在夏家，首先能肯定的是你一定会比现在聪明。"

"为什么？"夏薇有些惊讶。

"因为孟岳松和马玉莲只会在物质上给你相对比较好的生活，并不会开发你的脑子，让你自发地去追求真正意义上的好生活。"

"什么意思？"

祁时晏笑着看她，刮了一下她的鼻子，说："旁观者清，当局者迷。"

他虽然和孟家夫妇两人接触不多，而且一接触不是敌对就是抵触，但他却把他们两人看得透透彻彻。

孟家夫妇爱孩子是真心的，但他们爱的方式只有给予和纵容。

以前对夏薇是这样，后来对孟荷也是这样。

这种教育方式教育出来的孩子优雅高贵，像个精致的瓷器，给人看着赏心悦目，但事实上缺乏灵动，没有独立的思想。

祁时晏总说夏薇傻，其实也是有这么一点原因在。

祁时晏说："我早就感觉到了，你表面温温柔柔、乖乖巧巧，这些不否认是孟家把你养成这样的，可事实上的你又叛逆又要强，很多事有自己的主见，除了你自己，谁也说服不了你。"

夏薇"啊"了一声,笑:"看不出来,你对我这么了解,我自己都没发现。"

"早就喜欢上的人,怎么会不了解?"祁时晏搂着她的肩,宠溺地把她带进自己怀里。

夏薇被这一句感动了,原本插在衣兜里的手伸出来,伸到男人后腰上搂住了他。

祁时晏偏头朝女朋友靠了靠,揽着她继续往前走,说:"如果你从小生长在夏家,你可能不会有现在这么高的学历,也不会跳舞,英语也不够好,但你至少是圆滑的、聪明的,因为你总会想着要逃离你爸的掌控。"

"我的确会那么做。"夏薇看向男朋友,扬了扬头,带着自信地说,"不过第一次听见人把'圆滑'说得这么好听。"

她轻轻捶了他一下:"你好像真的推导出了另一个我。"

"那是。"祁时晏笑着躲过,停下脚步,正面看向女朋友,"我喜欢你,喜欢现在的你,但如果你从小长在夏家,那我也一样,还是会很喜欢。"

"无论你是什么样,我都喜欢。"

远处迷离的灯影打过来,照在男人脸上,一双桃花眼深情热烈。

"无法抗拒。"喑哑的声音低沉下去,他特别补充了一句,薄唇触到姑娘的唇角,深深烙下一吻。

夏薇默然,眸子里湿湿暖暖的,双手搂到男人的后背,怀抱住他。

心里纠结的那点东西忽然之间都释怀了。

是啊,她和孟荷怎么可能一样?

两个人只是从小生活的环境被交换了,并不是两个人的灵魂交换了。

孟荷从小被夏启炎教育得逆来顺受,不敢忤逆和反抗,这是和夏薇本质的区别。

而孟荷回到孟家,得到了优渥的物质生活,却并没有提升自我修养,而是变得娇纵蛮横,这也是和夏薇不一样的。

孟荷的确替夏薇吃了十五年的苦,但这并不表示两个人的人生就互换了,关键还在于人的本质。

"祁时晏。"夏薇低低地叫了一声,"我第一次感觉你也有正经的时候。"

"才第一次?"祁时晏眸底映着星星点点的灯影,笑意缱绻舒展,"我和你在一起,每一次都是很正经的,好嘛。"

他抬手揉了揉姑娘的长发,揉乱了夜风吹过的痕迹,指尖留下玩世不恭的浅香。

夏薇笑着抓住男人的手:"回家了。"

"好,回家。"祁时晏牵过她,十指交扣,"回家跳舞给我看。"

"又叫我跳舞?"

"赚来的,不得多跳跳?"

夏薇嗔怪他。

两人回到公寓,夏薇想了想,还是和祁时晏商量,说:"我们把民事诉讼撤销了吧。"

祁时晏拉着她的手,在洗手池里洗着,修长的手指插进姑娘的指缝,一根根用力交握,低头问:"为什么?"

"就像你说的。"夏薇由着他动作,推心置腹地说,"无论怎样,我和孟荷比起来,都是我赚了。

"我在孟家富足地生活了十五年,他们疼我宠我,让我衣食无忧。我享受了他们家十五年的物质生活,这是实实在在的。

"我想,这份情能还就还了吧。"

祁时晏关了水龙头,抽了纸巾给姑娘擦手,一根根手指擦得细致又干净。

"那行,还了。"祁时晏回得干脆。

他是懂夏薇的,得到一份不属于自己的东西,就会于心不安,就像以前他送她礼物那样,她总会在感激和愧疚中挣扎很久,分手时则会想着全部退给他。

他可以说尽甜言蜜语和大是大非的道理安慰她,但是真正需要和解的人还是她自己。

祁时晏将姑娘搂进怀里,用温和的口吻说:"只要是你的决定,我都会赞成,不过公诉绝不轻饶,当然那也不是你我可以干涉的。"

夏薇"嗯"了一声,回抱了他:"有你真好。"

"现在才知道我的好吗?"

祁时晏低头吻她,什么也不用说,两人早已心意相通。

没过几天,祁时晏联系了律师,和夏薇一起去法院,在会谈室里见到了等候的孟岳松和马玉莲。

双方也没有过多交流，在律师的陪同下，祁时晏和孟岳松去找法官，办理撤诉的事。

会谈室里留下了夏薇和马玉莲，两人隔着会议桌面对面坐着。

祁时晏走的时候，留了一只保温壶给夏薇，说："你这两天喉咙不太舒服，少说话多喝水知道吗？"

夏薇接过保温壶，说知道了。

那壶里是出门前祁时晏泡的金橘百香果茶。

马玉莲看着他俩目光交缠，直至门被关上了才分隔开。

她捏了捏眉心，恨不能时光倒流，自己当初错得太离谱了。

她一度以为夏薇接近祁时晏只是为了报复孟荷，所以对夏薇才那么冷漠，现在才知道他们两人是真心相爱。

"薇薇。"马玉莲坐在夏薇对面，低声叫了声，脸上苍白疲惫，眼眶红肿深陷，鬓角露出了很多白头发，曾经雍容的模样苍老了很多。

"我欠你两份道歉，一份是我没有把小荷教好，让她犯下这样的错误，差点让我失去两个孩子。"

夏薇听着，没吭声。

孟荷想要毁了她，只是一个错误？

来之前柔软的心又变得冷硬，她双手抱着保温壶取暖，耳边听见马玉莲声音哽咽，在说："第二份道歉，是我误会了你和祁时晏，我想当然的以为……"

马玉莲轻轻抽泣，有一点说不下去。

错得太离谱了。

"马女士。"夏薇抬头看她，伸手将桌上的纸巾盒推了过去，安慰说，"没有关系的，我从来没有责怪过你，只是我们之间的关系变成现在这样，我有一点遗憾。"

换以前，她怎么见得了马玉莲哭？

她一定会走过去，搂住马玉莲喊"妈妈"，亲昵地安慰马玉莲。

但是现在却再没了和对方亲近的心。

"马女士。"夏薇拉回理智，想到自己今天来的目的，平静地开口，"我

529

也有份歉意需要向你们表达。"

停顿了几秒，见对方朝自己看过来，夏薇才继续说："那些年我鸠占鹊巢，白白占了你和孟先生十五年的疼爱和教导，这份情我怎么做都不可能还清。"

"不是，薇薇。"马玉莲连连摇头，泪水从眼眶里流出，"我们从来没想过要你还，是我们没做好父母，把这一切搞得一团糟。"

夏薇没多大反应，继续说："你们都是善良的人，我这一辈子都会感激你们。真的，非常感激，也谢谢孟荷，无论她对我的恨意有多大，毕竟她的确替我吃了那么多年的苦。

"所以，我今天撤销对她的民事诉讼，就当是还她这份情。"

说完，夏薇忽然感觉轻松了很多，这份债她今天终于可以还掉了。

可是马玉莲又问："那，薇薇，你能原谅小荷吗？"

撤销民事诉讼后，孟荷将会获得减刑，如果有被害人的原谅，法官那里求求情，或许又可以少判几年。

"不原谅。"夏薇一见马玉莲要求情，立即收起自己的悲悯，"我谢她，是谢她替我在我家过的那些日子，但是她对我做的一切，我统统不原谅。

"这是两件事，无法抵消。"

从十五岁开始，两人只要一见面，孟荷对她不是打就是骂，羞辱她，这两年更是失心疯，竟然想要杀她，要她的命，还找了几个混混想侮辱她，这是一个正常人干得出来的吗？

如果她选择原谅，孟荷会不会得寸进尺，还想对她进行再次伤害？

谁来保证？

"是我们的错，我们没有教育好她。"马玉莲垂下了头，啜泣着，"我替小荷向你道歉。"

夏薇看了她一眼，缓和自己的情绪，冷静地说："就这样吧，马女士。"

夏薇："无论是感激还是愧疚，是怨恨还是责难，我们之间根本没办法一分一厘地算清楚。孟荷的罪有法官来判，其他的我们今天说开了，即使不能扯平，也只能到此为止了。"

夏薇站起身，看向对面曾经是自己最崇拜最亲近的人，说出自己的决定："以后我们都不要再见了，免得彼此看到对方又陷入以前的感情里去，使得大家都不痛快。"

马玉莲抬头看她:"薇薇,你不要这么绝情啊。"

夏薇吸了吸鼻子,没再理会对方的话,挪开座椅,半转身留下一句:"祝你们一切都好。"转身走出了门。

走廊上,祁时晏和律师正走回来,后面跟着孟岳松。

看到她,祁时晏加快了几步,问:"结束了?"

夏薇点点头:"你办完了?"

"当然,一切按你的指示办的。"

"就你会说话。"

夏薇收敛情绪,挽起他的胳膊一起离开法院,将一切纷扰全部留在了身后。

夏薇的保时捷被撞得不成样子,被警方取证后,送到修理厂去了。

但祁时晏还是打算不要了,给夏薇重新下单买了一辆新款,冰莓粉的保时捷 911。

比原来的还要惹眼。

新车到的那天,夏薇和祁时晏在饭店愉快地吃了一顿大餐,吃过之后,两人开车去兜风。

榆城春天的夜晚是很美的,大街上灯火辉煌,车水马龙,驶上高架桥时,两边一盏盏白色的路灯像巨大的玉兰花在迷人的夜色里绽放。

车窗降下,草木的清香和暖暖的晚风交织,使得人一路心情畅快。

夏薇开车,祁时晏坐在副驾驶,后背懒散地半靠在椅背上,长臂随意搁在车窗上,偏头,笑着和女朋友聊天。

他买了一瓶车载香水,将之拆了包装,打开后送到女朋友鼻尖下让她闻。

夏薇嗅了嗅:"好闻。"

"喜欢吗?"祁时晏问。

夏薇点头:"只要是你买的,都喜欢。"

祁时晏捏了捏她的鼻子,笑着将香水挂在空调出风口,顿时,沁人的香气弥漫在车厢里。

他还买了一串佛珠,108 颗白玉菩提,底下坠着红与蓝的穗子,大气又高雅。

不过还没开光。

祁时晏只给夏薇看了一眼,又收进包装盒,说:"改天送去寿安寺开了光再挂上。"

夏薇笑着说好。

男人以前总说自己是无神论者,可是自从夏薇出了这件事之后,他便开始有些迷信。

挑了日子去寿安寺点了长明灯不说,还将装修了一半的房子暂时停工,请了风水师重新规划格局。

夏薇还辩驳不得,一说兴师动众,祁时晏就振振有词。

这些可都是为了她。

经历过这件事,夏薇也真真切切感受到男人对自己的在乎,好像自己是他身上的一个器官,不能割舍的那种。

而祁时晏说:"是心头肉。"

别说割了,稍微碰一下都不行,这块肉必须藏在心房里捂着,以他的骨血来滋养。

夏薇扶着方向盘,笑道:"如果有情话比赛的话,你准拿第一。"

"我还需要比赛才能拿第一吗?"祁时晏口吻倨傲,"我天生第一。"

夏薇被逗得大笑。

夜色迷醉,天幕下一轮月亮皎洁柔和,与璀璨的灯火交相辉映,组成人间最美的风景。

前方下高架桥,修了一条新路,路宽车少,散发着未知的新鲜感。

夏薇提议去那里转一圈,再绕回市区,今晚的游车河节目才算结束。

祁时晏微微哈腰,朝向女朋友的方向,恭敬地说:"臣附议。"

逗得夏薇连拍几下方向盘,脚下油门不自觉松开些,仰脖放声笑。

只不过谁能想到,又出意外了。

汽车驶进新路,限速标志牌上写着"80"。

夏薇开车一向谨慎,虽然是跑车,却很少超过 60 公里/小时。这会儿路上车少,她便把车速加快了些,感受一下速度与激情。

后面有辆车打了超车灯,还双闪了一下,夏薇看了一眼自己行驶的是右车道,便放慢车速,让着对方超过去。

谁知,那辆车开到她前面,突然车头往右一别,横在了她前头。

夏薇慌忙刹车,祁时晏没防备,上身往前冲了一下,好在安全带系在身上才没事。

"这人怎么开车的。"

夏薇正抱怨,耳边接连又传来两道刺耳的刹车声。

一时间,映着斑斓灯火的车窗被逼迫而来的阴影笼罩,除了车前那辆,左侧和后方也同时停了两辆车。

全部是黑色的越野型大车,

合着右侧的绿化带,将小巧的冰莓粉跑车像柔弱的猎物一般围困在了他们的包围圈里。

"什么人?"夏薇一惊,"他们想干什么?"

"快把车窗关上。"祁时晏反应快,迅速将自己那侧车窗关上,夏薇也立马跟着做。

但是来者气势汹汹,三辆黑车几乎同时传来车门拉开的声音,一伙穿着黑色冲锋衣的人快速包围了他们的车,而且个个戴着黑色口罩,连帽衣兜头,看不清面目。

夏薇脸色煞白,惊慌失措,转头去看祁时晏。

祁时晏拉住她的手,用力握了握,一点也不当回事。他安慰说:"别怕,凡事有我在。"

正说着,有人大力拉了拉他们的车门,见上了锁,便疯狂拍起车窗,好多双手一起拍,伴着凶狠的叫嚣声,很恐怖。

夏薇手指颤抖,瞳孔都变了颜色。

她看见有人从衣兜里摸出了枪对准了他们!

是枪!

还不止一把!

太平盛世里除了警察,还有人有枪!

这不是制造车祸、绑架勒索的街头混混。

这个认知使得夏薇惊惧到无法接受。

有人用枪管隔着车窗指向祁时晏,朝他敲了敲,冲他喊:"下车。"

那些人一个个身材魁梧,全身都是黑色。

夏薇有一刻觉得他们不是厉鬼就是丧尸,遮挡了他们车窗上的光,像身处末世。

祁时晏相对淡定，只是眉头皱了下，神情有些不耐，看向夏薇时，目光还是很柔和地安慰她："我去一下。我一出去，你就锁车门，千万别开，知道吗？"

夏薇拉住他，连连摇头："不要去，太恐怖了。"她声音颤抖，"我们报警。"说着，去手机架上摸手机，哆哆嗦嗦中手机亮了屏，却无服务。

"怎么会无服务？不可能的，不可能的……"

夏薇急得连连拍打手机。

祁时晏倾过身，抱了抱她，平静地说："可能这些人带了干扰器。"

他将过姑娘耳边的碎发，吻了吻她："别担心，我们没偷没抢也没有仇家，这些人也许认错了人，又或者只是想抢点钱，我去谈一下，摸摸情况。"

"干扰器？"夏薇却没他这么乐观，"连干扰器都带了，他们还有枪，他们想杀了我们啊。"

她转头朝窗外看去，希望看到有车辆路过，可是只看到黑压压的人影，遮了他们全部的光线。

"不要去。"夏薇拉住祁时晏，胸腔里有热意上涌，眼眶瞬间模糊，"去了，他们会杀了你的，就算死，我们也要死在一起。"

拍窗声和叫嚣声在耳边响个不停，有人大声喊："再不下来，开枪了。"

祁时晏朝对方射去两道犀利的目光，可是外面的人看不见。

他倾下身，摸了摸女朋友的脸，说："要我死，没那么容易，我们还没结婚，我们还有很多好日子没过，我怎么舍得死？你也不可以，记住了吗？"

"我们会长命百岁的，相信我，我摆得平。嗯？"

夏薇眼角的泪再忍不住，恐慌与感动一起袭来，将她淹没在泪水里。

可她还没抓住人，祁时晏已经打开车门，出去了。

然后她就看见她心爱的男人被几个人围殴，她的视线被人挡住，但她却能感受到那些人的暴戾。

夏薇再顾不上什么，按下车门锁，冲了下去。

胡乱推搡开堵在她面前的几个人，泪眼婆娑的视线里人群一片漆黑，只看见一簇灯火中，祁时晏单膝被人摁着跪在了地上，有几只枪对准了他的脑袋。

"你们是谁？"

夏薇冲进去，挡在了祁时晏面前，一把抱住他。

转身朝那些黑面神发出控诉:"还有王法吗?大街上就敢杀人?"

"我男朋友做错了什么?有本事连我一起打死好了。"

她脸上流着泪,声音颤抖而激动,双手抱住祁时晏的脑袋,五指张开,因为太用力了而微微发抖。

有人声音阴冷地叫了声"女士",说:"没你的事,请让开。"

夏薇看过去,这人像是领头的,对方又说:"只要他把东西交出来,我们就放过他。"

黑色发着冷光的枪在他手里动了动,目标明确地指向祁时晏。

"什么东西?"

夏薇问出口,问这些黑面神,也是问祁时晏。

她怎么不知道祁时晏有什么重要的东西,因而要受到如此被迫害的待遇?

祁时晏抬头,朝她笑了下,一双桃花眼在路灯的照耀下,格外深邃而幽亮。

他身上穿着一件休闲夹克,刚才下车时将拉链拉起来了,此时他划拉一下,拉开半截,右手摸进内侧衣兜,摸出一个红色的盒子。

重新看向夏薇的时候,他打开盒子,眼眶微红,眸色含着一团湿意,声音嘶哑地说:"薇薇,嫁给我,好吗?"

那盒子里是一枚紫黑色戒指,很少见的颜色,夏薇还没来得及看清楚,大脑先反应过来,这一切的一切只是一场戏。

果然,那些黑面神忽然放下枪,将他们两人围在中间,齐声欢呼:"嫁给他!嫁给他!"

场面顷刻之间颠覆。

夏薇一时接受不了,掩着面,转身就走。

却被人群围住,下一刻,有只强有力的臂膀将她拉住,紧紧抱住了她。

"不要走,还没答应我。"

夏薇泪流满面,在男人怀里使劲拍打:"哪有人这样求婚的?"

夏薇想象过千万种求婚方式,也想到祁时晏玩世不恭的作风,他的求婚可能会异于常人,可怎么都想不到他会玩成这样。

那天的心情不是只有被求婚的惊喜,还有害怕失去爱人的恐惧,和奋不顾身扑上去一起死的决心。

全被祁时晏拿捏住了。

他可真的敢赌。

这事传出去,又轰动了榆城,上了头条。

认识的不认识的纷纷给他们送来祝福,同时带动了菠萝油的热度,店里生意又上了一个新高。

沈逸矜说:"你家浪子哦,真是什么都不能正正经经地干,连个求婚都能被他玩出个花样。"

夏薇笑:"谁说不是呢?"

那天回去,夏薇一言不发,憋足了劲生气。

洗澡也不肯和祁时晏一起洗,洗完了自己上床,祁时晏想上床,她面上凶狠,心肠冷硬,但凡男人往床上爬一寸,她就踹他下去,让他睡沙发去。

无论怎么哀求,就是不答应。

祁时晏压住唇角的弧度,将巴黎拍卖会拍来的所有珠宝首饰摆到床边上,又捧起那枚紫黑宝石的戒指,扒着床沿边,单膝跪在了床前,低声下气地说:

"我错了,我保证以后不玩这么大,要不我重来一次。"

他高高举起戒指。

"宝贝,嫁给我好不好?我想你做我老婆,世上独一无二,我祁时晏的老婆。"

祁时晏一只膝盖在地毯上挪动,悄悄往床沿边靠。

"老……婆……"

亲昵的称呼,沉哑的叫唤,伴着性感的腔调。

叫得夏薇耳尖红得要滴血。

祁时晏看着那抹红,将戒指又举高一点,抬头用乞求的眼神看向姑娘:"老婆,你看看这枚戒指嘛。"

"这枚戒指,是我在拍卖会上拍来的原矿石,请了法国顶级设计师专门给你设计的,我给它取了个名字叫'月影星辰',你觉得怎么样?"

夏薇坐在床上,垂着眉睫,不动声色地斜睨了一眼那戒指。

的确非同一般。

中间硕大的一颗圆形宝石,紫得发黑,晶体如鱼鳞,在灯影里闪着特有的波状光芒,不是普通钻石的切割法。

周围还有一圈大小相间的紫色系宝石,颜色深浅不一,簇拥着那颗大宝石,像众星拱月似的。

祁时晏瞄了她一眼,见她有点兴趣,跪着的膝盖又挪动了一下,上身往床上倾来,有往上爬的态势。

"好好跪着。"被夏薇发现了,训斥他一声。

"嗯嗯,老婆说什么就是什么。"

男人低眉顺眼,索性双膝并拢,一起跪着,举起戒指开始大谈原石的来历。

"这戒指可不是一般的宝石,这是最早在埃及地宫里发现的,还是法国入侵那会儿的事了,至今已经有一千多年。

"它是冷色矿,别说现在世上根本采集不到,就是在一千多年以前也很稀有,这可不是那些烂大街的钻石可比的。

"送去切割时,你不知道有多少人惊叹,'月影星辰'是全世界的唯一,现在可是老婆你的了。"

夏薇终于被说动了一点,冷声问:"花了多少钱?"

祁时晏眸光闪动,抬起两根手指。

夏薇蹙眉:"两百万?"

男人摇了摇头,加重手势。

夏薇更显吃惊:"两千万!"

祁时晏还是摇头,脸上只是笑。

"总不会是两个亿吧?"

夏薇把话问出口,眉心都感觉疼上了,那是心疼钱的疼。

祁时晏却不以为意,这样一块稀世原石在拍卖会上竞逐,价格必定逆天,可是用来做成戒指,向心爱的姑娘求婚,他觉得再没有比这更好的选择了。

"老婆。"

男人哀怜、乖张,屈了手肘往床上爬。

夏薇从他手里拿走戒指,手心不自觉发抖,沉甸甸的,两个亿!

男人的资产和慷慨再一次刷新了她的认知。

"戒指我收了,你下去。"

夏薇还试图用冷冰冰的口吻,尾音却没控制住,往上扬了。

祁时晏唇角勾起,强势的本性回归,爬上床,从夏薇手里拿过戒指,拉住她的无名指,说:"既然是我求婚,当然得我给你戴了,对不对?"

"老婆,老婆——"

亲昵的呼唤伴着炽烈的吻落在了她的唇上,夏薇手指一顿,好重,戒指被戴上了。

谁叫男人太会哄人呢。

祁时晏将她搂在怀里,情话喃喃,又撩又哄,将其他珠光宝气的项链耳环一一往她身上戴。

夏薇很难不被打动,没一会儿就被男人拆骨入腹了。

只不过两个亿的戒指,她要怎么戴?

戴在手上,她还能有安全感吗?

还是让它终年不见天日,藏在保险箱里?

祁时晏笑着握住她的手,贴在自己脸颊上轻轻摩挲,说:"好办,这是求婚戒指,重要场合戴一戴就好,等我们结婚的时候,我再买一对平常能戴的。

"你一枚,我一枚,我们一起戴。"

夏薇眉眼弯起,这才终于笑了。

"那老婆既然已经答应了我的求婚,叫一声'老公'来听听。"

"早呢,等结婚的时候再说。"

既然婚已经求了,又有夏薇这句话,祁时晏开始筹备结婚的事。

他将两人的八字送回老宅给老太太,让她请人看,可惜最好的结婚日子在后年三月,离现在还有二十二个月,将近两年的时间。

祁时晏挑眉,不可置信:"怎么会那么久?今年挑不出好日子吗?"

老太太解释:"这是近三年内挑到的最好的日子。"

祁家一向讲究这些,尤其是婚姻大事。

因为祁家几乎都是商业联姻,结婚的大喜日子关系到两个家族的商业合作和命脉,挑日子便显得非常隆重,需要摆八卦,看五行,要将时间拉长在三年内挑选。

祁时晏虽然不是商业联姻,但这是他自己想要的婚姻,只会比大家更看重。

祁时晏坐在鹿绒沙发上,本来很闲散地喝着茶,听到日期,放下交叠的双腿,从老太太手里接过红纸看一眼,心里莫名划过一丝焦虑。

"不行，两年太长了，我等不了那么久。"

这是他没料到的，一想到自己和夏薇一路走来的波折，心里忽然就很担心再等两年又生变。

老太太年纪大了，腿脚不太灵便，扶着椅背缓慢坐到旁边的单人沙发上，眯着眼看了看自己手里剩下的几个红字日期，建议说："要不就凑合一下，九个月之后有一个日子比较好。"

祁时晏听不进，一口否决："我结婚，一辈子就一次，怎么能凑合？"

老太太笑了："那行，那就等等吧。两年而已，夏薇是个好姑娘，她喜欢你那么多年从来没变过心，你担心什么？"

先前沈逸矜和祁渊去民政局领证时，老太太去了，当时夏薇也在，老太太便约了日子，请夏薇到老宅，一起吃了一顿饭。

那顿饭吃得非常愉快，老太太很喜欢夏薇。

"我婚都求了，结婚还要等两年？"祁时晏站起身，手里捏着那张红字日期，在屋里来回走了几步，心气儿没来由地不顺。

"好事多磨嘛。"老太太安慰他，"结婚只是一个仪式，你俩天天在一块儿，还不是跟夫妻一样？"

祁时晏走到窗边，斜了一只肩膀靠在窗户上，纾解心情。

好一会儿，他才说："那还是结婚可靠一点，有法律把我俩绑在一起，才能够真正安心。"

老太太侧耳愣了一下，第一时间没敢相信，反应过来，确定是她孙儿说的话，她不由得放声笑了起来。

"都说浪子回头金不换，我今儿可算是见识到了。"

祁时晏没反驳，懒散地吸了口烟，顺着老人家的话，反过来夸她："您这是活久见，您一定要长命百岁，以后我还有见识让您看。"

"得嘞，我一定能活够一百二，要看到你生儿育女才真的算活久见。"

"行，一定满足您。"

两人说笑几句，最后还是老太太出了个主意："那要不先订婚吧，订了婚能踏实一点吗？"

祁时晏沉思片刻，点了点头同意说："也只能这样了。"

订婚日期的推算方式比结婚简单一些，老太太这就让人又去重新选日子，最后选了个近期最好的日子,在今年九月。

离现在只有四个月的时间。

但祁时晏还是觉得有点长,电话打给夏薇,夏薇说:"我都可以,只要能和你在一起就好,不管订婚还是结婚,怎么都行,我全听你的。"

祁时晏这才松了松眉头,和老太太商量着,将订婚的事定了下来。

在祁家,这些事有专人打理,何况有老太太在,方方面面都会办得体面而细致,不用年轻人操心。

祁时晏也放心地交给老太太,不过婚房的事,他还是要自己盯着。

市中心的房子装修暂停了一段时间,改了几处格局,现在重新开工了。

世望首府那边的设计图也出来了,依然是嘉和承办,也开始动工了。

这么一来,祁时晏变成了一个大忙人。

常常一天要来回跑几趟,而且他还不愿意假手于人,什么细节都亲自盯着,要求完美,不容一点点瑕疵。

祁渊笑他,简直把吹毛求疵发挥到了极致。

他翻他旧账,说:"你以前帮我装修的时候不是很随便的吗?怎么就没见你上过心?"

祁渊世望首府的别墅当初是祁时晏帮他监工装修的,那装得叫一个随心所欲,灰色调,钢架楼梯,金属味浓厚,装修好了和酒吧一样。

祁时晏没一点愧疚,还反驳说:"你那个是房子又不是家,当然随便装修一下就行了,我现在装修的是家,能一样吗?"

祁渊大笑:"敢情我们住的都是房子,只有你的是家。"

"当然。"祁时晏胜利地收了线。

话是这么说,不过因为装修投入的时间和精力过多,从而使得他感觉自己陪伴夏薇的时间少了。

夏薇出事之后,祁时晏内心总有种惶惶不安,总担心自己一个不察,夏薇又被人劫走了。

以至于他一离开夏薇,便总是心神不宁,时不时给夏薇发消息,夏薇一分钟内不回复,他便马上语音、视频、电话轮番追过来。

夏薇安慰他:"我在店里,没事的,这么多人在呢。"

可祁时晏说:"那你要上厕所吗?你叫晚晚陪你去,别自己一个人。"

菠萝油里面没有自己独立的卫生间,要上厕所得去附近的公共卫生间,距离菠萝油大概三百米。

夏薇只答应说好。

但是她还得进货,有些货物可以直接打电话给供应商,让对方送货,可是有些得自己去市场挑选、拿货。

祁时晏便会叫夏薇开视频,那路上开车时间开视频还行,在市场上开着视频和人说话算怎么回事?

夏薇说:"没事的,大白天呢,市场上人多出不了事的。何况孟荷被抓了,我再没别的仇家。"又拿男人求婚那次说他,"谁有胆量玩过你?光天化日之下敢玩枪。"

当然那都是仿真枪。

祁时晏这才笑着说:"那当然,只能是我抢你,别人谁都不可以。"

可就是这样,无论夏薇怎么宽慰男朋友,祁时晏还是无法消除自己内心的担忧和焦虑。加上订婚日期越来越近,虽不用自己操办,但很多事情还要问过他,渐渐得不知不觉中,祁时晏瘦了一圈。

偶尔夜里还会失眠做噩梦,半夜心悸惊醒。

和以前那个玩世不恭,万事不过心的人完全判若两人。

夏薇感觉到有一点不对劲。

明明出车祸被绑架的人是她,她早就调整过来了,可现在还有心理阴影的人竟然是祁时晏。

起初不太明显,但随着最近事情越来越多,会发现祁时晏越来越反常。

有时候半夜醒来,会见到他在阳台抽烟,背影单薄,在昏暗的光线里,斜着上身支肘在栏杆上,看起来散漫不羁,可那指间青红的火光会出卖他的焦虑。

夏薇穿上衣服起床下地,拿上男人的一件外衣走向阳台。

"吵醒你了?"祁时晏将烟在烟灰缸里按灭,拉过姑娘的手。

夏薇摇摇头,抬头看他:"又烦心了?"

男人眉宇紧皱不展。

夏薇心疼地说:"你会不会是婚前焦虑症?要不我们延迟订婚?"

"那怎么行?"祁时晏将人拉进怀里,强迫自己平静地说,"订婚宴不过就是吃顿饭,有什么好烦心的。"

"那你在忧虑什么?"

"就是最近事太多了。"

祁时晏双手环在女朋友的后肩上,将她整个抱住,下巴蹭在她头发上,轻轻摩挲:"总害怕失去你。"

夏薇亲了亲他,将自己侧脸贴上他的胸膛。

这些时日,她能感觉到男人比以往更黏糊,感觉到他的情绪里有种不可名状的难以发泄的焦虑,这种焦虑有一点危险,却被他压制着,怕伤害她。

夏薇温柔地说:"我以后一天二十四小时像现在这样挂在你身上好不好?"

"那样是最好。"祁时晏低头吻她。

"进屋去吧。"

"嗯。"

两人重新上床躺下,夏薇提议去找祁时梦看一看。

"找她?她肯定会叫我吃药,我不想吃药。"祁时晏拒绝,将女朋友搂紧在怀里,"你好好待在我身边就好了。"

"我肯定待在你身边啊。"夏薇也贴紧他,安慰说,"但是你也要好好的是不是?你现在只是心情上焦虑,那如果时间一长影响了身体怎么办?"

夏薇:"你要我陪着你,你也要陪着我对不对?我们俩都要健健康康的才好,是不是?"

许是夏薇的话太温柔,祁时晏抱着她沉默了下,渐渐松下眉头说:"好吧,明天我给小梦打电话。"

"嗯,我陪你一起去。"

第二天,祁时晏和夏薇约了祁时梦吃饭,在一家日料店。

席间,三人边吃边聊,很惬意。

祁时梦说话直白,为人直爽。

夏薇挺喜欢她的,两人聊得甚欢。

祁时晏坐在夏薇身边,听着她俩说话,偶尔笑一声,或者漫不经心地插一句,无伤大雅。

表现和平时差不多，不过话少了些，目光时不时地落在夏薇身上，上半身也总是不由自主地往她那边倾斜。

他自己没怎么吃，尽顾着给夏薇布菜。

不知不觉夏薇的碟子里已经堆满了食物，祁时晏还在卷菜包。

祁时梦坐在他们对面，看他一眼，眼神嫉妒，说："薇薇都吃不完了，你就不会往我碗里送送吗？"

祁时晏抬眸，淡声："你是谁？"

祁时梦喝下一口清酒，朝她哥龇了龇牙，服气了。

三人聊到焦虑症，祁时梦一会儿看看祁时晏，一会儿看看夏薇，出声笑了下，说："你俩分开吧。"

夏薇一愣，不可置信。

祁时晏朝妹妹瞥了一眼，下颌一抬，朝她身后示意了下，不客气地说："门在那儿，滚吧你。"

祁时梦歪了脑袋，靠在椅背上，仰头笑着说："三哥，原来你也有今天？你先等我笑一会儿，一会儿再说。"

祁时晏眸光冷飕飕地朝她投去一记，没再理她，转头看向夏薇，对着她挑了挑眼尾，故作轻松地伸长手臂将人搂了搂，说："我知道自己的问题在哪儿，只要我俩在一起我就没事，分开是不可能的。"

祁时梦笑着问："你们有没有养过狗？"

夏薇摇了摇头，祁时晏瞥她一眼，神色不耐："我没养过狗，但我见过狗，狗嘴里吐不出象牙。"

祁时梦原想嘲弄哥哥的，没想到先被哥哥嘲弄了。

祁时梦抬手投降，继续自己的话："就是那种宠物犬啊，每次主人要出门的时候，它就狂躁，上蹿下跳，叫个不停，焦躁不安。"

这种宠物犬平时和主人亲近，活泼可爱，看不出问题，但一旦和主人分离的时候就会出现如上症状，这就是典型的分离恐惧症。

祁时梦快人快语，语气戏谑："我就打个比方，不过你自己想想，你是不是和狗一样，一离开薇薇，你就焦虑狂躁？你呀，现在就是得了分离恐惧症。"

说完，趴在桌上笑，损辱祁时晏的机会千载难逢，她怎么可能错过。

不过祁时晏并没有被她的话刺激到，而是发出更大的嘲笑，揭了妹妹的老底说:"不知道谁,以前喜欢一个男生,趁着酒劲上去表白,结果连人家有女朋友都不知道,被人家女朋友满世界追着打。"

"你都说是我以前了,年少时谁没个糗事?"

"是吗?可就你的有点多,我怎么还听说……"

"不许说。"

祁时梦拍着桌子,阻止哥哥,祁时晏笑了声,仁慈一回,放过妹妹了。

夏薇看着他俩,弯唇笑了笑,饭桌上的气氛更好了,祁时晏的心情也舒畅了很多。

不过祁时梦还是建议他俩暂时分开一下。

她对祁时晏说:"你就是占有欲作祟,薇薇被绑架让你得了PTSD。你现在的焦虑症还只是初期,不接受治疗,很容易加重。

"而且你这个焦虑症和一般谈恋爱的人不一样。人家谈恋爱,不在一起才会没安全感,会患得患失。你这个比人家的严重多了,两个人在一起你都没安全感,那是因为你的自我正在逐渐丢失。

"所以这种情况下,你俩最好暂时分开,你先把你的自我找回来才能好。"

夏薇看向男朋友,心里很认同祁时梦的话。

以前那个极度自我的人,事事以自我为中心,事事倨傲,现在却是每天都在她身边,什么都要问她,的确是正在丢失自我。

但反过来看,这也是他爱她的证明啊。

夏薇眸底一热,眼角泪花晶莹。

祁时晏听完了,知道妹妹说的都对,可要他这么去做,太难了。

他不想分开,否决了祁时梦的建议。

直到几天之后,出了一件小事。

那天夜里,夏薇肚子有些不舒服,一个人悄悄起床进了厕所。

祁时晏睡得不熟,正被噩梦困扰,伸手去搂人,搂了个空,这使得他双重惊吓,人猛地惊坐起身,脸色煞白。

他失声呼喊夏薇的名字,鞋子没穿就跳下床去找人。

"我在,我在厕所。"

夏薇连忙在卫生间应他,祁时晏推开门,看到她,慌乱得到一丝平复,双腿失了力,一屁股坐到地上,大口喘息。

这件事发生时已经是七月,离订婚只剩两个月的时间。

后来两人重新回到床上睡觉,夏薇劝了很久。她说:"虽然订婚只是吃顿饭,但那和结婚一样,也是仅此一次,是不是?你现在这个状态怎么摆好订婚宴?难道你要我们的订婚宴一辈子留下遗憾?"

祁时晏紧紧抱着夏薇,道理谁都懂,可就是很难做到。

但是他也不想自己这个状态持续下去,他害怕自己的焦虑越来越严重,万一夏薇嫌弃他,又离开他怎么办?

为了不让未来的大恐慌发生,他不得不解决掉现在的恐慌。

这么一想,加上夏薇的劝说,祁时晏终于下了一个艰难的决定,准备找个清静的地方去修养心性,暂时和夏薇分开一下。

这个去处选来选去,就选在了寿安寺。

再没有什么地方比去寺里更令人心静了。

走之前,祁时晏把装修的事暂时放下了,又亲自去望和集团旗下的保安公司挑了一名女保镖,一天二十四小时贴身跟从夏薇,才放了心。

那天下午,近黄昏,女保镖开车,夏薇送祁时晏去寿安寺,山脚下两人依依惜别。

祁时晏眼皮一直跳,眉宇舒展不开,完全没有以前云淡风轻的模样。

夏薇抱了抱他,从手提包里拿出一串沉香手串,那是缅甸老木,她买的。

香气沉雅,有很好的凝神作用。

夏薇连盒子一起递给祁时晏,祁时晏接了,塞进背包里。

祁时晏没什么行李,寺里已经有人为他打点好了一切,他就带了一只小肩包上山,里面几件随身物品都是夏薇给收拾的,他背着特别舒心。

两人面对面拥抱在一起,一个低头一个仰头,亲昵地说着话,时不时亲吻一下。

夕阳的光洒在苍翠的草木上,和着大自然的清香,照在两人脸颊上,流露出几分离别的哀伤。

"要不我送你上去吧。"夏薇说。

"然后呢?我再送你下来?"祁时晏一双剑眉拧着,这个分离像割肉似的,将人松开一点,他就觉得浑身不舒服。

"我自己下来。"

祁时晏摇头:"这山路不好走,一个人要走一个小时,天就要黑了,我怎么放心?"

"那怎么办?"

"你再亲我一下。"

夏薇搂住他的脖颈,亲了亲他的喉结,踮起脚在他耳边说:"等你回来,我穿兔装给你看。"

祁时晏眸光瞬间亮了,点头说好。

那兔装他买了很久,一直想让夏薇穿,夏薇嫌弃,一直没答应。

两人又亲昵了一会儿,祁时晏将女朋友送进汽车,又对女保镖关照了几句,才让她们走了。

祁时晏看着汽车渐渐变成一个小黑点,脱离了自己的视线,才转身往山上走。

到山顶时,天已经黑了。

主持亲自迎接了他,带他进独立的禅房,将接下来几天的日程作了一番说明,祁时晏便在这里暂时安顿了下来。

晨钟暮鼓,祁时晏换上居士服,那是一套带有唐风的白褂黑裤,每天和僧人们同吃同住,修心学佛,日子单纯又简单,焦虑症也渐渐有所好转。

只是师父们就寝时间早,祁时晏不太习惯,一个人睡不着,在房里相思成灾。

没有手机,没有任何通信设备,思念无法排解。

他起来抄写经书,抄着抄着,纸上写出来的便全是夏薇的名字。

祁时晏轻哂,索性重新摊开纸,给夏薇写信。

薇:

收到我的信是不是很惊喜?

我看见你笑了,还抬头看了一眼天,不敢相信,其实眉毛都开心得飞起来了是不是?

吻你,我亲爱的宝贝。

寺里好枯燥，每天抄经礼佛我都想打哈欠，可是身边总是有很多人跟着，个个都在紧张我，看着我，我稍微有点风吹草动，他们就会马上低头念经，替我向佛祖道歉。

罪过。

可现在在人家地盘不是？

使得我每次打哈欠都要忍住，憋死我了。

其实我悟了。

师父们每天给我讲佛法，面对佛祖，教我怎么对他虔诚。

我按他们说的做，我尊重他们，也尊重佛祖，还尊重他们对佛祖的虔诚。

但是，佛祖是他们的神明，不是我的。

我的神明在哪里？

在我心里，在我思念里，在我牵挂里。

薇，你就是我的神明啊。

我为什么要用别人的神明来打败我的神明？

用别人的神明抢占我的神明在我心里的地位？

但是我知道，这些话不能说，说了，我在寿安寺还有活路吗？

我就抱着静心治病的目的待在这儿。

他们也甭想洗得了我的脑。

罪过。

哦，对了，今天主持跟我提到一件事，说我小时候在寺里抓了他一条锦鲤烤着吃掉了，说我当时七八岁，跟我奶奶来礼佛时做的。

我一点都想不起来，不过老实说，我现在真的很想去他池子里抓鱼，天天素食餐，使得我看见那鱼就想吃。

薇，你记不记得欠我一份鱼汤面？

那次你非得把我弄去医院，说给我做鱼汤面，结果呢？你居然拿去喂了狗！！

气死我了，真的，气死了，我当时就想什么时候把你做成鱼汤面，吃了你！！

我很记仇的，知道不？记性还特别好，你快想想怎么补偿我吧，我

547

回去了就想吃。

哦,还有一件事忘了告诉你,我窗户后面有一棵杏树,现在结了很多果,可惜是野生的,很难吃。

我在想要不要找人来嫁接一下,结些能吃的果子,以后如果还来寿安寺,就不用天天对着它,而吃不到了,是吧?

薇,我有很多话想和你说,好想抱抱你。

但是今天说不完了,打烊了,要熄灯了。

薇,以后我每天给你写信吧。

知道你没收过情书,我来弥补你,让你一次收个够。

而我呢,这可是第一次写情书。

我的第一封情书当然是要给我的宝贝薇薇。

等着收信咯。

爱你,吻你!

数百字,祁时晏洋洋洒洒一气呵成,写好了,拿到灯下对着照了照,朝夏薇的名字呵了一口气,折了几折才放下。

第二天,有沙弥下山,祁时晏托人带去,送到菠萝油。

夏薇收到,捧着信好一会儿才敢相信。

打开来,看到一个称呼就笑了,再看信,没想到第一句就被祁时晏猜中,她真的抬头看了一眼天,开心得眉毛飞起。

夏薇将信反反复复看了好几遍,感觉看的哪里是信,这是祁时晏的心啊。

还有那份鱼汤面,没想到他一直惦记着。

现在住的公寓里有个小厨房,因为太小了,只有一个电磁炉,做饭很费劲。

而且夏薇又整天忙于菠萝油,两人住进来,几乎没有开过火,只偶尔煮过一两次面条和水饺。

看着男人的信,夏薇暗自踌躇了一会儿,鱼汤面那么复杂,这个小厨房施展不开,要不等新家装修好了再弥补他吧。

那之后,夏薇每天都收到一封来自寿安寺的情书。

信不长,也没什么重要的事,说的全是寺里发生的生活琐碎,却让夏薇每一封都感动不已。

没想到祁时晏静修去了还想着她，还天天做着高中生的事，给她写情书，从那个六根清净的地方递出来。

夏薇专门找了个糖果盒，将信一封封收好。

每天临睡前也有了读物，枕着祁时晏的信一夜好眠。

夏薇想回信，又怕对祁时晏的病情不好，于是打电话问祁时梦。

祁时梦听完，笑了一阵说："我哥会写情书啦？真稀奇，你给他裱起来。"

夏薇笑着问："他这么写信好不好，对他病情有帮助吗？"

"有，这也是一种抒发，由着他写吧。"

"那我要不要回？"

"偶尔回一封吧，帮他排解一下相思也行。"

"那好，你下周是不是去寿安寺看他？那你帮我带封信去。"

祁时梦答应了。

夏薇挂了电话，就去买信纸，特意去文化用品商店买那种小女孩写情书用的彩色信纸。

晚上回到公寓便给祁时晏写信。

等到周末的时候，祁时梦帮她把信带去了寿安寺。

夏薇想象着祁时晏收到信时的表情，谁知，祁时梦到了山上，给她打来电话说："你快来一趟寿安寺吧，我哥要疯了。"

夏薇吓了一跳，电话里问了缘由，连忙赶去了寿安寺。

这事说起来要怪她。

去年她和祁时晏刚同居时，一起去过一次寿安寺，夏薇在月老阁办了三件事，其中一件是买了两把同心锁，刻上了两人的名字，一起锁在了槐树上。

后来在决定分手的时候，夏薇又去了一次寿安寺，悄悄将那两把锁打开了，一把扔进东池，一把扔进西池，从此天各一方。

事情过去了一年多，她和祁时晏早就和好了，这件事她也忘得差不多了。

没想到祁时晏现在在寿安寺想起这事，在槐树下找了几天都没找到他们的同心锁。

那槐树直径有一米多，树干上层层叠叠挂满了锁，一年四季风吹雨淋，最里面的很多都生了锈。

祁时晏几乎陷入疯魔,从树根底下一把一把找,所有闲暇时间都在找,可怎么都找不到,刚养好的性情又变得焦虑暴躁,甚至要把树砍了。

夏薇赶到的时候,天快黑了。

槐树下,枝叶遮天蔽日,红绸飘飘,一抹颀长单薄的白色背影伫立其下,一动不动,情绪不明。

祁时晏站在路口,没敢靠近,还有几个僧人远远站着。

夏薇往那白色背影走去,离着三四步的距离,低低叫了声:"祁时晏。"

祁时晏转身,看过来,眉目阴骘,在昏暗的天光里尤其给人一种暴戾感。

夏薇心虚,本能地往后退。

下一秒,她被抱住了。

双臂连同身体一起被箍住,箍在一个紧实窒息的怀抱里,体温偏低,却力量感爆棚。

"就那么想离开我?"

男人的声音沉在喉咙里,像石子滚过砂纸,沙哑中有种割裂的疼痛感。

"不是的。"夏薇用鼻尖小心地在他胸口轻轻蹭了蹭,解释说,"那不还是去年的事嘛,我现在不再有那样的想法了,我这辈子都不会离开你。你要不信,我去佛祖面前发个誓。"

来之前,她已经在电话里和祁时梦说了那一对同心锁的去向,祁时梦转告给她哥时,没想到祁时晏像遭了雷击似的,当场便一动不动站到了现在,比发脾气还叫人害怕。

"我们分手也分过了,现在不是很好吗?这件事早就成过去式了,你不是还要拿出来鞭尸吧?"

夏薇感觉怀抱松了些,抬手碰到男人的腰腹,隔着衣料撒娇地揉捏了捏,撒娇讨饶。

"你知道我难过的是什么?"祁时晏声音涩哑,被女朋友的话安抚了一些,但情绪一时没法好转。

"我到现在才知道你以前在我身边一直做着离开的打算,你怎么可以这么对我?怎么可以?"

"那你叫我怎么办啊?"夏薇也动容,"那时候你有婚约,就算没有,你是祁家人，而我一个普通人，我们之间能有什么结果？

"我爱你，我就是想那样爱你一场就好，我怎么敢奢望别的？

"那个锁当时是我贪心求来的，求到了，我拥有过了，也就死心了。

"我当时就是抱着这样的想法和你在一起的，不然你想要我怎样？"

两人感情一路走来，分手这件事埋进记忆，谁也没再提过，但潜意识里却成了祁时晏的心病。

同心锁这件事让他发现自己以前原来是这么不了解夏薇，继而想到她曾经和自己在一起遭受的很多委屈，还有她的家庭，以及周围人的眼光带给她的不公，一幕幕往事浮上来，让他悔恨不已。

"那你现在呢？"祁时晏眼眶微红，天色暗了下来，附近有灯亮起，男人漆黑的眸光里有一簇莹亮，像星火。

夏薇眼角泪意斑驳，摇摇头说："现在我只想和你在一起，永远在一起。

"你要相信我，即使那时候我有想要离开你，心里也是爱着你的。我十五岁就喜欢你，像你说的，喜欢了这么多年，怎么可能说不爱就不爱了。

"而我现在能和你在一起，你又对我这么好，完完全全超出了我的预期，我为什么还要离开你？"

她贴近他，琉璃眸子亮晶晶地看着他，语气依赖又恳切地叫他的名字："我爱你，爱你爱到深入骨髓，怎么也不会再离开你。"

这恐怕是夏薇第一次说情话，祁时晏哪怕知道她喜欢自己，也从来没听她这么说过。

"真的？"祁时晏眼皮缓缓掀起，双手按在姑娘纤薄的肩膀上，用力揉了下，"再说一遍。"

"爱你。"夏薇见男人心情好转，不妨多哄几句，搂着他的脖颈，红唇贴在他喉结上，一直说，"爱你爱你爱你，就爱你，永远爱你。"

男人双手收紧，在她后背紧紧箍住，一只手摁在她的后脑勺上，往自己心口摁着说："这么好听的两个字，以后每天都要对我说，知道吗？"

夏薇抬眸，再次看向男人的眼，深邃，眸光熠熠，笑意中点点星火，和刚才那个满怀悲愤和迷茫的人已经完全不是同一个人。

夏薇高挑秀眉，余光扫见不远处的祁时梦，她也在笑。恍然大悟到这是一场骗局，夏薇抬起手就朝男人打去："祁时晏，有你这么浑蛋的吗？这事

551

也拿来骗我？我千里迢迢赶来看你，爬山爬了一个小时，你耍我？"

祁时晏退后一步，桃花眼弯起，笑出了声，边躲边反驳："谁叫你背着我把同心锁丢了？这事我不讨回来我就不是祁时晏。"

"祁时晏！"夏薇又气又恼，追上去抓住男人的一只胳膊，另一只手啪啪地打他的后背，"你浑死算了。"

祁时晏由着她打，仰了头大笑，笑声在屋宇和树木间久久回荡。

后来，祁时晏将一对亲自刻了两人名字的金锁交给夏薇，重新锁进了槐树上，钥匙被祁时晏丢进池子里去了，金锁锁死，再也打不开了。

祁时晏看着那对锁，满意地笑了笑，对夏薇说："我们回家。"

"你病好了？"夏薇看向他。

祁时晏唇角扬起，笑说："本来没好的，不过你哄哄我就好了。"

夏薇一想到刚才自己被戏弄的事，目光斜斜地盯着他，哼了哼。

祁时梦走过来，拍了拍夏薇的肩膀，看向祁时晏："你真的是他的良方，早知道你的话这么管用，还去寿安寺做什么？你以后多对他说说情话就好了。"

"你俩串通好了，一起骗我，这笔账还没算。"夏薇抱怨说。

祁时晏笑得痞气十足："行，回家我们慢慢算。"

祁时晏回来了，焦虑症一扫而光，又回到了以前那个散漫不羁的模样。

他将房子装修放宽了要求，也放慢了速度，将世望首府那套暂时停了工，先装修市中心这套，多出来的时间用来陪夏薇，同时为订婚做准备。

他无论做事还是说话，都恢复了老样子，显得游刃有余，就连开车也是四平八稳，一点赶时间的急躁感都没有了。

夏薇觉得有些神奇，抄经理佛、静心修禅原来这么奇妙。

可祁时晏说不是，他只是自己想通了。

"只要一想到如果焦虑了，就要和你分开，我身体里就像有个警铃，一下就将我按停了，绝不要焦虑。"

"原来这样啊。"夏薇莫名地起了另外一种担忧，"那你这样会不会压抑？有情绪还是发出来为好。"

祁时晏勾唇轻笑："你对我好一点就好了。"

"我对你还不够好？"

"不够，兔装还没穿，你答应我的。你再不穿，我又要焦虑了。"

这焦虑怎么还成了男人的武器？

不过不管怎样，看到男人恢复如常就是最好的。

时间一眨眼就过，很快到了九月，春华秋实，是一年之中的收获季，也是浪漫爱情的收获季。

夏薇和祁时晏的订婚宴设在水中仙三楼的宴会厅。

迎宾台的设计是当下流行的"只此青绿"风，脱离了传统的红色，也没用粉色或白色那些，高大的红木屏风上悬挂着一幅青绿山水画，趣意盎然。

几只鸡翅木的花架高低错落，上面摆着景泰蓝的花瓶，里面插着几枝来自枕荷公馆荷塘的新鲜荷花。

花架脚下，鲜花和枫叶铺展，是青石与流水小舟的造景，高贵又大气。

来往宾客一进来，耳目一新。

虽说只是一个订婚宴，没有太过铺张，但细节之处无一不精致。

迎宾台上的摆件成双成对，寓意美好且甜蜜，尤其其中一对穿着红色喜衣的布偶娃娃，是手工定制的夏薇和祁时晏的卡通形象，又萌又可爱。

每个进来的人都要摸一摸，抱着一起拍照。

而桌子正中间摆放了一张文书，红彤彤的，正是一对新人的婚书，上面的隶书字体苍劲有力，是祁时晏亲笔手写，内容也是他从海量的诗句里千挑万选摘抄而来的：

"玉锦繁花，人间烟火，今已寻得良人，灼灼桃花，欣燕尔之，纵他日红尘阡陌，沧海桑田，你我仍能共赴白首，自不相离。"

落款处暂时空白，两位新人还未签名。

拐过屏风，进入宴客厅，客人不多，仅十几桌，祁家人居多。

还有一些老者，那多是望和集团的老股东，都是当时力挺祁时晏退婚的叔父辈，祁时晏念他们的情，特意邀请他们来分享自己订婚的快乐。

另外有两桌年轻男女，都是和祁时晏、夏薇平时走得比较近的人。

韩烟不用说，这场订婚宴，她是必定要出席的。

李燃也来了，今儿破天荒地身边没有带女伴。历尽千帆，他突然对已经上岸的晚晚情有独钟，几次去菠萝油找晚晚，晚晚都没理会，今儿来这儿，他就很想表现表现，可晚晚是伴娘，和夏薇在一起，久久没有露面。

夏薇这边的亲戚也请了三桌，还有菠萝油的同事们也都来了。

夏薇本来不想请亲戚，想起以前这些亲戚都轻看她，心里多少有些气，不是太想和他们来往。

祁时晏说："既然这样，那更要请了，请他们来看看现在的你多么风光，我们表面上请他们吃饭，暗地里狠狠打他们的脸，看谁以后还敢轻看你，有我给你做靠山，一个也不放过，岂不很爽？"

"听起来也不错。"夏薇这才笑着赞同了。

此时这些亲戚在大厅里，满眼的富丽堂皇，一个个惊叹羡慕得不行。

"薇薇这丫头，飞上枝头变凤凰了啊。"

"什么变凤凰，她本来就是凤凰。"

三姑六婆七嘴八舌地艳羡着，争着恭喜轮椅上的王巧英。

王巧英显得有些激动，喊着"薇薇，我的好女儿"，深陷的眼眶里几次落下泪来，不停地扯着身上的衣服给人看，说："我薇薇买的，我薇薇买的。"

她今天穿了一件深青色的复古唐装，牡丹花的图案，很大气，是夏薇特意买给她来参加订婚宴的。

大家一致夸了好看，王巧英笑得合不拢嘴。

三舅舅站在旁边，有些忐忑，后悔当初给夏薇相亲那事，目光四处搜寻，想见见夏薇，和她道歉，可是只看见准新郎，不见准新娘。

而此时的准新郎风姿绰约，一身红色汉服，绣龙纹，滚金边，颀长挺拔，散漫又矜贵，吸引了宴会厅里所有人的眼。

只见他在人群中谈笑风生，衣袖随着他的动作飘逸飞扬，俨然像是从那"只此青绿"的山水画里走出来的贵公子。

三舅舅没好意思上去打招呼，怕自己太造次，其他亲戚更不敢了，只在他们那几桌的座位上坐着，不敢逾矩，以免惹笑话。

夏薇还没出席，祁时晏一个人应酬着宾客。

祁渊和沈逸矜也在，帮衬着他，他俩六月份举办了婚礼，现在正是新婚燕尔的时候。

白易文扶着老太太一起来的，见到准新郎，眼前一亮，没料到祁时晏在如此重要的场合穿的是汉服，更没料到他穿汉服会这么帅气。

白易文握拳在兄弟肩头上捶了下,神情不屑地说:"人模狗样。"

祁时晏反手砸开他的胳膊,轻慢地笑了一声:"到这个时候就别再酸了,夏薇已经是我老婆了。"

白易文从裤兜里摸出一个大红包,"啪"的一声,拍在准新郎的红衣上,笑着说:"那恭喜你了,终于得偿所愿。"

祁时晏修长的手指捏住红包一角,弹了弹,有点厚度,笑着说了声谢谢,收下祝福,英俊的脸上春风满面。

老太太也很高兴,拽了一下孙儿的衣袖,问他:"新娘呢?"

"别急,一会儿让您瞧个够。"祁时晏神秘一笑。

不多时,宾客满堂,整个宴会厅被喜庆热闹的氛围围住,众人皆喊:"新娘呢,我们要看新娘子。"

祁时晏笑了声,打了个电话,问:"宝贝,准备好了吗?"

夏薇反问他:"你准备好了吗?"

"我已经等你很久了。"

"好,再给我两分钟。"

挂了电话,祁时晏朝工作人员打了个手势,衣袂飘飘地走向主席台,带起一阵风。

随即宴会厅顶上的水晶灯悉数关闭,只有一束高亮度的追光灯追着那红色的身影。

一时之间,四周陷入黑暗,所有宾客坐在座位上,鸦雀无声,全都好奇又期待地看向祁时晏。

主席台是一个巨大的舞台,暖橘色的帷幔围住了半边,另外半边摆上了一台古筝。

祁时晏坐到古筝前,宽大的衣袖潇洒一甩,指尖划过琴弦,"铮铮"两声,清脆而空灵。

大家早就看到舞台上的古筝,还以为请了琴师,这才反应过来,这是祁时晏要亲自给他们表演节目,顿时掌声雷动。

可是惊喜的感觉还没拉满,祁时晏身上笼罩的追光灯突然又暗淡了下去,同时帷幔顶上亮起一盏白色的灯,像月光一样倾洒而下,

柔柔地照进帷幔里,照见一抹曼妙婀娜的倩影。

555

琴音响起,在男人指尖缠绕。

一曲《借月》,曲调深沉灵秀,像有山涧的溪水缓缓流出。

暖橘色的帷幔里,那被月光照出鲜明剪影的曼妙身姿翩翩起舞,轻盈如风,舞姿灵动。

两人似乎身处两个舞台,各自美丽,但两人的琴音与舞姿又相得益彰。

仿若天上人间,遥隔数千里。

一个是人世间玩世不恭逍遥自在的公子哥,另一个则是天上玉洁冰清娴婉柔媚的仙女。

那仙女受了琴音的蛊惑,闻琴起舞。

正当人们想着,既然这两人曲意相通,要怎么样才能在一起的时候,突然帷幔"哗啦"一声落下,仙女一袭红裙,仙姿绝伦地呈现在人们面前。

琴音高亢而起,天上银色雪花纷纷而落。

仙女身上珠缨旋转,莲步轻飞,向男人飞去。

不等休止音结束,全场已经爆发出雷鸣般的掌声。

祁时晏起身,抬手一个优雅的动作,轻易又深情地接住了仙女,单手搂住她的纤腰,自己也跟着俯身,紧紧抱住了她。夏薇后腰下弯,弧度优美,裙裾飘扬,两人深深对视,雪花在四周翻飞,画面定格。

"宝贝。"男人用力搂住姑娘,眸底深沉,"栽在我手里了,以后再也别想跑了。"

夏薇琉璃眸子亮晶晶的,额前碎发上落了几片雪花,笑着说:"不跑,永远赖着你。"

祁时晏拿开那几片雪花,头一低,一个吻落在姑娘的唇边。

水晶灯刹那间全部亮起,宴会厅顿时璀璨一片,很多人不由自主地站起身鼓掌,欢笑声、起哄声夹杂在掌声里不绝于耳。

"太好看了。"

"太美了。"

"他们两人太完美了,是天生一对。"

"再没有比他们更登对的人了。"

"我以为只是来吃顿饭,没想到他们两个人跳舞这么好看。"

"我也没想到,再没有比这更让人惊喜的订婚宴了。"

无论男女老少都被他们的精彩表演惊艳到了,老太太手抖,鼓掌却鼓得超用力,咧着嘴笑:"也就我们晏儿会这些。"

"那可不,就他别出心裁。"祁景天坐在旁边附和。

他一向觉得这个儿子离经叛道,从小到大都是令人头疼的存在,因此总是忽略祁时晏的能力。

可是此时此景,在周围人的赞誉和恭喜声中,他忽然涌上一丝歉疚和感动。

而舞台上,就连夏薇也没有想到,男人突然拉着她的手,面朝她单膝跪下了。

夏薇诧异地低头,流程里只说了他给她戴戒指,可没说要他跪着给她戴。

祁时晏抬眸,眸光里盛着灯火。

他握紧她的手,嗓音像是酒中浸润过:"薇薇,上次求婚时把你吓到了,我现在重新来一次好吗?"

夏薇抿住红唇,心跳不自觉漏了一拍,四目相对中点了点头。

舞台下人群沸腾了。

后排很多人离开座位,往前面挤来,拿起手机记录这一切。

而舞台上,求婚的男主角一身激滟红衣,单膝跪地,下颌线因为仰视而绷成流畅的线条,冷白的脖颈上,凸起的喉结性感地滑动。

他仿佛听不进周围一切的嘈杂,只将视线专注地投在他面前的姑娘身上,那姑娘身上是和他同款的红色汉服,玉颜仙姿,端庄又美艳。

激动人心的时刻,宴会厅所有人不约而同屏住了呼吸,谁也没说话,全厅几乎落针可闻,然后大家听见祁时晏的声音:"薇薇,从前我自认为自己是个不会回头的人,所有过去的便都过去了,回头有什么意思?可是早段时间我焦虑,我没有告诉你,其中有一部分是源于我的后悔。

"我总会想,我们高中就认识了,我明明对你有感觉的,可我为什么没有抓住?

"高中到现在,已经过去了十年的时间。这十年,我在干什么,我怎么会浪费了那么多的时间?

"如果我早一点察觉自己的心意,早一点追求你,我们早一点在一起,我们的境况是不是完全不同?你所有遭受的一切是不是也将不会发生?"

夏薇鼻子一酸,一下子将男人的手抓紧了,她竟不知他心里有过这样的思量，那焦虑竟是出自这些。

而男人坦然一笑，回握她的手，继续说："还好还好，我终究还是追到了你，终究能够拥有了你。

"薇薇，以前的我太不懂感情了，以至于我们浪费了十年的时间，余生我不知道我们还剩下几个十年，但我不想再错过，我只想我们每天每时每刻都在一起。

"嫁给我吧，薇薇，我想做你合法的丈夫。

"我愿意一辈子做你的依靠，一辈子不让你受委屈。我要你开心，要你健康，要你无忧无虑每天在我心尖上跳舞，我要你做我祁时晏的老婆，唯一的最宠爱的最珍贵的老婆。

"嫁给我好不好？老婆。"

男人的声音渐渐低沉下去，浑厚而深情，每个字都像炽热的烙铁烙进人心。

夏薇没有想到他还会如此郑重地再次求婚。

视线模糊，泪花晶莹，她也不知道是自己流泪了，还是男人流泪了，只感觉两人交握在一起的手，手心滚烫，像攥住对方的心脏似的。

旁边有人说："快答应了吧，你不嫁我嫁。"

夏薇这才咬着唇，对面前的男人说："如果我不嫁，你娶别人吗？"

"当然不会。"祁时晏再也不等答案了，自己站起身，一只手稍稍用力，便将姑娘拉进怀里，薄唇抵上她的唇角，"除了你，我谁都不要。"

不容分说，舌尖撬开她的齿贝，长驱直入，勾缠住她，再不许她有一丁点的迟疑和退缩。

在场的一百多人全看呆了，继而又热烈鼓掌、吹口哨、起哄。

简单的一个订婚宴，谁都没想到会如此精彩，简直高潮迭起，整个宴会厅的掌声和笑声如潮水般连绵不绝，久久不能平息。

伴娘团的姑娘们站在旁边，个个低眉垂目，吃吃地笑，被面前热辣的情景弄得脸上一阵阵热烫。

等亲吻中的两位主角唇分，首席伴娘晚晚捧着戒指盒，往前一步，用打扰的语气问："你们还需要戴戒指吗？"

夏薇反应过来，看向那枚月影星辰，说："要。"

两个亿的戒指啊，平时没机会戴，此时不戴更待何时？

祁时晏笑，脸上恢复如常，抬手先帮姑娘将亲坏的口红擦去，再拿过戒指给她戴上。

场下又是一片轰鸣般的掌声。

紧接着，婚书送上来，宴会厅也响起了欢快的婚礼进行曲。

老太太和几位德高望重的长辈，也都被请到了台上。

在所有人的见证下，祁时晏和夏薇先后在婚书上签下了自己的姓名，老太太和几位叔父也在证婚人一栏上留了名。

"老婆，我爱你。"祁时晏拥住自己美丽的未婚妻，握起她的手，放在自己唇边亲了亲。

夏薇也动容，抬头看向未婚夫，眸光闪烁："老公，我也爱你。"

话没说完，旁边的人互相推挤，簇拥着他们，趁着气氛热烈，要一起拍照。

高昂的音乐响起来，人们纷纷往舞台跑，谁都想沾沾他们的喜气。

订婚宴还没开席，场面便已经火爆。

夏薇和祁时晏拥在一起，配合着大家，随便哪张照片，哪个角度，两人都笑得甜蜜。

老太太拍了几张照，将自己的位置让出来给其他人，她走下台，远远地看着那对新人，脸上掩不住的笑容，像绽开的雏菊。

"他们真登对。"黄妈走近了，扶住老太太说。

"是啊，他们兜兜转转终于在一起了。"老太太笑着回。

"他们将来会很幸福的。"

"是啊，我期待抱重孙。"

窗外秋意正浓，火红的枫叶在清爽的秋风中飒飒飘扬，蓝天之上，云卷云舒，一切是那么美好，令人赏心悦目。

—正文完—

独家番外

我是你的永动机

moonlight

那天的订婚宴效果好得出奇,还没结束就上了榆城头条。

到场的宾客谁都没想到自己能一饱眼福,欣赏到两位新人精彩绝伦的表演,堪称琴瑟和鸣,珠联璧合。

同时也目睹了一枚价值两亿的稀世戒指。

每个人都啧啧称奇。

而夏薇和祁时晏两人也感觉很圆满。

高中时没能同台演出的遗憾,今天都在订婚宴上弥补了,也在两人的记忆中深深烙下了一印。

除此之外,订婚宴上还有很多有趣的人和事,夜里两人回到公寓,一直细数个没完。

不过祁时晏说得最多的,还是哄着心爱的未婚妻叫"老公"。

第二天早上醒来,夏薇有气无力,感觉自己被火车碾过似的。

男人却依旧精力充沛,利索地起了床,说约了黄妈去菜场。

"菜场?"夏薇有点不可思议。男人平时常常一个人逛店逛商铺,她是知道的，可从没听说他会去菜场。

"去买菜？"夏薇躺在床上，侧身看着男人打开衣柜挑衣服，笑着问，"刚订婚就要做模范好老公，给我做饭吗？"

"是啊，想不想吃？"男人套头穿了一件休闲款的长T恤，又挑了一条浅灰色家居裤穿上，看起来英俊又悠闲。

他边系裤带边走回床边，抬起一条长腿，跪到床上，俯下身，两只手肘撑在姑娘脑袋两侧，亲了亲她，说："总想着吃你做的饭，想那碗鱼汤面，可是迟迟等不到。算了。"

男人眸光哀怜又慷慨，抬高视线看着姑娘，笑说："既然等不到你做给我吃，那我就做给你吃。"

夏薇惊讶："你要做鱼汤面？"

她记得他在寿安寺的时候，第一次给她写情书就说了这事，她还想着等新房入住了再做给他吃，没想到男人对这碗面的期待这么迫切且执着。

祁时晏"嗯"了一声，揉了揉未婚妻的头发，故意揉乱了说："那碗面你欠了我两年多了，我牢牢记着呢。不过我们刚订婚，我想送份礼物给你，想来想去就送你一碗鱼汤面吧，这样好让你时刻反省，你对我有多差，而我对你有多好。"

夏薇被他这番言论逗笑了："这又是什么歪理，谴责式的送礼法？"

"知道就好。"男人笑着在姑娘唇边狠狠吮吻了一口，站起身，看了眼时间说，"我去了，你多睡会儿，等我回来。"

"好。"夏薇应声，朝他挥了挥手。

她今天给自己放假，不去菠萝油上班，此时懒洋洋的，一点也不想动，乐得放男人离开。

而男人离开得一点也不干脆利落，拿了她的手机放到枕头边，关照说："有事就给我打电话。"

夏薇"嗯嗯"点头。

祁时晏走开一会儿，厨房传来一阵动静，很快他又折回来，和夏薇说："我烧了热水，给你冲杯蜂蜜水吧？还是等你自己起来再冲？"

夏薇闭着眼摇摇头："现在不想喝，等我自己来吧。"

男人的殷勤没处使，只好点了点头，四处看看，又走回床边，抱了抱姑娘，说:"吻我一下,老婆。"

夏薇乖巧地搂过他的脖颈,和他来个湿热的吻别,情意绵绵:"老公早点回来哦。"

祁时晏耳根一颤,又要回吻,被夏薇推开:"快走吧,快点买了菜回来,我要吃鱼汤面。"

祁时晏这才勾了勾唇,走了。

夏薇听着关门声,拉了拉被子,闭上眼继续睡了。

再一觉醒来,已经过去了一个多小时,祁时晏还没回来。

夏薇拿过手机给他发消息,刚发送出去,就听见大门上"刺啦"一声,而后是男人愉悦的声音:"老婆,我回来了。"夹杂着大包小包的声音。

夏薇应了声,懒懒地坐起身,披上睡衣起床,还没到厨房就看见狭窄的料理台上放满了物品,水槽里也是。

料理台上是几只超市的购物袋,里面隐约装了很多调味品,还有一只蒸锅,和一套玻璃碗。

而水槽是单槽的,此时却被塞得满满的,全是菜。

夏薇倚门看着,惊奇地说:"买这么多?咱这厨房能做吗?"

他们厨房有多小呢?

进门只需两步就能走到对面的料理台,料理台呈L形,一边是水槽,一边是电子炉灶,人在里面如果伸长手臂,一手顶在门上,另一手便可以顶到墙壁。

"必须能。"祁时晏回头笑了声,转身走过来,到跟前,脸颊蹭了蹭她,带着户外的湿凉空气,又亲了她一口,才错身进对面卫生间洗了个手,再回过来抱着她亲了亲。

"我今儿看你大展厨艺?"夏薇看了眼水槽,好像听见了活物的动静,朝男人眨了眨眼,满怀期待。

祁时晏笑着搂过她,捋过她额前的碎发,也朝水槽看去一眼说:"可能是大展厨艺,也可能是大战厨房。"

下一秒,祁时晏乖张了些:"不过实力可能不太允许,你来给我做指导。"

"好啊。"夏薇笑着答应,"我先洗漱。"

"好。"男人这才放开她，让她进卫生间。

等夏薇洗漱好了，探头进厨房，只见男人面对水槽，将塑料袋一个个解开在看，脸色没刚才那么好战了，多了几分茫然。

"老婆，我应该先做什么？"

夏薇笑，走近了问他买了些什么，又问："买的时候，黄妈没告诉你怎么做？"

"说了。"男人有点无措，"但是……从哪儿开始呢？"

他从袋子里拎起一只巨大的面包蟹，活的，身上被五花大绑，吐着泡泡，给夏薇看："黄妈说清蒸一下就好了。"

又提了提一只袋子，里面全是新鲜的基围虾，另外还有两条野生鲫鱼，一盒冰鲜三文鱼，还有好几样蔬菜，包括冰菜、圆白菜、紫甘蓝、红甜椒、黄甜椒等等。

"好丰富啊。"夏薇感慨，"可惜我们就一个炉灶。"

祁时晏看着面前的杂乱，将衣袖往上挽了挽，笑了声，眸光熠熠："老婆说吧，你动口，我动手，你就说我应该先做什么？"

夏薇将菜全部盘点了一下，拍拍手，开始指挥："先把基围虾洗洗煮了。"

"遵命。"祁时晏笑答。

他听指令将基围虾倒进水盆里，放在水龙头底下一只只冲洗，洗着洗着，问："老婆，这个须须要不要剪掉？"

"不用，煮好了，直接剥壳。"

"剥壳？那不是我强项吗？"

可不是，平时和夏薇一起吃饭，但凡有虾，都是他剥壳。

"对啊，好好发挥你的强项。"

夏薇脸上还没擦护肤品，关照了几句，转身去房间擦脸，等她重新回到厨房，男人已经起锅烧好了水，将基围虾放进去煮了。

"我现在是不是可以抽空干点什么？"祁时晏看着暂时没动静的锅发问。

"怕是来不及了。"夏薇双手还在交叉抹着护手霜。

她打定了主意，什么也不做，就指挥男人，"水一开虾就熟了，马上盛出来，不然虾子会变老。然后把鱼和面包蟹洗了，上蒸锅。"

"收到。"祁时晏笑着点头,刚才还有些手忙脚乱,这会儿听了夏薇的话,一颗心立马安定下来,而先前黄妈和他说的那些,他也已经忘了个干净,只管听老婆的了。

将新蒸锅拆开,洗干净,两条鲫鱼清理干净鱼籽,洗净后放进底层,将水加满慢慢煮,上面一层蒸面包蟹,再上面一层蒸鱼籽。

为了互相之间不串味,夏薇还叫他用盘子和保鲜膜将面包蟹和鱼籽都分别包裹住了。

"我老婆真聪明。"

明明事情都是祁时晏做的,可他却不停地夸夏薇,夏薇被夸得开心,反过来表扬男人:"老公也不赖,做事认真又听话。"

只不过她的语气有些像表扬小孩子。

祁时晏抬手将自己手指上的水珠弹到她脸上。

两人说笑打闹,小小厨房从来没有过这样的欢乐。

祁时晏趁着煮鱼的时间开始剥虾,夏薇双手插口袋里,在旁边嘟嘴说饿了,男人只好剥一只喂一只,剥完一半,盘子还是空的,全进了夏薇的肚子。

夏薇笑,这才主动揽活,说:"剩下的我来剥吧,你去把蔬菜沙拉做了,还有把三文鱼切片。"

"行,老婆叫我干什么我就干什么。"男人嬉笑,唇角弧度就没下去过。

洗菜对祁时晏来说小意思,可是切菜的时候犯难了。

祁时晏一手拿刀,另一只手将圆圆的紫包菜抛了抛,用求助的语气说:"老婆,我该从哪里下手?"

夏薇笑着教他:"先从中间切开,一分为二,再切丝,尽量切细一点。"

"明白了。"好学生的领悟能力特别强,很快砧板上传来刀切的声音,虽然有些稀稀拉拉,但每一刀都很用心,菜被切得很细,也很均匀,很好看。

两人之间隔着半米的距离,锅中热气渐渐升腾,在灯光下形成一层薄薄的雾气。

小小的厨房顿时有种温馨感。

而这点温馨笼罩在男人身上,像裹了一层蜜似的,让人不由自主地觉得甜,想咬他一口。

夏薇将基围虾剥好了壳,洗了洗手,走到男人身后,双手环过他的腰腹,望着自己的脚尖上他的后背。

那人似乎察觉到什么，抬起头，嘴唇上下蠕动，低低地"嗯"了一声。

直擦出血来到自己的胳肢窝里，手指在他的衣襟的腋下蹭擦了一下，才接着忙他的。

"嗳。"那持着叫唤了一声，又晃摇椅，抑直了一下。

又又一阵突闹。

紫铜电水壶在炉子上，那时候伯伯翻排了一下，摆摇椅。

半个小时后，围炉聚拢起来聊天多了。了些柴紫色的，那时春意里了养夏，

也许他们又叨沓大厦了，直擦接下去，来刀把脣刀揩上刨了下，左手接三又看，再把它放炕上，右手握刀水挖，直揩一下；又再即擦就脱刀

似乎轻轻地吹一片。

其中有一片他们着刀刃吹不是刀以见到了脣，都默落地色白。

"还直老实了大啊。"那时着开拉下来，刨下暴闪，颤了又又再噢得直擦

直接擦口嘴唇美，擦了下来，抛掷一片地唯有的着意。"多么宗朵，

又以乎相同的又又这，我在小小浮闻着，奉视的濡湿没以未没有又这

朋友。

儿个围集一一様蘅着者直，直擦色白无艰了紧直着了，北时春的炕蒸围的围尔

就他直着跃把一下，料种的上蟠的时踰来了样多。

接擤被着似的糖再袋，用蝎薯谷米看的楷板，慢慢擤再似擤悉片，其分分时的

着围骨，某好之片，也条捅出，再惊洗上擤一起。

哩哩。

来得似乎的啭她的嘐了围条，再擦持一下，共伴了几人头。

也看吓有了。

好嗖姐也擦鋆一口，大片馍又忽杜了。

心心多您的再嗨看完米似乙忽擦不起？

直擦多房间犍开置带，似水湿湿期地拼来，坐着几之矗嗨烙叁死又了，

请以动再带，摇起旋谷。

明岳的眷里上，一米孜着的枝蔷且长名糟了儿里柴，因毋蠢，三又每，

篾衾烨敢，还有再妹孜一份樗枕。

北时奎再沏盅用满来，却直接摆到刘甲面前。

"来吧，不醉不归。"

刘甲摸索着干涩的嘴唇，"唉呦，不醉不归……"

刘甲突然抬起头，嘴角又不受控制地抖动起来了，"糊涂了，长怎么那次做错了——"

北时奎摇摇头，打断了刘甲的话："今天不说那些，只喝酒。"

紧跟着就开始为刘甲斟酒不停水龙头般的注入杯子。

刘甲紧张了一阵，似乎有哽咽，北时奎推起酒——杯，灌了暴风雨般的。

在酒入酒肠。

"好了，不要哭了。"

他用小碗于接围母亲的泪珠升，巨大腿直的雾霭平黑现，带来潮湿的苦涩与自己的手。

北时奎不吭口，北时奎还是摆起柚，其他亲近——唯有碗成形，不比她目

"我们之所以能再次相聚了不好好？"北时奎撑笑。

"好，听你养的。"

直接哪里签出又升了。

当有人说一说，光一致开始捕捉到了米米无法，他说："等待的余路好你了，我们撑起关乎，以后你亲心自撑待你的母亲母。世世就纪着事你的一日是事和挣扎。"

"对啊。"这么说的事实，直接又能不露出窗回。

当有人的留着缠饶弯，请继续："爷你水有了孩子，家里的事也不用你操心，名亲有我，把就此家相事教给了，你就有在。"

直接当中啊哪了一口酒。该深住。操做了一口。吃了声。"你想哪

带生？"

"对啊，你看看抓第一次做爸。该有的东西都给来了。还有什么不难得的吧？"

"生看难倒你。营……你做吗带有？"

直接看向对面的米婷手。有人的深茶闪明是暮出霭雾被。无意跳着猩。与他居大事，就是顺次来入约辉花寒光也是之名辉，可以认然情轴着有水是

一样了？"

北时奎再身拥了张纸中，擦完鼻涕，给米碗笔擦了一下脸有，关宴说。"还

你就不用担心了,你那么努力挣钱养家,我没理由不支持的对吧?那你没时间做的事全部我来就好了。"

"我说过,我是你的补丁。带娃算什么,我会的东西那么多,你还担心我带不好?"

夏薇笑了,靠在椅背上掩着红唇,别说很难想象一个浪荡的公子哥变成一名奶爸,就连她那个菠萝油一年忙死忙活,盈利最多也就能和祁时晏的一个酒吧相比,完全没办法跟上他赚钱的速度,而且两人在一起的开支和生活用度从来都是祁时晏在支付。

但男人用这样一种姿态支持她,迁就她,她不能不领情,不过嘛,孩子?

夏薇说:"我现在没有生孩子的想法。"

"明白,我只是说将来。"男人笑着给她夹了片三文鱼,递给她,"没有孩子,我也乐得清闲,就每天陪着你。我只是担心你怕有了孩子会有负担,所以提前和你说,凡事都有我。"

"这还差不多。"夏薇笑着接过三文鱼。

很平常的一天,两人边吃饭边说些有的没的,看起来和平时一样,但有些东西却悄然发生了改变。

夏薇一只手虚扶着鱼汤面,看向面前的男人,他的眉眼,他的眸光,都在言语中熠熠生辉。

他的感情进度条总是在她之上,她还没有想到的事情他总是先她一步想到,而且全力以赴。

她是这样幸运而幸福着。

"我们婚纱照至少要拍九套,你觉得呢?"祁时晏问过来。

夏薇笑着点头:"好啊,我没问题,你不嫌烦就好。"

她可听说大多数男人拍婚纱照时都是敷衍的,而她觉得婚期还早,这事不着急,可没想到祁时晏会主动提出来,还要拍九套。

而男人比她想象中的还要周到,他说:"你想不想穿秀禾服,我觉得那个很古典,很漂亮,我们可以去仙溪古镇拍。然后嘛,民国风要拍一套吧,我们去上海外滩拍,那里氛围感比较好。另外婚纱我想过了,我们去法国定,那我们就顺便在法国也拍一套,街头和教堂的都要拍。再就是海边的,你喜欢吗?我们也拍一套吧,那就去涠洲湾好了。还有还有,你想要骑马装的吗?

我们也可以拍一套……"

"等等。"夏薇打断他,"为什么我们的婚纱照要分这么多地方拍?人家不都是在一个地方拍,多换几套服装就好了,我们为什么是换地方,而不是换服装?"

"我们当然也会换服装,你想换多少就换多少。"男人笑着解释,"可是像他们那种只换服装拍的,很多都是室内假布景。我想拍真景,也正好找个借口出去旅游,所以就到处拍一拍,这样不好吗?"

夏薇缓慢点头:"不累吗?"

"当然不累。"祁时晏抬手捏了捏姑娘的脸,"你要怕累,就只管选服装好了,其他的交给我。我是你的永动机。"

夏薇抓住他的手,重复他的话:"永动机。"

刚说完,忽然想起昨天夜里……顿觉这不是什么好词,又啪地打开男人的手。

祁时晏不乐意了,伸长手臂去抓她,夏薇将手缩回桌底下,偏不让他抓。男人这就起身,上半身压过桌面,长臂勾住她的纤细脖颈,薄唇做武器,狠狠吮咬了一口。

"衣服蹭到了。"夏薇将人推开,朝男人嗔了一眼,"还能不能好好吃饭了?"

"能。"祁时晏应着,手指却不放过,又揉捏了一下才放手。

正腻歪的时候,夏薇手机响了下,拿过来一看,是沈逸矜发来的微信,一串惊叹号,她说自己怀孕了。

"矜矜怀孕了。"夏薇捧着手机,激动地"啊"了一声。

"是吗?"祁时晏跟着做反应,"我哥他们有孩子了?"

"是啊,我们快点吃饭,吃了饭去她家。"

"那可好,那我们院子里的滑梯还是安排上吧,将来给他们的孩子玩。"

"……祁时晏,你就念念不忘你的滑梯是吗?"

男人大笑,毫不掩饰地回答是。

窗外有鸟飞过,发出清脆的叫声,风吹来,扬起两人耳鬓的发,阳光照在发丝上,亮晶晶的。

多平凡的世界,因为拥有了独一无二的人,也变得不再平凡。